Geboren 1965 im heiteren Weinland Pfalz studierte Carlo Feber Politologie in Berlin und Paris. Er arbeitete als Arbeitswissenschaftler und als Projektmanager im Medienbereich. Als Schriftsteller hält er heute Creative Writing-Kurse und Seminare zum Schreiben von Kriminalromanen bei verschiedenen Kulturinstitutionen. Er ist Mitglied der Autorenvereinigungen »Quo Vadis« und »Syndikat«.

Dieses Buch ist Fiktion, alle darin geschilderten Ereignisse sind frei erfunden. In besonderem Maße gilt das für Handlungen und Äußerungen der auftretenden oder erwähnten Personen, auch wenn einige von ihnen nicht der Phantasie des Autors entsprungen sind. Darüber hinaus sind Ähnlichkeiten mit lebenden oder toten Personen rein zufällig.

CARLO FEBER

DER TOTE IM WINTERHAFEN

HISTORISCHER KRIMINALROMAN

Emons Verlag

Umschlagzeichnung: Heribert Stragholz
Druck und Bindung: CPI – Clausen & Bosse, Leck
Printed in Germany 2009
ISBN 978-3-89705-638-1
Historischer Kriminalroman
Originalausgabe

Für D.K.

Kapitel 1

NICHTS VERWEHRTE DEN BLICK auf den dunklen Abendhimmel, ein gnädiger Wettergott hatte den ewigen Dunst über der Stadt beinahe transparent gemacht und verhieß eine sternklare Nacht. Wahrlich zu Recht hieß der Hof mit den Linden einfach Gartensaal. Unter den grünen Blätterkugeln leuchteten die weißen Sommerkleider. »Was für ein herrlicher Abend!« Clara Balthasar wunderte sich über sich selbst, dass sie ihrer Freude Ausdruck verlieh wie ein junges Mädchen, das im Mai den Blumenreigen tanzte. Sie war froh, dass die Damen vom Cäcilienverein sie nicht gehört hatten, die unweit auf den Bänken vor der Badeanstalt saßen. Konnte es denn sein, dass sie immer noch Erleichterung verspürte, obwohl Veras großes Fest schon vier Monate hinter ihnen lag? Wo saß ihre Schwester denn nur?

Clara suchte mit den Augen die Tische ab. Was sollte sie immerzu nur grübeln? Sie sollte sich anstecken lassen vom heiteren Geplauder dort an den gedeckten Tischen, wo die gute Gesellschaft Ludwigshafens Ananas-Bowle genoss. Ein Glas allein zu trinken war unschicklich, mit ihrer Schwester zusammen wäre es schon eher zu billigen.

In den Bäumen hingen Lampions, der Garten des Gesellschaftshauses war sogar elektrisch beleuchtet. Clara vergaß nicht, zu lächeln. Schließlich stand sie nicht in ihrem Bureau in der Fabrication. Was hätten auch die Leute von einem griesgrämigen Blick und verkniffenen Munde halten sollen, geschweige denn er …?

Clara ging rasch weiter in den Schatten einer Linde. Sie fürchtete, dass sie errötete. Das geschah ihr oft, wenn sie sich mitten in der Arbeit, sei es im Bureau über den Lieferlisten, sei es in der Fabrication, ertappte, wie sie gar nicht zuhörte, weil sie an David Singer dachte. Und nicht mal wirklich an ihn, sondern an den warmen Blick aus seinen nussbraunen Augen, nein, schwarz waren sie, je nach Licht, und brunnentief.

»Clara! Schaust du in die andere Woche?«

Die melodische Stimme von Vera riss sie aus ihren Gedanken. Dass ihre Schwester sich immer dieser Dienstmädchenausdrücke bediente. Clara trat aus dem Schatten der Linde. An der Rückseite des Gartensaals hatte man eine Grotte aufgemauert. Vier, fünf Bögen umspannten die Höhle, in der es plätscherte. Ranken begrünten die Steine, eine gelbe Kletterrose duftete schwach nach Honig. Eiserne Gartenstühle waren davor gruppiert. Auf einem saß ihre Schwester im hellblauen Chiffonkleid und ließ den Kopf zur linken Schulter sinken.

»Oder hältst du Ausschau nach dem Herrn vom Wohltätigkeitsverein?« Ihre freie Hand spielte mit dem Griff des farblich passenden Sonnenschirms, den Joseph ihr geschenkt hatte.

Clara spürte wieder das Blut in die Wangen steigen. »Nein. Ich habe euch gesucht.«

»Seit wann hast du denn Sehnsucht nach mir?« Vera richtete den kleinen Sommerhut, der ihre klare Stirn beschattete. »Als ob du meinetwegen deine Brüsseler Spitze anlegst.« Ihre Schwester blinzelte kokett mit einem Augenlid. »Doktor Singer wird sie jedenfalls bestimmt bemerken. Er lässt dich in Gesellschaft nie aus den Augen.«

»Was du dir einbildest …« Clara setzte sich auf den freien Gartenstuhl neben sie.

»So schüchtern er auch tut, er ist immer an deiner Seite. Vorgestern beim Kammerkonzert oben im Festsaal.« Vera deutete hinauf zu den Rundbogenfenstern. »Da saß er nur eine Reihe hinter dir und bloß drei Stühle weiter.«

»Er hat eben dort einen Platz gefunden und …«

»Ach was. Weil er dich von der Seite gut beobachten konnte. Du hast ein schönes, klassisches Profil. Das weißt du genau, du zweite Athene von Pheidias, wie Vater immer gesagt hat.«

Ob es Mode war oder nicht, Clara gefiel sich mit klassisch zurückgebundener Frisur besser. Ihre kastanienbraunen Haare waren zwar nicht widerspenstig, aber sehr voll. Doch für eine üppige Pracht wie bei einer Brünnhilde fand sie sich zu schlank.

»Du sagst ja gar nichts. Also habe ich recht. Dem Doktor Singer gefällt überhaupt alles, was du machst und tust.«

Vera war manchmal ein richtiges Schandmaul. »Wie kommst du überhaupt auf ihn?«

»Er hat sich außerordentlich lobend über deine Anregungen bei der Stadtmission geäußert. Frau Heyser war auch dabei, letzte Woche bei dem Singspiel hier. Wenn du nur endlich auf mich hören und die ältlichen dunklen Kleider nur noch in der Fabrication tragen würdest. Dann bliebe Singer nicht der Einzige …«

Es war nicht wahr, dass Clara einen altjüngferlichen Geschmack hatte. »Du hast gut reden. Dabei weißt du genau, warum ich mich so anziehe.« Was wusste das Kind schon von der Bürde, die sie getragen hatte? »Ich bin erst achtundzwanzig. Da muss auch ich mich im Geschäftsleben noch ein bisschen älter machen.« Notfalls mit schwarzen Kleidern aus Samt. »Auch du würdest dich anders kleiden, wenn du mit Kunden verhandeln müsstest, die an einen Mann als Respektsperson gewöhnt sind.« Sie war die Ältere, gerade volljährig, als die Mutter starb. Schon ein Jahr darauf hatte Clara dem Vater auf dem Sterbebett versprechen müssen, dass sie die Fabrication weiterführe.

»Fang nicht schon wieder davon an.« Vera drehte den Knauf ihres Schirms und schaute zu den Rosen.

»Ich? Du hast –«

»Du hast mich immer von allem ferngehalten«, sagte Vera knapp, winkte dabei jemandem zu.

Ihre Schwester hatte keinen Sinn fürs Geschäft, auch wenn sie gut rechnen konnte. Was die Zahlen aber für eine Fabrication bedeuteten, erschloss sich Vera schwer. Clara wollte sich nicht ärgern, sie war nicht mehr verantwortlich. Sollte sich ihr Schwager Joseph um Veras unüberlegtes Gestichel kümmern. Aber die Männer störte so etwas kaum. Der schönen Vera hatten sie schon immer alles verziehen.

»Wo bleibt denn dein Gatte?«

»Hast du ihn nicht mehr in der Villa gesehen?«

Clara schüttelte den Kopf. »Ich bin doch früh ausgegangen. Ich war hier oben in der Geschäftsstelle des Cäcilienvereins. Wir bereiten das Chortreffen im Herbst vor.«

»Joseph wollte um zehn spätestens hier sein.« Vera legte den Sonnenschirm an ihre Beine und schob ihre Brust vor. »Das hat er mir jedenfalls heute früh versprochen. Leider habe ich meine Taschenuhr vergessen.« Sie zog einen Schmollmund. »Ich warte hier auf ihn, weil wir eigentlich zusammen essen wollten.«

»Du hast um diese Zeit noch nichts gegessen?« Clara ärgerte sich sofort, dass sie die Augenbrauen zusammenzogen hatte.

»Wie unsere Mutter!« Vera lachte sie einfach aus. »Immer besorgt. Wenn es einen stören sollte, dass ich hier darbe, dann meinen lieben Ehemann. Nicht dich.«

Wenn Vera lachte, so frei und gelöst, dabei die Schultern hob und die Augen wie ein Engelchen zum Himmel verdrehte, dann konnte ihr niemand böse sein. Als Nesthäkchen war sie verwöhnt worden. Solange die Eltern noch lebten, jedenfalls. »Joseph ist doch sonst so pünktlich.« Claras Blick wanderte über die Gäste im Gartensaal.

Veras blaugrüne Augen musterten sie. »Du scheinst ihn ja besser zu kennen als ich. Beim Umkleiden trödelt er jedenfalls gern.« Sie streckte die neuen französischen Schuhe unter dem blauen Saum vor, ein Brautgeschenk der Verwandtschaft. »Wie es scheint, hat er uns also versetzt. Und das an solch einem schönen Abend. Ich verdurste fast.«

»Was höre ich da? Da werde ich sofort etwas kommen lassen. Guten Abend, meine Damen.«

Clara erkannte die Bassstimme sofort. Sie hatte den Unternehmer Richard Volz einmal bei einer Feier oben im Saal einfache Volkslieder singen hören, die er wohl mochte.

Er deutete eine Verbeugung an. Sein blaugraues Halstuch war nach französischer Art gedreht eingesteckt. Er richtete es mit seinen kräftigen Händen. »Mir ist die Kehle auch schon ganz staubig von unserer beißenden Ludwigshafener Luft. Darf ich den Damen Ananas-Bowle bringen lassen?«

Vera verspottete sie bestimmt gleich, weil sie zögerte.

»Ich weiß nicht recht …« Clara mochte den badischen Akzent von Volz. Es hieß, er sei in jungen Jahren zu Karlsruhe ein einfacher Arbeiter gewesen, bevor er mit der Rheinschifffahrt angefangen hatte. Die kräftige, männliche Statur war ihm geblieben, doch sein Teint war vornehm blass. Auch lächelte Richard Volz fast schüchtern wie ein Junge mit seinem kleinen Mund. Doch sosehr Clara den tatkräftigen Kaufmann im Geschäftsverkehr schätzte, weil er nie lange um Preise für Transporte schacherte, so wenig konnte sie die Sympathie ins Gesellschaftliche übertragen. Der Blick seiner wasserblauen Augen drang durch sie hindurch, fast kalt, er schien ihre innersten Gedanken erraten zu können.

»Die Bowle ist ganz leicht, keine Sorge, Fräulein Balthasar.«

Mit der Anrede hatte er sie gemeint, schaute aber Vera an. Wenn diese aufrecht saß, glich ihre Büste einer Karyatide. Wie so oft zog ihre Schwester die Blicke der Männer auf sich. »Wenn Sie es versprechen, nehme ich ein Glas«, sagte Clara.

»An diesem herrlichen Abend sollten wir alle Sorgen vergessen.« Richard Volz nickte leicht mit dem runden Gesicht.

»Wenn Sie es sagen.« Vera legte die Hand an ihren Kragenaufschlag.

Volz drehte sich mit Schwung herum, er war nicht besonders groß, doch übersah ihn keiner, so viel Kraft strahlte er aus. Er machte dem Kellner, der gerade einen Tisch mit Herren aus dem Stadtrat bediente, ein Zeichen, spreizte drei Finger der rechten Hand.

»Lassen Sie mich vorbei!«, rief jemand am Zugang zum Gartensaal. Das geruhsame Geplauder an den Tischen um sie herum erstarb. Auf den Stufen vorn am hohen runden Portal hielt ein junger Mann einen grauhaarigen dünnen Kellner am Arm fest, der mühsam ein Tablett mit abgeräumtem Geschirr balancierte.

Nicht nur ein Gast reckte den Hals. »Kein Benehmen haben die Leute in dieser Stadt.« Clara lehnte sich im Stuhl zurück.

Vera strich eine blonde Strähne hinter ihr Ohr. Sie blickte zu Richard Volz hoch. Dessen in der Luft erstarrte Hand ballte sich langsam zur Faust, dann nahm er den Arm herunter und trat hinter Vera. Niemand sprach, nur eine Schwalbe flog mit einem seltsamen Laut durch den dunklen Himmel davon.

»Wo simmer dann? Jetzt lossen Se misch awwer emol los!«, schimpfte der Kellner. Im elektrisch erleuchteten Durchgang glänzte kurzes gelocktes Haar rötlich braun wie bei einem Fuchs, der junge Mann riss den Kellner am Arm zu sich heran. Das Tablett schwankte gefährlich, irgendwo unter den Linden unterdrückte eine Dame einen Schrei. Clara konnte solch rohes Betragen nicht fassen. Der Störenfried sagte dem Kellner etwas ins Ohr, der machte große Augen, streckte gar die Zungenspitze kurz heraus, stellte das Tablett einfach auf die Stufen des Eingangs und ging voran. Die beiden steuerten durch die Tischreihen.

»Sie kommen auf uns zu!« Vera legte die Hand an ihren Ausschnitt, sie sah Volz an und dann herüber zu Clara. Ihre Schwester bezog immer alles auf sich.

»Unsinn, Vera. Vor uns sitzt der Tisch mit dem Bürgermeister Krafft. Daneben Dissinger, Sternlieb, du kennst sie doch alle, und der …«

Doch der Kellner ging tatsächlich an den Honoratioren vorbei, wies stumm dem jungen Mann die Richtung zur Grotte, vor der sie saßen.

Dieser federnde Gang, der bei jedem Schritt ein wenig die Fußspitze nachdrückte, kam ihr bekannt vor, auch dieser Blick aus wirklich grünen Augen. Ein paar Sommersprossen lagen über dem fein geschnittenen Gesicht. Clara überlegte, wo sie diesen Mann schon einmal gesehen hatte.

Volz fing ihren Blick auf. »Kennen Sie diesen Kerl?«, fragte er leise.

»Ich bin nicht sicher.« Sie sah so viele Leute in der Fabrication. Lieferanten, Kundenvertreter, Arbeiter, von den vielen Bittstellern ganz zu schweigen, die ihre Socialtätigkeit kannten.

Die Verbeugung des jungen Mannes vor ihnen war nicht so übertrieben höflich, wie sie die Hochstapler vollführten, von denen sich in Ludwigshafen genug herumtrieben. Der recht gut sitzende braune Anzug, der neue Kragen täuschten nicht. Der Mann war kein zweifelhafter Zeitgenosse.

»Die Herrschaften verzeihen bitte die Störung.« Sein Blick glitt über ihres und das Gesicht ihrer Schwester. »Frau Doktor Joseph Modry?«

Vera saß kerzengerade, die französischen Schuhe unter dem Rocksaum verborgen, ganz gegen ihre Gewohnheit schlug sie die Augen länger nieder und vergaß ein Lächeln. »Mit wem habe ich es zu tun, mein Herr?« Kein koketter Seitenblick wie sonst, Clara war froh, dass sich Vera langsam wie die Ehefrau eines Doktors benahm. Einen Augenblick lang blitzte in der ruhigen Weise, wie Vera das Kinn hochhielt, die Entschlossenheit ihres Vaters auf und einmal nicht die Geltungssucht der Straßburger Verwandtschaft ihrer Mutter.

Die breiten Augenbrauen des jungen Mannes zuckten hoch. »Entschuldigen Sie, Frau Doktor Modry. Ich bin Sergeant Paul Cresper von der Criminalabteilung der Polizei in Ludwigshafen.«

»Was führt Sie zu meiner Schwester?« Claras Stimme war unpassend scharf geworden. Sie wäre beinahe aus dem weißen Gartenstuhl hochgefahren, nur der Anblick der vielen Leute, die von den Tischen her Zeugen wurden, verhinderte das.

Der junge Mann wechselte das Standbein, ein nervöser Blick streifte sie.

Auch Richard Volz forschte in dem Gesicht des Polizisten, er stützte mit der Hand sein Kinn.

»Sie wünschen?«, fragte Vera, legte die kleinen Fäuste in den Schoß. Der höfliche, distanzierte Ton traf Clara. Ihre Schwester wahrte dem Polizisten gegenüber die vornehme Haltung, die ihr selbst eben entglitten war.

»Es tut mir leid, Frau Doktor Modry. Ich muss Ihnen eine traurige Botschaft überbringen. Man hat Ihren Mann vor einer guten Stunde tot am Brückendreieck aufgefunden.«

Vera ergriff die weißen Lehnen. »Im Park?« Ihre Stimmlage kletterte hoch, wurde ganz hell. Sie stand fast vor dem Polizisten. »Aber wieso?« Sie ließ die Lehnen fahren, fasste sich ins Haar. »Oh Gott.« Ihr Blick irrlichterte über den Kies vor ihr, fand Halt am runden Gesicht von Richard Volz.

Der Kaufmann fasste sie sanft am Unterarm. »Versuchen Sie jetzt nicht zu verstehen.« Sein Gesicht zeigte keine Regung, nur die Augen glühten und maßen den Polizisten. »Setzen Sie sich einfach. Bitte.«

Vera sank auf den Stuhl zurück, sie nestelte nach einem Taschentuch, fand keines.

»Wann haben Sie Ihren Mann heute das letzte Mal gesehen, Frau Doktor Modry?«, fragte dieser Sergeant zögerlich, als ob er die Worte einzeln zusammensuchen müsste.

Wie konnte ein Mann nur so herzlos sein! Clara sprang auf. »Wie können Sie meine Schwester jetzt mit Fragen belästigen, wo wir noch nicht einmal wissen, was genau geschehen ist?« Was für ein Unglück … Das ihre Schwester zur Witwe machte, nur vier Monate nach der Hochzeit. Die Erkenntnis stach in Claras Bewusstsein wie eine glühende Nähnadel ins Fleisch. Neben ihr saß Vera, noch im blauen Sommerkostüm, das leichtfertige, neckische Hütchen auf dem Kopf. Clara hatte diese Ehe gestiftet, hatte dank einer glücklichen Fügung ihrer Schwester die bestmögliche Partie verschafft, wie es ihr Vater sich gewünscht hatte. Die eigensinnige Vera hatte schließlich eingewilligt. Und nun … Was für ein Schicksal: Vera, mit zweiundzwanzig Jahren Ehefrau und Witwe in einem Sommer. Clara schwammen die Augen.

Als ob sie das Gleiche dachte, löste Vera mit zitternden Händen den Hut, ließ ihn achtlos am Kleid entlang auf den Kies gleiten, presste die Hände vors Gesicht und schluchzte.

Der Polizist hatte wenigstens Anstand genug, ihn aufzuheben. »Ich tue nur meine Pflicht.«

Clara nahm den weichen Hut mit einer schnellen Bewegung, plötzlich froh, etwas in den Händen zu spüren. »Solch eine Nachricht vor allen Leuten zu überbringen, solch Rücksichtslosigkeit nennen Sie Pflicht?«

»Wir sollten jetzt Ihre Schwester nach Hause geleiten. Das Aufsehen ist schon groß genug.« Die dunkle Stimme des Kaufmanns machte Clara bewusst, dass der Aufruhr in ihrem Innern, der den Boden schwanken ließ, kein böser Traum war, dass das Schicksal sie wirklich geschlagen hatte, dass Vera sie brauchte, mehr denn je. Mit verhärtetem Gesicht schwieg Richard Volz den Sergeanten an.

Er hatte recht. Sie wandte sich zum Gehen.

»Einen Augenblick ...«, sagte der Sergeant. Dieser Kerl hob sogar die Hand.

»Werden Sie nicht impertinent! Ich kenne Ihren Chef, den Herrn Polizei-Inspektor Hatzfeld, persönlich. Wagen Sie nicht, uns aufzuhalten.« Clara ignorierte den Sergeanten. Sie legte den Arm um ihre Schwester.

Wie damals, vor acht Jahren, als das große Mädchen das kleine gestützt hatte. Zwischen Onkel Erwin und Tante Monique waren sie zum Friedhof geschritten, die beiden Waisen. Clara hatte die Last der Welt auf sich gefühlt und die Stimmen aus dem Grab gehört, die ihr zugeflüstert hatten: *Wer sich hilft, dem hilft ein Gott.*

Sie hatte die Fabrication vor dem Ruin bewahrt, sie würde auch das hier überstehen.

»Einen Augenblick ...«

»Helma, komm schnell, im Gaade gebt's groß Zores, die haben einen Mann tot an der Brigg gefunden. Ein Doktor aus der Anilin. In einer riesigen Blutlache soll er gelegen haben.« Die dicke Margit winkte an der Durchreiche mit dem Spültuch. »Des feine Madammche flennt draußen im Garten wie ein Hund vorm Tor.« Margits Augen leuchteten über den dicken Backen, sie winkte wieder mit dem grauen Spültuch. »Die Buwe müssen gar kein Bier mehr nachzapfen. Und das um halb elf. Alles glotzt. Die Polizei hatten mer bei de feine Leit noch nie im Haus!« Dann war sie weg.

Was für eine Stadt, nicht nur ewig dreckig und verrußt, jetzt fanden sie schon Leichen im Stadtpark. Margit übertrieb eigentlich nie. Helma warf die halbgeschälte Knolle auf den Küchentisch. Das wäre das erste Mal, dass die Polizei den Bürgern auf den Leib rückte. Wenn ein Arbeiter mal auf dem Bahnsteig ausspuckte, schrie sofort ein Schutzmann: *Ordnungsgeld!* Aber wenn die besseren Leute eine Haushaltshilfe wie sie um ihren verdienten Lohn betrogen, glaubte ihr die Polizei kein Wort, sondern der Frau Baumeister, die log und log, wie viel zerschlagenes Porzellan sie anrechnen müsse. Helma legte das Schälmesser auf den groben Holztisch und wischte sich die Hände an der blauen Schürze ab. Nichts war ihr lieber als von diesem Berg Grumbeere wegzukommen, der im Bottich nicht kleiner werden wollte.

Drüben in der Spülküche lehnte sich schon die käsige Gerti weit über das Fensterbrett nach draußen.

»Nun macht euch nicht so dick«, sagte Helma und drängelte sich neben Margit, die mit ihrer weichen Hüfte abrückte und nicht mal meckerte wie sonst, wenn sie sich bewegen sollte. Sie konnten alles über die niedrigen Büsche hinweg mit ansehen. Die Wirtschaftsräume im Erdgeschoss des Gesellschaftshauses reichten fast bis zur beleuchteten Grotte heran, nur ein kleines Stück Hof, wo morgens die Milchwagen wendeten, trennte sie vom Gartensaal.

»Die Balthasar ist ja in Fahrt.« Helma hatte einige Mal bei der Fabricantin eine Spende Heilmittel für den Solidarverein abgeholt. »Die Frau stellt immer so das rechte Bein vor und schaut einen über die Nasenspitze an.« Jetzt streckte sie sogar den langen Arm aus und pikte den gelockten Mann vor ihr fast in die Brust. »Immerhin spendet die Balthasar regelmäßig Arznei.« Aber selbst dort, wo man die Farben und Pillen herstellte, wurden die Arbeiter krank. Wie sollte da ein Mensch in der Stadt gesund bleiben?

»Die Balthasar, ist das die, die so streng guckt, in dem grünen Kleid?«, fragte Gerti und zog den Rotz hoch. Ihre Schürze, selbst ihre Ohren waren voller rosa Punkte vom Rote-Rüben-Schneiden.

Helma nickte. »Du hast dich ja wieder zugerichtet.«

»Schscht.« Die dicke Margit stieß sie in die Seite.

»Wir hören doch gar nicht, was sie reden.«

»Halt die Gosch, dann kann ich besser gucken.«

Der junge Mann vor der Fabricantin hob beide Hände, als wolle er sie zurückdrängen, er wiegte langsam den Kopf dabei. »Die kann einen ganz schön runterputzen. Uns hat sie angefahren, weil wir ihre Pillen in Verpackung wollten und nicht in einem Riesenglas. Als ob drei Tage später dann noch irgendeiner im Hemshof wüsste, was das für welche sind.«

Die Balthasar wedelte mit erhobenem Zeigefinger vor dem Gesicht des jungen Mannes, der eine Faust an der Hosennaht ballte.

Gerti kicherte. »Der Sergeant da, der hat mich vorletztes Jahr mal aus dem Park gewiesen, als ich mit dem Peter poussiert hab.«

»Du kennst ja Worte.« Margit tippte ihr mit dem Spültuch auf den Arm.

»Der war gar nicht streng, hat nicht so rumgehampelt wie jetzt. Er hat nicht mal unsere Namen aufgeschrieben. Wahrscheinlich, weil ich ihn so angeguckt habe.« Gerti klimperte mit den Lidern, wackelte mit den rübenrot gesprenkelten Ohren und machte einen Kussmund, dass ihre schiefen Zähne gar nicht mehr zu sehen waren. »Der hat mir nämlich besser gefallen als der Peter.« Sie hob den Daumen. »Erstens sitzt eine Uniform besser auf dem Hintern als die schlabberige Trägerhose, die Peter immer ins Werk anzieht …«

Helma rollte mit den Augen. Genau solche dummen Dinger wie Gerti heulten dann im sozialdemokratischen Frauenverein herum, weil sie vor lauter Schwärmerei vergaßen, die Tage richtig zu zählen, wenn sie die Burschen ranließen.

Gerti zeigte mit dem Finger hinaus. »Und zweitens hat der Sergeant so herrlich grüne Augen. Küssen kann er bestimmt auch, der hat Lippen wie ein Neger.«

»Was?« Margit hängte sich gleich noch weiter aus dem Fenster, sie quetschte Helma dabei an den Rahmen. Das Licht der Grottenbeleuchtung schien auf den Mann. »Dummbabblern. Ganz normal is dem sei Mund.«

Schöne Ohren hatte er, aber das behielt Helma für sich. Der stabile Herr im grauen Tuch neben der Balthasar mischte sich jetzt ein. Er und die Balthasar hatten die heulende junge Frau eingerahmt, redeten auf den Polizisten ein.

»Die Modry kann einem leidtun, so jung und schon Witwe.«

»Soll ich dir die jungen Witwen aus dem Hemshof aufzählen? Allein bei mir in der Blücherstraße wohnen vier. Zwei Männer hat die Salpetersäure aufgefressen, einen der Wundbrand, als sie ihm hatten ein Bein abnehmen müssen, weil ein Kessel gekippt war, und einen ...«

»Aber das ist doch nicht das Gleiche wie abgemurkst.« Gerti verzog das Gesicht, als hätte sie Essig getrunken. »Die Modry ist ganz zusammengeklappt, die liegt ja fast mit der Brust auf den Knien.«

Helma war sich nicht sicher, ob es für die Frauen nicht auf das Gleiche herauskam, wenn der Ernährer von drei Kindern auf dem Kirchhof lag. Wer nahm von den Kerlen eine Witwe, außer einem, dem die Frau im Kindbett geblieben war?

»Jetzt rennt die Balthasar zu dem ersten Tisch«, sagte Margit.

»Da sitzt der halbe Stadtrat beim Bürgermeister Krafft.« Helma hatte ihn beim Parkfest sprechen hören. »Das ist der oberste Vorgesetzte des Sergeanten.« Der andere Herr hatte sich neben die weinende Modry im blauen Kleid gekniet und reichte ihr eben ein Taschentuch.

»Was du alles weißt.« Gerti schob die Unterlippe vor. »Und was will die bei dem?«

Helma brauchte nicht zu antworten. Der Bürgermeister erhob sich schon und zog den Polizisten beiseite. »Mehr als drei Worte braucht der wohl nicht zu sagen.« Der Beamte nickte nur und stierte auf den Kies. Er verbeugte sich knapp vor der Modry, der die beiden anderen gerade aufhalfen. »Die sind Schwestern.«

»Schneeweißchen und Rosenrot«, kicherte Gerti. »So hat Alex die beiden genannt, als er bei der Verlobung von der Modry hier serviert hat.«

»Der Polizist geht einfach?« Margit stemmte die dicken Arme auf die Fensterbank.

Helma rückte den Träger ihrer Schürze zurecht. Sie wunderte sich nicht, auf Gehorsam wurden die doch gedrillt.

Gerti machte ein langes Gesicht. »Der trabt ab wie unser Rex im Hof, wenn ich ihm Wasser über das Fell schütte, weil er zu laut gebellt hat.«

Der Sergeant richtete seinen Blick über die Köpfe der Leute an den Gartentischen und ging schnellen Schritts ins Restaurant. Helma wich zurück, weil Margit sich vom Fensterbrett wuchtete und die Arme verschränkte. »Was die sich rausnehmen! Einfach einem Polizisten nicht zu antworten und ihn vom Stadtvater wegschicken zu lassen.« Margit wischte sich mit dem Handrücken über die Stirn. »Meinem Heinz haben sie mal drei Tage aufgebrummt, bloß weil er einen Schutzmann nicht pfeifen gehört hat. Dabei ist er wirklich halb taub vom Mahlwerk drüben in der Walzmühle.«

»Die Modry stürzt!« Gerti hielt sich am Rahmen und lehnte sich hinaus. Doch drüben im Gartensaal hatte der Herr in Grau schon den Arm der blonden Frau gegriffen und hielt sie, die andere sprang bei. »Die Balthasar muss ja ihre Schwester richtig ziehen.« Gertis Blick folgte den dreien, dann waren sie zu weit ums Eck. Gerti schaute noch in die Büsche vor dem Fenster. »Grad vier Monate nach dem Honigmond ist der Mann schon tot.«

»Und da macht's doch grad erst Spaß.« Die dicke Margit lachte.

»Was die Modry für ein Leben führt, wohnt in der Villa bei ihrer Fabrik, hat schöne Kleider und sogar einen weißen Pelz. Das habe ich bei der Verlobung gesehen.« Gerti reichte Margit das Spültuch vom Fensterbrett.

»Und unsereiner kann froh sein, wenn's für eine Wolljacke reicht«, sagte Helma.

»Wenn dein Franz tot an der Brigg liegen täte, wärst du auch gedatscht. Auch wenn du noch keinen Ring hast.«

Wovon auch? Wie sollten sie einen Hausstand bezahlen, das bisschen Geld reichte ja kaum für die Miete. »Mein Franz sorgt schon dafür, dass ihn keiner abstechen will.«

Gerti zeigte ihre schiefen Zähne. Margit nahm die Arme von der Brust, beide machten Kinderaugen. »Wie meinst du das?«

Helma seufzte leise auf. Es lag doch auf der Hand. »Glaubt ihr denn, ein feiner Herr Doktor aus der Großen Fabrik wird ohne Grund umgebracht? Der ist doch einer von denen, die den direktionshörigen Gegenverein in der Anilin gegründet haben. Der schimpft sich Arbeiter-Verein der BASF Ludwigshafen am Rhein E-Vau.« Aber was sollte sie den beiden erklären, was die sowieso nicht verstanden? Die lasen ja nicht einmal die Pfälzische Post.

Draußen schwollen die Stimmen an. Aufgeregte Rufe, die Kellner liefen los.

Die Küchenglocke schlug an, und Helma wandte sich um. Die Grumbeere schälten sich nicht von allein.

»Mir tut die Modry trotzdem leid.« Gerti griff sich an ihrem Platz die nächste Rote Rübe.

»Mir auch.« Margit seufzte und goss die Lauge in den Spülstein. »Ist ganz kalt geworden.«

Helma stand schon am Holztisch vor der angelaufenen, halb geschälten Knolle. Ein bisschen fühlte sie sich auch so, halb entblößt und halb verborgen. Schämte sie sich gar? Sagten sie in den Versammlungen nicht immer, dass niemand das Recht hatte, dem andern wegen Profits das Leben zu stehlen? Und nun hatte es einer beim Modry gemacht. Durfte sie sich freuen, wenn einen Arbeiterfeind wie ihn eine solche Strafe getroffen hatte? Aber profitierten sie überhaupt von diesem Tod? Werksbeamte wie den Modry gab es in der Anilin doch viele, da war so einer eigentlich schnell ersetzt.

Helma ließ die Knolle liegen und nahm die nächste zur Hand. Sie konnte ihren Widerwillen gegen diesen stumpfsinnigen Küchenkram kaum bändigen. Mein Gott, fast zehn Pfund Grumbeere noch so spät am Abend.

Kapitel 2

VON NICHTS EINE AHNUNG hatte der Bürgermeister Krafft. Sergeant Cresper hörte, wie die Gäste an den Tischen erst murmelten, kaum drei Atemzüge später schon durcheinanderkrischen. Die Zähne taten ihm weh, so sehr biss Cresper die Kiefer aufeinander, dass ihm kein Wutschrei entfuhr. Er streifte die Gaffer am Durchgang ins Gesellschaftshaus hart mit dem Oberarm.

»Des is awwer nedd needisch!«

Nötig wäre es gewesen, oh ja!, dass er jetzt schon in Erfahrung brachte, wie lange Doktor Joseph Modry seine Frau hatte warten lassen, warum er sie hatte allein vorausgehen lassen, wie überhaupt der Tag des Doktors verlaufen war. Dann hätte Cresper die Zeugensuche gleich bündeln können. Sie hatten genau dieses Problem lange im Criminal-Lehrgang in München diskutiert. Zeugenerinnerungen verblassten schneller als das Licht des Tages, wurden schon morgen unscharf, ausgeschmückt, verdreht und falsch. So sehr, dass sie am Ende gar nichts für eine Ermittlung taugten.

Cresper lief durch das halb leere Restaurant, stieß sich an einem Tisch, dass die rot-weiße Tischdecke herunterrutschte. Er musste erst einmal hier raus.

Aber doch nicht in der Öffentlichkeit!, Sie vergessen jeden Anstand vor einer Dame. Die arme Frau Doktor kann sich doch kaum auf dem Stuhl halten.

Das war von ihm nicht grausam gewesen, sondern war einem höheren Zweck geschuldet.

Ich will nichts hören. Die Stadtpolizei ist mir verantwortlich! Gehen Sie sofort.

Cresper riss die Eingangstür auf, als wäre das Holz der Bürgermeister, den er am liebsten geschüttelt hätte wie einen Baum. Die verzierten Milchglasscheiben schepperten, als der Rahmen gegen einen Bodenknauf knallte. Dabei würde genau jener Herr Stadtvater schon morgen auf eine schnelle Aufklärung drängen.

Cresper machte drei Schritt auf dem Trottoir der Bismarckstraße, die trotz der Gaslaternen für seine Augen dunkel war nach all dem gleißenden elektrischen Licht im Gesellschaftshaus. Er lief hinüber zu den Rabatten vor der Mädchenschule, stand am Zaun und starrte zu den Umrissen der Ludwigskirche hin.

Die spontane Erinnerung der Witwe wäre so wichtig gewesen ... Doch er durfte sich nicht von der Wut beherrschen lassen. Auch er selbst musste sich genau erinnern. Alles konnte wichtig sein, was er am Fundort der Leiche gesehen hatte. Cresper schloss die Augen und konzentrierte sich darauf, was vor nur zwei Stunden geschehen war, dort am Brückendreieck ...

»Bei solch niedrigem Wasserstand ertrinkt doch keiner, nicht einmal im Suff. Vielleicht ist der Mann von oben herabgestürzt worden.« Sergeant Cresper wies hinauf zur steinernen Bavaria, die schwarz aufragte im letzten Licht des Sommerhimmels.

»Von der Giftbrühe hier im Brunnen reichen gewiss ein paar Schluck zum Exitus.« Crespers Vorgesetzter Polizei-Inspektor Hatzfeld zwirbelte sich die weißen Schnurrbartenden. »Hier schäumt's ja wie in einem Farbkessel in der Großen Fabrik.«

An der Seite zu Bavarias Füßen saß Vater Rhein auf unbehauenen Steinen und goss aus einer Urne stechend orangerotes Wasser in das Becken des Jubiläumsbrunnens. Sie betrachteten den bäuchlings darinliegenden Toten. »Herausholen müssen wir ihn.« Cresper winkte den dicken Schutzmann Behr vom Gitter des Brunnenrondells heran.

»Ich tät den lieber mit einer Stange rausfischen.« Behr blickte an seiner Uniform herab. »Die Farbe geht bestimmt nicht mehr aus dem Stoff.«

»Auf derlei können wir jetzt keine Rücksicht nehmen.« Polizei-Inspektor Hatzfeld packte ihn bei der Schulter und schob ihn zum Brunnen. »Wird's bald?«

Der Schutzmann zog den dicken Nacken ein und schwang das Bein über den Steinwulst des Beckenrands. Cresper schwieg. Ging die Farbe nicht raus, war es ein Schaden in Ausführung dienstlicher Angelegenheiten, die Stadt als Dienstherrin würde den Ersatz zahlen. So langsam, wie Behr auf den Toten im Brunnenwasser zuwatete, fürchtete sich der Schutzmann eher vor der Leiche.

Polizei-Inspektor Hatzfeld ließ neben Cresper einen theatralischen Seufzer hören, als trüge er allein die schwere Last. »Ausgerechnet jetzt muss mir so etwas passieren ...«

Tote kommen nie zupass. Cresper biss sich auf die Zunge, ein falsches Wort konnte ihm einen Verweis einbringen. Hatzfeld maßregelte schnell bei Insubordination. Seit Tagen beschäftigte sich der oberste Repräsentant der Städtischen Polizei Ludwigshafens mit nichts anderem mehr als den Feierlichkeiten zu seinem fünfundzwanzigsten Dienstjahr 1911 und verbohrte sich in Einzelheiten des Protokolls. Da störte nichts mehr als eine Leiche im Vorzeigepark der Stadt.

»Und ausgerechnet hier! Die Zeitungen werden sich drauf stürzen …« Hatzfeld seufzte, bevor er sich auf einen der Steinquader setzte, die das Brunnenbecken einfassten. Er stützte beide Unterarme auf die Knie und ließ das weiße Haupt hängen.

Cresper wickelte der Anblick des verzweifelten Alberichs Hatzfeld nicht ein, der hatte noch bei jedem Einsatz den Überblick behalten.

Das Brückendreieck an der Auffahrt zur Rheinbrücke war an allen Zugängen gesperrt worden. Die Seite zu Rheinufer und Hafenbahn sicherte eine Postenkette. Die schwüle Hitze des 23. Juli lastete selbst jetzt um zehn Uhr abends noch in der abgesenkten Parkanlage zwischen Bahndamm und Rhein. Obwohl die Sonne bereits untergegangen war, erkannte Cresper im Dämmerlicht, dass sich oben auf der Brückenrampe das Volk sammelte und herunter zum Jubiläumsbrunnen gaffte. Als hätte es die steinerne Bavaria noch nie gesehen, die escortiert vom bayerischen Löwen, die rechte Hand am Schwert, mit der Linken ihrer Tochter Ludwigshafen eine Krone als Zeichen der Erhebung zur Stadt reichte.

Schutzmann Behr watete derweil am giftorangenen Wasserfall aus Vater Rheins Urne vorbei, dann beugte er sich zum Toten hin.

»Nicht in die Haare greifen! Schieb an den Füßen!« Cresper trat näher an den Brunnenrand. Behr stieg mit triefenden Hosenbeinen um den toten Mann herum. *Ausgerechnet hier* … Hatzfelds Klage hallte in Cresper wider. Dieser Tatort bekümmerte ihn. Gewaltverbrecher suchten sich für gewöhnlich dunklere Ecken aus als diese mythische Zauberwelt aus Stein. Von der Presse als kleinliche, gärtnerische Dekoration geschmäht, gehörte der Jubiläumspark mit einem Mal zum Hades, dem Reich des Totengotts der Unterwelt. Cresper kniff die Augen zusammen. Ein abrupter Wandel, der allemal zu Ludwigshafen passte.

»Was ein Brocken!«, keuchte Behr. Das orangene Wasser spritzte ihm bis ins Gesicht. »Ich muss ihn an den Schultern packen, sonst kriege ich ihn nicht vom Brunnenboden.«

»Tun Sie das. Aber vorsichtig, dass die Joppe nicht vom Leib rutscht!« Polizei-Inspektor Hatzfeld war Cresper zuvorgekommen.

»Die Farbe rührt sicher nicht vom Blut her, falls welches aus dem Leib ausgetreten ist.« Von Weitem schon hatte Cresper gesehen, dass mit dem Wasser etwas nicht stimmte. Bevor er in die Criminalabteilung hatte aufrücken können, war er als junger Schutzmann oft genug die Postenrunde zwischen Lokalbahnhof, Rheinbrücke und Wredestraße gelaufen. »Die Brühe sieht sogar aus, als leuchte sie wie von innen heraus.«

»Vielleicht hat man jetzt sogar schon lumineszierende Farben erfunden.« Hatzfeld wischte sich mit einem Taschentuch über das runde Gesicht. Die Falten, die er dabei zog, verschafften ihm eine gutmütige Miene, der zu misstrauen Cresper im Dienst schnell gelernt hatte. Hatzfeld steckte das Tuch ein. »Der Fortschritt der Chemie regiert in unserer Stadt der Farben. In Chromopolis ist alles möglich, auch das Böse ...« Er zog seine Uniformjacke glatt. »Wie man sieht. Warum haben Sie eigentlich die Fontainen nicht sofort abstellen lassen?«

Cresper war vor dem Polizei-Inspektor eingetroffen. »Weil die Bergung des Leichnams Vorrang hat. Je länger der Tote im Wasser liegt, desto mehr verwischt es die Spuren.« Wenn nicht sowieso jede vom schreienden Orange verdeckt wurde.

»Hat man Ihnen das in München ...«, Hatzfelds Stimme verlangsamte sich, klang fast schon wieder ruhig, »... beim Criminal-Lehrgang der Bayerischen Polizei beigebracht?«

Hatzfeld hatte Crespers Drängen im Frühjahr endlich nachgegeben, schließlich waren die Fallzahlen in der Criminalstatistik kein Ruhmesblatt für Ludwigshafen. »Man soll den Tatort so unberührt als möglich in Augenschein nehmen.« Je früher er Schritte voran machte, desto weiter würde er in der Laufbahn kommen, davon war Cresper überzeugt. Schutzmann Behr zerrte die Leiche im Becken nach vorn. Die Giftbrühe schwappte aufs dunkle Gras, was ihm weitere Erläuterungen ersparte.

»Gleich haben wir ihn«, keuchte Behr aufgeregt, hievte dabei den Toten auf den abgerundeten Brunnenrand.

Cresper konzentrierte sich. Das Opfer verband immer ein geheimes Band mit dem Täter, wenn das Lehrbuch nicht irrte. Die Kleidung troff. Es war kein derber Stoff, wie ihn Arbeiter trugen, dazu schlug das leichte Material zu viele Falten im Wasser. Die Ärmelaufschläge schwammen sogar auf, ein Anzug für bessere Leute. »Ziehe ihn hier heraus auf das Rasenstück!«, befahl Cresper dem Schutzmann. »Aber lass ihn nicht fallen wie einen Sack.«

Hatzfeld machte zwei Schritt zur Seite, als Behr den Leichnam über den Wulst des Brunnenrandes wuchtete. »Zünden Sie eine von den Fackeln an.« Er deutete zum ersten Busch am Rundweg um das Brunnenrondell. »Behr hat ja löblicherweise gleich welche mitgebracht.«

Cresper schnappte eine Wachsfackel am langen Holz und entzündete sie mit einem Streichholz. Dank der Windstille der stickigen Julinacht flackerte sie kaum. Ein Nachtinsekt krabbelte in seinem Kragen herum. Cresper wischte es sich vom Hals, aber der Juckreiz blieb. Das Rauschen des Jubiläumsbrunnens drang plötzlich in sein Bewusstsein, als er wieder auf ihn zuging. Im Fackellicht gemahnte die Farbe des Wassers an schwefeliges Braun, der Leichnam schien dunkler gefärbt. Cresper schätzte das Opfer auf gut einen Meter neunzig, stämmiger, breiter Rücken, die vom Wasser gefärbten Hände waren kräftig.

Polizei-Inspektor Hatzfeld deutete mit seinem kurzen Arm zum Toten. »Sergeant Cresper, Sie werden diesen Todesfall bis Monatsende ad acta gelegt haben.« Das runde Gesicht seines Vorgesetzten glänzte verschwitzt. »Die Erfolgsmeldung möchte ich noch im Juli in der Zeitung lesen.«

Damit die Spalten im August für die Hymnen zu seinem Dienstjubiläum frei blieben. »Zu Befehl, Herr Polizei-Inspektor.« Cresper rang sich ein Lächeln ab.

Hatzfeld wies mit der blank polierten Stiefelspitze auf den Toten. »Umdrehen!«

Behr ließ die Mundwinkel sinken, vergaß dabei die Farbe an den Fingern, mit denen er sich über die Stirn wischte. Er kniete sich auf den Rasen. Schon ganz bleich im Gesicht, packte er den Toten an den braunen Hosenaufschlägen und der linken Schulter und wälzte ihn herum.

Ein kantiges Gesicht, vom Orange zur Jahrmarktswitzfigur entstellt, ein Schnurrbart, dessen lange Enden wie bei einem Wels eingerollt in Schlaufen um den kleinen Mund hingen. Das Wasser hatte wohl die Schnurrbartwichse herausgelöst.

»Auch wenn die Farbe irritiert, schätze ich das Lebensjahr auf Ende zwanzig, er ist ungefähr so alt wie Sie«, sagte Hatzfeld.

Der Tote hatte gewiss nicht sein dreißigstes Jahr erlebt. Es schien, als stünde Spott im Gesicht eingeschrieben. Aber das konnte nicht sein, der Tod entspannte die Muskulatur. Cresper zwang sich, genauer hinzusehen, kniete sich neben den Leichnam. Die Augenbrauen formten zwei unterschiedliche Bögen, links etwas höher. Eine kleine Narbe trennte dort einen Teil der Haare ab. Der Mann hatte einer schlagenden Verbindung angehört. »Das glatte Gesicht und die Hände sprechen nicht gerade für die Arbeit in einer Fabrik ...«

»Doch, doch.« Der dicke Schutzmann Behr rieb sich den Handballen über seine eingefärbte Stirn, was Streifen zog. »Ich habe den Herrn noch letzten Sonntag gesehen.« Dann sah er sie bedächtig nickend an.

»So sprechen Sie doch weiter, Behr!« Hatzfeld stemmte die breiten Hände in die Hüften und maß den Schutzmann über den Brillenrand.

»Mei Hedwig ihr Schweschter ...« Behr schluckte, drehte sich vom Toten weg. »Letzten Sonntag haben wir sie für die Rheingönheimer Kerwe abgeholt. Meine Schwägerin geht bei den Nachbarn des Herrn da in den Haushalt kochen.« Behr deutete mit dem Daumen über die Schulter zum südlichen, feinen Stadtteil hinter dem Brückendamm.

»Nun reden Sie doch nicht herum wie ein Bauernbub vom Dorf.« Hatzfeld hob die Hände wie in Inbrunst in die Höhe. »Meldung machen haben Sie doch gelernt.«

»Der junge Mann da ist Chemiker in der Großen Fabrik. Wie er heißt, weiß ich auch nicht.« Behr zuckte einfach mit den Schultern.

Hatzfeld stöhnte laut auf.

Und Cresper innerlich. »Schauen Sie in seinen Taschen nach«, sagte er. »Es reicht, wenn einer von uns bunte Finger kriegt.«

Schutzmann Behr nestelte an dem aufgequollenen Stoff herum, bis die Knöpfe endlich durch die Löcher glitten. Dann legte er die Vorderteile der Jacke des Toten zu den Seiten um. Das Hemd darunter war von guter Qualität, nur ein wenig verrutscht. Wäre die viele Farbe nicht gewesen, hätte Cresper jetzt auf Blutspuren geachtet.

»Hier steckt eine Brieftasche.« Behr zog sie heraus und ließ sie wenig pietätvoll auf den nassen Bauch des Toten klatschen, wofür er sich von Hatzfeld einen bösen Blick einfing.

Cresper war der Name wichtiger. »Nun klappen Sie das Ding schon auf.«

Ein paar große Geldscheine steckten zwischen den Lederfächern. »Ein Raubmord ist es also nicht«, sagte Hatzfeld.

Als ob irgendetwas darauf hindeutete. Der Tote zeigte keinerlei Spuren eines Kampfes, sogar das Hemd steckte noch halbwegs geordnet im Hosenbund.

Behr fingerte einen Karton aus dem Leder heraus. »Eine Fahrradkarte!«

»Vorsicht, sonst verwischen Sie die Tinte.« Cresper hätte ihm beinahe das Papier aus der Hand genommen. Er hielt die Fackel näher. »Können Sie den Namen lesen?«

Auch Hatzfeld war näher gekommen und hob die Brille von der Nase. Sie stierten gemeinsam auf den Fahrradausweis, den die Stadtverwaltung kurz vor der Jahrhundertwende wegen all der Diebstähle zur Pflicht gemacht hatte. »Das Erste ist ein D, dann ... Ach Gott.«

»Doktor Joseph Modry«, entzifferte Cresper. In der Zeile *Beschäftigung* stand *Hauptlaboratorium B.A.S.F.*.

Hatzfeld senkte den Kopf. »Wenn man irgendwo mit bunten Farben zu tun hat, dann dort ...« Er sah hinüber zu den Gaslaternen an der Brückenrampe.

»Wir müssen die Leiche zur Beschau ins Städtische Krankenhaus bringen«, sagte Cresper.

Sein Vorgesetzter zog schon die Uniformjacke straff. »Ich übernehme das. Sie verständigen die Angehörigen.«

Bote schlechter Nachrichten wollte Cresper nie mehr sein, er hatte bei seiner eigenen Mutter gesehen, welche Erschütterung sie bei den Hinterbliebenen bewirken. Sie hatte sich in den Tod geweint. Hatte sie in den Wochen überhaupt noch einmal damit aufgehört, nachdem er ihr die Nachricht von Vaters Tod überbracht hatte? Er unterdrückte einen Seufzer. Je früher er es hinter sich brachte, desto besser, desto nützlicher gar war es nach der Theorie.

Hatzfeld stapfte bereits los. »Behr, schaffen Sie eine Trage bei. Konz und Lohberger sollen Ihnen helfen.«

Der Schutzmann gehorchte, machte einen Bogen, drei Schritt weiter schüttelte er die nassen Hosenbeine seiner Uniform aus.

Hatzfeld betrachtete noch einmal den gesamten Brunnen. »Ausgerechnet jetzt.«

Die steinernen Zeuginnen dort oben konnte sein Chef nicht um Rat fragen, was hier geschehen war. Die Weiber waren blind.

»Ausgerechnet ein toter Doktor aus der Anilin ...«, flüsterte Hatzfeld, der Cresper entschlossen ansah wie ein Feldherr vor der herannahenden Übermacht.

Cresper erhob sich langsam. Er begriff, worauf sein Vorgesetzter anspielte. »Glauben Sie niemals an den Zufall«, hatte auch Polizei-Officiant Voglrieder im Lehrgang gepredigt. Er räusperte sich. »Und im Werk wird seit dem 18. Juli gestreikt.«

Cresper sah zur Fassade des Gesellschaftshauses auf ... Er hatte alles memoriert, als habe er es im Cinematographen gesehen.

Was musste sich dieser Laie von Bürgermeister auch in die Polizeiarbeit einmischen? Cresper boxte mit der Faust in die Luft. Der begriff nichts, hatte keine einzige Criminalstatistik gelesen. Er selbst war letzthin beim Lehrgang in München der Einzige aus dem Rheinkreis abgeordnete Polizist gewesen. Die Verwaltungen in der Pfalz, Bayerns Nebenland am Rhein, achteten auf Abstand zur Hauptstadt. Auch Ludwigshafen hielt es so, selbst bei den Polizeiangelegenheiten. Dabei sollten die Honoratioren besser endlich die Augen für das öffnen, was eine moderne Großstadt an Gefahren ausbrütete. Bessere Leute wurden selten Opfer von Gewaltverbrechen, allenfalls in einem Duell – und die waren schon länger aus der Mode gekommen. Ludwigshafen war sowieso nicht der Ort für derlei Adelssitten. Hier lebten alle von den Fabriken, und da ging's anders zu.

Cresper presste die Fäuste an die Schläfen. Wäre die Modry doch bloß zu Hause gewesen! Vergeblich hatte er in der Villa vorgesprochen, das Dienstmädchen hatte ihn zum Gesellschaftshaus geschickt. Wo ausgerechnet am übernächsten Tisch der halbe Stadtrat sitzen musste. Er unterdrückte einen Fluch.

Meine Schwester wird nur mit Ihrem Chef Hatzfeld sprechen, und sicher nicht schon morgen! Kaum war die Balthasar des Bürgermeisters gewahr geworden, hatte sie keine Sekunde gezögert, ihn kleinen Sergeanten zu übergehen. Nicht einmal geantwortet hatte sie ihm mehr. Und halb Ludwigshafen hatte zugesehen. Die Leute wussten doch, wer er war. Der Sohn des alten Cresper, der sich verspekuliert hatte, dem mal die Felder gehört hatten, wo heute der neue Schlachthof stand. Cresper konnte nicht stehen bleiben. Er lief um die eingezäunte Rabatte herum und sah hinüber zur Prunkfassade des Gesellschaftshauses bis hoch zu den Sandsteinschnörkeln des Mansardendachs.

Jemand lief übers Trottoir herbei. »Behr!«, rief Cresper.

Die Hosen des dicken Schutzmanns, der seinen Blick auffing, waren nicht mehr nass, ein paar Stellen im Gesicht noch orange. »Ich habe mich umgezogen, auf Befehl von Polizei-Inspektor Hatzfeld. Als Apfelsine in Uniform könnte ich doch keinen befragen.« Behr lachte kurz.

Beinahe hätte Cresper ihn angefahren für das gutmütige Schulterzucken, doch seine Mutter hätte ihn dafür am Ohr gezogen, früher, als er klein war. *Du Zorniggel rennst noch gegen die Wand.* »Warum sind Sie überhaupt hier und nicht in den Häusern rund um den Jubiläumsplatz?« Am Tatort waren Cresper und Hatzfeld noch übereingekommen, dass die Schutzmänner nach Zeugen suchen sollten.

»Um Sie zu finden. Der Chef hat dann doch gemeint, nach elf Uhr wäre es zu spät, die Leut aus dem Schlaf zu reißen, die morgen wieder an die Arbeit müssen.«

Vertane Zeit. Schon wieder.

Behr hob den Gürtel an den Hüften an und richtete seine Uniformjacke. »Ich soll Ihnen noch sagen, dass Sie morgen früh erst ins Städtische Krankenhaus sollen. Dort haben wir die Leiche hingeschafft.« Er kratzte sich hinter dem Ohr. »Ich bin froh, dass ich nicht zusehen muss, wenn der Modry aufgeschnitten wird.«

Auf der anderen Straßenseite kam der grauhaarige alte Kellner aus dem Gesellschaftshaus gelaufen, winkte von der Kirche einen Kutschwagen heran. Das Gefährt wendete sofort.

Aus dem erleuchteten Eingang traten Menschen. Der Kaufmann und die Fabricantin führten die Witwe, die ihren Kopf an der

Schulter ihrer Schwester barg. Der Wagen rollte heran und nahm Cresper die Sicht.

Behr brummte hinter ihm: »Sergeant, eines kann ich nicht begreifen. Wenn einer so eine schöne, reiche Frau heiraten kann, wieso treibt er sich dann nach der Hochzeit noch im Hemshof herum?«

Cresper packte Behr am Arm. »Sind Sie sicher?« Der Wagen vor dem Gesellschaftshaus fuhr ab.

Behr blickte auf Crespers Hand. Cresper ließ ihn los. »Es ist mir erst eingefallen, als die Kollegen die Leiche vom Brunnen auf der Schubkarre weggefahren haben. Damals war der ja nicht so orange im Gesicht. – Hoffentlich geht bei mir die Farbe von der Stirn ab.« Der dicke Behr lachte wieder kurz und kratzte sich am Ohr. »Wo und wann genau der Modry war, da muss ich in der Überwachungsliste nachschauen. Ich weiß nur noch, dass es ein Samstagabend war. Da ist ja immer Zores in der Stadt. Ich habe den Kollegen vertreten im Revier IV. Da hinten bei der Gräfenau gibt es ja bald jeden Abend Streit beim Kartenspiel oder auch wegen ... na, Sie wissen schon, welche Weiber dort oft im ersten Stock in den Zimmern hocken. Der Modry hat sich beinahe mit einem im Wirtshaus gekloppt. Der Kartentisch flog grade um, als wir hineingekommen sind.«

»Und weiter?«

»Ei, wie immer. Die Streithähne trennen. Die Zeche bezahlen lassen und den einen nach links die Straße runterschicken und den andern rechts.«

Dazu konnte Cresper die Witwe nun gar nicht befragen, aber eine Verbindung in die verrufenen Viertel der Stadt ... Das passte wahrlich gut zur Criminalstatistik. Er würde sich vorsehen müssen, noch einen Éclat wie eben im Gesellschaftshaus konnte sich Cresper nicht leisten. »Gehen wir. Ich glaube, wir haben den gleichen Weg.« Cresper wandte sich zur Kirche hin, Behr blieb stehen. »Was ist?«

Der Schutzmann streckte die Brust raus und deutete nach rechts. »Warum wollen Sie denn einen Umweg machen? Zur Pfalzgrafenstraße ist der Weg da lang kürzer, Sergeant.«

»Fräulein Balthasar, die Polizei war hier ...« rief das Dienstmädchen durch das Treppenhaus von ihrer Kammer herunter.

Clara stützte sich auf das Treppengeländer und antwortete nach oben ins Dunkle. »Ich weiß.« Sie würde alles früh von der Köchin erfahren. Clara zweifelte nicht daran, dass es morgen schon in der Zeitung stand und die Leute in den Straßenbahnen darüber redeten. »Luzie, bereiten Sie eine große Kanne Melissentee und stellen Sie sie unten in den Salon. Sie brauchen sich nicht umzuziehen, klopfen Sie einfach an die Tür.« Luzie sollte Vera nicht in diesem Zustand sehen. »Dann gehen Sie wieder zu Bett.«

»Stark oder schwach, der Tee, Fräulein?«

Luzie wollte immer alles genau wissen, weil sie keine Fehler machen wollte. »Stark. Beeilen Sie sich.«

Hinter Clara führte Richard Volz ihre Schwester vorbei. »In die Bibliothek also?«, fragte er.

Clara ging einfach voran und drehte das Licht an, sie griff nach den grünen Samtportièren. Über dem Hof drüben in der Fabrication war es dunkel, nur die Gaslampen vor den Toren des Warenlagers brannten, damit sie alles im Blick haben konnte. Clara wollte schon zuziehen, da hielt sie inne. Drüben spiegelte sich in einer Scheibe die Straßenlaterne. Das war nur möglich, weil im Laboratorium wieder einmal das Fenster nach dem Lüften nicht geschlossen worden war. Aber darum konnte sie sich jetzt nicht kümmern.

»Der Sessel bitte«, flüsterte Vera.

Clara zog die schweren Samtportièren zu. »Sie meint diesen.« Vera war schon als Mädchen Stunden darin gesessen, von den seitlichen Ohrenpolstern abgeschirmt, und hatte über den Romanen die Welt vergessen. Vielleicht hatte sie auch nur in der Bibliothek an die schöne Zeit mit den Eltern erinnert werden wollen. Clara beeilte sich, sie wand ihre Hüfte um die Ecke des Kartentischs. Der große Atlas lag aufgeschlagen mitten darauf. Sie rückte Vera den hohen Ledersessel vor den Bücherschränken zurecht.

»Ihre Schwester braucht jetzt vor allem Ruhe.« Richard Volz hielt einen Moment die Hand Veras, dann legte er sie sanft auf ihr Knie. »Sie sollte mit niemandem sprechen müssen.«

Vera nickte und ließ es geschehen wie eine Puppe, die man wegräumte und noch schön auf den Kinderstuhl drapierte. Ihr Blick verlor sich auf dem Perserteppich.

»Dafür werde ich gewiss sorgen«, sagte Clara.

Vera schob die blauen Sommerschuhe unter dem Saum hervor, drehte sie nach innen und schaukelte auf einmal im Sitzen hin und her wie ein gelangweiltes Kind.

»Ist dir übel, Vera?«, fragte Clara.

Ihre Schwester schüttelte sich so heftig, dass eine Strähne aus der hochgesteckten Frisur rutschte. Wie ein Jahrmarktsautomat mit langsamen, eckigen Bewegungen strich sie sie vergeblich zurück.

»Ich löse ihr ein ganzes Tütchen Somniferal-Pulver auf. Davon haben wir ja genug im Haus.«

»Ist das nicht zu viel?« Volz schien nicht zu wissen, wohin mit seinen kräftigen Händen.

Clara lächelte schwach. »Wir kennen unsere Erzeugnisse. Ich dosiere schon richtig.«

»Kann ich noch etwas für Sie beide tun?«

»Sie waren ...« Es klopfte zweimal leise an die Tür. »Der Tee.« Clara wandte den Kopf, ob sie die Schritte Luzies auf der Treppe hörte. »Warten Sie bitte noch bei Vera, bis ich ihr eine Tasse gebracht habe.«

Clara ging durch den Flur und hörte Luzie oben die Kammer schließen. Im Salon stand die Teekanne auf dem Tablett, doch in der Vitrine hinter dem runden Esstisch war Veras rosa Lieblingstasse aus Höchster Porzellan nicht zu finden. Das Dienstmädchen verräumte auch alles ... Clara griff zu den grünen flachen Teeschalen.

Noch nicht am Tisch schalt sie sich taktlos. Die chinesischen Tässchen waren ja das Verlobungsgeschenk von Joseph gewesen. Clara tauschte sie schnell gegen weiße. Das Geschirr war aus dem Familienbesitz, vielleicht tröstete es Vera sogar.

»... der Polizist kann nichts verlangen.« Neben dem Ohrensessel in der Bibliothek kniete Volz. Er blickte auf, als Clara eintrat.

»Die Melisse wird dir guttun.« Clara nahm zwei dicke Bücher vom Beistelltisch und stellte an ihrer statt die Tasse auf das Häkeldeckchen.

»Ihr seid so gut zu mir.« Vera fasste den Henkel und trank langsam.

»Ich werde Sie nun allein lassen.« Volz erhob sich. »Sie sind in guten Händen bei Ihrer Schwester.«

Vera nickte und schloss die Augen über dem grünen Spiegel des Melissentees.

»Ich finde allein hinaus.«

An der Tür der Bibliothek blickte er sich noch einmal zu Vera um. Die Tatkraft war aus seinem Gesicht gewichen, der kleine Mund fast schmerzlich in den Winkeln nach unten gezogen. Er bedauerte sie wohl sehr. Dann nickte er Clara zu.

Sie wartete, bis die Haustür ins Schloss gefallen war.

»Ich löse dir ein Somniferal auf.« Clara ging zum Arzneischrank im Winkel vor dem Erker.

»Nein.«

»Aber du wirst nicht schlafen können. Du bist viel zu erschüttert um …«

Vera wandte den Kopf zur Seite und stellte den Tee ab. »Als ob du mir erklären müsstest, wie ich mich fühle!«

Wenn Vera die Wörter dehnte, stand sie kurz vor den Tränen. Clara trat näher, wollte sie umarmen.

»Joseph … Es ist so furchtbar.« Vera fiel in das Lederpolster des Sessels zurück und schloss die Augen. »Irgendwann werde ich wieder schlafen können.« Sie schlug die Augen auf. »Hier in der Bibliothek hat unser Vater gearbeitet. Seit meiner Hochzeit hat Joseph hier seine Bücher eingeräumt.« Sie wandte den Kopf gegen das Polster und deutete mit dem Kinn auf den großen schwarzen Schrank, der dem Fenster gegenüber die Wand ganz einnahm. »Es ist in den wenigen Wochen ganz sein Zimmer geworden.«

In vielen Nächten hatte Clara noch Licht unter dem Türspalt gesehen, wenn sie aus dem Bureau kommend die Stufen zu ihrer Etage nach oben gegangen war. »Joseph hat mir einmal gesagt, dass er sich hier sehr wohlgefühlt hat. Er hat die Folianten unseres Vaters über die Mineralienstudien geschätzt.« Clara hatte ihm die letzten Aufzeichnungen ihres Vaters zu den Reagenzien überlassen. Ihr Schwager hatte bereits die Versuchsreihen neu geordnet und die ersten Experimente begonnen. Ein nüchterner Gedanke drängte sich auf. Die Firma Balthasar brauchte einen neuen Chemiker. Wieder einmal stand sie ohne einen da, der zugleich auch zu forschen vermochte. Clara schloss die Augen.

Was waren schon die geschäftlichen Ärgernisse gegen den jähen Tod?

»Lass mich bitte allein.« Vera legte die Hände auf die Lehnen. Sie zitterten.

Clara gab ihrer Stimme eine besondere Weichheit, manchmal überwand sie damit Veras ewigen Eigensinn. »Du solltest dich besser hinlegen.«

»Schwester.« Vera seufzte sogar leicht. »Bitte geh jetzt. Es ist …«, sie atmete hörbar ein und schloss die Augen, »… es ist ein wenig so, als ob Joseph hier noch zugegen wäre.«

Clara legte die Hand auf die Klinke. »Du kannst mich jederzeit rufen.«

Vera wandte den Kopf. »Du bist immer für mich da. Ich weiß. Geh.«

Das letzte Wort hörte sich an wie ein Schluchzer.

Im Flur hakte Clara so leise als möglich die Klinke ein. Sie hatte so gehofft, dass endlich wieder Leben in dieses große Haus einkehren möge. *Die traurigen, reichen Schwestern*, wie lange wurden sie in der Verwandtschaft schon so genannt? Was würde es jetzt erst heißen? *Schwarze Engel,* würde Tante Monique nach der Beerdigung murmeln; ein Jahr müsste Vera in Trauer gehen, die doch Farben über alles liebte.

Clara schienen die Treppen ein Anstieg auf einen Berg. Ihren einsamen Berg, die leeren Kinderzimmer neben ihrem Schlafgemach. Sie hatte sich so gewünscht, nun endlich ihre eigene Zukunft …

Clara erschrak von einem Geräusch, war schon halb auf der Treppe unten. Vera ging in der Bibliothek umher. Sie hörte die Tür des alten Bücherschranks in der Angel knarren. Sie sollte … sie sollte Vera lieber die Flucht in die fröhlichen Bücher ihrer Kindheit lassen.

Wohin könnte sie selbst sich wenden, welcher vertraute Anblick bärge so viel Trost?

Als Clara im Gemach ihr Haar löste, erinnerte sie sich des warmen Blicks von David Singer. Sie sortierte die Haarnadeln in das Kästchen auf dem Boudoir-Tisch. Mit jedem Kammstrich durch das lange Haar schöpfte sie mehr Hoffnung. Für sich und Vera.

Kapitel 3

SONST SPARTE HELMA das Geld für die Straßenbahn, aber heute war ihr die Zeit wichtiger gewesen, die halbe Stunde, die sie gebraucht hätte, wenn sie übers Bahnviadukt in den Hemshof gelaufen wäre. Dort hoch über den Gleisen des Hauptbahnhofs drängelten sich die Fußgänger, egal ob Tag oder Nacht. Es gab ja eigentlich keinen zweiten Weg ins Arbeiterviertel, außer am Winterhafen entlang.

Jetzt war Helma erst recht froh, dass sie schon in der Blücherstraße an einem Tisch neben ihrem Franz saß. Im »Kerscheplotzer«, der Wirtschaft des Wacke Michel und seiner Frau, roch der Dunst, der unter der Decke zwischen den gelben Lampenschalen dahinzog, nach Gequellten und Plunz und zu vielen müden Menschen. Die meisten Nachbarn aus ihrem oder den anliegenden Häusern traf sie jeden Abend hier. Wer wollte schon nach zwölf oder noch mehr Stunden Arbeit oben in den viel zu engen Zimmern sitzen, wo die Kinder in allen Ecken plärrten und die Windeldüfte durch alle Ritzen zogen? Oder die Alten nicht schlafen konnten und nach dem Nachttopf verlangten?

Um gut zehn Tische im tiefen Schankraum hockten die abgekämpften Männer in ihren einfachen Sonntagskleidern. Sie streckten die Beine von sich, als wären sie lahm, manche verschränkten die Arme hinter den Köpfen und starrten mit geschlossenen Augen zur vergilbten Decke. Hätten sie nicht Rauch aus den Nasen gepafft, Helma hätte glauben können, dass sie schliefen, aber sie genossen nach dem einzigen freien Tag ihre Tabaksstumpen.

An ihrem Tischende gegenüber dem Tresen saß nur der alte Gustav auf seinem Stammplatz.

Helma strich sich müde über die Stirn. Sie hätte ihre rauen Finger gern noch nach dem vielen Grumbeerschälen mit Melkfett eingerieben, aber die dicke Margit hatte keines mehr herausgerückt, weil sie den letzten Zug der Lokalbahn nach Mutterstadt nicht hatte versäumen wollen.

»Willst du was essen?«, fragte Franz leise. Er hatte seine schwere

Hand unter dem Tisch auf Helmas Knie liegen, wie immer, wenn sie beieinandersaßen.

Die Hand durfte da auch gern bleiben. Weil sie nicht frech herumwanderte, hatte Helma sich in den eineinhalb Jahren so daran gewöhnt, dass die Last des langen Tages erst von ihr abfiel, wenn ihr Knie von seiner Hand am Abend warm wurde. »Ich habe schon in der Küche gegessen. Gut sogar.« Sie hatte von der dicken Margit im Gesellschaftshaus noch zurückgegangene Kalbsnierchen mit Kartoffelbrei bekommen. »Aber ich habe Durst.«

»Kriegt ihr dort nichts zu trinken?«

»Nur Wasser oder Milch«, sagte Helma.

Franz machte mit seiner freien Hand dem Wacke Michel drüben am Tresen ein Zeichen. »Das Aktienbräu hier ist besser für meine Helma.« Er fuhr ihr mit der rauen Linken über die Haare.

Helma hatte ihm abgewöhnt, dass er sie drückte und ihr mit seinen dunklen Bartstoppeln die Wangen aufriss. An Franz' Leib sprossen überall so viele schwarze Haare, dass sie ihn Bär gerufen hatte, aber das hatte er ihr verboten. Sogar die Augen waren klein, dunkelbraun und rund wie bei einem Petz. Helma kniff die Brauen zusammen. »Deine Lidränder sind noch immer rot.« Durch die Dämpfe in der Fabrik entzündeten sich oft seine Augen.

Franz griff zum Bier vor ihm auf dem Tisch. »So schnell heilt das nicht aus.« Er verschluckte sich fast. »Es wird immer verrückter. Stell dir vor: Die Werksbeamten müssen morgen die Arbeit von den streikenden Gewerkschaftern tun.« Wenn Franz lachte, veränderte sich sein Gesicht, die Stirn schlug so viele Falten wie ein Riffelbrett in der Küche.

Helma mochte es, wenn er lachte. Dann zeigte er seine Zähne, die so ebenmäßig und weiß waren wie bei sonst keinem Mann. Dann strahlte er wie ein Prinz im Märchen. »Das wäre das erste Mal«, sagte sie.

»Doch, die werden die Streikbrecher selber abklopfen. Die Ordner, die das Werk bezahlt, haben Schiss, jetzt, wo der Direktor im Brunnen gelegen hat.«

»Nur nicht übertreiben. Ein großer Direktor ist es nicht gewesen, Franz. Nur ein Werksbeamter aus einer Giftküch.«

Der Wacke Michel hatte eine Schürze aus Leder umgebunden. »Jeder erzählt was anderes. Die Witwe soll im Gesellschaftshaus

Zeter und Mordio geschrien haben, bevor man sie auf einer Bahre hat hinaustragen müssen.« Er stellte Helma das Bier auf den Tisch. »Hast du in der Küche dort was mitgekriegt?«

Die Nachbarn wusste ja alle, wo sie gerade ihr Geld verdiente. »Hinausgeführt haben sie die Modry, weil ihr die Beine geschlottert haben, ohnmächtig war sie nicht.«

»Die Wachtmeister haben das ganze Rheinufer von der Mannemer Brigg bis zum Bahndamm abgesperrt. Die haben sogar die Hafenbahn einstellen müssen.« Der alte Gustav schob die Batschkappe, die er nie ablegte, auf dem kahlen Kopf zum linken Ohr. »Der Rheindamm hat vorher schon voll mit Kisten und Sperrgut gelegen. Aber die Polizei hat die Bahn nicht rollen lassen, so verrückt waren die wegen der Leiche von dem feinen Herrn im giftorangenen Schaum. Jetzt können die Schiffe aus dem Winterhafen nicht raus, weil die Ladung nicht abgeladen worden ist. Das war seit Menschengedenken das erste Mal, dass am Winterhafen was nicht geklappt hat. Das wird dem Dicken gar nicht gefallen. Das merkt der sich. Der hat den Verbrecher schneller wie die Polizei am Wickel.«

Helma verstand ihn nicht gut, weil der zahnlose Gustav so nuschelte. Er war einer der wenigen Männer in der ganzen Straße, die wirklich Rente von der Reichsversicherung bekamen, die erst ab siebzig zahlte. »Was für ein Dicker?«

»Einer, der am Winterhafen für Ordnung sorgt. Der weiß, wie man das Hündchen führt. Dem stellen die nicht zweimal die Hafenmauern voll mit Kisten.«

Vorn am Tisch nahm einer der Männer die Hände hinter dem Kopf weg und dann einen Stumpen aus dem Mund. Er blies eine große Rauchwolke aus. »Babbel besser nicht so dumm daher, Gustav, und nicht so laut.«

Helma hatte vergessen, dass der Braun als Maurer bei der Anilin arbeitete. Ihm gehörten die Hühnerställe im Hof, wo sie bei der halbwüchsigen Tochter manchmal Eier kaufte. Die Frau war schon lange tot.

»Ich denke mir mein Teil.« Gustav griff zu seinem Piffchen Wein.

Was für ein Pfälzer Großkrischer der Alte war.

»Den Modry haben doch deine Leute ins Wasser geworfen,

Helma.« Braun steckte den Stumpen wieder in den Mund und zog, dass er aufglühte.

»Was hat denn meine Helma mit der Leiche zu tun, Braun?« Franz nahm die Hand von ihrem Knie und setzte sich auf. Er legte die linke Faust vor sich auf den Tisch. Die schwarzen Härchen glänzten auf seinem Handrücken.

»Wer soll's denn sonst gewesen sein? Euch von der Gewerkschaft passt bloß nicht, dass der für uns den neuen Arbeiter-Verein der BASF zusammen mit dem Doktor Müller gegründet hat. Und dass die Direktion jetzt mit uns über die Lohnhöhe verhandelt und nicht mit den Roten. Da nützt auch euer debbischer Streik nichts mehr.«

Helma kam Franz zuvor, der arg schnell mit den Fäusten war, sie sprang auf. Ihre ganze Familie war organisiert, Onkel Wilhelm sogar Schreiber des Ortsvereins Friesenheim. »Du willst uns mit Diebsvolk und Spitzbuwe in die gleiche Ecke stellen? Nennst du das Arbeitersolidarität? Wer sich nicht wie ihr vom Unternehmer die Ehre abkaufen lässt, den müsst ihr vom neuen Arbeiter-Verein also mit Dreck bewerfen. Wie hoch besticht euch denn die Direktion?« Sie streckte den Arm mit flacher Hand aus. »Was kriegst du denn bar auf die Hand?« Helma war laut geworden. Die Menschen an den Tischen hoben die Köpfe, es wurde still.

»Die Helma ist wieder in Fahrt«, zischelte einer hinten im Saal.

»Wenn hier einer Menschen umbringt, dann die Chemie mit dem schleichenden Gift.« Helma wies zur Seite über die Tische. »Schau sie dir doch an, Braun. Schau dir deine Nachbarn im Hemshof doch an. Oder hör einfach hin.« Sie musste nicht warten, Kranke gab's in jedem Haus. Natürlich hustete einer an den Tischen.

»Die Lungen sind kaputt, weil die Männer zu lange in den Dämpfen stehen. Deshalb wird jetzt in der Großen Fabrik gestreikt. Damit der ganze Beschiss mit den Arbeitszeiten ans Licht kommt.«

»Recht hat sie.«

»Halt's Maul. Das rote Weib hat doch keine Ahnung.«

»Auch so einer von den Verrätern.«

»Ach was, der Erwin ist bloß bei den Katholischen.«

»Genauso schlimm.«

Helma setzte sich wieder, verwirrter vom Reden, als sie zeigen mochte. Fühlten sich die geschulten Agitatoren auch so? Konnten die unterscheiden, ob die Leute nur aus Langweile herhörten, weil sie zu müde zum Streiten waren, oder ob sie wirklich begreifen wollten, wie man sie unterdrückte?

»Die sind doch alle gleich.«

»Um uns kümmert sich doch eh keiner.«

»Noch ein Viertelche, Michel.«

Der Maurer Braun warf ein paar Münzen auf den Tisch und spuckte in den Napf vorm Tresen. »Ihr Roten glaubt doch nicht, dass ihr von der Anilin noch was heraushandeln werdet. Das Werk redet jetzt mit uns, nicht mit euch. In vier Wochen kriecht ihr alle wieder durchs Werkstor, weil ihr kein Geld mehr habt, eure Schandmäuler zu stopfen.«

Helma biss sich auf die Lippen. Auf Beschimpfungen niemals mit gleicher Währung zurückgeben, hatte ihr der Onkel eingeschärft, der was von Agitation verstand. Sie hob lieber das Kinn und schenkte Braun einen kalten Blick, den der nicht lange aushielt.

Es gärte schon lange in der Anilin. Seit im Januar die Direktion die Arbeitszeit zwar verkürzt, sie dafür aber nicht mehr ab Werkstor, sondern ab dem Eintreffen der Männer am Arbeitsplatz rechnete, gab es in vielen Betrieben Streit. Die Waschzeiten der Männer vor der Mittagspause waren verkürzt worden, auch sollte das Reinigen unter der Brause am Ende des Tages nicht mehr angerechnet werden. Die Direktion bestand darauf, die Beschwerden einzeln mit den Vorarbeitern zu besprechen, die Gewerkschaft hingegen wollte mit der Direktion für das Kollektiv verhandeln. Man hatte den im Werk gewählten Krankenkassenausschuss der Reichskrankenversicherung bemüht, weil es noch immer keinen Arbeiterausschuss als Vertretung gab. Letztlich hatte die Direktion aber jede Vermittlung abgelehnt.

»Am 17. Juli haben sich die Magazinarbeiter versammelt, am 18. haben die beim Indigo- und beim Alizarinmagazin die Arbeit dann niedergelegt«, sagte Franz. Seine schwere Hand fand wieder ihr Knie. »Das Werk hat alle entlassen. Die haben auch den Aufruf vom Gustav Haupt, endlich mit der Gewerkschaft zu verhandeln, gar nicht beantwortet.«

Helma sah ihn an. »Doch. Die Direktion hat gar ein Ultimatum gestellt, wer bis gestern, Samstag, früh nicht wieder eingetreten ist, gilt als entlassen.« Die Bekanntmachung hatte die Wohltaten, auf die sich die Direktion so viel einbildete, erneut aufgezählt. *1908: Einführung des Urlaubs für verdiente Arbeiter, 1909 Gründung der Pensionskasse ohne eigenen Beitrag der Arbeiter selbst, 1910 die allgemeine Lohnerhöhung, 1911 die Verkürzung der Arbeitszeit bei gleichem Lohn.* Helma hatte es so oft gehört, dass sie es hätte im Schlaf herunterbeten können. Was hatte sich am Leben der Arbeiter gebessert? Nichts. Die Preise stiegen doch auch, und was war eine Arbeitszeitverkürzung wert, wenn das Waschen und der Weg zum Platz dafür in dem großen Werk nicht mehr zur Arbeitszeit gerechnet wurden?

»Gestern sind zehn von den streikenden Magazinarbeitern wieder ins Werk. Jedenfalls gehen noch eine Menge Männer arbeiten, die ich kenne.« Franz rieb sich über die schwarzen Stoppeln. Seine kleinen braunen Augen suchten etwas weit hinten im Saal.

»Was soll das heißen?« Helma sah ihn von der Seite an.

»Dass jeder was anderes macht. Bei vier von den Farbbetrieben und beim Chlor haben die Männer zehn Prozent mehr Lohn verlangt. Woanders, dass die Ausständigen unter gleichen Bedingungen wieder einzustellen seien.«

»Das ist doch nur vernünftig so.« Helma nippte am Bier.

»Warum haben dann gleich fünfundvierzig Mann aus meinem Alizarinwerk gekündigt?« Franz kratzte sich einen Farbspritzer aus dem kurzen dichten Haar, das sie ihm erst vorgestern geschnitten hatte.

Helma fuhr ihm über die geriffelten Falten auf seiner Stirn. Aus seinen braunen Augen schaute er drein wie ein Junge in der Volksschule, wenn es ans große Einmaleins ging. *Sieben mal neunzehn ist?* Helma blies ihre Backen auf, lächelte aber nicht dabei. »Wie viele Alizarinkessel, von denen du mir immer erzählst, könnt ihr denn noch am Kochen halten, wenn die halbe Mannschaft fehlt? Können denn die Werksbeamten die Anlage überhaupt nur teilweise betreiben?«

Franz hob die Schultern. »Gesehen habe ich das noch nicht. Eigentlich zischt es immer aus allen Ventilen, die ganze Reihe Kessel entlang.«

»Die Herren Direktoren müssen halt immer mal wieder merken, dass sie die Arbeiter brauchen. Von allein kocht sich die Farbe nicht, und sei sie noch so bunt und strahlend.« Der alte Gustav leerte sein Viertelchen Wein, nickte dem Glas zu wie einem gläubigen Kindergesicht.

»Gehen wir, sonst trinke ich noch eins.« Franz schielte zu ihrem Glas Bier hin.

Helma reichte es ihm. »Trink aus.« Das Streikgeld war nicht so hoch. Sie wusste nur zu gut, dass Franz es gar nicht leiden konnte, wenn er kein Geld in der Tasche hatte. Für einen Weck und eine Wurst jeden Tag sollte es immer reichen, dafür hatte er als Bub zu oft nur Butterbrot oder gar nichts zu beißen bekommen. Acht Kinder waren sie zu Hause gewesen.

Der alte Gustav schob die Lippen vor. »Das hat es lang nicht mehr gegeben, dass sie die feinen Leute ins Wasser werfen. Das wird ja noch wie in der Franzosenzeit ganz früher, dass einer den andern übern den Haufen schießt.«

Franz klopfte mit den Handknöcheln auf die Tischplatte. »Bis morgen.«

Der alte Gustav starrte mit dem triefigen Blick auf ein Stuhlbein. Die andern Männer drehten die Köpfe und brummten etwas. Helma rutschte hinter Franz von der Bank.

Die Frau vom Wacke Michel hinter dem Tresen winkte sie zu sich.

Franz gab Helma das Zechgeld, steckte die Hände in die Hosentasche. Mit dem Blick auf einen Tisch mit Schafkopf-Kartenspielern wartete er bei der Tür. Wenn er so leicht in den Knien wippte, spannte sich die Hose über seinem Hintern, ein richtiger Mann, kein Hänfling. Helma fühlte einen Augenblick die Kraft seiner Hände, Beine und Arme über ihre Haut rieseln.

Die rotwangige Wirtin mit dem Leberfleck am Kinn wischte rasch die Hände an einem Geschirrtuch ab. Sie zog Helma in einen Winkel vor ein Schaff mit Brotlaiben und Käsestücken auf weißen Tellern. Sie steckte Helma eines in Wachspapier gewickelt zu. »Michel braucht das nicht zu sehen. Der junge Konz hat wieder so gesoffen, dass er uns auf die Dielen in die Wirtschaft gekotzt hat. Er hat die Frieda, die ihn hat holen wollen, hier schon fast blau geschlagen. Da ist sie ab.« Die Wirtin band sich die Schürze hinter dem Rücken neu und verstellte dabei den Blick in den Schankraum. »Die Frieda hat sich gegenüber bei den Schustersleuten versteckt. Bring ihr das, ich habe heut keine Zeit. Die arme Seel muss ja nicht auch noch hungern.«

Helma barg den Käse unter ihrer Jacke. »Wenn der Konz den Rausch ausgeschlafen hat, tut's dem Blindgänger wieder leid, dass er fast heult.«

»Vielleicht lernt er's noch.« Die Wirtin nahm das Zechgeld, sah aber nicht mal drauf. »Ich glaube es aber nicht, der Alte war auch schon so.«

Helma ging, sie achtete nicht weiter auf die Jungarbeiter, die ihr auf den Hintern schauten und dreckig lachten, Maulhelden allesamt. Noch ein paar Jahre, dann waren sie am Sonntagabend auch müde, wund und still. Franz war schon draußen auf der Blücherstraße. Sie sah nur seinen Rücken durch die offene Tür im Licht der Straßenlaterne. Warum kniete er an den Stufen?

»Schau mal.« Franz hatte seine großen Hände übereinander zur Kugel geformt. Er lupfte den linken Daumen und Zeigefinger. »Ein Kätzchen.« Vorsichtig blies er es an.

Das Tier drehte das Köpfchen. »Es ist ja noch blind«, sagte Helma.

Franz trug es bis zum nächsten Kandel und setzte es darunter am Sandstein der Hauswand ab. »Hier wird es die Mutter wiederfinden.«

Wenn das Kätzchen Glück hatte und kein Marder schneller war. Helma hakte sich mit dem Arm bei Franz ein. Dass er das Kleine überhaupt neben den Stufen der Wirtschaft entdeckt und in Sicherheit gebracht hatte, für diese Achtsamkeit liebte sie ihn.

Es war schon spät. Wenigstens hatten sie nicht mehr weit zu gehen, nur über den Hof ins Hinterhaus, zwei Stockwerk hoch, wo es nicht feucht war, und dann in der Wohnung ihrer Tante bis in die kleine Kammer. »Komm mit hoch.« Die Tür musste offen stehen, wenn Franz zu ihr kam, nur der Onkel war nicht so streng damit, wenn die Tante außer Haus war. Und er ging dann auch mal mit den Enkeln die Kaninchen im Hof besuchen. »Vielleicht hat Tante Traudel noch ein Glas Milch für uns.« Solange Franz nicht über Nacht blieb, war alles recht.

»Zur Hygiene tragen Licht und Luft bei, auch wenn Letztere in Ludwigshafen nun nicht gerade der eines Kurbads entspricht.« Doktor Westhoven ging von der Tür stracks durch den kleinen Operationssaal und öffnete das Fenster. An den weißen Wänden standen kleine Tische mit medizinischen Gerätschaften, Schalen, Zangen, alle nach Größen sortiert und geordnet. Sie schimmerten matt.

Cresper war am Montagvormittag dem Arzt dankbar für den leichten Luftzug, der sofort einsetzte. Wahrscheinlich war eben hier, in diesem weiß gekalkten Raum des Städtischen Krankenhauses, sein eigener Vater den Eingriffen erlegen, die der Magenkrebs notwendig gemacht hatte. Cresper wandte sich zum zweiten Fenster und tat so, als ob er hinüber zum ummauerten Pavillon der Geisteskranken blicke. Zu seiner Verwunderung lehnte sich Doktor Westhoven noch weiter aus dem Fenster des Saals.

»Wie vieles in unserem aufstrebenden Ludwigshafen ist auch unser Krankenhaus äußerst modern.« Der Doktor hob seinen Kugelbauch fast über die Fensterbrüstung und winkte einem jungen Assistenzarzt, der vom Männerpavillon Nummer 6 kommend zum Verwaltungshaus eilte. Jeden Tag war Cresper damals nach Dienstschluss diesen Weg gegangen. Selbst als sein Vater ihn im Siechtum nicht mehr erkannt hatte.

»Fangen Sie mit der Aseptol-Schulung ohne mich an. Ich komme nach. Es wird nicht lange dauern«, rief der Arzt mit erstaunlich tiefer Kommandostimme hinunter und fuchtelte so heftig mit der Hand in der Luft, dass Cresper schon fürchtete, er könne hinausstürzen. Der Doktor wartete nicht einmal die Antwort des jungen Assistenzarztes von unten ab.

Westhoven drückte sich vom Fenster weg. Der glatt rasierte Mann hatte eisgraue Augen und einen präzisen Blick, der gar nicht zu seinem regen Mienenspiel passen wollte. Er ging weiter zu dem mit einer großen Plane abgedeckten Behandlungstisch in der Mitte des Saales. »Nach dem Beispiel von Frankfurt und Dresden sind das Verwaltungs- und die Ökonomiegebäude abgesondert vom eigentlichen Krankenbereich, die Bauweise hilft, die Kranken je nach Infektionsgrad oder Ruhebedürfnis zu separieren. Fast dreihundert Betten haben wir hier in den zweistöckigen

Pavillons.« Er rieb sich die Hände. »Eine Führung durch unseren neuen Elektro- und Hydrotherapiebereich wäre mir wahrlich lieber ...«

Je früher Cresper die schmerzvollen Erinnerungen mit Arbeit vertrieb, desto besser. »Ich kenne das Krankenhaus.« Er stellte sich nun, die Hände vor seinem Tagesanzug verschränkt, in militärischer Haltung breitbeinig auf.

Der Leiter des Städtischen Krankenhauses hob die Augenbraue. Er tippte die Fingerspitzen beider Hände über dem weißen Wachstuch aneinander. Ein kurzer Blick traf Cresper. »Sergeant, Sie sind als Polizist sicher einiges gewöhnt.«

Cresper nickte nur. Was ging es den Doktor an, dass er noch keine Leiche gesehen hatte, die in einem Operationssaal gelegen hatte und womöglich für eine Obduktion geöffnet worden war?

»Nun gut.« Doktor Westhoven hob die Plane an der linken Seite an und warf sie mit Schwung über die ganze Tischlänge. Sie knickte in der Mitte ein, schon gab er ihr einen zweiten Impuls, der sie so weit einklappte, dass Westhoven sie auf einen leeren Beistelltisch hinüberpackte. »Die Geruchsbelästigung durch den Verfall des Körpers ist erstaunlich gering. Der Farbstoff übt offenbar eine antiseptische Wirkung auf Kleinstorganismen aus.«

Cresper trat unwillkürlich einen Schritt zurück. Der Tisch war gar keiner, sondern eine Art Sarg aus Metall. Crespers Magen hob sich, er hatte er einen ganz und gar orange eingefärbten Menschen erwartet. Vor ihm lag ausgestreckt und entkleidet der tote Joseph Modry. Im ersten Moment glaubte er an Insektenfraß, so zerrissen, löchrig sah die Haut aus.

Er zwang sich, gegen den aufsteigenden Magensaft zu schlucken. Die Haut war weder angefressen noch zerstört. Die Farbe hatte sich in unterschiedlichster Weise eingetränkt, war an einigen Stellen fast gar nicht eingedrungen. Das Geschlecht lag wie aus weißem Wachs im dunklen Haar, die Beine hingegen glänzten alabastern orange, die Seiten waren gescheckt. Cresper nahm seine Hand langsam von der eigenen Kehle.

Der Arzt sah wohl mit Absicht an ihm vorbei. »Es sieht fürchterlich aus, nicht wahr? Dabei ist es nur eine synthetisch hergestellte Farbe. Je nach Saugfähigkeit der Stofflagen der Kleidung über der Haut ist die Färbung unterschiedlich intensiv.«

»Ich verstehe.« Cresper hörte, wie belegt seine Stimme klang.

»Wir verfügen über eine hervorragende Eismaschine im technischen Pavillon.« Er deutete unter den Tisch. »Dieser Kasten ist voll davon und kühlt perfekt.« Langsam ging der Arzt zur Kopfseite.

»Haben Sie eine Todesursache feststellen können?« Cresper suchte den eisgrauen Blick.

Doch Westhoven ließ seine Finger am Rande des Troges entlanggleiten bis auf die Höhe der rechten Hand des Toten. »Ja, das habe ich, auch wenn es diffizil war. Aus mehreren Gründen.«

Fast schien es, dass er die Lippen schürzte, wie es kleine Kinder manchmal taten, wenn sie sich langweilten. Westhoven rang mit der Fassung wie er selber.

»Wie Sie sicher wissen, bin ich sowohl Leiter des Städtischen Krankenhauses als auch Werksarzt in der BASF. Der arme Doktor Modry war mir aus dem Werk bekannt, ein strebsamer junger Mann, der eben erst geheiratet hat.« Der Arzt sah zur Decke. »Wenn ich an die arme Witwe denke, wird mir ganz anders. So eine junge Frau, eine Schönheit, ich übertreibe nicht, fragen Sie, wen sie wollen. Getroffen von solch einem Schicksalsschlag …«

Schön war Vera Modry ohne Zweifel, doch Cresper wurde ungern an die missglückte Begegnung im Gesellschaftshaus gestern erinnert. Er brummte etwas, dass der Arzt auslegen konnte, wie er mochte. Wenn Zeugen sprachen, sollte man sie nicht unterbrechen.

»Doktor Modry war von echtem Forschergeist beseelt. Wir waren beide begeisterte Mitglieder im Naturwissenschaftlichen Verein. Er war wie ich der festen Überzeugung, dass auf dem Gebiet der Kleinstorganismen noch enorme Fortschritte vor uns liegen.«

»Forschte er in der Pharmakologie?« Cresper ertrug den Anblick des toten Mannes kaum, er fixierte das Gesicht des Arztes.

Dessen Wimpern zuckten einmal. »Woran er forschte, fragen Sie besser die Direktion.«

»Sie sagten eben noch im Treppenhaus, Sie hätten Kollegen zur Untersuchung beigezogen?«

»Ja, heute ganz in der Frühe. Ich wollte absolut sichergehen. Bei einem Menschen, den man kennt, noch dazu in gehobener Stellung im Werk wie in der Gesellschaft … Nun, niemand macht da gern einen Fehler. Sie sicher auch nicht.« Das Lächeln des Arztes misslang. Er verzog die Lippen zu einem Strich, sah aus wie jemand, der erst draußen vor dem Geschäft begreift, dass er einem Wucherer auf den Leim gegangen war.

»Was hat Sie denn so erschreckt?«

»Eins nach dem anderen.« Westhoven räusperte sich. »Zunächst steht fest: Doktor Modry ist nicht ertrunken. Die Einzelheiten der Messung des Wasserstandes in der Lunge erspare ich Ihnen, jedenfalls war zu wenig darin. Wir haben sogar die Berliner Charité telephonisch konsultiert.«

Diesen Aufwand betrieb der Arzt nicht umsonst. Cresper blickte auf seine schwarzen Schuhspitzen auf den grauen Steinfliesen. Sein Gefühl hatte ihn also nicht getrogen, der erste Anschein war falsch gewesen. »Woran ist Modry gestorben?«

»An einem Schlag auf den Hinterkopf. Schädelbruch.« Der Arzt winkte ihn heran. »Die Totenstarre gibt schon wieder nach.« Er öffnete eine Klappe an der Stirnseite des Troges, griff hinein in die dunklen, orange getönten Haare des Toten, bog den Kopf hoch. »Sehen Sie hier die kurze Platzwunde? Das Blut ist vom Brunnenwasser ausgewaschen und vom synthetischen Farbstoff gelöst worden.«

»Das genügt«, sagte Cresper. Das Fleisch der Kopfhaut klaffte wie bei einem Schlachtfest in der Schwarte der erste Schnitt des Metzgers.

Der Arzt ging zu einem Waschbecken an der Seite, drehte den Hahn auf und wusch sich lange die Hände.

Cresper war für den Kernseifengeruch dankbar. »Das bedeutet, Doktor Modry war zumindest bewusstlos, als er in den Brunnen geschafft wurde, wenn so wenig Wasser in seiner Lunge war.«

»Vielleicht.« Westhoven trocknete sich die Hände ab und hielt das Handtuch fest. »Wir haben lange diskutiert. Wir wissen sehr wohl, dass Sie Herren Criminaler in diesem Fall auf Präzision gewiss Wert legen. Was wir sagen können, ist, dass Doktor Modry in extremis, also sterbend, ins Wasser gekommen ist, mit höchster Wahrscheinlichkeit war er bereits tot. Hätte er gelebt, nun, den Wasserstand in der Lunge habe ich schon erwähnt.« Er ließ das Handtuch neben das Waschbecken an die Wand zurückfallen.

»Gibt es Anzeichen eines Sturzes? Sagen wir, aus der Höhe der

Brunnenfiguren herab? Spekulieren wir, Doktor Modry wäre aus irgendeinem Grunde hinaufgeklettert und auf den feuchten Steinen ausgerutscht.«

»Nein, nein, nein.« Der Arzt fuchtelte mit der linken Hand durch die Luft. »Selbst wenn das Wasser ihn gebremst hätte, Abschürfungen irgendwo am Leib hätte es auf jeden Fall gegeben.«

Der eisgraue Blick verschwand fast hinter den langen, hellen Wimpern, Westhoven schwieg. Cresper wartete zu.

Die Lippen des Arztes spitzten sich. »In einem Punkt waren wir uns nicht einig. Sehen Sie hier.« Sein dicker Zeigefinger zog einen winzigen Kreis vor den Nasenlöchern des Toten. »Sie müssen schon näher rangehen, Sergeant.«

Cresper überhörte den Spott. Die schmale Nase wirkte wie eingefallen, war ungleichmäßig orange gefärbt, als wären Pickel verschwunden und hätten hellen Flecken Platz gelassen. An den Übergängen zur Oberlippe lagen winzige Linien wie ein dunkles Delta unter der Haut. »Meine Sie die Äderchen?«

»Sie haben Talent zur Diagnose. Das wünschte ich mir bei meinen Medizinalpraktikanten.« Der Arzt seufzte. »Genau um diese geht es.«

Cresper wandte rasch den Blick von dem toten Gesicht. »Worin liegt Ihre Differenz mit den Kollegen?«

»Eine solche extreme Weitung bewirkt nur großer Alkoholkonsum.«

»Soll das heißen, Modry könnte betrunken in den Brunnen getorkelt sein?«, fragte Cresper. Der Chemiker hätte sich dabei dann einfach den Kopf aufgeschlagen.

»Eine Alkoholmenge, die diese Weitung bewirkt, hätte ihn des Gehens unfähig gemacht. Aber ich für meinen Teil glaube nicht an Alkohol. Bei einem Manne meines Jahrgangs tritt das vielleicht auf, aber Männer Ihres Alters, werter Sergeant, da muss man schon ein schwerer Trinker sein, dass sich die Haut nicht mehr vom Abusus erholt. Nein, nein, nein.« Der Arzt lachte kurz auf. »Glauben Sie, dass in unseren Labors in der BASF ein Trinker eine Chance hätte, auch nur eine Entdeckung zu machen? Bei den chemikalischen Experimenten muss man seinen Geist arg beisammenhaben, sonst fliegt einem der Farbstoff mit Hochdruck um die Ohren.«

Was machte Westhoven bloß so sicher? Als ob es nicht genug heimliche Trinker gab, die bei der Armee die besten Kanonenschützen waren. Cresper hatte genug solcher Unteroffiziere gesehen. »Was verursacht die Spuren dann, wenn nicht Alkohol?«

»Eine beginnende Atemwegserkrankung, vermute ich. Fragen Sie die Witwe danach. Womöglich auch eine Unverträglichkeit des Körpers mit einer Chemikalie. Vergessen Sie nicht, Doktor Modry hantierte täglich mit gefährlichen Stoffen. Sosehr wir uns im Werk auch um Gesundheitsschutz mühen, die Männer reagieren sehr unterschiedlich. Arbeiter wie Werksbeamte. Manche werden mit ihrem chronischen Husten über achtzig.«

Und andere konnten nicht einmal ein Kind zeugen, dachte Cresper.

Westhoven räusperte sich wieder. »Wichtiger als der Schlüsselbund des Toten dürfte sein, was wir in seiner rechten Hand gefunden haben.« Westhoven drückte die Finger mit einem Metallspatel etwas auseinander. »Wir wollten die Glieder nicht brechen, damit Sie die ursprüngliche Anordnung sehen.«

Cresper ging wieder in die Knie, beugte sich über den Rand des Troges. Er fühlte die Kühle des Eiskastens von den toten Armen aufsteigen. Dann sah er die kleine Anstecknadel. »Das ist ja ein Abzeichen der sozialdemokratischen Freien Gewerkschaft«, sagte er.

»Es hat mich und meine Kollegen sehr schockiert, derlei in der Hand des Opfers zu finden. Doktor Modry hat jüngst erst den neuen Arbeiter-Verein gründen helfen, der zu den Freien Gewerkschaften ganz contraire ist. Es ist mir unergründlich, wie er Kontakt zu einem Mitglied einer solchen sozialdemokratischen Organisation gehabt haben soll. Selbst von den Anhängern würde niemand im Werk solch ein Abzeichen offen tragen.«

Cresper verstand, was ihm Westhoven damit nahelegte. »Gibt es sonstige Anzeichen für einen Kampf?«

»Schwer zu sagen. Das Wasser hat die Kleidung aufgeweicht, der Transport der Leiche hat bewirkt, dass sie verrutscht ist. Viele Hautstellen sind stark überfärbt.«

»Lösen Sie dieses Abzeichen als Beweismittel bitte aus. Ich werde es abholen lassen.«

Westhoven hob die Augenbrauen. »Wollen Sie die Hand nicht vorher photographieren lassen?«

Wovor? Er brauchte einen Augenblick. Vor der Freigabe des Leichnams, natürlich …

»Sie haben recht.« Cresper ärgerte sich über seinen Fehler, aber dieser Fund beunruhigte ihn mehr, als er zugeben wollte. »Können Sie einen Photographen kommen lassen? Die Kosten werden von der Stadtkasse ausgeglichen.«

»Selbstverständlich.«

Cresper konzentrierte sich. »Der Polizei-Inspektor bittet ebenfalls um einen ausführlichen Bericht. Angesichts der Stellung des Toten will er mit den Ermittlungen aufs Engste verbunden sein.«

»Selbstverständlich.« Doktor Westhoven war schon beim Fenster. »Von medizinischer Seite kann ich nichts mehr tun. Werden Sie den Leichnam nun für die Familie freigeben? Clara Balthasar, die Schwester der Witwe, hat mich heute Morgen bereits angerufen.«

Die Dame nutzte ihre Beziehungen. Das zweite Mal an diesem Tage hörte er diese Bitte, schon in der Früh im Polizeiquartier in der Ludwigstraße hatte die Nachricht der Fabricantin auf ihn gewartet. »Polizei-Inspektor Hatzfeld wird nach meinen Bericht umgehend mit ihr sprechen. Persönlich.« Cresper bliebe es erspart.

Der Arzt legte die Wachsplane auf das Fußende des Eistrogs. Schlug sie um, schon flog die lange Hälfte mit einem Wurf durch die Luft. Die Plane war auf die Kanten gesackt und lag wie mit dem Lineal gezogen passend auf. »Respekt für das Augenmaß«, sagte Cresper. Doktor Westhoven führte ihn am Ellenbogen zur Tür des kleinen Operationssaals hinaus. »Ach was. Nur Übung, aber verraten Sie es nicht meinen Assistenzärzten.« Westhoven zwinkerte.

Als Cresper vor dem Verwaltungspavillon wieder auf die Straße trat, fühlte er eine immense Erleichterung. Dann fiel ihm ein, dass er seit Wochen nicht auf dem Friedhof am Grab seines Vaters gewesen war. Heute Abend würde er hinfahren. Oder besser morgen.

Kapitel 4

AUS DEM GROSSEN SCHLOT gegenüber der Villa und aus den drei kleinen Schornsteinen hinten am Altbau stieg weißer Rauch auf, wie jeden Werktag. Clara schritt über den Hof der Fabrication. Gegen das ganze Unglück half nur Arbeit. Die Vorarbeiter und Meister hatte sie schon bei Schichtbeginn im Hof zusammengerufen und verkündet, dass niemand außer dem Meister Regensburger das Bureau im Wohnhaus aufsuchen dürfe, solange ihre Schwester absoluter Ruhe bedürfe. Das Tor war nach Schichtbeginn ordnungsgemäß verschlossen, drüben in der Fabrication hörte sie die Antriebsbänder laufen. Die Lehrjungen bugsierten einen Karren mit Verpackungskartons aus dem Schuppen, die letzte Woche geliefert worden waren. Sie sollte die Rechnung bei der Bayerischen Staatsbank begleichen gehen ... Clara blieb auf dem Hofpflaster stehen und betrachtete die gesprungenen Ziegelsteine. Nein, sie würde sich nicht den Blicken und der Neugier der Bankangestellten aussetzen. Sie kannte die Ludwigshafener Gesellschaft, man würde ihr das Beileid aussprechen und sie doch nur nach Vera aushorchen wollen.

Vier Arbeiter rollten Fässer mit Kaliumsalzen aus der kleinen Halle. Sie sahen zu ihr rüber. Bildete sie es sich ein, oder waren die Männer heute schneller vom Hof als sonst? Die einfachen Leute hatten oft ein besseres Gespür dafür, wenn es galt, einen in Ruhe zu lassen. Clara blickte hinüber zum Fenster des Versuchslaboratoriums. Hatte sie in der Nacht doch richtig gesehen. Wenn sie nicht um alles kümmerte, herrschte gleich Unordnung.

Sie lief zur kleinen Halle, wo Aseptin und Somniferal erzeugt wurden. Meister Regensburger ging gerade um die Arbeitstische der Arbeiter herum und kontrollierte die Filtrierung. »Warum hat niemand das Fenster im Laboratorium geschlossen? Wenn ein Vogel hineinfliegt, gibt es nur Schaden«, rief Clara von der Tür her.

Die Arbeiter hoben nur kurz die Köpfe. Nur ein junger glotzte sie richtiggehend an.

Regensburger kam schon angelaufen. Die langen Arme hielt der schlanke Mann aus Gewohnheit hinter dem Rücken. »Guten Morgen, Chefin. Das Laboratorium …« Er nahm die dünnrandige Brille von der Nase und steckte sie am Ausschnitt seines Blauzeugs ein, zeigte zum Windfang hinüber. »Ich hätte das Fenster längst zugemacht, aber die Verbindungstür zur Halle war abgeschlossen.« Regensburger sah kurz zu den Arbeitern hinüber. »Wahrscheinlich steht auch das Handwägelchen mit den neuen Glasreaktoren da drin. Ich suche das schon den ganzen Morgen. Aber deswegen wollte ich nicht in einem Trauerhaus stören.«

Clara hatte unwillkürlich den Kopf zum Hallenzugang gedreht, wo hinter den Vorratsschränken das Laboratorium abzweigte. Sie spürte die Haut auf den Wangenknochen spannen. Wie verbissen sie wohl dreinschauen mochte? Sie atmete schnell einmal tief durch. »Deshalb also.« Regensburger war verlässlich und meinte es gut. Sie hatte keinen Grund, ihm böse zu sein. Aber ein Lächeln gelang ihr nicht recht.

»Wenn Sie möchten, erledige ich das für Sie.« Regensburger streckte ihr die Hand entgegen. »Ich brauche nur kurz den Schlüssel.«

Schon ihr Vater hatte das Laboratorium gehütet wie seinen Augapfel. So war die Regel bestehen geblieben, dass nur die Familie den Schlüssel besaß. Als ihr Vater die Arzneimittel-Fabrication Balthasar gegründet hatte, waren die Glasapparaturen und Messgeräte von Zeiss noch viel teurer gewesen als heute. Auch schon vor zwanzig Jahren, im damals noch recht kleinen Ludwigshafen, waren die Diebe schnell bei der Hand gewesen und hatten verschleppt und verschoben, was von Wert gewesen war. Die Klage der besseren Leute, alles würde von Jahr zu Jahr schlimmer, war nur einem schlechten Gedächtnis geschuldet.

Sie ging voran, Regensburger folgte in gebührendem Abstand. Herrje. Clara merkte auf einmal, dass sie noch immer die Zeitung mit sich herumtrug. Sie verwünschte den General-Anzeiger: *Ertränkt aufgefunden.* Wie konnte ein seriöses Presseorgan nur so etwas schreiben? Als ob ihr Schwager ein Tier wäre, dessen man sich entledigt hatte. In ihrem Zorn hatte sie das Blatt mit sich herumgetragen, damit es Luzie nicht auch noch aus Dummheit Vera ins Schlafzimmer brachte, wenn sie irgendwann endlich aufwachte. Auf ihr Klopfen hatte Vera nicht geantwortet. Am Ende hatte sie doch auf Clara gehört und schlief, das Somniferal betäubte lang.

Die Verbindungstür war sogar zweimal abgeschlossen. Clara drückte sie auf.

»Ach du liebe Güte!« Es roch fast stechend chemisch, natürlich, aber Gott sei Dank nicht nach Gas oder Brand. Sie sah in halbes Chaos. Links die Wand entlang standen zwei der fünf Chemikalien-Vorratsschränke offen. Auf den Arbeitstischen gegenüber leuchteten allerlei farbige Flüssigkeiten in Glaskugeln unterschiedlichster Größe, die alle mit Glasleitungen und Tubusse untereinander verbunden waren. Eng beschriebene Blätter waren in die Ecken auf den Boden gerutscht. Ein paar Bücher lagen auf dem fleckigen Steinboden. Ein Herrenhut hing noch am Haken hinter der Tür vor dem Waschtisch.

Meister Regensburger ging schon umher, beugte sich über die Tische. »Kochen tut hier nichts mehr. Wir können unbesorgt sein.«

»Wie kommt das auf den Boden?«, fragte Clara. Vor dem Waschtisch breitete sich ein großer Tintenfleck, falls es überhaupt Tinte war.

»Doktor Modry hat diese Woche jeden Abend eine Reihe Experimente gemacht«, sagte Regensburger. »Es ist ihm wohl etwas übergelaufen.«

»Meinen Sie?« Bei ihrem Vater war selten etwas explodiert, und ihr Schwager Joseph hatte auch nicht von einem Vorfall gesprochen. Joseph hatte jeden Abend geforscht, wenn er aus der BASF zurückgekehrt war, an mehreren Vorhaben. Vom Librefiol hatte sie sich einiges versprochen, das neue Gurgelmittel gegen Halsentzündungen für den pharmazeutischen Zweig der Fabrication.

Clara schloss die Augen. Alles hatte sich so gut gefügt. Modry war ein talentierter Mann mit besten Zeugnissen, eingebunden in die geheimen Forschungen der BASF, und ausgerechnet er hatte ihrer Schwester den Hof gemacht. So hatte Clara nicht nur endlich einen Chemiker für die Fabrication einwerben, sie hatte auch den Wunsch ihres Vaters erfüllen können, Veras Anteil mit einem standesgemäßen Ehemann an das Unternehmen zu binden. *Wie gewonnen, so zerronnen,* flüsterte eine böse Stimme in ihren Gedanken, und Clara hätte nicht sagen können, wem sie gehörte.

»Es geht immer mal was kaputt.« Regensburger wies auf den Stein am Abfluss. Zwei Reagenzgläser und vier Glaskugeln lagen zerbrochen darin. Daneben in einem kleinen Zylinder schimmerte es kupferblau. »Doktor Modry hat wohl versucht, den Rest der Lösung noch abzufangen. Materialfehler kommen leider immer wieder vor.« Regensburger öffnete schon den Ofen in der Ecke. »Die zugehörigen Pfropfen und die Baumwolldichtungen hat er wohl verbrannt.«

Wie oft schon hatte Clara in den Jahren bei den Glasbläsereien schlechte Qualität reklamiert.

»Die anderen angesetzten Lösungen sind alle mit Latexstopfen verpfropft. Wenn seine Mischung entzündlich war ... Doktor Modry hat wohl nichts riskieren wollen.«

»Ob er deshalb gelüftet hatte? Machen Sie doch bitte das Fenster zu.«

Regensburger tat wie ihm geheißen.

Clara ging wieder über den Hof. Man hatte ihren Schwager im Straßenanzug gefunden. Sie durfte sich gar nicht vorstellen, wie lange er dort in dem Jubiläumsbrunnen gelegen haben mochte. Aber wieso hatte er überhaupt Farbkonzentrat mit sich geführt, wo er doch Vera versprochen hatte, zu einem späten Abendessen rechtzeitig im Gesellschaftshaus zu erscheinen?

In der großen Halle schnaufte eine der Pressmaschinen im Takt. Ihre Schwester trödelte selten, wenn es um ein Amusement in der Stadt ging. Und ihr Schwager hatte doch jede freie Stunde mit seiner Braut zugebracht. Sollte das Eheleben die Menschen so verändern, so rasch nach wenigen Wochen?

Clara warf den General-Anzeiger auf einen Haufen Abfall zwischen den Hallen. Morgen würde der Unrat weggeschafft. Könnte man doch auch das Leid aus ihrem Hause gleich mit weggeben.

Jemand stürmte drüben am Fabricantenhaus mit langen Schritten die Treppe hoch. David Singer.

Es hätte gar nicht der kreisrunden Brillengläser bedurft, die sonst kaum jemand seines Alters trug. Weil er etwas kurzsichtig war, vielleicht war er deshalb schüchtern. Clara strich den Rock ihres schwarzen Samtkleides glatt. David Singer fuhr sich über die kurzen glatten Haare, straffte sich, drüben am Glockenzug griff seine vornehm weiße Hand schon zur Messingkette. Er war außerordentlich schlank, groß und doch nicht hager. Vom Hof aus in diesem Winkel schien er Clara fast wie Gullivers Riese, den sie selbst als eine Frau aus dem Zwergenland beäugte.

Sie hatte ihn tatsächlich vergessen können. Falls der Mann, der sie heute Nacht im Traum getröstet hatte, nicht doch er gewesen war. Clara errötete, wie eigensüchtig sie war. Wenn Singer so die Stufen hocheilte und läutete wie im Sturm, dann hatte Vera ihn rufen lassen. Sie musste sehr unwohl sein. Luzie öffnete drüben schon und ließ den Arzt sofort ein.

Clara rannte zum Haus, den Rock gerafft, wie es die eiligen Dienstmädchen mit den Schürzen taten. Es war ihr gleichgültig, was die Arbeiter in den Hallen von ihr denken mochten.

Sauber gefaltet lag das weiße Plumeau auf der rechten Seite des Doppelbettes. Luzie war im Bettenmachen nicht zu tadeln. Nur ein Schnurrbartspanner auf dem Nachttisch verriet, dass noch vorgestern hier Claras Schwager zur Nachtruhe gelegen hatte. Aber was erwartete sie? Dass Luzie die Männerkleider ebenfalls herumliegen ließ? Dazu war sie viel zu ordentlich. Vielleicht hatte sie gar aus einem angeborenen Taktgefühl den Nachttisch nicht angerührt.

»Ruhen Sie sich aus, Frau Modry. Essen Sie leichte Kost.« Die dunkle Stimme David Singers summte die Silben fast.

»Ich mag nichts essen«, seufzte Vera leise.

Ihre Schwester saß blass im Bett auf der linken Seite, ihr gelöstes blondes Haar umfloss sie wie die Spitzen an den Kissen, die ihr den Rücken polsterten. Clara hatte das Zimmer seit der Eheschließung ihrer Schwester nicht mehr betreten, nicht einmal, als das neue Ehebett geliefert worden war und Vera mit Joseph noch auf der Hochzeitsreise am Luzerner See geweilt hatte.

»Ein Stück Obst am Tag mindestens verordne ich Ihnen.« Ein wenig schwang der Bass in gespielter Strenge.

Clara sah die weiße Hand Doktor Singers mit dem Mittelfinger auf Veras Handrücken tippen. Wie es sich wohl anfühlte, wenn diese männlichen Finger über die Haut strichen? Clara fühlte eine warme Welle durch ihren Körper fließen. Jetzt an solcherlei zu denken …

Als Vera die blonden Haare abwehrend schüttelte, sagte David

Singer: »Doch, doch. Wenn Sie zu wenig zu sich nehmen, macht der Mangel Sie nur noch trauriger. Der Mensch ist Seele und Körper, schonen Sie Ihren Leib. Ein Apfel am Tag genügt schon.«

Vera schenkte ihm einen störrischen Blick, mit dem sie schon als Mädchen jeden Wunsch hatte durchsetzen können. Wenn die Oberlippe allzu niedlich zuckte …

»Ich werde mich daran halten. Ich bin froh, dass Sie sofort gekommen sind. Diese morgendliche Übelkeit …« Sie presste die Hand auf das Kinn. »Doch soll es wohl nicht sein, dass mir …«, Vera sprach immer leiser, drehte den Kopf zur Rechten und sah zu den halb geschlossenen Vorhängen hin, »… von meinem Mann mehr bleibt als nur der Name.«

Vera schenkte David Singer ein schwaches Lächeln, früher, als Mädchen, wäre sie gewiss in rührende Tränen ausgebrochen. Das Leid machte sie schön, aber auch älter, die glatten Wangen schmaler, der Mund so viel weniger sinnlich aufgeworfen. »Aber wenn es eben nicht so ist.«

Clara legte die Hände hinter dem Rücken an den Türrahmen. Eigentlich meinte es der Himmel gut damit. Wäre Vera Mutter geworden, so hätte sie länger Witwe bleiben müssen. Nun aber würde kein Kind sie jeden Tag an den Schicksalsschlag erinnern, weder sie noch einen neuen Gatten.

»Ich hätte Ihnen gern etwas anderes gesagt.« Er erhob sich vom Bettrand, beugte sich dann über das weiße Leinen. »Bleiben Sie heute noch im Bett. Gehen Sie morgen in der Wohnung umher. Spielen Sie Klavier, Sie sind ja virtuos darin. Schämen Sie sich nicht für die Freude, die Sie dabei empfinden mögen. Gerade in schwerer Zeit darf uns Musik trösten.« David Singer wandte den Kopf über die Schulter.

Einen Moment lag der Blick aus den dunklen Augen schwer auf Clara, es war, wie in dunkles Wasser zu schauen, das von einer unbestimmbaren Temperatur war. Die schwarzen Wimpern schlugen dreimal, aber langsam, als wollte Singer ihr etwas zu verstehen geben. »Doktor Singer?«, fragte Clara.

»Wir sollten Ihre Schwester nun allein lassen.« Er nahm seine große Ledertasche vom Fußende des Bettes fort.

Clara rückte vom Türpfosten ab. Sie trat zum Bett hin. »Brauchst du noch etwas?«

Vera ließ den Blick auf ihre Hände sinken. »Luzie soll mir noch eine Karaffe Wasser bringen. Und mein Tagebuch-Kistchen.«

Den goldenen Schlüssel dazu trug Vera seit Jahren an einer feinen Kette um den Hals. Ihr Vater hatte das Kistchen einmal von einer Reise aus Böhmen mitgebracht. Clara hatte damals eine emailliertes Fläschchen für Parfum bekommen. »Natürlich.«

Singer stand schon im Gang, Clara hakte leise die Tür ein. »Gehen wir in meinen Salon nach oben.« Sie wies mit der Hand zur Treppe. Dabei sah sie, dass die Küchentür am Ende des Flurs nicht ganz geschlossen war. Sie hatte noch kein Dienstmädchen erlebt, das nicht neugierig gewesen wäre. »Bringe Kaffee und Kuchen nach oben, Luzie«, rief sie halblaut.

In ihrem hellblauen Salon setzte sich Clara an den runden Tisch und bot Singer den Platz ihr gegenüber an. Die heiße Julisonne vor den Fenstern ließ den Dunst über der Stadt gelblich leuchten.

Die hohen Lehnen der Stühle waren unbequem. Wie gern hätte Clara jetzt einfach mit ihm auf der Chaiselongue gesessen, über Mozart gesprochen wie noch vor nicht allzu langer Zeit, als ihr Schwager einige Herren der Naturwissenschaftlichen Gesellschaft hier zu Gast geladen hatte und man vom Balkon ihres Salons mit einem Fernrohr in die Sterne geschaut hatte.

Singer legte seine Hand auf die weiße Decke. Er schwieg, aber nicht mit den Augen. Clara war sich sicher, dass er das Gleiche dachte wie sie. Sie suchte nach Worten.

»Ich habe verboten, dass man Vera Zeitungen bringt.«

»Ihre Schwester hat es mit bewundernswerter Fassung aufgenommen.« Er drehte die Hand auf der Tischdecke. »Aber lassen Sie sich nicht täuschen. Manchmal äußert sich die große Emotion erst viele Tage nach dem Unglücksschlag.«

In Clara stiegen Erinnerungen an die Zeit auf, als sie die Fabrication hatte übernehmen müssen, an jenen schrecklichen Tag, an dem vier Kessel geborsten waren und drei Männer verbrüht und vor Qual schreiend im Hof auf dem Boden lagen. Und alles nach dem Chef rief, der aber niemand anders war als sie. Sie, die junge Clara von zweiundzwanzig Jahren, eine Frau, die nicht einmal laut genug schreien konnte, dass man ihre Befehle hörte … Clara blinzelte rasch die Tränen weg. Irgendwie hatte sie

Ordnung in das Chaos gebracht, die verbrühten Männer ins Krankenhaus, und die Kessel hatte sie nach den Aufräumarbeiten mit neuen, technisch besseren ersetzt. Ihre ersten Kreditverhandlungen …

»Fräulein Balthasar?«

Clara schreckte auf, die dunkle Stimme strich wie Samt über sie. Singer lächelte halb, halb waren seine Lippen sorgenvoll geschlossen. »Entschuldigung. Ich dachte an die Zeit nach dem Tod meiner Eltern«, sagte sie.

Er legte den Kopf leicht schräg. »Nicht an etwas anderes?«

»Ich …« Ihr fielen keine Worte ein.

»Kann es sein, dass auch Sie Ruhe brauchen? Machen Sie nicht alles mit sich allein aus.« David Singer beugte sich vor über den Tisch und betrachtete sie fast wie in einer Sprechstunde, nur seltsam bittend. »Das tun Sie doch, nicht wahr?«

Sie verstand ihn nicht. »Aber nein …«

»Überfordern Sie sich nicht. Bitte.« Er beugte sich im Stuhl zurück, nahm eine sehr aufrechte Haltung an.

»Ich kann die Fabrication nicht anhalten.« Clara zupfte einen Fussel von der Tischdecke.

»Ich weiß, wertes Fräulein Balthasar. So wie ich meine Patienten nicht im Stich lassen kann.« Sein Blick wanderte zur Seite auf den Teppich mit den großen eingewobenen Mohnblumen hin.

Singer schien einem Gedanken nachzuhängen, seine Lider schlossen sich halb, als forsche er nach der Natur eines Knotens im Teppich. »Ich weiß, dass Arbeit trösten kann, aber sie kann auch wie ein Gift sein, das ablenkt und unersetzlich wird.« Seine Stimme schwankte, es klang bitter.

»Mein Schwager hat in seiner Arbeit Freude gesehen, Entfaltung seines Schaffensgeistes.«

»Ihre Schwester hat gesagt, dass sie den ganzen Abend besorgt gewesen sei, weil Doktor Modry nicht zum Essen erschienen sei, sie habe ein Unglück vorausgespürt«, sagte er sehr leise. »Haben Sie das auch … und deshalb mich …?«

Vera war sonst keine Anhängerin von Ahnungen. Es hieß aber nicht umsonst, dass man Unheil spüren könne, wenn es Wirklichkeit wurde. Was hatte Vera damals gespürt, als die Eltern …? Aber da war sie noch ein Kind … Clara fiel plötzlich das zuversichtliche Lachen ihres Schwagers beim Cognac am 12. März, dem Geburtstag des Prinzregenten Luitpold von Bayern, ein. *In sechs Monaten haben wir einen neuen Wirkstoff, das Librefiol, das uns gutes Geld bringen wird, nicht nur die neuen Farben. Wir bauen eine Villa in der südlichen Stadt, ich habe schon ein Grundstück im Auge.*

»Mein Schwager hat sicher nichts geahnt. Er hat wohl noch eine wichtige Versuchsreihe in unserem Laboratorium für die Fabrication durchgeführt.«

»Tatsächlich?«, flüsterte Singer.

Es klopfte. »Bringe alles herein«, rief Clara zur Tür.

Luzie trug sogar ihr Häubchen. Stellte das Tablett vor sie auf den Tisch und deckte, richtete noch den Kuchenheber so aus, dass Clara leicht zugreifen konnte. Man merkte eben doch, dass das Mädchen in guten Häusern in Frankfurt gelernt hatte. »Ein Stück Erlebacher Kranz?«, fragte Clara, überließ das Servieren aber dem Dienstmädchen durch einen auffordernden Blick.

Singer nickte. Luzie legte das Kuchenstück mit den Croquantkrümeln auf der Creme in den Teller. »Fräulein Balthasar?«

Auch Clara nickte, vom brunnentiefen Blick Singers ganz gefangen. »Kaffee?«, fragte sie.

Luzie goss betont langsam ein und verschlang dabei David Singer, vergaß gar, wie schwärmerisch sie ihre Augen aufriss. Selten saßen Männer mit solch vornehmer Haltung in diesem Salon, wie auch? Die Unternehmer in Ludwigshafen hatten wenig Zeit für feingeistige Konversation wie der Doktor.

»Danke, Luzie.«

Clara wartete, bis das Mädchen nach einem Knicks gegangen war.

David Singer trank einen Schluck und ergründete dabei den Tassenboden mit dem Blick. »In der Stadt sagt man, Ihr Schwager sei im Straßenanzug gefunden worden.«

»Ich verstehe auch nicht, wieso er noch nicht umgezogen war. Eigentlich war er auf dem Weg ins Gesellschaftshaus.« Clara nahm ein Stück vom Kuchen. Der vertraute Geschmack der Buttercreme gab ihr ein wenig Sicherheit zurück. »Was sollen wir mutmaßen? Die Polizei wird herausfinden, was seinen Weg ausgerechnet zum Jubiläumsbrunnen hin abgelenkt hat.«

»Dieser junge Polizist war sehr taktlos.« Davids Blick fasste ihren. »Man hat Sie inzwischen befragt?«

Clara war fest entschlossen, dem Anstand Vorrang vor ihrer Pflicht den Behörden gegenüber zu geben. »Die Polizei ... Nun, ich weiß nicht einmal, wohin ich den Bestatter schicken sollte. Und ehe ich das nicht weiß, werde ich nicht einmal Hatzfeld selbst, geschweige denn einem Sergeanten Auskunft geben.« Clara legte die Kuchengabel zur Seite. »Ich will ganz ehrlich sein.«

David Singer war ihr ganz zugewandt, schien jede Regung ihres Gesichts mit Bedacht zu verfolgen. »Ja?«

»Ich habe nicht gut geschlafen in der Nacht. Eigentlich kaum. Die Verantwortung für meine Schwester ist mir nicht neu. Gibt es überhaupt etwas, das ich für Vera in ihrer Lage tun kann?«

»Empfangen Sie keinen Besuch bis nach der Bestattung.«

Er hatte so schnell geantwortet, dass Clara zuckte. Doch sein Blick wich nicht von ihrem Angesicht. Sie glaubte, ihn gar zu fühlen wie einen Seidenhauch. »Vera und ich wissen nicht einmal, wann sie stattfinden kann.«

»Tatsächlich?« Die Finger Singers spielten auf der weißen Decke wie auf Tasten.

»Sogar telephonisch habe ich beim Polizei-Inspektor Hatzfeld vorstellig werden müssen.«

Sie hörten das Telephon unten im Bureau schellen. Aus dem Gang erschollen rasche Schritte die Treppe herunter.

»Das wird er sein.«

Kurz darauf klopfte es schon.

»Ja, bitte?«

»Polizei-Inspektor Hatzfeld für Sie.«

»Sehen Sie?« Clara schüttelte den Kopf. »Wenn man vom Teufel spricht.«

David Singer legte die Kuchengabel zur Seite und griff zur Serviette. Er wischte sich den Mund ab.

»Bleiben Sie noch bei mir.« Clara legte die Hände ineinander. »Bitte.« Es tat so wohl, nicht mit allem allein zu sein. Sie strich ihren schwarzen Samtrock glatt und erhob sich. Luzie stand mit halb offenem Mund in der Verbindungstür.

»Ich –« Was glotzte Luzie so ungehörig David Singer an, der

durch das Fenster zum Laboratorium hinuntersah? »Gieße gefälligst Herrn Singer noch Kaffee ein, statt mir im Weg zu stehen.«

Clara ging nach unten. Dem Polizei-Inspektor würde sie den Bürgermeister Krafft auf den Hals hetzen wie seinem Sergeanten im Gesellschaftshaus.

Im Bureau griff Clara nach dem Hörer auf ihrem Schreibtisch, der neben der Aufhängung auf der grünen ledernen Schreibfläche lag. Mit ihrer Chefinnen-Stimme sagte sie: »Clara Balthasar am Apparat.«

Kapitel 5

CRESPER HÄTTE NOCH ZEIT genug gehabt, hätte selber die Gehposten-Runde im Revier I auf der Ludwigstraße bis zum Lokalbahnhof drehen können. Er betrachtete das Signal direkt über seinem Kopf. Um diese Uhrzeit am späten Vormittag stand es auf »Halt«. Die morgendlichen Pendlerzüge der Lokalbahn aus Dannstadt oder Mundenheim waren längst eingelaufen und hinter dem einstöckigen Empfangsgebäude einrangiert. Neben Cresper quietschte eine Straßenbahn in der Kurve der Ludwigstraße die Schienen den Jubiläumsplatz entlang. In dem ganzen Lärm der vielen Fahrzeuge vernahm er sogar ein fröhliches Lachen. Schöne Stimmen, er wandte den Kopf, im offenen Perron standen zwei junge Frauen und hielten die Hüte gegen den Fahrtwind fest, die weiß gestärkten Blusen leuchteten. Die kleinere legte sogar den Kopf in den Nacken wie für einen Kuss. Einen Moment lang wünschte sich Cresper einfach dorthin, auf den schwankenden Perron, den Arm um eine schmale Taille gelegt ... Die Bahn aus der Gegenrichtung nahm ihm die Sicht auf die schönen Frauen.

Das Lachen verebbte, der Lärm der vielen Fuhrwerke, Automobile, Straßenbahnen um ihn herum verschluckte es. Drüben vor den Häusern hatten die Marktfrauen schon ihre Körbe aufgestellt und verkauften, was die Gärten der Pfalz im Sommer hergaben. Cresper ging über die Schienen der Lokalbahn hinüber zur westlichen Seite des Brückendreiecks. Auf dem Abschnitt hin zur Wredestraße befanden sich in den – er zählte rasch – vierzehn Gebäuden nicht weniger als dreizehn Gaststätten wie Biergärten, Kaffeehäuser, Weinlokale. »Irgendwer muss doch etwas gesehen haben«, entfuhr es ihm halblaut.

Cresper blieb stehen, die eigene Stimme hatte ihn erschreckt. Er sollte endlich klar im Kopf werden. Fakten waren Fakten. Und die sprachen nicht dafür, dass in der Nacht hier jemand etwas bemerkt hatte. Sein Blick glitt über die Tafeln, an zwei Häusern schrieben die Kellner die Tagesgerichte mit Kreide an, woanders wurden Bierfässer in die Keller hinabgelassen. So trubelig es hier in der Frühe und am Abend zuging, wenn die Pendler auf die

Züge in die Dörfer warteten, so ruhig war es danach, wenn die Massen sich in die Wagons gedrängt hatten.

Cresper hatte selber oft genug hier auf den Zug nach Großkarlbach gewartet, wo sie zuletzt bei Tante Marie gewohnt hatten, als das Vermögen durch Vaters Fehlspekulationen verloren war. Diese endlosen Fahrten mit der Lokalbahn … In dieser Zeit hatte er seine Träume von einem Studium begraben müssen. Er wischte die Erinnerung angestrengt weg.

»Ein Abbel, der Herr? Oder lieber Quetsche?« Die Marktfrau hatte das Kopftuch tief in die Stirn gebunden und hielt ihm mit schrundigen Fingern das bläuliche Obst vor die Nase.

»Heute nicht.« Cresper sprang über einen niedrigen Korb, lief die Straße entlang.

Alle zehn Meter hielt er an, stellte sich auf die Zehenspitzen, erst beim dritten Haus wurde ihm bewusst, dass das sehr seltsam aussehen musste, weil er dabei auch noch den Hals reckte. Als ob er so genauer sehen könnte, sein Gebaren war so unsinnig wie zwecklos. Cresper gestand sich ein, dass er nervöser war, als ihm lieb sein konnte. Aber auch das half nichts, er brauchte eine Spur.

Vor diesen Häusern an der bebauten Seite des Jubiläumsplatzes versperrten die Bäume oder der Lokalbahnhof die Sicht, selbst am helllichten Tag. Und vor den Häusern südlich der Bahntrasse verbarg der Damm der Brückenauffahrt die Sicht auf den Brunnen. Dennoch würde er die Wachtmeister zur Befragung durch die Häuser schicken. Man wusste es nie.

»Wie gerufen.« Cresper lachte leise, als er den dicken Schutzmann Behr um die Ecke biegen sah. Kein Wunder, der tägliche Postendienst der normalen Schutzleute war ja von den Ermittlungen unberührt.

Cresper überquerte schnell die Straße, wich einem Zeitungsausträger aus, der zum einstöckigen Empfangsgebäude der Lokalbahn lief.

»Vor dort oben hat keiner was gesehen.« Behr wischte sich mit dem Sacktuch über die Stirn. »Hier werden nur die Fahrkarten verkauft. Ich habe die Bahnverwaltung da oben im zweiten Stock heute früh schon besucht. Ich habe mir gedacht, dass der Kollege Cresper von der Criminalabteilung das sowieso anordnen wird.« Er zwinkerte.

»Richtig. – Die Nacht war kurz, nicht wahr?« Doch auch ohne das alles hätte Cresper in der kleinen Stube bei Tante Ruth keinen Schlaf gefunden.

Behr zog ihn zu den Büschen der Parkanlage. »Sehen Sie die ganzen abgebrochenen Ästchen? Heute früh sind die Leute wie närrisch aus den Wagons herausgesprungen und zum Brunnen gelaufen vor lauter Neugier.«

»Hat Hatzfeld nicht absperren lassen?«, fragte Cresper.

»Wieso denn? Die Leiche war doch schon weg.«

Cresper nickte lieber nur.

»Aber genützt hat es den Leuten nichts mehr. Das Spektakel war schon um fünf Uhr in der Frühe rum. Die Männer vom Wasserwerk haben die giftorange Brühe in den Rhein abgelassen, das Becken ausgescheuert mit so einem Sodasand. Jetzt ist noch ein Schimmer auf den Steinen, aber mehr nicht.«

»Wer hatte gestern Nacht den Postendienst im Revier I?«

Behr wippte nur in den Kniekehlen. »Der Gries, da kommt er. Der hat uns bestimmt vom Brückendamm gekiebitzt.«

Mit Gries hatte Cresper schon vor der Ausbildung zum Criminaler Dienst geschoben. Der Oberwachtmeister kämpfte zwar mit der Orthographie, war aber ein begnadeter Streitschlichter, sodass man in der Hierarchie über seine Schreibschwäche hinwegsah und es sogar bei seinen Verfehlungen hinsichtlich des Tabaksverbots in der Dienststelle bei mündlichen Ermahnung beließ.

Gries strahlte über den runden Kopf, sein Händedruck war so fest wie ehedem. »Da steht der Paul und guckt mich an wie ein Has im Heu. Ich habe gedenkt, der Hatzfeld hat dich schon geköpft?« Gries zwirbelte sich das Schnurrbartende. »Der hat in der Wache herumgetobt, dass wir es durch die Türen haben hören können, weil der Bürgermeister ihn vorhin zu sich zitiert hat.«

Deshalb also hatte Cresper den Polizei-Inspektor heute früh nicht im Stadthaus angetroffen. Der Rapport stand ihm unweigerlich bevor. Er senkte die Mundwinkel gespielt betroffen. Gries stichelte gern.

»Was haben sie dich denn in München gelehrt? Wirst du jetzt von allen Ludwigshafenern hier«, sein langer Arm fuhr durch die Luft, dass die blaue Uniform vom Handgelenk rutschte, »mit schwarzer Tinte die Griffel abdrücken lassen?«

Gries hatte ihn wegen seiner Strebsamkeit verspottet, aber Cresper hatte bald erraten, dass er nur ein bisschen neidisch war. Der Oberwachtmeister war mit achtundvierzig längst zu alt für die Lehrgänge der Criminallaufbahn.

»Fingerabdrücke, das Steckenpferd überlass ich dem Chef.« Hatzfeld studierte jeden Artikel zur Daktylographie, den ihm ein Kollege aus Köln von der preußischen Polizei schickte. »Ich will erst mal wissen, ob du gestern was auf dem Postengang gesehen hast«, sagte Cresper.

»Drei Diebe, vier Frauenschänder und fünf Kesselflicker.« Gries lachte, Behr fiel pflichtschuldig ein, und Cresper ergab sich seinem Schicksal. Gries brauchte Geschwätz, er machte die Arbeit schon zu lange.

Der Oberwachtmeister schnäuzte sich. »Schön wär's. Das wäre gut für die Statistik. Es war sogar ein ruhiger Abend. Sonntagabend fällt ja das übliche Gerangel vor den Wagons an der Lokalbahn weg.« Er lachte wieder. »Zwei Arbeiter haben sich gestritten, weil der eine seinen Korb mit jungen Tauben nicht hat vom Sitz nehmen wollen, die Vögel dem anderen aber zu sehr gestunken haben. Dann haben die Männer im Wagon die beiden Streithäns hinausgesetzt, und der Taubenvater hat nach mir gerufen.«

»Und?« Behr öffnete den obersten Kragenknopf, den Blick zum Himmel. »Die Sonne kommt ja mal richtig raus«, murmelte er.

»Was, und?« Gries schlenderte mit ihnen tiefer in die Parkanlage hinein. »Ich habe dem was von der weißen Friedenstaube erzählt, der hat geguckt wie die Kuh, wann's blitzt. Und ihm dann den letzten Wagen anempfohlen. Mit dem strengen bayerischen Polizeiblick.« Gries kniepte ein Auge zu. »Dann war Ruhe.«

»Mehr war nicht in der Nacht?«, fragte Cresper.

Gries wechselte das Standbein. »Paul, ich würde dir ja gern helfen. Aber«, er zuckte mit den Achseln, »die Nacht hier im Revier war wie immer. Ein paar besoffene Lehrlinge, die über die Treppen hoch zur Brückenauffahrt ziehen und übers Geländer kotzen.« Er blies die Wangen auf. »Nichts Besonderes halt. Dabei habe ich sogar dreimal den Park durchquert.«

Behr zog mit der Schuhspitze einen kleinen Strich im Kies.

»Die Pärcher verschrecken, gell. Damit sie's nicht zu doll treiben.«

»Genau. Zwei waren's. Ein bisserl zu eng sind die auf der Parkbank aufeinandergerutscht. Es ist immer die gleiche Bank, dort, wo die Gasanstalt es seit Monaten nicht schafft, die Lampe am Rheinufer zu reparieren. Dann hüstelt man halt in ein paar Schritt Entfernung und empfiehlt, doch den Park zu verlassen.«

Cresper hatte das selbst früher als einfacher Schutzmann so gemacht. Er nickte.

»Drei Brunzer habe ich verwarnt, die müssen ja nicht auf die Rabatten ihr Bier loswerden.«

Cresper war plötzlich müde. »Sonst war gar nichts? Außer dass ein Mann erschlagen und ins Wasser gestoßen wird?« Er schaute durch den Park zum Jubiläumsbrunnen.

»Ach! Der Modry ist gar nicht ertrunken?« Gries' Augen leuchteten auf.

»Ich habe die Schlagwunde selber gesehen.« Mehr verriet Cresper besser nicht von seinem Besuch bei Westhoven.

»Dann waren es ja mindestens zwei Männer, die hier im Park herumgelaufen sein müssen.« Behr strich sich über die Lippen. »Der Modry und der Mörder.«

»Vielleicht hab ich ja doch was für dich.« Gries wiegte den Kopf und deutete über die Blumenrabatten. »Dort drüben an den Treppen zum Bahndamm hoch hat es kurz vor drei viertel neun Geschrei gegeben. Da bin ich quer durch den Park, weil ich grad am Rhein an der Straßenbahnstation entlanggegangen bin. Da hat in der Querallee am großen Rondell ein neues Bollerwägelchen gestanden, leer.«

Behr deutete mit dem Daumen über die Schulter. »Die Mannheimer schleppen tagaus, tagein Zeug mit den Handwagen über die Brücke, weil die Sachen in Ludwigshafen drei Pfennig billiger sind.« Er winkte ab. »Oder sie klauen drüben was und verkaufen's gleich am selben Tag noch hier in den Straßen. Wir können gar nicht so viele Anzeigen wegen fehlender Gewerbescheine aufnehmen, wie nötig wären.«

»Da hast du leider recht«, seufzte Cresper.

»Außerdem war der Bollerwagen weg, als ich zurückkam. Die Krakeeler haben sich über die Brücke davongemacht, als sie meiner ansichtig geworden sind.« Gries zuckte mit den Schultern. »Eigentlich klar, dass in Ludwigshafen ein schönes Wägelchen nicht lang herrenlos herumsteht. Den hat der nächste Arbeiter, der von der Walzmühle am Rhein unter der Brücke entlanggekommen ist, bei der Deichsel genommen und seiner Madamm im Hemshof verehrt.«

Cresper konzentrierte sich. »Du bist sicher, dass du den Modry nicht hast herumlaufen sehen? Irgendwie muss er doch in den Park gekommen sein.«

»Bei dem Wetter gehen sogar die feinen Leute spät am Abend noch ein bisschen im Stadtpark spazieren. Selbst wenn er hier war, er wäre mir nicht aufgefallen. Auf Postengang«, er hob den Zeigefinger zum Augenlid, »gilt mein Adlerblick dem Gelichter. Das Chores-Volk mit den geflickten Joppen und Schlabbe macht uns doch die Arbeit, nicht die Herren im Anzug.«

Sie waren durch den Park gelaufen und standen vor den Gleisen der Hafenbahn. Cresper blickte zum Rhein hin. »Wer hat den Gehposten auf der Brücke gestern besetzt?« Ein Schutzmann war abgestellt, den Ludwigshafener Teil der Brücke zu überwachen. Es gab täglich Auseinandersetzungen im Gedränge; der Verkehr war manchmal so dicht, dass Fuhrwerke, Fußgänger und Motorwagen aneinandergerieten, weil die Pferde scheuten oder die Motoren versagten, bis sich alles vor dem Brückenzoll staute.

»Der Schutzmann Hinterseer, den kannst du heut Mittag in der Wache sprechen.«

Wo um Himmels willen sollte er nur mit einer Ermittlung anfangen? Gries hatte die Augen weit geöffnet, presste die Lippen aufeinander, ein einziger Ausdruck von Ratlosigkeit, und klopfte ihm auf die Schulter. »Was haben sie dir denn in München erzählt, was man in so einem Falle macht?«

»Zeitungsaufrufe«, sagte Cresper und musste lachen. »Die genehmigt der Chef nie und nimmer vor seinem Jubiläum.«

»Als ob man da noch was in die Zeitung setzen müsste.« Behr ging bis in den Schatten unter dem Straßenbaum der Uferstraße. Cresper sah über den Jubiläumspark. Auch von dieser Seite schützten die Parkbüsche die tiefer gelegte Anlage vor Einsicht. Im schwefelgelben Dunst des Horizonts ragten schwarz die Schornsteine der Stadt auf, stießen Rauch in die Luft, umstellten sie wie die Kanonen einer feindliche Armee.

Behr deutete mit dem Kinn zum Rheinufer. »Was wird das denn, wenn es fertig ist?«

Vor dem ersten Schuppen am Kai standen zwei Arbeiter. Einer davon griff sich ein Fahrrad, das an einem Mast lehnte. Er schwang sich darauf, trat in die Pedale und winkte ihnen.

»Nichts Gescheites, jedenfalls.« Gries stellte sich breitbeinig auf dem Weg auf. »Die Arbeiter im Rheinhafen streiken jetzt auch.«

Der Mann bremste ein paar Schritt von ihnen entfernt, lehnte das Fahrrad an den nächsten Straßenbaum. Er nahm den Rest einer Zigarette aus dem Mund, zog noch einmal und warf sie zwischen die Gleise der Hafenbahn.

»Dreck machen die, wo sie können«, sagte Behr mehr zu sich als zu ihnen.

Der Mann war vielleicht Mitte dreißig, kräftig gebaut, sodass ihm der Hemdkragen über der Brust aufstand. Er hatte die tiefbraune, gesunde Gesichtsfarbe aller Hafenleute, die draußen an der Luft auf den Kais die Kisten schleppten und nicht in den Fabriken hockten.

»Die Herren Wachtmeister«, etwas staubiger Dreck hatte sich auf der hohen Stirn des Mannes mit Schweiß verbunden, war nachlässig abgewischt worden, »ich möchte was anzeigen.«

Gries und Behr sahen ihn an. Cresper besann sich auf sein Dienstalter, als Jüngster war er bei neuer Arbeit erst einmal dran, das war ungeschriebenes Gesetz. »Was gibt's?«

Der Mann wies mit dem Daumen über die Schulter zum Park. »Gestern Abend habe ich Überstunden gemacht, weil der Chef nicht genug Leute hatte. Die Roten streiken wieder.« Er spuckte aus. »Aber ich brauch das Geld. Ich bin hier mit dem Fahrrad entlang. Da habe ich ein paar Männer streiten sehen.«

Cresper hob die Augenbraue. »Was für Männer?«

»Arbeiter oder welche, die nichts zu tun haben. Was weiß ich? Rumgeschrien haben sie. Im schönsten Mannemerisch, das hab ich gehört.«

»Die reden auch nicht anders«, sagte Behr in abfälligem Ton.

»Iwwer die Brigg is nedd vor de Brigg«, sagte Cresper. Er hatte ein feines Ohr für die Kurpfälzer Mundart. Wie seine Mutter, die als Tochter eines Deidesheimer Kellereiartikelhändlers oft die Bestellungen der Winzer angenommen hatte, konnte er sogar die Zungen aus den Dörfern an der Haardt voneinander unterscheiden. »Das kann man schon hören.«

»Vom Hafen waren es keine, die kenn ich alle vom Sehen. Die Männer haben einen in der Mitte gehabt, der halb in die Knie ist. Der hat wohl die paar Faustschläge nicht vertragen.«

»Warum sind Sie nicht dazwischen?« Gries verschränkte die Arme.

»Geht mich doch nichts an.«

»Wie waren die Männer gekleidet?«

Der Arbeiter wischte sich mit dem kleinen Finger ein Gewittertierchen unterm Auge weg. »So wie ich eher, jedenfalls nicht wie Sie. Hosen, wie man sie für die Drecksarbeit trägt.«

»Von wo sind die Leute in den Park eingedrungen?«, fragte Gries.

Der Hafenarbeiter deutete nach vorn. »Da, nach der Straßenlampe.« Er hatte den Arm nicht einfach gerade ausgestreckt, sondern hielt den Unterarm höher und legte den Daumen in die Handfläche. Die theatralische Haltung wie eine der Statuen in den Schlossparks zu München passte nicht zu ihm. So heroisch standen Arbeiter nie am Kai.

»Wissen Sie, wo die Wache ist?«, fragte Cresper.

»Im Stadthaus hinten drin.«

»Genau.« Cresper legte einen kühlen amtlichen Ton in seine Stimme. »Fahren Sie schon mal mit Ihrem Fahrrad voraus und sagen Sie dem Schutzmann an der Wache, dass Sergeant Cresper nachkommt und Ihre Aussage aufnehmen wird.«

Der ausgestreckte Arm sank, die Faust legte sich wie beim Militär an die Hosennaht. »Dauert das lange? Ich bin noch auf Schicht.«

Cresper sah Behr an.

Der holte Luft. »Wie heißt Ihr Chef?«

Der Arbeiter drehte sich fast wie ein Diskuswerfer und zeigte auf den anderen Mann vorn am Kai. »Der Branz dort ist mein Vorarbeiter.«

Behr ging los.

Gries kniepte ein Auge zu. »Und Sie, wie heißen Sie?«

»Jakob Winges.«

Gries pfiff durch die Lippen. Er trat einen Schritt zur Seite und sah ihn kurz an.

Cresper wies mit der Hand zum Straßenbaum. »Falls Sie vorher woanders hinfahren und mich warten lassen, wird es teuer. Das wäre Zuwiderhandlung.«

Der Hafenarbeiter griff zum Rad wie ein griechischer Heros zum Schild. Er sagte nichts, schwang sich über die Stange und fuhr den Parkrand entlang davon.

»Viel zu leichtfüßig und flott, der schleppt doch keine Kisten. Der gehört auf die Kirmes«, sagte Gries.

Über die Rheinbrücke donnerte ein Expresszug, die Dampflokomotive pfiff vor der Kurve hinunter zum Ludwigshafener Hauptbahnhof. Auf dem Gegengleis rollten Güterwagen Richtung Mannheim. Vögel stiegen über dem Park auf, so laut war es.

»Was ist, Gries?« Der Oberwachtmeister hatte ihn die ganze Zeit mit zusammengezogenen Lippen betrachtet.

»Jakob Winges. Der Name sagt mir etwas. Der billige Jakob … Schau lieber ins Verbrecherverzeichnis. Die machen sich gern auch mal wichtig, vor lauter faul vertaner Zeit.« Gries deutete einen Gruß an. »Ich mach meine Runde.«

Cresper wollte noch danken, aber Gries schritt schon mit den langen Beinen aus, den Blick über den Rhein gerichtet. Lastkähne fuhren Kohle ins Elsass.

Eines wollte Cresper vor der Befragung noch tun. Er ging über die Uferstraße zum Jubiläumspark.

Die Baumstämme waren schon recht dick, noch gut belaubt, trotz der vielen, schon im Juli gelben Blätter, die unter der Ludwigshafener Luft litten. Büsche blühten, die Rabatten. Cresper nutzte jeden Zweig, jede Bank, jede Steineinfassung als Deckung.

Es war leichter als gedacht. Schon nach fünf Schritt sah er nur Grün um sich herum. Bei Tag schon bemerkte ihn keiner. Nur als er die große Querallee am Rondell kreuzte, hätte man ihn sehen können. Selbst das Bimmeln der Straßenbahn klang gedämpft.

Das ganze Grün hier, eigentlich war es der ideale Sichtschutz. Man brauchte sein Opfer nur hierherzulocken und zu überwältigen. Cresper hatte den nackten Modry gesehen. Der große, breite Chemiker war wenig muskulös und kaum ein guter Kämpfer gewesen.

Die Frage war nur: Was hätte den jungen Ehemann am Sonntagabend hierherlocken können, obwohl er mit seiner schönen Frau zum Essen verabredet war? Cresper vermied den Blick auf den Brunnen und lief aus dem Park zur Straßenbahnstation. Er kramte in seinen Hosentaschen nach Fahrgeld, kleinen Münzen, die er immer mit sich trug. Cresper wurde klar, dass er viel zu wenig von den Gewohnheiten wusste, die Modry als gut situierter Doktor der Chemie in der BASF doch gepflegt haben würde. Möglicherweise gehörte nicht nur ein gelegentlicher Besuch in verruchten Wirtshäusern fürs Kartenspiel dazu.

Cresper änderte sein Ziel. Jakob Winges auf der Wache würde eben warten müssen, das schadete dem Kerl gar nichts, wenn er ein bisschen weichgekocht wurde.

Wie alle Jungspunde war Cresper im nördlichen Wachtrevier im Hemshof eingesetzt worden, überschüssige Kraft behielt keiner der Polizisten dabei, dazu waren die Einsätze zu rau und zu häufig. In dem Stadtteil wohnten die Arbeiter mit ihren Familien in den Häusern, die Unverheirateten hausten eher in Verschlägen im Hof, unterm Dach oder in überbelegten Kammern. Da saßen die Fäuste locker, wenn einer mit losem Mundwerk dumm daherkam.

Aber im Norden der Stadt stand auch die Große Fabrik. Das vierstöckige Hauptbureau-Gebäude der BASF war einfach überdimensioniert, zu lang, man sah kaum die nächste Hausecke, zu hoch, es überragte ja bald den Turm der Dreifaltigkeitskirche.

Kaum hatte Cresper eben die Sperren durchschritten, die die Werksleitung wegen des Streiks aufgebaut hatte, verschoben sich die Bezugspunkte. Vom Innern des Werks betrachtet, schien das Hauptbureau ganz im Gegenteil jetzt auf einmal wie das letzte Zeichen einer Welt, in der der Mensch noch als Maß galt.

»Wir müssen einen großen Kreis laufen, dort vorn ist abgesperrt, weil gebaut wird«, sagte der eigens für ihn abgestellte Lehrling. »Sonst wär's gar nicht weit.«

Cresper war dankbar, dass einer durch die Werksstraßen voranging. Ohne Führer war er in der riesigen Fabrik verloren, da half die rechtwinklige Straßenführung wenig. Was nützte es einem Fremden wie ihm, dass er hätte Blöcke zählen können, wenn er kaum ausmachen konnte, wo ein Betrieb, eine Fabrication endete und die nächste begann? Die Luft roch unangenehm, nicht wie ein schlecht ziehender Kohleofen zu Hause, sondern beißend. Dann wieder fast wie gekippter Essigwein. Je weiter Cresper in das Werk vordrang, desto mehr verwirrte ihn der Gestank. Selbst der Himmel verdichtete hier seine Farbe zu einem blassen Gelb, als hätte man ihn mit Ölfarbe gelackt. Die lange Hauptstraße hinunter verschwand sogar ein Schlot in den gelben Wolken.

Kaum fasslich, dass er in der Fabrik immer noch auf Ludwigshafener Grund einherschritt. »Die Große« nannte sie der Volksmund, kein Wunder, entsprach ihre Fläche doch der Innenstadt. Bald würde sie »die Riesin« heißen müssen, weil in Oppau ein zweites Werk gebaut wurde. Wie lange mochte es wohl dauern, bis die beiden zusammenwuchsen?

»Vorsicht!«, sagte der Lehrling vor ihm. »Die Kohlewagons laufen schneller, als man denkt. Es ist nicht mehr weit.«

In den Fabrikstraßen lagen Schienen wie am Rheinhafen, hie und da auch riesige Kabeltrommeln. Oder leere Loren und Fässer aller Größen. In regelmäßigen Abständen ragten Schlote auf, allein in der einen Blickachse zählte Cresper deren fünf. Und von allen Seiten führten Rohre von einem zum anderen Backsteingebäude. Manche waren davon geradezu umgürtet. Überall zischte es, wummerten Motoren. Und es stank.

An der einen Ecke schafften Männer in schmutziger Arbeitskleidung Rollwagen durchs Werk, an der übernächsten Kreuzung ragte ein gedrungener Backsteinwasserturm aus einem niedrigen Dach. Vier Ecken weiter wölbte sich ein Stahlballon, wohl das werksinterne Gaswerk.

»Das zweistöckige Haus ist es. Der Eingang ist da an der Seite.« Der junge Lehrling deutete mit grünen Fingern, die Cresper jetzt erst auffielen, auf einen Backsteinzweckbau, dessen Fenster allerdings mit modernen, flachen Rundbögen gestaltet waren. »Brauchen Sie mich noch? Wir dürfen nicht da rein, weil wir zu viel Dreck reinschleppen.«

»Nein. Danke.« Drüben wartete schon ein Herr im Anzug, dessen weißer Kragen über einer Krawatte schimmerte.

»Unser Hauptlaboratorium.« In der Stimme des großen, aber gedrungenen Doktor Carl Müller überlagerte Stolz die Reserviertheit, mit der er Cresper begrüßt und durch das Haus geführt hatte. Von der Sperre hatte man ihn mit der Haustelefonanlage angekündigt, Ludwigshafen war 1882 die erste Stadt Bayerns gewesen, die ein Telefonnetz aufgebaut hatte. Das hatte sein Vater immer erzählt. Für oder wegen des Werks, wer weiß?

Carl Müller sprach im Gehen. »Mit allen Mitteln der modernen Wissenschaft und Technik ausgestattet. Dreißig Chemiker sind hier tätig. Angeschlossen ist ein technisches Laboratorium, welches die im Betrieb gebräuchlichen Anlagen in verkleinerter Dimension enthält. So können wir praxisnah Versuche durchführen.«

Cresper sah in einen schlichten, weiß gestrichenen Saal, in dem es gläsern funkelte. Sieben Säulen allein trugen die hohe Decke. Tischreihe um Tischreihe war mit großen, kleinen Tubussen vollgestellt, in vielen gurgelte es mal blau, mal golden, mal einfach klar wie Wasser. Gasbrenner erhitzten, Glasspiralen kühlten Flüssigkeiten.

In jeder Reihe standen mindestens zwei werksbeamtete Chemiker in weißen Hemden, die meisten mit Anzugwesten darüber, und hantierten konzentriert mit Pipetten und Waagen. Keiner von ihnen schien sie überhaupt zu bemerken.

Carl Müller trug einen altmodischen Mittelscheitel, so knapp gestutzt, dass ihm die blonden Haare wie zwei Zangen in die Stirn fielen. »Hier ist der Arbeitsplatz von Doktor Modry.«

Die Holztische wurden von steinernen Arbeitsflächen abgedeckt, darunter gab es Schubladen und Vorratsfächer, darüber ragten Regale auf, alle vollgestellt mit runden Chemikalienbehältern wie in einer Apotheke. »Woran hat Doktor Modry gearbeitet?«

»Das darf ich Ihnen nicht sagen.« Müller legte die Hand auf den grauen Stein vor die blubbernden Glaskugeln.

Cresper zuckte zusammen, beinahe stieß er mit dem Fuß an die unterste Schublade. »Es dürfte Ihnen bekannt sein, dass ich einen Todesfall ermittle.«

»Das ist mir durchaus bewusst. Die BASF schützt allerdings ihre Betriebsgeheimnisse konsequent.« Müller verschränkte die Arme. »Es dürfte kaum einen Einfluss auf den unglücklichen Tod meines Kollegen gehabt haben, woran er hier geforscht hat.«

»Was macht Sie so sicher? Doktor Modry wurde tot in grellorange eingefärbtem Brunnenwasser aufgefunden.«

Müller trat an ihm vorbei an den Arbeitstisch und regulierte einen Gasbrenner auf eine höhere Stufe. Die blaue Flamme zischte mit einem gelben Schlag auf. Er räusperte sich. »Der Kollege Westhoven wollte eine Vergiftung ausschließen. Nun, nach allem, was ich von unserem Werksarzt gehört habe, kann es sich nur um einen neu entwickelten Indanthrenfarbstoff gehandelt haben. Er hat mir die Kleidung des Toten gezeigt.«

Es war abzusehen, dass Details unter den Werksbeamten die Runde machten. Dennoch, Westhoven hatte die Wunde am Hinterkopf gesehen, was kümmerte ihn noch eine Vergiftung? Cresper ärgerte sich, dass er Westhoven dazu nicht weiter ausgefragt hatte. »Wieso trug Doktor Modry überhaupt Farbstoffkonzentrat bei sich?«

Die kleinen Augen Müllers wanderten über die Versuchsanordnung. »Ich habe keine Ahnung.«

»Nehmen Sie oder Ihre Assistenten hie und da mal Chemikalien aus dem Werk mit nach Hause?«

Die Nase Müllers wurde spitz. »Ich bitte Sie! Das wäre Geheimnisverrat.«

Cresper fühlte eine Wärme im Bauch, die er lange vermisst hatte. Das gute Gefühl, dass er nicht mehr ganz im Regen stand. »Auch bei der Polizei gibt es, sagen wir mal, Auslegungsspielräume für Vorschriften.«

»So? Die BASF regelt solche Dinge sehr genau.« Müller hob sogar das Kinn. »Patente sind sehr wertvoll. Es gibt eine ganze Abteilung Werksbeamter, die mit nichts anderem beschäftigt sind, als diese juristisch abzusichern.«

»Daran zweifele ich nicht.« Cresper straffte den Rücken. »Könnte es nicht doch sein, dass das Opfer, Herr Doktor Modry, einer Eingebung folgend, eine Materialprobe mitgenommen hat, um …« Cresper mühte sich um einen weniger schmeichelnden Ton, der Müller offensichtlich misshagte, so wie er die Krawatte richtete. »Um sie einem Kollegen am Abend im Gesellschaftshaus zu zeigen?«

Wieder ging Müller einfach um ihn herum, bückte sich vor einer Temperaturanzeige und drehte am Regler einer Gasflamme.

»Abwegig«, sagte Müller mehr zu den Glaskugeln als zu ihm. »Ich war dort nicht mit ihm verabredet.«

Cresper sah sich mit Absicht langsam um, ließ die Augen über die an den Tischen arbeitenden Chemiker gleiten. »Modry hat doch noch mehr Kollegen.«

»Außer mir und ihm forscht niemand an dieser speziellen Farbreihe.«

»Eben haben Sie noch gesagt, es sei Indanthrenfarbe in dem Wasser und nicht ...« Cresper führte seinen Finger vor den Glasaufbauten am Tisch entlang.

Müller folgte seinem Finger mit dem Blick. »Vorsicht! Sehr heiß!«

Cresper deutete auf den grünlich blubbernden Kolben vor seiner Nase. »... das hier.« Er drehte den Kopf zu Müller, dessen blonde zangenförmige Haarsträhnen verrutscht waren. »Oder etwa doch?«

»Ohne Erlaubnis der Direktion darf ich dazu nichts sagen.«

Während Cresper ohne die Erlaubnis von Polizei-Inspektor Hatzfeld die Direktion nicht würde fragen dürfen. In Ludwigshafen belästigte keiner die Große Fabrik ohne Grund. Die Direktoren erst recht nicht. Cresper seufzte. »Wie lange arbeiten Sie schon mit Doktor Modry zusammen?«

»Fast ein Jahr.«

»War er ein angenehmer Kollege?«

Müller holte Luft. »Wir haben zusammen in Berlin bei Eduard Buchner, dem Liebig-Schüler, der vor vier Jahren den Nobelpreis bekommen hat, Vorlesungen gehört. Modry war sehr fähig.«

»Und als Mensch?«

»Ein Burschenschaftler ganz nach dem Comment. Tadellos.«

Müller würde also nichts Nachteiliges verraten, das gehörte ebenso zum Comment. »Ich verstehe.«

Sie hörten schnelle Schritte auf dem Linoleum. »Doktor Müller?«, rief eine dunkle Stimme. »Die Resolution muss sofort in den Druck –« Ein Assistent hielt ein Schriftstück in der Hand, er trat einen Schritt zurück. »Oh, Verzeihung, ich wusste nicht, dass Sie Besuch haben.« Wie es große, dünne Männer oft taten, krümmte er die Schultern etwas nach vorn. Seine Ohren waren rot vor Aufregung. Cresper schätzte ihn auf Mitte zwanzig.

Müller richtete seine Haarsträhnen. »Entschuldigen Sie mich, Sergeant. Es ist leider dringend. Scholl stört sicher nicht ohne Grund. Der Streik belastet das Werk enorm, wiewohl er von der Direktion erwartet worden war.«

»Letzte Woche haben sechsundachtzig Männer bei der Alizarinerzeugung gekündigt. Wir können gerade noch die Produktion aufrechterhalten.« Der Assistent strich das Blatt Papier für Müller auf der Arbeitsfläche glatt.

Dieses Abzeichen ... »War Doktor Modry nicht einer der Gründer des neuen Arbeiter-Vereins?«

Müller beugte sich über das Blatt. »Sicher, er hat den Verein gründen helfen – im Zusammenspiel mit mir und anderen.«

»Warum gründen Sie als Akademiker überhaupt eine Gegen-Gewerkschaft?« Die Roten verspotteten solche als gelbe Organisationen.

»Aus Socialtätigkeit. Allerdings ist es ein Verein, keine Gewerkschaft! Auf diesen Unterschied bestehe ich.« Müller richtete wieder den Mittelscheitel, der aber noch mehr verrutschte. »Der Arbeiter-Verein hat den Zweck, die Interessen sowohl der Arbeiter als auch der BASF zu wahren, unter Aufrechterhaltung der bestehenden Gesellschaftsordnung«, Müller hob die Augenbraue, »ferner vaterländische Gesinnung zu wecken und zu erhalten. Dies soll geschehen durch gegenseitige Unterstützung, durch werktätige Hilfe der Mitglieder bei Unglücken oder unverschuldeten Notlagen.« Müller ließ die Lider ein wenig sinken. »Doktor Modry hat persönlich dafür gesorgt, dass auch Unterhaltungs- und Vortragsabende in den Vereinszweck aufgenommen wurden. Er hat sich sehr für die Hebung des Bildungsstandes der Arbeiter eingesetzt.«

»Das ist lobenswert.« Vielleicht war der Chemiker ja tatsächlich ein guter Mensch gewesen. Er wäre nicht der Erste, dem man dafür den Garaus gemacht hätte.

»Modry war ein vorausschauender Kollege. Die ganzen Wühlereien der Roten seit der Arbeitszeitverkürzung zu Jahresbeginn wirkten sich aus. Renitenz und Arbeitsunlust haben in den Betrieben zugenommen, auch der Streit der Leute untereinander. Die Unorganisierten wurden von den Roten mit Gehässigkeiten aller Arten überzogen.«

»Die Mittagsbrote haben sie ihnen in die Farbkessel geworfen«, sagte der Assistent Scholl, die langen Arme hinter dem Rücken verborgen. »Dreimal haben wir einen Zyklus Farben wegkippen müssen. Die machen sich um die Kosten keinen Begriff.«

»Modry hatte Verbindungen nach Augsburg, von seiner ersten Anstellung, wo in einem Chemiewerk ein Arbeiter-Verein erfolgreich befriedend tätig ist. Er hat es der Direktion vorgeschlagen.« Müllers Blick fiel wieder auf die Glaskolben. »Scholl, bereiten Sie die Filtrierung vor.«

»Und die Resolution?«

»Ich kümmere mich darum.« Der Assistent ging, Cresper sah ihn durch die Apparaturen am übernächsten Tisch hantieren.

»Am 6. Juni haben wir den Verein gegründet, am 15. Juni bestand er schon aus vierhundert Personen. Die Roten haben geschäumt vor Wut. Drei imposante Versammlungen haben die Gewerkschaftsführer Fischer und Haupt abgehalten. Es wird den Roten nichts nützen.« Müller lachte gut gelaunt.

Wie gesprächig er auf einmal war. Cresper lachte höflich mit. »Wieso nicht?«

»Dass die Roten für die Kündigungen gerade die Magazinarbeiter ausgewählt haben, ist der erste Fehler ihres Anführers. Dieser Herr Haupt meint, man könne die Fabrik durch Störung der Warenlager am empfindlichsten treffen.« Müller bückte sich und holte aus dem Unterschrank kleine Porzellanschälchen. »Die Roten sind dümmer als gedacht. Als ob die Direktion nicht rechnen könnte. Sehen Sie, Sergeant. Normalerweise haben wir nur fünf davon an jedem Arbeitsplatz, hier sehen Sie zehn.«

Cresper zählte sogar elf.

»Damit können wir noch vier Monate forschen. In der Auslieferung ist es genauso. Ich verstehe es eigentlich nicht.« Er richtete sich wieder auf. »In den Magazinen hätten die Arbeiter doch sehen können, dass mehr Waren ausgeliefert wurden als sonst. Nun sind die Zwischenlager der BASF in Straßburg, Bremen und sonst wo voll. Die Kunden werden noch lange ausreichend beliefert werden können, rechnet man die rollenden Lager hinzu.«

»Meinen Sie Bahnfracht?«

»Genau.« Müller räumte die Schälchen weg. »Tausend Eisenbahnwagons der Bayerischen Staatsbahn zu mieten, wenn sie irgendwo abgestellt sind, ist viel billiger als Conventional-Strafen zu zahlen, wenn die Erzeugnisse des Werks nicht rechtzeitig beim Kunden eintreffen.«

»Wozu nun dies?« Crespers Blick fiel auf den Resolutionsentwurf, den der Chemiker von der Arbeitsfläche nahm.

»Wir haben Zulauf, kein Wunder. Wir verhandeln bereits um spürbare Verbesserungen für die friedlichen Arbeiter. Gegen diese Gespräche mit der Direktion richtet sich die Speerspitze der roten Agitation. Hat von denen jemals einer mit seinen Händen gearbeitet? Reden schwingen sie und blasen ihren roten Dampf in die Hirne.« Müller überflog das Papier. »Hier, lesen Sie.«

Cresper beugte sich über das Blatt. *Treu dem Grundsatz ihres Vereins, neben den Interessen der Arbeiter auch diejenigen der B.A.S.F. nach besten Kräften zu fördern, fühlt sich die heutige Versammlung des Arbeiter-Vereins verpflichtet, in der jetzigen schwierigen Lage der Firma ihre Anhänglichkeit zum Ausdruck zu bringen. Die Versammelten glauben dies am besten dadurch tun zu können, dass sie an ihrem Platze aushalten …*

Jemand hatte allerdings dafür gesorgt, dass Modry seinen Platz endgültig verlassen hatte.

… sondern erklären, auch jede Arbeit, die ihnen zugewiesen werden sollte, Folge zu leisten. Cresper war nicht sicher, ob Müller arg unglücklich war, dass er von nun an die Versuche allein durchführen musste. »Dann wirkt der Streik also doch, wenn die BASF die Arbeiter hin und her schiebt.«

Müller rollte das Papier ein, steckte es in die Anzugtasche. »Die Roten sollen erst einmal glauben, dass es für das Werk eng wird. – Kommen Sie, die Resolution muss in den Druck, damit wir sie morgen verteilen können.« Müller war schon wieder um ihn herumgelaufen und drehte das Gas an der Versuchsanlage aus. »Möchten Sie eventuell noch unsere Sammlung und die Bibliothek mit unseren sechshundert Bänden sehen? Chemikalische Zeitschriften aus aller Welt, es ist ein Paradies für jeden Forscher.« Müller wies mit einer leichten Verbeugung an den Säulen entlang zum Ausgang.

»Wenn ich die Studien Doktor Modrys dort einsehen kann, gern.« Cresper hielt Müller fest im Blick.

Der Arm sank wie die Mundwinkel. »Ohne Einwilligung der Direktion leider nicht.« Er ging schon weiter, sah kurz den Assistenten Scholl an, der zwischen den Tischreihen hervortrat. »Filtrieren Sie alles ab, dann setzen Sie Bromlauge zu. Ergebnisse nachher. Ich bin in der Druckerei, dann in der Direktion.«

Müller war gegen die Roten aufgetrumpft, wie Modry sicher vorher auch. In dessen Händen hatte Cresper bei der Leichenbeschau das Gewerkschaftsabzeichen gefunden. Auf den Gedanken, dass er als zweiter Gründer der Konkurrenzgewerkschaft auch in Gefahr sein könnte, kam so ein Akademiker erst gar nicht. Oder wusste er nur zu gut, warum ihm nichts geschehen konnte?

Gewerkschaften, rot oder gelb, für einen Polizisten wie ihn waren das alles fremde Farben. Oder fremde Federn ... Cresper freute sich über das Wortspiel und schaute noch einmal durch das Laboratorium.

»Ich geleite Sie hinaus«, rief Müller ungeduldig von der Tür. »Sonst verirren Sie sich noch in der Baustelle unten vor dem Haus.«

Wieder wichen sie den Absperrungen aus, wieder fand sich Cresper in einer Fabrikstraße. Auf Stahlstützen, ähnlich der Hochbahn in der Reichshauptstadt, die Cresper nur von Bildern kannte, liefen zahllose mannsdicke Rohrleitungen entlang, mal zweigte eines in ein Gebäude ab, mal bog sich ein dünneres gar in den dritten Stock hinauf.

»Zum Rhein runter ist die ganze anorganische Produktion versammelt. Riechen Sie's?«, fragte Müller.

»Übel genug«, sagte Cresper. »Es riecht wie faule Eier.«

»Schwefelsäure, da kann man nichts machen.«

Drei Block weiter ragten fünf schmale Türme auf, Cresper erinnerten sie an Jagdhütten, nur dass man diese sechs Stockwerk hoch gebaut hatte, immer zwei Fenster übereinander. Oben öffneten sich seltsam rechteckige Luken. »Was wird hier erzeugt?« Es roch nur schwer unterscheidbar nach Kohlenrauch und Gift.

»Das sind die Absorptionstürme der Salzsäure. Das ist eigentlich nur ein Hilfsprodukt, aber das Werk braucht davon so viel, dass sich ein eigener Betrieb lohnt. Wird auch verkauft.« Müller blieb stehen. »Ich kürze hier zur Druckerei ab. Gehen Sie einfach immer geradeaus, nach dem vierten Block sehen Sie schon das Hauptbureau. Ich wünsche einen guten Tag.« Müller wandte sich um, der Saum seiner Anzugjacke wehte, so schnell lief er davon.

Cresper überquerte Schienen, Qualm dampfte aus einem Schlot direkt hinter dem nächsten Fabrikgebäude. Aus einem Fenster trat rostiger Rauch, der seltsam langsam emporstieg, ganz anders als Wasserdampf aus dem Kessel auf einem Herd. Dahinter zischte es, und in regelmäßigem Takt pfiff Dampf wie bei einer Lokomotive, die in Höchstgeschwindigkeit zwischen Schranken vorbeirast.

»Warten Sie!«, rief da jemand hinter ihm.

Der Assistent Scholl aus dem Labor kam heran, die Hände in die Taschen gesteckt. »Sergeant, ich möchte Sie zunächst etwas fragen.« Der junge Chemiker fühlte sich sichtlich unwohl, unentschieden, auf welchem Bein er nun stehen bleiben wollte.

»Nur zu«, sagte Cresper.

»Werden Sie Herrn Doktor Müller von einem Gespräch zwischen uns Mitteilung machen müssen?« Er blinzelte ihn kurzsichtig an.

»Ihrem Vorgesetzten? Nein.« Cresper wollte schon durchatmen, damit er sich konzentrieren könnte. Aber der Dampf aus dem Fabrikschlot roch zu scheußlich. »Meinem Vorgesetzten hingegen schon. Ich bin Sergeant der Stadtpolizei.«

»Kommen Sie bitte weiter. Hier an der Euchrysinfabrik könnte man uns sehen. Das Hauptlaboratorium kontrolliert dauernd, weil die Reinheit der Vorprodukte stark schwankt, wir suchen gerade den Fehler.« Der Assistent verschwand plötzlich in einer Mauer.

Cresper stutzte, niemand konnte durch Ziegel gehen. Dann fand er den gut verdeckten, schmalen Durchgang zwischen zwei Wänden. Ihn amüsierte sein Erschrecken, auch wenn es einmal mehr seine Nervosität verriet. Hinter dem Durchgang reckte sich die große Schütte einer Kohlebefeuerung in den Himmel.

»Gehen wir zur Speiseanstalt. Niemand wird sich wundern, wenn wir dort eine Mittagssuppe einnehmen. Oder stören Sie die Ausdünstungen der Arbeiter?« Scholl reagierte auf Crespers Stirnrunzeln mit einer beschwichtigenden Geste aus dem Handgelenk. »Die Lösungsmittel und Säuredämpfe hängen ein bisschen in den Kleidern, da hilft das ganze Waschen nicht. Obwohl die Männer die Bäder gern nutzen. In den Farbbetrieben sind ja alle angehalten, sich nach der Arbeit gründlich zu reinigen.«

»Man sieht aber oft genug Männer mit bunten Gesichtern und Händen in den Straßenbahnen sitzen.«

»Das ist der Preis dafür, dass die BASF die besten Farben macht. Lichtecht und wasserbeständig.« Dass er über sein Fachgebiet sprach, ließ Scholl nicht nur in der Körperhaltung Festigkeit gewinnen, auch in der Stimme. »Ich muss manchmal eine halbe Stunde im Beamtenbad mit Sodalauge die Haut halb wund scheuern. Bei den Versuchen geht leider auch einmal ein Tubus zu Bruch.« Der junge Mann klang stolz. »Bald wird man Kleider kochen können, ohne dass sich die Waschlaugen färben. Die Hausfrauen werden nichts anderes mehr wollen. Die Direktion ist sich sicher. Mit dem Indigoblau fing die Farbrevolution an, mit lumineszentem Indanthren in der ganzen Farbpalette erreichen wir eine neue Ära.« Der Assistent zeigte nach vorn. »Das zweistöckige Gebäude ist die Speiseanstalt.«

Cresper sah Pulks von Arbeitern, mal schweigend, mal gestikulierend am Haupteingang eintreten.

»Inzwischen wird sogar schwarzer Kaffee in die Betriebe geliefert. Gerade im Sommer ist das wichtig, dass die Männer nicht nur kaltes Wasser trinken müssen. In welchem Werk findet man so etwas schon?«

Cresper erkannte einen Moment in der ganzen Strebsamkeit des Assistenten seinen eigenen Ehrgeiz wieder, mit solcher Begeisterung konnte er über Criminalfälle sprechen. Und deshalb wusste er auch, dass Scholl eine Absicht verfolgte. Scholl war gewiss Mitglied des neu gegründeten Vereins, er sollte ihn danach fragen.

Im schlichten Speisesaal reihten sich gut zwanzig Bänke auf beiden Seiten des Mittelgangs vor großen Fenstern auf. Es war unerwartet freundlich und hell. Dafür laut von den gut zweihundert Menschen, die sprachen und aßen.

»Wir können den halben Liter für zehn Pfennige haben«, sagte der hochgewachsene Chemiker von oben herab.

Einen Kaffee würde sein Monatsgehalt auch zu nicht gestützten Preisen verkraften und das des Chemikers auch. Sie reihten sich ein. Überall nur Blaumänner. Müde alte Gesichter mit tiefen Furchen, junge Gesichter mit Pickeln, traurige Männer mit Bartschatten, lachende zahnlose Münder. Einer pfiff ein Lied in der

Schlange. »... den Rock gehoben und reingeschoben ... ab die Emma ...«

Cresper ignorierte die Zote, fühlte sich an seine Armeezeit erinnert, wenn es Essen fassen hieß. Er fing ein paar Blicke auf, die ihn taxierten. Plötzlich begriff er, dass sonst kein Werksbeamter mit weißem Hemd hier zu sehen war. Dass sie den Arbeitern auffielen, war dem Assistenten Scholl also gleichgültig.

Aus diesem Winkel in der Warteschlage vor der Essensausgabe sah Cresper nur Unterarme und Kellen, die Suppenportionen in Teller gossen. Schnell, präzise, die Männer vor dem Schalter schauten gar nicht richtig hin. Es roch gut, nach Linsensuppe mit kräftig Speckschwarte drin.

»Zwei Kaffee mit Milch und Zucker. Ich übernehme das. Oder dürfen Sie das nicht annehmen, Sergeant?« Der junge Chemiker legte schon die Münzen auf den Tresen.

»Nicht stehen bleiben!«, grummelte es vom Kaffeeausschank.

Cresper nahm dem Assistenten die Tasse aus der Hand. »Dort in der Ecke ist noch Platz.«

»Die ist auch am weitesten vom Essen weg. Das ist immer so. Die Männer gehen so wenig als möglich.«

»Die laufen schon genug«, sagte Cresper.

»Sicher, die Fabrik ist groß. Es wird schon länger überlegt, im Werk Busse einzusetzen oder eine Personen-Werksbahn fahren zu lassen. Aber die Kohle- und Säurewagons auf den Schienen haben Vorrang. Das geht nicht auf.« Der Assistent setzte sich mit dem Rücken zum Saal direkt ans Fenster.

Cresper nahm einen Schluck. So gut wie im Café Channey war er nicht. »Kein Blümches-Kaffee.« Wie Tante Ruth ihn zu Hause leider kochte.

Scholl vergaß sein konventionelles Lächeln. Er ließ die Schultern hängen und trank nicht. »Es ist so.« Er betrachtete den Rand der Tasse.

Cresper ließ ihm Zeit. Die Seelenlage von Zeugen hatten sie im Lehrgang ausführlich erörtert.

»Es ist so, dass Doktor Müller Ihnen bestimmt sagen würde, ich sei mit Modry verfeindet gewesen.« Die Finger des Assistenten legten sich um die heiße Tasse, als wäre es Glühwein im Winter.

»Aha«, sagte Cresper nur.

»Es stimmt ja auch nicht. Doktor Modry und ich sind vor einer Woche über der Versuchsanordnung für ... die Farben aneinandergeraten. Er hat mir vorgeworfen, ich hätte die Versuchsreihe mit einer zu kleinen Dosis des neu entdeckten Katalysators durchgeführt.« Sein Blick verlor sich links unter dem Tisch. »Dabei hatte er die vierzigprozentige Zufuhr vorgegeben. Doktor Müller hat mich dann zur gelben Farbreihe umgesetzt. Der Druck aus der Direktion wegen einer größeren Farbpalette ist unglaublich.«

Cresper wollte ihn weiterreden lassen. »Ich verstehe«, sagte er möglichst aufmunternd.

»Die Indigo-Entwicklung hat damals viel Geld gekostet. Ehe die Investitionen sich ganz rentabilisiert haben, revolutioniert jetzt bereits das Indanthren die Farbwelt. Natürlich will man jetzt nicht wieder zu viele Mark aufs Spiel setzen, die vielleicht nicht wieder zurückkommen, falls demnächst ein noch besserer Farbstoff gefunden wird.« Er schaute von der Tasse auf. »Aber in Wirklichkeit habe ich Doktor Modry bewundert; für seine Forschungen gab der alles. Er ist sogar nur vierzehn Tage in die Flitterwochen gefahren.« Ein anzügliches Lächeln spielte auf den schmalen Lippen. »Das hätte ich mal versuchen sollen, das meiner Frau so kurz nach der Hochzeit anzutun. Alle haben sich gewundert, sogar Doktor Müller hat eine Bemerkung gemacht.«

Cresper neigte den Kopf ganz leicht vor. »Kann es sein, dass Doktor Modry genau an jenem leuchtenden giftorangenen Farbstoff gearbeitet hat?«

»Dann haben die Zeitungen doch nicht übertrieben.« Der Assistent lächelte plötzlich wie ein Junge. »Modry war mal wieder schneller als Müller.«

Cresper wunderte es gar nicht, dass die Konkurrenz unter Chemikern nicht kleiner war als unter Criminalpolizisten. Jeder wollte der Beste sein.

»Moment. Eigentlich hätte das Farbkonzentrat noch intensiver rot sein müssen.« Der Assistent runzelte plötzlich die Stirn. »Es sei denn ... bei der Temperatur von Brunnenwasser und einer kleineren Menge Konzentrat. Vielleicht kommt es doch hin, wir färben ja im Labor eher im Literbereich.«

Es wurde ruhiger im Saal. Die Mittagspause war vorbei. An den

Bänken vor und hinter ihnen saß niemand mehr. Scholl blickte sich um. »Jedenfalls hockte Modry jeden Abend bis spät in der Bibliothek. Und dort hat er sich auch mit dem Doktor gestritten.«

»Seinem Kollegen Carl Müller?« Den beiden traute er Carrière-Rangelei allemal zu.

»Nein, dem richtigen Doktor aus der Werksambulanz ...«

Vor Crespers geistiges Auge trat der grauhaarige Werksarzt und gleichzeitige Leiter des Städtischen Krankenhauses, der den Toten obduziert hatte. »Hat Westhoven sich mit Modry gestritten?«

Der Assistent legte die Hände flach neben die Tasse. »Nein, nein. Wie kommen Sie denn auf all die Namen? Es war Doktor Singer, der große dünne Itzig.«

Solche Vorurteile verstellten nur den Blick auf den individuellen Charakter, den ein Criminaler zuvörderst beachten sollte. Der Name sagte Cresper etwas, vielleicht einer von den Singers, denen die Frankfurter Privatbank gehörte. »Worüber haben die beiden gestritten?«

Diesmal drehte sich der Assistent sogar um, doch niemand schenkte ihnen Beachtung. »Ich möchte nicht, dass Sie es mir als üble Nachrede auslegen. Es wird höchst ungern gesehen, wenn solche Angelegenheiten aus der Werksbeamtenschaft nach außen dringen. Aber«, er hob kurz die Augenbrauen, »immerhin ist Doktor Modry ertränkt worden. Das rechtfertigt doch, dass ich Ihnen das erzähle.«

»Fahren Sie fort.« Manchmal half der Amtston bei Anstandsfragen mehr als gesäuseltes Verständnis.

»Ich hatte mich am letzten Freitag in einem Buch von Lejeune festgelesen und stand ganz ruhig in der Ecke der Bibliothek hinter dem Regal mit den internationalen Zeitschriften. Modry hatte ich ganz vergessen. Es war sehr spät, vielleicht neun Uhr. Plötzlich hörte ich die dunkle Stimme von Doktor Singer, den ich von der Naturwissenschaftlichen Gesellschaft ganz gut kenne. Wir interessieren uns beide für die Bakterienforschung.« Er nahm einen kleinen Schluck aus seiner Tasse. »Erst habe ich versucht wegzuhören, dann wurden die beiden heftiger. Es ging um die Lisztstraße. Eines von den neuen Baugrundstücken im Süden der Stadt. Modry sollte einen Anteil herauszahlen oder eine Zinsrate, ich weiß nicht recht. Modry sagte immerzu: ›Nein, das werde ich nicht.‹

Einmal sagte er sogar: ›Ich kann genauso rechnen wie du!‹ Seltsamerweise siezten sie sich sonst aber die ganze Zeit.«

»Was hat Doktor Singer geantwortet?«

»Er sprach leiser, aber vielleicht liegt es auch an seiner Bassstimme, dass ich ihn schlechter gehört habe.« Scholl schloss die Augen und legte die Stirn in Furchen. »Ich glaube, er sagte so etwas wie ›Die anderen Terrains habt ihr doch schon längst unter euch aufgeteilt. Aber meinen Anteil bekommst du nicht umsonst‹.« Er öffnete die Augen. »Vielleicht haben sie sich doch die ganze Zeit geduzt, als sie richtig laut wurden.«

Spekulationen um Grundstücke, warum verfolgte ihn das? Cresper sah in seine leere Tasse. Damals, als Vater sich verspekuliert hatte, war es nicht um die Südstadt gegangen, sondern um die Wiesen hinter den Sumpflöchern an der Bahn. Heute stand dort der Schlachthof. Vater hatte zu viele rumänische Öl-Actien gekauft, die fallierten. Den Contocorrent-Credit hatten sie verweigert, ihn in die Zwangsversteigerung getrieben, für einen Abbel und ein Ei, unter einer Decke hatten sie fast alle gesteckt. Betrogen hatte man Vater ums ganze Vermögen.

»Sergeant?« Der Assistent blickte ihn an. »Ich will dem Doktor Singer nichts unterstellen. Schließlich legt jeder sein Geld an, wie er will. Aber merkwürdig fand ich es doch.« Er spielte nervös mit den Fingern. »Modry war nicht einfach als Vorgesetzter, aber rumschreien im Laboratorium wie Doktor Müller habe ich ihn nie hören. Der Singer hat sogar die Bibliothekstür hinter sich zugeworfen.«

»Und dann?«

»Ich habe Modry etwas auf Schwäbisch fluchen hören. ›Sauhund, dreggata‹ oder so. Ein bisschen hatte seine Zeit in Augsburg abgefärbt. Dann hatte es geklungen, als ob jemand ein schweres Buch einfach zuwirft, da hörte ich schon die Tür der Bibliothek. Modry hat sie allerdings nicht mal halb so laut zugeworfen.«

»Weiß noch jemand von dem Streit?«

»Nein. Nachdem ich heute früh ich in der Zeitung gelesen hatte, dass … Ich war so erschrocken, dass ich vorgezogen habe, es für mich zu behalten.« Er presste die Lippen kurz aufeinander. »Wenn es möglich wäre, dass Sie meinen Namen nicht erwähnen …, damit man im Werk keinen falschen Eindruck von mir erhält. Verstehen Sie? Ich möchte weiter im Laboratorium der BASF forschen. Es ist das am weitesten avancierte der Welt.«

Cresper hob beschwichtigend die Hände. »Die Polizei verfolgt die Täter, nicht die Zeugen.« Aber auch für die besser gestellten Leute galt die staatsbürgerliche Pflicht.

»Ich habe bereits meine Pause etwas überdehnt.« In der dunklen Stimme des Assistenten Scholl schwang etwas Sorge vor der eigenen Courage mit. Er stand auf. »Finden Sie den Weg zum Hauptbureau allein?«

Cresper drückte ihm einfach die Hand und blieb sitzen. »Ich gestatte mir noch ein Mittagessen hier.«

Scholl ging, er strich sich dabei mehrfach über die Haare, ohne dass er sich noch einmal umdrehte.

Nur noch ein paar Männer saßen herum und kauten. Die Essensausgabe vorn war noch geöffnet.

Mit leerem Magen würde er schlecht den Mann vom Rheinufer vernehmen können. Dafür fehlte ihm die Geduld. Polizei-Inspektor Hatzfeld würde er danach einen ersten Bericht erstatten können. Die Linsensuppe roch wirklich sehr gut. Cresper mochte Speck.

Kapitel 6

AUS EINEM DER FENSTER zog der Duft von Malzkaffee. Helma ging durch die Rupprechtstraße an den Häusern entlang, die die BASF für ihre Arbeiter gebaut hatte.

Jedes Häuschen der Wohnkolonie hatte ein bisschen Grund vor der Tür, von solch einem Nutzgarten konnten die Leute im Hemshof nur träumen. Ein Cousin wohnte im dritten Gartenweg, der sich deswegen für was Besseres hielt. Die Häuschen waren alle gleich, freistehend aus Backstein gemauert, die Wände gliederte schlichter Sandstein. In die Stuben schien genug Tageslicht, dass man sich nicht die Augen verdarb. Jedes der Kreuzhäuser barg vier Wohnungen mit eigener Haustür an der jeweiligen Giebelseite.

»Lass den alde Schlabbe leije, Kind!«, rief eine Großmutter von einer Bank vorm Haus einem Dreijährigen zu. Die junge Nachbarin hätschelte auf den Stufen des beschatteten Hauseingangs einen Säugling auf dem Arm. Die Frauen sahen gar nicht zu Helma her. Das Kind trug den Schuh mit der klaffenden Sohle strahlend zur Oma auf der Sitzbank.

Die BASF wusste schon, wem von ihren Arbeitern sie einen Mietvertrag gab. Denen, die das Maul hielten, alles klaglos mitmachten, weil sie lieber die Familie durchbrachten. Helma wechselte die Hand für den Henkeltopf. Sie war ein bisschen spät dran für die Frühstückspause. Aber das Herumstehen am Streikposten würde Franz nicht allzu hungrig gemacht haben.

Ihr tat der Arm weh. Mit Hildegund und Berta hatte sie einen extra großen Topf Kartoffelsuppe mit Grieben gekocht, der arg schwer war. Sonst wäre sie die Abkürzung durch die Siedlung nie gegangen.

In der Rupprechtstraße wusste sie wieder ganz genau, warum sie die Siedlung sonst mied. Sie wollte nicht auch noch in Stein gebaut sehen müssen, wo ihrereins in den Augen der feinen Leute stand. Am Rande der Wohnkolonie umstellten die Aufseherhäuser die anderen, nur waren sie größer und zweistöckig. Die Knechtdienste wurden belohnt. Die einfachen Arbeiter bewohnten die kleinsten Häuschen, vier Familien drängten sich darin.

Die neuesten Häuser wurden gerade an der Liebigstraße fertig, waren sogar verputzt, in den Dächern gab es noch mehr Platz unter Mansarden. Dort durften nur die Meister wohnen. Für die Werksbeamten baute man einen separierten Block.

Hinter ihr pfiff es. »Helma?«

Sie setzte den Topf ab und wandte sich um. Gustav, der Vereinskassier, rollte mit dem Fahrrad auf ihre Höhe und reckte den dürren Hals, sein Blick glitt an ihrer Schürze entlang. »In den Topf würde ich gern meinen Finger stecken.«

»Vorsicht, heiß.« Helma verschränkte die Arme und legte den Kopf schräg. Gustav war zwar gescheit, aber ihr war er zu dünn. »Pass bloß auf, dass du ihn dir nicht verbrennst.«

»Da hilft kräftig rumrühren, gell.« Er grinste, streckte die Beine von sich, die Pedale drehten in der Luft.

»Schaff lieber was. Sag am Posten Bescheid, dass ich was bringe. Sonst holen die sich noch was beim Krautmann.« Sie bückte sich zum Henkeltopf und fing seinen Blick auf. »Was ist?«

Gustav sagte nichts, sah ihr nur frech auf die Brust. »Franz hat's gut.«

»Wird's bald?«

Er lachte, stieß sich mit dem einen Fuß vom Boden ab und trat wieder in die Pedale.

Helma bog an der nächsten Wegkreuzung rechts ab. Sie war schon fast lahm, aber für einen Topf hatte sie keinen Bollerwagen nehmen wollen wie eine alte Frau. Durch die Wohnkolonie, rechts, links, rechts, das war der kürzeste Weg zum Streikposten auf der Anilinstraße.

Die Gewerkschafter standen dort auf öffentlichem Grund, sosehr es den Herren im Werk auch nicht passte. Solange sie sich friedlich verhielten und nicht allzu viele waren, boten sie der Polizei keinen Vorwand einer angeblich ungenehmigten Versammlung. In der Zeit konnten sie aufpassen, wer von den Arbeitern den Streik brach und im Werk arbeiten ging.

Sogar Mitglieder der Gewerkschaft gaben sich dafür her. Leider. Helma wechselte wieder die Tragehand.

Es gab solche und solche Arbeiter. Sie hatte das früh begriffen.

Welche mit Stolz auf ihre Klasse und welche ohne. Selbst im Konsumverein wurde betrogen, wie oft hatte das ihre Mutter beklagt. Die Frauen, die dort arbeiteten, zweigten hier mal und da mal zehn Gramm Butter ab, bis es am Ende doch ein Pfund wurde. Dass die abgearbeiteten Frauen damit nur acht oder zehn Mäuler stopfen wollten, weil sie sonst nicht wussten, wie, änderte nichts. Es brach die Solidarität, ohne die sie niemals ein Leben ohne krumm geschaffte Rücken erkämpfen würden. Es gab immer welche, die sich kaufen ließen für ein Linsengericht. Die Wohnkolonie war voll von ihnen.

Helma sah die Gewerkschafter weit vorne stehen. Zwei, drei junge Burschen verteilten Flugblätter nicht weit von der Straßenbahnstation. Dort mussten alle vorbei, die ins Werk liefen.

Helma beschleunigte den Schritt, je eher sie das Essen loswurde, desto besser. Man winkte ihr schon zu.

»Die Helma. Immer dabei.« Hahnwald, der Wortführer des Streikkomitees, stand mit ein paar Arbeitern breitbeinig am Straßenrand. Sie ließen die andere Seite nicht aus den Augen. »Drüben wird auch schon gegessen.«

Helma setzte den Topf einfach auf das Trottoir. Viele Arbeiterfrauen brachten das Mittagessen. Wer von den Männern nicht in einem Betrieb allzu tief im Werksgelände beschäftigt war, kam durch das große Tor heraus, hielt ein Schwätzchen und aß am Straßenrand. Viele sparten so das Geld für den Speisesaal oder wollten beim Essen nicht in den Kabuffs ihrer Betriebe hocken, wo es doch nur nach Chemie stank. »Die Hildegund hat gekocht«, sagte Helma.

Die Männer hatten ihr Essgeschirr dabei. Sie band die Kelle vom Deckel los. Dann öffnete sie die Halteschnallen.

»Das riecht aber gut. Ihr sorgt für uns.«

Wo steckte denn ihr Franz? Helma teilte die Kartoffelsuppe aus. »Gibt es etwas Neues?«

Hahnwald nahm erst zwei Löffel. »Die haben noch immer nicht auf unser Schreiben vom achtzehnten Juli geantwortet. Die Direktion fühlt sich diesmal ziemlich stark, nur weil sie jetzt den Marionettenverein aufgezogen hat.«

»Die glauben, dass sie jeden und alle kaufen können.« Helma wischte sich die Finger an der Schürze ab.

»Morgen rechnet die Direktion mit achthundert Männern aus dem Werk.« Mit dem Löffel tockte Hahnwald auf sein Blechgeschirr. »Sogar eine Resolution haben sie aufgesetzt.«

»Woher wisst ihr das denn?«

»Helma, ohne die Arme von uns Arbeitern geht nichts. Es sind auch noch nicht alle blind und taub von der Schufterei. In der Druckerei schaffen ein paar von uns.« Er nickte hinüber zu einem Lehrbub, der bei einer Traube Männer stand und sich am Ohr kratzte. »Die Kleinen beachten die gar nicht. Wir kennen sogar schon die hochoffizielle Antwort, die die Direktion uns geben will.« Hahnwald nestelte ein Papier aus der Seitentasche. Er hielt es mit dem ausgestreckten linken Arm weit von den Augen weg. »Da steht: ›*Sollte sich entgegen unserer Erwartung dies nicht als möglich erweisen …*‹« Er räusperte sich. »Die meinen, dass der ganze Betrieb nur mit den Streikbrechern weiterläuft. ›*… und wir nicht in der Lage sein, sämtliche Mitglieder Ihres Vereins in unseren Betrieben weiterzubeschäftigen, so werden wir allen denjenigen Vereinsmitgliedern, welche wir vorübergehend außer Arbeit zu setzen gezwungen sind, auf die Dauer des Arbeitsstillstandes den vollen Lohn fortentrichten.*‹«

Helma entfuhr ein Lachen. »Auf einmal geht es doch mit der Lohnfortzahlung.«

»Siehst du. Was sonst angeblich den sofortigen Ruin des Werkes nach sich zieht, bieten sie jetzt freiwillig an.«

Die Streikbrecher würden sogar noch belohnt. Sie nahm die Suppenkelle in die andere Hand. »Wann hat es das mal gegeben, Geld fürs Nichtsschaffen?« Da wurden viele schwach. »Das ist glatte Bestechung.«

»Kriege ich auch was?«

Sie hörte die raue Stimme von Franz direkt hinter sich und spürte schon seine behaarte Hand um ihren Bauch fahren. Er drückte sie an sich. Sie fühlte seine Brust an den Schultern. »Was glaubst du, warum ich den Topf hergeschleppt habe?«, sagte sie leise.

»Für die Posten.« Seine Hand glitt weg, sein Kinn streifte ihren Nacken. »Der ist ja schon fast leer.«

»Unsinn.« Helma nahm die Kelle. »Wo ist dein Napf?« Sie sah Franz ins Gesicht. Er hatte sich schon den zweiten Tag nicht rasiert. Manchmal gefiel ihr der dichte Bart, weil die Haare lang gar nicht kratzten, manchmal fand sie, dass er damit wie ein Räuber aus dem Pfälzer Wald aussah.

Franz schob den Unterkiefer hin und her, dann beugte er sich zwei Schritt weiter vor einem Busch nieder. Er reichte ihr sein Essgeschirr. »Mach ruhig ganz voll.«

»Die anderen wollen auch was.« Der gewitzte Lehrbub aus der Druckerei sah schon zu ihr herüber.

»Ich habe aber richtig Hunger.«

Warum kaufte er sich morgens in der Straße keinen Weck? »Du kriegst schon genug.«

»Immer denkst du nur an die andern.«

Helma verstand ihn nicht. »Ihr passt doch alle hier zusammen auf.«

Franz antwortete nicht.

»Stehst du nicht Posten?«, fragte Helma.

»Heute nicht.« Franz schaute über die Straße zum Werk.

»Wieso?« Er hatte es doch gestern versprochen. Helma wandte sich zu Hahnwald um, aber der stand schon bei zwei anderen Frauen, die Apfelsaft ausschenkten. Helma legte langsam die Kelle in den Topf. »Wieso nicht, Franz?«

»Der Hahnwald hat es doch vorgelesen.« Franz sah kurz über die Schulter, ob ihnen einer zuhörte. »Die vom neuen Arbeiter-Verein kommen besser weg. Das Streikgeld ist beschissen wenig.«

Franz und das Geld. Helma fühlte, wie ihre Wangen heiß wurden. »Immer denkst du nur ans Geld. Wenn du die Pausen nicht mehr bezahlt kriegst, den Weg vom Betrieb nach Hause nicht, keine Zulage für den Dreck bekommst, dann beschwerst du dich wieder.«

Franz steckte die Hände in die Taschen. »Wie lange sollen wir beide denn noch warten? Mein bisschen Spargeld geht doch drauf, wenn der Streik lange dauert.«

»Wir müssen solidarisch sein, auch wenn es wehtut. Das Geld ist auch im Streik gut angelegt.«

»Aber wenn wir es für uns aufheben, ist es das nicht?« Franz legte den Kopf schräg in den Nacken, der Blick seiner braunen Augen bohrte sich in ihren.

»Verdreh doch nicht alles. Um uns geht es jetzt nicht.«

»Um mich geht es also gar nicht? So ist das also!« Franz nahm die Hand aus der Hosentasche, er hakte sich mit dem Daumen im Revers seiner Jacke ein. »Für wen zwacke ich mir dann jeden Groschen ab und trink kein Bier mehr, wenn ich aufs dritte Durst habe? Wenn es um mich gar nicht geht, dann behalt deine Suppe.« Franz nahm seinen halb vollen Napf und hielt ihn von sich weg.

»Wag's bloß nicht!« Helma nahm schnell die Kelle in die Hand, hielt die runde Unterseite darunter.

Franz kippte den Rest daran vorbei zurück in den Topf. »Wird sich schon ein Esser finden.«

»Du Wutz!« Sie schlug ihm mit der nassen Kelle vor die Brust, aber er war schon so weit zurückgesprungen, dass sie ihn nicht traf.

Franz lauerte, der Topf zwischen ihnen.

Er spielte so seltsam mit dem Fuß ... Gleich trat er ihn noch um.

»Du hast mich gesehen, Helma. Und deine ganze Gewerkschaft dazu.« Er drehte sich auf dem Absatz um, steckte die Hände in die Taschen und lief quer über die Straße aufs Werkstor zu.

Die Straßenbahn bimmelte wild.

»Franz!« Helma blieb das Herz stehen.

Die Bahn ratterte vorbei, Franz war weg.

Die Männer taten so, als hätten sie nichts mitgekriegt, und zogen an ihren Zigaretten. Die Daumen und Zeigefinger daran zum Kreis gebogen, wie sie es immer taten, wenn einer von ihnen Streit mit seiner Frau bekam. Es dauerte nicht lange, da hörte sie das Lachen von Leuten, die froh waren, dass einer einen Witz riss, der sie ablenkte.

Auf der anderen Straßenseite wurde Franz' Rücken immer kleiner. Die Große Fabrik kam Helma vor wie ein Ungetüm, das ihn gleich verschluckte.

Sie kämpfte gegen die Tränen, gegen die Wut, dass er sie so verriet. Sie beide und den Kampf um ein besseres Leben. Für ein paar läppische Mark mehr.

»Die ist babbisch.« Der Lehrbub hatte die Kelle gegriffen und wischte sie an einem Lappen ab.

Helma hatte nicht einmal gemerkt, dass sie die Kelle hatte auf den Boden fallen lassen. Der Junge hatte Sommersprossen und ein paar Pickel auf der Wange.

»Iss, so viel du willst.« Es war ja für alle, die an die Sache glaubten. »Aber mach schnell. Ich muss wieder heim.« Helma kippte ihm den Rest der Suppe ins Essgeschirr, nahm ihm die Kelle aus der Hand.

»Danke dir und Hildegund«, rief ihr Hahnwald nach.

Helma schien der leere Topf schwerer als zuvor. Hoffentlich ging Franz jetzt nur für die Arbeit ins Werk … Wenn er zum neuen gelben Verein der BASF überliefe, könnte sie ihm das nie verzeihen.

»Erst mit zwei Händ drehe, dann am Holzgriff von unne drücke.« Der kahle Vorarbeiter zeigte auf das Schwungrad. Die Hallenseite hinter den Indanthrenpressen sah aus wie ein Wäldchen in den Rheinauen, nur aus Metall. Lauter dünne Stämme. Rohre, die von der Decke herab in die Pressen reichten, lagen wie umgelegte Riesenbäume davor.

Es zischte nicht besonders laut. Franz war froh, dass er als Springer ausgerechnet hierher geschickt worden war.

»Verstanden?«

Er nickte. Je weniger Worte man machte, desto weniger Ärger hatte man mit den Vorleuten. »Wie lange soll ich pressen?«

Der Vorarbeiter rollte die Augen. »Bis das Rad keinen Millimeter weiterdreht, wie denn sonst?«

»Einmal oder zweimal?«, fragte Franz.

»Komm mir bloß nicht dumm, sonst schicke ich dich zurück. Dann kannst du beim Chlor mal tief Luft holen.«

Franz schaute ruhig auf seine Stiefel. »Drüben in der Indigofabrik sollen wir die Pressen nach dem ersten Anschlag immer noch einmal kurz zurück- und dann noch mal vordrehen.«

»Hier nicht. Schaff was!« Der Vorarbeiter ging einfach weiter.

Franz betrachtete aus den Augenwinkeln die Männer an den wohl zwanzig Pressen, rechts und links. Nur acht waren besetzt. Der Streik leerte die Betriebe, überall fehlten Arbeiter. Vielleicht hatte Helma ja doch Recht. Sie redete seit dem Streik von nichts anderem mehr, hörte gar nicht zu, wenn er Zukunftspläne machte. Dabei wollte er sie doch raus aus dem Hemshof und dem ganzen

Ludwigshafener Dreck bringen. Draußen in Mundenheim bei seinem Vetter war die Luft schon besser, da sah man abends wenigstens mal ein Stück vom blauen Himmel.

Franz packte das riesige Schwungrad, er sollte im Uhrzeigersinn drehen. Beinahe wäre ihm der Griff aus der Hand gerutscht, so leichtgängig war das Rad. Dahinter drehte sich etwas langsamer ein übersetztes Zahnrad mit breitem Kranz, noch weiter hinten schoben sich langsam die tischplattengroßen Metallteile aneinander, die ein Gestänge mit dem Räderwerk verband.

Die Räder knirschten nicht, die Führungen waren gut geschmiert. Nur hinter ihm schnurrten Laufbänder über Wellen, das hörte er. Und Pumpen liefen irgendwo, dass die Rohre über ihren Köpfen sirrten.

Immer diese Sprüche von der Arbeiterklasse. Wer von den roten Rednern machte sich die Hände im Werk schmutzig? Er brauchte sich doch nur die Finger von den Dummschwätzern anzuschauen. Männerhände waren das nicht. Wenn die einen Fleck darauf hatten, dann allenfalls von Tinte.

Der Widerstand der Presse nahm zu. Franz war froh, dass die Luft gut abzog. Wenigstens pressten sie hier Säure ab, die nicht besonders stank. Er kam ins Schwitzen.

»Noch ein Stückel«, schrie der Vorarbeiter im Vorbeigehen hinter ihm.

Die Indanthrenfabrik war die sauberste, die er je im Werk gesehen hatte. Steinböden wie frisch gekehrt gab es sonst kaum. Je länger er über das Schwungrad hinüber in den Metallwald schaute, desto gleichmäßiger erschienen ihm die Rohre verteilt. Franz erkannte auf einmal vier blank polierte Tanks dahinter. Auch gab es unter der Decke genug elektrische Lampen.

Franz kämpfte gegen das Rad.

»Mit zwei Händen, und geh in die Knie«, rief der nächste Mann von links.

Franz machte es ihm nach. Tatsächlich, das Rad drehte sich noch ein paar Zentimeter.

»Lass es einen Augenblick stehen, und dann drück noch einmal«, rief der andere wieder.

Und wieder drehte sich der breite Zahnkranz am vorderen Rad noch drei, vier Zähne weiter.

»Halt! Die Umlage von dem Rad machen die Männer da vorn. Das muss man gelernt haben. Dreh du einfach am nächsten, wo keiner steht.« Der Vorarbeiter zeigte nach rechts.

Franz wischte sich mit dem Unterarm über die Stirn. Wieder ein Rad und wieder das gleiche Spiel. Er spürte sein Kreuz, so quer mit beiden Händen am Griff stemmen, die Bewegung hatte er nur im Alizarinwerk machen müssen, sonst nie.

Dann drehte er am letzten freien Rad.

»Ihr zwei!« Der Vorarbeiter winkte von der hellen Fensterfront her. »Draußen neben dem Tor steht das Fass mit dem Schmierfett. Nehmt das Kästel dort und die Lumpen.« An der Wandseite lagen unter Laufbändern zwei Schippen und anderes Putzzeug. »Und ab!«

Franz lief dem andern Arbeiter hinterher, der vom vielen Räderdrehen ein Kreuz wie ein Orgelkasten hatte, aber einen Kopf kleiner als er selber war. Der konnte die Arme bald nicht mehr an die Seiten legen, so viel Kraft hatte der.

»Bei uns drüben schmieren die Lehrlinge die Maschinen ab«, sagte Franz am Tor.

»Bei euch vielleicht. Hier machst du alles, was der Vormann sagt.« Der Kleine drückte das riesige Hallentor mit einer Hand auf, sodass der Spalt breit genug für zwei wurde.

»Warum ist es hier eigentlich so sauber?«

»Dir hat wohl die Säure das Hirn ausgeblasen. Weißt du, wie Indanthren färbt?« Der Kleine schnaufte. Er redete, als käme er aus der Karlsruher Gegend.

»Nein.« Franz war es gleich, was für Farbe in den Kessel gerührt wurde oder in den Reaktorsäulen kochte, wenn er seine Stunden abriss.

»Das Zeug färbt so gut wie sonst gar nichts. Hier an den Pressen ist der Farbstoff auch noch konzentriert. Wenn du die Farbe auf die Haut kriegst, geht die nicht mehr ab. Da musst du schon aufs Fleisch runterscheuern. Deshalb passen die Schlosser arg auf, dass die Rohre nicht lecken.«

Franz hielt nach dem Wagen Ausschau. Jeder Betrieb war anders, in manchen war so ein Durcheinander wie zu Hause in seiner Kammer, wenn Helma drei Wochen nicht nachräumte. Und das würde sie jetzt bestimmt nicht mehr machen. Wenn er sie überhaupt hereinließ. Franz spuckte in den Staub vor die Hallenwand. Falls sie überhaupt noch kam. Die Huresäckel von den Roten waren doch alle scharf auf die Helma. Einen Augenblick sah er Helmas Brüste vor sich, die so wunderbar rochen, dass er seine Nase am liebsten gleich dazwischengesteckt hätte.

»Allein schipp ich das Schmierfett nicht.« Der Kleine hielt ihm eine Handschaufel hin. Er stand schon an einer Tonne unter dem Vordach. »Hol mal zwei von den Kasten aus dem Schaff.«

Franz griff sich die Kästchen. Manchmal war das Hilfszeug außen untergebracht. Dann konnten sich die benachbarten Betriebe das Zeug teilen. »Stinkt wie beim Abdecker.«

Der Kleine lachte. »Würde mich nicht wundern, wenn die Schmier im Schlachthof gemacht wird.«

Franz schaufelte das gelblich weiße Fett in den Kasten und strich die Schaufel an der Kante ab.

In der Werksstraße rief jemand: »Vorsicht!« Sie schauten auf. Ein Kuppler der Werksbahn lief über die Schienen oder sprang eher zwischen den Gleisen hin und her wie die Kinder bei »Himmel und Hölle« über die Kreidestriche. »Aus dem Weg ...«

»So ein Krischer.« Der Kleine steckte seine Schaufel wieder ins Fett. »Man glaubt ja nicht, dass es ohne die Schmier nicht geht. Aber du merkst es gleich. Wenn's ein bissle fehlt, läuft das Rad nicht richtig, und du kugelst dir die Ärm aus.«

Ein Mann auf der Werksstraße wandte sich um. Das Gesicht kannte Franz doch, diese strubbeligen rotbraunen Haare. Wenn er sich den Straßenanzug als feldgraue bayerische Infanterie-Uniform mit weißblauer Rautenborde am Kragen dachte, dann ...

»Was glotzt du denn wie den Weibern auf den Arsch? Seit wann laufen im Werk welche rum?« Der Kleine stach mit der Schippe ins Fett. »Schön wär's.«

»Ich glaube, ich kenne den vom Militär.« Uffz Cresper, der einzige von den Schweine-Offizieren, der ihn anständig behandelt hatte.

»Hör mir auf mit dem Militär. Ich hab die ganze Zeit in Germersheim Kanonenrohre geputzt. Die können mich am Arsch lecken.« Er schlug mit dem linken Arm in die Luft, was einen ganzen Kerl hätte umwerfen können.

»Ich war in Würzburg beim IX. Königlich Bayerischen Infanterie-Regiment ›Wrede‹.« Da war Franz endlich mal rausgekommen, hatte mal was anderes gesehen als Rhein und Haardt.

»Am Main warst du? Ich wäre am liebsten zu den Gebirgsjägern in die Berge gegangen. Aber da kommst du als Zwangsbayer ja gar nicht erst hin. Für die sind wir Pfälzer doch nur die Deppen für den Tross.«

»Alles Blindgänger.« Die Franken hätten ihn lieber als Deppen für die Festungshaft missbraucht. Wenn Cresper nicht gewesen wäre ... Franz reckte noch mal den Hals. Er war es! So, wie er den linken Fuß fast im rechten Winkel ausstellte und den Bahnkuppler am Wagon anguckte, genau so hatte er vor der Reihe Soldaten gestanden, wenn er den Marschbefehl ausgerufen hatte.

»Die sollen draußen in Germersheim schon Soldaten zusammenziehen wegen dem Streik.« Der Kleine kratzte sich am Knie.

»Wer sagt das?« Falls die anrückten, konnten sie das Arbeiten vergessen.

»Der Doktor Müller im neuen Arbeiter-Verein. Komm doch mit zur Versammlung heute Abend, da wirst du's hören.«

»Die Roten machen Aufstand, wenn die erste Kompanie in Ludwigshafen einrückt.« Helma würde die Fackeln oder Steine zu den Barrikaden schleppen wie heute das Essen. »Das kostet das Werk zu viel. Überlege mal, wenn nur einer aus Zorn einen Betrieb ansteckt, dann brennt die ganze Stadt.«

»Die Dokters sind nicht blöd. Die wissen, was sie tun. Die Anilin hat doch die Soldaten rufen lassen. Die sortieren die Roten vorher aus, verlass dich drauf.« Der Kleine strich das Fett über die Kante. »Ich halt mich raus. Die Politik hat dem kleine Mann noch nie was gebracht. Der Arbeiter-Verein ist was anderes, der gehört zur Fabrik. Da mach ich mit. Wenn die Herren da oben«, er deutete mit dem Daumen über den Kopf hinter sich, »was wollen, dann wird das auch was. Dann kriegen wir auch was. Das war schon immer so in der Anilin. Ich bin schon lange genug dabei. Vierzehn Jahre.«

Franz war erst gut ein Jahr dabei. Er hatte nicht vor, seine Kraft und Gesundheit in der Stinkluft zu vergeuden. Schnell stach er ins Fett in der Tonne und reckte den Hals. Sein alter Uffz verschwand hinter dem Kohlenwagen.

»Du glotscht wie ein Lui nach seinem Lottche.«

»Schlabbmaul.« Franz packte die Handschaufel und drang in den Fettberg. »Der hat noch was bei mir gut.«

»Jesses.« Der Kleine wedelte mit den starken Armen. »Klobb dich, mit wem du willst. Ich halt mich raus.«

Franz hätte beinahe gelacht, einen Kampf mit Cresper hätte er gewonnen, solange er mit den Fäusten geführt wurde und nicht mit dem Schießgewehr.

»Ihr zwei babbelt mir zu viel. Wird das jetzt mal was mit dem Schmierfett? Die Umlage ist gleich fertig.« Der kahle Vorarbeiter stand zwischen den Flügeln des Hallentors.

»Noch eine Schaufel, Chef!« Der Kleine strich seinen Kasten voll.

Franz steckte die Handschaufel in die Tonne und packte den schweren Kasten. In der Gosse beim Fass lag eine tote Maus auf dem Rücken. So hatte er sich in der Kaserne in Würzburg gefühlt, als die Lügerei angefangen hatte. Platt getreten von gewichsten Stiefeln.

»Rein mit euch! Bei uns wird geschafft!« Der Vorarbeiter wies in die Halle, wo zwischen die vielen Röhren hindurch Licht aus einem Schacht hereinsickerte. »Du schaffst das Zeug ganz nach hinten. Dann gehst du gleich an die Räder, wo keiner steht. Mittag machst du, wenn du alle Pressen abgedreht hast.«

Das Fett in der Kiste vor seinem Bauch stank erbärmlich, schlimmer war nur die Latrine in der Festung Würzburg gewesen. Wo sie ihn hätten verrecken lassen, wenn Cresper nicht im letzten Augenblick …

Es würde seinen Uffz suchen, Franz war's ihm schuldig. Zeit hatte er. Die Helma brauchte ihn ja nicht mehr.

Kapitel 7

DER HUND SCHNÜFFELTE in der Ecke am rechten Aktenschrank an der dritten Schublade. Dann setzte er sich, hob die schmale Schnauze und bellte dreimal. Wieder wedelte der buschige Schwanz über das Parkett im Bureau des Polizei-Inspektors.

»So ist's brav«, sagte der uniformierte Hundeführer. Er zog die Schublade auf und holte ein Päckchen Tabak heraus. Cresper kannte den Mann nicht, doch es war klar, dass Hatzfeld ihn mit Absicht warten ließ, genauso wie er ihm keinen Stuhl anbot, obwohl vor dem Schreibtisch einer stand. Sei's drum, seine Beine wurden nicht so schnell müde.

»Die Schmuggler werden es bald schwerer haben in Ludwigshafen.« Polizei-Inspektor Hatzfeld tätschelte den Hund auf den Kopf, der sich daraufhin hinlegte. »Für die Vorführung könnte man ein paar Kisten und Säcke aufbauen, wie in den Hafenlagern, wo der Tabak unter die Erbsen geschoben wird.«

Der Hundeführer zog an der Leine und steckte das Päckchen in die Uniformjacke. »Machen wir, und eine Springmauer dazu.«

»Bestens. Sie können gehen.« Hatzfeld wartete, bis Hund und Herr draußen waren. »Wenn der Halbdackel nur riechen könnte, wem das gehört.« Mit den dicken Fingern wickelte er auf dem Tisch ein Seidenpapier auseinander. »Sie haben wirklich gesehen, dass das Ding zwischen den Fingern des toten Modry gesteckt hat?«, fragte Hatzfeld und hielt ihm das sozialdemokratische Gewerkschaftsabzeichen hin.

Cresper antwortete gar nicht. So gut kannte er Hatzfeld schon.

»Ich halte das vorerst unter Verschluss.« Das metallene Ding verschwand im Seidenpapier, bevor Hatzfeld es in die Schublade packte.

»Das ist ein Beweismittel!« Cresper konnte sich gerade noch bremsen, dass er nicht danach griff.

»Sergeant Cresper«, Hatzfeld stützte die Fäuste auf die Schreibtischplatte und beugte sich weit vor, »was erlauben Sie sich?«

Wenn Vorgesetzte schrien, schwieg man besser. Cresper senkte den Blick nicht, den Gefallen tat er ihm nicht.

Hatzfeld lief rot an und schnaufte. »Sie wissen gar nichts! Ich bin fünfundzwanzig Jahre hier im Dienst und kenne diese Stadt besser als jeder andere. Was glauben Sie, was los ist, wenn Sie als Sergeant jetzt gegen die Gewerkschafter ermitteln? Erstens stecken Sie eine Tracht Prügel ein«, er wurde wieder laut, »zweitens läuft das um wie Feuer bei den Arbeitern, und drittens«, jetzt schrie er fast, »habe ich gar keine Lust, ausgerechnet in meinem Jubiläumsjahr Polizeiverstärkung aus Speyer anzufordern, nur um Herr der Lage zu bleiben. Jeder Vorwand, Barrikaden zu bauen, ist den Roten doch recht! Jedes zweite Wort bei denen ist doch Revolution!« Hatzfeld ließ sich auf seinen Stuhl fallen, zog am Kragen und schüttelte so heftig den Kopf, dass die weißen Schnurrbartenden bebten. Dann flüsterte er mit zusammengekniffenen Augen: »Wissen Sie eigentlich nicht, dass die bayerische Staatsregierung schon vorsorglich Soldaten in Germersheim zusammenzieht?«

»Nein.« Cresper hielt nichts von Machtgesten der Obrigkeit. »Das Militär ist nicht für Polizeiaufgaben da.«

Hatzfeld lachte auf. »Die Arbeiter aufzuhetzen, das wollen Sie riskieren, aber keine Soldaten für Ruhe und Ordnung in der Hinterhand halten.«

Cresper wechselte das Standbein. »Ich will vor allem einen Todesfall aufklären.«

»Das werden wir, das werden wir.« Hatzfeld trommelte mit den Fingern auf der grünen Lederauflage des Schreibtischs. »Sie werden mir vorab, ich betone: vorab, von Ihren Ermittlungsabsichten berichten. Ich hatte ein äußerst unangenehmes Gespräch wegen des Fräuleins Balthasar mit dem Bürgermeister Krafft. Ihr Auftritt, Sergeant, gestern im Gesellschaftshaus war, gelinde gesagt, nicht das, was ich von Ihnen erwartet hätte. Wozu habe ich Sie auf den Lehrgang nach München geschickt? Ich dachte immer, in der Residenz hat man Manieren.«

Cresper hielt dem Blick seines Vorgesetzten stand. »Genau dieses Vorgehen, die immediate Faktenaufnahme, hat man uns dort beigebracht.«

»Werden Sie nicht auch noch frech!« Wieder drohte der Blick seines Chefs ganz offen.

»Das ist nicht meine Absicht, Herr Polizei-Inspektor.« Cresper hielt sich weiter in korrekter Haltung.

»Clara Balthasar hat im Namen der Familie, immerhin ist sie die Schwägerin des Opfers, dringendst darum ersucht, von weiteren Belästigungen Abstand zu nehmen.«

»Eine Erkundigung zum Tagesablauf des Opfers, im Interesse der Täterverfolgung, ist keine Belästigung.« Sondern war sogar die Pflicht der Criminalabteilung, jedenfalls nach den in Bayern geltenden Vorschriften, die Cresper kannte.

Hatzfeld verschränkte die Arme auf dem Schreibtisch, er sah stiernackiger aus denn je. »Cresper. Noch einmal. Gehen Sie taktvoll vor. Die Dame gehört nicht nur zur besten Gesellschaft. Wissen Sie eigentlich, wen dieses Fräulein Balthasar alles kennt? In der Bezirksregierung in Speyer und bis hin nach München?«

Daher wehte also der Wind. Hatzfeld fürchtete einen Makel fürs Jubiläum, falls die Obrigkeit hustete und der Stadt Ludwigshafen auf die Füße trat. Und damit auch Hatzfeld als Chef der Stadtpolizei. Cresper spürte ein Zucken in den Lippen, am liebsten hätte er zurückgeschrien, wen er dann überhaupt noch befragen dürfe? Die Vögel überm Rhein?

»Ich habe lieber selbst Ihre Arbeit gemacht, damit sich die Dame beruhigt.« Hatzfeld tippte die Daumen aneinander. »Ich habe mit dem Fräulein gesprochen. Sie hat mir den Abend ihres Schwagers geschildert. Es ist nicht viel passiert. Clara Balthasar hat das Ehepaar Modry gegen fünf im Salon bei einer Tasse Kaffee getroffen. Sie und ihre Schwester gingen sich dann umkleiden für den Abend.« Hatzfeld schob den Schnurrbart unter die Nase vor. »Sie wissen ja, wie lange das bei feinen Damen dauern kann. Als sie aus dem Hause gingen, saß Doktor Modry noch in seinem Arbeitszimmer. Er hat vom Hausmädchen ausrichten lassen, dass er ins Gesellschaftshaus nachkomme.«

Die Luft in Hatzfelds Bureau drückte. Cresper hätte sich am liebsten den Kragen gelockert. Hatzfeld hatte sich von dieser Balthasar abwimmeln lassen. »Das könnte auch bedeuten, dass der Doktor eine Gelegenheit arrangiert hat, dass er noch jemanden vor dem Abend treffen konnte. Ohne dass es seine Frau oder Schwägerin mitbekamen.«

Hatzfeld wiegte den Kopf. »Sergeant Cresper, München hat Sie verdorben.«

Die alten Männer dachten alle nur an das eine. »Das meine ich nicht. Irgendjemand oder -etwas muss ihn ja zum Jubiläumsplatz gelockt haben.«

Hatzfeld kratzte sich am Kinn. »Ohne dass wir wissen, wonach wir fragen sollen, kann ich die Schutzleute nicht in die Straßen schicken. Die Leute halten uns ja für debbisch.«

Cresper fand es auf einmal gar nicht so schlecht, dass Hatzfeld ihn noch immer vor dem Schreibtisch stehen ließ. Bei der Sommerhitze draußen klebten die Kleider nicht an den Beinen. »Ich wollte jetzt den Jakob Winges genauer befragen, der sich am Hafen gemeldet hat.«

»Noch so ein Lump.« Hatzfeld schaute gar nicht auf. »Man merkt es dem gleich an, einer von denen, die sich nachts im Gebüsch am Jubiläumsbrunnen rumtreiben. Die taugen alle nichts.« Hatzfeld rieb sich mit dem Handrücken übers Kinn. »Aber wir sind ja nicht die Kirche. Nehmen wir den Hundsknochen in die Mangel. Lesen Sie vorher beim Schreiber den Eintrag aus der Verbrecherkartei, die ich habe raussuchen lassen.«

»Erst lassen Sie mich stundenlang allein in einer Stub rumhocken, dann soll ich alles viermal erzählen. Wieso wollen Sie denn jetzt wissen, wie lang ich im Hafen schaffen tue?« Der vorgebliche Hafenarbeiter Jakob Winges saß auf dem Stuhl im Verhörzimmer wie Wotan in Walhall mit zornumwölkter Stirn. Kein Wunder, wo er doch ein paar Jahre mit einem Zirkusbetrieb im Elsass und in Baden den Rhein hinauf- und heruntergezogen war, bis man den ganzen Verein als Diebsbande entlarvt hatte. Cresper amüsierte das Schmierentheater. Hatzfeld war unterdes hinausgegangen, sicher weil er die Aussagen des jungen Mannes bei den Mannheimer Kollegen überprüfen lassen wollte.

»Zeig mal deine Hände«, sagte Cresper. Winges streckte ihm große, spatenförmige Hände entgegen. Richtig schwielig waren sie nicht. »Na ja. Was schleppst du denn den ganzen Tag? Kisten wohl nicht.«

»Wir haben die Woche nicht viel zu tun gehabt, weil viele Schiffe wegen des Streiks nach Mannheim ausweichen. Drei Tag habe ich nur Wollballen rumgehoben. Die sind nicht so schwer.«

Man sollte ja die Zeugen in Sicherheit wiegen, dass man ihnen glaubte. Die Zweifel behielt ein Criminaler für sich. »Wie kommt denn ein Zirkus-Poseur wie du zum Hafen?«

»Sie wissen doch genau, dass ich in Landau eingesessen bin. Ich habe öffentliches Auftrittsverbot für zehn Jahre. Im Hafen fragt keiner groß. Ich muss auch von was leben.« So stolz reckte nur ein Siegfried die Brust.

Hatzfeld kam zurück. Cresper hob den Kopf. Der Polizei-Inspektor hatte den Blick auf den Boden gesenkt und ging langsam zum Schreibtisch. »Über der Brück haben sie die Angaben des Zirkustänzers hier bestätigt. Die haben gegen halb zehn Uhr den Trupp Säufer auf ihrer Brückenseite abgefangen, verwarnt und nach Käfertal abziehen lassen.« Seine Stimme klang enttäuscht. »Fahren Sie mit dem Zeugen fort, Sergeant.«

Die Halbwelt sagt die Wahrheit oder schweigt, aber beides nur zum eigenen Wohl. Seine Ausbilder hatten einmal mehr die Erfahrung auf ihrer Seite gehabt. Justitia war zwar streng im bayerischen Rheinkreis mit den Dieben, aber auch klug. Cresper war sich mit Hatzfeld einig, dass der Winges es mit seinen Aussagen darauf anlegte, dass man ihn für Spitzeldienste anwarb. Sei es, um Zubrot, sei es, um Nachsicht zu verdienen, wenn er mal wieder nachts in den Büschen aufgegriffen würde. »Wenn du den Trupp Schläger hast zur Brücke ziehen sehen, dann bist du doch auch in den Jubiläumspark gelaufen, oder?«

Winges nickte und legte die Hand wie ein Schwert auf das Knie, lang und gerade. »Aber nur ein Stück.«

»Und dann? Du bist doch nicht blind mit deinem Fahrrad weggefahren.«

Der Hafenarbeiter legte die glatte Stirn in Falten. »Wie meinen Sie das, Sergeant?«

Das Getue ging Cresper auf die Nerven. Winges merkte wohl, dass sie ihm keinen goldenen Haarreif flechten würden. »Was hast du gesehen am Jubiläumsplatz?«

»Daran habe ich noch gar nicht gedacht.« Winges hielt sich wie ein Denker den Kopf. »Da war noch jemand.«

Cresper schob lieber gleich nach: »Jetzt erfinde aber nichts! Wenn du mir sinnlose Arbeit machst, hast du bei uns gar nichts gut.« Winges sah ihn mit hängenden Lidern an. Er begriff wohl, dass sie ihn durchschaut hatten.

»Da war wirklich noch jemand«, sagte er langsam. »Ein Herr lief ziemlich schnell zum Rhein hin, wo man unter der Brücke durchkann. Er kam aber nicht aus der Richtung vom Brunnen, sondern eher vom Lokalbahnhof.«

Ein später Zecher konnte die Abkürzung in die Südstadt gut gebrauchen, je nachdem, wo er wohnte. »Was für ein Mann?«

»Ein dünner, großer Herr. Ohne Hut. Ich habe mich noch gewundert, dass er keinen trägt.« Winges drehte sich im Stuhle, richtete sich auf wie ein König zur Ansprache ans Volk. »Jetzt sehe ich es wieder vor mir. Ich habe mich noch gewundert, warum sich der den Kragen von seiner Joppe bei der Schwüle zuhält. Es war doch gar kein Wind, nicht mal am Rhein.«

Es wunderte wenig, dass Winges dem Herrn nachgeschaut hatte. Es war heiß in der Todesnacht gewesen. »Und?«

Winges klopfte sich auf das Knie. Sein Mundwinkel hob sich, er lachte fast. »Jetzt fällt's mir ein. Ich kenne den! Ja, genau.« Er schlug sich wie ein Kind die Hände vor den Mund, als ob er seine Rolle ganz vergessen hätte. »Der war bei der Rosa, als die sich die Lunge aus dem Leib gehustet hat und bald abgekratzt ist. Ach Gott.«

»Wer ist die Frau?«, fragte Hatzfeld misstrauisch.

»Meine Nachbarin von drei Stockwerk unterhalb. Die vier Kinder haben nichts zu beißen, weil der Alte ab ist. Der Mann ist einer von den Armenärzten, dic manchmal kostenlos kommen, wenn sie einer holt.«

»Wohnt diese Rosa noch da?«, fragte Hatzfeld vom Schreibtisch aus.

Cresper sah die Marienstraße vor sich, ein beschönigender Name für eine verlotterte Gasse.

»Nein, die wohnt schon längst auf dem Friedhof.« Winges Seufzer erstarb. »Ich meine, die ist tot. Der Arzt hat ihr nicht helfen können.«

Cresper war schon an der Tür. »Behr?«, rief er vor zur Amtsstube.

Die waren alle neugierig.

Der dicke Schutzmann ließ sich nicht zweimal bitten. Er stand schon stramm.

»Die Armenaufsicht im Hemshof ist doch Ihr Spezialgebiet. Kennen Sie einen großen, dünnen Arzt, den die Armenpflege oder einer von den Vereinen dort reinschickt?«

»Einer mit tiefer Stimme«, sagte Winges.

Behr strich sich über das schüttere Haar. »Das kann nur der Doktor Singer sein. Ein anderer geht dort nicht rein. Das Choresvolk in der Marienstraße zahlt doch nicht.«

Cresper blickte Behr an, der die Unterlippe vorgeschoben hatte und auf eine Reaktion wartete. In Cresper hallte der Name wider. »Behr, nehmen Sie den Winges mit nach vorn und protokollieren Sie die Aussage.« Er beschwichtigte mit erhobener Hand den Polizei-Inspektor, dessen Protestlaut verstummte.

»Hü und hott wie beim Viehtreiber«, sagte Winges und stolzierte aus dem Zimmer.

Cresper schloss die Tür der Amtsstube hinter den beiden und wartete, bis die Schritte draußen verklangen. »Scholl, der Assistent des Hauptlaboratoriums in der BASF, wo Modry tätig war, hat mir von einem Streit um Immobiliengeschäfte in der Südstadt berichtet, den er am Freitag vor der Tat mitgehört haben will. Und nun raten Sie mal, mit wem Modry laut gestritten hat.«

»Singer.« Hatzfeld pfiff durch die Zähne. »Das macht es uns nicht gerade leichter. Ein feiner Herr Mediziner aus der Großen Fabrik.«

In Crespers Kopf formte sich das Bild des alten Wohnzimmers, der Beistelltisch mit der grünen Filet-Häkeldecke mit den langen Fransen, wo Vater die Briefe gestapelt hatte. Wie sehr Immobilienspekulationen die Menschen verdarben, das hatte er in der eigenen Familie erlebt. »Singer könnte Modry auf dem Weg zum Gesellschaftshaus abgepasst und den Streit fortgesetzt haben, wie es Männer oft tun, wenn sich keiner durchgesetzt hat. Modry als Herr der Gesellschaft bittet Singer, nicht auf offener Straße herumzuschreien, geht mit ihm in den Park. Der Streit schaukelt sich weiter auf, der Zorn gewinnt die Oberhand, das Unglück geschieht …« Cresper setzte sich einfach auf den Stuhl vor dem Schreibtisch, der noch von Winges' Hintern warm war.

Hatzfeld atmete so laut durch, dass Cresper ein Gefühl hatte, der Chef wache auf. »Sergeant. Wir werden wohl oder übel den Doktor Singer befragen. Aber bitte erst einmal nur um zu prüfen, ob die Zeugenaussage dieses Zirkusprinzen einen Wahrheitsgehalt hat.«

Cresper nickte, die Fäuste auf den Stuhllehnen. »Zu Befehl.«

»Erlauben Sie mir einen väterlichen Rat.« Sein Vorgesetzter klang auf einmal sehr zugewandt und leise. »Vergessen Sie nicht, mit welchen Leuten wir es zu tun haben. Noch eine Sache wie die im Gesellschaftshaus, und ich kann mich nicht mehr vor Sie stellen. Und jetzt gehen Sie erst mal etwas essen. Mit einem Stückchen Wurst im Magen denkt es sich besser.«

Kapitel 8

ES RUMPELTE. Clara sah vom kleinen Sekretär in ihrem Salon zum Perserteppich hin. Was machte Vera unten bloß? Den ganzen Nachmittag schon war die arme Luzie von ihrer Schwester treppauf, treppab geschickt worden. Clara schüttelte den Kopf, schrieb weitere Namen untereinander. Die bevorstehende Beerdigung ihres Schwagers erforderte Umsicht. Sie würde ein Restaurant anmieten müssen für die Leichims. Allein ihre Verwandtschaft zählte in die zwanzig, Modrys Seite war klein. Der Onkel, eine Cousine. Die Eltern waren längst tot ... Clara legte den Federhalter in die lange Schale. Sie konnte sich nicht auf die Liste konzentrieren. Unten rumpelte es wieder. Vielleicht ließ sie Vera doch zu sehr allein mit dem Schock.

Clara rückte vom Sekretär ab und warf einen Blick durchs Fenster nach draußen in den Hof der Fabrication. Arbeiter schütteten gerade Kohle in die Ofenschächte hinten am alten Betrieb. Es war ein Segen, dass es in den Camphelit-Reaktoren keine Störungen gegeben hatte seit dem großen Unglück. »Ich muss mich unbedingt um einen Chemiker für das Laboratorium kümmern ...«, murmelte sie vor sich hin. Im Treppenhaus klirrte etwas.

Clara lief aus ihrem Salon zum Geländer. »Luzie?«, rief sie nach unten.

»Ja?«

»Wieso rücken Sie denn Möbel beim Staubwischen? Wir sind ein Trauerhaus!«

Das Gesichts ihres Dienstmädchens mit dem Porzellanteint erschien über dem Geländer. »Ihre Frau Schwester hat mir gesagt, ich soll ...«

»Lass Luzie in Ruhe!«, hörte Clara Veras Stimme von unten. »Sie tut nur, was ich sage.«

So gedämpft, wie es geklungen hatte, musste Vera weiter weg stehen. Clara raffte den langen schwarzen Taftrock und ging die Treppe hinunter.

Unten standen alle Türen offen, vor dem Arbeitszimmer ihres

Schwagers stand der Zeitungshalter; vier Flaschen Portwein, fünf leinengebundene Bücher waren daneben aufgestapelt. Luzie kam aus dem Salon ihrer Schwester mit einem Schal und einem Sommerhut in der Hand, die Claras Schwager dort hatte liegen lassen. Luzie ging an ihr vorbei und guckte offensichtlich auf den Boden, damit sie nichts gefragt wurde. Im Arbeitszimmer hörte Clara ihre Schwester seufzen, wie sie immer geseufzt hatte, wenn sie im Haushalt etwas hatte tun sollen.

Clara trat in die Tür. Ihre Schwester stapelte auf dem Sofa einen Anzug ihres Mannes über den andern. »Vera?«

»Störe mich nicht.« Sie drehte sich nicht einmal um. Sie stand im grauen Tageskleid vor dem Sessel, auf den Luzie rasch den Hut ablegte.

»Bringe das Rasierzeug aus der Badestube und die Herrenseifen«, sagte Vera, ohne dass sie aufgesehen hätte.

Luzie schlüpfte an Clara vorbei hinaus. Sie hörte, wie das Dienstmädchen dort auf den Glasablagen Dinge räumte. »Hat das denn nicht Zeit?«, fragte sie.

Vera hielt inne und richtete sich auf, drehte sich aber nicht um. Sie hielt einfach den Ärmel eines Cuts fest vor dem Bauch. »Ich … ich kann nicht den ganzen Tag hier herumsitzen. Ich ersticke!« Der Ärmel fiel auf den Stapel Herrenkleider. Vera griff ein Hemd und rollte es zusammen. »Überall, wo ich hinschaue, liegen Sachen von Joseph. In der Badestube sein Pinsel, im Salon seine Chemiebücher, im Esszimmer die Silberbestecke seiner Mutter, im Gang das Bild von Slevogt, das er in München gekauft hat. Überall, wo ich hinschaue, Joseph Modry, Joseph Modry, Joseph.« Sie warf das Hemd auf den Stapel und hielt sich die Hände vors Gesicht.

Sie hatte fast geschrien, brüchig war ihre Stimme, sie rang rau um Atem wie bei einem unterdrückten Schluchzer. Clara legte den Kopf an den Türpfosten. Jede andere Freundin hätte sie einfach bei den Schultern genommen und gewiegt, bis die Tränen versiegt wären. Doch Vera verabscheute das. Sie hatte nie gemocht, dass Clara sie umarmte, wie es ihre Mutter getan hatte. Clara wischte sich einen Schweißtropfen von der Stirn. Was konnte sie dafür, dass sie ihrer Mutter so ähnlich war, äußerlich zumindest, die gleichen kastanienbraunen Haare, der gleiche schmale Mund?

»Setz dich doch einen Moment oben bei mir in den Salon, ich lass uns ...«

»Nein!« Vera schnappte schnell den Hut vom Stapel und warf ihn hinter das Sofa.

Wenn sie einen Heulkrampf erlitt, dann würde Clara Doktor Singer holen lassen. Der Gedanke an David gab ihr Selbstvertrauen zurück, schon seine sanfte Stimme würde Vera beruhigen, seine zurückhaltende Aufmerksamkeit würde ihr guttun. Vera war es gewohnt, sich in der Bewunderung der Männer zu spiegeln. Sicher fehlte ihr das, jetzt, wo Joseph ... »Es ist doch eh bald Zeit für den Tee. Ich habe Luzie heute Morgen Gebäck holen lassen.«

»Ich will jetzt nichts essen. Ich will jetzt hier aufräumen.« Vera legte die Hemdkragen aufeinander und stopfte sie hinter die Anzüge.

»Hier ist nicht einmal ein Schrank, die Sachen stauben auf dem Sofa ein.«

Vera drehte sich um und strich eine blonde Strähne aus ihrem erhitzten Gesicht. »Es ist meine Wohnung.« Ihr Blick funkelte angriffslustig wie je.

Als ob man das nicht sähe ... Clara zwang sich eine ruhige Antwort ab. »Natürlich.«

Vera bückte sich schon und schob Josephs Stiefel paarweise vor den Aktenschrank.

»Kann das denn nicht Luzie machen?« Es tat ihr richtig weh, wie Vera hektisch herumlief, so ohne Rast und Ruh. Sie war viel erschütterter von dem Unglück, als sie im ersten Schock gedacht hatte. Vera war eigensinnig, schon immer. Aber das durfte man offenbar nicht mit seelischer Stärke verwechseln.

»Clara, geh mir aus dem Weg.« Vera wedelte mit einem Paar Männerhandschuhen. Schließlich warf sie sie einfach auf die Ablage unter dem Globus in der Ecke.

»Wir könnten beim Tee über die Beerdigung reden«, sagte Clara so sanft wie möglich.

»Hat die Polizei ihn endlich freigegeben?« Vera sprach mehr zum Wandbild ihres Vaters als zu ihr.

»Der Polizei-Inspektor hat mir versichert, dass wir Josephs Leichnam vom Bestatter abholen lassen dürfen.« Clara hatte in dem Telefongespräch keinen Zweifel daran gelassen, dass sie keine Bittstellerin war, sondern Auskunft über ein ihr zustehendes Recht verlangte. »Wir könnten ihn am Freitag beerdigen lassen. Dann haben seine Verwandten mehr Zeit für die Anreise aus Augsburg.«

Vera schob die Hände in die Haare. »Ich will niemanden sehen. Weder von unserer Seite noch seine grässlichen Cousins aus dem Allgäu. Bauerntrampel allesamt.«

»Das mag ja sein, aber Joseph hatte sonst kaum jemanden. Es ist doch seine Familie.«

Vera starrte auf den Globus in der Ecke. »Ich will niemanden sehen.«

»Das geht doch nicht. Allein die BASF wird eine große Abordnung schicken, seine Forschungskollegen, die Männer von seinem neuen Arbeiter-Verein, die Naturwissenschaftliche Vereinigung, wo er Präsident war, und, ach ... Ich habe eine Liste angelegt.«

Vera schüttelte den Kopf. »Nein!«

»Wir gehören zur Gesellschaft. Wie stellst du dir das denn vor?« Clara stemmte die Hände an die Hüften. Diese ewige Dickköpfigkeit.

»Ich setze in die Zeitungen, dass die Beerdigung im engsten Familienkreis stattfinden wird.«

»Das ist ein Affront gegen alle seine Freunde. Das kannst du nicht machen.«

»Doch!« Vera drehte sich langsam um. Sie zog die aufeinandergepressten Lippen auseinander, als ob sie lächeln wollte. Aber das tat sie nicht. Ihr linkes Lid zuckte. Selten hatte Clara Vera so entschlossen gesehen, so ähnlich der Blick aus den grünblauen Augen, in denen die ganze Härte ihres Vaters lag, wenn er in der Fabrication für Ordnung gesorgt hatte. »Doch, ich kann. Ich bin die Witwe, nicht du!«

Clara legte die Hand auf den Bauch. Ein seltsames Gefühl von Schwäche, wie nach einem zu schnellen Lauf im Korsett, durchströmte sie. Sie nickte nur leicht mit dem Kopf. Vera war in einem Zustand, dass sie besser nichts mehr sagte. Sosehr sie auch dieser Vorwurf schmerzte. Sie atmete leise aus, taumelte fast in den Gang vor dem Zimmer.

Nicht einmal Luzie bewegte sich, sonst hätte Clara es im Badezimmer klappern hören.

Clara war egal, was das Dienstmädchen mitgehört hatte. Sie musste sich am Geländer stützen. Auf dem Treppenabsatz hielt sie inne. Der Gedanke war so klar, so beschämend. Konnte sie überhaupt wissen, was es einer jungen Ehefrau bedeutete, wenn ihr der Mann so schrecklich von der Seite gerissen wurde? Es war nur weise, dass man von alters her den Witwen das Recht einräumte, über die Beerdigung zu bestimmen. »Verzeih mir, Vera«, flüsterte Clara.

Kapitel 9

»SEHEN SIE DIE HOSENBEINE dort unter den Tragestangen vorlugen?«, sagte der schmalbrüstige Heilgehilfe, der Cresper durch die Ambulanz der BASF gelotst hatte. »Er justiert gerade die Bleiplatten vor dem Röntgenapparat im Eck an den Waschbecken.«

»Doktor Singer?«

»Ja?«, antwortete eine sonore Stimme.

Cresper fiel es schwer, sich zu orientieren. So strahlend hell das Untersuchungszimmer gewesen war, in dem bestimmt zwanzig Gaslampen wie weiße Brummkreisel von der Decke hingen, so duster war es hier im Röntgenzimmer. Cresper erspähte keine Anzughosen, nur Stuhlbeine, Stahlrohre, Metallsäulen, die zur Decke führten. Alles schien in diesem Raum vertikal ausgerichtet zu sein, Platten standen herum, als hätte man Tische auf die Schmalseite gekippt.

»Ein Herr von der Stadtpolizei möchte Sie sprechen!«, rief der Heilgehilfe in das Wirrwarr von Apparaturen, die wie große blinde Spiegel in Metallrahmen aussahen. Er schenkte Cresper ein fast kokettes Lächeln. »Sie können ruhig näher treten. Nur wenn sie blau leuchten, sind die Apparate gefährlich.« Der junge Mann drehte sich einfach um und ging.

Ein Arm winkte zwischen zwei Rahmen. »Lassen Sie mich diese Arbeit bitte noch beenden.«

Cresper bog um Stelltische herum, auf denen Kontrollbücher lagen. Singer war sehr groß und dünn. Selten hatte er ein so tiefes Schwarz als Haarfarbe gesehen, das nicht ins Bläuliche schimmerte, sondern einen vornehmen Kontrast zur milchweißen Haut schuf. So absurd es war, in dem Werksarzt der BASF einen spanischen Granden zu sehen, Cresper musste an Bilder Goyas denken, die er in München in einer Ausstellung bewundert hatte. »Wie funktionieren diese Apparaturen?«

Singer justierte Stellschrauben. »Dieses Kästchen hier im Rahmen ist die Strahlungsquelle. Die elektrischen Kabel sind in den Stahlrohren der Halterung verborgen. Die große Phosphorplatte in meinem Rücken fängt die Strahlung auf, die durch den Körper des Probanden geschickt wird.«

Cresper war selbst beim Militär geröntgt worden, obwohl sein Fuß nur verstaucht gewesen war. Er konnte nicht erkennen, dass der Werksarzt irgendetwas an der Aufhängung veränderte. Dennoch rührten die Fingerspitzen hie und da an Schräubchen.

Singer sah ihn noch immer nicht an. »Es ist eines der aufschlussreichsten neuen Verfahren. Wir können dank dieser Apparaturen die häufigen Knochenbrüche unserer Arbeiter besser diagnostizieren. Manche Operation konnte vermieden werden.«

Cresper hatte den ganzen Weg ins Werk überlegt, wie er vorsichtig genug mit den Fragen vorangehen könnte. Hatzfeld würde ihm keinen zweiten Fauxpas durchgehen lassen. *Bildet euch einen Eindruck von der Stimmung des Zeugen.* Den Lehrspruch wollte er als Richtschnur nehmen. »Wie oft nutzen Sie die Apparate?«, fragte Cresper, um etwas zu sagen, damit er Singer noch einen Augenblick länger beobachten konnte.

»Sonst täglich. Bei allen Anstrengungen in den Betrieben sind die Arbeitsunfälle nicht gänzlich zu vermeiden. Oft sind es Materialfehler, die Laufbänder oder Hebewerke brechen lassen. Dinge stürzen den Männern auf die Füße, oder die Männer stürzen selbst. Knochenbrüche sind an der Tagesordnung.« Singer hatte sich abgewandt und notierte etwas in einer Liste an einem Beistelltisch.

»Betreuen Sie die Apparaturen allein?«

»Wo denken Sie hin! Wir haben sieben Werksärzte hier.« Singer hob die Hände wie ein Schabbesmann. »Wenn nicht gerade ein Streik das Werk erfasst hätte, gäbe es hier wie in den übrigen Stationen ein umtriebiges Brummen wie in einem Bienenstock. Schwedische Heilgymnastik, elektrotherapeutische Verfahren, Heißluft- und Lichtbäder, Kohlensäureanwendungen, Inhalationen … All das verordnen wir hier und überwachen die Anwendung durch die Heilgehilfen. Die Ambulanz ist für die Arbeiter die Erste Hilfe.«

Cresper spürte noch, dass ihn der Teufel ritt, aber da fragte er schon: »Warum haben Sie Doktor Modry keine solche geleistet?«

Kein Laut des Protests, keine Empörung. Nicht einmal ein Zucken bei solch einem Vorwurf. Singer ließ nur die Hände sinken, langsam wie ein Turner, der sich vor dem Sprung konzentriert.

Der weiße Kittel hob und senkte sich über der Brust. Singers Lippen formten Worte, die Cresper nicht verstand. Dann sprach er langsam und sehr klar. »Ich habe Doktor Modry nicht umgebracht.«

»Umgebracht?« Crespers Herz schlug schneller. »Sie wissen, dass er nicht ertrunken ist?« Er bohrte seinen Blick in die schwarzen Augen des Arztes. Doch konnte er darin nichts lesen außer einem suchenden Verständnis, dem verhüllten Diagnoseblick der Ärzte, hinter dem Singer sein Seelenleben verbarg.

»Ich weiß das von meinem Kollegen Westhoven, der für Sie die Leichenbeschau vorgenommen hat. Er hat die Frage des Wasserstandes in der Lunge im engsten Kreise diskutiert. Hat er Ihnen das nicht gesagt?«

Doch, Crespers Blick verfing sich an einer Schraube, die einen der Röntgenrahmen im Boden fixierte. *Auf-den-Kopf-Zusagen wirft viele Zeugen um.* Diesen nicht, Cresper ärgerte sich schwarz über seine ewige Ungeduld. »Ein Zeuge hat Sie zur Tatzeit am Jubiläumsbrunnen gesehen, Doktor Singer«, sagte er dennoch. Einmal angefangen, musste er weitermachen.

Singer fasste mit der linken Hand den Röntgenschirm. Er schloss die Lider. Wieder hob und senkte sich der weiße Kittel, doch er schwieg.

»Nach neun Uhr ist nicht gerade eine übliche Uhrzeit für einen Spaziergang. Warum waren Sie im Jubiläumspark?«

Singer öffnete die Augen. Einen Moment glaubte Cresper, dessen Blick, der mehr als zuvor ihn zu ergründen suchte, dringe in ihn ein. »Zu welcher Uhrzeit, sagten Sie, will mich der Zeuge gesehen haben?«

Cresper durfte ihn nicht ausweichen lassen. »Warum waren Sie am Jubiläumsbrunnen?«

»Ich bin durch den Park spazieren gegangen, allerdings schon vor acht Uhr, habe mich zu Hause umgekleidet und habe mich ins Gesellschaftshaus begeben.«

»Vor acht Uhr, tatsächlich? Von wo kamen Sie bei Ihrem Spaziergang?«

Singers Blick glitt zur Röntgenapparatur neben ihm. »Von zu Hause«, sagte er langsam.

»Waren Sie mit Modry dort am Brunnen verabredet?«

»Nein.«

»Haben Sie Modry abgefangen, um Ihren heftigen Streit über die Immobiliengeschäfte beizulegen, den Sie noch am Freitag im Werk geführt haben?«

»Ich hatte keinen heftigen Streit mit Modry.« Singer strich sich über die linke Wange. »Wie kommen Sie darauf?«

»Ein Zeuge hat Sie beide in der Bibliothek des Laboratoriums streiten hören.«

Singer verzog den Mundwinkel, sein halbes Lächeln war fast fröhlich. »Sie sollten den Übertreibungen des Laborassistenten Scholl keinen Glauben schenken. Sein brennender Ehrgeiz ist notorisch. Modry und ich haben ... hatten einen Dissens hinsichtlich der Abwicklung einer Kapitalanlage in der Lisztstraße. Ich pflege nicht die Gewohnheit, solche Dinge in einem öffentlichen Park beizulegen.«

»Was haben Sie dann dort gemacht?«

»Ich habe die Parkanlage durchquert und bin am Rheinufer unter der Brücke entlang nach Hause in die Richard-Wagner-Straße gegangen.«

Der Zufall ist der Feind des Criminalisten. Denkbar war es, dass sich Singer nur die Beine vertreten hatte. »Wann sind Sie zu Hause weggegangen?«

Singers Adamsapfel hüpfte. »Vor acht Uhr. Sie können meine Köchin fragen.«

»Gesehen hat Sie der Zeuge aber um neun Uhr im Park. Wo waren Sie in der Zwischenzeit?«

»In den Straßen Ludwigshafens.«

»Wo genau?«

»Ich ... kann das nicht sagen. Ich habe nicht darauf geachtet.«

Was für eine unglaubwürdige Antwort, Cresper konnte es nicht fassen. »Aber dass Sie am Brunnen waren, das wissen Sie. Haben Sie dort etwas gesehen?«

»Nur die Parkanlagen.«

»Sonst nichts?«

Singer schlug die Lider nieder. »Nein. Ich war nach einem langen Tag voller Arbeit spazieren gegangen. Da denkt man an nichts.«

Cresper überlegte. Singers Angaben waren so vage, dass sie wahr sein konnten. »Warum gingen Sie an solch einem heißen Tag erst stundenlang durch die staubige, stickige Stadt spazieren, wenn Sie doch gleich im erfrischenden Gartensaal des Gesellschaftshauses an der Grotte hätten sitzen können? Wo waren Sie in dieser Zeit wirklich?«

»Ich habe es Ihnen bereits gesagt.« Singer legte die Hände an die Hosennaht.

Eine der Apparaturen summte, knisterte elektrisch und war dann wieder stumm.

Cresper schlug einen verbindlichen Ton an. »Es handelt sich hier um streng vertrauliche Ermittlungen. Sollten Sie die Zeit in einem – sagen wir mal – Unterhaltungsetablissement verbracht haben, würde niemand davon erfahren.«

Singers dunkler Blick maß ihn von oben bis unten, er atmete hörbar. »Ich war einfach in der Stadt spazieren.«

»Sie haben zugegeben, zur Tatzeit im Park gewesen zu sein, ein Zeuge hat Sie gesehen. Sie brauchen ein Alibi, das ist Ihnen doch klar?«

Der Arzt legte die Hand kurz auf eine der Metallrahmen an einem Gerät. »Was soll ich machen? Die Zecher sind unterwegs, oder die Leute laufen zu den Sommerfesten ihrer Vereine. Es mag schon sein, dass mich niemand bemerkt hat, so wie ich auf keinen Passanten geachtet habe, an einem heißen Abend zumal.«

Cresper hielt sich an die formalen Vorschriften, so irritiert war er. »Ich kann es Ihnen nicht ersparen. Sie werden mir Ihre Aussage im Polizeiquartier schriftlich geben müssen.« Er drehte sich ein wenig zur Seite. »Ich muss Sie bitten, mir zu folgen.«

»Jetzt?« Singers Stimme war um einiges heller geworden. Er hatte schon die goldene Taschenuhr gegriffen. »Ich muss ins Schwesternheim zu einer Behandlung. Die Oberschwester vom Roten Kreuz darf die gefährliche Blutung bei der Schwangeren nicht allein ohne meine Aufsicht zum Stillstand bringen.«

»Bitten Sie einen Kollegen«, sagte Cresper.

Singer steckte die Uhr ein und knöpfte den Kittel zu. »Nein. Das kann ich nicht verantworten. Alles ist vorbereitet. Nach der Behandlung können Sie mit mir machen, was Sie wollen.« Singer nickte ihm zu.

Cresper konnte sich gerade noch so weit beherrschen, dass er den Mund hielt. Als Werksarzt stand Singer weit oben in der

Hierarchie. Er durfte nicht vergessen, dass er nur einen Verdacht hatte, den er erst belegen musste. »Ich werde dort vor der Tür auf Sie warten.«

»Wie Sie wünschen.« Singer rang in einem Satz seine Tonlage herunter. »Kommen Sie, die Oberschwester wartet im Schwesternhaus.«

Cresper folgte dem Arzt, dem er die Sorge um die Frau ebenso sehr glaubte, wie er den abendlichen Spaziergang durch Ludwigshafens Geschäftsstraßen für eine Lüge hielt.

Polizei-Inspektor Hatzfeld lehnte mit dem Rücken am Fenster. In der Abendsonne reichte sein langer Schatten bis vor Crespers Füße am Stuhl bei der Tür. »Keiner unserer Leute, weder Gries noch Mattmeier, hat Sie umherwandeln sehen. Können Sie sich denn wenigstens an eine Auslage erinnern?«

»Die Schaufenster in der Ludwigstraße interessieren mich wenig. Was ich brauche, besorgt meine Köchin.« Einmal mehr schwang Singers Bassstimme wie leblos im Bureau des Polizei-Inspektors.

»Es ist doch kaum vorstellbar, dass Sie fast zwei Stunden in der Innenstadt umhergelaufen sein wollen. Vielleicht hat Sie ein Kaufmann, der seine Kasse abrechnet, gesehen. Es wäre sehr günstig für Sie, Doktor Singer.«

»Ich kann mit nicht entsinnen, wo ich entlanggelaufen bin.«

Seit drei Stunden ging es so. Cresper verwunderte am meisten die Ruhe, mit der Singer die ewig gleichen Antworten wiederholte. Nicht einmal Hatzfelds Vorhaltungen bewirkten etwas. Sein Chef schüttelte in Singers Rücken den Kopf und starrte zur Decke. Beinahe hätte Hatzfeld das Verhör gar nicht erlaubt, so abenteuerlich waren ihm Crespers Schlussfolgerunen vorgekommen. Aber je länger Singer sich wand, desto hartnäckiger war sein Chef, der sich wohl jetzt seiner Auffassung angeschlossen hatte.

Cresper schlug das andere Bein über das Knie. Das gute Gefühl, im Recht gewesen zu sein, zwang ihm fast den Stolz auf die Lippen, doch mühte er sich um einen neutralen Gesichtsausdruck. Hatzfelds Wangen waren nicht nur gerötet, die weißen Schnurrbartenden zuckten.

»Ich sagte doch bereits, dass ich mich daheim umgezogen habe.« Singer sah müde aus, wie vorhin nach der Operation im Schwesternhaus. Cresper hatte sich die Wartezeit damit vertrieben, dass er im Werksgelände auf und ab gelaufen war. Hatte einen ganzen Trupp Arbeiter singend zu einer Versammlungen ziehen sehen; welches Lied sie von sich gaben, hatte er nicht verstanden, weil eine Dampfturbine hinter den Mauern gerade Druck abgelassen hatte. Dann hatte er schon Singer auf der Werksstraße warten sehen.

Es klopfte.

»Herein!«, rief Hatzfeld im Kasernenton.

»Oberwachtmeister Gries zum Rapport.« Der stand sogar stramm. »Doktor Singer ist laut Aussage des Oberkellners im Gesellschaftshaus erst sehr spät angekommen, so gegen zehn Uhr. Er hat ihm eine Zigarre verkaufen sollen, was ihn wunderte. Meist bringt der Herr seine eigenen mit, deshalb weiß er es noch.« Er räusperte sich und warf einen schrägen Blick zu Singer. »Die Köchin im Hause Singer hat den Abendanzug nicht finden können. Das arme Weib war ganz aufgelöst, sie hat alle Schränke und Truhen durchgeschaut. Deshalb bin ich erst jetzt hier. In die Wäscherei, behauptet sie, habe sie gestern nichts gegeben.« Oberwachtmeister Gries beäugte Singer, der auf dem Stuhl vor dem Schreibtisch saß, blinzelte und die langen weißen Hände auf den Knien ruhen ließ.

»Danke. Sie können gehen. Halten Sie sich draußen bereit.« Hatzfeld winkte mit der fleischigen Hand. Gries nahm kurz Haltung an, verneigte sich und ging.

Cresper sah ihm nach. Der Drill steckte doch in den Männern. Wenn es ernst war, vergaß keiner die Dienstanordnungen, selbst bei der Städtischen Polizei nicht.

Hatzfeld verschränkte die Arme vor der Brust. »Warum konnte Ihre Köchin unserem Oberwachtmeister Ihren Anzug nicht vorweisen?«

Singer blinzelte wieder. Das erste Mal zögerte er ein wenig mit der Antwort. »Ich pflege mich nicht damit zu besorgen, wie meine Köchin die Hausarbeit verrichtet.«

Cresper hörte ein heftiges Atmen Hatzfelds am Fenster. Er fing dessen Blick auf. Darin las er Wut, dass sich Singer um Kopf und

Kragen redete, bisher keine der goldenen Brücken, die ihm Hatzfeld am Anfang des Verhörs gebaut hatte, beschritten hatte.

»Das ist keine Antwort. Sie haben den Anzug am Sonntag getragen. Wo haben Sie ihn in Ihrer Wohnung hingelegt?«

»Auf den stummen Diener in meinem Schlafzimmer.« Singer sprach langsam. Er fixierte den Türknauf neben Crespers Ohr. Die schwarzen Augenbrauen in dem weißhäutigen Gesicht bewegten sich kurz. Cresper hätte zu gern gewusst, was Singer gerade dachte.

»Und warum ist er dort nicht mehr?«

»Ich weiß es nicht.«

»Mehr fällt Ihnen dazu nicht ein?«, fragte Hatzfeld, dessen Stimme plötzlich seltsam gepresst klang.

Singer hob einfach nur die Hände von den Knien und ließ sie wieder fallen.

Cresper ließ sich nicht täuschen. Singer war ein blitzgescheiter Mann, der sich sehr wohl ausrechnen konnte, dass eine Lüge gefährlicher war als eine kaum nachprüfbare, vage Halbwahrheit. Eine alte Köchin konnte schnell so sehr verwirrt werden, dass sie sich an gar nichts mehr erinnerte, was einen Richter überzeugen würde.

»Nun gut.« Die Schweißperlen auf dem roten Gesicht Hatzfelds verrieten unbändige Wut darüber, dass er Singer als Verdächtigen würde verhaften müssen. »Wenn Sie es nicht anders wollen.« Hatzfeld nickte, drückte sich mit den beiden Händen vom Fensterbrett ab. Sein Schatten wanderte über den Fußboden, als er sich hinter den Schreibtisch stellte. »Herr Doktor Singer, ich setze Sie hiermit offiziell davon in Kenntnis, dass Sie sich selbst in den Verdacht bringen, an dem Tod des Modry zumindest beteiligt gewesen zu sein. Ich eröffne Ihnen hiermit, dass ich Sie unter Hausarrest stelle, bis Sie sich zu einer umfangreichen Aussage entschließen können oder endgültige Beweise Ihrer Schuld vorliegen.«

Er verhaftete ihn nicht! Er ersparte ihm die Zelle hier im Keller, weil dieser Singer ein hoher Werksbeamter in der BASF war. Cresper erhob sich vom Stuhl.

Singer hatte den Kopf gesenkt. Dann hob er das Kinn. Er befeuchtete die Lippen. »Wenn Sie gestatten, mache ich selbst davon der Direktion Mitteilung.«

Cresper ballte die Faust, verbarg sie an der Hosennaht.

»Nein. Das werde ich tun.« Polizei-Inspektor Hatzfeld senkte die Fingerspitzen auf das Holz der Schreibtischplatte. »Zu Ihrem Arrest gehört auch, dass Ihnen jeglicher Telephonverkehr und Besuch untersagt ist. Ich werde einen Schutzmann abstellen, der dies überwacht, und das Amt anweisen.«

Singers Blick wanderte von rechts nach links durch den Raum. »Ich werde mit Rechtsanwalt Lilienthal sprechen.«

»Das ist Ihr Recht.« Hatzfeld öffnete schon die Tür.

Der Oberwachtmeister sprang herbei.

»Begleiten Sie Doktor Singer möglichst unauffällig zu seinem Haus«, befahl Hatzfeld. »Weisen Sie den Streckenposten des Reviers an, dass er die Straße im Auge behält. Singer hat bis auf Weiteres Hausarrest. Außer der Köchin darf niemand heraus oder hinein. Verstanden?«

Das Gesicht des Oberwachtmeisters Gries wurde so lang, dass in der gebräunten Haut ein paar hellere Striche in den Falten auftauchten. »Jawohl.«

Singer schloss schon den Knopf seiner Jacke und ging wortlos hinaus.

Hatzfeld blickte ihm stumm hinterher, die Fäuste in die Hüften gestemmt.

Cresper rieb sich den verschwitzten Hals. »Mit demselben ruhigen Schritt ist er heute Nachmittag zum Schwesternheim gegangen. Singer hat gewusst, was ihn hier erwartet.«

»Er hat den Anzug weggeworfen, weil er mit diesem giftigen Orange bespritzt gewesen sein muss.« Hatzfeld schlug die linke Faust in die rechte Hand. »Nein ...« Hatzfelds kniff die Augen zusammen. »So dumm ist er nicht. Er hat ihn längst vernichtet. Irgendwo, in einem Säurebad in der BASF oder im Heizkessel des Werkskrankenhauses. Verdammt!« Hatzfeld hieb auf die Tischplatte. »Warum leugnet der Kerl nicht? Cresper, Sie Schlaumeier – oh, wie das passt –, Sie haben uns das eingebrockt, sagen Sie es mir. Warum streitet der Herr Mediziner nicht einfach alles als bodenlose Frechheit ab, wie es jeder normale, anständige Mensch täte?«

Wenigstens hatte er die Charaktertafeln im Lehrgang nicht umsonst studiert. »Haben Sie seine Finger gesehen? Die langen Ohrläppchen und die dünnen Wangen? Er ist kein Choleriker. Eher ein Phlegmatiker, der seine Gefühle im Zaum hält.« In Crespers Erinnerung flatterten die vielen Charaktertypen durcheinander, die er in München hatte diskutieren müssen. »Er ist sehr gerissen. Er weiß, dass wir Mühe haben werden, seine Tat zu beweisen.«

»Sergeant, Sie erstaunen mich. Ich habe schon Mühe, mir den Doktor überhaupt als heimlichen Totschläger vorzustellen. Welche Leidenschaft soll denn einen solchen Menschen zu dieser Tat bringen?«

»Die seelische Grundlage des Verbrechens gilt es zu ergründen«, hatte man Cresper gepredigt. »Vielleicht sollten wir genau in der Richtung suchen.«

»Cherchez la femme«, flüsterte Hatzfeld und fiel in den Schreibtischstuhl zurück. »Was auch sonst ...« Nur um im nächsten Moment sich wieder vorzubeugen und auf die Platte zu hauen. »Verdammt, und das ausgerechnet jetzt, wo ich mein Jubiläum feiern will.«

Draußen auf dem Gang gab es Lärm. »Wir sind doch hier nicht bei der Kerwe.« Hatzfeld stürmte los. Cresper hielt für ihn die Tür auf. »Ruhe, verdammt!«, brüllte Hatzfeld in die Polizeistuben.

Schutzmann Behr winkte am Ende des Ganges. »Wir brauchen Verstärkung, Chef. Die Arbeiter klobben sich am Großen Tor vor der Anilin mit den Streikposten. Die rotten sich im Hemshof schon zusammen.«

Hatzfeld brauchte nur einen kurzen Moment. »Regeldienst für die Schutzmannschaft aufgehoben!«, rief er im klaren Befehlston, war schon ganz der ruhige Heerführer. Er ging sofort vor zu den Schutzleuten.

Cresper lehnte an der Tür und fühlte, wie seine Schultern erschlafften. Singers Langmut ... Solch einen Tätertypus hatten sie im ganzen Lehrgang nicht erörtert. Singer hatte einfach bei allem nachgegeben, aber beileibe nicht aufgegeben.

Kapitel 10

»ES TUT MIR LEID. Ich kann Sie nicht verbinden.«

Clara drückte die Hörmuschel fester an ihr Ohr. »Ist der Anschluss Doktor Singers gestört?« Es war jetzt das dritte Fräulein vom Amt, das sie in der letzten halben Stunde in der Leitung hatte. Veras Rastlosigkeit beunruhigte sie zu sehr. Den ganzen Nachmittag hatte sie ihre Schwester unten rumoren hören. Immer vom Schlafzimmer zum Salon, zur Bibliothek, zum Schlafzimmer. Als ob Vera im Kreise gelaufen wäre.

»Ich darf darüber keine Auskunft geben.« Die junge Stimme klang mitleidig.

»Wieso nicht?« Clara verwünschte diesen Sprechapparat. Aus dem Gesicht eines Gegenübers hätte sie die Wahrheit herauslesen können, aber was aus diesen schwarzen Sprechschalen herausschepperte, klang nicht einmal menschlich.

»Alle privaten Auskünfte unterliegen dem Fernmeldegeheimnis.«

»Eine gestörte Leitung ist doch nichts Privates.« Das gab es doch oft genug. Clara tupfte sich mit einem Taschentuch die Stirn ab. Die Hitze dieses Nachmittags war unerträglich, die Luft beißend, weil aus dem Süden der Wind von Giulini herzog. Wer weiß, was dort wieder abgefackelt wurde. »Wenn die Kabel nicht gestört sind, so verbinden Sie mich.« Sie hörte ein Atmen.

»Andere Teilnehmer warten bereits auf Vermittlung. Ich darf Sie nicht verbinden. Es tut mir leid.« Es klickte im Hörer.

Ich darf Sie nicht … Clara betrachtete die Wählscheibe, die weißen Ziffern erschienen ihr wie fremdländische Orakel. Es war völlig ausgeschlossen, dass David Singer seine Telephonrechnungen nicht beglich. Er war sehr wohlhabend, stammte aus einer Familie von Frankfurter Bankiers, hatte in Breslau studiert. Singer investierte wie sie in Häuser. Selbst falsche Sparsamkeit schien Clara völlig absurd, ein geiziger Mann hätte ihr niemals diese Blumenbouquets zur Wahl im Cäcilienverein verehrt, die zwar bunt, aber doch so bemessen gewesen waren, dass man sie auch als üblichen Blumengruß hatte verstehen können.

Clara stand auf und strich die Spitzendecke unter dem Telephon glatt. Wenigstens war ihre Entscheidung richtig gewesen, ihr Hausmädchen Luzie unterdessen zu Singer zu schicken. Clara ging an der Kredenz vorbei. Zwischen den Fenstern hing die Photographie ihres Vaters. Sie lächelte ihm zu, diesem schmalen Gesicht mit dem Goldzwicker. *In kleinen Dingen handle schnell, in großen mit Bedacht.* Er hatte so recht damit. Ohne diese Sinnsprüche hätte sie oft nicht gewusst, was tun, wenn sie mit der Fabrication haderte. Eine schlichte Richtschnur war besser als gar keine Orientierung.

Draußen im Hof stapelten die Arbeiter Kisten auf. Der Fuhrunternehmer Volz hatte schon einen Wagen geschickt. Der Fahrer hatte ein Päckchen für Vera abgegeben, vom Chef persönlich. Clara rückte die Gardinen zurecht. Es war rührend, wie Freunde und Bekannte sich um Vera sorgten. Jeden Tag erreichten sie Briefe, und Frau Benckiser hatte schon angedeutet, dass sie so ungern allein ihrem Gatten voraus in die Sommerfrische ins Tessin reisen würde.

Clara hörte Schritte auf der Dienstbotentreppe. »Luzie, was hat Doktor Singer gesagt, wann er kommt?«, rief sie im Gang.

Luzies Kopf erschien, sie blieb auf der letzten Stufe stehen, rührte sich nicht, sah Clara nicht einmal ins Gesicht.

Das Mädchen presste die Fäuste an den Hals, hob den Kopf. »Ich war wirklich dort.« Ihre Augen quollen fast hervor, so stierte sie herauf. »Sie müssen mir das glauben.«

Clara winkte sie heran. »Du bist ja ganz verstört. Hat dich wieder ein Strolch verfolgt?« Es wäre nicht das erste Mal. Luzies Porzellanpuppengesicht war hübsch, aber sie war nicht gerade so schlagfertig, als dass sie hätte mit den ungehobelten Burschen aus den Fabriken fertig werden können.

»Ich wollte schon die Klingel ziehen, da kam ein Schutzmann vom Eck angelaufen und hat mir's verboten.«

Was brachte denn das arme Kind so aus der Façon? Luzies Kleider waren nicht derangiert, dass Clara hätte an einen unsittlichen Übergriff denken müssen.

»Ich bin weggelaufen. An der Straßenbahnstation hat einer gesagt, der Schutzmann steht schon den ganzen Nachmittag dort rum«, flüsterte Luzie. »Der Doktor steht unter Arrest.«

Clara stützte sich mit der Hand an der Wand. Alles schwankte, die Tapete schien sich zusammenzuziehen, die Blumen in dem Muster drehten sich wie bei einem Windrad. Sie packte Luzie bei den Schultern. Das Mädchen erschrak so, dass es zischend einatmete. »Du sagst davon kein Wort zu meiner Schwester! Hörst du, kein Wort!«

Luzie nickte nur, hielt die Hände zum Schutz vors Gesicht. Clara ließ deren Schultern fahren.

»Was soll Luzie mir nicht sagen?« Vera lehnte unten an der Wand des Treppenhauses, sie machte einen langen Hals und sah herauf.

»Geh in die Küche und mache deine Arbeit.« Clara strich mit dem Handrücken über ihre Stirn und sah Luzie nach, die ganz schnell den Gang entlangtrippelte und die Küchentür hinter sich schloss.

»Was verheimlichst du mir?« Vera stand schon auf dem Treppenabsatz wie eine Königin in der Oper. Der Saum des schwarzen Seidenkleids reichte über ihre Füße. Sogar die blonden Strähnen hatte sie alle aufgesteckt. »Clara! Bei wem steht ein Schutzmann?« Ihr Arm war an die Täfelung des Treppenhauses gestützt, lag genau in einer der Kassetten.

Wie ein Schmuckstück aus Elfenbein. Clara schien es, dass ihre Schwester von Tag zu Tag dünner wurde, die weichen, runden Wangen schon so abgehärmt. Es war zu spät, Vera hatte etwas gehört und würde nicht ruhen, bis sie es aus ihr herausgewunden hätte. Claras Seele sträubte sich. Sie konnte den Namen nicht aussprechen. »Jemand, den wir gut kennen. Ein Arrest ...« Clara sank gegen das Geländer. Aber warum sollte die Polizei den verfügen, wenn sie keinen dringenden Verdacht hätte?

»Wer?« Veras Stimme zitterte. Sie streckte ihr die Arme entgegen, die Finger gespreizt, ihr ganzer Körper strebte Treppe herauf.

In Clara stieg Übelkeit auf, es war nicht möglich, dass ... »Er hat noch am Abend mit uns im Gesellschaftshaus gesessen, er war hier ...« Sie wies hinter sich in den Salon. »Er hat dich zu trösten versucht.« Clara schwammen die Augen. »Kann es denn solche Ungeheuer unter den Menschen geben?« Sie vermochte ihre Züge nicht mehr im Zaum zu halten.

Vera glitt auf sie zu wie ein Rabenvogel, die blaugrünen Augen dunkel wie das Meer. »Wer steht unter Arrest?« Sie legte wieder einen Arm in eine der Kassetten der Wandtäfelung. »Seit wann?«, hauchte sie.

Es war, als ob er wie eine Hülse von einer Frucht fiele, als ob es hinter diesem Namenswort einen Mann gäbe, der nur David wäre, der unmöglich schuldig sein konnte. »Dein Doktor Singer«, flüsterte sie.

Veras Gesicht alterte und verjüngte sich, errötete und wurde blass, lächelte irr und trauerte mit hängendem Mund, so schnell, dass Clara nicht mehr wusste, ob sie das alles sah oder glaubte zu sehen oder nur ihre Gefühle im Gesicht der Schwester wiederfand.

Vera stieß ein Lachen aus, so kurz wie ein unterdrückter Schrei, der einem Tritt auf dem Fuß beim Tanzen folgt, so hell wie ein fröhlicher Gesang beim Reigentanz der Jungfern, so ergeben wie ein Amen nach dem Stoßgebet. »Das ist …« Vera sank auf die Treppenstufen und schloss die Augen, ihr bleiches Gesicht erstarrte zu einer Stuckmaske wie an den neuen Häusern, das Kleid warf Falten wie die Blumenranken an den Fassaden.

Ihr Blick traf Clara, die nichts mehr denken konnte, und in dem ganzen Unglauben, der darin schwamm, glimmte das gelbe Licht der Fassungslosigkeit. Vera hatte wohl gesehen, dass David nicht ihr aufwendige Präsente gebracht hatte. Und dass er für sie nur Augen als Patientin gehabt hatte. Clara fühlte den Atem einströmen, ihre Lungen füllten sich, ihr Blut kreiste wieder. Ihre Gedanken fanden Halt an dem Bild ihrer Schwester, der Tränen über die Wangen rannen. Wie konnte sie nur so über sie denken? Nicht Vera kämpfte mit dem Laster Eifersucht …

Vera sank auf eine Stufe, die Hände umfassten ihre Knie; den Kopf an das Holz der Täfelung gelegt, fragte sie leise: »Ich bin die Witwe. Warum hat mich dieser Hatzfeld noch nicht angerufen?«

Nicht dumm auffallen, das war in der Nähe des Polizeiquartiers bestimmt klüger. Franz saß auf dem Rinnstein gut zehn Schritt von der nächsten Kreuzung weg. Stand man zu nahe, sahen einen zu viele Leute und machten sich Gedanken über den Eckensteher. Hockte man aber unten wie ein Hund und ein bissl abseits, glotzten alle vorbei.

Franz mochte die Schutzmänner nicht, alles Wichtigmacher, bloß weil sie eine Uniform und jede Woche Sold hatten. Die meisten waren genauso blöd wie alle andern und hatten auch nur ein paar Klassen Schule hinter sich.

Franz schnappte sich einen Papierfetzen, der vorüberwehte. Eng gedruckt stand *Arbeiter!* darauf. Er knüllte das Papier sofort ein und ließ es auf die Straße kullern. »Scheiß-Sozze.« Ein Flugblatt von den Roten war das Letzte, was er jetzt lesen wollte.

Weil sich ein paar von denen vor dem Haupttor der BASF gekloppt hatten, war es gesperrt worden. Franz hatte einen Riesenumweg laufen müssen, obwohl schon wieder Ruhe auf der Anilinstraße eingekehrt war. Die Roten waren doch auch schuld, dass Helma nicht mehr mit ihm redete.

Er kratzte sich am Sack, seinem Langen fehlte die Helma. Am liebsten hätte er sie jetzt einfach in den Arm genommen und wäre mit ihr aus der Stadt gefahren. Vielleicht ins feine Dürkheim in einen Sommergarten. Das Geld dafür hätte er, schließlich schuftete er jetzt im Streik Überstunden. »Warum ist sie nur so iwwerzwerch?«

Jedes zweite Wort war bei ihr Streik und jedes dritte Solidarität. Helma wollte doch raus aus der Stadt wie er, in eines der Dörfer, wo man wenigstens abends die Felder roch und Gras noch grün war und nicht gelb oder tot wie hier am Trottoir.

Drüben vor der Polizei war plötzlich Geliffs. Zwei Schutzmänner rannten fast aus der Tür und sprangen in einen der motorisierten Wagen. Ein Älterer mit weißem Bart ging ziemlich schnell zum Beifahrersitz vorn. Franz konnte die Rangabzeichen nicht genau sehen. Wahrscheinlich der Oberste. Schon sprotzte der Auspuff los.

Es stank nach Benzin. Franz sah dem blauen Wölkchen nach, das sich drüben verzog. Die waren bestimmt unterwegs ins Werk. Wegen der Versammlung des neuen Arbeiter-Vereins hatte der Vormann sie heute früher aus der Schicht geschickt. Franz hatte sich in den Werksduschen beim Einseifen ordentlich Zeit gelassen, damit sein Langer mal zu seinem Recht kam, und mit dem Abbrausen getrödelt. Die anderen aus seinem Betrieb waren eh alle schon vor lauter Neugier zum Haupttor gelaufen, Franz hatte sich über Umwege verpisst. Später in den Wirtshäusern würden die Leute von nichts anderem sprechen, als was die Herrn für den neuen Arbeiter-Verein beschlossen hatten. Er erfuhr es früh genug.

Drüben kam einer die Haupttreppe herab, die linke Hand in der Hosentasche, der rechte Daumen fuhr unentschlossen übers Kinn. Wie bei den Schießübungen ... Das war er. Das strubbelige rotbraune Haar gehörte seinem Unteroffizier und keinem andern. »Uffz Cresper!« Franz sprang auf und winkte mit dem Arm.

Erst natürlich der strenge Blick unter den dicken Brauen, dann grinste er breit wie eine Grott am Mundenheim Puhl.

»Mensch, Pfaff!« Cresper kam ihm entgegengelaufen. »Was machst du in Ludwigshafen?« Er schlug ihm die flache Hand auf die linke Schulter.

Franz streckte ihm seine entgegen. Cresper war der einzige Unteroffizier, bei dem Franz das noch machen würde. »Ich schaff hier. Schon fast zwei Jahre.«

»Du wolltest doch nach Lautern zur Kammgarn, oder?«

Franz wiegte den Kopf und dann die umgedrehten Handflächen. »Unsereiner muss gucken, wo es das meiste Geld gibt. Die Chemie zahlt besser.«

Crespers Blick tastete sein Gesicht ab. »Nicht mehr so mager wie in Würzburg.« Er lachte. »Das war ein Fraß, meiner Treu, sogar für uns Unteroffiziere. Ich kann bis heute keine weißen Bohnen mehr sehen.«

»Für euch gab's wenigstens Wein.«

Cresper lachte. »Essigbrüh, die in der Pfalz nicht einmal ein Schlappeflicker trinken würde.« Er kniff das linke Auge zu. »Hast du etwa hier auf mich gewartet?«

Franz schaute auf seine Schuhspitze. Cresper nahm so etwas nicht krumm. »Ich habe dich in der Anilin an dem Betrieb, wo ich schaff, vorbeilaufen sehen. Einer von den Schlossern hat gewusst, dass du als Criminaler im Werk unterwegs warst.«

»Du warst der beste Spürhund im Gelände, den ich je zu befehligen hatte.«

Franz wusste genau, was sein Uffz meinte. Ihm war es mehrfach gelungen, durch die Linien zu schlüpfen, die die andere Kompanie aufgestellt hatte, welche in der Feldübung an den Mainhängen die Franzosen spielte. »Man muss nur auf die Vögel hören, die melden dir jeden Mann im Gebüsch.« Das hatte Franz von seinem Großvater gelernt, wenn sie zum Holzmachen in die Wälder bei Lambrecht gezogen waren.

Cresper schaute zum Himmel. »Mir brummt der Kopf von … von der Hitze. Ich wollte eigentlich gerade ins Rheinbad schwimmen gehen. Komm mit. Und danach auf ein Bier. Ich lade dich ein.«

Franz wartete einen Moment, dann holte er drei Schritt Anlauf, lief unter dem Holzdach vor, streckte die Arme vor und sprang kopfüber von den Bohlen ins Becken.

Das Wasser war hart wie Stein. Franz tauchte auf und japste nach Luft vor Schmerz. »Mann!« Er brauchte vier Atemzüge, dann schwamm er an den Rand.

»Du hast den Winkel falsch gewählt. Entweder tauchst du ganz flach ins Wasser oder fast senkrecht. Dazwischen bremst es dich wie eine Wand.« Sein Uffz ließ sich auf dem Rücken treiben und streckte die Fußspitzen aus dem Wasser.

»Alles klar.« Franz hielt sich am Holzrand und wartete, bis der Schmerz in der Lunge nachließ. Wenn Cresper was erklärte, stimmte es. Das hatten alle in der Kompanie gemerkt. »Wenigstens ist es nicht mehr so voll im Rheinbad, seit sie dieses Jahr die beiden neuen Becken in Betrieb genommen haben.« Mindestens zwanzig Leute schwammen aber immer noch um sie herum.

Cresper drehte sich im Wasser. »Endlich hat die Stadt Geld dafür ausgegeben. Letztes Jahr bin ich lieber in die private Anstalt von den Renners gegangen. Aber hier ist die Bahn jetzt länger.« Er stieß sich ab.

Franz schwamm nicht so schnell, ihm fehlte die Übung. Als Kind war er öfter mal hier gewesen, aber da war es auch noch billiger gewesen. Der Bub, dessen Knie er fast im Auge gehabt hatte, tauchte einfach vor ihm weg. »Mach, dass du wegkommst!«, rief er ihm nach.

Cresper wartete schon am Kopfende des Beckens und schüttelte sich die Haare aus. »Warum hast du mich eigentlich gesucht?«

Franz hielt sich am Beckenrand fest. »Ich habe dir nur sagen wollen, dass ich dir noch einen Gefallen schulde. Sie haben mich ja damals gleich aus dem Militär entlassen.« Wenn auch nicht unehrenhaft, das hatten sich die Herren nicht getraut, weil er gedroht hatte, dass er den Militärpfarrer um Hilfe anflehen würde. Was Besseres war ihm nicht eingefallen.

»Ach, die alte Geschichte.« Cresper schaute einer jungen Frau nach, die drüben am Frauenbecken die langen Haare zu einem Zopf wand. Dann ging sie an der Leiter langsam ins Wasser.

»Für mich war's schlimm. Was hat ein Arbeiter für Karten gegen die Herren Offiziere mit von und zu im Namen.«

»Keine.« Cresper tauchte bis zur Nase ins Wasser. »Stell dir vor. Als du weg warst, haben sie mir eine goldene Uhr des Leutnants in den Spind gelegt und diesen abends durchgewühlt.«

»Die Schweine. – Und?«

»Ich hatte Glück, habe es vorher gemerkt, weil mir der Senkel am Stiefel gerissen war.« Cresper spie Wasser aus. Er kratzte sich dabei an der Brust. »Du erinnerst dich an den Feldwebel Gerstner aus Nürnberg?«

»Der war schon morgens so blau wie die Rauten in der Fahne von Bayern.«

»Das schon. Aber er hatte den Zimmerdienst bei den Herren Offizieren unter sich. Er hat die Uhr für mich wieder an ihren Platz gelegt. Und dann, beim großen Trara, war nichts in meinem Spind. Sie konnten mir nichts anhängen. Genauso wenig, wie du die Munitionskiste verschachert hast.«

Er hatte drei Tage in der Zelle gehockt, und wenn Cresper nicht für ihn vor dem Militärtribunal ausgesagt hätte, wäre er in Würzburg in Festungshaft gekommen.

Franz hielt die Knie zwischen den Armen, das Wasser schwappte um sie herum, weil drei Burschen über sie hinweg hintereinander mit dem Hintern zuerst ins Becken sprangen. »Weißt du eigentlich, wer die Kiste gestohlen hat?«

»Die Herrn selber. Wer sonst? Als Jagdmunition, die Offiziere sparen auch gern ein paar Mark.« Cresper lachte, aber seine Augen waren hart. »Danach war mir klar, dass ich beim Militär nichts werden kann. Die Herren verzeihen so etwas nicht.«

Franz drehte sich. »Das ist im Werk nicht anders. Wenn du einem Vorarbeiter querkommst, kannst du dir gleich die Papiere holen. Sonst kippt der Farbtrog ausgerechnet an deinem Platz aus der Führungsschiene, weil keiner die lockere Schraube hat sehen wollen, die auf halb acht im Gewinde hängt.«

Cresper zog sich am Holzrand hoch, wippte zweimal, dann schnellte er aus dem Wasser und setzte sich auf die Bohlen des Beckenrands. »Es ist Zeit für ein Bier auf alte Zeiten.«

Franz brauchte zwei Anläufe, beim dritten half Cresper mit und zog ihn an der Schulter aus dem Wasser. Sie saßen einen Moment im letzten Fleck Abendsonne.

»Auch wenn es hier genug zum Gucken gibt.« Cresper zwinkerte ihm zu. »Auf, auf, Kamerad ...«

»... wir wollen einen heben.« Wäre drüben nicht die junge Frau aus dem Wasser gestiegen und hätte sich die Haare ausgewrungen, Franz hätte sogar Helma vergessen.

Der Schutzmann lief tatsächlich auf dem Trottoir der Richard-Wagner-Straße entlang. Kaum war vorhin Vera in ihre Wohnung im Erdgeschoss der Villa entschwunden, hatte Clara vergessen, was sie davor hatte tun wollen. Vielleicht wäre alles anders gekommen, wenn ihr Blick im Flur nicht auf die Garderobe und ihren Sommermantel gefallen wäre, den Seidenschirm im Ständer daneben.

Sie hatte sich das Cape umgeworfen, den Stockschirm gegriffen und war schon aus der Tür gelaufen.

Ludwigshafens Straßenbahn schien ihr leise wie nie, die Stadt, die vielen Menschen, die sich am Abend in der Bahn drängten, waren seltsam weit entrückt, wie hinter dickem Glas, wie farbige Schattenrissfiguren, gar nicht lebensecht.

Warum gab es in ihrem Leben niemanden mehr, dem sie sich hätte anvertrauen können, der ihr hätte sagen können, was sie denken sollte? Jetzt, heute, hier. Clara lief die Straße entlang, in der David Singer wohnte. *In kleinen Dingen handle schnell, in großen mit Bedacht.* Clara war sich nicht mehr sicher, was groß oder klein für sie bedeuten sollten, wenn sie an David dachte.

Clara erkannte das Schmiedeeisen vor dem Garten zwischen den Häusern, nur ein Haus verzierten diese Gitter im französischen Stil. Sie verlangsamte den Schritt, bis der junge Schutzmann das Trottoir bis zur Ecke der Richard-Wagner-Straße abgelaufen war. Er langweilte sich sichtlich, so wie er die Stämme der Straßenbäume inspizierte, abklopfte. Er fragte sich wohl, ob sie noch lebten, so braun, wie das Laub in der Höhe schon war.

Sie zog an der Klingel Hausnummer 4 über dem Messingschild mit der geschwungenen Schrift.

»Halt, ich darf Sie da nicht reinlassen!«, rief der Schutzmann, eilte mit Riesenschritten herbei. Schon fuchtelte er mit seinem Zeigefinger vor ihrem Gesicht herum.

»Werden Sie nicht unverschämt. Ich suche nur meinen Hausarzt Doktor Singer auf.«

»Eben, zu dem darf keiner, meine liebe Frau.« Er strich sich über den Schnurrbart, den er dabei nach rechts und links breit strich.

»Titulieren Sie mich nicht ›Ihre liebe Frau‹. Ich bin die Fabricantin Clara Balthasar und wünsche meinen Arzt zu sprechen. Das ist ja wohl nicht verboten.« Die Routine des Geschäftslebens nahm von ihr Besitz, der Ton, mit dem sie sonst mit Subalternen verkehrte, kam wie von selbst über ihre Lippen.

»Entschuldigen Sie, gnädige Frau. Aber das polizeiliche Verbot gilt für alle. Auch für Sie, Madame.«

Clara überhörte die Frechheit. Es war klüger. Lieber läutete sie wieder.

»Seien Sie doch vernünftig, oder ich muss Sie zur Wache mitnehmen.« Der Schutzmann schob sich zwischen ihre Hand und die Klingel, verschränkte die Arme. Er war fast einen Kopf größer als sie.

»Also gut. Ich will kein Aufsehen.« Sie drehte sich einfach um, ignorierte, dass der Schutzmann seufzte wie ein Arbeiter, der am Ende des Tages den geschwollenen Fuß aus dem Stiefel zog.

Am Fenster im Erdgeschoss bewegte sich eine Gardine. David, sein weißes Gesicht, die dunklen Augen, sein Mund öffnete sich wie im Schreck, er sagte etwas, das sie durch die Scheibe nicht verstand. Sie hielt dem Blick regungslos stand, schaute hinüber zu dem Gesicht, das in der spiegelnden Scheibe fast unwirklich schien. Eine weiße Taube flog im Zimmer daneben auf, und Clara zweifelte kurz an ihrem Verstand, aber nein, es war seine Hand, die zum Garten deutete. Dann fiel die Gardine zurück.

Clara gab sich einen Ruck, trat von der Haustür weg, an die

Sandsteinmauer und folgte ihr bis zum Gartengitter. Braunfleckiges Rosenlaub streckte sich hindurch, verblühte Knospen mit weißem Pilzrand, rote Kugeln voller Duft. Sie sah ihn schon kommen, er musste die Hintertür benutzt haben, seine hochgewachsene Gestalt eilte zwischen den Rabatten herbei.

»Niemand darf Doktor Singer besuchen.« Der Schutzmann stand schon wieder neben ihr.

»Ich besuche ihn nicht.« Sie maß den jungen Mann mit einem kalten Blick, mit dem sie die Handelsreisenden aus dem Bureau warf, die glaubten, ihr als Frau Märchen erzählen zu können von den Preisen der Arzneimittel in der Schweiz. »Ich stehe auf dem öffentlichen Trottoir. Wollen Sie mir das auch verbieten?«

»Ich ... Er steht unter Arrest.« Es klang kläglich.

»Ja, ich sehe das Gitter sehr wohl.« Sie griff ihren Sonnenschirm und spannte ihn einfach auf. David stand auf der anderen Seite der Mauer. Seine langen Finger drückten einen Rosenast beiseite. Dunkle Ringe lagen unter seinen Augen, die Wangen waren hohl, sein Mund zuckte, nichts, nichts erinnerte an den ruhigen, bedachten Arzt, der die richtige Medizin verordnete. Die das Leiden ihres Vaters immer gelindert hatte, bis der Herrgott ein Einsehen gehabt und ihn erlöst hatte.

»Ich kann es nicht glauben, dass Sie den Weg zu mir gemacht haben.« Sein Adamsapfel bewegte sich. »Warum sind ...« Seine Stimme versagte.

»Ich konnte nicht glauben, dass man Sie hier festhält.« Clara berührte mit der Wange die Rosenblätter, so weit beugte sie sich vor.

»Ich habe Joseph Modry nicht getötet. Wer auch immer Ihnen was auch immer erzählen wird.« Seine Stimme schwankte. Er ging in die Knie, damit er sie ganz sehen konnte zwischen den halb erblühten Rosen. »Sagen Sie mir, dass Sie mir glauben. Bitte, Clara. Dann kann ich alles ertragen.«

Clara. Es war das erste Mal, dass er sie mit ihrem Vornamen ansprach, sie um etwas bat mit seiner dunklen Stimme, etwas, das nur sie ihm gewähren konnte.

Sie hörte sich leise klagen. Sah diese Clara Balthasar, die unter einem Schirm wie ein Backfisch schluchzte, hinter dem ein städtischer Schutzmann stand und sich räusperte. »Aber wieso dann dieser Arrest, dieser Wachmann?« Sie wagte es nicht. *David.*

»Die Polizei glaubt mir die Wahrheit nicht.« Seine Finger umspielten eine Rose, als wolle er sie abbrechen. »Sie kennen sie … nicht wahr?«

»Ich bin ja kein Unmensch, aber das geht jetzt entschieden zu weit. Sie können mit der Dame nicht über die Untersuchung reden, das widerspricht dem verfügten Arrest!« Der Schutzmann schob mit der Hand Rosenlaub zwischen ihre Blicke, stach sich dabei so in den Finger, dass er die Hand ausschütteln musste.

Die traurigen Augen Davids verschwanden hinter dem braunfleckigen Grün.

»Seien Sie vernünftig, gehen Sie jetzt, oder ich führe Sie ab.« Der Polizist stampfte sogar mit dem Stiefel auf.

»Adieu.« Sie presste die Hand auf die Lippen, zog den Schirm so weit an den Kopf wie nur möglich. Niemand sollte sehen, wie sehr sie Tränen vergoss angesichts des Abgrunds der Menschheit. Sie wollte an Davids Unschuld glauben, glaubte ihm, wiewohl ihr Verstand zu ihren Gefühlen bereits das logische Gegenbild entschlüsselte.

»Clara, bitte!« Davids dunkle Stimme verhallte hinter dem Rosengitter.

»Ich lass den Arrestbefehl um den Garten erweitern, sonst komme ich noch ganz in die Bredouille.« Der Schutzmann sog sich mit dem Mund den Rosendorn aus dem Zeigefinger.

In Clara klang nur die versagende Stimme Davids nach.

Bis das Gegenbild einen Sprung bekam. Es gab etwas, das ganz logisch nicht zur Täterschaft passte. Etwas, das sie am Abend des großen Unglücks von Singer selbst gehört hatte. Wie schon früher einmal. Clara blieb stehen, wurde jedoch vom Schutzmann unsanft vorangezogen.

Sie wollte sich nicht irren, weder im Herzen noch im Kopf. Clara beschleunigte den Schritt, ihr Ziel war weit und für eine Dame der Gesellschaft am späten Abend undenkbar.

Clara grauste es vor der Nacht.

Kapitel 11

DIE BAHN BREMSTE und klingelte wild. Kurz sahen sie helle Flecken von Gesichtern vor den Fenstern. Pfaff schüttelte den Kopf. »Guck mal, draußen treiben sie noch die Säu durch die Gasse.«

Cresper saß mit dem Rücken zur Fahrtrichtung. Das Hindernis draußen erwies sich allerdings als zwei Männer, die einen dritten untergehakt hatten und über die Gleise schleppten.

Die Straßenbahn schaukelte in die Stadt zurück. In dieser Richtung waren sie um diese späte Zeit fast leer. Die Wirtshäuser in der Nähe des Rheinbades waren Cresper für das unverhoffte Wiedersehen zu billig gewesen, zu viel armseliges Volk soff dort Knocherappler. Was für ein Tag! Cresper wäre bei der Hitze am liebsten wie beim Parkfest im Juni unter Bäumen gesessen. So war er auf Mundenheim gekommen, das Ludwigshafen 1892 eingemeindet hatte, obwohl es nur wenige Jahrzehnte zuvor auf dessen Gemarkung gegründet worden war. Die Tochter fraß die Mutter, hatte man auch nicht oft.

Er hatte die Rückfahrt spendiert wie auch die Kalbshaxe und den Wein im Adler. Er war kein Spähbrenner. Cresper hatte es gutgetan, dass er mit dem Pfaff über die alten Zeiten hatte reden können, auch wenn das Militär gerade mal drei Jahre her war.

Pfaff hatte die Unterarme auf die Knie gelegt und zog einen Grashalm unter einem Schnürsenkel heraus, lachte, ein bisschen weinselig. »Ich hätte mich schlapplachen können, wie du dir vorhin beinahe die Nüsse geknackt hättest. Hältst mir einen Vortrag über die Mundenheimer Kirche und knallst mit dem Sack gegen das steinerne Ding.«

Im ersten Moment war Cresper die Luft weggeblieben, im zweiten hatte ihm der Schmerz das Wasser in die Augen getrieben. Im dritten hatte er geflucht wie als Unteroffizier. Pfaff hatte nur noch mehr gelacht und seine Mütze auf den Boden geworfen.

Vor lauter Vergangenheit ... In Mundenheim war Crespers katholisch gewordene Großcousine verheiratet worden, als Mutter noch gesund und Vater noch klar im Geiste gewesen war. Eine prächtige Hochzeit, sagte Tante Ruth so oft ... Cresper spürte immer noch ein Ziehen. »So weißt du wenigstens, dass das hüfthohe Ding mit der Steinlaterne obenauf kein Pfosten fürs Pferdeanbinden war, sondern die Pestsäule.« Cresper hatte schon aus Wut mit dem rechten Fuß Schwung geholt, als er das Mahnzeichen im letzten Moment erkannt hatte.

»Hoffentlich wird er dir jetzt nicht schwarz und fällt ab.« Pfaff ließ den Halm auf den Boden fallen. Er sah Cresper seitlich von unten an, seine weißen Zähne glänzten in dem dunklen Bartschatten. »Den brauchst du noch. Hast du schon eine zum Heiraten?«

»Fünf. Wenn's schnell gehen soll, sind's bloß drei.« Cresper hängte die Daumen in die Hosentaschen ein und ließ die Knie auseinanderfallen. »Meine Tante Ruth bringt reihum die Töchter ihrer Freundinnen ins Haus.« Er legte den Kopf in den Nacken. Der Fahrtwind, der durch die Fenster strich, kühlte angenehm. »Sind ganz passable Frauenzimmer. Aber ich warte erst noch die nächste Beförderung ab, dann krieg ich vielleicht nicht nur eine gut erzogene, sondern auch eine hübsche.« Wenn er sich nicht ganz täuschte, hatte sich neulich das Fräulein Helene Querner nicht nur aus Höflichkeit mit ihm so lange über seine Fortbildung in München unterhalten. Mit ihrer fast singenden Stimme, die ihm so geschmeichelt hatte. Cresper hatte ihr gern erzählt und sich dabei vorgestellt, wie er Haken für Haken das Band in dem Mieder lösen würde, wie dann ihre üppigen Brüste immer weiter aus dem hellgelben Spitzenrand quellen würden, wie er ihr Haar lösen, die Nadeln einfach zu Boden fallen lassen würde, bis ihr die braunen Locken langsam in den weißen Ausschnitt glitten. Sie hatte grüne Augen wie Lindenblätter im Mai, so grün wie seine eigenen.

»Vor allem mit mehr Mitgift, gell?« Die Bahn hielt, Franz hob den Kopf und lugte nach draußen. Aber an der Station sprang nur ein Lehrling über das Trittbrett, der sich draußen ein Bäckersschiffchen auf den Kopf setzte und davoneilte.

Die Bahnhofsdirektorentochter Helene interessierte sich sehr für das Leben in der Residenz und würde sich nicht mit zwei Stuben zufriedengeben. »Wäre nicht schlecht. Wir Stadtbeamten sind schlecht bezahlt.«

Franz lachte knapp. »Ich wäre schon froh, wenn ich das Geld in der Woche zusammenbrächte, das du an einem Tag hast.«

»In der Anilin verdienst du doch nicht schlecht.«

»Weil ich schufte wie ein Teufel.« Franz drehte ihm die Handflächen zu. »So viele Schwielen hatte ich nicht mal mit vierzehn, wo sie mich bei Michel-Lederle den ganzen Tag haben Kohlen schippen lassen. In der BASF drehe ich jetzt den ganzen Tag am Schwungrad.«

Cresper betrachtete die großen Hände. Ihm fiel ein, wie stark Pfaff war, der in jeder Hand eine voll bestückte Munitionstasche hatte tragen können. »Du hältst sie so, als ob du einen Frauenarsch gepackt hättest.«

Franz streckte die Zungenspitze schräg zwischen den Lippen hervor und wog mit den Händen etwas Unsichtbares in der Luft. »Passt genau.«

»Wie heißt sie?«

»Helma. Aber gerade ist Feuer unterm Dach.«

»Wieso? Hast du noch eine?«

Franz schob die Finger ineinander. »Die Helma ist gut für zwei. Die hat Ausdauer, die turnt sogar. Die Arbeiterfrauen haben da so einen Verein. Eine Druschel ist die Helma ganz und gar nicht. Das kannst du mir glauben. Ich frag lieber nicht, wo sie das alles herhat.«

Cresper sah den ganzen Besitzerstolz auf Pfaffs Gesicht. »Warum habt ihr grad Krach?«

Er winkte ab. »Helma ist eine ganz Rote. Mir geht der Streik auf den Sack. Das bringt doch wieder nichts für uns Arbeiter. Helma spricht nicht mehr mit mir, seit ich zum neuen Verein bin.«

Der Verein des Toten im Brunnen. Cresper spürte ein Zucken im Bauch, die Ermittlungsfragen schossen durch sein Bewusstsein, und er würde sie jetzt nicht mehr los. »Ich verstehe.«

»Die beruhigt sich auch wieder. So oder so, geschafft werden muss. Die Anilin gibt doch eher freiwillig was an den Verein von ihren Leuten, als dass sie den Knallkepp von der SPD was gönnt.« Die Bahn bremste scharf. »Du musst gleich raus.« Pfaff reichte ihm die Hand. »Danke, Herr Unteroffizier, für die Marschverpflegung.«

Cresper schlug ein und fühlte den kräftigen Druck der Schwielen. »Nun ist Nachtruhe befohlen, Gefreiter Pfaff!«

Der lachte leise, weinselig und sehr müde, als Cresper durch die Türen sprang. Dann klingelte die Bahn und zog an.

Cresper stand am Wittelsbachplatz.

Die zwei Viertelchen konnten es nicht sein, warum seine Gedanken so schwirrten. Vielleicht war es einfach nur Pfaffs Art, der sich wirklich gefreut hatte. Dessen Wut aufs bayerische Militär war so echt wie seine Verachtung für die Faulenzer, die den Streik nur als Vorwand nahmen, ein paar Tage mit dem Streikgeld auszukommen, weil sie lieber die Hasen im Stall fütterten oder gleich alles versoffen. Vielleicht machte Cresper auch nur unruhig, dass er noch keinen getroffen hatte, der um Joseph Modry wirklich trauerte. Außer der Witwe, aber die durfte er vorerst nicht mit Fragen belästigen. Wer würde wohl an der Beerdigung echte Tränen um den aufstrebenden Chemiker aus der BASF vergießen?

Fast war es die gleiche Uhrzeit, zu der jemand den Modry in den Brunnen geworfen hatte. Cresper lief los, er würde sich jetzt treiben lassen, wie es der Arzt Singer angeblich getan hatte. Er würde es sogar darauf anlegen, dass ihn keiner bemerkte. Cresper lief die Straßenbahngleise entlang, unterm Viadukt hindurch, bog in die Max-, dann in die Wredestraße ein.

Ein Mann mit angeleintem Hund stand vor einem Zigarrenladen und entzifferte die Preise im Licht der Straßenlaterne. Auf der anderen Seite hockte eine Gestalt auf den Stufen der protestantischen Kirche, kauerte wie ein Alp auf einer Brust. Cresper seufzte, in dieser Stadt kam die Armenpflege dem Elend nicht hinterher. Sosehr die Schlote rauchten, sosehr die Fabriken nach diensteifrigen Händen suchten, immer noch gab es Bettelei und Stadtstreicherei.

Cresper wusste nur zu gut, dass die Wachtmeister, die Streife liefen, über derlei Gestalten hinwegsahen. Wer wollte schon stinkende Lumpen durch die Straßen zur Wachstube zerren, wo sie in den Ausnüchterungszellen so stanken, dass man es bis vorn beim Schreiber roch?

Auch schräg gegenüber an der Ludwigskirche kauerte eine Gestalt am Seitenschiff.

Cresper kam näher und hörte, wie sich der Junge übergab.

»Friss halt nicht so viel.« Ein anderer stand im Winkel einer Kirchenstrebe und pisste.

Er schlug sich nach links, nach rechts. In den sommerschwülen Straßen lachten Menschen vor Hauseingängen, alte Männer mit

Pfeifen in den Händen, Frauen, die schlafende Kinder wiegten. Mädchen kicherten in erleuchteten Fenstern.

Ein Güterzug rollte dumpf auf dem Bahndamm hinter den Häusern.

»Aldie Dummbabblern«, hörte er einen Mann sagen, der zwei Stockwerk über ihm die Läden schloss, was die keifende Antwort der Frau verschluckte.

Die Oberrealschule, seine Oberrealschule – beinahe wäre Cresper zum Schüleraufgang hinaufgelaufen, so erinnerten sich seine müden Beine des früheren Wegs. Seine Mutter hatte ihn zur Lateinschule schicken wollen, längst war sie ein Gymnasium geworden, aber sein Vater hatte auf der praktischen Ausrichtung eines kaufmännischen Zweigs bestanden.

Cresper legte die Hand auf die Graniteinfassung der untersten Fensterbänke. Noch immer war der Stein sehr warm, die Nacht kühlte nicht ab. Auf dem anderen Trottoir lief ein junges Paar Hand in Hand, sie trug einen Korb im Ellenbogen. Die beiden schauten nur kurz herüber, dann steckten sie wieder die Köpfe beisammen.

Cresper dachte an die Lichtbögen, die Oberlehrer Gunsch im elektrischen Lehrzimmer für die staunenden Schüler gezaubert hatte, bevor er sie mit Spannung, Ladungszahl und Gleichrichtern getriezt hatte. Er setzte sich auf die warmen Stufen, keine Klasse würde johlend herausstürmen. Wieder rollte ein Zug aus dem Hauptbahnhof in die Ferne, im dunklen Himmel verglühten die Glutfunken einer Dampflokomotive.

Er war zu jung gewesen, zu jung, um zu begreifen, dass Vaters Verstand angegriffen war, dass er vergreiste weit vor der Zeit. Als dieser nicht mehr die Wochentage auseinanderhalten konnte, war es längst zu spät gewesen. *Die Umnachtung liegt in der Familie*, wie oft hatte er das Tante Ruth beim Kaffeetisch raunen hören, wenn Cousinen anreisten.

Cresper klopfte sich die Hosen aus. Ohne Tante Ruth hätte er nach Vaters Bankrott das Schulgeld nicht zahlen können. Selbst jetzt noch war sie wie eine Mutter zu ihm und ließ ihn bei sich wohnen. Sie hatte nicht mehr geheiratet, nachdem Onkel Theo im Jahr 1901 bei einem Eisenbahnunglück ums Leben gekommen war – in Saargemünd, wie sie oft genug seufzte.

In der Ludwigstraße drängelten sich die Besucher der Spätvorstellung aus dem Union-Kino. Zwei Männer spielten irgendetwas nach, wohl den Paraderitt eines Filmhelden. »Oh, Hoheit, mir wird schwindelig ...« Ihre Freundinnen sanken in Ohnmacht wie auf der Leinwand, nur um in den starken Armen zu poussieren. »Nicht so stürmisch, mein Prinz.« Sogar ein Kind hing an einer Hand und trippelte neben seinen Eltern davon. Manchen war es egal, ob die Kleinen genug Schlaf fanden. Vor dem Geschäft gleich daneben waren die Sonnenblenden herabgelassen. *Friedrich Ehrbar Schokoladen Haus.*

Singer log, daran hatte Cresper keinen Zweifel mehr. In einer knappen Stunde hatte er selbst mit vielen Pausen die Straßen der inneren Stadt abgelaufen, und viele Leute hatten ihn gesehen. Die zeitliche Lücke in Singers Alibi von acht bis zehn Uhr war zu groß.

Cresper war fast am Jubiläumsplatz angekommen. Entweder hatte der Arzt Singer im Park auf einer Bank gesessen und auf Modry gelauert, weil er wusste, dass der Chemiker vorbeikommen würde. Oder er hatte sich sonst wo versteckt und war erst zum verabredeten Zeitpunkt hier aufgetaucht. Dann hätte er die Tat heimtückisch geplant.

Cresper ging in den Park. Schon nach den ersten Büschen sank die Temperatur, die Luft wurde etwas frischer als in der Stadt, obschon die Schlote der Fabriken nicht weit entfernt waren. Vom Rhein her zog etwas Luft.

Das Wasser im Brunnen schimmerte dunkel. Bei Licht, wusste Cresper, wäre es so klar wie zuvor, selbst wenn noch ein paar Farbreste in den Steinverzierungen hängen sollten.

Cresper bückte sich, nahm ein paar Steinchen auf, warf sie ins Becken. Er hörte sie nicht einmal eintauchen. Es ergab einfach keinen Sinn. Weder die Lüge Singers noch diese Farbe. Schon gar nicht das Parteiabzeichen, das man in der Hand des Toten gefunden hatte.

Cresper hörte dem Plätschern des Wassers aus den Brunnenspeiern zu. Er atmete tief durch. Wagners Norne Urd wüsste vielleicht zu sagen, was in jener Nacht vor sich gegangen war. Die Zeitlücke ... Cresper beschleunigte den Schritt zum Rheinufer hin. Die Zeitlücke musste er schließen, aber nicht nur für Singer, auch vom Opfer Modry wusste er nicht, wo sich der Chemiker genau aufgehalten hatte. Über die Rheinbrücke donnerte ein Zug gerade in dem Moment, als Cresper unter ihr durchlief. Hinter dem Bahndamm roch es malzig. Jedenfalls nannte er den Geruch der Walzmühle so. Die Bäume standen paarweise auf beiden Seiten der Rheinuferstraße. Cresper war zu müde, als dass er hätte einen genauen Tatablauf imaginieren können.

Schließlich war ja auch denkbar, dass Modry und Singer die lange Zeit gemeinsam verbracht hatten. Vielleicht lagen sie nicht von Anfang an im Streit, vielleicht ging es ja um ein verbessertes Produkt, wie der Assistent Scholl behauptet hatte, oder doch das orangerote Indanthren. Oder was immer das für ein Zeug gewesen war. Niemand aus der BASF hatte sich dazu präzise äußern wollen.

Nur wenig weiter hinter der Mühle begannen schon die neuen Straßenzüge, schön gearbeitete Sandsteinsimse, gar Türmchen fand man hier an den Eckhäusern.

Von unten sah er noch Licht in Tante Ruths Lieblingsplatz, dem Rund ihres Turmzimmerchens, von dem aus sie den Pfalzgrafen-Platz einsehen konnte.

»Schläfst du noch nicht?«, fragte Cresper. Sein Kopf streifte das Ohr seiner Tante, als er sie an sich drückte. Sie hatte ein rosa Tuch um den Kopf gebunden. Das Gaslicht surrte leise über ihren Köpfen in der Lampenglocke.

Sie fasste mit ihrer warmen Hand nach seiner. Vor ihr auf dem Tisch lagen Zeitungen, darunter das Evangelische Blatt. Ein Deckelkrug mit Wasser stand dabei. »Die Hitze ist nichts für eine alte Frau wie mich. Nimm dir eins.« Sie deutete auf das saubere Glas vor dem anderen Stuhl. »Die Stadtmission braucht neue Matratzen im Männertrakt. Es gibt wieder eine Läuseplage. Ich sage schon lange, dass man gleich bei Aufnahme die Köpfe scheren sollte. Zumindest im Sommer könnte man das doch tun.«

Im milden Gaslicht changierte das weiße Haar fast so hellblond wie früher, rosig schimmerten die Bäckchen im breiten Gesicht. Tante Ruth hatte sich schon geschminkt, als es noch anrüchig war. Als junge Frau war sie sicher schön gewesen, inzwischen hüllte sie ihre mütterliche Fülle in einfache Kleider, nur die Schals verrieten die Eleganz vergangener Zeiten.

»Möchtest du noch Grumbeersalat?« Sie goss sich Wasser nach und verschloss sorgsam den Deckelkrug auf dem Tisch.

»Nein. Ich geh gleich zu Bett.« Er setzte sich. Tante Ruth sparte nicht, schon gar nicht am Essen. Sie hatte das Vermögen von Onkel Theo geerbt, ein Königlich Bayerischer Richter aus guter Regensburger Familie.

»Trinke viel Wasser, dann schläfst du besser.« Sie reichte ihm den Krug. Ihr einziges Kind, ein Mädchen, war schon vor Crespers Geburt an Schwindsucht gestorben. So trug sie all ihre großmütterliche Zuwendung in die Kirchengemeinde und sorgte tatkräftig dafür, dass die durchreisenden Dienstmädchen in der Stadtmission in der Pranckhstraße ein anständiges Dach über dem Kopf fanden.

Cresper merkte erst beim Trinken, wie durstig er eigentlich war.

Tante Ruth lächelte milde über seinen erleichterten Seufzer. »Dachte ich mir's doch, Paul. Bei der Hitze ist nicht gut Lumbepack suchen.«

»Es wird schon noch ein Gewitter geben.«

»Hör auf, dann regnet doch nur die giftig Brüh vom Ludwigshafener Himmel.« Tante Ruth wand sich das rosa Tuch aus dem Haar. »Bloß nicht, ich brauch kein Gewitter, dann muss ich deine Kleider wieder waschen lassen. Das könnte der Stadtrat mal besprechen, wie viel Geld das die anständigen Leute kostet, wenn der Regen rußbraunen oder gelben Staub auf die Blusen schlotzt.«

Das Wasser machte ihn frischer, so drang ein Gedanke in sein Bewusstsein. »Ich begreife eines nicht. Warum hat der Modry seinen Straßen- und keinen Abendanzug getragen, wenn er vor dem Gesellschaftshaus, wo er mit seiner Frau und seiner Schwägerin zum Essen verabredet war, noch an den Brunnen wollte.«

»Seit wann achtet ihr Männer auf so etwas?« Tante Ruth goss Wasser in sein Glas. »Du merkst ja nicht einmal, wenn dir ein Knopf fehlt.«

Das stimmte zwar nicht, aber Cresper ließ Tante Ruth zu Hause unumschränkt walten, sodass er seine Ruhe und sie Beschäftigung hatte. »Der Modry hatte seine Frau vorausgeschickt ins Gesellschaftshaus, da geht man doch nicht in den staubigen Kleidern, die man den Tag über in der Anilin getragen hat.«

»Schon gar nicht als frischgebackener Ehemann von Vera Balthasar.« Tante Ruth spitzte die Lippen, die manchmal so rosa schimmerten wie ihr Haarband, doch jetzt waren sie nur schmal. »Der sind doch nicht mal die Geschäfte über der Brücke in Mannheim gut genug. Die hat sich allein von der Hochzeitsreise in die Schweiz vier Jupons aus Zürich mitgebracht.«

Tante Ruth liebte den Ludwigshafener Klatsch und wurde, was sie nie zugeben würde, von vielen Damen deshalb zum Kaffee eingeladen.

»Was sagt man denn im Café Channey über den toten Modry?« Cresper legte den Kopf leicht schräg. Dort ging sie häufig hin.

»Reich heiraten bringt nicht immer Glück.« Tante Ruths hellblaue Augen glänzten. »Das sagen die meisten. Eine Freundin von mir, die Frau Zollweg, ihr Mann war auch Richter drunten in Zweibrücken, bevor sie zum Sohn hierhergezogen ist, also die Frau Zollweg kannte ja schon die Eltern Balthasar, als der Vater noch für die Deutsche Volkspartei kandidierte.« Ihr Blick strich die Tischkante entlang. »Eigentlich haben sich die Brautleute kaum gekannt.«

Cresper kippte sein Glas und maß die Neige. Es war leer.

»Viel Sach mitgebracht hat der Modry ja nicht«, sagte Tante Ruth wie in Gedanken. »In Augsburg soll er ein halbes Mietshaus geerbt haben, und ein paar Äcker hat er wohl auch verpachtet. Die Zollweg hat sich gewundert, dass die Vera Balthasar den genommen hat. Wo die sich doch für was Besseres hält. Sogar den Großcousin vom Benckiser hat die nicht mit dem A…«, sie verschluckte das Wort gerade noch, »… mit dem Bobbes angeguckt. Nur von den Herren mit den dicksten Wagen wie dem Fuhrgeschäftsmann Volz oder dem Giulini seinem Direktor sein Sohn – ich komme gerade nicht auf den Namen – ließ sich das Madamchen aus dem Theater nach Hause fahren. Der Volz lässt sie nirgends aus den Augen, wo er sie sieht. So schön ist sie nun auch wieder nicht, dass es nicht auch andere gäbe. Aber die Männer mögen halt blond.«

»Weiß man, warum sie den Modry genommen hat?« Das Gaslicht rauschte leise über ihren Köpfen. Klatsch war oft böswillig. Manchmal reizte es ihn, dass er seine Tante ein wenig in die Enge trieb. »Sie hat wohl doch nicht bloß aufs Geld geschaut.«

»Die Clara, meinst du.« Tante Ruth hob den Zeigefinger.

Cresper ließ den Kopf wieder ein wenig kippen. »Nein. Die Witwe, die Vera.«

»Ach was, die kleine Vera hat doch nichts zu sagen gehabt.« Sie tippte mit dem Mittelfinger auf die Tischplatte. »Die Schwester hat das arrangiert, sagt die Zollweg, weil die Fabrication einen Chemiker gebraucht hat und weil die Balthasar mit irgendeiner Erfindung expandieren will.« Die weichen Hände flogen fast an ihrem breiten Gesicht vorbei. »Alle Ritt wird doch in dieser Stadt neues Gifts- und Farbzeug erfunden. Bald streichen sie die Häuser lila und gold, glaub es mir.«

Cresper rieb sich übers Kinn. »Ob man heiraten will, entscheidet man doch selbst.«

Tante Ruth ließ die Mundwinkel hängen. »Als Mann vielleicht.« Sie kniff ein Auge zu. »Du solltest auch mal drüber nachdenken, ob es nicht Zeit ist. Die Zollweg hat eine Nichte, die …«

»Tante Ruth.«

»Du wirst mir kein Überständer wie Theos Bruder Heinz.« Sie wand sich wieder das rosa Band um die Haare. »Sei's drum. Bei meinem Namenstag wirst du das Fräulein sowieso kennenlernen.« Sie zog den Knoten hinter ihrem Kopf fest. »Die Vera Balthasar ist keine dumme Person. Sie war vernünftig genug und hat sich gefügt. Als Tochter eines solchen Hauses muss sie an die Fabrication denken. Die lebt doch davon, und zwar nicht schlecht. Die waren zwei Wochen in Luzern zur Hochzeitsreise. Im Grandhotel, sagt die Zollweg. Das muss man sich erst einmal leisten können.«

Cresper stand auf, bevor ihm Tante Ruth einmal mehr von ihrer Hochzeitsreise mit Onkel Theo an den Starnberger See erzählen würde. »Mir fallen die Augen zu, sei nicht bös.«

Tante Ruth rappelte sich aus ihrem Stuhl. »Ach was. Ich bin ja froh, dass du mir alten Frau die Zeit vertreibst. Bei der Hitze kann ich nicht schlafen. Drehe das Licht aus, ach was rede ich, du bist ja alt genug.«

Alt genug war er für vieles, alt genug, zu wissen, dass eine arrangierte noch lange keine gute Ehe bedeuten musste.

Cresper drehte das Gas erst aus, als er die Schlafzimmertür einhaken hörte, denn Tante Ruth sah nicht mehr gut.

Aber Modry hatte gut genug gesehen, um jemandem das Parteiabzeichen vom Revers wegzureißen. Andererseits war der Straßenanzug nicht einmal in Unordnung geraten, das passte genauso wenig zu einer tätlichen Auseinandersetzung wie die orange Farbe im Jubiläumsbrunnen. Die musste aus einer Verpackung geronnen sein, von der es keine Spur gab.

Cresper stand in der Dunkelheit der Wohnung, glaubte aber fast, hellsichtig zu werden. Was, wenn Modry vielmehr auch ein Täter gewesen war? Vielleicht war Modry über seine Frau in deren Fabrication unverhofft an die Forschungsleistung eines anderen gekommen. Nur, dass jener sich nun gewehrt hätte.

In seinem Zimmer knöpfte Cresper schon sein Hemd auf. Er würde dem Hauptlaboratorium und den Kollegen Modrys einen neuen Besuch abstatten, sobald Hatzfeld bei der Direktion erwirkt hätte, dass der Doktor Müller endlich den Mund aufmachen musste.

Kapitel 12

CLARA STREBTE auf die Treppenanlage des Viadukts in der Jägerstraße zu, als gehöre die Kraft, die sie seit den frühen Morgenstunden des 25. Julis so vorwärtstrieb, gar nicht zu ihr. Sosehr sie sich immerzu die gleiche Frage stellte, ob es richtig sei, was sie tue, so sehr führten ihre Hände schnell und präzise die Vorbereitungen dazu aus. Widerfuhr einem dies, wenn einen der Verstand verließ?

Sie hatte Luzie mit einer umfangreichen Einkaufsliste zum dienstäglichen Wochenmarkt geschickt, damit sie rasch aus den Füßen war. Clara hatte selbst in den Schränken der kleinen Kammer gekramt, bis sie das alte braune Kostüm gefunden hatte. Ganz leise, damit sie Vera nicht weckte, die endlich Ruhe gefunden hatte. Kein Laut war in der Nacht aus der unteren Wohnung gedrungen, leise Stunden, leere Stunden.

Am Garderobenspiegel noch war Clara sich selbst wie eine Fremde in den unmodischen, abgetragenen Kleidern erschienen, die doch zu fein gewoben blieben, teures Linnen, das es war. Jeder dort drüben würde sie als Bürgerin erkennen.

Clara ging über die Sandsteintreppen, Stufe für Stufe an den üppigen Balustraden vorbei, die den Aufgang zum Viadukt auf dieser Seite der Innenstadt schmückten. Das leise Ticken der Uhr hatte ihre Seele in der Nacht gemartert, bis es in ihr nur noch hämmerte: Hemshof, Hemshof, Hemshof …

Nur dort würde sie eine Antwort finden.

Die Treppen endeten gleich vor der Brücke, von rechts und links führten die Rampen aus der Innenstadt herauf. Wagen drängten Fuhrwerke ab, Pferde wieherten, eine Straßenbahn klingelte. Zwei Träger schleppten auf ihren Rücken eine Plane vorbei.

Was erhoffte sie sich in dem Viertel hinter der Bahn, wo die Arbeiter wohnten? Keine Dame setzte jemals einen Fuß dorthin. Schon gar nicht allein. Man wusste doch, wie es dort zuging. Clara hatte sich die Haare streng zurückgebunden und war sich dabei lächerlich vorgekommen. Sie wurde verrückt, wieso glaubte sie, dass sie auf der Straße Läuse auffing, wo doch fast alle

Arbeiter aus ihrer Fabrication genau von dort aus dem Hemshof kamen?

Sie wechselte zwischen zwei Straßenbahnen auf die Brückenseite über den Gleisen des Hauptbahnhofs. Frauen mit leeren Körben strebten an ihr vorbei. »Pratschel«, zischte eine. Ein junger Bursche warf einen Blick auf ihre Brust, der einfach nur unverschämt war. Durch die eisernen Gitter sah sie unten viele Menschen stehen. Auf dem Bahnsteig, dessen Ende fast bis zur Brücke reichte, drängten sich Kofferträger um die wenigen Fahrgäste der ersten Klasse.

Wenn all das vorbei wäre, würde sie reisen, weit weg. Mit irgendeinem Expresszug nach Budapest oder gleich bis Roma aeterna.

Sie hätte beinahe gelacht. Clara hielt sich die Hand vor den Mund. Ein junges Mädchen, das einen Hund im Korb trug, sah sich nach ihr um und starrte ihr auf die Hände. Clara streifte rasch die Handschuhe ab. Keine Frau trug so etwas hier. Mein Gott, was glotzten denn alle nur?

Das Viadukt über die vielen Gleise des Hauptbahnhofs schien endlos. Aber konnte der Übertritt in eine andere Welt anders sein als mühevoll? War Josephs Weg in die bessere Welt ebenso endlos gewesen, voller zahlloser Schritte seiner Füße, ohne dass er jemals ankam?

Clara, versündige dich nicht. Sie hielt sich am Gitter fest. Sie blickte hinunter auf die rußbraunen Schottersteine der Bahn. Ein Zug fuhr ein und verhüllte einen Moment mit seinem Dampf die Brücke, dass ihr der Atem verging.

Dann sah sie wieder die Arbeiterkinder hinter ihren Müttern dreinschlappen, die alten Männer schlurfen, die Fahrer auf den Kutschböcken. Die Menschen waren keine Wahngebilde, genauso wenig wie die Schlote der BASF, die sie hinter dem Hemshof rauchend wie je aufragen sah.

Rauch, ihr Verstand trog sie nicht. Bestimmt. David Singer hatte eine Zigarre in der Hand gehalten, in der verwünschten Nacht dort im Gesellschaftshaus. Da war das Unglück schon geschehen, noch hatten sie nichts davon gewusst, weil dieser Sergeant erst gerade auf sie zugelaufen war. Aber David hatte diese Zigarre angesteckt mit seinen feinen Händen.

Clara ging weiter, fand ihren Weg durch die Passanten, immer weiter zum Hemshof. David Singer hatte vor wenigen Tagen bei Frau Zollweg auf dem Canapé gesessen, als sie die Maßnahmen des Wohltätigkeitsvereins mit seinem ärztlichen Rat verbessern wollten. Er hatte die Zustände so eindringlich geschildert, sogar gestanden, wie sehr er sich jedes Mal darüber errege, dass nur eine gute Zigarre die nötige Ruhe für den Abend schenke. Die Zollweg hatte mit dem Zwicker auf der Nase genickt und Rotwein nachgegossen, den er so schätzte. *Saint Emilion.* Clara spürte, wie ihr die Röte ins Gesicht stieg. Ja, sie hatte es sich gemerkt und einige Flaschen davon in den Keller gelegt, sich vorgemacht, der Wein sei für Geschäftsgäste, die etwas von guten Tropfen verstünden. Sie hatte Singer noch nicht zum Abendessen eingeladen.

Auf der Seite des Hemshof-Viertels war der Viaduktabgang einfacher gestaltet. Sogar einige Pflastersteine warteten vor der Balustrade noch darauf, dass die Stadt sie endlich verlegen ließ. Die Hartmannstraße gleich hinter dem Abgang war eng, hohe, rußige Häuser ragten auf, die Menschen in der Ferne wirkten wie dunkle Insekten, die sich eilig zwischen den Mauern verkrochen. Das war also die Straße, die Luzie nur die Schlucht nannte.

Clara folgte einfach einem Zeitungsausträger, der über die Sandsteintreppen an ihr vorbei, immer zwei Stufen nehmend, nach unten sprang. Er lief hinein in die Schlucht.

David Singer hatte sich im Gesellschaftshaus eine Zigarre kommen lassen, also war er vorher im Hemshof gewesen. Nur einer konnte wissen, wo.

Die vier Männer vor ihr auf dem Trottoir taugten nichts. So abgerissen, wie die aussahen, hätte sie sie niemals eingestellt. Ordentliche Arbeiter achteten auf Sauberkeit der Hosen. Clara wechselte rasch die Straßenseite. Aus einer Bäckerei trat eine verschaffte Frau, breit und schwer, die Haare zum Dutt aufgesteckt.

»Entschuldigen Sie. Ich suchen den Armenpfleger Strach.«

Die Frau drehte sich halb um, musterte ihre Schuhe, den braunen Leinenrock. Dann stemmte sie die Hände in die Seite. »Mein lieb Mädchen, was willst du denn von dem?«

Beinahe hätte Clara gesagt, dass sie das kaum etwas anginge. »Mit ihm sprechen. Der wohnt doch hier irgendwo.«

»Der Hemshof ist groß.« Die Frau drehte sich zur Bäckereitür und rief hinein: »Da ist eine Madame und will was, ich habe keine Zeit. Mein Albert ist krank, und die Wäsche kocht.« Sie stiefelte davon.

Eine spitznasige Bäckerin wischte sich die Hände an der Schürze. »Wen suchen Sie?«

Das Aufhebens wäre schrecklich gewesen, wenn sie jemand hier erkannt hätte. »Den Armenpfleger.«

»Wie schreibt der sich?« Die Bäckersfrau war die Neugier in Person, sie forschte in ihrem Gesicht wie jeder schlechte Vertreter, der ihr einen Hektoliter Säure andrehen wollte.

»Strach. Er ist auch Schuster.«

»Der hat seinen Laden in der Kanal-Straße, die übernächste Gasse rechts, dann gleich wieder links.«

»Ich danke Ihnen.« Clara ging auf dem Trottoir um einen Hundehaufen herum. Sie fühlte die Blicke der Frau in ihrem Rücken brennen. Die Straße bestand ja nur aus Wirtshäusern, Clara suchte den Bierwagen auszuweichen. Die Türen standen fast überall offen, es stank nach Rauch und altem Essen. Eine Frau schüttete Wischwasser über Steinstufen und schrubbte.

»Das kann man nicht essen!«, krähte ein Kind, das in einer Kiste mit zweifelhaftem Inhalt herumwühlte. Die anderen Kinder sahen mit schmutzigen Gesichtern auf, als sie vorbeiging. »Ein paar Pfennig, bitte!« Der größte Junge sprang auf und streckte ihr eine Hand mit verkrusteten Brandwunden hin.

Der Ekel überflutete sie so, dass sie zu ihrem Taschentuch griff, die Augen schloss. Und dann doch das Portemonnaie zog. Sie legte ihm die Münzen mit spitzen Fingern in die Handfläche und schämte sich.

»Guckt mal, was ich gekriegt hab!«, schrie der Junge und rannte zu seinen Freunden.

Clara wollte nicht wissen, wer aus den Fenstern von oben zusah. Sie beschleunigte ihren Schritt. Beinahe wäre sie vor dem schmalen Laden zwischen den beiden Wirtshäusern vorbeigelaufen, so sehr roch es in der Straße nach Küchendunst. Aus den Augenwinkeln sah sie die Schnürsenkel und sogar Kinderschuhe in der Auslage stehen. Sie trat ein.

»Fräulein Balthasar, was zum Teufel führt Sie hierher?« Der graubärtige Schuster erhob sich schon von seinem Hocker, von der Lederschürze rutschte irgendetwas vor den eisernen Bock, auf den ein Stiefel gespannt war. Er legte den Hammer zwischen einem Paar Schuhen ab.

Es roch nach Leder und Schuhwichse, der Duft nach Beize schien ihr fast so vertraut wie in der Fabrication die Camphelit-Reaktoren. Clara gelang ein Lächeln. »Ich brauche eine Auskunft von Ihnen.« Sie hatte die ganze Nacht gegrübelt, sich etwas zurechtgelegt. »Ich traf Doktor Singer gestern zufällig an der Hauptpost, er sprach von ... von einer Familie, die er am Sonntag hier besucht habe, wo der Wohltätigkeitsverein eventuell helfend ...« Sie hörte, wie falsch sachlich sie sprach, viel zu schnell. »Es trifft sich gerade, dass ich in meiner Fabrication einen kleinen Überstand von Badewannen habe, weil ich die Waschräume erneuere.«

Der Schuster griff nach oben, zwischen die an ihren Schnürsenkeln aufgehängten Schuhe, die er wohl schon bearbeitet hatte. »Wollen Sie spenden? Da kann ich Ihnen genug Familien nennen.« Er fischte ein Notizbuch von der Ablage. »Warten Sie.«

Die Stadt kämpfte seit Anbeginn mit den Lasten der Armenpflege. Die Zahl der Armenkontrolleure wie Strach stieg, weil die Stadt so rasch wuchs. Auch die Umstellung auf das moderne Elberfelder System vermochte keine Linderung zu bewirken, es fanden sich kaum Privatleute zur Betreuung der Armen.

Clara Balthasar wartete geduldig. Der Schuster war ein ernsthafter Mann, sie belog ihn ungern. Sein kräftiger Finger fuhr die Liste entlang. »Gestern habe ich die Kinder in Pflegschaft besucht. Das mache ich ohne Ankündigung, damit ich sehe, was die Leute den Waisen wirklich vom Stadtgeld zu essen beschaffen.« Er klaubte vorsichtig einen Lederkrümel aus dem Bart. »Die neuen Pflegefamilien, da muss man ein Auge drauf haben, dass die nicht nur das Geld mitnehmen.«

»Doktor Singer sagte ...«, Clara ließ den Satz verklingen und tat so, als ob sie sich räusperte.

»Ich habe Sonntag nicht mit ihm gesprochen. Sonst kommt er immer rein, wenn er im Viertel ist.« Der Schuster steckte das Heft wieder zwischen die Schuhe über dem Tresen. Er setzte sich auf seinen Arbeitshocker und betrachtete das abgegebene Schuhwerk. »Warten Sie, wenn ich überlege, wer von den Nachbarn da war, fällt mir bestimmt wieder ein, was die Leute erzählt haben.« Seine dicken Finger hoben hier einen Absatz von Männerstiefeln, da ein paar lose Sohlen an.

»Die Helma!« Sein starker Zeigefinger ragte über dem Werkzeugkasten auf. »Die hat einer was zu essen gebracht, weil die eine Fehlgeburt gehabt und viel Blut verloren hat.« Der Schuster drehte sich auf dem Hocker herum. Seine milden grauen Augen blickten traurig. »Doktor Singer ist ja der Einzige, der kommt, wenn die Frauen gar kein Geld haben. Er meint bestimmt die Johanna Didier.«

»Ich glaube, der Name fiel ...« Clara hasste es, dass sie so log. »Ich danke Ihnen.«

»Gern geschehen.«

»Wo finde ich die Frau?«

»Rechts raus, bis zum Eck. In dem gelben Haus im Hof die letzte Stiege. Nicht erschrecken, da wohnen keine Zigeuner, auch wenn's so aussieht.«

Sie griff zu ihrem Portemonnaie, dann fiel ihr ein, dass der Armenpfleger nur Geld aus der Stadtkasse nehmen durfte. »Ich danke Ihnen.«

»Ach, Fräulein Balthasar.« Er hatte schon eine Nähahle in der Hand. »Legen Sie doch in Ihrem Verein bei der Frau Zollweg ein gutes Wort ein. Für die Halbwaisen, die dort am Viadukt rumlungern, müsste etwas zusätzlich gemacht werden. Die Stadt will nicht, die Kirchen nicht – aber die Bettelei ist doch auch keine Lösung.«

»Ich habe die Kinder verdorbene Äpfel kauen sehen.«

Er hob die Schultern und stach die Ahle in den Stiefel vor ihm auf dem Bock. »Wenn's nur faule Äpfel wären, könnten wir schon froh sein.«

»Ich werde im Verein darüber sprechen.« Sie würde ihre Schuld wegen der Lügerei abtragen.

»Grüßen Sie mir Doktor Singer.«

Clara war froh, dass sie bereits auf der Straße stand. Sie kämpfte mit den Tränen.

Es war im Hausbesitzerverein allgemein bekannt, dass die Wohnungen überfüllt waren. Kein Wunder, investierte doch kaum einer der Fabricanten in den Wohnungsbau bei den ständig strenger werdenden Bauauflagen der Stadt. Für die großen Unternehmungen wie Giulini, Faser, Sulzer und die Anilin mochte ein Werkswohnungsbau einen Sinn haben, doch Clara hatte die Gewinne der letzten Jahre lieber in Actien der führenden Unternehmen des Reiches gesteckt.

Clara fand das gelbe Haus. Was für ein schreckliches Loch, der Schuster hatte nicht übertrieben. In dem engen Hinterhof roch es nach Güllegrube. Vor fast allen Fenstern hing Wäsche an Leinen in der rußigen Luft. Luzie trocknete die Wäsche auf dem Speicher, damit sich nicht so viel Dreck abschlug.

Clara hielt sich einen Augenblick im Schatten vor einem Verschlag, aus dem es nach Kleintier stank.

Der Putz fiel in den Fensterwinkeln von den Wänden. Kandelrohre lagen quer davor, leckten, was Clara an den gelbbraunen Streifen darunter ablas.

Ein Mann mit nacktem Oberkörper stand vor einer leeren Schubkarre und starrte sie an. Seine Muskeln glänzten fettig in der Sonne.

Er trug ja nicht mal Schuhe! Und das auf diesem rohen Pflaster. »Ich suche die Johanna Didier«, sagte Clara.

Schiefe Zähne zeigten sich, als der Mann ausspuckte und mit dem Daumen hinter sich zeigte. »Hinter der Treppe, gleich die kleine Tür.« Er packte die leere Schubkarre und schob sie zu einem offenen Verschlag hin. Clara war sich nicht sicher, ob sie wirklich Gänse hatte schreien hören.

Im Treppenhaus roch es salpetrig. Clara wartete, bis ihre Augen sich an die Dunkelheit gewöhnt hatten. Es stank nach Katzenurin, wenn es nicht der von Kindern war.

Wenn er wirklich hier im Hemshof gewesen war, Herrgott, warum hatte David das nicht einfach dem Sergeanten gesagt?

»Ich finde dein Leibchen.« Helma drückte ihre Freundin an der Schulter in das Bett zurück. »Schön liegen bleiben, sag mir einfach, wo ich suchen soll.«

Johanna blinkte mit den Lidern, als ob sie nicht richtig scharf sähe. »In dem eckigen Korb unter dem Tisch«, sagte sie ganz leise.

Helma erhob sich von der Bettkante. Lange hätte sie nicht suchen müssen. In der Kammer zwischen Kellerhals und Treppenlauf standen nur das schmale Bett, ein Tisch, ein Hocker. Und ein hohes, schmales Schränkchen in der Ecke hinter der Tür, das schief an die Wand gestellt war, weil ein Fußstempel fehlte. Helma nahm das letzte Hemdchen aus dem Korb. Drei Stück hatte Johanna, eines lag verschwitzt vor dem Bett, das andere musste sie jetzt wechseln. »Ich nehme deine Wäsche mit, ja?«

Johanna drehte den Kopf auf dem Kissen her zu ihr und versuchte ein Lächeln. »Danke, auch für die Äpfel und die Wurst.«

»Sonst kommst du ja nicht auf die Beine.« Helma hatte in der Küche vom Gesellschaftshaus nur gesagt, dass sie nach einer Freundin schauen wolle, die eine Unterleibsgeschichte hatte. Die dicke Margit hatte einfach ein paar Äpfel aus dem Vorrat geholt und in ihre Tasche gesteckt, sie wisse doch auch, wie das sei. Die Wurst hatte Helma einfach beim Spülen von einer Platte heruntergenommen, die von einer großen Feier im Restaurant übrig war. Die Hunde der Herrschaften bekamen mehr zu fressen als die Leute im Hemshof.

»Ich will nicht nach Elmstein zurück, die Leut im Dorf lassen mich verhungern.« Johanna weinte wieder.

»Du musst nicht fort.« Helma setzte sich auf das Bett. Das Laken würde sie morgen wechseln, wenn sie das andere frisch gewaschen zurückbringen würde.

»Die weisen mich aus wie den Gustav.« Sie drückte die Hand an die blauen Lippen.

Die Gesetze waren nicht für ihrereins gemacht. Der Tagelöhner Gustav Perino hatte im vierten Stock bei den Lamberts gehaust, mit vierundzwanzig hatte er die Schwindsucht gekriegt und die Arbeit verloren, war auf die Armenkasse angewiesen. Für den Arzt hatte er sich Geld geborgt. Als die Stadt davon Wind bekommen hatte, dass er noch länger krank sein würde, hatte sie ihn in seine Heimat nach Wiesloch ausgewiesen. Helma strich Johanna über die Wange. »Ich rede mit dem Armenpfleger, dass er dir den Mietzuschuss noch nicht streicht.« Zehn Mark für diese feuchte Kammer waren Wucher, den Johanna nicht hatte allein bezahlen können. Aber ihr schöner Meinhard war abgezischt, kaum dass sie schwanger geworden war. Was nützte ein Kerl, der's lustig machte, wenn er davonlief, kaum dass es mal ernst wurde?

»Ich bring mich um, wenn ich nach Elmstein muss.« Johanna war mit fünfzehn von zu Hause fortgelaufen, weil der Onkel ihr mehr als einmal unter den Rock gefasst hatte. Helma nahm sie beim Kinn. »Johanna, du wirst wieder gesund! Die nächste Miete ist erst in vier Wochen fällig. Dann gehst du längst wieder in der Kunstwollfabrik schaffen. Ich will dich bei der Kerwe dabei haben.« Helma faltete das Leibchen auseinander. »Jetzt machen wir dich erst mal frisch.«

Johanna stützte sich auf, sie war so schwach, dass sie sich kaum ausziehen konnte. Helma griff zur Waschschüssel und legte den Lappen ins Wasser. »Halt dich an meiner Schulter fest.« Sie war so dünn und bleich. Blutarmut, dafür brauchte Helma keinen Doktor. Sie tauchte den Lappen in die Seifenlauge und wusch der Freundin den Schweiß ab.

»Das tut gut.«

»Dreh dich.« Was für Beinchen, herrje, die aß ja schon länger nichts. Der Bauch ganz eingefallen, Hüftknochen wie ein Segel im Wind. Helma machte voran, sie durfte nicht allzu spät zur Küche kommen.

Johanna zuckte sogar mit dem Bein. »Das kitzelt.«

Helma war froh, dass sie lachte, als sie ihr noch die Füße abrieb. Die Lebensgeister kehrten zurück. »Nun bist du wieder von oben bis unten sauber.« Sie faltete das Leibchen auseinander. Johanna streckte die knochigen Arme zur Decke. Es klopfte. »Moment.« Helma streifte den Saum über Johannas Brüste.

»Wenn's der Armenpfleger ist, oh Gott, Helma.« Johanna klammerte sich an sie.

»Der Schuster ist kein Unmensch.« Sie wandte den Kopf. »Ja?«

Die Tür ging auf, Helma sah einen braunen langen Rock aus gutem Stoff. »Guten Tag.« Es klang so falsch wie alle Bürgersfrauen. Der Ekel schwitzte denen aus jeder Falte ihrer gepuderten Gesichter.

»Was wollen Sie?« So eine hatte ihr gerade noch gefehlt.

»Ich suche Johanna Didier.« Das schmale Gesicht, die strenge kastanienbraune Frisur, die das Oval betonte. Helma erkannte die Frau plötzlich, es war, als ob sie ihr erst jetzt wirklich ins Gesicht gesehen hätte. Nur weil Helma nicht im Traum die Fabricantin Balthasar hier erwartet hatte, schon gar nicht in diesen Kleidern.

Da stimmte doch etwas nicht! Helma wurde ganz anders, ihre Beine kribbelten. Am liebsten wäre sie aufgesprungen und hätte die Frau hinausgeschafft.

»Ja?«, sagte ihre Freundin leise auf dem Bett.

»Ich bin Clara Balthasar. Ich …« Sie wrang die Hände. »Ich möchte nicht stören, ich brauche eine Auskunft von Ihnen.«

Selbst die Damen von der Kirche kamen nie allein, und die meinten es wenigstens ehrlich mit der Hilfe, auch wenn sie Helma mit dem ganzen Weihrauchkram gestohlen bleiben konnten. Sie setzte sich ans Kopfende des Bettes und stützte ihre Freundin.

»Von mir?« Johanna machte große Augen.

Helma legte ihr die Hand auf den Arm. Wenn die feine Dame die Armut so anwiderte, dass sie kaum zum Bett hersehen konnte, was wollte sie dann hier? »Die Johanna muss sich schonen.« Johannas Leib ruhte an ihr, Helma spürte den spitzen Hüftknochen. Federbetten, Samt und Seide gab's im Hemshof nicht.

»Ich möchte wissen, ob … Doktor Singer bei Ihnen war.«

»Er …«, flüsterte Johanna.

Helma gab ihr einen leichten Stoß. »Was geht Sie das an?« Der Doktor hatte verlangt, dass sie niemandem davon erzählten. Nicht nur Johanna konnte seine Hilfe gut brauchen. »Wer schickt Sie?« Helma hatte genug Geschichten gehört, wie die ledigen Mütter von den Behörden drangsaliert wurden.

Die Fabricantin legte die Hände an ihren spitzengesäumten Blusenausschnitt. »Doktor Singer. Ich … Er meinte, ich könne helfen.«

»Ich glaube Ihnen kein Wort«, sagte Helma.

»Ich verstehe nicht …« Sie hob das Kinn, wie die Damen es immer taten, wenn man ihnen nicht sofort zu Willen war.

Singer war immer allein gekommen. Er hätte bestimmt keine feine Dame mitgebracht, die auf Anstand und Moral achtete.

»Wenn er sie doch geschickt hat …«, flüsterte Johanna.

»Ich … soll eine kleine Summe hier lassen, die Frau Didier die … erste Zeit helfen kann.«

»Singer ist ein Engel«, flüstere Johanna. Sie schaute zur Balthasar hin. »Sagen Sie es ihm, bitte. Ich habe dabei so viel Blut verloren.« Sie legte die Hände auf den Bauch.

Die Fabricantin öffnete ein wenig die Lippen wie zu einem

Seufzer. Sie strich mit den Fingern über ihre Schläfe, ein Mundwinkel zuckte leicht. »Ja … viel Blut?«

»Es war irgendwas nicht mehr richtig, weil ich …« Johanna fing an zu weinen. »Weil ich die Senfkörnerspülung gemacht habe und … zu wenig esse und …« Ihre Worte gingen in einem Schluchzer unter.

»Quälen Sie sie doch nicht so. Singer hat ihr ein Mittel dagelassen. Hat er noch etwas geschickt?« Helma hatte Johanna geholfen, die Binden damit zu weichen. Vielleicht stand es ja um Johanna doch viel schlechter, als er ihrer Freundin beim Eingriff gesagt hatte.

Die Augen der Fabricantin wanderten über das Bett, über die Stockflecken an den Wänden; das schiefe Schränkchen hinter ihr schien sie auf einmal so zu erschrecken, dass sie gar den Unterarm halb hob wie vor einem Einbrecher. »Ich … lasse Ihnen Geld da, Sie werden am besten wissen, was Frau Didier braucht.«

Als ob die nicht längst wüsste, dass Johanna noch ledig war. Helma krallte die Hand in das Laken. Wenn sie diesen Meinhard in die Finger bekam, der einfach abgehauen war, würde sie ihn alles zusammenheißen, diesen Dreckskerl.

Die Finger der Balthasar zitterten, gleich fiel das schwarze Lederportemonnaie noch auf die Dielen. Sie wandte den Kopf wie eine Taube auf dem First. Silbermünzen fielen auf den Tisch, ein großer Schein flatterte hinterher. Sie strich sich über das Haar, als bissen sie die Läuse.

Was war denn mit der los? Die lächelte gar nicht mehr falsch, die Wangen zitterten wie bei Johanna, die noch immer leise weinte. Sie nickte noch. »Doktor Singer war also hier.« Da drückte die Hand schon auf die Klinke.

Helma rief ihr hinterher: »Sagen Sie ihm noch mal vielen Dank von Johanna. Ich bringe sie wieder auf die Beine.«

»So viel Geld«, flüsterte Johanna und deutete mit dem dünnen Finger auf den Tisch.

Helma klatschte die Hände auf ihre Knie. »Der Doktor weiß, was er tut. Auch wenn die feine Scheeß ein bisschen der Schreck vorm Dreck gepackt hat.« Helma kniff die Augen zusammen. »Das reicht für viel gutes Essen aus.« Sie lachte ihre Freundin an. »Was soll ich dir als Erstes dafür holen?«

Johanna knibbelte an ihren Nägeln. Sie schaute gar nicht auf. »Zwei Sol-Eier und Kartoffelsalat vom Hinterberger, der schmeckt mir am besten.«

Helma nahm sie bei den Schultern und drückte ihr einen Kuss auf das Ohr. »Ich laufe gleich. Aber erzähl keinem, dass du Geld hast, sonst klauen die da oben«, Helma deutete mit dem Daumen zur Decke, »es dir noch unter dem Kissen weg.«

Die Wand war feucht, Clara stieß sich ab, starrte auf den salpetrigen weißen Putz, der ihre Hand wie Schimmel überzog. Sie taumelte weiter, über die Stufen hinaus, umkreiste den halb nackten Mann, der ihr mit einer Schubkarre voll Sand im Weg stand. Seine Haut glänzte verschwitzt, wie das schreckliche Gesicht der Frau. All dieser säuerliche Geruch in der Kammer, so krank, so ... Die Übelkeit in ihrem Magen stieg auf, doch Clara krallte lieber die Hand in den Hals, als sich hier zu übergeben.

Wie konnte David nur so etwas tun, wie konnten diese feingliedrigen Hände nur den Tod bringen? Er, den sie so oft mit engelsgleicher Geduld auf störrische Kranke hatte einreden hören, war ein Engelmacher.

Du sollst nicht töten. Clara hielt sich an einem Kandel fest, der an der Hauswand entlanglief und über einem verrosteten Gitter endete. Wenn sie je an etwas geglaubt hatte, dann an diese Botschaft der Heiligen Schrift. Das Leben zu bewahren, dafür hatte der Herrgott den Menschen die Vernunft geschenkt. Das war es doch, was den Menschen unterschied. »Von den Tieren!«

Sie erschrak so sehr über ihren Aufschrei, dass sie auf die Straße rannte. Aber Tiere gebaren ihre Nachkommen immer, sie töteten ihre Nachkommen nicht schon vorher. Allenfalls ließen sie sie verhungern, wenn die Natur sie dazu zwang.

Clara drehte sich auf der Straße, sah hohe rußige Häuser, fast schwarzer Sandstein an den Fensterhöhlen, Wäsche flatterte im gelben Wind der Schlote. Wo war hier noch Natur, wo ein bisschen Grün? Niemand musste hungern, sie spendete doch selbst genug, ihre Freundinnen, in der Kirche ... die Waisenhäuser nahmen doch die Kinder von ihren Schwellen auf, sie hatte von mehr als einem gehört, neulich erst.

Clara stand vor einer Metzgerei. Sah einen Schweinekopf im

Fenster, der grinste, als verspotte sie der Teufel. Sie rannte weiter, hörte groben Lärm aus Wirtshäusern.

»Wetterhex ... Zottel ...« Weiberkeifen um einen Mann, Männergeschrei um ein Bier.

Sie lief von Straßenecke zu Straßenecke. Vor ihr standen nur Mauern. Sie schrak zusammen, ein Grollen rauschte, Pfiffe, die Eisenbahn raste gleich dahinter vorbei. Schwarzer Rauch. Kohle, Ruß und Schwefel.

Es stank wie am großen Reaktor in der Fabrication. Vor Clara verzog sich der Dampf der Lok über den Bahndamm. Solche Steinmauern umgaben auch ihre Fabrik, die Menschen, die bei ihr arbeiteten, Menschen, die sie brauchten.

Es gab nicht nur das Böse in der Welt, es gab die Pflicht, die Gutes bewirkte. *Der Herr ist mit den Anständigen.*

Es durfte ihr nicht das Herz brechen, dass David so etwas getan hatte, auch wenn sie noch so sehr an ihn geglaubt hatte, an den heilenden Blick, seine tröstenden Worte, die alle seine Patienten schätzten. Selbst Vera nörgelte nicht an seinen Behandlungen herum.

Sie musste Singers Untaten vor Vera geheim halten. Es würde sie nur noch mehr in Verwirrung stürzen. Bestimmt. Clara richtete sich die Ärmel an den Handgelenken aus. Das ganze Kleid war ja verrutscht vom Laufen.

Vorne in der Straße fielen drei Kabbesköpfe von einer Stiege. Der Junge, der sie lieferte, fluchte, sie konnte es nicht recht verstehen. Clara wusste nicht einmal, wo genau sie war. Sie hatte sich noch nie bis hierher verirrt.

Über einem Hauseingang hing eine rote Laterne. Auch das noch. Sie lief die Straße hinunter.

»Wo bin ich hier?«, fragte sie den Jungen, der eine Stiege mit Birnen vom Karren hob.

»In der Welserstraße.« Er hatte unzählige Sommersprossen und einen abgeschlagenen halben Vorderzahn.

»Wie komme ich zum Viadukt?« Clara kramte nach ihrem Geld.

»Beim Roten Sack links und immer gradaus bis zur Straßenbahn.«

Sie legte ihm einen Groschen auf den Rand des Karrens.

»Behalten Sie den mal, Auskunft gibt's bei mir umsonst.« Der

Junge hob die Stiege Birnen hoch und lief schon in die Wirtschaft. Er drehte sich auf den Stufen herum, der halbe Zahn war in seinem breiten Mund gut zu sehen. »Alles andere kostet.« Er lachte und stemmte die Stiege über seinen Kopf, sodass sich die breiten Schultern im Hemd abzeichneten.

Die Straßenbahngleise schienen Clara wie Ariadnes Faden aus dem Labyrinth zurück in ihre Welt, doch mit jedem Schritt auf das Viadukt zu jagten ihre Gedanken schneller. Wenn Singer bei dieser Johanna abgetrieben hatte, dann war er nicht der Mann, der ihren Schwager in den Brunnen gestoßen hatte. »Gütiger Gott!«

Was sie sich so inständig erhofft hatte, worum sie die Vorsehung angefleht hatte in ihren geheimsten Gedanken, jetzt, wo es sich als wahr herausgestellt hatte, fühlte sie keine Erleichterung. Als habe sie die Götter versucht, strafte sie der Himmel mit einer ebenso grässlichen Wahrheit. Wie vielen Frauen hier, wo die haltlosen Sitten nur zu bekannt waren, mochte Singer wohl in den Jahren geholfen haben? Ein Klagelaut entrang sich ihrer Kehle.

Klatschbasen vor einem Kurzwarenladen drehten sich gar zu ihr um.

Sie durfte nicht nur an sich denken. Sie hatte eine Pflicht der Fabrication gegenüber, wie sie es dem Vater auf dem Totenbett versprochen hatte. Clara presste die linke Faust an ihr Herz, suchte einen festen Schritt. Sie kreuzte eine Stellwand mit Anschlägen der Stadt. Auch die Pflichten der gesetzestreuen Bürgerin oblagen ihr. Wenn je der Mörder ihres Schwagers gefasst werden sollte, musste sie doch melden, was sie von Singers Verbleib in dieser Nacht erfahren hatte.

»Du da, komm mal her!« In der ersten Sekunde irritierte sie ihr eigener Befehlston, wie sie ihn sich für die Fabrication angewöhnt hatte, in der zweiten war sie heilfroh, dass er ihr Haltung zurückgab. Sie winkte einem Burschen, der auf einem Fenstersims saß, die Beine baumeln ließ und eine Karotte aß.

»Meinen Sie mich?« Der Junge hatte Farbflecken auf der Hose, wohl ein Anstreicherlehrling, aber ein sauberes Gesicht, mit wachen blauen Augen.

Sie winkte nur und kramte in ihrer Handtasche nach einem Billet. »Warte einen Augenblick.« Sie fand einen Bleistift. »Kannst du diese Nachricht zu jemandem bringen?«

»Na ja, ein Laufbursch bin ich nicht. Wir streichen die Gräfenau-Schule, da müsste ich meinen Gesellen fragen.«

»Du hast doch gerade Frühstückspause.« Sie legte das Billet einfach auf die Hausmauer und zückte den Bleistift. »Es soll dein Schaden nicht sein.« Man durfte nie am falschen Ende sparen. »Ich gebe dir eine Mark und fünfzig, dann kannst du hin und zurück mit der Bahn fahren.« *Kommen Sie bitte sofort ins Café König C. Balthasar.* Sie merkte, dass sie die Höflichkeitsfloskeln vergessen hatte. Zögerte und ließ es sein, Cresper würde erst recht kommen. »Bringe das zum Sergeanten Cresper.« Sie notierte den Namen. »Zur Polizei in der Ludwigstraße.«

Der Lehrling machte große Augen. Er kratzte sich am Ohr. Sogar in den braunen Haaren hatte er Farbflecken. »Was, wenn ich ihn nicht finde?«

»Gib es an der Wache ab. Man wird ihn schon benachrichtigen.« Hoffte sie zumindest.

Der Lehrling warf das Stück Karotte einfach in die Gosse. Sie drückte ihm das Billet mit den Münzen in die Hand. »Und nun lauf.«

Er rannte tatsächlich, weil er die Bahn hinter der nächsten Ecke bimmeln hörte.

Weiter, Clara, immer Fuß für Fuß auf die Haltestelle zu, und dort steigst du ein.

Kapitel 13

IM CAFÉ KÖNIG leuchtete der weiße Marmortresen, die klassischen Kassettenreliefs strahlten eine Vornehmheit aus, die Clara wohltaten. Hinter niedrigen Scheiben hatte man in zahlreichen weißen Porzellankörbchen Pralinen aufgebaut. Doch der Duft nach Schokolade, der sonst ihre Nase so verführte, war für ihren Magen fast zu viel. Auch die vielen bunten Bonbons in den am Tresen aufgestellten Kästchen roch sie überdeutlich, Zitrone, Kirsch und Minze.

Ihr Blick glitt über die Torten auf den weißen Etageren. Nussringe, Kränze und Erdbeerstückchen in Sahne. Es war zu viel, einfach zu viel, wie auch die Schokoladen in den weißen Vitrinenschränken dahinter. Clara ging rasch an der großen, golden schimmernden Registrierkasse vorbei. »Guten Tag«, sagte sie zu dem fülligen Mann im schwarzen Kellneranzug, der über eine Brille hinweg auf den großen Knöpfen der Kasse einbongte.

»Guten Morgen«, antwortete dieser, ebenso zerstreut wie nachlässig.

Clara setzte sich in den Winkel am Fenster, wo man sie von der Straße aus nicht sehen konnte. Die Oberlichter waren geöffnet, ein leichter Luftstrom strich angenehm über ihre Wangen. Sie merkte erst im Sitzen, wie sehr sie die Kräfte verlassen hatten. Beinahe hätte sie sich an der Tischplatte gehalten. Ein Gitter, an dem viele Zeitungen hingen, schirmte sie von den wenigen Gästen ab. Um diese Tageszeit saßen hier vor allem Handelsreisende, die ihre Notizbücher durchgingen.

»Was darf ich bringen? – Ach, Fräulein Balthasar. Ich habe Sie ja gar nicht erkannt. Entschuldigen Sie bitte.« Der Kellner klemmte seine weiße Serviette unter den Arm und deutete eine Verbeugung an. Clara sah eine lichte Stelle auf seinem grauen Hinterkopf.

Herrje, sie sollte sich zusammennehmen. Herr Schweiker war der Cafetier persönlich. »Sie waren mit der Kasse beschäftigt, das raubt einem schnell den Blick, nicht wahr?«

»Die Retouren-Taste klemmt ein wenig. Manchmal bongt sie,

manchmal nicht. Es ist ein Kreuz. Aber Sie wissen ja auch, wie es mit den Geräteherstellern ist.« Er beugte sich vor. »Man beschwert sich nur umsonst«, flüsterte er. »Der Vertreter sitzt da vorn und sucht in seinen Kisten nach einem Ersatzknopf.«

Lieferanten, Handwerker. Das schien ihr alles so weit entfernt.

»Womit kann ich dienen?«, fragte Herr Schweiker.

»Wie?« Sie blickte seine weiße Serviette an, die er fast wie ein Einweiser im rechten Winkel von sich hielt.

»Fräulein Balthasar. Ist Ihnen nicht gut? Sie sind außerordentlich blass. Soll ich einen Arzt rufen?«

»Alles, nur das nicht!«, entfuhr es ihr. Die Peinlichkeit gab ihr einen Ruck. »Nein, nein. Es ist wahrscheinlich nur die Hitze.«

»Der Wind dreht dauernd, sodass die Fabrikluft nicht abzieht. Es beißt richtig in den Augen. Mir tränen sie sogar manchmal. Meine Frau hat mir extra Taschentücher gebracht.« Der Cafetier seufzte. »Ich empfehle einen Mokka. Einem Herrn würde ich noch ein Glas Cognac hinzustellen.«

In Saucen mochte sie einen Schuss davon, pur warf er sie nur um. Clara lächelte mechanisch. »Einen Mokka. Bitte ein Glas Wasser dazu.«

»Selbstverständlich.« Der Cafetier ging.

Clara betrachtete die bordeauxrote Streifentapete, die aufgedruckten feinen Pünktchen und Ornamente. Die regelmäßige Geometrie schenkte eine Ruhe, die sie so nötig hatte.

Schon stellte der Cafetier ein silbernes Tablett mit dem Mokkatässchen vor sie. »Nehmen Sie ruhig drei Stück Zucker, das hilft bei der Hitze.«

Half es ihr, was half ihr? Nachdenken vielleicht. Vergessen. Sie konnte nicht vergessen. Die fleckigen feuchten Stuben nicht, den dunklen Glanz seiner Augen. Das schüttere Stimmchen der jungen Frau, den Wohlklang von Davids Organ, wenn er sang. Singer. Der Löffel klirrte neben der Tasse.

Die Straße vor den Fenstern schien ihr so weit, als blicke sie durch ein umgekehrtes Mikroskop in ihrem Labor, entrückt, so ohne Gefahr für sie. Clara sah Leute fahren, Pferde traben, Schulkinder vorbeispringen.

Bis sich ein rotbrauner Kopf mit lockigem Haar herauslöste und ein Frisson ihren Rücken überlief. Der Sergeant eilte das Trottoir entlang, nahm sogar die Gosse, damit er die Leute überholen konnte.

Clara trank rasch den Mokka aus. Er trat bereits ein, sah sich um, entdeckte sie.

»Darf ich mich zu Ihnen setzen?« Der Sergeant verneigte sich mit militärischer Akkuratesse.

»Ich danke Ihnen, dass Sie sofort gekommen sind.« Clara fühlte, wie ihr Kreislauf schwankte. »Wenn Sie bestellen möchten?«

»Ich bin im Dienst. Es wird nicht gern gesehen.« Cresper richtete sich auf. Er sprach mit ausgesucht höflicher Betonung.

»Es wäre unauffälliger.« Sie hatte kaum Beherrschung über ihre Stimme, hörte selbst, wie dünn und leise sie war. Geheimnistuerischer hätte es Luzie nicht machen können. Clara rang nach Haltung.

»Einen Kaffee mit Milch bitte«, rief der Sergeant zum Tresen hin.

»Kommt sofort!«

Sie warteten. Clara ersparte sich ein Lächeln, wozu auch? Wenn schon der Cafetier ihren Zustand bemerkte, tat es der Sergeant erst recht.

»Bitte sehr!« Schweiker stellte die Tasse vor Cresper ab und zog sich mit der Diskretion zurück, die Clara an ihm schätzte. Er klatschte nie mit den Gästen.

Wahrscheinlich war sie deshalb auf diesen Ort gekommen. »Sergeant Cresper. Doktor Singer hat ein Alibi«, sagte sie.

Cresper traute seinen Ohren kaum. Je länger sie sprach, desto mehr wuchs die Spannung in seinem Rücken, bis ihm der Schweiß unangenehm unter den Achseln ausbrach. Er zückte das Notizbuch, in Kurzschrift, die er sich in den langweiligen Abenden in der Kaserne angeeignet hatte, schrieb er die Aussage mit. Hatzfeld würde toben, das war gewiss, dass eine Frau allein, noch dazu die Schwester der Witwe, die Arbeit an einem Vormittag erledigt hatte, die der Polizei auszuführen gut angestanden hätte. Und doch …

»Doktor Singer hätte Ihnen das doch selbst eröffnen können, nicht wahr?« Die Fabricantin schob die Mokkatasse von sich weg. »Oder hätten Sie ihn wegen der Abtreibungen verfolgen müssen?«

Ihre Wangen waren so blass, vor Anstrengung wie eingefallen, dass sie weit älter aussah, als sie war. »Sofern es dafür Beweise gäbe, ja«, sagte Cresper. Die Frage war offensichtlich: Singer hätte so einfach lügen können. Selbst wenn Johanna Didier die Abtreibung zugegeben hätte, mit seiner Autorität als Werksarzt der BASF hätte er alles als einen medizinisch notwendigen, lebensrettenden Eingriff wegen einer Sturzblutung darstellen können. So müde die Augen der Fabricantin auch waren, er sah die Schärfe ihres Verstandes darin.

»Ich verstehe nicht, warum er stattdessen lieber in den Arrest geht?«, fragte sie.

»Ich werde ihn fragen«, sagte Cresper. Aber zuvor würde er sich diese Johanna Didier vornehmen müssen, egal in welchem Zustand die arme Frau war, die Wahrheit musste ans Licht kommen.

»Es ist ein Alptraum. Für meine Schwester noch mehr als für mich.«

Cresper nickte knapp. »Sie werden es ihr nicht ersparen können.«

Die klugen Augen wanderten über den Tisch zu ihm hin. Sie sah ihn mit dem strengen Blick einer Fabricantin an. »Ich bitte Sie dennoch, ihr erst einen Besuch abzustatten, wenn Sie die Tat aufgeklärt haben. Die moralisch so zweifelhaften Dinge wären eine weitere Erschütterung, die ... Nun, Vera hatte großes Vertrauen zu Doktor Singer.«

Dass die Fabricantin dieses bislang geteilt hatte, daran zweifelte Cresper nicht. »Selbstverständlich.« Hatzfeld würde ihm ein anderes Vorgehen auch gar nicht erlauben, wenn er ihm den Fall nicht gar entzog.

»Die Pflicht ruft mich. Ich darf meine Fabrik nicht zu lange allein lassen, gerade in diesen Zeiten voller Agitation.« Sie hob den Arm, doch der Cafetier sah sie nicht.

»Zahlen, bitte!«, rief Cresper möglichst freundlich. »In und vor der BASF folgt Versammlung auf Versammlung.«

»Ein Grund mehr, rasch nach Hause zurückzukehren. Es gibt immer Hitzköpfe, die sich anstecken lassen.« Die Fabricantin zog ihr Portemonnaie. »Grüßen Sie mir Ihren Vorgesetzten, Herrn Polizei-Inspektor Hatzfeld.«

Cresper täuschte das aufgesetzte Lächeln nicht, die braunen Augen maßen sein Gesicht. Er wusste genau, was die Fabricantin mit ihren letzten Worten gemeint hatte.

Kapitel 14

GANZ HINTEN am Rheinkai öffnete der letzte Kran seine Schaufel über dem Schiff, die Kohle prasselte zurück. Die beiden anderen Kräne waren schon seit einer halben Stunde von den Streikenden besetzt. Neunzig Güterwagen voll Kohle brauchte die BASF am Tag.

Auf den endlosen Stahlbrücken der Förderanlage über Franz' Kopf standen die kippbaren Hängewagen der Drahtseilbahn still. Seit einer Stunde war kein einziger der Talbotwagen darunter rangiert worden. Die Rückläufe der Loren aus dem Werk stauten sich schon auf den Gleisen.

»Je ruhiger, umso gefährlicher wird's. Glaub mir«, flüsterte ihm der kleine, breite Kurt zu. Der war so rund wie eine Säuretonne, aber wendig wie ein Hase. Franz stand dicht bei ihm. Sie brauchten sich nicht groß abzusprechen, man sah in den verrußten Gesichtern sofort, wer streikwillig war und wer nicht. Bei den einen leuchteten die Zähne im aufgerissenen Maul, bei den anderen sah man es nur an den unruhigen weißen Augäpfeln in den rußigen Gesichtern. Ein Wunder, dass sie überhaupt lebten, so steif standen sie da.

Die Krakeeler von der Gewerkschaft hatten sich unter den haushohen Kranbrücken versammelt, damit keiner der Arbeitswilligen über die Stahlleitern ins Führerhaus hochklettern konnte. Franz machte unauffällig einen Schritt zurück. Gegen die gut zwanzig Männer hatten sie fünf keine Chance, die prügelten sie nur blau und grün.

»Jetzt haben wir die Kohle!« Der Großsprecher der Streikenden reckte den Arm, warf seine Mütze in die Luft, andere johlten. »Ohne Glut unterm Kessel kochen die keine Farbe mehr.« Gelächter schwoll an. »Die verdorbene Brüh können die morgen schon in den Rhein kippen.«

»Wir verziehen uns zwischen die Loren.« Kurt zog ihn wieder am Arm. »Solange sie rumschreien, passen sie nicht auf.« Der brauchte seinen Lohn genauso wie Franz selbst. Je früher sie sich bei einem der Vorarbeiter meldeten, die die Streikenden halb aus den Kränen hinausgeprügelt, halb über die Köpfe auf zig Armen weitergezerrt hatten, desto besser. »Ich halte den Kopf nicht noch mal hin.«

Den Großsprecher, der sich auf den Zwischenabsatz der Leiter unter dem Kran hinaufgeschafft hatte, kannte Franz nicht. Hatte Helma nicht gesagt, dass die Roten gern mal einen ihrer Anführer ins Werk schmuggelten, um die Arbeiter gehörig aufzuwiegeln? Der Mann hielt sich oben am Handlauf. Hinter ihm glänzten ein Kohleberg auf einem Schiff, die Schaufel des Krans lag wie ein müder Hund darauf.

»Die Spedition streikt schon!«, schrie er. »Da unten«, er wies von oben herab auf den Kai, »sehe ich eine neue Abordnung Arbeiter. Nennt uns eure Forderungen! Wir werden solidarisch sein!«

»Die haben noch nie gutgetan, die Kerle vom Transport«, flüsterte Kurt. »Die taugen alle nichts. Die schippen sich doch nicht das Kreuz krumm wie wir.«

Vom Kai erschollen raue Männerstimmen. »Alle Ausständigen bis zum nächsten Tage einstellen!«

»Jawohl!«

Was die nur alle glaubten, dass das die Herren Direktoren beeindruckte? Im Getöse verlor sich Franz' Blick über dem hellen Wasserspiegel des Rheins. Helma glaubte so fest an die Arbeiterklasse wie seine Oma noch an den lieben Gott. Ob Helma wohl gerade einem Streikposten Essen brachte oder Flugblätter aus einer Hinterhofdruckerei ins Werk schaffte? Das Weib hatte einfach vor nichts und niemandem Angst. Wäre sie nur nicht so verdammt stur.

»Mehr Lohn, mindestens eins fünfzig!« – »Eine Stunde Mittag!« – »Schutzkleidung frei beim Gerbstoff Ordoval!«

Franz stieß mit der Wade an einen Puffer der Werksbahn.

»Jetzt! Wir müssen ganz langsam zwischen den Wagons durch.« Kurt trat Schritt für Schritt hinter sich, zwischen bauchige Kohleloren. Das Geschrei ging weiter.

»Warte!« Kurts Hand auf seinem Bauch bremste ihn. »Da kommt gerade eine neue Abordnung. So wie die blaugrün und violett bespritzt sind, müssen die beim Anthrachinon geschafft haben.«

Franz lugte nach vorn über die Gleise der Förderanlage. Wo

sonst ganze Züge ein- und ausrollten, von der großen Querbrücke mit Kohle aus Gondeln bestückt, war Ruhe. Nur gut vierzig Arbeiter liefen quer von der Werksseite her zum Kai. »Die dort sind bestimmt vom Indigo, das sieht man an der blauen Farbe.«

»Wir gehen quer zum Dampfhäusl.« Kurt setzte seinen dicken Leib in Bewegung.

»Wenn welche kommen, tun wir so, als ob wir an die Lampen pissen«, sagte Franz.

Es stank nach Schwefel und Naphthalin. Über die eigenen Schienen am Rhein verteilte die BASF die gewaltigen Mengen Rohmaterial im Werk.

Hinter den Gleisanlagen stapelten sich Balken und Steine, Kies lag auf Haufen. Von Tag zu Tag wuchs die Unordnung im Werk. Franz wunderte sich, dass überhaupt noch produziert werden konnte.

»Da kommen noch mehr.« Kurt stellte sich vor die Backsteinwand der Wasserstelle für die Werkslokomotiven, ein paar Meter neben ihm setzte Franz die Beine auseinander.

»Dem Morgenrot entgegen, ihr Kampfgenossen all! Bald siegt ihr allerwegen, bald weicht der Feinde Wall! Mit Macht heran und haltet Schritt! …«, sangen die Männer ein Arbeiterlied.

Franz musste an Helma denken. Sie fehlte ihm. Franz schaute den Arbeitern nach, vom Kai hinter den Wagons erschollen Hochrufe.

»Das wird diesmal gar nichts mit dem Streik. Die sind zu blöd, die Augen aufzumachen.« Kurt spuckte auf den Kies und lief an der Mauer weiter. Wasser tröpfelte aus dem Spenderrohr für die Lokomotiven aufs nasse Gleis.

»Wie meinst du das?«

Kurt war Bestarbeiter und bekam die Sonderzulagen, weil er schon seit vielen Jahren im Werk schaffte. »Komm, da lang ist kürzer.« Er sprang auf die Drehscheibe vor dem Lokomotivschuppen. »Dabei führen gerade die Burschen vom Transport das große Wort.« Er lachte kurz auf, mit einer hellen Krächzstimme.

»Sag schon.« Franz war nicht so schnell im Kopf, auch wenn er das ungern zugab.

»Seit vier Wochen räumt die Direktion die Vorratslager voll. Nicht nur im Werk hier, auch in Oppau und in den gemieteten

Zwischenlagern auf dem Kai vom Winterhafen.« Er winkte mit der Hand an seinem Ohr vorbei, bog kurz vor der Lokomotivhalle um einen Mauervorsprung.

Dahinter waren alte Signale der Werksbahn aufgestapelt. Franz folgte Kurt zwischen den Haufen durch.

»Täten die Großsprecher von den Roten mal was schaffen, dann könnten sie es selber wissen.« Kurt klopfte sich auf die breite Brust und schaute zu ihm hoch. »Seit vier Wochen kannst du die Kerl vom Volz an den Kais schuften sehen. Die Brecher schieben allein zwei Loren, wo wir zusammen nur eine vom Gleis kriegen. Die packen dem Volz seine Speicher mit dem Chromerz voll.« Er krächzte fast. »Wenn du mich fragst, hat die Direktion Pulver für drei Monate. Da können die auf dem Kai Kerwe tanze, so viel sie wollen.«

Franz wartete hinter Kurt, der um eine Ecke in die nächste Fabrikstraße lugte. »Aber ohne Kohle läuft doch das Werk nicht.«

»Das stimmt. Aber das Lager ist randvoll. Hast du vorhin die Schlote vom Werk gesehen?« Er hob die Hand und blieb stehen. »Gell? Die Kohleberge sind dreimal so hoch als sonst.«

Franz schaute über den Kleinen hinweg um den Mauervorsprung. Kein Wunder, dass er nicht weiterging, die Werksstraße war zu.

»Wir müssen über die Gleise runter zum Winterhafen raus. Dort unten hocken sonst nur die Werksbahner im Stellwerk, aber die haben die Signale alle auf Rot gelegt. Die sind fort. Guck mal, sogar die Personenwagen stehen schon.« Kurt deutete auf ein Abstellgleis.

Sie drehten um. Keiner würde sie zwischen den Güterwagen und den feuerlosen Lokomotiven bemerken. Kurt humpelte vor ihm mit einem seltsamen Ein-kurzer-ein-langer-Schritt über die Schwellen davon. »Von dir kann ich ja was lernen«, sagte Franz.

»So läufst du wirklich am schnellsten. Wenn dir die Seite wehtut, dann wechselst du das Bein für den langen Schritt.«

Bald waren sie nicht mehr allein. Es machten sich noch mehr über die Gleise davon.

»Das Haupttor haben die Roten blockiert. Vor der Direktion ist die Polizei aufmarschiert und vorm Säurewerk die Feuerwehr.« Einer schwenkte sein Esskännchen.

Kurt zeigte fünf Finger zum Gruß. »So dumm werden die doch nicht sein, ihre eigene Fabrik anzustecken.«

»Ich bin froh, wenn ich draußen bin. Bei uns im Alizarin haben sie die nächsten drei Schichten gestrichen. Schöne Scheiße, wer gibt mir jetzt das Geld dafür?«

»Frage doch die Roten«, sagte Franz.

»Dunnerkeil«, fluchte einer.

Je weiter sie kamen, desto weniger Wagen standen auf den Gleisen, die Hälfte davon bog in die Rechtskurve zum Hauptbahnhof ab, wo die Werksbahn in die verstaatlichte Pfälzer Bahn überging. Geradeaus führte die andere Hälfte zu den Kais des Winterhafens.

Nach einer guten Viertelstunde überquerten sie einfach die Signaldrähte.

»Gehen wir einen trinken beim Lokalbahnhof?« Kurt wischte sich über das verschwitzte Gesicht. »Wenn wir schon nichts verdienen, können wir ja wenigstens was ausgeben.«

Sie bogen vom Rheinkai an den fünfstöckigen Speicherhäusern zum Winterhafen ab. Als Kind hatte Franz die für ein Schloss gehalten, weil die Dächer verzierte Giebel hatten, wie über dem Rhein die Residenz in Mannheim. Vielleicht hatte er das auch gedacht, weil an der Westseite des Hafens auf dem Ludwigsplatz die Bäume in Reih und Glied standen.

Kurt deutete hoch zu den Rampen des Lagerhauses. »Das halbe Ding gehört dem Volz. Das ist randvoll mit dem Chemiezeug fürs Werk.«

Vier schwere Männer schafften Nähmaschinen-Kisten von der Hafenseite ins Lagerhaus, als wären es Stiegen mit Äpfeln. Franz stippte Kurt auf die Schulter. »Vielleicht sind ja nur leichte Nähnadeln drin.«

»Mach besser keine Witze.« Der kleine Dicke winkte mit dem kurzen Zeigefinger ab. »Halt lieber die Gosch. Bei denen sitzt die Faust locker. Bei dem Volz wirst du so schnell keinen Streik erleben.«

Was konnte Franz denn dafür, dass er noch nicht so lange in der Stadt wohnte? Er ärgerte sich, Kurt gab an wie 'e Tutt voll Migge.

»Bei dem nicht.« Kurt hob die Brauen. »Der Volz sucht sich

seine Leute gut aus. Das sind alles Kerle, die sonst keine Arbeit kriegen würden. Weil sie schon mal im Zuchthaus gesessen sind oder weil sie aus dem Ausland sind oder weil sie zu viel Schulden haben.«

Was für ein Dummbabbler. »Ach was, so welche gibt es doch in jedem Werk.«

Kurt antwortete nicht. »Was ist denn dort drüben los?«, fragte er stattdessen und deutete hinüber auf die Südseite des Hafens.

Erst sah Franz nur die vielen Masten der Schiffe im Hafenbecken. Obwohl die Stadt zwei neue gebaut hatte, war der alte Winterhafen immer noch rege in Betrieb. Das Becken reichte fast bis zum Hauptbahnhof heran. Franz erinnerte sich, wie vor zehn Jahren einmal eine Lokomotive durch die Halle gerast und ins Hafenbecken gestürzt war. Jeder in der Stadt hatte die Lokomotive dort liegen sehen wollen. Da war er noch ein Bub gewesen und eigens vom Dorf hingelaufen.

Auf der Südseite standen nur niedrige Schuppen, dahinter zwei Häuser des Zolls. Schutzmänner in Uniform drängelten sich am Kai.

»Los, wir laufen zur Hafeneinfahrt vor.« Kurts Backen glänzten vor Neugier. Er rannte schon fast. Franz hatte lange Beine, ein schneller Schritt genügte. »Dass hier überhaupt ein Schiff wieder rausfindet.« Die Hafenzufahrt vom Rhein her war erstaunlich schmal.

»Manchmal drehen sie eines mit Seilen von den Kais aus.« Kurt deutete auf einen eingemauerten Poller, dahinter vor den Schuppen gab es Seilwinden. Taue lagen auf den Steinplatten davor.

Leute standen im Pulk herum, Männer rauchten und starrten auch hinüber.

»Die Schutzmänner suchen das Wasser ab.« Kurt stellte sich auf die Zehenspitzen. »Drüben steht noch mehr Volk.«

Ein zahnloser Alter kaute auf einem Stumpen und paffte. »Die haben was zwischen dem Lastkahn und der alten Fähre gefunden.«

»Deshalb die Stangen, die angeln was aus dem Becken.« Franz sah zwei Polizisten, die etwas an der Hafenwand zur Steintreppe zogen, die zum Wasser hinunterführte. »Ist einer reingefallen?«

»Das wäre nicht das erste Mal, dass einer vom Schiff fällt, der nicht schwimmen kann«, murmelte der Alte. »Hier ist doch dem …«

Franz hörte nicht zu. Kurt hielt sich die Hand ins Genick. Drüben zogen zwei Uniformierte einen Mann auf die erste Stufe. Zwei nackte Füße ragten starr über das Wasser. Vom Gesicht konnte Franz nichts erkennen. Nur graues Haar fiel halblang darüber, falls es nicht Dreck aus dem Hafenbecken war.

»Der ist tot«, sagte Kurt so gut gelaunt, als ob er sich über einen frischen Quetsche-Kuchen freute.

Dass der den Löffel abgegeben hatte, sah Franz selber. Drüben, dort, wo die beiden Schutzleute gerade die Leiche die Steinstufen heraufschafften, stand sein Unteroffizier. Ach was, Cresper war ja jetzt Sergeant. »Mit dem möchte ich nicht tauschen.«

Kurt lachte kurz auf. »Wer ist schon gern tot?«

Franz freute sich, dass der kleine Dicke einmal zu debbisch war und nicht verstand. Drüben beugte sich Cresper über die Leiche. Ein anderer Mann trat dazu, wichtigtuerisch, den Kopf im Genick, blickte der von oben auf die schwarznasse Leiche herab. Deutete mit der Hand neben den Toten, als ob dort etwas läge. Was es war, konnte Franz nicht erkennen.

Kurt stieß ihn in die Seite. »Lass uns zur Weizenbierbrauerei laufen. Jetzt kriegen wir noch einen Platz und hören als Erste, wer's ist.«

Die Polizisten Gries und Tranner wuchteten die Leiche auf die Steinplatten, das stinkende Hafenwasser troff aus den vollgesogenen Kleidern. Cresper beugte sich von links, sein Vorgesetzter von rechts über den Mann. »Der hat nicht lange im Wasser gelegen.« Die Haut des alten Gesichts war noch kaum aufgequollen.

»Gewiss nicht. Die Kleidung ist ja nicht mal vom Leib gerutscht, wie sie es sonst durch die Wasserbewegung tut.« Polizei-Inspektor Hatzfeld maß den untersetzten Mann mit einem Blick. »Billiges Zeug, schlechtes Schuhwerk, sogar geflickte Schnürsenkel. Der war höchstens Handlanger, wenn nicht arbeitslos.«

Cresper schätzte den Toten auf Anfang fünfzig. Das schüttere graue Haar klebte am Schädel. »Gut ernährt sieht er nicht aus. Tiefe Falten hängen unter den Augen. Da, die Fingerkuppen sind ganz gelb vom Tabak.«

Hatzfeld richtete sich auf. »Wer hat die Leiche gefunden?«

Oberwachtmeister Gries nickte mit dem runden Kopf. »Ich habe gerade meine Postenrunde hier am Winterhafen gedreht, da ist der Schiffskapitän«, er deutet ins Hafenbecken zu einem der Kohlenschiffe, »auf mich zugerannt. Beim Ablegemanöver haben sie gesehen, dass da einer schwimmt.«

»Die Schiffe liegen ziemlich eng.« Die Aufbauten, gespannten Seile, Firmenflaggen verwirrten ihn. Cresper gelang es nicht, mit einem Blick zu erfassen, wie viele eigentlich nebeneinander im Becken lagen.

»Es ist ein Leichtes, einen Mann niederzuschlagen, über die Decks zu gehen und ihn zwischen zwei Bordkanten ins Wasser zu werfen«, sagte Polizei-Inspektor Hatzfeld.

»Wenn sie ihm überhaupt eins über den Deez gezogen haben.« Gries ließ die Mundwinkel hängen.

»Benachrichtigen Sie Doktor Westhoven. Er soll ihn im Städtischen Krankenhaus obduzieren.« Hatzfeld kniff die Augen zusammen. Seine Finger trommelten auf seinem breiten Gürtel.

Cresper sagte nichts. Sein Chef hasste es, wenn man ihn beim Nachdenken unterbrach.

Hatzfeld trat von der Leiche zurück. »Die Wachtmeister sollen sich der Reihe nach den Toten betrachten, ob ihn einer kennt«, rief er im Kommandoton über den Vorplatz. Die Schutzleute, die den Hafen absperrten, reckten die Hälse. »Aber ein bisschen plötzlich!«

Cresper hielt sich neben seinem Vorgesetzten. Vor dem Hafenschuppen vor dem Wappen des alten bayerischen Zolls warteten sie. »Nach einfachem Raubmord sieht es nicht aus«, sagte er.

»Bloß weil so einer nichts hat?« Hatzfeld rieb über sein Kinn. »Diebsvolk streitet sich schnell um ein paar Mark.«

Cresper hatte mit den Kollegen im Lehrgang einige verzwickte Fälle von Ertrinken nachgestellt, allerdings in einem sauberen Schwimmbecken der Polizeischule. Es sah eher so aus, dass der Täter nur die Leiche los sein wollte.

Wie beim Essenfassen in der Kaserne reihten sich die Schutzleute auf, der eine oder andere zupfte nervös am Bart. Niemand schaute gern Wasserleichen an.

»Warum hat der Täter ihn nicht gleich in den Rhein geworfen?«, grummelte Hatzfeld. »Die Strömung hätte ihn flussabwärts gezogen.«

Cresper hörte die Ungnade, weil sie und nicht die Kollegen in Worms oder Mainz nun einen zweiten Mordfall am Halse hatten. »Das spricht für eine Tat bei Tageslicht.« Cresper genoss den überraschten Augenaufschlag seines Chefs. »Das Rheinufer ist von weit her einsehbar. Hier im Winterhafen, zwischen den Schiffsaufbauten mit den ganzen Kisten, Tonnen, Seilwinden und wer weiß noch was, da fällt doch nicht auf, wenn da ein Mann herumkriecht und etwas an Deck ablegt oder herumwuchtet.«

»Stimmt«, sagte Hatzfeld nur.

Der junge Schutzmann Ellenberg, dessen spitzes Kinn den schmalen Kopf noch länger machte, hob den Arm. Die Kette der Polizisten hielt im Défilé inne. »Ich kenne den«, rief er halblaut.

»Na, also. Auf meine Männer ist Verlass.« Hatzfelds weißer Schnurrbart hüpfte. Er winkte Ellenberg heran. »Schafft die Leiche ins Krankenhaus und schickt die Gaffer ihres Wegs!«

Ellenberg nahm Haltung an. »Der Tote ist der Tagelöhner Werner Scherb«, meldete er mit fester Stimme im schönsten Landauer Tonfall, als stünde er noch in der Ausbildung auf dem Platz.

»Sind Sie sich sicher?«, fragte Cresper.

»Ich habe vor zwei Wochen wegen des Einbruchs in der Walzmühle die Verbrecherkartei durchgehen müssen, weil ein Zeuge einen schmächtigen Alten gesehen haben wollte, der ein bisschen krumm gelaufen sei. Von der Sorte haben wir nur fünf in Ludwigshafen, die waren aber alle zu der Zeit woanders.«

Hatzfeld hüstelte ungeduldig, Cresper ließ dem aufgeregten Schutzmann seine Zeit.

»Und denderwegen bin ich über die Brück zu den badischen Kollegen. Die haben den Scherb in ihrer Kartei gehabt.«

»Die Mannheimer?«, fragte Cresper.

»Ja, der ist dort in einem städtischen Wohnheim gemeldet, wo er aber schon länger nicht mehr gesehen wurde. Schaffen tut er als Tagelöhner meistens hier im Winterhafen oder im neuen Leopoldshafen, weil in Mannheim ihn keiner mehr nimmt. Der hat Dreck am Stecken, mehr als genug.« Jetzt traute er sich offenbar ein leises Lachen. »Der hat sogar zwei Karteikarten.«

Das war selten. »Ein richtiger Verbrecher.«

»Wieso wird der nicht bei uns geführt?«, fragte Hatzfeld sofort.

Ellenberg zuckte mit den schmalen Schultern. »Das Schlimmste war Meineid vor Gericht, dafür ist er mal eingerückt, sonst nur kleiner Diebstahl und Mundraub. Aber erwischt haben sie ihn wohl immer nur iwwer der Brigg.«

Cresper unterdrückte ein Schmunzeln, der junge Polizist merkte gar nicht, was er damit sagte. Etwas, das sein oberster Vorgesetzter gar nicht hören wollte.

»Aber leider war er beim Kistenladen hier im Winterhafen gewesen, als in die Walzmühle eingebrochen worden ist.« Ellenberg schaute sie erwartungsfroh an. Die großen blauen Augen waren rund wie bei einem Kind.

»Danke«, sagte Hatzfeld. »Helfen Sie den Kollegen tragen.«

Cresper hatte fast schon Mitleid, weil Ellenberg die Mundwinkel herunterfielen und Furcht in die Augen stieg.

Der Adamsapfel des Mannes bewegte sich. »Jawohl.«

Hatzfeld ging am Kai entlang voran. »Eine typische Vergeltung unter Diebsvolk. Wenn der in Mannheim gemeldet und dort registriert ist, werde ich die badischen Kollegen bitten, den Fall zu übernehmen.«

Wie auch anders, wo sein Dienstjubiläum heranrückte? Cresper fühlte ein leichtes Ziehen im Magen, er sollte seinem Chef nicht gerade jetzt von Clara Balthasars Hinweis berichten.

»Die Obduktion müssen wir halt betreuen, da kommen wir nicht drum herum. Sie kümmern sich jetzt, Cresper.« Hatzfeld kontrollierte aus dem Augenwinkel, ob die gaffende Menge an den Kais auch wirklich wie befohlen zum Ludwigsplatz und zum Hauptbahnhof hin zerstreut wurde. Er hakte zufrieden die Hand im Gürtel ein. »Wenn ich Sie schon hier habe, wie steht es im Falle des armen Doktor Modry?«

Der väterlichen Freundlichkeit der Stimme misstraute Cresper aus Erfahrung. Er holte Luft. Es blieb ihm nichts übrig, als mit der Wahrheit herauszurücken. So schwer es ihm fiel, er musste seinem Chef sogar dankbar dafür sein, dass er den Arzt Singer nur in Arrest gesteckt hatte, statt ihn zu verhaften.

Beinahe stolperte er über ein Gleis in den Hafenplatten. Singer hatte in der Nacht laut der Fabricantin der Johanna Didier bei einer Frauensache kostenlos geholfen. Dennoch traute Cresper dem Hergang nicht ganz, irgendetwas erinnerte ihn an seine Zeit bei der Sittenstreife. Wenn er nur hätte sagen können, was. Er fühlte Hatzfelds Blick, als Wärme in seinem Gesicht aufstieg. Wo anfangen?

Cresper räusperte sich. »Die Sache ist die …«

Kapitel 15

»DIE JOHANNA HAT einfach zu viel Blut verloren. Die ist so weiß wie der Stein hier.« Helma legte ihre Hand auf den Verkaufstresen im Konsumverein. In den Wandfächern dahinter stand eine Pyramide Grießpäckchen, darüber wie an der Schnur gereiht Dosen mit Wurst.

Marie holte tief Luft, sodass ihr der ewig zu enge graue Kittel über der üppigen Brust spannte. Sie war die strenge Seele der Verkaufsstelle und hielt sehr auf Sauberkeit. Fünfmal am Tag kehrte sie die Dielen und die Ecken mit dem Handbesen. »Die Blässe ist gefährlich, die wäre nicht die Erste, die's nicht packt.« Sie hielt die Metallschippe über der Waage, kontrollierte den Zeigerstand und kippte noch ein wenig Linsen nach. »Nur Suppe ohne Speck wird sie nicht auf die Beine bringen.«

Marie arbeitete, seit Helma denken konnte, in den Verkaufsstellen des Konsumvereins. Sie verfocht die Ideen solidarisch abgestützter Selbsthilfe und hatte die Männer dazu gebracht, dass der Verein endlich der Großeinkaufs-Gesellschaft Deutscher Consum-Vereine in Hamburg beigetreten war. Jetzt war tatsächlich nicht nur Sago ein paar Pfennige billiger geworden.

»Ist Lebertran nicht besser in dem Zustand?«, fragte Helma.

»Lebertran …« Marie hängte die Schippe zurück an den Haken. Sie öffnete drei Schritt weiter eine Milchglastür. Sie brachte ein kleines Fläschchen zurück. »Hier.«

»Was kostet das?«

»Für Johanna nichts.« Marie stellte es neben die Tüte mit den Linsen. »Aber beim nächsten Mal soll sie sich vorher überlegen, mit welchem Kerl sie sich einlässt. Die Burschen sind doch nur aufs eine aus. Das könnte sie doch längst wissen.« So gutherzig sie war, so wenig hielt sie mit ihrer Meinung hinter dem Berg. Mit ihren sieben Kindern hatte sie wohl genug erlebt.

»Der Meinhard ist ein Dreckskerl. Wenn ich den erwische …« Helma nahm den Tragebeutel zur Hand und stellte die Waren hinein.

»Pass lieber auf, dass du deinen Franz erwischst.« Marie straffte sich den Kittel. »Zum neuen Verein von den Herren ist er übergelaufen, für ein paar Mark und ein Wurstbrot, der Dummbeitel.« Sie verzog nicht den Mund, warf nicht den Kopf in den Nacken wie die anderen Frauen, wenn sie keiften.

Marie sagte es kalt, was Helma nur noch mehr wehtat. Es war also schon im Viertel herum, dass er nicht solidarisch streikte. »Ich habe Franz schon den Marsch geblasen.«

»Genützt hat es aber nichts. Er ist schon wieder zur Schicht hingelaufen, damit ihm der Tag noch angerechnet wird. Hätte ich nicht gedacht, dass er so aufs Geld ist, dein Schatz.«

»Er ist …« Helma packte das Stück Speck, das Marie ihr mehr hinwarf als reichte, in den Beutel. *Nicht mehr mein Schatz,* brachte Helma nicht über die Lippen. Je länger der Streit dauerte, desto mehr fehlte er ihr. »Franz soll bleiben, wo der Pfeffer wächst.« Sie spürte, wie ihr das Blut ins Gesicht stieg, aber der Zorn galt nicht Marie, die Solidarität zu Recht einforderte, sondern er galt Franz, der sie alle im Stich ließ.

»Hoffentlich ist das Pfefferland weit genug weg, dass er sich nicht wieder an dich ranschmeißt und lieb drückt.« Marie strich die Münzen ein. »Überlege es dir gut mit ihm. Ich habe genug Männer gesehen bei meinen fünf Töchtern, dass ich einen Blick für die Kerl habe.«

Einer, der Marie gepasst hätte, müsste noch gebacken werden. Helma biss sich auf die Lippen. Sie war so daran gewöhnt, dass sie Franz am Abend in den Arm nahm oder sie einfach beieinandersaßen, dass sie sich gar nicht vorstellen mochte, dass er nicht mehr kam. Und ein anderer … Helma schnürte rasch den Beutel zusammen. Die meisten waren doch eher wie der Meinhard, der Johanna hatte hocken lassen, kaum dass ihr Bauch dick geworden war. »Franz ist stur wie ein Bock.« Ein bisschen wünschte sich Helma, dass sie sich in ihm irrte.

Die Ladenglocke erklang. Eine junge Frau mit blondem Zopf stellte einen Korb ab. Seit der Konsumverein einiges selber produzierte, kauften viele gern ihr Bier, Mineralwasser und den gerösteten Kaffee hier. Das größte Geschäft machte der Verein aber mit dem Brot aus der Dampfbäckerei, das hinter dem Tresen aufgeschichtet war. »Habt ihr schon gehört?«

»Was?«, fragte Helma, erleichtert, dass Marie abgelenkt würde. Neugierig war sie mehr als genug.

»Im Winterhafen haben sie den Scherb tot aus dem Wasser gezogen.« Die Frau zeigte ihre kräftigen Zähne, ihre Augen glänzten vor Stolz, dass sie die Erste war, die es der Marie überbrachte.

»Der Scherb? Meinst du den alten Säufer mit den langen grauen Haaren, der ein bissl hinkt?« Marie war vor bis ans Brot gelaufen und legte schon einen Dreipfünder bereit.

»Genau der.« Die junge Frau tippte mit dem Zeigefinger in die Luft. »Zwischen zwei Schiffen haben sie ihn aus dem Wasser gezogen. Ganz blau ist er gewesen.«

»Im Winterhafen, sagst du?« Marie schob der Frau das Brot zu. »Hätte nicht erwartet, dass der mal wieder was schafft, der faule Sack.«

Helma nahm den Tragebeutel mit den Sachen für Johanna vom Tresen. »Ich kenne den gar nicht.«

Marie legte die Ellenbogen auf den Tresen. »Die Irmgard kennt den auch bloß, weil der früher wie ihr Vater beim Giulini geschafft hat. Da war der Scherb noch ordentlich. Bis er mit dem Saufen angefangen hat. Und weil's Geld nicht gelangt hat«, sie hob das dicke Kinn, »hat er halt gestohlen, was er gebraucht hat. Die Frau hat ihn rausgeworfen, ist aber bald darauf an der Schwindsucht gestorben. Da ist der Scherb ab nach Mannheim.«

»Jetzt ist er aber im Winterhafen ertrunken«, sagte die blonde Frau, die Stirn kraus.

Helma hatte oft genug gesehen, wie solche Faulenzer von den Nachbarn aus den Häusern geprügelt wurden. Es war das Letzte, die zu bestehlen, die selber nichts hatten.

Marie beugte sich weiter vor. »Das wundert mich nicht. Wenn er was geschafft hat, dann meistens beim Volz im Hafen oder an der Rheinfähre von der Local-Dampfgesellschaft. Mit dem Hinkefuß hat man ihn doch nur auf den Schiffen brauchen können, da läuft ja eh keiner weit.« Sie deutete mit dem Finger auf das Brusttuch der jungen Frau. »Mich tät's nicht wundern, wenn er nicht einfach im Suff ins Wasser gefallen ist.«

Die junge Irmgard warf ihren Zopf auf den Rücken und hängte sich halb über den Tresen, die Hand auf dem Brotlaib. »Der hat nichts gehabt, nicht mal ein paar alte Schuh.« Sie nickte Helma zu. »Das hat mein Kleiner am Winterhafen gesehen, wie sie die Leich barfuß fortgeschafft haben.« Sie packte den Brotlaib in den Korb. »Aber Marie, wer soll denn den alte Scherb umbringen wollen?«

»Überlege mal, wo der abends immer gehockt hat.« Marie verschränkte die dicken Arme vor dem grauen Kittel und blinkte mit den Augen.

»Die Kistenschlepper sitzen alle beim Alten Anker.«

Dort hing sogar ein Schiffchen über der Tür, weil die Wirtschaft die erste im Hemshof vom Winterhafen aus war, wenn man am Rhein entlanglief und nicht über das Viadukt ging.

»Beim Alten Anker«, sagte die junge Frau noch einmal, weil Marie nur den Kopf schüttelte.

»Die Hafenleut, aber nicht der Scherb«, sagte sie endlich. »Der hockt im Roten Sack.«

»Was sucht denn ein Halblahmer wie der Scherb bei den Kerlen, die mit den Eisenkugeln werfen?« Die Irmgard öffnete die rauen Hände und stemmte sie langsam wie unter schwerem Eisengewicht vor ihren Augen.

»Was machen die?« Helma musste eigentlich längst zurück zu Johanna.

»Die haben lauter Eisenzeug dort stehen. Das sind Brecher, die passen gar nicht gerade durch die Tür, sondern gehen seitwärts durch.«

»Rede doch nicht so ein Zeug.« Helma hatte plötzlich genug von dem Geschwätz.

»Doch, doch. Die turnen im Hinterzimmer und heben Gewichte. Frauen haben dort keinen Zutritt«, sagte Irmgard.

»Nicht nur Frauen nicht. Nur Vereinsmitglieder lassen die rein.« Marie tippte mit dem Zeigefinger auf den Tresen. »Ich weiß das, weil meine Schwester gegenüber wohnt. Der hat der Scherb mal zwei Hasen aus der Kiste im Hof geklaut. Die hat den aufgeschrieben, das könnt ihr mir glauben. Die hat den noch nach zehn Jahren wiedererkannt.« Sie spitzte die Lippen. »Meine Schwester nimmt kein Blatt vor den Mund. Als die den hat durch die Gass scharwenzeln sehen, ist die gleich rüber, um den Scherb zu stellen. Aber sie haben sie nicht reingelassen. Meine Schwester hat dann meinen Schwager geschickt, aber den haben sie gleich am Kragen wieder über die Schwell auf die Gasse gesetzt.« Sie seufzte. »Der ist sonst kein Feigling, aber gegen so zwei Riesen hat der ja nichts machen können.«

Die junge Irmgard wiegte den Kopf. »Aber den Scherb, den haben die Ringer reingelassen?«

»So ist es.« Marie hob nur die Schultern und sah zu einem der kleinen weißen Porzellanlampenschirme über dem Tresen hin, wischte ein Staubkörnchen weg.

Wenn auch Marie nichts mehr zu sagen wusste … »Ich muss zur Johanna.« Es wurde viel geredet, und das meiste war dumm Gebabbel.

Irmgard zog neugierig die Stirn kraus und blickte zu ihr her.

»Warte!« Marie bückte sich unter den Ladentisch und holte etwas hervor. »Gib ihr das noch mit. Sie wird's brauchen können.«

»Sie kommt sich bedanken, sobald sie kann.« Helma steckte das große Seifenstück ein.

Sie war froh, als sie zur Tür hinausging, dass sie nicht mehr hörte, was die beiden zischelten, weil die Ladenklingel die Worte übertönte. Helma war spät dran, Johanna brauchte was zu beißen.

Kapitel 16

JE FRÜHER CLARA einen Ersatz finden würde, desto besser war es für die Fabrication. Ihr Schwager hätte das sicher verstanden. Joseph hatte in geschäftlichen Dingen stets den gleichen nüchternen Standpunkt wie sie vertreten.

Clara schritt über den Hof. Nächstes Jahr würde sie ihn neu pflastern lassen müssen ... Ihr Blick fiel auf die Gebäude. Es half nichts, sie würde das Laboratorium ihres Schwagers jemandem Neuen anvertrauen.

Fast tröstete sie die gewohnte Nachmittagsrunde. Clara beendete sie an der kleinen Halle. Das Schicksal war gnädig. Sosehr ihr Privatleben auch aus den Fugen geraten war, so ungestört lief die Produktion ab, sah sie einmal von dem gerissenen Transportband und dem Hektoliter Fehlfarbe ab, die sie aber wohl der mangelhaften Zulieferung von Hoechst zuschreiben musste. Clara verlängerte die Liste dessen in ihrem Kopf, was sie gleich mit der Korrespondenz erledigen sollte.

O Schicksal, wie bist du grausam. Der gewaltsame Tod ihres Schwagers war ein Fanal. So mächtig, dass es gar die Unruhe unter den Arbeitern, die natürlich von den Streiks bei der Anilin infiziert worden waren, so weit besänftigte, dass sie sich eine Woche Ruhe vor Streiks, Streit und anstrengenden Verhandlungen hatte ausbedingen können. Nach dem Gespräch im Café mit dem Sergeanten hatte sie ihre Leute zusammenrufen lassen, wusste sie doch, dass sie jeden Moment mit Forderungen zu rechnen hatte. *Meine Schwester und ich möchten in diesen Tagen meinen geliebten Schwager beerdigen. Ich bitte alle darum, die Trauerwoche zu respektieren.* Mehr hatte sie nicht sagen müssen. Selbst die zwei jungen Hetzer, die die Roten so geschickt in ihre Fabrication eingeschleust hatten, dass sie es nicht gemerkt hatte, nickten verständig. Die fleißigen Männer in ihren Werkshallen waren keine bösen Menschen. Sie sorgten sich nur um ihr Fortkommen.

Und genau das würde sie jetzt auch tun. Die Konkurrenz schlief nicht. Falsche Pietät nutzte niemandem. Sie würde die Stellenanzeige für einen Chemiker jetzt gleich im Bureau formulieren und in die bürgerlichen Blätter setzen lassen.

Clara ging die Stufen zur Villa hinauf. *Für vorhandenes Patent sucht eingeführte Fabrication …* Nein, das war es noch nicht … *Fortführung der Forschung an pharmakologischem Wirkstoff aus Farbsubstraten …* Clara hielt inne. Die Verbindungstür zum Salon war ja nur angelehnt. »Luzie?« Es kam keine Antwort. »Wie oft soll ich dir noch sagen, dass du vormittags abstauben sollst.« Die war doch nicht taub. Clara riss die Tür zum Salon auf. »Vera!«

Ihre Schwester stand halb mit den Rücken zu ihr über den großen runden Tisch gebeugt und blätterte in Buchjournalen, die sie auf zwei Stapel verteilte.

»Was machst du denn im Bureau?«

Vera hatte sich ihr dunkelbraunes Tageskleid angezogen, das ihr so gut stand, obwohl sie darin gewiss nicht ausgehen würde. Clara hatte sie immer noch nicht dazu bewegen können, dass sie zusammen Trauerkleidung kauften.

»Ich habe Josephs Bücher aussortiert und diese Kontenbücher von der Fabrication gefunden.« Sie klappte das Journal in ihren Händen zu und richtete sich auf. »Er hatte einmal von Actien gesprochen, die er von meinem Geld gekauft hatte. Ich will sie nicht aus Versehen wegwerfen.«

Clara trat an den Tisch. »Aber Vera, die Actien haben wir im Tresor der Pfälzischen Bank verwahrt, wie alle anderen auch. Joseph war sehr gewissenhaft. Besorge dich nicht mit Gelddingen.« Auch der Atlas lag wieder aufgeklappt auf dem Tisch, viel Blau und der Stiefel Italiens zeigten sich bunt auf der Karte.

»Doch, doch.« Vera klappte nun das nächste Journal der Pfälzischen Bank auf. »Wir haben so viele Schweizer Franken?« Sie strich eine blonde Strähne hinter ihr Ohr.

»Wir nicht. Die Fabrication. Das Konto bei dieser Bank dient nur dazu, die Lieferanten aus Basel mit den Einnahmen zu bezahlen, die wir mit dem Auslandsverkauf in der Schweiz erzielen.«

»Ach«, Vera blätterte mit einer Hand weiter, schaute aber nicht auf die Seiten, »so ist das?«

»Das spart Umtauschgebühren.«

»Belehre mich nicht. Ich verstehe das schon.« Vera klappte das Journal zusammen und legte es auf den linken Stapel. »Und das hier?«

Clara kannte den bordeauxfarbenen Einband genau. Noch bis vor vier Jahren hatte sie mit dem Treuhänder jede Position abzeichnen müssen. »Das verzeichnet die Ausschüttungen aus dem für dich mündelsicher angelegten Kapital.«

Vera ließ ihren schmalen Finger über die Saldospalte rechts nach unten gleiten. »Das also ist mein eigenes Geld.« Sie betrachtete die Summe, ihre Lippen spitzten sich und wurden wieder glatt.

»Gewiss doch. Du weißt doch, wie unser Vermögen geordnet ist. Joseph hat doch schon«, Clara wies auf die halb beschriebene nächste Seite im bordeauxfarbenen Journal, »über euer Geld verfügt. Hier und hier. Die Entnahme für die Hochzeitsreise.«

»Ja, Joseph.« Vera sah zur Wanduhr hin. »Mit dir hat er wohl alles besprochen, was Geld anging. Mit mir nicht.«

Als ob Vera jemals etwas anderes interessiert hätte, als das Geld auszugeben. Clara hatte es mit ihrem Schwager offen besprochen, und Joseph war ganz ihrer Meinung gewesen, dass die Substanz des Vermögens von Vera nicht angetastet werden sollte. »Ich verstehe dich nicht. Du verfügst doch über genug Barschaft jeden Monat.«

»Ja.« Sie lachte knapp.

Clara hatte Wichtigeres zu tun, ein sinnleerer Streit mit ihrer Schwester vergeudete nur Zeit. Die Nachbestellungen von Borlauge warteten auf ihre Unterschrift, die Lagerbestände waren weit abgeschmolzen.

»Es ist mein Geld, und darüber werde ich ab jetzt verfügen und nicht mehr du.«

Sie verlor schon wieder die Nerven. Aber war es denn ein Wunder? Vera hatte ihren Mann noch nicht einmal beerdigt. Clara bemühte sich, dass sie keinen allzu mütterlichen Ton in ihre Stimme legte, damit sich Vera nicht noch mehr in alte Kämpfe verrannte. »Das kannst du selbstverständlich tun.« Sie würde ihr jetzt nicht verraten, dass ihr Schwager auf ihren Rat hin nach der Hochzeit, als die Vormundschaftssicherung aufgehoben war, das Geld inzwischen auf mehrere Jahre hin fest angelegt hatte und nur die

Zinsen liquidierbar waren. »Es gehört dir.« Sie setzte sich lieber, sodass Vera auf sie herabschauen konnte.

Veras Wangen waren etwas gerötet, ihr Blick irrlichterte durch den Salon, blieb an dem Portrait ihres Vaters hängen. Sie sagte nichts, die Fingerspitzen ruhten auf dem Journal.

»Was hast du nun hinsichtlich der Beerdigung beschlossen?«, fragte Clara, sie atmete tief durch. Sie hätten längst darüber reden müssen, die Verwandtschaft wartete auf Nachricht.

Vera schlang die Finger vor ihrem Bauch ineinander. »Ich wünsche nur eine Feier im engsten Familienkreis.« Sie drehte das Kinn ein wenig nach links, so wie früher, wenn sie von Mutter ausgeschimpft wurde wegen eines zerbrochenen Glases oder verlorener Handschuhe.

Clara hatte es befürchtet. Aber es war Veras Recht als Witwe, so unpassend Clara die Entscheidung auch empfand. »Wie du meinst. Du schreibst sicher allen Verwandten dazu, nicht wahr?« Das würde Clara nun nicht übernehmen.

Vera wandte sich einfach ab. »Ich habe Luzie vorhin um Karten und Umschläge in die Stadt geschickt.«

»Vielleicht könnten wir …«

»Was?« Vera fuhr herum.

»Hast du an eine Beerdigung in aller Frühe gedacht? Mit einer kleinen Spende an die Kirche würde der Pfarrer vielleicht zustimmen.«

Ihre Schwester betastete mit der Linken ihre Schläfe. »Früh am Morgen könnten weniger Leute so tun, als seien sie zufällig bei den eigenen Gräbern gewesen, das ist wahr …«

Das Telephon auf dem Tischchen läutete. Die Arbeit rief sie nicht umsonst. »Es könnte der Vertreter aus Straßburg sein, ich hatte ihn –« Clara unterbrach sich.

Vera hob schon ab. »Fabrication Balthasar. Ach, Sie sind es.« Sie wandte sich zur Seite. Ihr Gesicht zeigte ein trauriges Lächeln. Es schien Clara ein Zeichen der Besserung, wenn Vera sich wieder zutraute, ein Gespräch zu führen. »Ich bin Ihnen sehr verbunden, ich danke Ihnen. Sie sind ein Freund der Familie. Ich … Ja.« Sie strich sich über den Mund. »Ja. Meine Schwester. Gern.«

Wieder dieses traurige Lächeln. »Ich gebe Sie Ihnen. Einen schönen Tag«, sagte Vera sehr leise.

Clara trat näher, nahm die Sprechmuschel in die Hand. »Balthasar am Apparat.«

»Entschuldigen Sie bitte, dass ich Ihre Schwester in ihrer Trauer gestört habe. Ich hatte nicht damit gerechnet, dass sie selbst einen Anruf entgegennimmt.« Die Stimme von Richard Volz klang sehr freundlich.

»Sie belästigen uns nicht.« Vera nahm den Atlas vom Tisch und zog sich damit in den Lesesessel in ihrem Salon zurück. Clara sah durch die offene Verbindungstür nur noch die Knie im braunen Kleid und ein Stück des Kartenwerks darauf.

»Ich wollte Ihnen einen Vorschlag machen, Fräulein Balthasar.«

Das klang nach Geschäft. »Gibt es ein Problem mit den Transporten?« Mit dem Fuhrunternehmer hatte sie einen Pauschalvertrag geschlossen für die Lieferung von Holzlackierfarben per Schiff zu ihren wichtigsten Kunden in Straßburg und in Leverkusen.

»Ich tue, was ich kann. Sie haben noch nicht davon gehört?«

»Nein.« Clara sah, wie Vera eine Seite des Atlas auf ihren Knien umblätterte. »Wovon?«, fragte sie leise.

»Im Winterhafen hat man einen Tagelöhner tot aus dem Wasser gezogen. Ausgerechnet dort! Ich habe da heute drei Schiffe liegen gehabt.«

In was für einer Stadt lebten sie eigentlich? »Zwischen Ihren Schiffen?« Wenn sie nicht täglich die Fortschritte in der Fabrication, die Verbesserung der Produkte verfolgen könnte, sie hätte wirklich wie viele andere geglaubt, dass die Industrie nur Dreck und Unheil über die Menschen brachte.

»Nein. Sonst hätten meine Schiffe nicht ablegen können. Der Hafen war bis eben gesperrt. Es soll ein Trunksüchtiger sein, übel beleumdet. Weiß der Herrgott, warum der arme Kerl über die Schiffe getorkelt ist.« Volz klang nur verärgert. »Jedenfalls wird Ihre Lieferung von Camphelit deshalb einen Tag zu spät in Straßburg ankommen. Ich habe mir erlaubt, im Elsass telephonisch zu avisieren, was die Ursache ist. Das wollte ich Ihnen nur mitteilen, Fräulein Balthasar.«

Er ersparte ihr Ärger. »Ich danke Ihnen.« Sie wartete auf eine Floskel seinerseits. Sie spürte, wie er zögerte.

»Ich möchte Ihnen einen weiteren Vorschlag machen.« Sein Räuspern klang ein wenig nervös. »Ich überlege gerade, ein Ausflugsboot zu mieten. Diese ganze Aufregung um die Hafenblockade heute, ich dachte mir, ein Rheinausflug in den nächsten Tagen würde mir guttun bei dieser Hitze. Sicher, die Beerdigung steht bevor, und Ihre Schwester ist sehr angegriffen, wie man hört. Ich … Ich wollte Ihnen nur sagen, dass Sie beide jederzeit für einen abgeschirmten Ausflug à trois den Rhein hinunter gern willkommen sind. Natürlich nur, sofern Sie es für die Stärkung Ihrer Schwester für zuträglich halten.«

Jeder in der Stadt wusste, wie sehr Vera Rheinfahrten liebte. »Sie sind sehr zuvorkommend.« Richard Volz gehörte zu den Männern, die Vera um sich geschart hatte, seit sie in der guten Gesellschaft verkehrte. »Ich danke Ihnen. Wir werden gewiss darauf zurückkommen.«

»Tun Sie das. Ich wünsche Ihnen einen guten Tag.«

Volz hatte die Verbindung unterbrochen. Clara hängte den Hörer leise ein. Auf den Kartenseiten ruhten Veras Handrücken. Sie war gewiss eingeschlafen. Ihre Nerven waren überanstrengt. Ein Rheinausflug war gar keine schlechte Idee. Volz war ein erfahrener Mann von Welt.

Clara stand auf und schloss sanft die Tür des Bureaus zum Salon.

Sie setzte sich an den Schreibtisch und straffte den Rücken. Die fällige Korrespondenz sollte heute mit der Abendpost auf den Weg geschickt werden. Arbeit lenkte ab, von allem.

Cresper irritierten die Schautafeln mit den bunten Körperzeichnungen in Singers Kabinett. Ein übergroßes Auge, von der Seite angeschnitten, fiel halb auseinander wie eine Papierblume und starrte hinaus in den Garten. Kaum hatte er Polizei-Inspektor Hatzfeld über die Enthüllung der Balthasar unterrichtet, hatte der getobt wie noch nie. Mit hochrotem Kopf war er ihm voran schnurstracks zum Privathaus von Singer gelaufen.

Selbst jetzt war Hatzfelds Kopf erhitzt und die Wangen rosig. »Sie geben also zu, nicht in der Stadt spazieren gewesen zu sein, sondern im Hemshof bei dieser Johanna Didier einen Eingriff vorgenommen zu haben?« Hatzfeld war laut geworden, rang aber um Fassung. Sie standen zwischen Stehpult, Arbeitstisch und den Aktenschränken des dunkel getäfelten Kabinetts.

Der hochgewachsene Doktor trug nur ein weißes Hemd über einer Anzughose, sie hatten ihn bei der Lektüre unterbrochen. Cresper versuchte die ganze Zeit, die Titel zu erkennen, doch sie lagen übereinander. Finanzblätter waren es und eine französische Zeitung. Ob Singer bereits über einen Umzug nachdachte? Es war fraglich, ob sein Ruf und damit seine Anstellung als Werksarzt in der BASF den Skandal überstehen würde.

»Ich bin danach spazieren gegangen.« Singer lehnte sich an die Wand und verschränkte die Arme vor seiner Brust. Cresper konnte nicht umhin zu denken, dass ihm das Rückgrat fehle. Die Ausbilder hatten ihnen eingeschärft, dass sie auf die physischen Reaktionen achten mögen, wenn die Zeugen redeten.

»Herr Doktor, ich bitte Sie!« Hatzfeld warf die Hand in die Luft. »Wir haben Zeugen.«

Cresper nutzte den Blickwechsel der beiden und beugte sich kurz über die Zeitschriften. Börsenblätter und Immobilienprospekte.

»Ich bin vor meinem Besuch bei dem Mädchen und danach durch die Stadt gelaufen.« Singers dunkle Stimme klang seltsam, nicht wie belegt, aber doch unscharf, als ob er ein starkes Beruhigungsmittel eingenommen hätte. In München hatte man ihnen Morphinisten vorgeführt und Veronal-Abhängige. Andererseits lag viel näher, dass Singer blitzgescheit war und seine Worte genau abwägte, als dass er riskierte, in einem gedämpften Zustand Fehler zu machen.

»Sie haben die Behörden angelogen, das ist strafbar.« Hatzfeld richtete sich auf, legte die Faust auf den Tisch vor ihm.

Cresper unterdrückte ein Lächeln. Es war so offensichtlich, dass sein Chef mit diesem Vorwurf kaum drohen konnte.

»Ich habe nicht gelogen.«

»Tatsächlich? Um Himmels willen, warum haben Sie sich durch Ihr Schweigen selbst nur desto schwerer belastet?«

»Es ... es war eine Frage des Gewissens. Ich habe das arme Mädchen schützen wollen.« Singer legte den Kopf zurück an die Wand. Sein bleicher Hals schimmerte unrasiert. »Haben Sie eine Ahnung, was diese geschundenen Frauen in den Arbeiterquartieren durchleiden? Die Männer machen ihnen Kinder, verschwinden. Die Frauen sind schlecht ernährt, oft können sie die Frucht des Leibes gar nicht richtig tragen, werden krank, leiden. Ich habe nur schneller beendet, was sowieso geschehen wäre.«

»Kommen Sie mir nicht mit der sozialen Frage! Das Pack weiß genau, was es tut, wenn es auf die Laken schlüpft.« Hatzfeld verschränkte die Arme vor der Brust. »Darum geht es hier auch gar nicht. Sie haben Teile der Wahrheit unterschlagen und der Polizei unnötige Arbeit aufgehalst. Von der Bredouille mal abgesehen, in die Sie sich selbst gebracht haben.«

Singer nahm ganz langsam den Kopf von der Wand zurück. »Mir schien es leichter, die Verantwortung für mich zu tragen, als es dem armen Ding möglich gewesen wäre, wenn ich davon gesprochen hätte. Die junge Frau kämpft um ihr Leben. Sie geht unter, wenn sie aus Ludwigshafen ausgewiesen wird. Sie wissen genau, wie streng die Stadt in solchen Fällen geworden ist.« Der Blick aus seinen dunklen Augen bohrte sich in Hatzfelds.

Cresper glaubte ihm. Es imponierte ihm, dass sich der Arzt in seiner Position überhaupt mit den mittellosen Tagelöhnern abgab. Doch er wurde dieses Gefühl im Bauch nicht los, dass irgendwo ein Riss in der ganzen Wohltätigkeit steckte, den er nicht zu erkennen vermochte. Cresper beobachtete die beiden Gestalten, die sich schweigend maßen.

Ein Gedanke schoss ihm durch den Kopf. Die einzig verständliche Erklärung für Singers Verhalten war, dass er jemanden deckte. Er musste für diesen Menschen entweder sehr viel empfinden, dass er seine Carrière riskierte, oder er wurde schlicht zu seinem Verhalten erpresst. Wenn ja, womit?

»Ich wiederhole, es geht in Ihrem Fall nicht um die soziale Frage, die zu lösen nicht nur Sie als Arzt, sondern auch wir von der Polizei täglich eingebunden sind. Es geht um Ihre Falschaussage, mein Herr. Ich kann Sie dafür verhaften.«

»Tun Sie es, wenn Sie müssen.« Singers Schultern sanken gegen die Wand, er sah zum Fußboden. »Allerdings wird die Presse ausführlich über alle Einzelheiten berichten«, sagte er kalt und leise. »Auch darüber, dass Sie mich für eine Falschaussage verhaften, den wahren Täter aber nicht finden können.«

Cresper hatte den Ton gehört, mit dem Ärzte bittere Medizin

in Wunden einträufelten. Singer hatte Hatzfeld durchschaut oder kannte aus dem Gesellschaftstratsch dessen wunden Punkt. Das Dienstjubiläum stand bevor.

»Sie sind impertinent!«, fauchte Hatzfeld geradezu auf diesen Angriff hin.

»Erhalten Sie den Arrest, unter den Sie mich gestellt haben, nicht weiter aufrecht: Der Schutzmann auf der Straße ist eine wandelnde Anklage. Ziehen Sie ihn ab. Dann werde ich meinerseits keine Schritte irgendwelcher Art unternehmen. Die Presse wird sich sicher derweil auf den toten Mann im Winterhafen stürzen.«

»Sie haben schon davon gehört?«, fragte Cresper.

Hatzfeld warf ihm einen unwilligen Blick zu.

»Sie kennen doch Ludwigshafen. Meine Köchin war Einkäufe tätigen. Der ganze Ludwigsplatz habe voller Gaffer gestanden.« Singer drückte sich von der Wand ab. Er sah Hatzfeld ins Gesicht. »Wie steht es nun um meinen Arrest?«

»Unter den neuen Umständen wird er mit sofortiger Wirkung aufgehoben«, sagte Hatzfeld. »Ich ersuche Sie aber dringend, sich jedweder Kommentare gegenüber Offiziellen wie in Gesellschaft zu enthalten, solange wir in dem Fall des toten Doktor Modry ermitteln.«

»Selbstverständlich, Herr Polizei-Inspektor.« Singer rieb sich kurz über die Stirn. »Ich werde einen Kollegen bitten, dass er sich um die Johanna Didier kümmert.«

»Nein. Das tun Sie nicht.« Hatzfeld stand schon bei der Tür. »Ich werde veranlassen, dass sich die Armenpflege kümmert. Guten Tag.«

Cresper nutzte die Verabschiedung, ging um den Tisch herum. Tatsächlich lag dort unter den Zeitungen ein Geländeplan der Baugebiete in der südlichen Stadt. Singer könnte genug Vermögen haben für ein Leben als Privatier, sofern man ihn aus der BASF doch entlassen würde. Oder Spekulation und Geld waren eine verborgene Leidenschaft des so wohltätigen Arztes …

Hatzfeld hatte den Straßenposten vor Singers Haus in die andere Richtung davongeschickt und lief nun im Sturmschritt die Schützenstraße entlang. Cresper hatte Mühe, dass er mit dem Polizei-

Inspektor mithalten konnte. So füllig sein Chef war, so sehr stand er im besten Mannesalter in Saft und Kraft.

»Diese ganze Socialtätigkeit benebelt die gut meinenden Leute so sehr, dass sie sich um Kopf und Kragen bringen. Was macht so ein Arzt?« Hatzfeld packte seinen Gürtel umso fester. »Hilft dem Pack dabei, in Amoral und Unsitten zu versinken, statt ...«, knurrte er zwischen den Zähnen. »Wir haben andere Sorgen, Sergeant.« Plötzlich blieb er stehen.

Cresper gelang gerade noch ein schneller Ausfallschritt zur Seite, sonst hätte er seinem Chef auf die Hacken getreten. »Pardon.«

»Das ist das richtige Wort, Cresper. Ich gebe Ihnen Pardon. Ich war kurz davor, Sie in die Lebensmittelkontrolle zu versetzen, Criminalfortbildung hin oder her.« Er richtete sich den weißen Schnurrbart. »Aber ich gebe zu, dass Singers Verhalten höchst ungewöhnlich ist und Sie deshalb auch nicht haben mit solchem rechnen können.«

Cresper fühlte sich, als würde er heiß abgebraust. Er rang sich eine Floskel ab. »Ich danke Ihnen für das Verständnis.«

Hatzfeld sah ihn nicht einmal an, so peinlich schien ihm wohl die eigene Fehlbarkeit. Er blickte die Baumallee entlang, sie standen vor der Wittelsbach-Schule. »Damit ist der Fall im Grunde klar.«

Cresper war es nun, als ob Eiswasser seinen Rücken hinablief. »Sie meinen?«

»Der Luftikus aus dem Zirkus hat doch die Horde Choresvolk nach Mannheim abziehen sehen. Modry hat einen Abendspaziergang gemacht, die Nichtsnutze sind ihn um Geld angegangen. Das kommt alle Tage vor. Er wird sich geweigert haben.« Hatzfeld ging langsam weiter. »Ein Wort gab das andere, es kommt zu Handgreiflichkeiten. Die Männer ziehen ab, Modry will sich die Hände im Brunnen waschen, dabei ist er unglücklich gestürzt und ertrunken.«

Crespers Mund wurde mit jedem Wort, das sein Chef sprach, trockener. »Aber ...«

»Fangen Sie nicht wieder an, die Sache komplizierter zu machen, als sie ist.« Hatzfeld nahm seinen Sturmschritt wieder auf. »Modry war eben spazieren.«

»Und das giftorange Brunnenwasser, wie kommt das Ihrer Meinung nach zustande?«, fragte Cresper atemlos.

»Eine Probe, die er in einer Ampulle bei sich trägt, zerbricht bei dem Sturz.«

»Wir haben kein Glassplitter in seinen Kleidern gefunden!«

»Dann eben eine Papiertüte!«, brummte Hatzfeld. »Was weiß ich, was diese Chemiker bei sich tragen. Es liegt doch nahe, dass er aus der BASF mal etwas nach Hause trägt wie wir die Akten.«

Crespers Unterarme überlief ein Schauder. Der Chef meinte das ernst. Er stotterte fast: »Aber das Parteiabzeichen, das wir bei der Obduktion gefunden haben, wie kam das in die Hände von Modry?«

»Durch den Kampf.« Hatzfeld hob den Zeigefinger. »Sergeant. Bei allem Verständnis für Fortbildung, behalten Sie den Blick für das einfache Leben. Diese Nichtsnutze, die Arbeitslosen tummeln sich doch bei den Roten. Die haben als Aufrührer für die Partei in den Streikvorbereitungen mitgemischt, für ein paar Groschen. Das haben wir doch oft erlebt.« Er schüttelte den Kopf. »Je mehr ich darüber nachdenke, desto deutlicher ist es. – Modry hat es einem im Kampf abgerissen, vielleicht wollte er es uns sogar als Beweis sichern. Das ist doch möglich.«

Das war zwar denkbar, aber nicht erwiesen. Cresper suchte nach einer Antwort, die ihn nicht den Posten in der Criminalabteilung kosten würde.

»Und überhaupt, da Sie von der Obduktion sprechen«, Hatzfeld räusperte sich, »Sie kümmern sich jetzt darum, dass wir den toten Tagelöhner im Winterhafen an die Kollegen in Mannheim loswerden.« Er räusperte sich erneut. »Der Fall Modry ist nichts weiter als ein tragischer Unfall, ein Sturz in den Jubiläumsbrunnen mit Todesfolge. Die Obduktion spricht ja von einem Schädelbruch, auch wenn sie keine Sturzspuren haben sehen wollen, und eben nicht von einem eingeschlagenen Schädel. Der Fall Modry ist hiermit geschlossen.« Hatzfeld strich sich, zack, zack, zufrieden über den weißen Schnurrbart.

Alles, was er in der Fortbildung gehört hatte, seine eigene Anschauung des Falles … Stiche durchfuhren Crespers Bauch. Als Antwort hätte er nur schreien mögen: *Wie können Sie nur!*

Unter seinen Schuhen knirschte der Kies. Jede Faser seines Leibes sagte Cresper, dass so, wie Hatzfeld es sich zurechtlegte, der Chemiker bestimmt nicht zu Tode gekommen war.

Wenn der Fall geschlossen wurde, durfte Cresper nicht einmal mehr ermitteln. Gesetz war Gesetz.

Hinter ihnen in der Straße läutete wie zum Spott eine Schulglocke.

Kapitel 17

CLARA SPANNTE den Sonnenschirm gegen die Morgensonne auf, damit sie das Grundstück in der Lisztstraße besser in Augenschein nehmen konnte. Das Treffen an diesem Mittwoch war schon lange anberaumt. Sie hielt sich hinter dem Unternehmer Volz und lauschte den Ausführungen des rührigen Architekten Schittenhelm, der mit langen Armen zur Baustelle deutete.

»Hier errichtet Spenglermeister Knäbe einen hinter den Vorgarten zurückgesetzten Bau mit aufwendiger Sandsteingliederung in der Fassade.« Die behauenen roten Sandsteine lagen bereits aufgeschichtet an der Mauer des Nachbarhauses.

»Der Architekt baut sich nächstes Jahr selbst ein Haus hier. Die Pläne hat er mir schon gezeigt.« Volz und sie hielten sich ein wenig abseits hinter den anderen Interessenten für die noch freien Grundstücke.

»Werden Sie auch bauen?« Clara wollte die Gewinne der guten Konjunktur investieren. Auf Dauer wäre die Villa auf dem Gelände der Fabrication wohl nicht standesgemäß. Der Bebauungsplan von 1901 wies die Lisztstraße als bevorzugte, von Vorgärten gesäumte Straße aus. Viergeschossige Bauten im anspruchsvollen Stil sollten hier errichtet werden.

»Ich baue bald.« Volz wiegte den Kopf. »Entweder hier oder am Bayernplatz.« Er richtete die Hutkrempe des Panamas.

Der Architekt wies auf das nächste Grundstück. »Meine Herren, meine Dame, ich darf bei dieser Gelegenheit darauf hinweisen, dass vielerorts die Gründung von Bau-Actien-Gesellschaften diskutiert wird, die bald auch in Ludwigshafen in Konkurrenz um die wenigen freien Grundstücke treten werden.«

Seit gut zehn Jahren verschärften sich die Bauauflagen. Erst hatte schon 1901 das Land eine neue Bauordnung verfügt, dann hatte die Stadt immer weitere städtische Vorschriften erlassen. Das war der Bautätigkeit nicht unbedingt förderlich gewesen, obwohl es in Ludwigshafen keinerlei Leerstand bei Wohnung gab. Im Gegenteil, je geringer die soziale Stellung eines Viertels war, desto größer das Gedränge in den Wohnungen.

»Schittenhelm ist gewiss an den Verkaufserlösen beteiligt, glauben Sie mir«, flüsterte Volz. Sie gingen dem Pulk hinterher.

Clara fand viel Siegesgewissheit im Lächeln des Unternehmers, das ihr doch getrübt schien von einem Hauch Verachtung für den Architekten. »Beurteilen Sie seine Planungen etwa abschlägig?«

Volz hob die Braue. »Nein, nein. Es ist durchaus ansprechend, was er zustande bringt.« Er drehte sich zur anderen Straßenseite. »Wie dort zum Beispiel. Ich bin nur über die Größe meines zukünftigen Hauses noch unentschlossen.«

Ein so reicher Mann wie Volz würde früher oder später an eine Familie denken. Clara verscheuchte den Gedanken an Privates. Sie war geschäftlich hier.

»... viergeschossige Standerker erweisen sich als geradezu ideal zur Belichtung der Wohnungen auf dieser Straßenseite ...«

Clara achtete ebenfalls auf den Lichteinfall, sie würde niemals eine Wohnung mit einer Nord- oder Ostausrichtung nehmen.

»Verkaufsgeschwätz, hören Sie nicht auf ihn.« Volz schüttelte knapp das Haupt. »Verlangen Sie unbedingt einen Balkon, Fräulein Balthasar, sollten Sie ein Haus bauen. Die Franzosen haben in solchen Dingen mehr Verstand als wir. Ein Balkon, mindestens ein Austritt, das verschafft ein ganz anderes Raumgefühl.«

»Ich stimme Ihnen zu.« Clara mochte dabei eher die Aussicht hinunter. Sie drehte den Schirm, was ihr den Blick auf die Straße freigab, und hätte beinahe einen Schreckenslaut fahren lassen. David! Er ging tatsächlich schon wieder in Gesellschaft.

Sie verbarg rasch ihr Gesicht unter dem Schirm und tat so, als ob sie eine Fassade interessiere. Unter dem Ausschnitt ihres Sommerkleides pochte ihr Herz heftig. *Clara, was hast du denn geglaubt?* Ihr Verstand kämpfte. *Hat Hatzfeld dich nicht vorhin von seiner Entscheidung gestern unterrichtet?* Für die Polizei galt Singer als zu Unrecht beschuldigter Mann, der reingewaschen jedes Recht auf gesellschaftlichen Umgang wiedererlangt hatte. Warum sollte er nicht seinen Geschäften nachgehen? Clara wurde plötzlich bewusst, dass Vera als Erbin von Josephs Anteilen nun mit Singer in dieser Gesellschaft verbunden war, die hier und in Mundenheim Grundstücke aufgekauft hatte.

Clara drehte den Schirm am Griff. Vera hatte die Nachricht,

dass Hatzfeld nun einen Unfall ihres Schwagers für erwiesen hielt, mit großer Fassung aufgenommen. Fast so etwas wie ein erleichtertes Lächeln war über ihr blasses Gesicht gehuscht. So froh sei sie, dass Joseph keiner Untat zum Opfer gefallen sei. Sonst hätte Vera sich immer eines Unholds wegen grämen müssen, der noch frei herumlief.

»… an der Gneisenaustraße ergeben sich andere Möglichkeiten, auch finanziell – guten Tag, Doktor Singer –, Möglichkeiten, die Doppelhäuser oder Innenhöfe im Stil der Residenzen erlauben könnten …«

»Das scheint mir wenig rentabel«, unterbrach ihn die dunkle, feste Stimme Singers.

Clara fühlte einen Schauer über ihren Rücken kriechen. Dass dieser Mann sich zu Abtreibungen hergab, die Vorstellung war so schrecklich … Sie riskierte einen Blick unter dem Schirmrand hervor. Singer hatte sich tatsächlich zu den Herren gesellt.

»Natürlich entscheiden die Bauherren über das Gleichgewicht zwischen Mietzinsprofit und Repräsentationswünschen.«

»Singer hat wohl recht«, sagte ein Herr in der Nähe von Volz.

Der nickte auch. Keiner der Herren machte Anstalten, Singer etwa zu schneiden. Wie auch? Sie wussten nichts Genaues und gaben sicher wenig auf Gerede.

»Darf ich Sie bitten, mir zur anderen Straßenseite zu folgen?«, rief der Architekt.

Volz ging mit den Herren weiter, Clara blieb zurück und heuchelte Interesse für die Sandsteinelemente.

»Fräulein Balthasar?«, fragte die dunkle Stimme Davids. »Darf ich Sie … über die Straße begleiten?«

Clara presste die Finger um den Schirmgriff, bis sie schmerzten. So kurz es war, so schnell fasste sie den Entschluss, klappte den Schirm ein und stellte ihn zwischen sich und Singer vor ihren langen Rock. »Ich …« Sie wollte Nein sagen, doch ihre Stimme versagte unter dem Blick aus Davids Augen. Hatte sie es sich nicht erhofft, heimlich, dass er sie so ansähe, als wünsche er glühend, dass sie ihn erhöre? Nichts anderes lag in diesen Augen, nichts anderes verrieten seine unruhigen Hände, die nicht wussten, wohin.

»Fräulein Balthasar. Ich … Ich weiß nicht, was man Ihnen … in letzter Zeit ... alles zugetragen hat. Die Meinungsverschiedenheiten mit Ihrem Schwager um die Grundstücksgeschäfte waren keinesfalls so ernstlicher Natur, dass ich zu einem Gewaltakt hätte verleitet werden können, zu dem ich gar nicht fähig wäre ...«

»Ich weiß, wozu Sie fähig sind!«, entfuhr es Clara, nicht laut, aber wie ein Urteil. Sie durfte nicht vergessen, wer sie war. Eine Balthasar durfte jetzt nicht vor all den Leuten in Tränen ausbrechen wie eine Dienstmagd. Auch wenn die Herren und der Architekt nicht mehr in Hörweite standen.

»Was hat die Polizei Ihnen über mich erzählt, Clara?« Er hatte ihre Hand ergriffen, entschlossener Mannesmut stand in seinem Gesicht, all das, was sie so gern von ihm geglaubt hätte.

Doch sie wusste es besser und schüttelte seine Hand ab. »Nicht die Polizei, oh nein. Diese Johanna, der du ...« Sie konnte es nicht aussprechen.

David legte die rechte Faust ans Herz, er warf gar den Kopf in den Nacken. »Versteh doch! Das Mädchen war sehr krank. Sie hätte das Kind verloren und dabei gewiss ihr eigenes Leben. Ich musste ihr helfen.«

Clara hätte es so gern geglaubt. »Aber was ist mit all den anderen Arbeiterinnen im Hemshof, die zu dir kommen, wenn sie Hilfe brauchen, wie du das nennst?« Clara stützte sich auf den Schirm, als sei sie eine Lahme mit Krücke.

»Sie tun es sowieso, weil sie keine Ernährer für die Kinder haben. Du hast keine Ahnung, wie viele von ihnen sterben, wenn sie selbst nachhelfen oder irgendeine Pfuscherin.«

»Ich kann nicht begreifen, dass Sie sich dafür hergeben.« Die Rückkehr zum förmlichen Sie verschaffte ihr neue Kraft ihm gegenüber, was auch immer sie mit dem Du verraten haben mochte.

»Clara, es ist das kleinere Übel.«

»Nicht für mich, Doktor Singer.« Sie hielt seinem Blick stand. So sehr sie ihn gern umarmt hätte, so sehr stieß dieser Mann sie ab. Tränen schwammen in ihren Augen.

Sein Blick umwölkte sich, ein bitterer Zug machte seinen Mund klein.

»Bitte besuchen Sie mein Haus nicht mehr.« Clara nahm den Saum des Kleides hoch. »Was die Immobilienspekulationen angeht, verkehren Sie bitte schriftlich mit meiner Schwester.« Sie ging rasch über die Straße auf die andere Seite, wo Volz ihr entgegensah.

»Eine Missstimmung mit Doktor Singer?«, fragte der Unternehmer mit gegen die Sonne zusammengekniffenen Augen, die an Singer Maß nahmen. Volz reichte Clara den Arm, weil der Gossenstein höher als eine Stufe war.

»Es besteht kein Grund zur Beunruhigung.« Clara griff den starken Arm und stieg aufs Trottoir. »Was hat Schittenhelm gerade gesagt?«, fragte sie schnell.

»Es soll bald weitere Baugesellschaften bei den Arbeitern nach dem Vorbild der bayerischen Verkehrsgesellschaften geben.« Sein Blick wanderte nur langsam zurück zu den Herren vor einer Hausfassade.

»Ach ja?« Singer war ihr nicht gefolgt, er ging bereits durch die Lisztstraße davon.

»Schittenhelm wirbt indirekt für die Bau-Actien-Gesellschaft. Glauben Sie es mir, das lohnt sich nicht für uns.« Er legte kurz seine Finger in den feinen Sommerhandschuhen auf ihren Arm. »Sie und ich, wir haben Vermögen genug, alles in eigener Regie zu führen. Das zahlt sich am Ende immer aus.«

Eine geschäftsmäßige Härte hörte Clara aus seinem letzten Satz heraus. Lag es an ihr, weil sie ihm nur recht geben konnte? Die eigene Regie zu führen hieß, nicht abhängig zu sein, von nichts und niemandem. Der Gedanke spendete ihr Trost.

Kapitel 18

DIE MENGE WOGTE durch die Straße. Cresper korrigierte sich gleich, wogen war das falsche Wort. Eine Wasserwelle war viel zu harmlos für das Bild, das sich ihm vor dem großen Tor der Anilin bot. Wenigstens darin hatte sein Chef Hatzfeld recht gehabt. Es war vernünftiger gewesen, dass er heute seine Sergeanten-Uniform mit den Silberknöpfen angelegt hatte. Die Criminalabteilung konnte selber entscheiden, wann die Sichtbarkeit als Polizist den Ermittlungen zuträglich war. Die streikenden Arbeiter wogten nicht hin und her wie Meer vor der Küste, ziellos und friedlich. Die Männer ballten sich zu Gruppen um Redner, saßen in langen Reihen auf den Gossensteinen, Bierflaschen kreisten. Andere liefen mit Packen herum und verteilten Flugblätter.

Hie und da schäkerten ein paar Frauen an den Armen ihrer Männer und lachten ungehörig.

Cresper hatte mit Doktor Westhoven telephoniert, der sich als im Werk unabkömmlich bezeichnete und die Obduktion des im Winterhafen aufgefischten Tagelöhners verschieben wollte. Dreimal hatte Cresper insistieren müssen, dass die neuen Eismaschinen keinen Eindruck auf Polizei-Inspektor Hatzfeld machen würden, der eine sofortige Obduktion verlange und nötigenfalls auch anweisen könne. *Holen Sie mich ab, wenn Sie können.* Der Spott Westhovens klang in seinem Ohr nach. Es half nichts. Auch wenn er sich seit gestern schwarzärgerte, Cresper musste sich fügen. Hatzfeld hatte die Akte Modry offiziell geschlossen. Dienst war Dienst – der Tagelöhner Scherb musste obduziert werden.

Cresper blieb stehen, noch hielten die Arbeiter gebührenden Abstand von ihm Uniformiertem. Er riss einem Lehrjungen ein Flugblatt aus den Fingern.

»Aber nicht wegwerfen, lesen!«, erdreistete sich der junge Kerl ihm zuzurufen und lief weiter zum nächsten Pulk an der Kreuzung.

Cresper überflog den Aufruf der Sozialdemokratie. *Nachdem der Ausstand in den verschiedenen Betrieben der Fabrik eine größere Ausdehnung genommen, erlauben wir uns, auf das ohne Antwort gebliebene Schreiben des Herrn Haupt vom 18. d. Mt. zurückzukommen und Ihnen erneut anheimzugeben, durch eine vielleicht unverbindliche Aussprache mit den Unterzeichneten die Basis für eine Verständigung über die strittigen Punkte herbeizuführen.*

»Was will der hier?«, rief einer in seinem Rücken. »Aushorchen, oder was?«

Cresper drehte sich um, warf dem Mann im Blaukittel einen harten Blick zu. »Ich bin im Dienst. Das muss genügen.« Das Haupttor war noch weit, einen Sergeanten wie ihn würden die Streikposten durchlassen.

»Neuer Einigungsversuch abgelehnt«, rief einer der Redner von der Straßenecke. »Da seht ihr, was die Direktion mit euch vorhat.« Die Köpfe der Menge fuhren herum.

Cresper spürte Hitze aufsteigen. Die Männer formierten sich zur Front, die Hände in den Taschen, einige kauten ihre Prieme weiter. »Hau ab!«, rief einer.

»Du bist nicht der Erste von deiner Sorte, den wir blau und grün kloppen.«

»Knecht! Saubeutel!«

Etwas flog an ihm vorbei. Allein hatte er keine Chance. Wieder flog etwas, traf ihn schwer an der Schulter. Ein Stein. Noch einer. Cresper riss die Arme schützend vor sein Gesicht hoch und wandte sich von der Front ab. Auf der anderen Straßenseite standen noch mehr Männer, in drei Reihen hintereinander.

»Haut dem Kerl die Latte auf den Deez.«

»Uniformpack.«

»Lumpesack.«

Von allen Seiten flogen Steine, große, kleine, Sand. Trafen ihn im Rücken, an den Waden, rissen seine Backe auf. Eine Blechschüssel landete scheppernd zu seinen Füßen. Cresper suchte eine Lücke zwischen den vielen Männern in blauem und grauem Zeug. »Wer mich anrührt, macht sich strafbar!«, schrie er gegen die Schimpfworte an.

Ein vielkehliges Gelächter antwortete ihm. »Hast du einen Zeugen?«, rief eine geschulte Stimme über die Köpfe hinweg.

Er konnte sie riechen, so nahe rückten sie ihm, konnte das Glimmen ihrer Augen sehen, die ersten Fäuste, die sie schwangen, Hände, die Ärmel aufkrempelten.

»Achtung! Gendarmen!«, schrien Stimmen von hinten.

»Die kommen im Trupp!«, kreischte eine Frau.

»Von der Seite noch mehr!«, zischte es.

Die Männer reckten die Hälse, Cresper war vergessen. Er rannte los, durch die erstbeste Lücke in der Front, weiter, immer weiter, bis er in der plötzlich einkehrenden Ruhe der Menge den Marschschritt der Stiefel hörte. Unter einem Straßenbaum drehte er sich um. Die Gendarmerie rückte an. Gut fünfzig Mann. Die hatten keine Verwandtschaft in der Stadt, die würden draufhalten, wie man es sie in der Kaserne gelehrt hatte. Notfalls auch mit den Waffen, das wussten alle auf der Straße.

Die Arbeiter setzten sich langsam oder standen schweigend beisammen. Von den Rednern an den Straßenecken war keine Spur mehr zu sehen. Die Frauen sammelten das Essgeschirr ein, manche machten sich schon davon.

Am Tor empfing ihn ein Wachmann der Anilin. »Noch mal davongekommen, Sergeant. Wie gut, dass die Direktion bei der Bezirksregierung endlich Erfolg gehabt hat. Die Kerle da draußen besetzen uns sonst noch das Werk.«

»Die Versammlung ist verboten. Geht nach Hause. Auffi geht's. Na, wird's bald?«, erscholl eine Offiziersstimme im bairischen Tonfall durch eine Sprechtüte.

»Scheiß-Zwockel!«, schrie es aus der Menge.

Sie blickten vom Tor zur Straße hin. Cresper zog sich die Uniform glatt. Sein Schädel tat weh.

»Sergeant, Sie bluten ja!«, sagte der Wachmann.

Cresper winkte ab. »Ich suche sowieso den Werksarzt.«

»Drei Block geradeaus, dann zwei links.«

Westhoven würde wohl ein wenig Watte vorrätig haben. Eine gute Begründung für die ausstehende Obduktion hatte er nun nicht mehr. Die Lage draußen verschärfte sich.

Die Arbeiter in den Werksstraßen blickten ihn nicht an, genauso wenig, wie sie einander ins Gesicht sehen mochten.

»Nun halt doch mal still.« Tante Ruth zog die weiche, dicke Hand zurück, weil er zu sehr auf das Blatt in seinen Händen schielte und schon den Kopf drehte. »Ich lege dir jetzt die Kompresse noch einmal frisch auf.« Sie ging zum Herd.

Es roch nach Kräutersud. Cresper lag halb in dem Küchenstuhl mit den Lehnen, mit dem Arm konnte er sich die Akten vom Tisch angeln.

»Damit ist noch jede Schwellung zurückgegangen.« Tante Ruth drückte das Molton-Päckchen über einem blauen Emailletopf aus, dann stand sie schon hinter ihm wie ein Friseur beim Rasieren. »Was glaubst du, wie viel Beulen mein seliger Bruder, dein Onkel Walter, bei der Eisenbahn davongetragen hat? Einmal hat ihn ein Wagon auf dem Rangierbahnhof fast totgefahren ...« Tante Ruth seufzte.

Cresper kannte die Geschichte und hoffte, dass er sie nicht einmal mehr hören sollte. »Die Haut spannt schon gar nicht mehr.« Das war eine Lüge, die zwei Schwellungen unter dem Schulterblatt, wo ihn die Arbeiter mit ihren Steinen auch getroffen hatten, hatte er ihr gar nicht erst gezeigt.

Tante Ruth tupfte ihm einen herabrinnenden Tropfen Kräutersud vom Kinn. »Ich habe noch Essen im Schaff stehen.«

»Mir hat es den Appetit verschlagen.« Das entsprach der Wahrheit. Nachdem er den Doktor Westhoven aus dem Werk zum Städtischen Krankenhaus eskortiert hatte, waren ihm schon halb auf dem Weg zur Polizeistation seine Knie weich geworden. Er hatte sich an einer Plakatwand festgehalten, weil er es da erst begriffen hatte: Die Meute hätte ihn totprügeln können. Niedergemachte Polizisten hatte es in Kattowitz und Berlin schon gegeben.

Tante Ruth summte ein Liedchen, wie sie es immer bei der Hausarbeit tat. Cresper wunderte sich, dass ihn das beruhigte. Einen Moment lang war die Welt nicht größer als diese friedliche Küche mit den weiß lackierten Möbeln, in der Tante Ruth die rechte Ordnung hielt.

Aber in der Welt draußen herrschte Gewalt. Cresper nahm den Aufruf der Direktion vom heutigen Mittwoch, dem 26. Juli 1911, vom Tisch, einen Aufruf der Direktion der BASF.

Wir gewähren jedem unserer Arbeiter, welcher heute noch in unserem Betriebe beschäftigt ist und uns zur Verfügung steht, solange die Arbeit während der Streikbewegung aufrechterhalten bleiben kann, in Rücksicht auf die erhöhten Anforderungen, die wir an ihn stellen müssen, und auf die Anfeindungen und Belästigungen, denen er ausgesetzt ist, eine besondere Zuwendung während dieser Zeit, und zwar, anfangend mit 24. Juli, pro Woche: Vollarbeitern M. 6, jugendlichen Arbeitern (18–20 Jahre alt) M. 3, (14–18 Jahre alt) M. 2 – zahlbar nach Beendigung des Streiks.

Die blanke Bestechung sei das, hatte die sozialdemokratische Pfälzische Post im Leitartikel gezetert. Cresper juckte die Haut, er zuckte mit der Wange, legte den Kopf so schräg, dass die Kompresse nicht herabglitt.

Je länger er über den Zeilen grübelte, desto unwohler wurde ihm. Der Tote im Jubiläumsbrunnen hatte die Gründung der Konkurrenzgewerkschaft, des neuen Arbeiter-Vereins, angestiftet. Jetzt lockte die BASF sogar offen mit Geld. Die Zulagen waren alles andere als knapp bemessen.

Tante Ruth summte noch immer und spülte das Sieb. Ihr fülliger Rücken war in eine blassrosa Bluse gehüllt.

Die Farbe im Brunnen ... es war gewiss nicht so gewesen, wie es sich Hatzfeld erklärte. Cresper schüttelte den Kopf, dass ihm beinahe die Kompresse herabrutschte.

Er angelte sich noch einmal den Obduktionsbericht des Doktors Westhoven vom Tisch, den ein Bote aus dem Städtischen Krankenhaus wie versprochen noch am Abend bei der Polizei abgeliefert hatte.

Cresper kniff die Augen zusammen. Der Kommentar seines Chefs hatte sich auf *Na bitte, das ist ja nicht der erste Stadtstreicher im Rhein* beschränkt. Der Tagelöhner Scherb war noch lebend ins Wasser gestürzt und ertrunken. Dennoch hatte Cresper etwas in dem Bericht irritiert, aber dann hatte Hatzfeld schon groß für einen Sonderbefehl antreten lassen, weil die Gendarmerie über Nacht in der Stadt bleiben würde.

Tante Ruth trocknete das Geschirr, Tassen klirrten auf einem Tablett. Cresper zwang sich dazu, dass er die Zeilen des Obduktionsberichts ganz langsam las.

Da! Er richtete sich halb auf, nahm rasch die Kompresse von der Wange.

»Gib her.« Tante Ruth nahm sie ihm ab.

Seine Augen suchten die Zeile im Bericht. *Gefäße am Nasenflügel geweitet, Körperhabitus contraire Alcoholabusus.* Ein Ziehen machte sich in seinem Bauch breit. Cresper griff zum zweiten

Aktenband auf dem Tisch, blätterte im weit umfangreicheren Bericht zum toten Doktor Modry. Sein Zeigefinger glitt die Zeilen der vierten Seite entlang. *Gefäße an den Nasenseiten und im Mundinnenraum geweitet, vermutlich toxische Reaktion auf die das Wasser färbende, hochkonzentrierte Substanz.* Er hatte sich nicht getäuscht. »Die Farbe war es bestimmt nicht.« An dem ertrunkenen Tagelöhner war keine Spur giftigen Orangerots zu entdecken gewesen. Sein Zeigefinger tippte auf das Papier. Das konnte nur bedeuten …

Cresper fiel in den Küchenstuhl zurück und atmete laut aus.

»Tut es sehr weh?«, fragte Tante Ruth und zog sich den freien Stuhl an den Tisch. Sie legte das Geschirrtuch auf die Kante, damit die Akten nicht feucht wurden. Ihr kluger Blick ruhte mütterlich auf ihm.

»Nein.« Es ging ihm sogar besser, weil er jetzt wusste, dass Hatzfeld unrecht hatte. Cresper spürte Erregung, Jagdfieber. Er würde die Wahrheit trotzdem herausbringen, offiziell geschlossener Fall hin oder her. Er sprang aus dem Küchenstuhl, schob die Papiere auf dem Küchentisch schnell zusammen und packte sie in die Aktenkladden. »Ich brauche meine Schaffhosen und die alte Joppe, mit denen ich als in Großkarlbach in den Wingert gehe.«

»In denen alten Lumpen willst du jetzt noch aus dem Haus?« Ihre großen blauen Augen sahen ihn an wie einen Verrückten, dem man sanft zusprechen musste, damit er einem nicht den Hals umdrehte. Tante Ruth stützte sich beim Aufstehen am Tisch ab. »Die Sachen sind im kleinen Schränkchen in der Nähstube.«

Cresper hielt ihr die Küchentür auf. »Ich muss sofort los.« Nur die Füße würden ein Problem, er besaß einfach kein schlechtes Schuhwerk. Im Gegensatz zu den Leuten, denen er einen Besuch abstatten würde.

Nicht auffallen, um keinen Preis. Cresper kam sich vor wie bei der Ausbildung. Wenn sie sich bei Beschattungen als herumlungernde Kerle ausgaben, die nicht auffallen sollten. Er stand nicht ganz beim Straßeneck an eine Hauswand gelehnt, die Bierflasche in der Hand, die er sich unterwegs gekauft hatte, den einen Fuß an die Mauer gestützt. Mit der Umgebung zu verschmelzen war nicht immer einfach.

Hier im Hemshof konnte er nicht selber in den Wirtshäusern suchen, da halfen auch die verschlissenen Kleider nichts. Die Arbeiter erkannten sofort in ihm den Bürger und die Arbeitsscheuen den Polizisten, weiß der Herrgott, woran.

Cresper lugte zwischen zwei Schluck die Hartmannstraße entlang. Um diese späte Zeit wurde es selbst hier ruhiger. Schräg gegenüber hörte er undeutlich einen Gesangsverein üben. Katzen stritten sich um einen Haufen Unrat. Ein Pärchen poussierte drei Häuser links in einem Hauseingang.

»Wo bleibt er denn«, sagte Cresper zu sich selbst. Der geschorene Junge, den er angehauen hatte, damit er für ihn suche, hatte ihn scheel angeschaut, sich aber von den Pfennig-Münzen arg schnell überzeugen lassen. Cresper war nicht sicher, ob er umsonst wartete.

Es pfiff. Der Junge mit dem kahlen Schädel winkte an der Straßenecke.

Cresper ging vorsichtshalber auf der Straßenmitte. Er brauchte gar nicht zu fragen.

»Der Pfaff schraubt mit einem andern im Hof von der Vierzehn in der Blücherstraße.« Der dünne Arm deutete zur Ecke. Die Straßenbeleuchtung war recht spärlich, Cresper konnte die Fassade des Wirtshauses kaum erkennen. »Hier, noch ein Zehner.«

Der Junge steckte die Münze in die Hosentasche und ging wortlos davon.

Cresper hielt sich auf dem Weg in die Blücherstraße im Schatten, wechselte dreimal die Straßenseiten.

Im Hinterhof sah er nur noch vereinzelt Licht in den Wohnungen, irgendwo droben plärrte ein Kind, eine Alte zeterte, und ein Hund bellte. Der halbe Hof war vollgestellt mit Brettergerüsten. Der Kotgeruch verriet Ziegen und Hasen, das dumpfe Gegurre hinter dem Holz das Geflügel. Manche der Arbeiter züchteten sogar Hühnervieh mit schönen Federn für Preiswettbewerbe.

Cresper folgte einem Petroleumlichtschein, wanderte vorsichtig die schmalen Pfade zwischen den Verschlägen entlang.

Franz Pfaff kniete in Hose und Unterhemd über einem Brett und schraubte ein Scharnier fest. Cresper räusperte sich. Sein alter Gefreiter hob den Kopf, nahm die Hände gar nicht vom Werkzeug. »Toni?«, fragte er.

Cresper trat in den Lichtkegel. Der Schraubenzieher fiel aufs Holz, Pfaff mit dem Hinterteil auf seine Fersen und legte die Hände auf die Knie. »Du hier?« Er fasste nach dem Stoff der alten Hosen Crespers. »Was sind denn das für Lumpen? Haben sie dich rausgeworfen?«

Cresper wartete, bis Pfaff aufgestanden war. Der Händedruck war fest und kurz wie je. »Du vergisst sofort, dass ich hier war.«

Pfaff kratzte sich am Hals. »Was wird denn das jetzt?«

Cresper schüttelte den Kopf. »Nicht, was du denkst.«

»Sondern?« Pfaff verschränkte die Unterarme vor dem Unterhemd.

»Was baust du hier eigentlich?« Cresper stieß mit dem Fuß an die auf den Boden gelegte Stalltür.

»Ich habe einem Vetter versprochen, seinem Hasenstall die Tür zu richten. Der hat nur noch einen Daumen. Ist das jetzt verboten?«

Cresper schmunzelte, was Pfaff im Halbdunkel des Petroleumlichts nicht sehen konnte, weil sein Fuß halb vor der Lampe stand. Der hatte sich nicht verändert, angriffslustig und renitent wie schon in der Kaserne. Aber das war von Vorteil.

»Nein, das ist nicht verboten.« Cresper schaute kurz ins Stalldunkel, ahnte das weiße Fell der Kaninchen. »Gehst du morgen nicht schaffen?«

»Daher weht der Wind.« Pfaff schüttelte den schwarzen Schopf. »Ich geh ins Werk schaffen. Aber für was anderes gebe ich mich nicht her. Such dir einen andern.«

Cresper hatte damit gerechnet, dass Pfaff an die gewöhnliche Art Spitzeldienst denken würde, die die Polizei bei Streiks sonst verlangte, wenn auch nur von solchen, die genug Dreck am Stecken hatten. »Du hast mal gesagt, dass du mir einen Gefallen schuldig bist.« Cresper legte ihm die Hand auf die Schulter.

Pfaff zuckte zwar, zog sie aber nicht weg. »Das habe ich«, sagte er langsam, kniff dabei den Mund zusammen.

Cresper nahm die Hand von der Schulter. »Ich verlange nichts, wofür du bei deinen Leuten Ärger kriegen kannst.«

Pfaff hakte die Daumen in den Hosentaschen ein und legte den Kopf leicht schief. »Und das wäre?«

»Du sollst dich für mich umhören ...« Cresper hörte, wie Pfaff unwillig Luft ausstieß. »Aber nicht über den Streik.«

»Was?«, entfuhr es Pfaff.

Cresper trat ganz dicht an ihn heran, er flüsterte es ihm fast ins Ohr. »Ich will alles wissen, was unter den Leuten in der Anilin über den toten Doktor Modry erzählt wird. Ich will auch alles wissen, was du hier im Hemshof über den toten Tagelöhner Scherb herausbringen kannst.«

Pfaff blinzelte erst ihn an, dann in die Flamme in der Petroleumlampe, schließlich wandte er langsam den Kopf. Er strich mit dem Daumen so fest über den Bartschatten, dass Cresper die Stoppeln knistern hören konnte. »Das ist ja ein Ding.«

Der Zug um Pfaffs Mund entging Cresper nicht, so nah, wie er vor ihm stand. Ein wenig Stolz stand darin und Neugierde, Abenteuerlust gar. Cresper winkte mit dem Kinn zum offenen Stall hinein. Er duckte sich und ging voran, er würde Pfaff jetzt über seinen Plan einnorden wie früher als Unteroffizier bei der Armee.

Er hörte die Hasen im Stroh rascheln und wandte sich zu Pfaff. »Pass auf«, flüsterte er.

Kapitel 19

DIE KLEINEN FÄSSER lagen in Reih und Glied vor den fünf riesigen. »Die Hitze strahlt bis hier«, sagte Franz. Sie standen gut fünf Meter weg.

»Das sind die Vakuumöfen«, sagte der alte Gremmert, der schon zwanzig Jahre im Werk war.

»Was kochen die da drin?«, fragte Franz.

Der Alte lachte mit seinen vier Zahnstümpfen, verhustete sich. »Wo stehst du rum? Na?« Er tippte ihn an den Bauch. »In der Indigofabrik. Aber frag mich nicht, welches. Es gibt ein paar Sorten.«

Es war klar, dass Franz als der Jüngere das Fass so weit allein vorziehen musste, dass sie beide dahinter stehen konnten. Alt ging vor Jung, das war in jedem Betrieb so.

Der Gremmert packte die Hände aufs Fass. »Ab damit.« Sie rollten es zusammen zum Hallenende, wo fünf Arbeiter warteten, die die Fässer dann auf die Laderampe schleppten. »Was ist denn da drin?«

»Kerl«, keuchte Gremmert. »Gewöhn dir die Fragerei gleich ab. Irgendwas halt, was die alle vier Tage aus dem Ofen rausschippen. Dann wird das im Fass kalt und weggeschafft zu einem anderen Betrieb.«

»Vorsicht!«, rief Franz. Doch einer der Ladearbeiter hielt schon mit dem Fuß dagegen. Das Fass rollte nicht weiter.

Sie gingen zurück. Cresper hatte ihm eingeschärft, dass er nicht auffallen dürfe, wenn er sich umhörte. Franz hatte erst nicht glauben können, dass ihn Cresper wirklich für seine Polizeiarbeit brauchte. Die ganze Zeit hatte er auf den Schlenker gewartet, der ihn doch zum Spitzel über die Stimmung im Werk hätte machen sollen. Aber es war nichts gekommen. Franz war froh, dass Cresper der ehrliche Kerl geblieben war.

Aber es war gar nicht so einfach, ein Gespräch auf das zu bringen, was Cresper wissen wollte. Die Männer redeten von nichts anderem als von dem Durcheinander im Werk. Heute Morgen waren wieder hundert Arbeiter weniger erschienen. Helma würde sich freuen, aber an Helma durfte er nicht denken, sonst kriegte er die Flemm.

»Gestern haben sie mich dreimal von einem Betrieb in den nächsten geschickt. Die wissen nicht mehr, was sie machen sollen. Glaub mir, in vier, fünf Tagen steht das Werk, dann läuft hier nichts mehr, und die Öfen werden kalt.« Gremmert lachte sich wieder in einen Hustenanfall hinein. »Hast du das Häufchen Kohle gesehen, mit dem sie die großen Fresser dort heizen wollen?«

»Das reicht bestimmt nur noch einen halben Tag.«

»Das geht in jedem Betrieb so. Beim Alizarin haben sie sogar schon Probleme mit der Schwefelsäure, die im Werk selber gemacht wird. Eins greift ins andere. Und dann ist es auf einmal rum.«

Franz zog das nächste Fass vom heißen Ofen weg. Das Holz war seltsamerweise gar nicht richtig warm. »Eins ins andere, da hast du recht. Warum wohl der eine Direktor tot im Brunnen gelegen hat?« Versuchen konnte er es ja mal, wenn Gremmert in Redelaune war.

»Der?« Gremmert pfiff misslungen durch seine Zahnstümpfe. »Den haben die selber reingeworfen, die feinen Herren.«

Franz drückte ein bisschen fester, damit es der Gremmert leichter hatte zu reden. »Zutrauen würde ich es denen.«

»Nicht bloß du.« Gremmert ächzte. »Ich fang's ab.« Er machte einen großen Schritt hinter dem Fass, das sich schräg verrollte. »Mich wundert's nicht, dass ausgerechnet einer von denen im Wasser absäuft, der in dem Betrieb das große Wort geführt hat, wo ganze Paletten von teurer Farbe weggekommen sind. Das kannst du an zwei Fingern abzählen.«

Diesmal zielte Franz besser und gab dem Fass einen weniger heftigen Stoß.

»Hab's«, rief der Arbeiter an der Laderampe.

Sie kehrten wieder um. »Wer klaut denn rohe Farb bei der Anilin?«

Gremmert hielt sich die Rippe und verschnaufte. »Jeder, der einen an der Hand hast, der ihm dafür gibt, was es wert ist. Beim Indanthren kostet die Tonne Fliederfarb tausend Mark.«

Durch die Lücke kam Franz diesmal leichter ans nächste Fass. »Den möchte ich sehen, der so viel Farbbrüh durchs Tor bringt.«

Hinter ihnen kam ein Schrank von Kerl und zog das nächste Fass mit einem Arm herum.

Gremmert lachte keckernd wie ein altes Hähnchen. »Nicht durchs Tor, du Depp. Da musst du mehr auf dem Schapitter haben. Ich könnte dir ein paar Männer zeigen, die das schon fertiggebracht haben.«

»Glaub ich dir nicht.« Tat er aber doch. Franz bugsierte das Fass vor Gremmert.

»Doch, doch. Die Borsch waren nicht so blöd, dass sie sich hier das Kreuz kaputt machen wie wir. Zwei, drei Fässer, und du hast ein gut Stück von deinem Häuschen bezahlt.« Er verzog den faltigen Mund. Fast sah er traurig aus.

»Halt die Gosch, Gremmert.« Neben ihnen rollte der breitschultrige Mann allein ein Fass zur Laderampe.

Der braune Schnurrbart des Kerls zog sich bis zum Kinn runter. Er hatte Muskeln, die aus dem Kragen gleich in den Hals übergingen.

»Kenn ich dich?«, fragte der.

Franz sah ihn kalt an. »Wüsste nicht, woher.«

»Dann glotz nicht.« Der Kerl rollte sein Fass an ihnen vorbei und gab ihm schon fünf Meter vor der Rampe einen Stoß, der es genau vor den Arbeitern dort ankommen ließ.

»Wer ist das?«, flüsterte Franz Gremmert zu.

»Halt dich von dem fern. Dem sitzt die Faust locker. Den hat noch keiner gepackt.«

»Vorsicht! Seid ihr närrisch?«, schrie einer von vorn.

Franz musste ums Fass herumspringen, es von vorn bremsen. Beinahe hätte er den Fuß nicht rechtzeitig weggekriegt.

»Nicht trödeln, Männer! Der Wagen muss dringend weg. Sechs Fässer, hopp, hopp. Und dann ab mit euch zur Litholfabrik«, rief der Vorarbeiter von einer Stahlbrücke über der Hallentür herunter.

»Wenn ich immer unter dem Schwab dort schaffe müsste, hätte ich längst gekündigt.«

Franz sah sich lieber nicht um. »Wie ist es dort?«

»Mit den Lackfarben haben wir kein Glück. In der Halle riecht es nicht grad wie im Rosengarten.« Er hustete. »Hinterher bist du richtig belämmert von dem Zeug.«

Der Schrank von Mann kreuzte ihren Weg mit einem Fass.

»Der abgesoffene Doktor aus dem Brunnen hat am Anfang in der Litholfabrik geschafft, fällt mir ein. Bis er irgendeinen Erfinderpreis gekriegt hat, da war groß Brimborium mit den ganz Oberen vom Werk gewesen. Ich hab dabeistehen dürfen, weil ich schon lang hier schaffe. Sogar ein paar Obstkörbe mit so fremdländische Früchte haben sie für uns Arbeiter ausgegeben. Die Ana-Dings hat sogar geschmeckt.« Er stemmte sich gegen das Holz. »Machen wir, dass wir hier fortkommen, ehe es sich der Schwab anders überlegt. Die Luft in der Indigofabrik ist nicht gesund. Ich kenne genug, die ins Gras haben beißen müssen, wo hier geschafft haben.«

Franz gab Schwung, der starke Kerl kam ihnen entgegen. Der stierte ihn an, als ob er sich sein Gesicht für die Ewigkeit merken wollte.

»Vorsicht, letztes Fass!«

Helma rückte die große Emailleschüssel auf dem Boden mit dem Fuß unter dem Tisch zurecht, damit die Schoten genau hineinfielen. Seit zwei Stunden pulte sie Erbsen. Ihr hatte es schon davor gegraut, als sie die Gerichte für den Donnerstag auf der großen Schiefertafel vor dem Gesellschaftshaus gelesen hatte. Das tat sie immer, bevor sie durch den Personaleingang in die Küche ging. Dann wusste sie schon Bescheid, bevor die dicke Margit ihr zwischen zwei Handgriffen am Herd die Aufgaben zuteilte.

»Verdammter Butze«, fluchte Margit gerade am anderen Ende des Tisches. »Heute sind lauter faule drunter. Als ob die Futtergrumbeere gekauft hätten wie bei arme Leut.«

Helma sah kurz auf. Margit war schon wieder in Brass, schwitzte und hatte richtig rote Backen von der Anstrengung. Schon schrabbte die Köchin wieder Grumbeer für Grumbeer durch die Reibe für die Beilage. *Röstis nach Schweizer Art.* Für die feinen Leute konnte es nicht fremdländisch genug sein, viel Französisches hatte auf der Tafel gestanden.

Helma seufzte leise. Es gab einfach keine Handbewegung, die die Erbsenschote auf einmal aufknackte. Sie hasste dieses Gemüse. Das war noch schlimmere Sklavenarbeit als das ewige Grumbeerschälen.

Kein Geschirrgeklapper in der Spülküche? Rauchte die Gerti etwa schon wieder eine zwischendurch? Helma würde nachher helfen müssen, wenn die Gläser draußen im Biergarten knapp wurden. Bei der Hitze über der Stadt soffen die feinen Herren noch mehr als die Arbeiter bei ihr zu Hause. Helma holte sich eine Handvoll Erbsenschoten vom großen Haufen heran.

»Da ist einer für dich«, rief es aus der Spülküche. Die Gerti streckte ihr käsiges Gesicht um die Ecke, sie strich sich die feuchten Hände an der grauen Schürze trocken.

Helma nahm die Erbsenschüssel vom Schoß und rückte den Stuhl zurück. »Wo?«

»Wartet hinten am Kellerhals.«

Margit schaute von der Reibe auf und wischte sich mit dem Handrücken über die Stirn. »Hast du schon einen Neuen?«

»Die können mich alle mal gern haben.« Vielleicht wollte einer von der Streikleitung fragen, ob sie was für die Posten in der Küche abzweigen könnte.

»Mich auch.« Gerti legte die Hand auf die Brust und hob die Augen wie eine Heilige zur Küchendecke. »Obwohl, mein Erwin ist gar nicht so iwwerzwerch.«

»Verschon uns mit deinem Prinzen, spül's Geschirr. Ich helfe dir heute nicht. Ich kriege ja kaum genug Grumbeere durch.« Margit schrabbte weiter.

An Gerti vorbei, die Wasser in der Spüle laufen ließ, lief Helma durch den dunklen Flur zum Hintereingang.

Er stand breitbeinig vor der Tür, hatte dem Haus den Rücken zugewandt und schaute nach links, weil von dort einer kommen könnte. Helma hielt inne. Vor ein paar Tagen wäre sie noch auf Zehenspitzen weitergeschlichen, hätte leise wie eine Katze die Arme um seinen festen Bauch geschlungen und sich von hinten an ihn geschmiegt. Das mochte er noch mehr als sie, wenn sie lange so standen, am Rhein oder einfach mal so. Auch wenn er es natürlich nie zugab.

Aber jetzt? »Was willst du?« *Jetzt noch*, hätte sie fast gesagt. Sie verschränkte die Arme. Vom Kellerhals her zog feuchter Geruch, es roch nach Kraut.

Er drehte sich um. Zeigte sein Bubenlächeln, die weiße Zähnen leuchteten. »Dich sehen.«

»Ich wüsste nicht, warum.«

Schon trat er auf sie zu, Helma hob nur das Kinn ein wenig an, Franz blieb stehen. »Ich will nicht, dass du mich vergisst«, sagte er leise.

»Einen Streikbrecher vergesse ich bestimmt nicht.«

»Fang nicht wieder damit an.« Er schaute zur Einfahrt hin. »Das wird sowieso nichts mit dem Streik.«

Das glaubte Helma nicht. Jeden Tag traten mehr in den Ausstand. »Weiß der Herr Polizeispitzel mehr als wir?«

Sie erschrak, als er auf sie zusprang. Sein Gesicht war ganz nah. Sie roch ihn, er kam von der Arbeit. Sein linkes Augenlid zuckte. »Ich mach nicht den Spitzel.«

»Du schaffst für deinen Freund Cresper. Die Emmi hat euch zusammen gesehen.«

»Er war mein Unteroffizier in Würzburg, das weißt du.«

»Und? Das macht ihn erst recht zu einem Staatsknecht, wenn er jetzt bei der Polizei schafft.«

»Ich bin ihm einen Gefallen schuldig.«

»Ach, die Geschichte!« Sie schnaubte.

»Ja, die Geschichte. Ohne ihn hätte ich gesessen und wäre unschuldig vorbestraft. Das vergess ich ihm nicht.«

»Das passt zu dem Bürgersöhnchen, dass er dich jetzt damit für die Streikbespitzelung einfängt.«

Franz' langer Arm schoss an ihrem Ohr vorbei zur Wand. Er stützte sich ab. »Tut er nicht. Er braucht mich für was anderes.«

»Wirklich?« Franz konnte ihr viel erzählen, und Sprüche machen konnte er gut, das wusste nicht nur sie, sondern auch eine ganze Reihe anderer Weiber aus dem Hemshof.

»Der Tote im Brunnen, der Lackl im Winterhafen, schon vergessen? Dafür braucht er mich.«

Helma rückte ein wenig zur Seite, schaute ihm ins Gesicht. »Lüg mich nicht an.« Aber so ruhig, wie Franz sie ansah, die Wangen ganz flach, dass der schwarze Bartansatz schimmerte, so wenig, wie er sein Zauberlächeln mit den weißen Zähnen anbringen wollte, log er nicht.

»Helma, meine Helma. Schau doch nicht so streng …« Er ließ den Kopf langsam nach vorn sinken, nahm den Arm von der Wand und wollte sie an der Hüfte greifen.

Sie trat einen Schritt zur Seite. Sie hatte sagen wollen, sie sei nicht mehr seine, und brachte es nicht über die Lippen.

Er nahm die Schultern zurück, setzte einen Fuß nach dem anderen langsam nach hinten. »Ich hole dich morgen ab.«

»Überlege es dir gut.« Sie war für das Proviant eingeteilt, und irgendwas konnte sie immer in der Küche abzweigen. Margit legte öfter mal eine Karotte weniger auf den Teller oder schöpfte einen Suppenteller knapper voll. »Ich gehe morgen von hier zu den Streikposten.«

»Ich brauch nicht überlegen. Ich stehe zu meinem Wort. Auch bei dir. Wie bei Cresper.« Er tippte sich mit der ausgestreckten Hand an die Stirn. »Das ist eine Sache der Ehre. Davon habe ich genug im Leib, verlass dich drauf.«

Sie hatte Mühe, dass sie seinem Blick standhalten konnte. Ganz ruhig sah er sie an, die Augen groß aufgerissen, der Mund ganz ruhig. *Ich will dich und keine andere*, raunte der Blick.

Er wandte sich um, steckte die Hände in die Taschen und lief mit großen Schritten zur Einfahrt.

Helma sah seinem federnden Rücken nach. Sie hörte sich tief atmen. Hätte er doch nur das Ehrgefühl auch, wenn es um die große Sache ging, um die Zukunft all der Menschen, die in den verdammten Fabriken schufteten, in dieser verrußten Stadt, wo einem nicht mal die Luft zum Atmen blieb!

Was sollte sie nur tun, wenn er morgen wirklich kam?

Kapitel 20

»SIE SIND ALLE gegangen, endlich!« Vera zog die Hutnadel aus dem schwarzen Strohhut. »Ich hasse Schwarz.«

Es stand ihr wirklich nicht, der Kontrast zu ihren blonden Haaren war zu hart. Sie würde es dennoch das ganze Trauerjahr tragen müssen, wie es sich gehörte. »Wie gut, dass du doch das große Service hast decken lassen.« Clara blickte von ihrem Platz über die Tafel mit den vierundzwanzig Nymphenburger Gedecken ihrer Schwester. »Soll ich Luzie jetzt zum Abdecken rufen?«

»Wie?« Vera räumte Trauerkarten auf einen Beistelltisch. »Lass nur, ich rufe sie nachher selbst.« Sie hielt eine sehr große Klappkarte hoch, auf deren Front ein barockes Kreuz in Silbergrau eingeprägt war. »Rate mal, wer mir die geschickt hat.«

»Tante Monique, nehme ich an.« Clara gestand es sich nicht gern ein, aber der engste Familienkreis, auf den Vera die Beerdigungsfeier förmlich beschränkt hatte, war eine Wohltat gewesen. Sie war sich nicht sicher, ob sie das dümmliche Geschnatter der Straßburger Verwandtschaft über die Elsässer Beamtenverhältnisse lange ertragen hätte.

Die Cousins von Joseph aus Augsburg hatten sich früh verabschiedet, damit sie den Expresszug nach München erreichten.

»Wer war der Herr mit dem eisgrauen Bart, der in der dritten Reihe stand?« Clara kannte den Mann mit dem schwarzen Gehstock nur vom Sehen.

Vera setzte sich auf den Stuhl, wo noch vor einer guten Stunde der Pfarrer gesessen hatte und den Cognac nur halb getrunken hatte. »Das war Doktor Westhoven. Joseph hatte mit seinen Kollegen in Actien investiert. Ich dachte, du weißt das.« Sie stand schon wieder auf und ging zum Vitrinenschrank.

»Joseph hat euer Geld selbst verwaltet …«

»Ach was. Alles hat er mit dir genau besprochen. Auf dich hat er gehört, nicht auf mich.« Vera stellte sich einen Cognacschwenker auf den Tisch und goss einfach das Glas des Pfarrers um.

Die Flüssigkeit schwappte noch ein wenig. Clara wusste gar

nicht, warum sie das so irritierte. »Die letztjährlichen Überschüsse haben wir zusammen bestmöglich angelegt.«

»Dann weißt du also doch, wer Westhoven ist. Was fragst du mich dann?«

Vera sollte wirklich einen Cognac trinken. Sie hatte einfach keine Ahnung.

»Die Grundstücksgesellschaften schicken doch nur Namenslisten, da kann ich doch kein Gesicht damit verbinden.«

»Er war doch hier, alle waren hier und haben mit Joseph über nichts anderes als ihre Chemie und Geld geredet.« Vera trank das halbe Glas in einem Zug aus. Das hatte Madame Céligny ihr gewiss nicht so auf der höheren Töchterschule zu Frankfurt beigebracht.

»Wie sonst hätte dein Mann die neuen Erfindungen machen können, die wir nun verkaufen können?«, sagte Clara. Ihre Schwester sollte ruhig wissen, dass die Fabrication ihr Recht fordern würde.

»Soll ich lieber bei den Vorstellungsgesprächen dabei sein?«, fragte Vera, die Hand neben dem Glas.

Clara war von dem verbindlichen Ton überrascht. »Wenn du möchtest. Ich kann dir die eingegangenen Schreiben zeigen. Wir können gern gemeinsam die Auswahl der Kandidaten treffen.« Sie wagte kaum zu hoffen, dass Vera vom Schicksalsschlag geläutert würde.

Vera lehnte sich zurück. Ihre Wangen waren vom Cognac rosig geworden, ihr Blick weniger abweisend. »Ich … Dein Urteil ist sicher fachkundiger als meines. Ich meinte nur, weil du gesagt hast, du wollest mich nun mehr einbinden in das Geschäft.«

»Du meinst, wegen der Bestimmungen unseres Vaters.« Oh, ihr Papa hatte mit allem rechnen wollen. Man soll das Schicksal nicht herausfordern, es blieb mächtiger als der Menschenverstand. Solch eine frühe Witwenschaft hatte er seiner Tochter Vera wohl so wenig gewünscht, dass er sie als Eventualität nicht in eine Testamentsklausel gefasst hatte. »Sie galten für dein Vermögen.«

»Aber das steckt doch in unserer Fabrication.«

»Ja, sicher. Da sollte es auch bleiben. Eine Kuh, die man schlachtet, gibt keine Milch mehr.« Clara legte die Hände auf die weiße Tischdecke. »Mach dir keine Sorgen. Ich führe die Geschäfte weiter wie bisher. Es gibt nur wenige Transaktionen, die wir von nun an vor dem Notar gemeinsam unterschreiben müssen.« Clara suchte den Blick ihrer Schwester, der ihr vom Cognac leicht verschleiert vorkam. »Wer weiß, wen uns das Leben noch bringt? Wir sind beide noch jung.«

Es war kein Schleier, es waren Tränen, die wegzublinzeln Vera nicht gelang. »Es war so schrecklich, schon wieder nebeneinander am Familiengrab zu stehen, nicht wahr? Als ob der Tod unserer Eltern gestern gewesen wäre.« Sie betrachtete den Cognac in der Flasche. »Ich habe gefürchtet, dass ich ohnmächtig werde. Dieses Défilé der Kollegen aus der BASF, diese unverschämten Blicke. Hast du diesen Assistenten von Joseph bemerkt, diesen Scholl, wie er mich vor dem offenen Grab gemustert hat? Als ob alle um mich herum gezählt hätten, wie oft ich mit der Schippe Erde auf den Sarg werfe.«

So war es natürlich nicht gewesen. Eine bildschöne, junge Witwe zog die Blicke unweigerlich auf sich. Über das Ausmaß der Trauer lästerten die Leute bei alten Witwen eher noch mehr. »Es ist vorbei. Wir haben deinen Mann in allem Anstand beerdigt.«

»Nichts ist vorbei, solange ich dieses grässliche Schwarz tragen muss.« Vera erhob sich, lehnte sich über den Tisch zur Cognac-Karaffe. Sie hielt inne, stützte den Ellenbogen zwischen zwei Gedecke. »Ich trinke wohl besser nichts mehr.«

Endlich wirst du vernünftig, lag Clara auf der Zunge. Sie verkniff es sich. Vera räumte die Karaffe schon in den Vitrinenschrank.

»Ich rufe Luzie, dass sie abräumen soll.«

Clara erhob sich. Ihre Glieder waren auf einmal so schwer, dass sie sich kaum regen konnte. »Denkst du morgen daran, die Danksagungen zu verfassen?«

»Clara! Es kommt doch nicht auf einen Tag an, Herrgott.« Vera drehte ihr den Rücken zu, weil sie am Klingelzug nach dem Dienstmädchen läutete.

Doch Clara wusste, dass ihre Schwester mit den Augen rollte. »Natürlich. Entschuldige.«

Sie hatte keine Kraft mehr für Fragen von Förmlichkeiten, selbst der Weg hinauf in ihre Wohnung schien ihr endlos weit. Die Beerdigung war bei allem Schrecken eine Aufgabe gewesen, die zu erfüllen notwendig gewesen war. Im Flur schon, vor den Stufen nach oben, wurde ihr langsam bewusst, dass nun eine unbestimmte Zeit vor ihr lag, eine Zeit ohne Ziel.

»Ist Ihnen nicht gut, Fräulein Balthasar?« fragte Luzie, die aus der Küche kam.

»Doch, doch. Räumen Sie ruhig ab.«

Kapitel 21

DIE JULISONNE HATTE die Grasnarbe längst ausgebrannt. Ein paar strohige Büschel mit grauweißen Flugsamen standen noch am Rande des abgemähten Übungsfeldes. Cresper bildete sich ein, dass der Gestank des Schlachthofs bis hierher wehte, aber das war eigentlich zu weit. Aber von irgendwoher roch es immer streng in dieser Stadt. Wenn sie doch nicht hier herumstehen müssten ... Die Ermittlungsarbeit konnte er für diesen Freitag wieder vergessen.

»Hol's!«, schrie der Schutzmann schräg links von ihm, der unter seiner lederverstärkten Uniform so schwitzte, dass ihm das Wasser über die Augen lief.

Der Schäferhund sprang aus dem Sitz und rannte über die braune Wiese, an den Bretterwänden vorbei, um die Bäume herum, zwischen den Kisten durch, immer die Nase am Boden.

»Höchst beeindruckend, unsere Hunde!« Hatzfeld stolzierte einmal mehr am Feldrand entlang. Die vorausgehenden Gehorsamsübungen hatte Cresper schon ertragen. Zeller von der Gewerbepolizei hatte ihm mit einem Augenrollen signalisiert, dass auch er schon mehr als einen Hund brav auf *Sitz!* den Hintern hatte senken sehen.

Der Schäferhund schnürte wie ein Fuchs zu einem Haufen Sandsäcken, fand eine Lücke und kroch hinein. Cresper drehte lieber den Kopf nicht weg, er hatte am allerwenigsten Neigung, Hatzfelds Zorn auf sich zu ziehen. Über Bretterwände springende Hunde, mein Gott, jeder Bursche, der vom Lande kam, wusste, dass die Tiere das konnten.

Die Schnauze vorwärts schleppte der Hund im Maul einen brotlaibgroßen Ballen Stoff heraus, das Tier hatte sich sogar in dem Haufen gedreht. Nun zerrte der Hund das Gewicht eher seitwärts zu seinem Führer, der ihn tätschelte und ablegen ließ.

»Sehr schön, sehr schön!«, tönte Hatzfelds heisere Stimme über den Platz.

Sein Chef hatte alle Sergeanten, ob von der Gesundheitspolizei oder aus dem Innendienst, herbeordert. Selbst der von der Straßen- und Verkehrspolizei, der die Wachtleute koordinierte, stand heute dabei. Alle schwiegen, weil alle wussten, dass Hatzfeld die Generalprobe für seine Jubiläumsfeier abhielt.

»Nun die Futterverweigerung!« Hatzfeld kniff das Auge zusammen und musterte die Sergeanten.

Alle dachten das Gleiche: *Bloß nicht ich.*

»Zeller!«, rief der Polizei-Inspektor.

Cresper hörte das allgemeine Aufatmen eigentlich nicht, sondern fühlte es unmittelbar.

Der Wachtmeister, der den Hund führte, winkte den Aufgerufenen zu einer Tonne. Schon an Zellers Schritt mit den langen Beinen verriet sich der forcierte Widerwille. Der Hundeführer hob einen Deckel, er machte mit dem Kinn Zeichen.

Cresper erlaubte sich ein Schmunzeln, weil ihn keiner beachtete. Auf seine Nase war Verlass. So falsch hatte er mit Schlachthof nicht gelegen, deshalb stank es hier. Der Hundeführer hatte ein Stück Fleisch von der Freibank geholt. Zeller holte es zwischen den schwärmenden Fliegen aus der Tonne.

Der Hundeführer flüsterte ihm etwas zu und zog sich zurück. Der schwarze Schäferhund hechelte im Liegen. Zeller zog einen Halbkreis, das Stück Fleisch weit von sich und der Uniformhose gestreckt, dann näherte er sich dem Hund.

»Komm, komm!«, rief er nicht sehr überzeugend.

Der Hund stellte sich auf die Vorderfüße. Zeller näherte sich, bis er das Fleisch vor dem Tier ablegte. Der Hund schnüffelte daran, wandte aber die Schnauze in die Richtung seines Führers. Der kam angelaufen und nahm dem Tier das Fleisch wieder weg.

»Bravo!« Hatzfeld klatschte sogar in die Hände.

Cresper tauschte lieber keinen Blick mit den Kollegen. Aus den Augenwinkeln sah er, wie Zeller vor einem trockenen Grasbüschel kniete und sich die Hand daran abwischte, so lange, bis sie trocken war. Was die Fliegen aber nicht abschüttelte, so verlockend roch sie wohl.

»Menschenübung vier!«, befahl Hatzfeld.

Diesmal lief gleich ein junger Mann aus der Gruppe der Hundehalter vor. Wahrscheinlich hatte man ihn für den Zweck engagiert, Schutzmann war er jedenfalls keiner. Die Hundeführer hatten ihn in eine Kluft aus festem Drillich gesteckt. Er ging bis auf die Mitte der Wiese.

»Fang!«, brüllte der Wachtmeister und deutete auf den Mann.

Ein heller Schäferhund sprang auf, der Mann rannte weg zum Sandsackberg hin. Der Hund hatte ihn fast, da zog der Kerl sich an einem Ast hoch auf einen Baum hinter den Sandsäcken. Der Hund bellte und hörte gar nicht mehr auf. Es war richtig nervtötend.

Cresper schluckte gegen den trockenen Grasstaub an.

Der Kerl turnte vom Baum herunter und floh, doch der Hund verfolgte ihn ohne neuen Befehl und packte ihn am Stiefel. Der Mann brachte es mit Mühe fertig, dass er nicht auf der Wiese stürzte.

»Aus!«, gebot der Hundeführer und zog den hellen Hund zurück.

»Wunderbar, ganz wunderbar. Mit den Tieren kriegen wir jeden Mann, wenn einer uns entwischen will, falls wir die Werksblockaden demnächst auflösen müssen.« Hatzfeld stand neben Cresper.

Die Begeisterung ging mit seinem Chef durch. Selbst die ganze Schutzpolizei zusammen hatte keine Chance gegen tausend Arbeiter oder mehr, wenn sie die Straßen fluteten. Nicht einmal die Gendarmerie reichte, da müsste schon das Militär anrücken und nicht die Polizei mit ein paar Hunden. Auch wenn es genug Leute gab, die Angst vor gefletschten Hundezähnen hatten. Gegen einen Hundebiss konnte man sich schwerer wehren als gegen einen Schlag mit dem Polizeistock.

»Ach, Sergeant Cresper, ehe ich es vergesse ...« Hatzfeld trat noch näher zu ihm heran und zwirbelte sich den Schnurrbart. »Vorhin hat mein werter badischer Kollege die Übernahme des Todesfalls Scherb abgelehnt. Der Tagelöhner sei seit Februar im Wohnheim der Stadt Mannheim abgängig.«

Damit lag laut den Vereinbarungen die Zuständigkeit eindeutig bei Ludwigshafen. »Ich verstehe«, sagte Cresper.

»Erfassen Sie rasch die Umstände aktenfest und legen Sie den Fall spätestens übermorgen ad acta.« Hatzfeld nickte knapp.

Nichts sollte sein Jubiläum trüben. Verdient gemacht hatte sich Hatzfeld allemal um die Polizei der Stadt. Ohne ihn gäbe es gewiss keine Polizeiordnung wie die von 1907, die wirklich etwas taugte, so viel sogar, dass die Münchner beim Lehrgang daraus zitiert hatten. Es kam nicht oft vor, dass man in der Residenz die Pfalz lobend erwähnte.

»Ich will der Presse, die der Polizei feindlich gesonnen ist, keinen Vorwand geben, gerade jetzt die Todesfälle aufzubauschen.«

Cresper zögerte, schwieg dann lieber über seinen Verdacht, den er über den Obduktionsberichten gefasst hatte. »Ich verstehe.« So konnte er wenigstens noch einen weiteren Tag sogar offiziell seiner Spur nachgehen. Er brauchte einfach mehr Anhaltspunkte als einen Halbsatz Westhovens im Obduktionsbericht, besonders jetzt.

Sein Vorgesetzter wartete gar keine Antwort ab, er machte ein paar Schritte auf die Hunde zu. »Und nun zur Schussfestigkeit!« Er hob den Arm.

»Sitz!«, brüllten die Führer im Chor.

Der Schuss verriet die scharfe Munition. Cresper zuckte mit den Lidern, Zeller mit den Schultern, die anderen Sergeanten hatten vorher den Obermaier die Waffe zücken sehen.

Hatzfelds Arm fiel herab wie ein Signal der Eisenbahn. Eine ganze Salve donnerte über den Übungsplatz. Die Hunde hechelten, die Hintern auf der Wiese. Nur einer davon hatte sich flach zu Boden gelegt und sogar die Schnauze ausgestreckt.

Die Schwänze eingezogen hatten sie alle.

Beinahe wäre Cresper an dem schmalen Haus in der Kanalstraße vorbeigelaufen. Das wäre ihm nicht zum ersten Mal passiert. Er konnte sich nur merken, dass die Korbmacherei zwei Ecken weit von der Gräfenau-Schule entfernt war.

Cresper ging drei Schritt rückwärts. Um diese Zeit waren wenig Leute auf der Straße, nur ein paar Kinder spielten mit Reifen, drei Mädchen zeichneten »Himmel und Hölle« mit Kreide auf die Steine. Eines hüpfte schon auf einem Bein im Kreis herum.

Das gesamte schmale Schaufenster war innen mit Körben aller Größen zugehängt. Draußen stand keiner, der würde hier nur von alleine Beine kriegen. Cresper hatte Glück, drinnen sah er den bulligen Noske rumräumen.

Die Ladentür klingelte wie in einem gutbürgerlichen Kolonialwarenladen mit einem Glockenspiel.

»Oh, Sie.« Noskes glatt rasiertes Gesicht verlor jede Freundlichkeit, die schräge Narbe über der Braue verschwand fast in den Stirnfurchen. Der Korbmacher ließ den großen Weinlesekorb stehen und wählte aus dem Bund an seinem Gürtel einen Schlüssel aus.

Cresper trat von der Tür zur Seite, Noske schloss rasch ab. Cresper hatte einmal dessen Erfassungskarteikarte studiert, dreizehn Karten, wenn er es genau nahm. Der Noske war aus Posen gebürtig. Wahrscheinlich hatte er an der Warthe wirklich gelernt, wie man aus Gerten Körbe flocht. Doch es gab wohl keine preußische Provinz und keinen deutschen Bundesstaat, in dem der Mann in jungen Jahren nicht als Dieb und Hehler Furore gemacht hätte.

»Gehen wir in die Werkstatt. Wenn Sie einer sieht ...« Noske stapfte mit seinen gut hundert Kilo voran.

Kein Mensch wusste, warum er ausgerechnet in Ludwigshafen sesshaft und anscheinend sogar ehrbar geworden war. Jedenfalls lag nichts gegen ihn vor, obwohl es der Polizei an brieflichen Einläufen gerade aus dem Hemshof nicht mangelte. Fünfzig davon am Tage waren keine Seltenheit.

»Was wollen Sie?« Der Korbmacher ließ sich auf einem Hocker nieder. Ein großer Wäschekorb stand halbfertig vor ihm.

Cresper blieb vor der Wand mit den sauber aufgereihten Werkzeugen stehen. »Mal hören, ob Sie einen kennen.«

»Hm«, brummte der Mann nur.

Cresper trotzte es Achtung ab, wie vorausschauend Hatzfeld handelte. Schon vor Jahren hatte der eine kleine Anzahl Spitzel angeworben, wahrscheinlich mit sanftem Druck, von deren Existenz nur der Chef selbst und die Sergeanten aus der Criminalabteilung, aber kein Wachtmeister sonst Kenntnis haben durften. Sogar offiziell vergattert hatte Hatzfeld ihn. »Ich meine den Kerl, der im Winterhafen abgesoffen ist.«

Der Stiernacken Noskes regte sich nicht, nur die kräftige Hand klatschte auf das Knie unter der Schürze. »Dachte ich mir.«

»Wieso?«

»Sie haben es auch nicht geglaubt.«

»Was?« Cresper musste das Spiel mitspielen.

»Dass ausgerechnet der Scherb absäuft. Der konnte gut schwimmen.«

Cresper lehnte sich an den Türrahmen der Werkstatt. »Wenn er besoffen war? Er war doch ein Säufer.«

»Nicht mehr als andere. Und wenn schon.« Der Korbmacher nahm ein Stück Weide zur Hand, drehte es zwischen den feisten Fingern, über deren Geschicklichkeit sich Cresper nur wundern konnte. »Der hat als junger Kerl sogar mal einen Preis gewonnen. Das hat er jedem in der Wirtschaft erzählt, auch wenn es keiner hören wollte. Der wäre noch hackedicht bis Mannheim geschwommen.«

»Er war ein alter Mann und schwächlich.« Das hatte jedenfalls Doktor Westhoven im Bericht geschrieben.

»Die alten Kerls sind zäh. Da täuscht man sich. Wer in den Fabriken alt wird, hat Substanz.« Noske wand den Weidenzweig zwischen den Fingern. »Na gut, vielleicht hätte er nicht über den Rhein schwimmen können, aber bis zur Mauer im Hafenbecken, wo die Stufen runterführen, allemal.«

Cresper spürte, wie sein Bauch warm wurde, wie immer, wenn er seine Intuition bestätigt fand. »In Mannheim ist er nicht mehr gemeldet. Wo ist er untergeschlüpft?«

»Beim Hufschmidt in der Rohrlachstraße. Der vermietet dort über den Ställen der Gäule billige Schlafplätz, so an die zwanzig. Der fragt nicht nach Papieren, nur nach Münzen, und kassiert dort jede Nacht im Voraus ab.« Noske lachte fast schnaubend. »Meine Frau, die Elvira, sagt, die Kerl stänken sogar schlimmer als die Gäule bis hinaus auf die Gasse.«

Vielleicht war Noske seiner Frau zuliebe solide geworden, das gab es öfter. Wie auch den Rückfall solcher Männer nach langen Jahren, wenn die Weiber untreu davonliefen. »Was hat der Scherb geschafft?«, fragte Cresper.

»Weiß ich's? Nichts Festes. Jedenfalls habe ich ihn beim Ausliefern mal hier, mal da in den Wirtschaften hocken sehen, am helllichten Tag, wenn die Männer in den Fabriken den Rücken krumm machen.«

»Geld muss er aber gehabt haben.« Im Hemshof konnte so einer wie Scherb nicht anschreiben lassen.

»Sieht so aus.« Noske warf die Korbgirlande zu ein paar anderen in die Ecke. Er stand auf. »Sonst weiß ich nichts. Wenn ich was höre, lass ich es Sie wissen.«

Cresper legte ihm zwei Mark in das erstbeste Körbchen, das er auf den Regalen fand. Irgendeinen Posten im Polizeietat würde er damit belasten.

»Nicht vorne raus! Über den Hof können Sie auch bei der nächsten Hausnummer raus. Das wäre mir lieber.«

Cresper musste dieser Elvira recht geben. Beim Hufschmied in der Rohrlachstraße stank es erbärmlich in den Pferdeställen. »Hier gehört einmal richtig ausgemistet.« Und frisch gekalkt, das wusste er schon mit den simplen Kenntnissen eines Unteroffiziers.

»Einmal die Woche reicht«, sagte der Mann mit der schmutzigen Lederschürze.

Der Hufschmied war so dünn, dass Cresper sich fragte, ob der aus Geiz sogar am eigenen Essen sparte. Alles in dieser Werkstatt verriet die Gier nach Geld. Sogar vorne an der Esse stand der Amboss schief im Grund.

»Da oben, die Leiter rauf.« Der Hufschmied wies zum Dach über den Standplätzen der Tiere. Drei Pferde standen unter dem Dach, ein alter Eimer war ihnen an eine Stange gebunden, der war aber längst leer.

»Holen Sie mir Ihre Schlafgäste herunter, falls noch welche oben sind.« Dem Gestank nach herrschte oben ein Dreck schlimmer als in einer Notunterkunft, dort scheuerte wenigstens ab und zu eine mitleidige Nonne mit Wasser und Soda über die Dielen.

»Sie wollen doch mit denen Kerl reden. Ich hab ein Eisen im Feuer.« Der Hufschmied drehte sich schon auf dem abgelaufenen Absatz seiner schwarzen Stiefel.

Cresper packte ihn am schmutzigen Kittel. »So nicht! Sei froh, dass ich dir nicht gleich Sergeant Zeller von der Gewerbeaufsicht auf den Hals schicke.«

Der Schmied schlug sich mit einer unwirschen Armbewegung frei, machte keine Anstalten, seine Logiergäste nach unten zu holen.

Cresper baute sich vor ihm auf. »Hast du einen Gewerbeschein für die Plätze? Die Ordnungsstrafe kostet dich mindestens vierzig Mark.«

Der Mann zeigte die Zähne wie eine bissige Stute. Cresper hätte beinahe gelacht.

»Sackerlot!«, fluchte der Schmied, ging vor und stieg die Leiter so weit hinauf, dass er unters Dach sehen konnte. Er winkte ins Dunkel. »Runter, aber schnell. Hier ist ein Schutzmann für dich.«

Sergeant. Aber Cresper ersparte sich eine Richtigstellung.

Der Schmied ging grußlos an ihm vorbei, warf hinter ihm in der Werkstatt etwas in die Esse, dass es nur so zischte. Cresper schaute unterdessen zu, wie ein abgerissener Kerl rückwärts die Leiter herabstieg, als würde der König höchstselbst die Freitreppen von Ludwigshöhe hinabschreiten. »Wird's bald?«, sagte er.

»Nur nicht hudeln«, krächzte der ungewaschene Mann mit dem schlecht gestutzten Bart. »Wenn ich mir das Bein breche, kriege ich von Ihnen kein neues.«

Der Geruch war schlimmer als eine Horde Rekruten nach drei Wochen Manöver. Der Mann räusperte sich wie ein starker Raucher und spie den Pferden ins faule Stroh. Vom Alter her konnte er gut und gern die fünfzig erreicht haben.

»Sie wollten mich sprechen«, sagte er in einem Hessisch, in dem das R rollte. »Manfred Vilbel mein Name.«

»Kennst du den Scherb?«

»Den Werner Scherb? Allemal. Der hat hier auch geschlafen, bevor er hat absaufen müssen.«

Müssen? »Was soll das heißen?« Cresper atmete möglichst flach.

Der Mann kratzte sich am Bart und hob nur die Schulter in der dreckigen Joppe. »Der konnte doch schwimmen, hat sogar mal einen Preis gewonnen.«

Crespers Laune sank. »Soso. Was hat er noch erzählt, wenn er mal nüchtern war?«

»Der Scherb hat nicht gesoffen. Wer erzählt denn so was?« Vilbel zog die Lippen so breit wie ein Frosch. Viele Zähne hatte der nicht mehr. »Gut, er hat mir öfter mal einen ausgeben oder auch zwei, weil er nicht allein hat trinken wollen, aber trinken *müssen* hat der nicht.«

Cresper zweifelte nicht daran, dass es bei dem Alten anders war. Dafür sprachen die roten Augen und die Knollnase. »Was hat er geschafft, dass er sich das leisten konnte, dich einzuladen?«

Wieder das Froschgesicht, der Vilbel hielt sich an der Stange fest, an der der Pferdeeimer baumelte. »Das darf ich Ihnen gar nicht sagen, weil ich es ihm versprochen habe.«

»Geld gibt's keines, Freundchen. Das ist eine dienstliche Befragung. Ich kann dich auch in die Wache mitnehmen.«

Der Alte lachte nur leise. Der wusste auch, dass Cresper sich mit solch einem duftenden Gast höchst unbeliebt machen würde. »Ich habe ihm mein Ehrenwort geben müssen«, sagte er.

Auch das noch. »Spitzklicker. Hast du dein Gehirn versoffen? Raus mit der Sprache.« Cresper drohte mit der Faust.

Der Vilbel duckte sich rasch weg. Weil Cresper nicht zuschlug, kam er langsam wieder hoch. »Ist schon gut, Herr Wachtmeister. Der Scherb ist ja tot. Aber es muss schon was Wichtiges an Arbeit gewesen sein, der Scherb hat schon länger bessere Schlafplätze gehabt. Was genau, hat er mir nie gesagt. Beim Dicken hat er geschafft, so dies und das.«

»Der Dicke? Wer ist das?«, fragte Cresper. Männer mit stattlichem Leibesumfang gab es im Hemshof in großer Zahl.

»Ach, für mich brauchen Sie kein Theater spielen.« Der Mann hob den Arm für eine wegwerfende Bewegung, sodass Cresper die Flecken unter den Achseln sehen konnte. »Der Dicke halt. Der überall das Sagen hat, wo ihr nicht reingucken sollt. Den mein ich.«

Cresper gab sich lieber keine Blöße. »Wo hat der Scherb meistens gehockt, wenn er gesoffen hat?«

»Der hat gar nicht viel gesoffen, dafür war der viel zu oft unterwegs.«

»Wo?« Der Gestank wurde ihm lästig.

»Im Roten Sack hat er am liebsten gegessen. Wegen der Wirtin«, Vilbel klopfte mit den breiten Hände an seine Brust, »dort gab's viel Busen umsonst zu sehen.« Er ließ die Hände wegsacken. »Vielleicht hat er dort auch manchmal was zu tun gehabt. Gesagt hat er mir's nicht.«

Der Rote Sack hingegen war nun wahrlich kein unbekanntes Lokal für die Ludwigshafener Polizei. »Leg dich wieder hin. Und wenn dich einer fragt, was ich wollte, dann …«

»… sag ich: Lauskontrolle.« Er wandte sich um und strich die Jacke glatt. »Das glaubt mir jeder. Lebensmüde bin ich noch nicht. Dazu schmeckt der Pfälzer Wein zu gut.«

Cresper sah ihn wieder die Leiter hinaufsteigen wie ein König, der seinen Palast aufsuchte. Dass ein stinkender Stadtstreicher wie Vilbel so viel Würde ausstrahlen konnte. Cresper machte sich davon.

Der Dicke mochte die Erfindung eines Schwätzers sein, der ihm ein paar Pfennige hatte abluchsen wollen, die Stadtstreicher waren oft schlau. Andererseits wunderte sich die Polizei schon länger …

Im Durchgang zur Straße sah er den Hufschmied mit verzerrtem Gesicht ein Eisen auf dem Amboss behauen, Funken flogen dabei vom Metall.

Der Dicke konnte aber auch die Erklärung dafür sein, warum sie in diesem Jahr noch keinen einzigen Hehler hatten fassen können und sich die Denunzianten rarer machten.

Cresper hätte das Wirtshaus gar nicht übersehen können, auch wenn es im verrufensten Winkel der Stadt verborgen war. Bekamen die Kollegen von den Sittlichkeitsdelikten eine neue Anzeige auf den Tisch, begannen sie die Nachforschungen gleich hier in den umliegenden Straßen. Die Wirte waren einander nicht grün, einer denunzierte den anderen aus Missgunst. Mit der Roten Laterne wurde schon seit alters her Geld verdient, auch wenn nicht überall, wo es zur Sache ging, eine draußen über dem Trottoir hing.

Weit sichtbar ragte ein schmiedeeisernes Ladenschild über den Eingangsstufen in die Straße. In einem großen Eichelkranz stand aufrecht ein praller Mehlsack, der leuchtend rot lackiert war, die stilisierte Kordel, die den Sack zuband, war in billiger Lüstergoldfarbe gestrichen.

Die Schankstube im Roten Sack hatte doppelte Breite, weil die Wand zum Nachbarhaus durchbrochen war. Schwaden grauen Rauchs standen unter den vielen Lampenkugeln, die an eisernen Ringen von der Decke hingen.

»Schippe Ass! Und Stich!«

An gut zehn eher langen und kleinen Tischen saß das übliche Publikum, die Kartendrescher gleich vorn beim Tresen.

»Kannst du glauben, dass der den packt, wenn er will …?« In der Ecke hinterm Durchbruch krakeelten ein paar angesoffene Lehrlinge.

Cresper registrierte, dass einige Augenpaare ihm folgten, Köpfe wurden zusammengesteckt, Schnapsgläser nicht ausgetrunken, sondern von schwieligen Händen wieder abgestellt. Die Kriminellen rochen sofort den Polizisten in ihm, da half ihm sein ziviles Zeug auf dem Leib gar nichts.

Der alte Stinker hatte nicht gelogen. Cresper setzte sich an den zweiten Tisch vor dem Ausschank. Die Aussicht, die die Wirtin bot, war grandios. Nicht nur hatte die Dame eine Büste wie die Walküre einer Opernaufführung, sie trug auch eine Bluse im Pariser Schick, wie Cresper sie nur mal in einer Zeitung gesehen hatte. Stoffrosen, so groß wie Säuglingsfäustchen, umsäumten den mehr als weiten Ausschnitt. Sie wippten bei jeder Bewegung, die die geschäftige Wirtin an den Biergläsern machte. Jeden Moment drohte der üppige Busen aus dem straffen Stoff herauszuspringen. Cresper war nicht der Einzige, dessen Blick sich daran länger verfing.

»Gundel, zwei Kurze und ein Kleines«, sagte ein junger Kellner, der ein Tablett mit leeren Gläsern rechts am Tresen abstellte. Er kratzte sich mit dem linken Schuh die Wade.

»Kommt!«, antwortete die Wirtin mit rauer Stimme. Sie sah den Jungen gar nicht an.

Cresper war nicht zum Vergnügen hier. Das Gesicht der Wirtin zeigte Falten, so gut genährt sie auch war. Es waren die harten Gesichtszüge von Frauen, die mit den Männern durch waren, weil sie zu viele hatten horizontal bedienen müssen. Cresper hatte in der Ausbildung solche Gesichter bei Bordellbetreiberinnen gesehen, entweder waren diese Weiber entsetzlich fett oder spindeldürr. Die Wirtin im Roten Sack war erstaunlich gut erhalten.

»Was darf's sein?« Der junge Kellner blieb knapp vor ihm stehen und drehte ihm ein pickeliges Gesicht zu.

»Ein Bier und einen Weck mit Wurst«, sagte Cresper. Appetit glaubte man ihm vielleicht.

Der Junge kniff die Augen zusammen. »Die Weck sind aus, Schmalzbrot gibt's noch.«

»Auch gut.«

»Seit wann essen solche wie Sie im Roten Sack?« Der Arbeiter am Nebentisch lehnte sich im Stuhl zurück. Ein roter Ausschlag verunstaltete die Wange. Chlorakne wie bei vielen, die in den Fabriken schafften.

»Weil ich Hunger habe«, sagte Cresper. Was sollte er drum herumreden?

»Als ob ihr sonst nicht woanders besser essen gehen tut.« Der Mann zog an einer Pfeife, die er von den Knien genommen hatte.

»Ich suche einen.«

»Ihr sucht immer einen.« Der Mann blies Rauch zur Decke. »Bei euch ist nie Leerstand.«

Es würde schnell an die richtigen Ohren kommen. »Es wäre gut, wenn der mit mir redet, den ich suche«, sagte Cresper langsam.

Der Pfeifenraucher legte den Unterarm auf die Stuhllehne, zog die Stirn kraus. »Wer?«

»Der Dicke.«

Dem Mann entstieg sogar ohne Atemdruck ein bisschen Rauch aus dem Mund. Die braunen Augen weiteten sich, dann rückte er schon an den Tisch zurück. Er hielt den jungen Kellner, der gerade aus dem Saal zurückkam, an der Schürze fest. »Helmut, was macht's?«

»Neunzig Pfennig.«

Der Mann legte einfach ein Markstück hin und ging.

»Oh!«, sagte der Junge und griff nach dem Geld. »Schönen Abend noch.«

Cresper sah dem Mann nicht nach. Das wäre noch auffälliger geworden. Wieder registrierte er Augenpaare, die ihn musterten. Die Wirtin bot ihm zwar das Décolleté, aber kein Lächeln. Auf dem Rückweg vom Tresen brachte der Kellner das Bier und das Schmalzbrot.

Es wurde voller. Leute aus einer Ziegelei wohl, wenn Cresper den roten Staub auf den Hosen betrachtete.

Zwei Arbeiter setzten sich an seinen Tisch.

»Gibt's keine Weck mehr?«, fragte der eine.

Cresper schluckte den Bissen herunter und sagte: »Nein, nur Schmalzbrot.«

»Die Gundel weiß doch, dass wenn die Ringer kommen, die Wurst nicht reicht. Ich verstehe nicht, warum die nicht mehr Vorrat haben.«

»Weil sie ihr altes Schmalz auch verkaufen wollen.« Der andere streckte die Beine mit einem Ächzen unter dem Tisch aus.

Die beiden rochen ein bisschen nach Maschinenöl, hatten beide eine knollige Nase und sahen aus wie Brüder, nur dass beim einen der Scheitel nach links in Hell und beim anderen in Dunkel nach rechts fiel.

»Schmeckt aber gut gepfeffert.«

»Ja?« Der Blonde machte mit zwei Fingern ein Zeichen zu Gundel, die die Lippen zu einem berechnenden Lächeln hob, wie es die Imperia nicht besser gekonnt hatte.

»Wo wird denn hier geturnt?«, tat Cresper absichtlich unwissend.

»Sie verwechseln was.« Ein Daumen mit grünlich braunen Flecken wies hinter sich in den Saal. »Nebenan, alles Ringer auf der Matte.«

»Vom Kraftverein Rhenus«, sagte der dunklere der mutmaßlichen Brüder.

Zwei Klare wurden vom pickeligen Kellner im Vorbeigehen vor sie gestellt, der Junge war richtig flink.

»Ich gehe zu den Meisterschaften«, log Cresper. »Den Verein kenne ich gar nicht.«

»Kann sein.« Sie kippten die Klaren.

»Gibt es den Verein noch nicht lang?«

»Na ja ...« Der Blonde streckte auch die Beine am Tisch vorbei, ächzte aber nicht. »Früher war die Wirtschaft dort hinten, bis sie den Durchbruch gemacht haben. Zwei Jahre ist es wohl her.«

»Die stemmen auch Gewichte, hundert Pfund in jeder Hand.« Der Dunkle gab dem Kellner ein Zeichen für noch zwei Schnäpse.

»Winfried. Die Handgewichte sind leichter. Du meinst die Stange mit den Kanonenkugeln dran.«

Der Schnaps gab den müden Gesichtern frische Farbe. Ihre Gesprächslaune kam Cresper gerade recht. »Wem gehört denn der Rote Sack eigentlich?«, fragte er und tat so, als ob er vergnügt in das Schmalzbrot biss.

»Na, der Gundel ihrem Mann«, sagte der mit dem linken Scheitel.

»Solange sie ihn ranlässt«, lachte der, den der andere Winfried genannt hatte, dreckig, »so lange gehört ihm was. Sonst dem Nächsten.«

»Den Platz tätst du auch gern nehmen, so wie du glotzt.«

»Ich dachte, die Wirtschaft gehört dem Dicken«, sagte Cresper und hoffte, dass es leichthin klang.

»Der hat in vielem die Finger drin, aber ob der hier –« Winfried brach ab, fuhr sich mit der Zunge die Oberlippe lang.

Hinter ihnen stand einer auf, der groß war. Fast schien es Cresper, dass der breite Rücken des Mannes einen Schatten warf. Die Oberarme waren so dick, dass die Joppe spannte. Einer von den Ringern, das sah er am breiten Ledergürtel. Der Mann war wohl Anfang dreißig, der glatt rasierte Kiefer mahlte kaum sichtbar. Er schwieg und regte sich nicht.

Die Gespräche an den Nachbartischen erstarben.

Winfried fuhr sich mit den ölfleckigen Daumen ins Genick. »Ja … Also ich ess jetzt noch ein Schmalzbrot. Komm, Anton, dahinten sitzt unser Vetter, dem Bixemacher müssen wir noch zum Nachwuchs gratulieren.« Er stand auf und tockte mit dem Fingerknöchel auf die Tischplatte.

Sein Bruder nickte nur, sah gar nicht mehr her. Sie gingen durch die Tischreihen nach ganz hinten.

Erst dann setzte sich der Ringer wieder wortlos auf seinen Stuhl. Cresper spürte den Blick im Genick.

»Das macht siebzig Pfennig.« Der junge Kellner legte ihm sogar ordnungsgemäß ein Blatt Papier mit der notierten Zeche vor. Sein Adamsapfel hüpfte im dünnen Hals.

Am Tresen stand die Wirtin, ihre verschränkten Arme verbargen sogar die Brüste etwas.

Es war ein Rausschmiss, dem er besser sofort Folge leistete. Hier war sein Gesicht für weitere Ermittlungen verbrannt.

Der ganze rote Plüsch dämpfte die Geräusche. Franz verstand nicht, was die drei Retsche auf der roten Bank hinter ihm tuschelten. Er ging weiter durch den Vorraum. Samstags war es hier immer voll. Durch die halbrunde Wand hörte er plötzlich Frauenstimmen kreischen. Wahrscheinlich stürzte Asta Nielsen gerade von einem Balkon oder einem Grafen in den gezückten Degen. Franz hatte das Filmplakat der »Verräterin« im Eingang des Union-Kinos angeguckt und gleich gewusst, dass ihn der Film nicht interessierte. Feine Leute in Schlössern, warum sollte er sich so einen Schmonzes anschauen?

An den Seiten des Saales gab es kleine Tische und gepolsterte Hocker in den Winkeln. Wer zu spät oder zu früh kam, konnte hier auf die nächste Aufführung warten. Franz sah Cresper ganz hinten sitzen, er aß gerade Nüsse aus der Handkuhle. »Da steckst du.«

»Setz dich.« Cresper legte ihm ein Päckchen gerösteter Mandeln hin.

»Süße mag ich nicht.« Franz zog sich den Hocker heran. Unter den Glühbirnen, die in langen Reihen die Decke schmückten, war es richtig heiß.

»Keine Sorge. Die sind salzig.« Cresper legte die Hände auf die Knie. »Nach Himbeerlimonade muss ich wohl gar nicht erst fragen.« Er hob den Zeigefinger. »Ich sage dir aber gleich, Bier gibt's hier nicht. Die haben keine Alkohollizenz.«

»Dann halt Zitronenbrause.«

»Die ist nicht süß?«

»Doch, aber wenigstens auch sauer.«

Franz sah Cresper nach, wie der zum Tresen ging. Die Verkäuferin war nicht sein Fall, die ganzen falschen Locken sahen aus wie angenäht. Außerdem hatte sie nichts auf den Rippen. Franz zog den Hocker weiter bis vor die Wand, das Ding war zu niedrig für seine Beine. Er lehnte sich an den Plüsch.

»Schäumt fast wie Bier.« Cresper stellte ihm das Glas mit der gelben Brause hin. »Die Farbe hat es ja fast.«

»Ich hätte nicht gedacht, dass mir mein Uffz mal ein Liebeskärtchen schreibt.« Franz prostete Cresper zu, der nur Mineralwasser trank.

Cresper kniff ein Auge zu. »Komisch, komisch. Meine Urlaubsscheine hast du wohl vergessen?«

»Meine Vermieterin hat den Brief aus ihrer Schürze gezogen, kaum dass ich die Treppe herauf war. Sie war so neugierig, dass sie einfach stehen geblieben ist und mir auf die Finger geschaut hat, als ich ihn aufgerissen habe.« Da hatte er noch gefürchtet, Helma hätte nun das endgültige Aus besiegelt. Sie hatte ihm wirklich schon eine Liebeskarte geschrieben.

»Leider war's bloß ich.« Cresper ließ den Kopf kurz in den Nacken sinken. »Traurig?«

Eigentlich war Franz froh gewesen. »Warum hast du nicht einfach meiner Vermieterin Bescheid gesagt?«

Cresper beugte sich vor. »Es muss nicht jeder wissen, dass wir uns kennen.«

Geretscht wurde tagaus, tagein im Hemshof, das stimmte. Schämen tat sich Cresper bestimmt nicht für ihn, er war ja sogar mit ihm schwimmen gewesen. »Du brauchst doch keinen, um mal ins Kino zu gehen, oder?«

Cresper versenkte den Blick in der Tüte Mandeln. »Ich brauche aber einen, der an meiner statt woanders hingeht.«

»Für dich?« Franz nahm die Arme vor die Brust. »Ich höre mich doch schon im Werk um.« Aber viel herausgefunden hatte er noch nicht.

»Das kannst du mir gleich erzählen.« Cresper knackte eine Mandel mit den Zähnen. »Du sollst für mich in einen Verein gehen, wo ich nicht reinkomme.«

»Hä? Was für einen Verein?« Franz fiel ein, dass Cresper sich als Uffz immer die übelsten Hänge im Gelände ausgesucht hatte, wo die Rekruten am Ende durch einen schlammigen Bach hatten robben müssen. »Das haben wir nicht ausgemacht.«

»Deshalb reden wir ja drüber.« Cresper schien die Mandeln in seiner Hand vergessen zu haben.

Franz wartete. Dann nahm er halt einen Schluck Zitronenbrause, bis Cresper wieder redete.

»Es ist ein Arbeiter-Verein, wo man mich nie aufnehmen würde. Hast du schon mal vom Kraftverein Rhenus gehört?«

Franz rülpste kurz. »Nein.«

»Das sind Ringer. Die Statur dazu hast du.«

»Mir ist die Faust lieber.« Er balgte sich nicht gern, schon als Junge nicht. Lieber kloppte er drauf, da gab's auch schneller Ruhe.

»Ringen und Gewichtheben.« Cresper warf eine Mandel in die Luft und fing sie mit dem Mund auf. »Da wirst du noch stärker.«

Hinter der Rundwand lachte das Kinopublikum.

»Wer sagt denn, dass die mich nehmen?« Außerdem kostete das. »Was ist mit den Vereinsgebühren?«

Cresper sah sich um. Die Gelockte vom Verkaufsstand war verschwunden. »Keine Sorge, ich zahl dir alles. Ich lege auch noch was drauf. Ist ja Arbeit für dich, sozusagen.«

Wenn es so anfing, wurde es meistens Drecksarbeit. Das war im Werk so und draußen erst recht. »Was für eine Arbeit?«

Crespers Gesicht wurde ernst. »Gefährlich kann's auch werden.«

Franz pfiff leise zwischen den Zähnen. Cresper war also für die krummen Dinger bei der Polizei zuständig.

»Du kannst ruhig sagen, wenn du lieber nicht … Es kann schon sein, dass es mal hart zugeht.« Cresper hob die Augenbrauen, sein Blick forderte ihn heraus.

Franz hatte noch nie gekniffen. »Ich habe keine Angst. Nur faule Sachen mach ich nicht. Wer weiß, ob du mich wieder raushauen kannst? Geht es wieder um den Scherb?«

Crespers zog mit dem Zeigefinger eine Gerade auf dem Tisch. »Auch. Wichtiger ist, dass du dich bei den Ringern im Roten Sack …«

»Im Roten Sack?« Franz kribbelten die Fußsohlen. Dort soffen nur die mit viel Dreck am Stecken. »Das wird meiner Helma nicht gefallen, wenn sie rauskriegt, dass ich dort hingehe.« Allzu lange durfte er hier nicht sitzen, sonst verpasste er sie am Küchenausgang des Gesellschaftshauses.

»Erzähle es ihr hinterher.« Cresper legte die Mandeln weg. »Pass auf, höre dich einfach um. Aber ganz vorsichtig. Ich will rausfinden, wer der Mann ist, den das Gelichter den Dicken heißt. Aber frag bloß nicht von dir aus nach ihm. Es reicht, wenn du mir sagen kannst, wer was über ihn von sich gibt.«

»Und was meinst du, was für einer das ist?«

»Ein richtig Krimineller. Einer, der das große Geld macht. Ohne Rücksicht auf Verluste.«

»Wie lang soll das dauern? Ich geh ja schon im Werk schaffen, und die Helma …« Wenn sie nur wollte, würde er jede freie Minute mit ihr verbringen.

»Hast du nicht gesagt, dass die für die streikenden Arbeiter kocht und Flugblätter verteilt? Ihr seht euch doch gerade sowieso nicht.«

Cresper war ihm halt über, der war so schnell im Kopf. Aber trotzdem. »Ich weiß nicht.« Franz kratzte sich auf der Brust.

»Zehn Mark für jeden Abend, bei dem du dich mit den Ringern auf der Matte wälzt.«

Das lohnte sich, damit konnte er Helma auch mal richtig was schenken. Wenn der Brei da ist, wird er gegessen. »Was ist, wenn ich mit denen um die Häuser ziehen oder einen Einstand geben muss?«

»Zahl ich dir. Notfalls auch die Rote Laterne.«

»Mann, Mann. Das sind ja Versprechungen.« Sonst saß die Mark doch nicht so locker beim Cresper. Das war nicht gerade die Art, die er von ihm kannte.

»Ich weiß schon, was das in Ludwigshafen im Hemshof kostet. Ich war lange genug bei der Sittenstreife.« Cresper lachte mit geschlossenem Mund und mahnte mit dem Zeigefinger wie ein Schullehrer. »Übertreibe es nicht.«

Wenn er schon nicht aus der Stadt herauskam, dann wollte er wenigstens hier etwas erleben. Bisher hatten ihn seine Fäuste noch aus jeder Bredouille rausgehauen. »Also gut.« Franz streckte Cresper die Hand hin. »Aber nur, bis ich was über den Dicken rausgekriegt habe.« Länger wollte er sich nicht von Kerlen auf der Matte platt drücken lassen. Geld hin oder her.

Cresper schlug ein. »Nun erzähle mal aus dem Werk.«

Kapitel 22

»STRECKEN, UND BEUGEN, strecken und beugen!«, tönte es hinter ihnen aus der Halle. Helma steckte ihre letzten Strähnen auf der Schultreppe fest.

»Nur nicht so steif, meine Damen! Hoch mit den Hintern!« Geräte wurde herumgerollt, als sie als die Letzten ihrer Gruppe die Halle verließen.

»Die Lisl ist ein Dragoner.« Ihre rothaarige Freundin Ursula warf sich den Turnbeutel über die Schulter, sie war noch immer schlank wie mit sechzehn, obwohl sie schon zwei Mädchen geboren hatte. »Aber wenn Lisl nicht so streng wäre, hätte ich den Salto rückwärts auf dem Schwebebalken nie geschafft.«

»Ich mag am liebsten den Stufenbarren.« Das Gerät verband Schwung und Kraft, beim Turnen vergaß sie ganz alle Sorgen. »Je früher du damit anfängst, desto einfacher ist es.« Helma war Mitglied der ersten Stunde, seit 1907 die erste Frauenriege in der Vereinigten Freien Turnerschaft gebildet worden war.

»Ich melde meine Älteste nächstes Jahr an.« Ursula hakte sich bei ihr ein, sie gingen im Gleichschritt hinunter. Auf der vorletzten Stufe schreckte sie hinter die Säule des Aufgangs zurück. Sie drückte Helmas Ellenbogen ganz fest. »Guck mal da vorn.«

Ursula hatte bessere Augen als sie. Helma beugte sich um die Säule herum. Franz stand vor einem Guckgasten, in dem die Schule Ehrabzeichen eines Sportfests ausstellte.

»Wenn du nicht mit ihm reden willst, kriegt er's mit mir zu tun.« Ursula, so schmal, wie sie war, hatte sich bei den Männern immer durchgesetzt. Den Vater der ersten Tochter hatte sie auf Alimente verklagt und vom Sozialdemokratischen Anwaltsverein bis nach Erfurt verfolgen lassen. Den Vater der zweiten hatte sie dazu gebracht, dass er die Rheinschifffahrt aufgegeben hatte und zu ihr an Land gezogen war.

»Ich weiß nicht.« Helma war mit Absicht früher von der Küchenarbeit aufgebrochen. Zum einen wollte sie auch mal helfen, die Geräte für die Frauenriege aufzustellen, zum anderen wollte sie nicht, dass Franz sie abholte.

Ursula seufzte leise, sie wusste Bescheid. Ursula leitete im Bildungsverein die Mädchengruppe und interessierte sich sogar für Physik. »Oje. Wenn du's nicht weißt, willst du ihn doch sehen. Sonst wüsstest du's.«

»Meinst du?« Helma spürte ihren Stolz, aber irgendwie konnte sie sich nicht dahinter verbergen wie sonst.

Ursula streichelte ihr die Hand. »Wenn er dich hart anfasst, schreist du. Dann kommt die ganze Frauenriege über ihn hergefallen und Lisl obendrein. Das hält kein Mann aus.«

»Franz schlägt keine Frau.«

»Helma. Gib nur nicht zu früh nach.« Oben hörten sie die Frauenriege in der Halle rennen.

Immerhin hatte er Wort gehalten, war ihr hinterhergegangen, weil er sein Wort wahr machen wollte. Und holte sie hier ab. Er wusste ja, dass er sie samstags hier finden würde. »Gehen wir.«

Ursula ließ sie nicht los, ehe sie vor der Glasvitrine standen, wo nach links der kleine Flur zu den Lehrsälen abzweigte. »Ach, der Franz. Guck emal da.« Sie maß ihn mit einem kurzen Blick. »Dass du dich hier hertraust. Hier turnen nur solidarische Arbeiterfrauen.«

Franz hielt Abstand, als ob ein störrischer Esel den Kopf einzog. »Ich habe es der Helma versprochen.«

Ursula drückte ihr die Hand. Franz ließ sie einfach stehen. »Bis morgen. Wir sehen uns bei der Frauenversammlung.«

»Bis morgen«, sagte Helma rasch.

Franz langte nach ihrer Hüfte, sie wand sich weg. Ging ein wenig weiter in den Flur mit den Lehrsälen, damit man sie von oben nicht hörte.

»Wo willst du denn hin?« Franz ging ihr schleppend hinterher, als ob er Steine an den Füßen hätte.

Helma blieb vor einer Klassentür stehen, das Halbdunkel tat ihr gut. Ihr Kopf glühte, sie wusste nicht recht, warum. Immer wütender wurde sie auf ihn, je länger sie ihn vor sich sah, den Streikbrecher. Und zürnte sich selber, weil sie so froh war, dass er nicht gleich aufgegeben hatte und hierher zum Abholen gekommen war.

»Helma.« Franz kam Schrittchen für Schrittchen näher. »Helma.« Seine Stimme schmeichelte wie eine Bauersfrau am Marktstand.

»Was willst du?«

»Bei dir sein.«

»Das kannst du auch beim Flugblätterverteilen«, hörte sie sich fauchen.

»Helma«, flüsterte er. »Ich habe anderes zu tun.«

»Ja, dich von den Direktoren einlullen lassen.«

»Nein«, sagte er sanft und lehnte schon mit der Schulter neben ihr am Türrahmen.

»Nein?«

»Der Cresper hat mir einen Auftrag gegeben.«

»Der schon wieder!« Wenn Franz jetzt doch den Spitzel machte, rannte sie davon. »Was will der noch von dir?«

»Ich soll ihm helfen, einen zu finden, der der Dicke genannt wird.«

Das sagte ihr etwas. »Was will der Cresper denn von dem?« Ihr Cousin hatte drei Tage nur Fensterscherben weggeschafft, so groß war der Schaden gewesen. »Den Dicken vermutet unser Streikführer Hahnwald als Drahtzieher hinter dem Einbruch bei der Druckerei der Pfälzischen Post.« Nur dank eines Kredits, den der Reichstagsabgeordnete Jakob Binder vermittelt hatte, konnte die Zeitung weitermachen. »Ich kann mir nicht vorstellen, dass sich dein Cresper für den Diebstahl der Druckerpressen interessiert.«

»Cresper ist kein schlechter Kerl.«

»Schwärm nicht so von dem. Der nutzt dich nur aus.«

»Der will nur herausfinden, wer den Mann in den Winterhafen geworfen hat. Das muss er doch.«

»Aber wozu braucht der dann einen Arbeiter wie dich? Die haben doch genug besoldete Kerl.«

»Ein Polizist kann doch nicht bei den Ringern eintreten. Das dürfen die doch gar nicht.«

»Du sollst was?« Helma fiel ein, was sie in der Küche über die Ringer hatte sagen hören.

»Zu den Übungen gehen. Nur so lange, bis ich mich umgehört habe, was die dort im Roten Sack im Hinterzimmer machen.«

Einen Moment gleißte der Winkel an der Tür vor ihren Augen, so wütend war sie. »Ein Haufen Hurenböck ist das, sonst nichts. Oder ein Haufen Weiberfeinde, wenn die Margit recht hat, die's miteinander …« Helma nahm die Fäuste vor die Brust, weil Franz schon nach ihr langte.

Sein Griff war fest. »Was soll das heißen?« Er drückte noch fester zu.

Jetzt war seine Stimme so rau und tief, dass es ihr den Rücken runterlief. »Nichts. – Du tust mir weh.«

Er löste seinen Finger sofort, ließ aber ihre Hände nicht frei. »Soll ich dir zeigen, wo mein Hahn sein Nest sucht?« Seine freie Hand strich ihr zart über die Hüfte. Er drängte sie an eine Tür unter einer Wandwölbung.

»Lass mich.« Helma fühlte seinen Körper an ihrem. Wie er sich an sie schob, mehr und mehr.

Sein Mund strich ihr über das Ohr. »Nein. Helma, jetzt lass ich dich nicht mehr.« Er ließ sie nicht weichen und küsste ihr Ohr, wieder und wieder.

Sie wehrte sich, aber nicht richtig, was sie nur noch wütender machte. Seine Zunge spielte an ihrem Ohrläppchen, sie fühlte ihn hart und fest werden. »Sauborsch.«

»Helmachen.«

»Nenn mich nicht so.«

»Helmachen«, sagte er noch langsamer. »Meine Helmi.« Seine Hand ließ ihre los und strich sanft an ihrer Seite, ihrem Rücken entlang. Er umarmte sie und knabberte ihr den Hals.

Sie konnte nicht anders als seinen breiten Rücken umfassen. Ihre Wut schlug um in eine Hitze, die ihren Leib so schnell überströmte wie überlaufende Milch den Topf. Sie fand seinen Mund.

»Ich werde dir zeigen, dass ich bestimmt kein Weiberfeind werde.« Seine Hand zog ihren Rock Griff für Griff höher.

»Nicht«, flüsterte Helma. Sie standen doch in einem dunklen Schulflur.

»Schscht.« Franz rührte an sie, wie nur er es konnte, so drängend und doch so, dass sie nichts lieber wollte, als dass er ganz zu Ende damit kam. »Wir brauchen nur ein bisschen leise sein. Hier in den Schulsälen ist kein Mensch«, keuchte er ganz leise zwischen zwei Atemzügen.

Helma wollte nicht mehr denken, ob es richtig oder falsch war, dass sie ihm am Hosenbund half. Dass sie seine feste Männlichkeit streichelte, packte, rieb. Wenn sie seinen Mund mit ihrem zum

Schweigen brachte, ihr linkes Bein hob, dass er sie ganz besitzen konnte.

Es war nicht einmal wie im Stehen, es war wie Fliegen, endlos lang und unendlich hoch.

Gleich ging der Kerl zu Boden. »Dreh, dreh weiter, dreh!«, schrie Ralles. Der massige Mann sprang um die beiden Ringer herum wie ein Hund um seinen Jäger. »Wehr dich, hopp, den linken Fuß stärker ins Patt! Mann, Egon, den linken.«

Zu spät, Egons Schulter berührte die Matte. Ralles hieb sich auf den Schenkel, dass es klatschte. »Zu Boden! Aus!«

Die meisten waren doppelt so schwer und breit wie Franz, die dickeren trugen nur die Ringerhosen, waren oben frei, die dünneren wie er hatte die Träger übergezogen. Es war so heiß am Montagabend in dem Hinterzimmer des Roten Sacks, wo sie übten, dass sich Franz nicht gewundert hätte, wenn die Männer gedampft hätten. Der Raum war weiß mit Ölfarbe gestrichen, drei Lampen hingen weit oben an der Decke, den Boden bedeckten braune Rindsledermatten, die vom Schweiß glänzten.

Der ältere Ringer hatte noch den Arm um Egons Hüfte gekeilt. Er bog sich zurück, Egon federte mit, beide kamen in den Stand und sprangen auseinander. »Verdammter Drecksbock, um ein Haar hätte ich dich nicht gepackt.« Der Ältere hieb dem anderen auf die Schulter, lachte.

Egon streckte schon die Arme hoch. »Langsam hab ich den Bogen raus, was, Ralles?«

»Bist ja auch lange genug dabei.« Ralles deutet mit dem Daumen zu Franz her. »Noch was für unsern Frischling. Macht mal die Rempelreihe auf.« Er machte Platz. »Du stellst dich, wie ich's dir gezeigt habe, da an den Mattenrand.«

Franz stellte das rechte Bein zurück, das linke etwas vor, federte in den Knien, bis er den Boden mit den Ringerstiefeln richtig spürte, spreizte die Finger, verschränkte sie ineinander. Die Hände hielt er seitlich links, damit der stärkere Unterarm vorn lag.

Ralles schob ihm die Fäuste noch ein wenig weiter auf den linken Hüftknochen hoch. »So ist's besser, wirst sehen.«

Sechs Männer hatten heute geturnt. Nur den Fipser Egon kannte Franz von der Straße; als Jungen waren sie in Friesenheim in den Gärten Kirschen und Werkzeug aus den Bretterhäuschen klauen gegangen. Ohne den wäre er gar nicht als Frischling aufgenommen worden, als er sich gestern im Roten Sack nach dem Verein durchgefragt hatte. Ralles hatte erst mal nur den Kopf geschüttelt. Er nahm meist nur echte Hemshöfer auf. Nur weil Egon dabeisaß und ihn wiedererkannt hatte, durfte er jetzt hier stehen.

Ralles war breit wie ein Schrank und mit einem Herz-Jesu-Lamm tätowiert. »Los, Männer. Ran an den Burschen.«

Der Erste knallte mit der rechten Schulter gegen ihn. Nur weil er so nass geschwitzt war, glitt die Wucht des Aufpralls schräg ab. Der Zweite nahm ihn mit der haarigen Brust von vorn, Franz schaffte es aber, dass dessen Kinn nur wie ein halber Stüber an seine Nase krachte. Er spannte das Bein durch und hielt. Die zwei Kleineren schlugen mit den Unterarmen gegen seine Faust, dass ihn der Schwung fast vom Standbein riss. Franz kippte nach rechts, fand aber noch genug Kraft in den Fußspitzen, im äußersten Zeh, kehrte in den aufrechten Stand zurück.

Der grauhaarige Ringer machte einen schnellen Schritt und wuchtete mit einer Auswärtsdrehung des linken Ellenbogens sein ganzes Gewicht gegen Franz' Magengrube. Ihm verging der Atem, und eine Taubheit hüllte ihn ein, noch nie hatte er so etwas gefühlt.

»Der Bursch steht ja immer noch.« So schnell konnte er nicht gucken, da griff schon der behaarte Arm von Ralles um seine Hüfte, er knallte mit dem Sack gegen einen harten Oberschenkel, seine Füße waren in der Luft – flach lag er mit dem Rücken auf der Matte. Um ihn herum erscholl Gelächter.

»Damit du nicht gleich zu frech wirst.« Der Grauhaarige zwinkerte mit den buschigen Brauen.

Ralles hielt Franz schon die Pranke hin. »Aus dir kann noch was werden. Die meisten fallen schon gleich beim ersten Rempler um.« Franz schlug ein und wurde mehr auf die Beine gezogen, als dass er selber aufstand.

»Hol die Rundgewichte, das ist Frischlingsarbeit.« Ralles war schon halb bei den andern, die an der Seite des Hinterzimmers an einer Turnstange Dehnübungen machten.

»Wo finde ich die?«, fragte Franz.

Ralles' Kopf rollte in dem Stiernacken nach links. »Im Gang in der zweiten Kammer. Hole drei Zwanziger, einen Fünfziger und einen Fünfundsiebziger, wenn du es schaffst.«

Drei formten hinter ihm eine Athletenpyramide, zwei stellten sich auf die Oberschenkel des Grauhaarigen, hielten einander an den Armen, der Dritte turnte auf die Schultern.

Franz hatte sich noch nie für einen Schwächling gehalten, und selten hatte er mal eins aufs Maul gekriegt, weil einer mehr Mumm in der Faust hatte. Aber hier bei den Ringern hatte er gleich beim ersten Armdrücken gemerkt, dass er die Kraft der Männer unterschätzte.

Er ging in den langen Gang, in dem es nach Rauch aus der Wirtschaft und nach Küchenfett roch. Franz hatte mächtig Hunger von der Rauferei. Ganz hinten stand Egon vor einer Tür, die nackte Brust rausgestreckt, die Beine breit gestellt. »Ich soll die Gewichte holen.«

»Die Kammer gleich vor deiner Nase.« Egon kratzte sich an seinen Segelohren.

Franz las ein Schild »Putzzeug«. »Ach, da. Auf was wartest du?«

»Der Präsident ist grad gekommen«, sagte Egon. Er nahm die Hände auf den Rücken. »Er mag keine ungebetenen Störungen.«

Cresper hatte Franz äußerste Vorsicht eingeschärft. Er machte die Tür zur Kammer auf, hielt den Knauf in der Hand. »Wie haltet ihr es denn im Verein mit den Frischlingen? Muss ich mich bei unserem Präsidenten vorstellen?«

»Hat der Ralles dir das nicht gesagt?« Egon wischte sich einen Schweißtropfen von der Halskuhle. »Kriegt er mal wieder nicht die Zähne auseinander. Erst musst du mal die Probezeit überstehen. Wenn du zum ersten Mal einen von den anderen auf die Schultern gekriegt hast …«, Egon zog den Mundwinkel hoch, »… oder sie dir zuliebe so tun, dann kannst du Vollmitglied werden. Ralles spricht dann mit dem Präsidenten, und der entscheidet, ob ja, ob nein und wann er dich sehen will.«

»Gut.« Franz machte Licht in der Kammer. Die Rundgewichte standen auf dem Boden, vier Stangen mit Kugeln an den Enden hingen in Halterungen an der Längswand übereinander. Die Zwanziger trug er an den Griffen heraus.

Im Zimmer waren schon die Matten weggeräumt und an die Wand gelehnt, als er zurückkam.

»Den Fünfundsiebziger greifst du am besten so herum am Tragering«, Ralles drehte die Hände nach außen, »und das Gewicht nur halbhoch bis zu den Knien ziehen.«

Franz kapierte schnell, wie er das Rundgewicht anpacken musste, damit er sich leichter machen konnte. Oder welcher Griff bei einbeinigem Heben besser war. Ralles führte es schweigend vor, die andern machten es nach, als hätten sie es schon hundertmal gemacht, mit dem Blick zur Decke oder geschlossenen Augen.

Ralles kniete sich auf den Boden, hinter ihm standen rechts und links je ein Zwanziger-Gewicht. Er steckte die Handflächen durch die Trageringe und hob die zwei Metallblöcke an.

Franz brachte es nicht fertig, sie gleichzeitig vom Boden zu wuchten. Nur dass die anderen so ächzten wie er, tröstete ihn. Er sah Egon herein- und zwischen den Ringern zu Ralles laufen, neben dem er kniete. »Der Dicke will dich sofort sprechen«, flüsterte Egon in Ralles' Ohr.

Franz war froh, dass er gerade die Zwanziger ein winziges bisschen hob, so konnte er gar nicht überrascht glotzen, weil sein Gesicht im Schmerz verzerrt war.

»Das reicht für heute.« Ralles stand auf. Egon war schon wieder raus. »Unser Frischling räumt auf, wir sehen uns vorne bei Gundel.«

Die Männer gehorchten. Franz ließ sich etwas Zeit. Zuerst schleppte er den Fünfundsiebziger in die Kammer. Egon stand, so schien es Franz, noch steifer vor der Tür und starrte eine Stelle auf dem alten Fliesenboden des Gangs an.

Hätte er nicht die Stimmen ganz leise durch die Wand dringen hören, wäre Franz gar nicht drauf gekommen, dass er lauschen könnte. Die Kammer lag ja gleich neben dem Zimmer des Präsidenten. Er durfte nur nicht zu lange zwischen den Gewichten warten. Franz legte das Ohr einfach an die Wand.

»... müssen den Streik nutzen, die Unordnung in der Anilin wird immer größer, schafft jetzt die doppelte Menge Zeug weg ...«

Franz machte große Augen, hörte aber draußen Egon furzen. Er ging schnell das nächste Gewicht holen, den Fünfziger.

»… und wenn die Kohlenanlage weiter steht? Was dann?« Das war Ralles' Stimme. »Diesmal nicht die Kräne, auf keinen Fall, die Werksbahn ist diesmal dran …« Das war die Stimme des Präsidenten, aber Franz konnte sie kaum verstehen, er musste ziemlich leise sprechen und weit hinten in dem Raum stehen.

Die Zwanziger waren leider schneller eingeräumt, das wusste auch Egon.

»… gut, dass du das sagst. Egal, wer schwätzt, kriegt gleich eins aufs Maul. Aber gründlich, verstanden …«

Franz schleppte die letzten Gewichte bei. Egon starrte derweil hinaus zur Hoftür am Ende des Ganges.

»… und von den grünen Fässern so viel als geht …« Es rumpelte, als ob ein Stuhl geschoben würde.

Franz riskierte lieber nichts; er schloss die Tür der Kammer. »Wir warten vorn bei der Gundel«, sagte er zu Egon. Der hob nur den Daumen.

Im Übungszimmer waren die anderen schon umgezogen. »Warten wir vorn auf Ralles. Für ein Bier wird es reichen. Mach, dass du fertig wirst, Frischling«, sagte der Letzte im Gehen.

Seine Kleider hatte er unter einen der Stühle gepackt. Franz wechselte schnell das Ringerhemd gegen Hemd und Hose. Als er die Schuhe zuband, tauchte Egon auf. Er beeilte sich sichtlich, dass er auch aus den Ringerstiefeln kam.

»Du hast ein Glück«, flüsterte Egon. »Ich habe dafür ein halbes Jahr warten müssen.«

»Worauf?« Franz rollte das Ringerhemd zusammen.

Egon knöpfte den Hosenschlitz zu, sagte aber nichts, weil Ralles hereinkam.

Der legte Franz die Hand auf die Schulter. »Dass du beim Rempelstand gehalten hast, hat mir gefallen. Du darfst heute schon mit nach oben.« Ralles hob den Kopf und schaute zur Decke.

Die Weiber im Oberstock waren nicht gerade billig, das wusste jeder. Dralle Holländerinnen gab's dort und schwarze Weiber aus den Franzosenkolonien. »Dafür langt mein Geld heute nicht.«

»Ach was, Geld …« Ralles lachte dreckig. Egon hinter dem Grauhaarigen riss die blauen Augen auf und nickte. Ralles boxte Franz gegen das Schulterblatt. »Heute gibt's Rabatt. Der Präsident zahlt.«

Franz schluckte. Nicht, weil er noch nicht im Puff gewesen wäre, sondern weil er noch nie erlebt hatte, dass es dort was umsonst gab. »Warum macht er das?« So richtig gescheit war's nicht, dass er fragte, aber die anderen lachten bloß über seine Verwirrung. Franz senkte schnell den Kopf und tat so, als ob er das Ringerhemd vor seine Brust steckte.

Der feiste Zeigefinger von Ralles tanzte vor seinen Augen. »Eines merk dir gleich. Was der Präsident will, wird gemacht. Immer, egal was und ohne Widerworte. Dafür sorgt der Präsident für dich besser, als es deine Eltern je getan haben. Nicht nur mit ein paar Weibern, die gibt's nebenbei. Nach der Probezeit wirst du sehen.« Ralles winkte mit dem Kinn. »Und jetzt ab!«

Einer für alle, alle für einen. Das Motto des Athletenclubs prangte auf einem Wandschild über den aufgestapelten Matten.

Franz ging hinter Egon nach vorn in den Schankraum.

»Hoffentlich ist das Lottchen aus Berlin noch da, die ist vielleicht scharf. Die schnappst du mir nicht weg!«, sagte Egon.

Franz hatte Erregung gepackt, halb speiste sie sich aus Neugier auf die teuren Weiber in den Oberstöcken, halb aus der Angst davor, was der Präsident dafür von ihm verlangen würde.

»Hier lang«, grölte einer der Ringer an der Treppe nach oben, »das Paradies liegt vor uns. Rauf geht's.«

Der Weg in den Himmel war gar nicht so weit. Er roch dunstig nach Veilchen.

Kapitel 23

IM STADTRATSSAAL versammelte sich die Festgesellschaft für die Vorführung um die ausgebildeten Schutzleute. Der Oberbürgermeister Hofrat Krafft hatte es sich an diesem Dienstag, dem 1. August 1911, nicht nehmen lassen und führte die Versammlung an.

Hinter den Herren des Stadtrates reihte sich Cresper mit seinen Kollegen ein. Im Stadthaus war es angenehm kühl. Die Hundevorführung draußen auf der Wiese hatten sie schon hinter sich gebracht.

Im Rathaussaal waren mit Stoff bezogene Matten ausgelegt, ein kleines Geviert von vielleicht fünf Metern Länge. Cresper mühte sich um Aufmerksamkeit für das Geschehen im Saal. Seit er heute früh die Nachricht von Pfaff in der Wache vorgefunden hatte, bohrten Fragen über Fragen in seinem Verstand. Franz war dem Dicken nahe gekommen und hatte ihn doch nicht sehen können, weil der sich abschirmte wie ein Potentat.

Die Männer um ihn herum zeigten erwartungsfrohe Gesichter. Polizei-Inspektor Hatzfeld troff der Stolz über sein Jubiläum aus allen Poren. Mit erhitztem rotem Kopf stand er an der einen Seite des Mattengevierts. »Meine Herren, Dschiu-Dschitchu, diese alte Kunst der Selbstverteidigung, stammt aus dem Kaiserreich Japan. Dort nennt man sie auch die Wissenschaft von der Nachgiebigkeit.« Hatzfeld lächelte ganz gegen seine Gewohnheit. »Sie ist dort wegen ihrer vorzüglichen Verwendbarkeit bei Gefahr in der Armee obligatorisch eingeführt.« Er hob einen Finger. »Merken Sie auf! Auch ein schwächerer Mensch kann durch geschicktes Vorgehen die Muskelkraft des Gegners ausschalten. Für die Polizei hat dies den Vorteil, dass wir auf den Einsatz der Schusswaffe verzichten und Menschenaufläufe in der Folge vermeiden können. Wenn dem Gegner Schmerz zugefügt wird, ist er selber schuld.« Hatzfeld schaute zur Seite. »Polizei-Officiant Probst wird Ihnen nun dreizehn Nummern von den ausgebildeten Schutzleuten praktisch vorführen lassen. Die harte Bedrängung durch das dargestellte Gesindel entspricht leider tatsächlich dem Alltag meiner Schutzleute.«

Von links trabten die acht Kollegen an, alle in asiatische Kittel gehüllt. Hinterdrein schritt in großer Uniform der schlanke Officiant Probst, den Cresper nicht besonders schätzte, dafür war der ihm zu liberal in der Auslegung der Paragraphen.

»Ich werde auf das in Japan übliche Ritual der Begrüßungen verzichten, da wir hier ja auch keinen japanischen Meister vorfinden, dem diese Ehre gebührte.« Der Officiant pfiff, aus dem Nebengelass liefen vier andere Schutzleute herbei, in einfaches Zeug gekleidet, wie es gemeinhin das Diebsvolk trug. Die stürzten sich mit den Fäusten auf die Weißkittel.

Ein Ziehen und Zerren ging los, kaum länger, schon fielen die ersten Diebe mit Gestöhn auf den Rücken oder Bauch.

Sergeant Zeller neigte den Kopf zu Cresper. »Ich habe den Wirt für dich überprüft, du hattest recht.« Vorn knallten die nächsten beiden Angreifer auf die Matte. »Der Wirt des Roten Sacks ist nur ein Strohmann. Das Haus gehört einer Immobiliengesellschaft, die wiederum Privatleuten und Actien-Gesellschaften gehört.«

»Seit wann legt denn jemand von außerhalb sein Geld im Hemshof an?«, flüsterte Cresper.

»Tscha!«, schrie es aus acht Kehlen. Die Kämpfer stürzten sich aufeinander, dass die weißen Kittel nur so wirbelten.

Sergeant Zeller hielt sich das Ohr zu. »Weiß ich noch nicht, aber aus Ludwigshafen hat der Modry vor gar nicht langer Zeit Geld reingesteckt. Und der Westhoven aus der BASF. Das sollte unserem Chef zu denken geben.«

»Lass mich das machen.« Cresper hob die Hand. »Du hast was bei mir gut.«

Cresper hatte keine Augen für die Vorführung. Wenn Modry und Westhoven Geld in Häuser im Hemshof gesteckt hatten, noch dazu in eins, wo oben ein stadtbekanntes Bordell betrieben wurde und wo angeblich der ominöse Dicke im Hinterzimmer verkehrte, was sprach dagegen, dass Modry dem Gelichter in der Stadt in die Quere gekommen war? Kein feiner Umgang für Doktoren der BASF, die ihr Geld doch hätten auch an der Frankfurter Börse investieren können. Falls sie nicht genau dies mit der Immobiliengesellschaft taten – und gar keine Ahnung hatten, was mit ihrem Geld im Hemshof von einer Actien-Gesellschaft gekauft worden war.

Die Weißkittel verbeugten sich vor den Umstehenden. Cresper klatschte wie alle anderen Umstehenden Beifall.

Die als Diebe verkleideten Polizisten gingen einträchtig mit ihren als japanische Kämpfer eingehüllten Kollegen zum Nebengelass. Cresper blinzelte ein Staubkorn weg. Auch hier gingen ja die Dinge zusammen, die augenscheinlich auseinanderlagen. Was, wenn er die von Franz Pfaff bruchstückhaft überhörte Diebstahlsplanung im Roten Sack mit dem toten Doktor Modry aus der BASF falsch herum in Verbindung brachte? Der Doktor war möglicherweise nur benutzt worden, um herauszufinden, was gut und teuer war. Jetzt aber ließ der Dicke das Werk von den Ringern ausräumen, die an vielen Stellen im Werk eingeschleust worden waren. Die teueren Chemikalien wurden versteckt, verräumt und dann von den Transportarbeitern aus dem Werk geschafft mit normalen Lieferungen. Oder Modry hatte den Diebstahl gedeckt und die Verluste nicht gemeldet oder gar die Listen gefälscht. Wenn nur der verdammte Streik nicht wäre und er hätte ein Gespräch mit der Direktion führen dürfen. Jetzt waren die Akten geschlossen.

Cresper formte mit den Kollegen ein Spalier, weil Polizei-Inspektor Hatzfeld aus dem Saal schritt. »Folgen Sie mir zur Demonstration der modernsten Techniken, die wir nun auch in Ludwigshafen anwenden: Die Daktyloskopie. Die Fingerabdrücke werden in Zentralstellen in Berlin, München und Dresden systematisch gesammelt. Kommen Sie bitte mit bis ans andere Ende des Saales.«

Cresper versuchte, einen Gedanken zu fassen, der sich ihm aufdrängte, weil die Schutzleute verwandelt wieder in Uniform erschienen und alle weißen Kittel bei der Tür in einen Korb geworfen wurden. Rollenwechsel … ja verdammt. Was, wenn Industriespionage einmal ganz anders ausgeführt wurde? Nicht die feinen Doktoren wurden bestochen, sondern Arbeiter, die Laborgerät und Material reparierten oder beischafften. Modry könnte sowohl ein Mitwisser gewesen sein, der zu gierig geworden war, als auch einer, der sich einer Erpressung nicht länger hatte beugen wollen …

Cresper wäre beinahe auf einen Kollegen geprallt. Alle blieben stehen, weil der Oberbürgermeister das Wort erhob. »Heute am

1. August begeht Herr Gustav Hatzfeld das fünfundzwanzigjährige Dienstjubiläum als städtischer Polizeibeamter, nachdem er vorher Gerichtsschreiber am Königlichen Landgericht in Zweibrücken gewesen ist …«

Cresper musste unbedingt herausfinden, wer in den Hafenanlagen der BASF Kohleschiffe auf dem Rhein liegen hatte.

»… 1902 wurde die Mannschaft mit Revolvern ausgerüstet. Wie mit dem Wachsen der Stadt der äußere Dienst immer aufreibender wurde, so fiel der Polizei mit Einführung der Sozialgesetzgebung eine weitere wesentliche Aufgabe zu, die sich besonders auf dem Gebiet der Gewerbepolizei, Nahrungs- und Genussmittelkontrolle bewegte. Auch die Handhabung der Neuordnung bei Wochen- und Jahrmärkten gehört hierher.«

Cresper kannte das alles auswendig. In Gedanken zählte er mit auf, nur dass er die Gesichter der zuständigen Kollegen dabei vor sich sah. »… nach dem Stand von 1908 besteht unsere Städtische Polizei aus dem Polizei-Inspektor, dem Polizei-Officianten, fünf Wachtmeistern, neun Sergeanten und sechsundachtzig Schutzleuten.«

Das Amen fehlte gerade noch.

»Herr Polizei-Inspektor Hatzfeld, unter dessen Amtsführung sich diese Aufwärtsentwicklung vollzog, hat hierbei jederzeit seinen Mann gestellt. Stets pflichteifrig, genau und gewissenhaft war er den Untergebenen ein freundlicher, wohlwollender Vorgesetzter, dem Publikum, das dienstlich und außerdienstlich mit ihm zu verhandeln hatte, der stets mit Rat und Tat zur Seite stehende konziliante Beamte, gleich geschätzt von den Vorgesetzten der Stadtverwaltung wie auch der königlichen Behörden der Strafrechtspflege. Möge es ihm beschieden sein, noch eine Reihe von Jahren einen anstrengenden Dienst in gleich ehrenvoller Weise zu versehen.«

Cresper tauschte einen maliziösen Blick mit Sergeant Zeller. Natürlich wäre die Lobhudelei nicht so positiv ausgefallen, hätten sie einen Mordfall Modry noch ungeklärt auf dem Tisch.

Ein Blitzlicht flammte auf. Hatzfeld lachte aufgeräumt. »Meine Herren, dies dient nicht den anthropometrischen Messungen mit dem Bertillon'schen Apparat, die wir Ihnen nun gleich vorführen. Die Photographie wird nur ein Andenken an diesen Tag.«

Stadtschreiber Sprenger hielt die Magnesiumleiste hoch, bis sie erkaltet war.

Wieder bildete sich ein Kreis, sortierte sich alles nach gesellschaftlichem Rang, hinter dem Oberbürgermeister Hofrat Krafft und dem Regierungsrat Matheus. Wieder redete einer, dem Cresper nicht zuhörte.

Er musste unbedingt mit Franz reden, der Pfaff durfte keinen Fehler machen. Nicht jetzt.

Kapitel 24

»VON DEN RHEINSCHIFFERN denkt niemand an Streik. Die wären auch dumm, bei der Konjunktur im Reich.« Der Unternehmer Volz faltete die Zeitung auseinander. »Wollen Sie hören, was die roten Hetzer gestern verzapft haben?«

»Ja, natürlich.« Clara legte die Hände auf ihr schwarzes Sommerkleid. Ihre Schwester stand am Heck der kleinen Barkasse oder wie man solch ein Rheinboot eben nannte. »Ich weiß nicht, wie lange meine Arbeiter noch Ruhe halten.«

Volz schlug mit dem Handrücken das Papier glatt. »Der größte Hetzer von allen, der Genosse Haupt, hat im Saalbau Noll gesprochen.«

Das war das größte Lokal in der Stadt. »War es voll?«, fragte Clara. Das wäre nicht gut.

»Die Zeitung schätzt, etwa achthundert anwesende Personen. Was der für ein Zeug behauptet hat! Hören Sie. ›*Die Fabrikleitung habe nicht erwartet, dass so viele Arbeiter den Betrieb verlassen würden und habe auch daran gezweifelt, dass der Fabrikarbeiterverband den Streik aufnehmen würde. Die außerordentliche Ruhe, mit der der Kampf geführt wurde, garantiere den Erfolg.*‹« Volz gab etwas von sich, das wie ein zerkautes Lachen klang. »Von Ruhe kann ja wohl keine Rede sein. Die Streikposten marodieren in den Straßen vor der BASF, dass ich mit meinen Transportwagen kaum bis zu den Kais im Winterhafen komme.«

Clara vermochte nicht recht hinzuhören, sie war entsetzlich müde. Von der Sonne, überlegte sie, es mochte auch sein, dass der Ausflug, seit sie am neuen Luitpoldhafen an Bord gegangen waren, nur ihre Erschöpfung fühlbar machte. Nicht nur Vera hatte Erholung nötig.

»Der Hetzer verlangt weiter: ›*Die Vorarbeiter und Meister allein werden mit den Werksbeamten die Fabrikation nicht aufrechterhalten können.*‹ Damit die Direktion mit den Arbeitern verhandelt, sollten diese ihre Forderungen durch ihre umgehende Kündigung bekräftigen.«

»Ob die Leute so viel Courage aufbringen? Wer kündigt, verdient noch am selben Tag kein Geld.« Clara setzte sich auf. Vera beschattete indes die Augen und sah den Rheinkähnen nach. Nach einigem Zögern war ihre Schwester auf die Anregung von Volz zu diesem Ausflug eingegangen. Clara hatte nicht erwartet, dass er gleich ein kleines Dampfboot von der Ludwigshafener Local-Dampfschifffahrts-Gesellschaft mieten würde, die sonst die Rheinfähre nach Mannheim im Norden der Stadt betrieb, für die Leute, denen die Brücke und die Straßenbahn zu teuer für eine Überfahrt waren. Aber wahrscheinlich bekam Volz einen großen Rabatt, weil er sich als Transportunternehmer mit den tatsächlichen Kosten eines Schiffsbetriebs bestens auskannte.

Clara schalt sich, sie dachte einfach zu viel ans Geschäft.

Volz faltete die Zeitung zusammen. »Ich habe heute morgen beim Friseur den Geheimen Kommerzienrat von Brunck getroffen.« Seine Lippen umspielte Spott. »Der wird als Vorsitzender des Aufsichtsrats nun wirklich wissen, was im Werk vor sich geht. Von den siebenhundert Mitgliedern des Fabrikarbeiterverbandes, welche sich noch in Arbeit befinden, haben nur vierzig die Kündigung eingereicht. Wenn das die ganze Solidarität ist, brauchen wir uns keine Sorgen zu machen. Zumal die Eigengründung der BASF, der neue Arbeiter-Verein, auf eine Mitgliederzahl von tausendsiebenhundert angewachsen ist.«

Clara fand die Zahlen eher beunruhigend. Auch der neue Verein gewöhnte die Arbeiterschaft an den Zusammenschluss. »Ich habe die Erklärung in der Frühe im Ludwigshafener General-Anzeiger gelesen.« Die Mitglieder waren den ärgsten Beschimpfungen ausgesetzt, wurden außerhalb der Fabrik vielfach in brutaler Weise belästigt und bedroht. »Vor den Bahnhöfen sind die auswärts wohnenden Arbeiter wohl übelsten Insulten von Streikposten ausgesetzt. Dabei werden die Männer in der BASF doch so bevorzugt behandelt, dass ich für unsere Fabrication in der Hochkonjunktur Mühe haben, Leute zu finden.«

»Da sprechen Sie etwas aus«, sagte Volz und nickte.

»Sicherung gegen Alter und Gebrechlichkeit, die Gewährung einer Erholung von den Strapazen der Arbeit, die Verminderung der Arbeitszeit bei gleichbleibenden Löhnen – derlei kann nur ein großes Werk offerieren.« Ihre Fabrication Balthasar war dafür noch zu klein.

»Möge die Wirtschaft florieren. Von ihr hängen wir in Ludwigshafen alle ab. Nicht wahr?« Mit sichtlichem Unternehmerstolz deutete Volz über die Reling des kleinen Dampfboots. »Das niedrige Schiff dort ist von der Badischen Aktiengesellschaft für Rheinschifffahrt und Seetransport, das längere mit dem grünen Aufbau dahinter gehört mir. Ich habe denen einen großen Kontrakt mit der BASF abgejagt.« Er neigte sich Clara zu. »Dort drüben vor den Mannheimer Häfen, das weiße Schiff der Kölnischen und Düsseldorfer Dampfschifffahrts-Gesellschaft bedient den Linienverkehr bis Rotterdam. Dort haben Sie Anschluss nach Harwich in England und zu den anderen Überseehäfen.«

Was hatte Volz eben gesagt? Clara spürte die Sonne auf den Haaren, deren Strahlen sie so träge machte. Düsseldorf ... Fuhren sie nicht gerade stromaufwärts?

»Heißt das, man könnte von unserer Stadt aus einfach nur mit dem Schiff in die ganze Welt reisen?« Vera kam hinter Volz vom Heck heran und setzte sich an den kleinen Tisch, den er für sie alle hatte an Deck bringen lassen.

»Oh ja, Frau Modry. Sie könnten sogar eine Passage bis Indien im Stadtbureau buchen, die Gesellschaften kooperieren. Das Empire vereinigt viele aufregende Länder.«

»Waren Sie schon einmal in den britischen Kolonien?«, fragte Vera.

»Noch nicht. Aber eine Reise nach Ägypten wäre in meinem Sinn.« Volz lachte. »Wer will nicht einmal im Leben die Pyramiden sehen?«

Clara beschattete die Augen mit dem Sonnenschirm. »Vom Wasser aus sieht man erst, wie viele Schornsteine in Ludwigshafen rauchen und wie wenige drüben in Mannheim.«

»Noch deutlicher sieht man, dass der Rauch nach Osten zu den Mannheimern abzieht«, sagte Vera. Sie ließ sich in dem weißen Eisensessel aufs Polster gleiten. »Gelblicher Dunst hängt über beiden Städten.« Sie legte ihren Fächer auf den Tisch.

Heute hatte sie ein schwarzes Seidenkleid angezogen, etwas anderes wäre nicht schicklich gewesen, auch wenn sie überraschenderweise gar keine sonstigen Gäste an Bord vorgefunden hatten.

»Haben Sie sich inzwischen zu einem Kauf in der Südstadt entschlossen, Fräulein Balthasar?«, fragte Volz, lächelte aber ihrer Schwester zu.

So freundlich er dreinschaute, das Thema war geschäftlich. Clara blinzelte gegen die Müdigkeit in ihren Augen an, damit ihr die Lider nicht zufielen. »Spricht etwas dagegen? Kaufen Sie nicht?«

»Ich überlege noch, ob es nicht sinnvoller ist, mit dem Geld gleich drei Grundstücke in Bad Dürkheim zu kaufen.«

»Die Saline …« Vera setzte sich auf. »Ein guter Gedanke. Ich werde einen Tag dort verbringen. Die Blumen und das freie Atmen in der salzigen Luft werden mir guttun.«

So hatte es Volz sicher nicht gemeint. Clara wandte den Blick vom Rhein zum Tisch. »Soll das heißen, dass die Konzession für die Überlandbahn erteilt wird?«

Volz gestattete sich ein breites Lächeln. »Wenn ich Sie nicht kennen würde, wertes Fräulein Balthasar, wäre ich nun erstaunt, wie außerordentlich gut Sie über die laufenden Geschäfte der Stadt informiert sind.«

Das war keine Antwort, sondern Schmeichelei. Clara hatte sich abgewöhnt, dass sie sich über die leichte Herablassung der Männer noch ärgerte. Geld für Münze. »Ihre Schiffe fahren bis Basel und …«

»… meine Wagons bis nach Lothringen und an die Ruhr.«

Clara wusste, dass er regelmäßig mit den Bahndirektoren telephonierte und mit dem einen oder andern dinierte. »Die bayerischen Behörden haben also endlich entschieden?«

»Das Zeitmaß der Münchner hinkt der Entwicklung im Rheinkreis chronisch hinterher.« Volz schmunzelte über sein eigenes Wortspiel. »Aber so ist es. Die Rhein-Haardt-Bahn wird kommen.«

Damit rückte die Salinenstadt nahe an Ludwigshafen. »Das ist eine Überlegung wert.«

»Sogar eine Übersiedlung ist denkbar.«

»Sie wollen wirklich nach Dürkheim ziehen?« Vera zog die Stirn in Falten und griff zu ihrem Fächer.

»Warum nicht? Eine Villa zwischen Weinbergen mit Blick über die Ebene, wo man das Wochenende auf dem Lande verbringt, wie es die Engländer tun. Die Bahn bringt einen in gut einer

Stunde bis nach Mannheim ins Theater, wenn man will. Eine Stadtwohnung behalte ich natürlich.«

»Weinberge …« Clara war als Kind oft bei Dürkheim spazieren gewesen. Gerade zu den Festen, wenn die Blätter sich so herrlich einfärbten. »Ob es unserer Fabrication guttäte, wenn ich nicht danebenwohne?«

»Dich stört der Blick auf die Hallen aus deinem Salonfenster nicht, das ist wahr«, seufzte Vera.

Mich schon, ergänzte Clara den unausgesprochenen Vorwurf Veras. Der Wind drehte ein wenig. Die ersten Auenwälder traten an das Rheinufer, je weiter sie sich von der Stadt nach Süden entfernten.

»Wie steht es denn um die Fabrication?«, fragte Volz.

Vera erhob sich. »Ich bestelle Kaffee. Möchtet ihr auch?«

»Gern.« Volz drehte sein rundes Gesicht in die Sonne.

Vera schenkte ihm ein freies Lächeln, wie sie es vor der Trauer Männern so oft gezeigt hatte. Das erste Mal seit dem schrecklichen Unfall … Clara freute sich für sie. »Für mich auch einen bitte, aber stark.«

»Du bist müde, ich sehe es dir an. Ich werde schauen, was ich machen kann«, sagte Vera.

»Ich habe Ihre Anzeige im General-Anzeiger gelesen. Haben Sie schon einen neuen Chemiker, der Ihr Patent umsetzen kann?«

»Es ist das Patent meines Mannes.« Vera sah Volz ruhig an.

Die Hand ihrer Schwester lag hinter ihr auf der Lehne. »Nein«, sagte Clara. Ihre Schwester sah die Dinge immer zu einfach, die geschäftlichen alle gar. »Joseph hat das Patent auf die Firma eintragen lassen.«

»Das hat er mir nicht gesagt.« Ihre Schwester blinzelte in der Sonne. »Warum hat er das gemacht? Wolltest du das?«

Sie war nicht an allem schuld. Clara war zu müde, vor dem Unternehmer wollte sie auch kein Widerwort geben. »Es ist einfach Teil der Verwertungsverträge gewesen. Joseph hielt es selber für lohnender so. Das optimierte Indanthren-Verfahren wird ihm vielleicht noch posthum Ruhm eintragen.«

Vera strich sich über die Braue. »Ich gehe nach dem Kaffee schauen, ja?« Sie ging davon und drehte den Sonnenschirm dabei hinter ihrem Kopf.

Volz sah ihr nach, er nickte kaum merklich. Sein goldener Manschettenknopf schimmerte im Sonnenlicht. »Es nimmt sie sehr mit. Ihre Schwester braucht Ablenkung, das ist das Beste für Menschen, die nicht das harte Geschäftsleben gewohnt sind.«

War es so? Clara sehnte sich nach Ablenkung von ihren dunklen Träumen, in denen David Singer herumspukte. Der Versucher mit dem Engelsgesicht. »Vera wird darüber hinwegkommen. Sie hat ein fröhliches Naturell, wie unsere Mutter. Sorgen Sie sich nicht.«

»Wenn ich Ihnen helfen kann, wie mit diesem Ausflug ...«

Clara legte ihm die Hand auf die Manschette. »Sie sind ein wahrer Freund.« Er meinte es ehrlich, auch mit Dürkheim. Volz hatte sich noch nie verspekuliert, sonst wäre er nicht in den wenigen Jahren so groß geworden mit seinem Unternehmen. »Lassen Sie uns einen Ausflug an die Saline machen.« Wenn sie selbst Vera zu überzeugen versuchte, Geld aus dem Firmenvermögen für den Bau einer Villa zu verwenden, dann würde nichts daraus. Denn in Zukunft brauchte sie Veras Unterschrift für derlei Investissements, die an die Substanz der Fabrication gingen.

»Ihr Wunsch ist mir Befehl«, sagte er in fast schon amüsiertem Ton.

Sie hörte Schritte. Ein Kellner trug ein Tablett herbei.

Clara fiel erst jetzt auf, dass Volz den Mann gemietet haben musste, der Vera folgte. Die Dampfschifffahrts-Gesellschaft hatte kein solches Personal. »Sie verwöhnen uns ja!«

»Nicht wahr?« Vera drehte sich und sah zu den Altrheinen hin. »Man denkt nicht, wie schön ländlich es gleich hinter der Stadt aussehen kann.«

»Sie haben es verdient, meine Damen.« Volz verneigte sich vor ihnen. Clara entging nicht, dass er sich ein wenig mehr ihrer Schwester zuneigte. Aber so war es vor deren Hochzeit immer gewesen, und so würde es wohl wieder sein.

»Italienischer Kaffee, von einem Geschäftsfreund in Basel gesandt ...«, sagte Volz und reichte ihr die Tasse.

Der Duft drang durch die Müdigkeit und versprach etwas, das Clara nicht zu denken wagte: ein ganz anderes Leben, im Süden, im Lande, wo die Zitronen blühten ...

Kapitel 25

ÜBERALL STANDEN Blumentöpfe, mal gleich neben der Eingangstür, mal unter den Sitzbänken, vor fast jedem Häuschen. Der Weg durch die Werkssiedlung war noch am sichersten. »Scheiß-Streikposten«, fluchte Franz.

»Die werden von Tag zu Tag furiger, bloß weil die Direktion seit Tagen nicht verhandeln will.« Der Heizer war ganz verrußt. »Heut ist Donnerstag, morgen am 4. August soll's ganz schlimm werden.«

Franz' linke Seite war ganz schwarz vom Kohlendreck. Sie hatten im Werk gewartet, bis zwanzig Mann zusammengekommen waren, dann hatten sie sich dort untergehakt und die Front der Streikposten auf der Hauptstraße vor dem Werk so durchbrochen. »Wenigstens machen sie hier keinen Radau.« In der Werkssiedlung nahmen sie den II. Gartenweg.

»Von hier gehen fast alle schaffen. Die zu Hause sind, haben ihre kaputte Knochen vom Werksarzt bestätigt gekriegt.« Der Heizer klopfte ihm zum Abschied noch auf die Schulter. »Wir wollen heute Nacht wieder eine Wacht aufstellen. Seit Anfang August drehen die Roten durch. Um zehn trifft sich jede Straße an der letzten Kreuzung.«

»Ich wohne nicht hier.«

»Ach so. Armer Kerl, viel Spaß drüben im Hemshof.« Der Mann winkte schon einem Mädchen zu, das auf der anderen Straßenseite im Sand saß, wohl seine Tochter, so wie die sich freute.

Franz ging allein weiter und überlegte, ob er vielleicht einen sehr weiten Umweg machen sollte, damit er den Streikenden nicht begegnete.

In manchen Häuschen der Werkssiedlung war schon Licht. Hie und da roch es gut nach Rindfleischsuppe oder Bratkartoffeln. Er hatte einen verdammten Hunger.

Ein Stück Gelände war noch unbebaut, die BASF wollte hier für die Arbeiter erweitern. Ein paar Büsche hatte man stehen lassen, der Rest war gemäht.

Es pfiff, vier mal lang-kurz-lang, das Erkennungszeichen der Ringer, ganz schnell hintereinander. Franz wandte sich um, Ralles kam aus der Soda-Straße. Der Ringer schaffte auch im Werk, wo sie die ganz starken Männer brauchten, bei der Salpetersäure, wo die Bleifässer gerollt wurden.

»Noch ein halbes Jahr Übungen, und du brauchst dich nicht mehr wie die Hänfling unterhaken. Mich haben sie gar nicht erst angerührt.« Ralles streckte ihm die Pranke entgegen.

Franz mühte sich um einen kräftigen Händedruck und spürte doch, wie der andere ihm die Handknochen drückte. »Alles klar.«

Sie gingen ein Stück schweigend nebeneinander. Ralles spuckte auf den Kiesweg. »Der Präsident hat einen Auftrag für dich.«

Franz schluckte. Er hätte es sich denken können. Vergnügen gab es nie umsonst. Die belgische Maus dort im Roten Sack, Stella hieß sie, war so schmal, dass er beinahe hätte mit zwei Händen ihren Bauch umfassen können. Die hatte lustig gelispelt und kein richtiges »st« hingekriegt, aber geblasen wie ein ganzer Engelschor. »Was soll ich machen?«, fragte er schnell.

»Eine Kleinigkeit, mehr nicht. Die großen Aufgaben kommen später.« Ralles drückte ihm im Gehen zwei Flugblätter in die Hand. »Fürs Erste reicht es, dass du einen Stein wirfst.«

Einen Stein werfen war nicht das Schlimmste. »Wo?«

»Bei den Roten ins Hauptquartier.«

»Oer«, entfuhr es ihm. Er hörte Helma in seinem Kopf zischen: *Verräter!* »Da werden eine Menge Männer Wache stehen.«

Ralles sah ihn schräg von der Seite an. »Hast du Schiss?«

»Nein.« Doch. »Ich denke bloß, es soll nicht auffallen, oder?« Franz folgte Ralles, der stadtauswärts ging.

»Deshalb wirfst du den Stein heute Nacht erst um halb zwei. Dann ist dort auf den Straßen Ruhe. Oder halt um zwei.« Ralles zog ihn am Ärmel. »Du richtest dir zwei Steine. Manchmal trifft man nicht gleich, wenn das Papier sich aufrollt und Wind fasst. Schlägt der erste auf die Mauer, zielst du mit dem zweiten gleich hinterher. Aber überleg dir vorher, wohin du wegläufst, sonst verlierst du Zeit.« Ralles spuckte aus. »Du weißt, wo die ihr Hauptquartier haben?«

Franz nickte.

»Ziele auf die oberen Fenster, das macht mehr Lärm, und dort ist keiner in der Nacht.« Ralles ließ ihn einfach grußlos stehen und machte sich davon.

Der Mann schien alle Zeit der Welt zu haben, so gemächlich lief er die Straße entlang, ohne dass er sich einmal umwandte.

»Scheiße.« Franz saß mittendrin. Warf er nicht, hatte er die Ringer am Hals, warf er und die Roten erwischten ihn, war die halbe Stadt hinter ihm her.

Keine Ahnung, wie er Helma je wieder in die Augen gucken sollte, wenn er ihren Leuten die Fenster eingeworfen hätte. Er schüttelte sich.

Verdammt, was machte er nur bis halb zwei? So viel Geld hatte er nicht mehr, dass er den ganzen Abend Bier trinken konnte. Abgesehen davon, dass es kein gutes Zielwasser war.

Cresper würde ihn zwar raushauen können, aber in Ludwigshafen war er dann erledigt. Scheiße.

Franz sah wieder die Straße hinunter, Ralles hinterher. Für Cresper sollte er lieber was Handfestes beibringen. Dann könnte der ihm sicher besser helfen, falls er von einem Schutzmann erwischt würde. Am besten war er doch im Anschleichen gewesen, dafür hatte er sogar ein Sonderlob vor der ganzen Kompanie bekommen. Franz würde sich im Schatten halten, immer schön auf Abstand. Cresper würde interessieren, wo sich ein Ringer wie Ralles am Abend herumtrieb.

Bald war Franz klar, dass Ralles keine Zeit vertrödelte. Er lief schnurstracks zum Rhein vor, wich nur den Streikposten aus. Einmal wechselte er am Ludwigsplatz die Straßenseite, weil ein Schutzmann an der Ecke stand und mit einem Kutscher verhandelte, der eine Straßenbahn blockierte.

Nur wie er ungesehen Ralles auf das Gelände des Winterhafens nachlaufen könnte, fiel ihm nicht ein. Der Ringer stand am Rheinufer und rauchte. Franz schlenderte weiter zum nächsten Baum, damit er selber nicht auffiel.

Ein Gespann rollte an der Westseite des Hafenbeckens los, wo im Wasser ein Frachtkahn ablegte und rückwärts in den Rhein tuckerte. Noch war es gerade hell genug, trotzdem wunderte es Franz, dass um neun Uhr noch ein Schiff fuhr. Die anderen Kähne lagen vertäut.

Das Gespann ruckelte über die Schienen der Hafenbahn. Das war die Gelegenheit! Franz lief im Sichtschutz der Pferde unter den Bäumen vor, bis er das Hafenamt erreicht hatte. Hinter den Rädern vorbei und schnell weiter, aus dem Winkel konnte Ralles ihn nicht spitzkriegen. Franz drückte sich beim Wimpelhäuschen neben einen Stapel Schilder, mit denen irgendetwas der Schifffahrt signalisiert wurde. Ralles rauchte immer noch, die freie Hand im Hosensack.

Draußen auf dem Rhein schipperte der Kahn aus dem Winterhafen vorbei. Franz sah den Glutpunkt der Zigarette ins Wasser segeln.

Ralles ging außen auf der Uferbefestigung zum Hafenbecken vor. Franz glitt auf die Knie und machte sich ganz flach auf den Steinen, dann robbte er an die Hausecke des Hafenamts vor.

Dort schlich auch der andere geduckt! Ralles bewegte sich auf einen Schuppen fast ganz vorn an der Hafeneinfahrt zu, schloss auf und zog das Tor hinter sich zu. Der Schriftzug darauf war französisch. Franz zog das eine Flugblatt heraus, verflucht, er hatte keinen Stift. Mit dem Schreiben hatte er es sowieso nicht so. Er würde es sich merken müssen, *C o m p* ... Buchstabe für Buchstabe prägte er sich den Schriftzug ein, *l u x* ... Wenn er nur die Hälfte richtig behielt, würde Cresper schon den Schuppen ausmachen können.

Franz machte sich so klein wie möglich, suchte sich einen Weg zwischen den anderen Lagerschuppen. Nur ein paar Menschen wandelten drüben auf dem Ludwigsplatz im Dämmerlicht der Straßenbeleuchtung.

Die hell gestrichene Wand musste die Rückseite des Lagers sein. Franz legte das Ohr an das kühle Holz. Nichts. Er blickte hoch zu den Oberlichtern. Dunkel.

Ralles würde gewiss nicht da drin schlafen. Franz legte sich wieder auf den Bauch und schlängelte sich auf Hand- und Fußspitzen nach vorn; fast machte es ihm Spaß, wenn er nicht schon so müde von dem Tag gewesen wäre. Kisten versperrten ihm den Weg. Er zog sich an einer hoch, aber davor standen noch mehr, und es waren auch Ballen aufgeschichtet.

Den Rücken fest an die Wand gedrückt, glitt er an dem hellen Holz entlang, alle drei Seiten, bis er die andere Ecke der Front erreicht hatte.

Ein Schimmer im Oberlicht überraschte ihn, Franz barg sich

als ein niedriges Paket Mensch am Hauspfosten und legte die Arme um die Knie. Jetzt hörte er auch etwas.

Ralles ächzte da drin wie einer, der Sachen wuchtete. Mal klang es metallisch, wie zwei Tonnen, die zusammenstießen, mal wie Holz auf Stein. Der machte Ordnung. Damit Platz war für das Zeug, das sie aus der BASF schaffen würden. Wenn Franz bloß nicht dafür vom Präsidenten eingeteilt würde … Darauf stand bestimmt Zuchthaus.

Ob er hineinlugen sollte? Die Schuppentür stand einen Spalt auf, Ralles würde nicht damit rechnen. Franz rappelte sich auf.

Das nächste Geräusch klang wie Händeklatschen.

Wieder machte er sich so klein als möglich. Licht fiel auf den Kai, reichte bis auf einen Meter vor seine Füße.

Eine Kette klimperte, Ralles schob das Tor zu, das Licht verlosch.

Franz atmete nicht. Schritte näherten sich der Ecke, hinter der er saß.

Es plätscherte. Franz roch Pisse, die er als dunklen Schatten über die Steine vier Handbreit entfernt rinnen sah.

Ralles räusperte sich und gähnte.

Schritte verklangen, und Franz hörte nur noch das Pochen seines Herzens im Kopf hallen. Der Gestank der Pfütze vor ihm stach in seine Nase. Sein Magen brannte irgendwie. Franz würgte, am liebsten hätte er gekotzt, aber es kam nichts hoch.

Am Winterhafen hatte Franz noch zwei Ziegelsteine mitgehen lassen, die locker in einem Mäuerchen gesessen hatten, in dem ein Signal der Hafenbahn verankert war. Lange genug hatte er dort im dunklen Schatten gehockt und die Zeit abgewartet. Wenigstens war es im August nachts lau.

Doch je länger Franz die Ziegel nun in seinen Händen wog, desto unsicherer war er, ob er damit richtig zielen konnte. Ein eckiger Stein drehte sich anders, trudelte vielleicht. Den ersten legte er an der nächsten Straßenecke auf einen Schaufenstersims eines Geschäfts mit Frauenzeug, den zweiten in der übernächsten Straße vor den Fuß einer Gaslaterne.

Er schlug einen großen Bogen vom Rhein an den Viadukten entlang bis zum Gewerkschaftsquartier.

Franz ging wie durch Nebel, so aufgeregt war er, weil es so hinterhältig war, was er tun sollte. Er säte Zwietracht. In den Straßen war ihm aufgegangen, dass der Präsident den Grumbel reinmachen wollte, als er das Papier gelesen hatte, das er um den Stein wickeln sollte. Wie würden die Roten wohl zurückschlagen, wenn ihnen der BASF-Verein schon Steine in die Scheiben warf? Kein Arbeiter würde zweifeln, dass sich ein paar Streikbrecher an den Streikposten rächen wollten, die sie drangsalierten. Kein organisierter Arbeiter würde das gern auf sich sitzen lassen wollen. Jede Seite fühlte sich im Recht, Franz doch auch. Oder hatte sich zumindest da noch im Recht gefühlt, als er mit Helma über den Übertritt in den BASF-Verein gestritten hatte.

Aber es half nichts, er konnte jetzt nicht mehr kneifen. Schadhafte Trottoirs gab es genug, es dauerte nicht lang, bis sein Fuß an einen losen, runden Wackerstein stieß. Er löste ihn aus dem Gefüge und den daneben gleich auch, steckte sie in die Tasche.

Als Tarnung würde er einmal die Maxstraße vor dem Gewerkschaftsbureau entlangschwanken, ein, zwei Häuser weiter sein Wasser abschlagen, nach einem dunklen Geschäftseingang in der Nähe Ausschau halten.

Mückenschwärme umtanzten die Stadtlampen. Sirrten die so oder rauschte das Gas? Franz hörte jedes Geräusch doppelt laut, die streitenden Katzen hinter einer Mauer, den Zug auf dem Viadukt, Gelächter hinter einem Fenster.

Der Laden mit den Südfrüchten hatte im Schaufenster eine Stoffblende herabgelassen, ein tiefer Fassadenbogen spendete Schatten, Franz sprang hinein und fand sich vor einer Ladentür, deren Namenszug im Dunkeln verschwamm.

Er wickelte je ein Flugblatt um die Steine. Hoffentlich traf er nicht einen der Sandsteinsimse oder einen der Ziersteine mit den Mauerschnecken. Wenn da was absprang, würde er immer daran denken müssen. Selbst wenn sie es ausbesserten, wäre der neue Stein rosa und nicht so rußig wie die alten.

Was hatte Ralles noch gesagt? *Suche dir den Fluchtweg vorher.*

Am besten lief er nach links, dort könnte er einfach unter dem Viadukt durch in die Südstadt laufen. Die feinen Straßen waren eine andere Welt. Von dort würde er mit der ersten Straßenbahn zurückfahren bis in den Hemshof.

Franz nahm einen umwickelten Stein in jede Hand, lehnte sich an die Kante des Schaufensters zum Fassadenbogen und lugte in die Straße.

Wieder kreischten irgendwo Katzen. Die Fenster waren überall dunkel, die Läden in den Erdgeschossen geschlossen. Nur ein Mann mit angeleintem Hund einige Häuser weiter, dann waren die beiden um die nächste Straßenecke verschwunden.

Ein Blick nach rechts, nach links – niemand. Franz machte drei schnelle Schritte aufs Trottoir, beugte sich weit zurück, holte mit dem rechten Arm Schwung, zielte auf das mittlere Fenster der Gewerkschaft und warf mit aller Kraft den Stein nach oben.

Es krachte, aber wie Holz, er hatte den Fensterrahmen getroffen. Der Stein sackte zurück, rollte über den Sims und stürzte herunter aufs Trottoir.

Nicht trödeln! Franz ging in die Knie, drehte sich fast wie ein Kugelstoßer, schnellte den zweiten Stein nach oben. Das Klirren der Scheiben durchzuckte ihn wie ein Startschuss an der Rennbahn. *Nichts wie weg!*

Die erste Straßenecke, durch den Schatten der Bäume, nicht unter den Lampen lang! Rüber auf die andere Seite, schnell ... Jemand drehte sich nach ihm um, Franz verbarg das Gesicht, noch eine Straßenecke. Ein Luftzug, kühl und ein wenig modrig. Er rannte durch die Unterführung.

Verdammt, nicht auffallen!

Auf der anderen Seite des tiefen Viaduktschattens zwang sich Franz einen müden, langsamen Schritt ab.

Was hatte er nur für einen Schiss, es folgte ihm doch keiner. Er müsste es in der Stille der Nacht hören. Franz wagte einen Blick über die Schulter. Tatsächlich, unter der Unterführung war niemand, nur ein Mückenschwarm tanzte vor einer Lampe.

Aber richtig sicher würde er sich erst fühlen, wenn er in der ersten Straßenbahn saß und die mit dem Abfahrtssignal klingelte.

Manche Frauen hatten Sitzkissen mitgebracht, andere einfach nur ihre Schürzen eingerollt, die sie unter ihre Röcke auf die Bänke gelegt hatten. Das Wirtshaus war Freitagmittag schon fast überfüllt. »Schlimm genug, dass man in der Nacht der Gewerkschaft die Scheiben eingeworfen hat.«

»Es war doch klar, dass der neue Arbeiter-Verein der BASF zurückschlägt. Bei den Streikposten ziehen die den Kopf ein, aber nachts feige mit Steinen werfen können sie.« Marie hatte ihren grauen Kittel einfach anbehalten, der wie eh und je über der Brust spannte. »Wir haben im Konsumverein schon gesammelt, das Fenster haben wir zusammen. Die Pfälzische Post wird es groß bringen, der Kerper war schon da.«

Helma rückte noch ein bisschen enger zu ihrer Nachbarin, damit Marie Platz hatte. »Wenigsten werden endlich auch die Ludwigshafener Frauen mobilisiert.«

»Wenn das in Sachsen geht, warum nicht auch hier.« Marie richtete sich im grauen Kittel auf. Hatte je jemand die Verkäuferin anders gesehen, es war ihre Uniform.

»Du kennst unsere Frauen am besten«, sagte Helma.

»Eben drum.« Marie quetschte sich gerade noch mit der Hüfte auf das Ende der Bank.

An die Stirnwand hatte der Wirt die Arbeiterfahnen gehängt. Eine richtige Bühne gab es in dem schlichten Haus natürlich nicht.

»Die haben die Kiste ja mit rotem Stoff abgedeckt.« Marie deutete mit den dicken Fingern nach vorn.

Vorhin hatten ein paar Frauen leere Obstkisten hereingetragen und ein Brett darübergelegt.

»Schscht«, zischte es von allen Seiten.

»Die Gewerkschaftsführer Haupt und Stiller geben sich die Ehre«, raunte eine hinter ihnen.

»Das war ja auch Zeit«, sagte Marie, die sich halb umdrehte.

»Schscht«, zischte es heftiger.

Helma freute sich, dass sie nicht nur die Frauen aus den beiden Turnriegen unter den Gesichtern entdecken konnte. Viele neue waren gekommen. Schüchterne Mädchengesichter drängten sich in der Nähe des Saaleingangs, aufgeschwemmte Frauengesichter, alte mit grauen Haaren. Am meisten freute sich Helma, dass sie so viel Zorn in den Augen erkannte. Darüber, dass sich nichts ändern wollte an der Misere in der Stadt, an dem ewig knappen Geld und der ewigen Sorge um die Gesundheit der Männer. Waren die Frauen erst Witwen, wartete auf die meisten nur noch Armut und die Gnade ihrer Kinder.

Haupt stieg auf den roten Stoff und klemmte die Daumen ins Revers. »Arbeiterfrauen! Die schon öffentlich gefallene Bezeichnung ›Gifthütte‹ und ›Mördergrube‹ für die Anilin ist wohl scharf, aber nicht unzutreffend. So kommt es in den Chrombetrieben nicht selten vor, dass euren Männern von den Giften die Nasenscheidewand völlig durchgefressen wird.«

»Stimmt!«, rief eine in der ersten Reihe. »Meinem Albert läuft immerzu blutiger Rotz.«

»Siechtum und früher Tod sind leider die Folge der Chromgifte.« Der Redner hatte Mitleid in seine Stimme gelegt, sah die Frau aber nicht an, sondern ließ den Blick über die gut hundert Frauen gleiten. »Chlor und die Chlorsäure rufen Geschwüre hervor, die Monate zur Heilung brauchen und Blatternarben von beträchtlicher Ausdehnung hinterlassen. Nicht umsonst betreibt die BASF die Lungenheilanstalt so weit weg am Donnersberg, genau wie das Erholungsheim in Kirchheimbolanden, damit es hier keiner sieht.«

Er nickte und betrachtete eine der sozialdemokratischen Fahnen. »Selbst das hochgelobte Indanthren, das die Wäsche beim Kochen nicht mehr verfärbt, hat ein Teufelsgesicht für den Arbeiter. Die Bürgersfrau kann sich über das lichtechte Blau ihrer feinen Stoffmuster freuen, der Arbeiter bezahlt dafür mit fortwährend wässernden Hautausschlägen. Fragt die Männer, die dort arbeiten.«

Ein Raunen ging durch das Frauenpublikum.

»Mal sehen, ob wir das Zeug im Konsumverein nicht aus dem Sortiment nehmen«, flüsterte Marie ihr ins Ohr. »Obwohl die Qualität die beste und billigste ist.«

»Wenn all das richtig ist, dann unterstützt mit allen Kräften das Bestreben eurer Männer, ihren Verdienst zu erhöhen, denn neben der reinen Arbeitsleistung kommt für sie auch eine systematische Reduktion ihrer Arbeitskraft in Frage, welche die Zeitspanne des Verdienens gegenüber anderen Arbeitern wesentlich herabdrückt.«

Eine dünne Frau im langen grauen Rock stand auf. Sie trug eine runde Brille mit schmalem Metallrand.

»Die Ewerts aus Darmstadt«, sagte Marie mit einem Ton, als habe sie verklumpten Hagelzucker auf den Verkaufstresen gestellt.

Haupt verbeugte sich vor ihr. »Hört die Vertreterin der hessischen Arbeiterfrauen an. Sie grüßt euch mit einer Solidaritätsadresse.«

»In Höchst kämpfen wir auch mit der Chemie.« Die Stimme der dünnen Frau war laut und spitz. »Vergesst nie: Der Arbeiter in den chemischen Fabriken verbraucht ein wesentlich erhöhtes Quantum von Gesundheit und Lebenskraft und kann dafür auch eine entsprechende höhere Entlohnung verlangen. Es bleibt unverständlich, warum sich die Leitung der Anilin dagegen sperrt. Was sind schon ein paar Mark Lohn gegen die Millionengewinne der Direktoren? Nichts als ein Körnchen ausgleichender Gerechtigkeit. Lohnerhöhung wäre ein Beweis des sozialen Empfindens der Herren!«

»Genau! – Bravo!«

Beifall brandete auf. Auch Helma klatschte.

Marie schüttelte den Kopf. »Da hat der Haupt die ganz scharfe Ewerts für uns Arbeiterfrauen rangeholt. Dabei hat das dünne Reff in der Schweiz studiert und einen Lehrer zum Mann.«

»Du findest doch an allem was auszusetzen«, sagte Helma. Es war doch wichtig, das Bewusstsein der Frauen für ihre Lage zu schärfen.

»So?« Marie legte sich die dicken Arme vor der Brust zurecht. »Mecker ich etwa zu Unrecht? Der Haupt zieht doch schon bei den Verhandlungen den Schwanz ein.«

»Welche Verhandlungen? Den Vertreter der Königlichen Gewerbeinspektion als Mittelsmann hat die Direktion der BASF dabei abgelehnt.« Gestern hatten die Streikführer, als Helma mit der Tilly Essen ausgetragen hatte, von nichts anderem gesprochen.

Marie hatte das linke Auge zugekniffen; so rund ihre Wangen auch waren, sie standen unter zorniger Spannung. »Warum stimmt unser Herr Gewerkschaftsführer dann zu, dass halt der gewählte Vorstand der Betriebskrankenkasse mit den hohen Herren verhandeln soll?«

Nein. Helmas Schultern sackten nach unten. Haupt gab also nach. Marie war vielleicht böszüngig, aber lügen tat sie nie. Helma blickte auf ihre rauen Hände. Das viele Suppenschleppen … Sollte das alles umsonst gewesen sein?

»Über zweitausend Männer sind im Ausstand! Und davon hat

die BASF über dreihundert aus dem Werk geworfen …«, rief die Ewerts vorne auf dem roten Stoff.

Der ganze Kampf, die mobilisierten Massen, alle liefen ins Leere. Und die Führer wussten es schon …

»Gestern sind schon sechzig Mann wieder ins Werk und heute über achtzig«, flüsterte Marie. »Ich weiß es von der Tochter des Buchhalters beim Hauptbureau.«

Wieder gab es Beifall für etwas, das Helma nicht gehört hatte. »Ich muss austreten, lass mich vorbei.«

Marie drehte sich ein wenig zur Seite. »Schon wieder? Nicht, dass du dir vom Franz was weggeholt hast.«

Die Ewerts agitierte auf dem Podest. »Doch dürfen wir über der ganzen Streikbewegung nicht die Lage von uns Frauen vergessen. Warum dürfen wir nicht in den Schreibstuben gutes Geld verdienen? Ist Buchhaltung so gewiss reine Männerarbeit, wo uns abverlangt wird, mit dem mageren Haushaltsgeld bis auf den halben Pfennig zu rechnen?«, hörte Helma die giftige Stimme.

Sie ging an den Bankreihen entlang zum Ausgang. Den Gesichtern der jungen Mädchen stand das Staunen eingeschrieben, der noch schüchterne Stolz, dass jemand Bedeutendes von ihnen selbst sprach.

Sie suchte gar nicht den Abort, Helma brauchte Luft, einen Augenblick nur, damit sie ihrer Enttäuschung freien Lauf lassen konnte. Wenn Haupt die Betriebskrankenkasse nutzen musste, würde die Direktion gar nicht mit ihm sprechen, jetzt nicht und nicht in ein paar Tagen. Dann hatte der den Streik schon verloren gegeben.

Es pfiff aus der Ecke, in der ein paar Fahrräder aufgereiht standen.

Franz! Er drehte an einer Fahrradklingel, das leise Pling war reiner Hohn.

Der fehlte ihr noch, dieses herablassende Schlendern, diese Pfoten am Hosenbein. Am liebsten wäre sie ins Haus zurückgelaufen. »Was willst du hier?«

»Dich sehen.«

»Ach. Mal wieder. Wie in der Turnhalle.« Helma stellte den linken Fuß vor und verschränkte die Arme.

»Sag nicht, dass es dir nicht gefallen hat«, sagte Franz.

Er stellte sich so nahe vor sie, dass sie zu ihm aufsehen musste. Helma hätte ihm am liebsten für sein Siegerlächeln mit den weißen Zähnen geohrfeigt.

»Ich habe dich gesucht«, sagte er.

»Rumschnüffeln ist ja jetzt dein Beruf.« Sie hörte drinnen wieder Beifall. »Ich will zur Versammlung zurück.« Aber am liebsten wäre sie jetzt ganz allein gewesen.

Er hielt sie fest am Handgelenk zurück. »Ich bin kein Spitzel.«

»Solange du für deinen Sergeanten auf die Straße gehst …«

Er zerrte so fest an ihrer Haut, dass sie einen Schmerzenslaut unterdrückte.

Seine Nase rührte an ihre. »Ich löse bei Cresper nur mein Versprechen ein. Bald ist Schluss damit, das garantier ich dir.« Er knirschte die Worte mehr hervor, als dass er sie sprach.

Er stieß sie so hart von sich, dass Helma ums Gleichgewicht rang.

»Wenn's wahr ist.« *Du Knecht*, verschluckte sie. »Vorher brauchst du mir gar nicht mehr unter die Augen zu treten.«

»Du wirst mich nicht los.« Franz ging Schritt für Schritt rückwärts, sein Blick bohrte sich in ihren. Sein Fuß stieß gegen ein Fahrrad, Metall tockte auf Metall.

Plötzlich griff er zu einem Lenker, hob das Rad mit einer Hand herum und schwang sich darauf. Seit wann besaß Franz denn ein Fahrrad?

Bald ist Schluss damit, das garantier ich dir … Woher wusste er das? Franz log! Er spitzelte also doch für den Sergeanten, verriet, was im Werk vor sich ging. Daher hatte er das Geld für das Fahrrad. Dass sich viele Arbeiter von der Direktion durch ihre Mitgliedschaft in dem neuen Verein hatten kaufen lassen, machte es nicht besser.

»Du brauchst nie wieder zu mir zu kommen, Franz Pfaff!«, schrie sie ihm hinterher. Es war Helma herzlich egal, ob er es noch hörte. Ihr Entschluss stand fest. Einen Verräter an der eigenen Klasse wollte Helma nicht an ihrer Seite. Niemals.

Kapitel 26

CRESPER HATTE AM FREITAG nicht lange gezögert, kaum dass man ihm die Nachricht Pfaffs von der Wache gebracht hatte. Die hingekritzelten Zeilen hatten ihn in große Unruhe gestürzt, bis er endlich einen Weg gefunden hatte, wie er seinen Vorgesetzten umschiffen könnte und der ihn nicht sofort die Carrière kosten würde. Für den Erkundungsgang hatte er sogar noch zu Hause die Uniform angelegt und Tante Ruth damit in Aufruhr versetzt.

»Sie geben mir schriftlich, dass ich Ihnen unabkömmlich war.« Der Laboratoriumsassistent aus der BASF packte einmal mehr die flache Aktentasche vom einen Arm unter den anderen. Sie gingen von der Straßenbahnhaltestelle zum Rhein hinüber. Ein schwefelgelber Himmel überspannte die Stadt.

Das fünfte Mal wechselte die Tasche die Seite, seit Cresper den Scholl persönlich aus dem Werk abgeholt hatte. »Nun beruhigen Sie sich doch endlich.« Heute biss die Luft besonders in den Lungen.

Wieder wechselte die Aktentasche die Seite. »Die Kollegen werden denken, ich sei verhaftet worden!«

Das war Unsinn. »Ich brauche Sie als Sachverständigen. Das können Sie von mir aus auch Ihrer Waschfrau sagen.«

»Sie wissen nicht, was meine Vorgesetzten aus solchen Dingen machen.«

Daher wehte der Wind. Cresper blieb einfach stehen, weil sowieso die Hafenbahn kreuzen würde. Ein Arbeiter trug einen Warnwimpel dem schleichenden Güterzug voran. »Gar nichts werden die daraus machen, wenn ich Ihrem Doktor Müller erkläre, dass ich ihm ersparen wollte, selbst eine Fachfrage kompetent zu klären.« Cresper deutete mit dem Finger auf den silbernen Knopf auf dem Samtwams des Assistenten. »Chemikalien kennen Sie nun mal besser als ich. Es ist die Pflicht jeden guten Bürgers, die Polizei zu unterstützen.«

»Ja, schon, aber …« Der Assistent trat von einem Fuß auf den andern.

»Ich werde nichts von dem Streit von Modry und Singer in der

Bibliothek verraten, den Sie beobachtet haben, wenn Sie das meinen.« Cresper sprach laut, weil die Wagons vorbeirollten.

»Wie erklären Sie denen, wie Sie ausgerechnet auf mich gekommen sind?« Scholl verzog sein junges Gesicht wie ein Knabe, der den Rohrstock fürchtete.

»Weil ich Sie gesehen habe, als ich im Laboratorium war. Ihr Chef wird schon verstehen, dass ich nur einen Subalternen wie Sie belästige.«

Der junge Chemiker zuckte mit dem Mund. Eitel war er auch noch, wie alle Akademiker.

Cresper schritt über die Gleise. »Kommen Sie! Es dauert nicht lange.«

Chabons Lux oder so hatte Pfaff in seiner Nachricht den Schuppen bezeichnet. Cresper steuerte auf den Mann in blauer Uniform zu, der am Pegel des Winterhafens einen Anstreicher überwachte, der daran die Maßstriche nachzog.

»Sergeant?«, fragte der Hafenmeister nach einem Blick auf Crespers Epauletten.

»Ich suche einen Kohlenschuppen, der einem Unternehmen aus Luxemburg gehört.«

Der Anstreicher hielt inne, der Pinsel tropfte. Der Hafenmeister schnippte sich über die Nase, räusperte sich. »Die sind doch längst an den Luitpoldhafen umgezogen, wo sie das Stahlzeug aus Luxemburg umladen.«

Cresper stutzte. »Aber einen Schuppen hatte die Firma hier?« Es konnte natürlich sein, dass Pfaff einen alten Schriftzug gelesen hatte.

»Warten Sie mal. – Und du da, mach weiter. Fürs Glotzen bezahle ich dich nicht.« Der Hafenmeister drohte dem Anstreicher mit dem Zeigefinger und zog Cresper mit dem Assistenten Scholl zum Hafenamt hin. »Augenblick …« Er nagte an seiner Unterlippe. »Jetzt weiß ich's wieder. Der dritte von hier auf dem Kai. Die Luxemburger haben den Schuppen noch, weil der Mietvertrag mit der Stadt auf zehn Jahre läuft.«

»Haben Sie einen Schlüssel?« Cresper legte bewusst einen harten, amtlicheren Klang in seine Stimme.

Der Hafenmeister hob die Augenbraue.

»Ich bin nicht zum Vergnügen hier.« Cresper drückte die Brust in der Uniform heraus. Es stimmte, er verspürte sogar äußerstes Missvergnügen, weil er an den Grenzen seiner Kompetenz entlanghangelte. Ob es reichte, wenn er sich darauf bezog, dass Hatzfeld der gesamten Polizei eingeschärft hatte, auf alles zu achten, was Aufruhr in der Stadt während des Streiks zu vermeiden half?

»Müsste ich eigentlich, aber manchmal ... Ich schau mal nach.« Der Hafenmeister lief in sein Amt.

Wieder wechselte Scholl die Aktentasche zum andern Arm. »Wollen Sie mir nicht endlich sagen, was Sie von mir wollen?« Und nahm sie zurück.

Cresper trommelte mit den Fingern an sein Hosenbein. Eine Antwort hatte er selber noch nicht.

»Hier!« Ein Schlüsselbund glänzte im Licht.

Cresper nahm ihn dem Hafenmeister einfach aus der Hand. »Danke. Ich bringe ihn zurück. Schauen Sie lieber nach Ihrem Pegel.« Dort schien der Anstreicher über dem Pinselende wie mit Kimme und Korn auf sie zu zielen.

»Dieser Faulpelz.« Der Hafenmeister wandte sich ab.

Cresper schritt an den Schuppen vorbei. Der hellbeige gestrichene war es laut Pfaff. Auf dem Tor stand *Compagnie Luxembourgeoise des Charbons.* Der dritte Schlüssel passte in das Vorhängeschloss. Von drinnen zog ein chemischer Geruch heraus.

Der Schuppen wurde durch die Oberlichter gut beleuchtet. Zehn auf fünfzehn Meter schätzte Cresper den Raum. Der raue Steinboden war nicht gekehrt, an der linken Seite hatte wohl dieser Ralles, den Pfaff beobachtet hatte, Fässer aufgereiht. Zwei deckenhohe Regale standen voller Dosen, Tüten, Säcke. Manche Verpackungen waren mit Etiketten beklebt, andere angebrochen. »Sie sollen mir sagen, was das für ein Zeug hier ist. Und wozu man es brauchen kann in Ihrer Profession.«

Der Assistent Scholl legte die Aktentasche auf einen sauberen Stein bei der Tür. Er richtete sich nicht ganz auf, wie jemand, der jeden Moment erwartete, dass die Decke auf ihn stürze. Nur seine Augen tasteten die Regale ab.

Cresper holte aus dem hinteren Winkel eine Leiter. Sie war sehr staubig, er achtete darauf, dass er sich nicht die Uniform beschmutzte. Wer wusste schon, ob der Staub nicht ein Pulver war, das, einmal nass geworden, zur Säure umschlug? »Hier. Steigen Sie hoch und sehen Sie sich alles in Ruhe an.«

»Ich glaube, das muss ich gar nicht.« Scholl richtete sich auf.

Wenn der jetzt kniff, war Cresper selber gekniffen. »Das werden wir ja noch sehen, was Sie alles müssen.«

»In welchem Ton reden Sie denn mit mir?« Scholl beugte die eine Schulter vor.

Cresper klopfte die Hände neben der Leiter aus. »Ich denke, wir haben uns verstanden.« Er machte mit Absicht ein Gesicht, das ohne Worte *Na, und? Was ist das für ein Kram?* fragen sollte.

Scholl ging langsam an den Fässern entlang. »Hier.« Sein Finger deutete auf einen im Blech eingeprägten Stempel. »Die sind nummeriert.« Er beugte sich über das Zeichen. »Ich fasse es nicht. Die fangen alle mit ›07‹ an. Das ist die Produktionswoche. Genau diese Fässer sind vor einem Vierteljahr im Werk verschwunden.« In Scholls Blick mischten sich Bewunderung und Verwunderung, wie das Diebesgut so einfach hier stehen konnte.

Cresper wies nach oben auf die Dosen, Tüten, Säcke im Regal. »Das dort fehlt Ihnen auch?«

Scholl griff doch zur Leiter, stieg drei Sprossen auf. »Cadmiumsulfid … Rutheniumkatalysator …« Er sah zu Cresper herab. »Wenn ich Ihnen sage, dass ich im Laboratorium eine Fehlliste geschrieben habe, als wir den Diebstahl entdeckten, die, wie mir scheint, genau diesem Bestand entspricht …« Er schüttelte den Kopf.

Cresper glaubte sofort an die Existenz solch einer Liste, auch wenn die Überraschung des Assistenten, dies alles hier anzufinden, echt sein konnte oder eben nicht. Vielleicht hatte er deshalb diese Aktentasche endlos hin und her geworfen. *Achten Sie auf die spontanen Handlungen,* lautete so ein Lehrsatz seiner Ausbildung. Wer Gefühle vorspielte, übertrieb meist.

»Wozu brauchen Sie das alles im Laboratorium?«

»Zur Forschung.«

»Woran?«

»Doktor Müller hat es Ihnen nicht gesagt, als Sie im Werk waren? Dann darf ich das auch nicht.« Er stieg die Sprossen herab.

»Diese Chemikalien haben Sie also für die laufenden Versuche gebraucht. Das werden Sie mir doch sagen können.«

Scholl nagte an seiner Unterlippe. »Hilft es Ihnen, wenn ich Ihnen anvertraue, dass diese Chemikalien, zumindest das, was sich in den nicht etikettierten Dosen befindet, die Ergebnisse der Forschungen sind?«

Cresper holte Luft. Sein Blick schweifte nach oben. Natürlich … »Sagen Sie mir noch, ob diese neuen chemischen Verbindungen von Doktor Modry geschaffen worden sind.«

Scholls Wangen zuckten. »Wenn ich als Doktorand nicht hätte unterschreiben müssen, dass alles, was ich im Werk erfinde, Eigentum der BASF wird, hätte ich Ihnen jetzt voller Stolz meinen Namen zuerst genannt.« Sein Adamsapfel hüpfte. »Ich will offen sein. Diese Erfindung teilen sich drei Doktoren. Müller, Modry und der Arzt Westhoven.«

»Wie bitte?« Cresper hielt sich an der Leiter fest. »Was haben denn die Werksärzte mit den Pulvern da oben zu tun?«

Scholl lächelte schwach. »Wissen Sie, wie viele Arbeiter bei der Produktion in den Betrieben krank werden? Wissen Sie, was allein das Erholungsheim in Kirchheimbolanden oder die betrieblichen Krankenkassenzuschüsse die BASF kosten?«

Scholl rieb seine Hand über den weißlichen Staub an der Leiter. »Hier. Uns beiden tut das Pulver nichts, weil wir es nur einmal kurz berühren. Aber wenn wir es zehn Tage hintereinander tun? Oder hundert? Oder ein Jahr?«

»Ich verstehe.«

»Jedes Produkt, das nicht nur für den Käufer unschädlich ist, sondern auch für den Arbeiter in der Herstellung oder für den, der in der Verarbeitung seinen Lebensunterhalt damit erwirbt, wird allen anderen überlegen sein.«

»Daher der Arzt Westhoven in der Forschung.« Cresper malte sich ein Bild aus, wie die drei genannten Doktoren im Laboratorium zusammenstanden vor irgendwelchen rauchenden Glastuben.

Scholl nickte und klopfte sich sorgfältig die Hände ab. »Natürlich will niemand die Arbeiter vergiften, auch wenn es die roten Gewerkschaften dauernd behaupten. Das wäre nicht nur amoralisch, sondern auch wirtschaftlich dumm. Weniger schädliche Chemie ist auch weitaus lukrativer. Die Direktion kann doch rechnen.«

»Wie teuer sind diese«, es fiel Cresper kein besseres Wort ein, »Zutaten?«

»Das meiste ist billig, aber diese seltenen Metall-Erden sind teurer.« Scholl wandte den Kopf zu den Dosen. »Rentabel ist das Ergebnis unserer Forschung leider erst, wenn es ein Patent darauf gibt.« Er hob die Schultern hoch.

Cresper hätte dafür nicht Polizist sein müssen, so einfach war es im Grunde. »Wer das Forschungsergebnis physisch in die Hand bekommt, kann mit einiger Vorkenntnis, noch dazu, wenn man ihm gleich die von der BASF verwendeten Ausgangsmaterialien liefert, das Ergebnis Ihrer Forschung rasch nacherfinden.«

Scholl beugte sich zu seiner Tasche und drückte sie an seine linke Seite. »Das ist leider möglich und schon vorgekommen.«

Der Polizist in ihm fügte die Elemente zusammen. »Warum also hat man uns den schweren Diebstahl im Werk nicht angezeigt?«

»Doktor Müller hat sich dagegen ausgesprochen, weil …« Scholl blinzelte.

Die Verantwortung trugen immer die anderen. »Weil?«, fragte Cresper schnell.

»Damals nur ein irreführendes Zwischenprodukt gestohlen worden war. Wir produzieren ja keine Riesenmengen. Das eigentliche Ergebnis verwahrte Doktor …«

Vor Crespers geistigem Auge wurde alles grell giftorange. »Doktor Modry! Die Farbe, die das Brunnenwasser so gefärbt hat, dass man hat die Brunnensteine mit Sandpapier abschleifen müssen, das ist Ihr neuestes Produkt gewesen.«

Scholl schaute von links nach rechts. »Sie haben es erraten. Wunderbares Karminrot, sogar löslich bei niederer Temperatur dank eines neuen Katalysators. Aber da es im Brunnen dieses Orange erzeugt hat, hatte er wohl nicht die kritische Menge davon bei sich getragen.«

»Wo ist der Rest?«

Scholl hob kurz die Schultern. »Im Laboratorium, nehme ich an, müsste es verwahrt sein.«

Noch.

Es würde Cresper nicht wundern, wenn jemand an einem Patent dick verdienen wollte, das andere erfunden hatten. Von den drei Rechteinhabern fiel Modry jedenfalls schon mal aus.

Cresper winkte Scholl aus dem Schuppen. »Beeilen wir uns, wir müssen ins Werk.«

Scholl seufzte erleichtert. »Na endlich.« Er nahm die Aktentasche am Lederbügel.

Cresper würde ihm besser erst im Laboratorium sagen, was er plante, sonst kreiste die Tasche wieder von Arm zu Arm.

Der Mann mit dem Pinsel war verschwunden. Der Hafenmeister stand mit der Pfeife in der Hand am frisch gestrichenen Pegel. »Alles klar, Sergeant, haben Sie gefunden, was Sie gesucht haben?«

Cresper reichte ihm den Schlüssel. »Alles in Ordnung«, sagte er vorsichtshalber und tippte sich zum Gruß an die Stirn. Der Dicke bestach womöglich für seine Schiebereien Leute, von denen man es nie glauben würde.

»Nein. Ich mache das nicht. Sie können das nicht von mir verlangen.« Scholl stand mitten im Laboratorium, beide Hände auf den Rand einer steinernen Arbeitsplatte gestemmt. Er starrte auf seine Schuhe. »Nein.«

»Aber Sie sagen doch selbst, dass Freitagnachmittag zur Kaffeezeit der wahrscheinlichste Zeitpunkt für einen Diebstahl ist, weil jetzt wegen des Streiks die Arbeit ab ein Uhr in der Forschung ruht.« Das Werk hatte die Chemiker aus den Forschungsstätten abgezogen, sie überwachten die Produktionsabläufe bei den Synthesewerken, die noch genug Arbeiter hatten. Die Meister, die das sonst taten, hatten die Direktion an die Maschinen beordert, dennoch standen manche davon bereits still.

»Schon, aber …«

»Wir hören doch bis hierherauf, wie die Arbeiter draußen herumgeschickt werden. Die Diebe werden sich die Unordnung zunutze machen. Sie haben es selbst gesagt.«

»Es ist zwar logisch, aber … Ich mache es nicht. Das darf ich nicht. Das ruiniert meine Carrière, wenn ich Doktor Müller nicht verständige, dass die Polizei im Hause ist.«

Was für ein Theater! Die Wachen, die das Werkstor sicherten, hatten ihn vorhin doch längst gesehen. »Dann rufen Sie halt in Gottes Namen Müller an, wenn Sie mir nicht folgen wollen.« Cresper hatte es eigentlich vermeiden wollen, dass die hohen Herren involviert wurden, bevor er nicht einen unmittelbaren Beweis in Händen hielt. Aber er war sich sicher, dass Pfaff in der Gewichtekammer nicht geträumt hatte. Und umsonst hatte dieser Ringer nicht im Schuppen Platz geschaffen.

Scholl stieß sich von der Arbeitsplatte ab. Er atmete dreimal laut aus und ein. »Versprechen Sie mir, dass Sie niemandem davon etwas sagen, falls Ihr Einbrecher nicht auftaucht?«

Es war ja wohl eher *sein* Einbrecher, schließlich arbeitete Scholl in diesem Laboratorium. »Ja, herrje.« Schon allein um sich selber eine Peinlichkeit zu ersparen, würde Cresper schweigen. »Schließen Sie die Räumlichkeiten ab.«

»Habe ich längst.«

Cresper war es nicht aufgefallen. »Bereiten wir uns vor, wie von mir vorgeschlagen.« Es war die einzige Möglichkeit des Zugangs, wenn die Diebe nicht einfach die Tür aufbrachen.

Scholl ging an den Tischen voller Glastuben vorbei zu einer schmalen Holztür im Wandpaneel und schlüpfte in den Verschlag.

Cresper platzierte sich an der Seite des Laboratoriums den Fenstern gegenüber hinter dem Extraktor, den ihm Scholl gezeigt hatte. In dem tischgroßen Gerät wurden Flüssigwirkstoffe gewonnen. Im Moment stand die Anlage still. Bei den fünf Ballons war ein Spiegel angebracht, damit die Farben der Dämpfe deutlicher erkennbar waren. Cresper konnte sich dahinter sogar bequem an die Wand lehnen. Niemand ahnte, dass es sich um einen einseitig durchsichtigen Spiegel handelte. Sein Blick ins Labor war nun allerdings metallisch türkis verfärbt.

Die Zeit der Mittagspause hatte er mit Scholl logisch eingekreist. Wenn die Männer zwischen den Werken hin und her liefen, standen nirgends Leute herum. Jede freie Hand musste vom Werk eingesetzt werden. Es würde bei der allgemeinen Materialknappheit nicht auffallen, wenn ein Mann einen Handwagen mit Zeug durchs Werk zog.

Cresper zwang sich, dass er nicht auf die Taschenuhr sah. Er lugte zum Arbeitstisch Modrys hinüber. Scholl hatte ihm die Namensschilder gezeigt, die man wohl aus Pietät noch nicht gewechselt hatte. Der Versuch zum Karminrot war von Müller noch nicht wiederholt worden, behauptete jedenfalls Scholl. Cresper hatte den langen Weg der Substanz durch Kolben, Kugeln, Spiralkühler und Verdunster verfolgt, die vielen Farbwechsel nicht begriffen, schon gar nicht, wie ein gräuliches Pulver mit wenigen Gramm einen ganzen Brunnen orange einfärben konnte.

Ein leichtes Vibrieren durchlief die Wand in seinem Rücken. Das Licht im Laboratorium erstrahlte über den ersten Tischen, Cresper sah es als türkise Blitze. Und gleich war es wieder aus. Er richtete sich auf. Nun hörte er den Lastenfahrstuhl, sein Blick bannte die Stahlläden, die die Öffnung verschlossen. Die ganze Wand dort war aus Sicherheitsgründen mit Metall beschlagen.

Der Fahrstuhl führte aus dem Erdgeschoss von der Rückseite des Gebäudes hierherauf. Er wurde nur benutzt, wenn schwere Säurefässer oder der Löschsand ins Laboratorium geschafft werden mussten. Es brenne hier öfter, als man denke, hatte Scholl zugegeben.

Das Vibrieren verschwand. Die Stahlläden schoben sich einen Fingerbreit auseinander. Dann sah Cresper eine Hand, zwei, einen Arm, ein junger Mann mit Segelohren stieg aus, zog die Luke auf. Dahinter erhob sich ein grauer Bär von einem Mann von den Knien. Das musste Pfaffs Ringer Ralles sein. Die Statur unter dem Arbeiterkittel verriet den geübten Turner.

Die beiden sprachen kein Wort, der breitschultrige Ringer wies mit dem Kinn zu den Arbeitstischen. Sie suchten anhand der Namensschilder einen bestimmten Arbeitsplatz.

Cresper spürte die Anspannung bis in die Fingerspitzen. Sie blieben genau vor Modrys Arbeitstisch stehen.

Der Jüngere lief durch das Laboratorium. Kniete sich hin, suchte etwas. Er näherte sich. Cresper ballte die Faust. Der junge Mann blieb vor einem Schrank stehen, hob einfach die ganze Tür heraus. Und eilte damit zurück zum Complicen.

Sie mussten Ortskenntnis vorab bekommen haben, anders war es nicht zu erklären. Cresper war die Metallwanne unter dem Experiment von Scholl gezeigt worden, die bei Glasbruch die Flüssigkeiten auffangen sollte. Die beiden Diebe schoben damit die ganze Versuchsanordnung Modrys auf das Türbrett und trugen sie davon zum Lastenfahrstuhl.

Auf ein deutliches Nicken des Älteren hin senkten sie ihre Beute ganz langsam, dann schob der Junge das Türblatt in den

Lastenaufzug. Sie staksten über die Gläser hinweg hinein, eine breite Hand zog die Stahlläden zu.

Cresper legte die Hand an die Wand. Kaum dass er das Vibrieren spürte, sprang er aus seinem Versteck hervor in das irritierend bunte Labor und schrie aus Leibeskräften: »Jetzt!«

Vorn in der Wand knallte es dumpf. Scholl schlüpfte schon aus der Kammer. »Die Sicherung ist raus. Ich habe die Diebe durch ein Astloch im Brett beobachtet. Jetzt hängen sie zwischen erstem und zweitem Stock fest.«

»Können sie aus dem Aufzug aussteigen?« Das hatte er vergessen zu fragen.

»Nein. Und wenn, müssten sie zehn Meter tief in den Schacht springen.«

»Nach oben?«

»Ist zugemauert, damit es bei Bränden nicht wie in einem Schornstein zieht.«

Cresper zog seinen Dienstrevolver. »Rufen Sie die Wachen am Tor an. Die sollen alle starken Männer vor den Aufzug unten schicken. Falls Schutzmänner draußen auf der Straße patrouillieren, sollen sie mitkommen auf Befehl von Sergeant Cresper. Verstanden?«

Scholl griff schon am Laboratoriumsschreibtisch zum Hörer. »Die Wache am Haupttor, sofort. – Wie bitte? Unfreundlich? Wir haben einen Notfall hier, Fräulein!«

»Bilden Sie zwei Reihen!« Cresper zeigte auf die fünf Leute von der Wache. »Gleicher Abstand, damit uns keiner davonläuft.« Er und Wachtmeister Behr, der tatsächlich draußen auf Patrouille gewesen war, nahmen in drei Meter Abstand zum Aufzug auf der Werksstraße Position.

»Meinen Sie wirklich, dass wir die brauchen?« Behr hatte nicht lange gefackelt und war mitgekommen. Cresper hatte ihm nur »Tat in flagranti« zugerufen und dass er ihm später alles erkläre.

»Oh ja.« Cresper hielt den Dienstrevolver auf die Aufzugtür gerichtet. »Gebt Strom!«

Ein Elektriker legte vor einem offenen Kasten einen Schalthebel um. Ein Funken flog, sie hörten den Motor dahinter im Mauerwerk anlaufen. »Sie sind gleich unten! Ich seh schon den Boden.«

»Wie besprochen! Sie werfen sich rechts an die Wand!«, rief Cresper.

Das Geräusch des Motors wechselte von Volllast zu Leerlauf. Der Elektriker riss die Tür vor dem Aufzug auf und hechtete vor die Mauer nach rechts.

Der Ringer sprang schon heraus, rannte nach links, die beiden Wachmänner dort stürzten auf ihn zu, doch er mähte sie mit zwei Fausthieben nieder. Cresper sah aus den Augenwinkeln den jungen Blonden rennen, der aber drei Wachleute gegen sich hatte.

»Stehen bleiben, Ralles!« Der Ringer hörte nicht auf ihn. Cresper zielte kalt.

Er schoss, traf, wie er immer traf, weil er ein guter Schütze war. Der Ringer schrie auf, kippte nach links weg, wand sich auf dem Rücken. Über seine Hand, ans Knie gepresst, strömte das Blut. »Handschellen, Behr, schnell. Bringt ein Seil zum Fesseln, der ist wahnsinnig stark.«

Um ihn herum liefen die Wachleute. Zwei setzten sich mit den Knien auf den Ringer, einer streckte ihm das kaputte Bein.

Der Schmerzensschrei gellte über die Werksstraße.

Behr nutzte das und schloss die Handschellen. Schon wand einer der Wachen ein Seil um die Beine des Ringers.

»Bringt ihn sofort zum Werksarzt!«, sagte Cresper. »Sonst stirbt er an Blutverlust.« Kaum hatte er es ausgesprochen, wurde ihm klar, dass Westhoven im Dienst sein könnte. Also entweder völlig unschuldig den Ringer versorgte oder, wenn der Arzt verwickelt war, ihn vielleicht zu gründlich betreuen würde. Aber ohne Hilfe verreckte Ralles. Cresper starrte die hellroten Blutspritzer auf dem Boden an. Er steckte den Revolver weg.

Von der Seite kamen Arbeiter mit einer Trage angelaufen, sie rollten den stöhnenden Ringer darauf und trugen ihn zu viert im Dauerlauf um das Eck des Laboratoriums.

»Und das Bürschchen hier?« Behr hatte den gefesselten jungen Einbrecher beim Schopf genommen und bog dessen Kopf weit ins Genick.

»Den nehmen wir mit und wringen ihn aus wie einen nassen Lappen.« Cresper sah Tränen in den Augen des jungen Mannes, ob aus Furcht oder Schmerz, war ihm herzlich egal.

»Ab mit dir!« Behr trat ihm mit dem Knie in den Hintern und stieß ihn vorwärts Richtung Haupttor.

Der Assistent Scholl stand, die Hände an den Wangen, vor dem Aufzug und inspizierte die Glasanordnungen. »Was für ein Glück, dass kaum etwas kaputtgegangen ist.«

»Ach?«, fragte Cresper.

»Modry hat keine Aufzeichnungen hinterlassen. Diese Anordnung hier ist Millionen wert.«

Cresper sah Doktor Müller die Werksstraßen herbeieilen. »Dann wird sich Ihr Chef ja freuen.« Scholl würde ihm die Sache erklären müssen.

Dem Assistenten wich alle Farbe aus dem Gesicht. »Sie –«

»Sie hören von mir!« Cresper musste nun Polizei-Inspektor Hatzfeld besänftigen, dem konnte er keine gerettete Million als Morgengabe bringen. Nur den jungen Einbrecher, den sie jetzt zur Polizei schaffen würden, und später Ralles, falls er im Werkshospital überlebte.

Hatzfeld war unterwegs, unerreichbar. Cresper hatte deshalb im Bureau in der Ludwigstraße gar nicht lange gefackelt. Kaum hatte er diesen Egon in die Zelle für die Untersuchungshaft gesperrt, hatte er sich schon alle verfügbaren Schutzleute der Wache geschnappt. Der Polizeiwagen hielt vorm Roten Sack. Cresper sprang als Erster hinaus.

»Sichert den Hinterausgang!«, rief er den Schutzmännern zu, die hinten ausstiegen.

Mit den anderen zwei stürmte er in den Roten Sack. »Keiner verlässt das Lokal!«

Für den späten Nachmittag war es erstaunlich leer. Crespers Blick prüfte, wer an den Tischen saß. Von Gesicht zu Gesicht wuchs sein Entschluss, aufzuräumen. Brecher von Männern hockten hier herum, er verwettete sein Monatsgehalt, wenn hier nicht der halbe Ringerverein versammelt war. Cresper hatte genug Runden als junger Schutzmann gedreht. Kein einziger Alter, die sonst ihre paar Groschen versoffen, kein einziger Lehrling biss in ein Wurstbrot wie sonst. Keine Frau, die auf die Kinder von drei anderen aufpasste, weil die gerade einkaufen waren, und mit der Wirtin ein Schwätzchen hielt.

»Was wollen Sie?« Die Wirtin mit dem tiefen Décolleté nahm ein halb volles Glas unter dem Zapfhahn weg, stellte es neben vier andere. Sie stemmte die Hände an die Seite. Ihr üppiger Busen quoll fast aus der grünen Bluse.

»Hausdurchsuchung!« Es half nichts, er konnte nicht zurück.

»Moment! Moment!« Sie hob die flache Hand und schüttelte den Kopf so sehr, dass sich eine blonde Strähne löste. »Was werfen Sie mir überhaupt vor? Vielleicht kann ich Ihnen Auskunft geben, bevor Sie mir Unordnung im Laden machen.« Sie setzte das erstorbene Lächeln der Puffmütter auf, die einen Streit schlichten wollen, und kam um den Tresen herum.

Solche Damen brauchten kein Süßholz mehr. »Sie beherbergen illegal in Ihren Räumen.«

Ihre feiste Hand fand zu ihrem Busen, die Finger spreizten sich. »Sie irren sich, werter Sergeant.« Sie hob das Kinn, ihre rot geschminkten Lippen wurden dünn. Einen langen Blick warf sie zu den Tischen, der kälter war, als Cresper für möglich gehalten hatte. »Ich kann Ihnen die Gewerbegenehmigung für meinen Pensionsbetrieb zeigen.«

»Die Hintertür ist abgeschlossen«, japsten die zwei Schutzleute atemlos. Die ersten der angeblichen Gäste standen auf. Die Arbeiterjacken spannten über den Armen. Cresper hätte sich gewünscht, dass seine beiden Schutzmänner hinter ihm gerader dastanden und nicht so nervös von einem Fuß auf den anderen traten. »Ihre Vermietungen in den oberen Etagen interessieren mich nicht.«

Sie verschränkte die Arme und spitzte den roten Mund. »Sondern, junger Mann?«

Zwei raue Lacher fing er sich ein. Jetzt waren alle aufgestanden, wie von selbst hatten die Männer eine Front gebildet, vom Tresen herum bis zum Eingang. Sie versperrten fast schon den Weg nach hinten.

Cresper stellte das rechte Bein vor. »In Ihren Hinterzimmern hier im Erdgeschoss beherbergen Sie einen nicht genehmigten Verein.« Länger durfte er nicht warten. Er ging am Tresen vorbei zum Gang, der nach hinten führte.

Zwei breitschultrige Kerle versperrten den Weg. Ein dritter stellte sich hinter sie.

Cresper roch billigen Tabak. »Machen Sie den Weg frei.«

Stühle rückten, Tische. Schwere Schritte auf dem Steinfußboden. Wo blieben die Schutzleute, verdammt?

Fast tänzelte die Wirtin auf ihn zu, zupfte ihn am Ärmel. »Ich beherberge keinen Verein. Wer behauptet das?«

»Geben Sie den Weg frei. Oder ich verhafte Sie wegen Behinderung der Polizei.«

Vielstimmiges Gelächter antwortete ihm. »Da musst du aber erst einen Zeugen finden, dass wir dich behindert haben«, rief einer.

Vor den Fenstern pfiff es viermal lang-kurz-lang. Alle Augenpaare schwenkten zur Wirtin. Die steckte sich eine gelöste Strähne hoch. »Lasst ihn doch gucken, wenn er unbedingt mein Sauerkraut und die Kartoffeln sehen will. Unsereins muss schaffen.« Sie ging die Hüfte schwenkend zurück hinter den Tresen.

Die Männer setzten sich langsam, keiner sprach ein Wort.

Cresper winkte mit den Fingern, die Schutzleute folgten ihm. Aus den Augenwinkeln registrierte er, wie die Wirtin zwei Männern zunickte, die aufstanden und hinterherkamen.

Im Hinterzimmer sah er als Erstes einen Haufen glitzernder Perlen und Silberglitter auf einem roten Stoff, Umhängemäntel und allerlei Theaterkram. Zwei Perücken, blond und braun, falsche Bärte, Waden, Clownsnasen. Ein großes buntes Plakatschild lehnte an der Wand. »Die Torrinos – fliegende Männer«. Drei Kisten standen vor der weißen Wand. Sonst war der Raum leer: Keine Ringermatten, keine Wandtafeln mit Übungsregeln, kein Abzeichen, nichts. »Wem gehört der Kram?«, fragte Cresper.

»Die Italiener treten am Sonntag im Saal auf. Die haben hier gestern Flickflack geübt und Schulterstand.« Die Wirtin stand in der Tür, eine Zigarette in der Hand. »Vielleicht hat das jemand gesehen. Die Truppe ist angemeldet, ich habe den Stadtstempel gesehen.«

Cresper hätte am liebsten die Perlen von den Kostümen gerissen, die Römerrüstungen, die falschen Bärte herumgeworfen. Das Pack hielt zusammen, da war nichts zu machen.

Er drückte sich wortlos an ihr vorbei, doch sie hielt sorgsam Abstand. Cresper riss die Tür der kleinen Kammer auf, die Pfaff beschrieben hatte. Ein Haufen Kartoffeln lag auf dem Boden.

»Konz. Prägen Sie sich den Anblick ein.«

Der Schutzmann glotzte. »Was?«

»Die Ecken sind wichtig, herrje!« Begriff der denn nicht? Da lag kein Stäubchen, kein Bröckchen alter Putz, kein bisschen feuchte Kalkfarbe. Hier hatte jemand mit dem Handbesen die letzten Spuren weggekehrt.

Cresper riss die Tür des Nebenraums auf, in dem Pfaff den Präsidenten, also den Dicken, hatte sprechen hören. Leer, bis auf vier Steinzeugfässer, es roch nach Sauerkraut. »Ein ziemlich großer Abstellraum und ziemlich weit von der Küche.«

»Dort steht halt alles voll.« Die Wirtin zog an ihrer Zigarette und blies den Rauch neben sich in den Gang.

»Aber noch nicht lange.« Die Schleifspuren auf den Fliesen waren ganz hell und frisch.

»Doch, ein halbes Jahr.« Sie aschte die Zigarette in den Raum ab.

Nie und nimmer. Cresper wies zu Decke. »Und die teure böhmische Gaslampe hängen Sie in die Vorratskammer, wo Sie vorn die billigsten Funzeln über den Tischen hängen haben?« Die schwenkbare Leuchte war ganz modern aus gelbem Messingblech gebogen, ihr Glasschirm war bunt mit lila Veilchenmotiven verziert.

»Ach die ... die hängt noch vom Vorbesitzer. Der hat hier ein Schlafzimmer eingerichtet gehabt, Sie wissen schon.« Sie setzte das erstorbene Lächeln der Puffmütter auf. »Ich hatte dafür eben noch keine Verwendung.«

Cresper suchte die Wände und den Fußboden ab. Ein Schatten verriet, dass beim Fenster ein Bild gehangen haben musste. In den Winkeln kein Stäubchen, selbst auf den Holzpaneelen, die hüfthoch die Wand verkleideten, nichts. Hier hatte jemand gründlich gewischt. Am Fensterrahmen entdeckte Cresper eine frische Kratzspur, der braune Lack gab helles Holz frei.

Sie hatten alles durch das Fenster hinaus in den Hof geschafft. Zu sehen war draußen nichts mehr. Schuppen gab es dort wie in jedem Ludwigshafener Hof genug, wie auch Treppenaufgänge in Wohnungen, wo man alles hatte hinschaffen können. Ohne Großaufgebot würde er mit seinen fünf Mann nichts finden. Selbst wenn, würden alle behaupten, ein Verwandter habe ihnen das Möbel vor ein paar Tagen erst geschenkt. Was hatte er nicht alles für Lügengeschichten vom Hehlervolk gehört.

»Also gut.« Cresper winkte seinen Leuten im Gang.

Im Schankraum stellten die Männer die Biergläser ab und betrachteten ihn unverhohlen spöttisch.

Die Wirtin begleitete sie bis zum Eingang. »Überlegen Sie sich's, bevor Sie wieder ehrbare Wirtsleute belästigen.« Sie machte sogar die Tür hinter ihnen zu.

Draußen standen die üblichen Gaffer. Die Alten und die Lehrlinge und die Mütter mit den Kindern.

Es blieb ihnen nichts anderes übrig. »Einsteigen!«

Cresper ging zum Volant. An der Hauswand hielt eine verhärmte junge Frau mit weißem Kopftuch die Arme über zwei fünfjährige Mädchen. Eines davon kniete und stocherte in der Gosse.

»Sind das die Männer, die den Hof aufgeräumt haben?«, fragte das andere.

Die junge Frau legte vor Schreck dem Kind einfach die Hand auf den Mund.

Cresper fuhr sich durch das Haar. Ein Kind als Zeuge hatte keinerlei Zweck. Er stieg ein. »Abfahren!«

Wie er diese Pleite Hatzfeld erklären sollte, er wusste es nicht.

»Was haben Sie sich dabei gedacht? Was, um Himmels willen, haben Sie sich von solchen Eigenmächtigkeiten versprochen?« Polizei-Inspektor Hatzfeld hieb einmal mehr mit der Faust auf seinen Schreibtisch.

Beweise, was sonst? Für eine Theorie, die sein Vorgesetzter nicht hören wollte. Cresper stand seit fast einer halben Stunde militärisch stramm vor dem Schreibtisch Hatzfelds. »Ich wollte keine Zeit vertun, Beweismaterial zu sichern.«

Der Chef lehnte sich weit in seinem Stuhl zurück und trommelte auf die Lehne. »Hat man Ihnen das im Lehrgang gepredigt?« Sein Kopf war tiefrot angelaufen.

»Allerdings.« Je länger Cresper von seinem Vorgesetzten kujoniert wurde, desto weniger hielt er sich zurück. Es waren sowieso seine letzten Minuten als Sergeant der Criminalpolizei. »Ich war dennoch zu spät.«

»Sie Dilettant!« Hatzfeld schrie es fast. »Das hätte Ihnen jeder erfahrene Schutzmann sagen können. Dafür schicke ich Sie doch nicht auf einen Lehrgang.« Er seufzte. »Mit einem Polizeiwagen durch den ganzen Hemshof fahren, ha! Ebenso gut hätten Sie Ihre Durchsuchungsabsicht drei Tage vorher in die Zeitung setzen können. Das Gelichter dort hat immer welche Schmiere stehen.« Hatzfeld hieb so fest auf die Schreibtischplatte, dass ein Federhalter vom Schreibzeug rollte. »Verdammtes Ding«, nuschelte der Polizei-Inspektor.

Cresper fing das Schreibgerät an der Kante des Schreibtischs auf und legte es eine Handbreit zurück.

Hatzfeld stemmte die beiden Fäuste auf die Schreibfläche und stand auf. »Sie haben eindeutig gegen Dienstanweisungen verstoßen, als Sie diesen Spitzel im Werk installiert haben!«, brüllte er. »Das ist unverzeihlich.«

Cresper drückte die Brust durch. »Habe ich nicht!«, sagte er bewusst langsam und deutlich.

Hatzfelds Schnurrbartspitzen bebten. »Das ist die Höhe! Ich werde Sie unverzüglich aus dem ...« Ihm verging der Atem.

Das Telephon auf dem Schreibtisch läutete. Hatzfeld starrte es an wie einen Franzosen 1870 auf dem Feld. »Ja?«, herrschte er in die Sprechmuschel. »Wie?« Sein Gesicht glättete sich vor Überraschung. »Der Doktor Müller von der BASF? – Stellen Sie durch.«

Cresper regte sich nicht, der Polizei-Inspektor drehte sich im Stuhl, damit er ihn nicht vor sich stehen sehen musste.

»Wir ... ich bin in dieser Sache mit äußerster Vorsicht vorgegangen, Doktor Müller. Wegen des allgemeinen Aufruhrs vor der BASF wollte ich jeden zusätzlichen Polizeibesuch vermeiden ...« Hatzfeld zwirbelte sich die weißen Schnurrbartenden. »Telephonisch? Werter Direktor, mein Vertrauen in die Diskretion der Fräulein von der Vermittlungsstelle ist zwar hoch, aber in diesem heiklen Fall ...« Er wischte sich mit einem Taschentuch umständlich das Gesicht trocken. »Eben ... So groß wäre der Schaden gewesen?« Hatzfeld drehte sich abrupt herum und starrte Cresper an. »Ich bin Ihnen sehr verbunden. Natürlich. Wenn Sie ein offizielles Dankschreiben der Direktion der BASF an die Stadt und ihre Polizei für angebracht halten ... Wir tun unsere Pflicht, nichts weiter. – Besten Dank, Herr Doktor Müller.« Hatzfeld hängte die Sprechmuschel ein und fiel in seinen Stuhl zurück.

Cresper regte sich nicht. Das Gesicht seines Vorgesetzten hatte wieder eine normale Farbe angenommen.

»Sergeant, Sie haben ein verdammtes Glück. Doktor Müller war des Lobes voll über die Stadtpolizei. Ich wollte Sie gerade aus dem Polizeidienst entfernen. Aber …« Seine Stimme nahm an Lautstärke zu. »Nein. Trotz Ihres Zufallserfolges: Kompetenzanmaßungen sind in einer auf Hierarchie und Klarheit gegründeten Institution nicht hinnehmbar.«

Cresper spannte die Bauchmuskeln an. »Noch einmal. Ich habe nur Ihre Anweisungen befolgt. Ich war zu dem Zeitpunkt, als ich den Zuträger anwarb, noch mit den Ermittlungen im Fall Modry betraut.«

Hatzfeld fiel die Kinnlade herunter. »Der Kerl hat recht«, flüsterte er fast.

»Verdunklungsgefahr war im Verzug.« Das stimmte sogar. Cresper konnte nicht länger strammstehen, er schaute kurz zu den Fenstern hinaus in den sonnendurchfluteten Innenhof. »Ich musste handeln, als mir der Zuträger, den ich wie gesagt für sehr verlässlich halte …«

»Ersparen Sie mir Anekdoten aus der Militärzeit, ich kenne solche Freundschaften zur Genüge.« Hatzfeld legte den Federhalter zurück. »Mal taugen sie was, mal nicht.«

»Polizei-Inspektor, ich musste handeln. Sie haben selbst befohlen, dass wir alles unternehmen sollten, was die brisante Lage in der Stadt entschärft.«

Wieder sauste die Faust auf den Schreibtisch. »Aber das müssen Sie, verdammt noch mal, mit mir abstimmen.« Hatzfeld sprang wieder auf und lief zum Fenster. Er stemmte die Hände aufs Brett und schaute hinaus.

Wenn der Polizei-Inspektor schwieg, überlegte er gründlich. Danach war an seinen Entscheidungen nicht mehr zu rütteln. Er würde ihn jetzt degradieren oder ganz hinauswerfen. Cresper wurde es seltsam leicht um Herz.

»Cresper, Cresper.« Hatzfeld seufzte leise. »Sie haben Glück, dass mich der Doktor Müller aus der BASF angerufen hat. Des Lobes voll über unsere Stadtpolizei, sogar dem Bürgermeister werde die Direktion offiziell schreiben.« Er drehte sich langsam um. »Ich gebe zu, dass ich den Fall Modry weniger kompliziert eingeschätzt habe.« Er atmete lange und hörbar aus. Sein Blick lag unerforschbar auf ihm.

»Das heißt?« Cresper blieb der Mund offen.

»Dass ich Sie wohl nicht umsonst zum Lehrgang geschickt habe. Sie hatten das richtige Flair in der Nase.« Hatzfeld tippte sich mit dem Zeigefinger an die Wange. »Warum haben Sie sofort eine Verbindung von diesem Ringer zur BASF gesehen?«

Sein Chef würde es nicht gern hören. »Weil ich inzwischen davon überzeugt bin, dass weder Doktor Modry noch dieser Tagelöhner Scherb durch Unfälle zu Tode gekommen sind.«

In Hatzfelds rundem Gesicht arbeitete es, sein Schnurrbart zuckte. »Es fällt mir nicht leicht, Ihnen zu folgen. Sie kennen mein gegenteiliges Urteil aufgrund der Umstände. Wir haben für Ihre Ansicht keinen Beweis.«

»Aber Indizien.« Cresper hielt es nicht mehr aus. Er stützte sich mit den Händen auf den Schreibtisch seines Chefs. »Überlegen Sie! Modry liegt in einem giftorange Wasser, die Farbe stellt sich als neuste Forschung der BASF heraus. Von allen, die davon etwas verstehen, wird uns die Entwicklung verheimlicht. Ein Mann wird im Winterhafen gefunden, tot, ein paar Meter von dem Schuppen entfernt, in den ebenjener Farbstoff und die ganze Apparatur verbracht worden wären, wenn die Ringer nicht von mir abgefangen worden wären.« Cresper unterstrich jedes Argument mit einem Schlag seiner Hand auf das Schreibtischleder. »Und dann ist auch noch der ganze Ringerverein wie von Zauberhand aus dem Roten Sack verschwunden. Es muss einen Zusammenhang geben.«

Hatzfeld legte die Handflächen aneinander, einen Moment sah es aus, als ob er betete. »Wir vernehmen den Ringer, den Sie auf der Flucht angeschossen haben – sehr mutig und löblich übrigens –, wie auch den jungen Dieb gemeinsam.«

»Öffnen Sie den Fall wieder, Polizei-Inspektor. Es ist Mord!«

Hatzfeld hob die Hände bis zur Brusthöhe. »Vielleicht. Oder aber doch Unfälle, die infolge dieser groß angelegten Diebstähle vorgekommen sind. Öffne ich den Fall wieder, kriegt die Presse Wind davon, und wir haben einen Skandal.«

Cresper seufzte gegen seinen Willen laut auf.

Hatzfeld lächelte fein. »So etwas schadet nur den Ermittlungen. Bedenken Sie, ganz Ludwigshafen ist in Aufruhr, inzwischen wird nicht nur in der BASF gestreikt.« Er klang schon ganz väterlich. »Machen Sie weiter. Ich spreche mit der Direktion des Werkes über diesen ominösen Farbstoff.« Hatzfeld nickte zur Tür hin.

»Ich danke Ihnen.« Das tat Cresper wirklich.

»Aber keine Eigenmächtigkeiten mehr.«

»Jawohl, Herr Polizei-Inspektor.« Cresper verbeugte sich vorschriftsmäßig. Er würde sich dennoch gut überlegen, wann er ihm von irgendwelchen neuen Erkenntnissen Bericht erstattete.

Hatzfeld hob den Zeigefinger. »Noch eins. Dokumentieren Sie die Ermittlungen, jeden Schritt. Sie wissen ja, was ein Königlich Bayerischer Amtsrichter sonst von unseren Beweisen hält.«

Cresper wollte so bald als möglich mit Pfaff reden. Die Ringer und der Dicke mussten ja nur bis drei zählen: Ihr Quartier war durchsucht worden, das jahrelang unbehelligt geblieben war, kaum dass ein Neuer aufgetaucht war. Sein Obergefreiter war in Gefahr.

Cresper hielt es nicht auf seinem Stuhl im Polizeibureau, jetzt wo er endlich Fakten in die Hände bekommen hatte. Diebe in flagranti, besser konnte es gar nicht sein. Schutzmann Konz legte ihm ein Telegramm auf das Stehpult zu den zwei Fernsprechnotizen. »Das kam eben noch aus München vom Königlichen Gewerberegister.«

»Danke.« Cresper hoffte, dass er nun endlich alles zusammenhatte. Zwei Stunden lang hatte er die Amtsleute in Speyer und München am Telephon bekniet. Der Speyrer Beamte hatte am Telephon dermaßen bairisch genuschelt, dass Cresper einmal mehr davon überzeugt war, dass der Rheinkreis die Strafkolonie der Verwaltung des Königreichs war. Ein offizielles Telegramm Hatzfelds zur Bestätigung seiner Anfrage hatte er hinterhergeschickt, damit die Herren endlich tätig wurden.

Die Firma hatte sich gut verborgen. Cresper war sich ziemlich sicher, dass der Fiskus von den Gewinnen dieser Firma wenig sah. Zumindest der in Bayern, in Luxemburg war der *Trésor public* womöglich schlauer.

Die »Compagnie Luxembourgeoise des Charbons« hatte tatsächlich Eigner aus dem Großherzogtum, aber nur zu fünfzehn Prozent, zu fünfundachtzig gehörte sie einer »Kellweg Gesellschaft« aus Neustadt. Hinter dieser standen niemand anderer als der BASF-Werksarzt Westhoven, das Mordopfer Modry und eine »Firma Nanny Ransmayer« aus München je zu einem Drittel. Cresper war so aufgeregt, dass er noch ein drittes Mal die Namen der Gesellschafter unterstrich.

Es wunderte ihn nicht, das die rechtliche Verschachtelung der Eigentümerverhältnisse noch weitergetrieben worden war. Er faltete das Telegramm der Königlichen Gewerbeaufsicht auseinander und las. Die Firma mit dem possierlichen Namen Nanny gehörte wiederum …

»+++ Fa. Transport Rhenania +++ alleiniger Eigner +++ Richard Volz, wohnhaft Ludwigshafen am Rhein +++«.

Vor Crespers Augen tanzte der Name, bis er verschwamm mit dem gelblichen Papier. Wie Eierschale, nicht weiß, nicht grau, schimmerte alles.

So hatte auch das Schreiben der Bank an seinen Vater mit der Mitteilung ausgesehen, dass der Kredit für die Immobilien gekündigt sei. Verschachtelte Besitzverhältnisse, das kannte er doch alles. Sein Vater war mit solchen Manipulationen aufs Kreuz gelegt worden. Verfluchte Stadt, die nur wuchs, wuchs, wuchs, weil die Gier der Macher Ludwigshafen um die Fabrikschlote herumwuchern ließ wie ein Geschwür …

Die Bank hatte ihre Darlehen zurückgezogen, Vaters Finanzierung war zusammengebrochen. Aus dem Ruin hatte sein Vater kaum mehr retten können als den Hausrat, den Tante Ruth als den ihren ausgab.

Niemand anderer als Richard Volz war am Tod seines Vaters schuld. Niemand anderer als dieser Unternehmer hatte damals dafür gesorgt, dass die Bank die Darlehen zurückgezogen hatte. Vater hatte die Machenschaften nicht beweisen können, wie auch? Die Bankiers verschlossen die Türen.

Richard Volz hatte später zum eigenen Vorteil das ganze Areal gekauft und mit hohen Gewinnen für den Bau des neuen Fleischhofs weiterveräußert.

Crespers Hand verkrallte sich in das Telegramm. Niemand anderer verschuldete es, dass Crespers Erbe nicht für sein Studium gereicht hatte, dass er auf Tante Ruths und Onkel Theodors Gnaden die Oberrealschule hatte besuchen können. *Sei ihnen immer dankbar,* hatte sein Vater auf dem Totenbett geflüstert.

Als er das Papier knirschen hörte, verebbte die Wut zu einem kalten Entschluss. *Diesmal entkommst du nicht.*

Cresper strich das offizielle Telegramm mit dem Handrücken glatt. Je mehr Falten er niederdrückte, desto klarer wurde ihm, dass er immer noch nichts beweisen konnte. Nur glaubte, dass der Unternehmer Volz der Dicke sein könnte. *Vorsicht vor scheinevidenten Schlüssen.* Cresper hieb mit der Faust auf das Stehpult. Diese Lehrsprüche machten ihn wahnsinnig.

Er lief zum Fenster und stützte sich auf dem Brett ab. Die Bilder der Vergangenheit kehrten wieder, die tiefe Scham, als die neugierige Nachbarschaft zur Vorbesichtigung in die Stuben drängelte, als Vaters Bibliothek zur Versteigerung hinausgetragen wurde ... Wie sein Vater von Woche zu Woche grauer geworden war, dünner, wie Mutter kurz danach jeden Abend zu seinem Grab an den Friedhof fuhr, wie sie immer wortkarger wurde ...

Cresper riss die Augen auf, starrte so lange auf die Dienstvorschrift, die an der Wand aushing, bis er sich wieder ganz und gar in seinem Bureau stehen wusste. Er war Sergeant, auf der Suche nach einem Mann, der zwei Menschenleben auf dem Gewissen hatte. Sosehr Cresper den Gedanken hasste: Noch war ein Irrtum möglich.

Die Polizei konnte dem Unternehmer Volz nicht ernsthaft einen Vorwurf daraus drehen, dass irgendwelche Lazaroner einen leer stehenden Schuppen der »Compagnie Luxembourgeoise« missbraucht hatten. Verwaltet wurde die Firma sowieso von Luxemburg aus. Der Geschäftsführer war gerade dorthin zurückgereist, wie die Telephonnotiz besagte.

Cresper gelang es nicht, Ordnung in all die Indizien zu bringen, die ihn bedrängten. Was war mit dem Werksarzt Westhoven, auch Anteilseigner der Firma aus Luxemburg? Er könnte Modry erpresst haben, weil er beim Diebstahl des Patentes nicht mehr hatte mitmachen wollen oder Modry das Komplott aufgedeckt hatte. Nichts von seinen Erkenntnissen passte schlüssig aneinander. Wer war wem beim Spiel um die neuartigen Farben in die Quere gekommen?

Diese nervös herumgetragene Aktentasche drängte sich in Crespers Bewusstsein. Der eifersüchtige Assistent Scholl hatte vielleicht schlicht die Idee an sich reißen wollen und war vom Diebstahl überrascht worden. Dann hatte der die ganze Zeit gezwungenermaßen mit der Polizei kooperiert, weil Scholl die Chance zur Tarnung erkannt hatte.

Cresper brauchte Luft, er musste aus diesen Mauern heraus, sich auf Volz' Fährte setzen. Bis er etwas, irgendetwas fand, das den Unternehmer wirklich belastete. Danach waren die anderen an der Reihe. Cresper packte die Schriftstücke in eine Akte, band sie zu. Aber am wichtigsten war, dass er Pfaff warnte. Den hatte er immer noch nicht erreicht.

Kapitel 27

AM SAMSTAGMORGEN stand die Sonne an einem klaren Himmel. Cresper hatte einen Tag verstreichen lassen. Die Vorsicht gebot einen unverfänglichen Ort für ein Treffen mit Pfaff, wo nicht allzu viele Menschen zufällig Zeuge ihrer Begegnung werden konnten.

Er brach lieber früh auf. Es würde noch heiß genug bei der Fahrradtour. Cresper ließ die Pedale fahren, die plötzliche Kühle des Bahnviadukts umfing ihn. In der Bismarckstraße konnte er nicht widerstehen und hielt aus Neugier gegenüber dem Stadtbureau des Unternehmers Volz. Cresper stieg ab, das Fahrrad schiebend, ging er zwischen den Passanten unauffälliger an dem großen Messingschild, das in der Morgensonne glänzte, vorbei. Was hatte er bloß erwartet? Er warf noch einen Blick auf die aufwendig gedrechselte schwarze Tür unter den üppigen Sandsteinverzierungen.

Die Auslage eines Obsthändlers kam ihm gerade recht, er hatte nur einen Weck und Kaffee gefrühstückt. »Ein Pfund Kirschen, bitte.«

Der dicke Mann trat aus dem Schatten seines Geschäfts. »Sauer- oder Süßkirschen?«

»Süß, ich will sie gleich essen.«

Der Mann häufte das Obst in eine Tüte und wog aus. »Ich werde sie Ihnen abwaschen.«

»Sehr zuvorkommend.« Cresper wartete neben der Waage. Drüben an Volz' Bureau gingen Passantinnen vorbei, die von der Hauptpost kamen. Ein Knabe trug Werbezettel aus, steckte in jeden Briefkasten welche.

»Hier!« Der Obsthändler reichte ihm die Kirschen. »Ich habe zwei Tüten drumgepackt, aber die weichen sicher schnell durch.«

Cresper zahlte. »Macht nichts.«

Er schob sein Fahrrad ein Stück weiter zu einem Straßenbaum, der genug Schatten warf. Er würde das Obst aufessen und dann gestärkt zum Treffpunkt mit Franz radeln.

Kirschkern für Kirschkern verrannen die Minuten.

Drüben traten Männer aus dem Haus. Cresper verschluckte sich fast an einer besonders roten Kirsche. Volz mit Westhoven. Der wendige Unternehmer war schon über die Stufen des vornehmen Geschäftshauses aufs Trottoir getreten. Der weißbärtige Arzt aus der BASF wartete noch auf jemanden, er reichte sogar eine Hand an der Schwelle. Sieh mal einer an … Clara Balthasar im schwarzen Trauerkleid, dessen Satin in der Sonne glänzte. Die drei unterhielten sich, lachten zwar nicht, aber auch wenn Cresper durch die Zweige die Gesichter nicht genau erkennen konnte, schienen sie bester Laune zu sein. Wie Menschen, die ein angenehmes Frühstück eingenommen hatten. Womöglich hatte Volz servieren lassen, er residierte in der Bel Étage über den Geschäftsräumen.

Ein offenes italienisches Automobil fuhr vor. Cresper hatte die Abbildung nur einmal in einem Journal gesehen. Es musste sehr teuer sein, weil damals darin der König von Italien seinem Volk zugewinkt hatte.

Man stieg zu, die Dame zuerst, dann der Arzt, schließlich Volz.

»Abfahrn!«, hörte Cresper ihn rufen. Der Chauffeur setzte seine Mütze auf. Der Auspuff knatterte ein wenig. Cresper warf die letzten Kirschen weg, griff schon zur Fahrradstange, die Gelegenheit kam nicht wieder. Er ließ ihnen ein wenig Vorsprung.

Cresper hätte nicht gedacht, dass die Automobile schon so schnell waren. Er hatte Mühe, dass der Abstand nicht zu groß wurde. Wenn ihnen nicht die Straßenbahn entgegengekommen wäre, woraufhin viele Leute auf die Fahrbahn ausstiegen, Cresper hätte den Wagen verloren.

Unter dem Viadukt fuhr er in die Südstadt zurück, wieder genoss er den Moment der Kühle unter dem Damm.

Er sah den Wagen in der Lisztstraße kurz halten, die Insassen reckten die Köpfe, blieben aber sitzen. Cresper merkte sich das Grundstück, das sie betrachteten.

Als er vorbeiradelte, sah er nur eine Brache zwischen zwei Stadthäusern, die jemand frisch gemäht hatte. Hier würde bald gebaut, das war offensichtlich, die Balken lagen schon, von schweren Ketten gesichert, auf dem Grund. Die Spekulationsmöglichkeiten waren so offensichtlich für die bestverdienenden Herren aus der BASF und Fabricanten wie die Balthasar. Es lag nahe, dass sie sich zusammentaten, die Gunst der Stunde nutzten.

Die Kaiser-Allee war gerade und gut gepflastert. Der Wagen vor ihm wurde schnell immer kleiner. Als er zum Punkt geschrumpft war, gab Cresper die Verfolgung auf. Er vergeudete nur seine Kraft. Dabei wartete Pfaff auf ihn. Cresper bog an der nächsten Kreuzung ab. Der vereinbarte Treffpunkt lag ja in Friesenheim.

Cresper verfluchte sein Knie, bei jedem Tritt stach es wie mit einer heißen Nadel unter seiner linken Kniescheibe. So sehr schmerzte sein Bein, dass er auf den letzten Metern keinen Extraschwung mehr geben konnte, obwohl die Landstraße schnurstracks durch die Ebene führte. Seine Zunge klebte am Gaumen.

Vor der Rennbahn Friesenheim standen weniger Räder als sonst, Cresper kannte den Ort nur von Veranstaltungen. In einiger Entfernung, im Rund zwischen den Rasenblöcken der Einfassung, sah er Pulks von Radlern fahren. Die eingefleischten Sportler übten sicher selbst in größter Mittagshitze.

Es pfiff viermal lang-kurz-lang. Cresper sah am Hauptgebäude nur geschlossene Läden vor den Schaltern. Daneben führten Treppen hoch zu den Tribünen.

Auf der dritten Stufe saß Pfaff in kurzen Hosen und kaute an einem Grashalm. Er begrüßte Cresper mit Handschlag. »Wenigstens ist dir ein guter Treffpunkt eingefallen.«

»Ich habe schon gefürchtet, Tante Ruth hat dich verpasst«, sagte Cresper.

»Ach, ich dachte, die putzt bei dir.«

Das dürfte Cresper ihr niemals sagen. Tante Ruth hatte sich nur deshalb den Besen und das Kehrblech mit nach unten genommen, damit es nicht so auffiel, dass sie auf Pfaff wartete. Aber Cresper war sich sicher, dass sie die Gelegenheit genossen hatte, mit allen Hausbewohnern ein bisschen zu retschen. Cresper war lieber ganz vorsichtig gewesen und hatte Pfaff von einem Laufburschen vor die Tür des übernächsten Nachbarhauses bestellen lassen.

»Auf der Landstraße habe ich dich nicht gesehen«, sagte Cresper. »Wartest du schon lange?«

»Ich bin über die Felder am großen Puhlloch vorbei und an der Bahn langgekommen.« Pfaff kratzte sich an der zerstochenen Wade. »Die Podehämmel haben mich ganz verstochen.«

Cresper setzte sich neben ihn. Er streckte das linke Bein aus und unterdrückte einen Schmerzenslaut. »Ich habe schon gefürchtet, du kommest nicht.«

»Ist auch das letzte Mal.« Pfaff warf den Halm ins trockene Gras. »Besser, man sieht uns nicht mehr zusammen.« Er hielt sich die Knie und betrachtete seine Schuhe. »Ich habe keine Lust, von den Ringern plattgemacht zu werden. Was glaubst du, was im Verein los ist, seit er hat von jetzt auf gleich umziehen müssen?«

»Wo ist das Hauptquartier hin?«

»Weiß ich nicht.«

»Komm schon.« Cresper legte den Kopf schief.

»Nein. Weiß ich wirklich nicht.«

»Reden die nicht mehr mir dir?« Wenn die Ringer konkreten Verdacht gegen Pfaff geschöpft hatten, musste Cresper sich etwas einfallen lassen.

»Doch. Aber der Präsident hat noch nicht entschieden, ob ich bleiben darf. Wir Ringer üben vorerst in einem Lagerraum hinterm Giulini, wo die Dosenfabrik gerade bankrottgegangen ist. Keine Ahnung, wieso der alte Hinze den Schlüssel hat. Der kommandiert jetzt bei den Übungen.«

»Was sagen die Männer noch?«, fragte Cresper.

»Nichts. Nur dass alle das Maul halten sollen. Sonst gehe es einem wie dem Scherb. Das ist doch dein abgesoffener Tagelöhner, oder?«

Cresper nickte. Die Männer hatten Angst. Ein Indiz mehr für seine These.

Pfaff stand auf, er zog sich die kurzen Hosen zurecht. »Lass uns in den Schatten gehen.«

Das Holzdach ragte über den Verkaufsstellen der Rennbahn ein wenig vor.

»Du glaubst gar nicht, wie schnell das im Hemshof herum war, dass du den Ralles angeschossen hast.« Pfaff wischte sich mit dem Handrücken über die Nase.

Dann erkannte der Dicke seinen Namen wieder. Es war unwahrscheinlich, dass er ihn vergessen hatte.

»Hätte ich dir gar nicht zugetraut.«

»Was?« Cresper schaute auf.

»Dass du ihn nicht ganz erledigst, sondern schonst.«

Wenn Pfaff ihn nicht mit Respekt angeschaut und mit seinen weißen Zähnen so naiv gelächelt hätte, Cresper hätte an eine versteckte Bosheit geglaubt. »Ich bin kein Mörder. Ich suche einen.«

»Aber ohne mich.« Pfaff trat einen eingetrockneten Abbelkrutzen auf dem Boden weg.

»Du kannst jetzt nicht einfach bei den Ringern aufhören. Das ist viel zu verdächtig.«

»Aber treffen tue ich mich nicht mehr mit dir. Wenn mich einer sieht, machen die mich kalt.« Pfaff spuckte aus. »Ich will meine Helma noch ein paarmal im Leben flachlegen, verstehst du, bevor ich ins Gras beiße.«

»Wirst du nicht.«

Doch Pfaff trat schon nach dem nächsten Stück Unrat. »Die BASF küsst euch doch die Füße dafür, dass du den Ralles und den Egon erwischt hast.«

»Kennst du den Jungen?«

»Von früher, aus meiner Straße, ohne ihn hätte ich gar nicht mitmachen dürfen. Jetzt habe ich seine Frau und seine Kinder am Hals.«

»Wie bitte?« Was hatten denn Kinder damit zu tun?

Pfaff lachte kurz auf. »Auftrag des Präsidenten. Ich muss der Frau einmal die Woche Geld bringen und Nachrichten für Egon abholen. Der alte Hinze gibt mir das Geld und ich ihm die Briefe.«

Kassiber. Cresper würde alles daransetzen, dass die Schutzleute die geheimen Botschaften abfingen. »Tue alles, was der Präsident in dieser Hinsicht von dir verlangt. Das ist die beste Tarnung.«

Pfaff spuckte wieder aus. »Im Herbst setze ich mich nach Lautern ab, wenn in der Kammgarn wieder eingestellt wird. Dort habe ich einen Vetter. Das wird nicht auffallen. Viele wechseln im Herbst die Stadt, zumal wenn sie Krach mit ihrem Liebchen haben. Notfalls erzähle ich, die Helma sei schwanger …«

Cresper rieb sich die Stirn trocken. Das fehlte noch, dass ihn seine Freundin abserviert hatte. Dann war Pfaff noch unvorsichtiger vor lauter Unlust. »Um eines bitte ich dich noch. Du …«

»Nein!«

»Lass mich doch erst mal …«

»Nein!« Pfaff machte zwei Schritt weg und hob das Kinn. »Ich lass mich nicht plattmachen.« In Pfaffs Haltung schimmerte die Angst durch.

Cresper musste es anders versuchen, wartete einen Augenblick. »Ich weiß, dass du dein Ehrenwort eingelöst hast.« Cresper streckte ihm die Hand hin. Pfaff schlug nur langsam ein. »Was ich dir jetzt anbiete, ist ein Geschäft zwischen Männern.«

Sein ehemaliger Gefreiter verschränkte die Arme. »Ich kann also Nein sagen, ohne dass du mir böse bist.«

Cresper befeuchtete mit der Zunge die trockenen Lippen, schwieg taktisch.

»Rede schon.« Pfaff kam in den Schatten zurück.

»Ich bezahle dich dafür, dass du heute und morgen ein besonderes Auge auf jemanden wirfst.«

Pfaff winkte ab. »Das ist mir im Hemshof zu gefährlich.«

»Nicht dort. In der Südstadt.«

»Aha.« Pfaff kniff die Augen zusammen. »Wie viel zahlst du?«

Cresper wusste nur zu gut von Spitzeln, dass man sie hoch genug bestechen musste, wenn Gefahr im Verzug war. »Für den Tag zwanzig Mark.«

Er pfiff. »Was soll ich dafür tun?«

»Einem Herrn folgen, ohne dass er es merkt. Aufschreiben, wann er wo mit wem wohin geht. Mehr nicht.«

»Kenn ich den?«

»Nein.« Cresper streckte die Hand aus. »Also?«

»Aber nur heute und morgen.« Pfaff schlug ein.

»Suchen wir in Friesenheim eine Wirtschaft«, sagte Cresper. »Dort erkläre ich dir alles.«

Pfaff zeigte ein schiefes Lächeln. »In Friesenheim kennt mich keiner. Ich habe Hunger.«

»Und ich Durst.«

Sie holten die Fahrräder. Pfaff stieg ein paar Meter hinter ihm auf und trat in die Pedale. Als er vorbeirollte, packte er Cresper um den Hals und zog ihn einfach aufs Rad. Cresper hätte sich beinahe den Fuß ins anlaufende Rad verklemmt. »Los, Sergeantchen«, sagte Pfaff. »Nicht faul rumstehen.«

Kapitel 28

CRESPER STIEG AN DER zweiten Straßenbahnhaltestelle in Mundenheim aus. Hatzfelds Befehl, dass er alles dokumentieren müsse, war ihm gerade recht gewesen. Auch wenn es ihn gestern Abend Stunden gekostet hatte, bis er die Berichte zum vereitelten Einbruch in der BASF gerichtsfest niedergeschrieben hatte. Sein Handgelenk hatte vom langen Schreiben geschmerzt.

Aber Hatzfelds Befehl hatte ihm erlaubt, dass er noch einmal die Akte Modry parallel zur Akte des Tagelöhners Scherb hatte durchsehen können.

Wer doch nicht alles mit dem Unternehmer Volz finanziell verbandelt war ... Hätte er das Fräulein Balthasar nicht ausgerechnet heute früh im italienischen Automobil mit dem Werksarzt Westhoven und dem Unternehmer Volz eine Ausfahrt machen sehen, nie wären in ihm Zweifel an der Aussage der Fabricantin aufgestiegen.

Vor Cresper hielt sich eine alte Frau mit grauem Haarkranz und Körbchen am Arm an der Stange des Wagons und pausierte auf dem Trittbrett. Dann trat sie ächzend auf die Straße.

»Entschuldigen Sie«, fragte er sie ein paar Schritt weiter, »wo finde ich die Krügerstraße? Ich suche das Armenhaus.«

Die Alte kniff die Augen zusammen und musterte ihn unverhohlen von oben bis unten. »Was will denn einer wie Sie bei dem faule Volk?«

Das brauchte die gute Frau nicht zu wissen. »Eine Kontrolle.« Cresper hätte die Uniform lieber nicht angezogen.

»Haben die sich wieder gekloppt?« Die Alte kniff die Augen noch mehr zusammen. »Dort ist allzeit Radau. Es wird Zeit, dass die Stadt des Haus abreißt. Dort gucken die Ratten ja schon zum Fenster raus.« Sie deutete mit gichtigen Händen an den Gleisen entlang. »Am Grienberg'sche Haus vorbei und dann gleich links. Sie sehen's am Dreck.« Sie richtete das Körbchen auf dem Unterarm und schlurfte davon.

Cresper machte sich auf den Weg. Jemand hatte versucht, aus der BASF Forschungsanlagen zu stehlen. Clara Balthasar könnte sie nutzen, Herr Westhoven profitieren. Was, wenn der Arzt Westhoven und die Fabricantin an einem Strang zogen? Dann wäre der Obduktionsbericht möglicherweise so geschönt wie die Aussage der Fabricantin. Ging es um viel Geld, lagen Erpressungen nicht fern. Das lehrte die Criminalstatistik. Was, wenn Clara Balthasar in Singer einen Mitwisser in zugegeben seltsamer, aber effektiver Weise hatte schützen wollen? Frauen waren sehr begabt darin, Gefühle zu zeigen und damit ihre Interessen durchzusetzen.

Es mochte daran liegen, dass er am Vormittag mit Pfaff in Friesenheim kräftig dem Bier zugesprochen hatte oder dass sie immer am Stadtrand entlang mit dem Fahrrad zurückgefahren waren, wo nicht nur hübsche neue Häuser, sondern auch Bruchbuden aller Art zu sehen waren. Cresper hatte sich noch auf dem Fahrrad entschlossen, dass er diese Zeugin lieber selbst überprüfte. Sie durften sich als Polizei keine Fehler leisten.

Hier im Vorort war die Luft tatsächlich besser. Cresper überquerte die Gleise der Straßenbahn.

Er hätte nach dem Treffen mit der Fabricantin im Café gleich mit der armen Frau reden müssen, das wäre korrekte Polizeiarbeit gewesen, auch wenn sich die Dinge überstürzt hatten. Oder war er zu streng mit sich?

Je weniger Leute im Hemshof vom Schicksal der Didier etwas mitbekamen, desto besser war es für die Ermittlungen. Hatzfeld hatte dafür gesorgt, dass die Frau hier draußen aufgenommen worden war. Man erkannte das Städtische Armenhaus wirklich am Dreck, davor war die Gasse nicht einmal gekehrt, der Putz wies große Flecken auf, rußige Ziegel lagen auf dem Dach. Die Last der Armenpflege war ein chronisches Problem der Stadt. Wer in Ludwigshafen Heimatrecht genoss, musste untergebracht werden, wenn Not oder Arbeitslosigkeit zuschlugen. Die meisten Armen konnte man ja in die Ursprungsgemeinden abschieben, aber übrig blieben immer noch mehr, als dem Stadtsäckel guttat. Fünf heruntergewirtschaftete Anwesen dienten als Asyl, alle waren immer überbelegt.

Hier in Mundenheim nahmen die Angrenzer vermehrt Anstoß an dem Elend. Viele der Untergebrachten waren völlig haltlos, was sich in häufigen Trinkgelagen auf der Straße oder Handgreiflichkeiten entlud. Cresper kannte die Akten zur Genüge aus seiner Zeit als Schutzmann.

Im Hof hing zweifelhafte Wäsche, eher Lumpen, an einer Leine. Eine Frau wusch mit einem Waschbrett, drei Mädchen kurbelten an der Wringmaschine.

»Wo finde ich die Johanna Didier?«, fragte Cresper und schlug lieber gleich einen amtlichen Ton an.

»Die wer?«, fragte die junge Frau müde, die Hände in der Seifenlauge. Sie wirkte verhärmt, keine zwanzig, aber dünn und bleich trotz der Sommersonne.

»Johanna Didier. Sie ist vor zwei Tagen hier untergebracht worden. Wahrscheinlich ist sie noch sehr schwach.«

»Ach die.« Die Frau griff zum nächsten Stoffstück. »Gehen Sie durch die niedrige Tür hinten beim Stall. Die hockt dort in der kleinen Stube oben. – Ihr sollt nicht glotzen, sondern die Wäsche durchdrehen!«, herrschte sie ihre Mädchen an.

Cresper ging über den steinigen Hof. Auf Bänken hockten Männer und rauchten, Weiber schauten herüber.

Ein ungewaschener Knabe lief einfach neben ihm her. »Was machen Sie bei der Frau?«

Cresper hob den Zeigefinger vor der niedrigen Stalltür. »Das geht dich nichts an. Du bleibst mal schön hier draußen stehen.« Der Junge würde lauschen, das war klar, so wie der die Milchzähne bleckte und weglief. Das hätte Cresper in dem Alter auch getan.

Im Stall roch es feucht und nach Hühnerdreck. Cresper erklomm eine wackelige Stiege nach oben. Hinter einer verzogenen Tür, eher ein Brett, hörte er Stimmen. Er klopfte.

»Ja?« Eine Frauenhand machte die Tür einen Spalt auf.

»Johanna Didier?«

»Moment.« Die junge, gut gewachsene Frau gab dem Brett einen Stoß, die alten Angeln knirschten mit einem spitzen Ton.

Cresper zog den Kopf unter dem Balken ein. Vor ihm ruhte eine abgemagerte junge Frau auf einem schmalen Bett. Eine dünne gelbe Decke lag über ihrem Leib. Cresper roch Seife, die Haare der Frau waren frisch gewaschen. Über einem Balken hing ein Handtuch zum Trocknen.

»Ich bin Sergeant Cresper.«

»Ach«, sagte die gesunde Frau bei der Tür und stellte einen Fuß vor. »Johanna darf nicht ausgewiesen werden. Das haben wir schriftlich vom Polizei-Inspektor.« Sie machte einen Schritt zwischen ihn und das Bett.

Das wusste Cresper schon. Hatzfeld hatte mit seinem Einfluss dafür gesorgt, dass die Zeugin Didier in der Stadt bleiben konnte, unabhängig von ihrem Bürgerrecht, damit Aufsehen vermieden wurde.

»Beruhigen Sie sich. Ich vernehme nur die Zeugin.«

»Wie oft muss ich denn noch aussagen?« Die Stimme der Didier bebte vor Angst. »Wenn die Polizei dauernd kommt, kriege ich doch nirgends eine Wohnung.«

»Doch, mach dir keine Sorgen. Ich helfe dir«, sagte die gesunde Frau.

»Wer sind Sie?«, fragte Cresper.

»Ich heiße Helma. Ich kümmere mich um Johanna, bis sie wieder aufstehen kann.« Ihr strenger Blick wurde milder. »Nächste Woche versuchen wir's, ja? Ich bringe dich dann zur Arbeitsvermittlung. Dreck gibt's in der Stadt genug zum Putzen. Du findest was.«

Cresper bemerkte in einer Ecke ein Tuch. Ein Knorzen und ein Zipfel Wurst lugten darunter hervor.

»Ich möchte mit Frau Didier allein sprechen.«

»Bitte. Lassen Sie meine Freundin hierbleiben.« Die Bettlägrige hob die Hand. »Sie weiß doch sowieso schon alles.« Der blasse Mund verzog sich.

Cresper fürchtete, dass die Frau in Tränen ausbreche, was sie gewiss tun würde, wenn sie ihm allein ausgeliefert war. »Also gut. Ich weiß, dass Doktor Singer bei Ihnen war und …«

»Müssen Sie sie denn wieder damit quälen?«, fragte die andere streng hinter ihm.

Cresper drehte mit Absicht nicht einmal den Kopf zu ihr hin. »Mischen Sie sich nicht ein! Ansonsten gehen Sie sofort. Ich mache das hier nicht zum Vergnügen, sondern aus amtlichem Interesse. – Also, Fräulein Didier. Wann genau, um welche Uhrzeit, ist Doktor Singer letzte Woche zu Ihnen gekommen?« Clara Balthasar hatte es in dem Café nicht gesagt.

»Meinen Sie, am Samstag oder Sonntag?« Die matte Frau schaffte sich auf den Ellenbogen hoch und stopfte sich mühsam ein Kissen in den Rücken.

Oh Gott. »Er war zweimal bei Ihnen?« Cresper fühlte ein hohles Gefühl im Magen, als hätte ihn eine Faust getroffen.

»Ja. Beim ersten Mal«, nun traten doch Tränen in ihre Augen, und die Freundin in seinem Rücken stöhnte wütend auf, »beim ersten Mal hat er ja ... Da hat er es weggemacht.« Sie war kaum mehr zu hören, presste die Faust an den Mund. »Ich habe so furchtbar geblutet.«

Cresper zwang sich, dass er es sich nicht vorstellte, wie Singer zwischen den gespreizten Beinen der abgemagerten Didier in einer Hemshofer Stube über einer Schüssel gekniet hatte.

»Er hat gesagt, dass es lebensgefährlich ist. Gefragt, ob ich jemanden habe, der auf mich aufpasst. Deshalb ist er am andern Tag noch einmal gekommen, damit ich es überhaupt packe.«

»Waren Sie bei Fräulein Didier in der ersten Nacht?«, fragte Cresper. Diesmal drehte er sein Kinn zur Freundin hinter ihm.

»Nein.«

Die Didier wechselte einen furchtsamen Blick mit ihrer Freundin. »Niemand sonst war da«, flüsterte sie.

Cresper mühte sich, dass er schnell genug mitdachte, die Aussagen zu sinnvollen Ketten fügte. »Wenn Doktor Singer gar nicht den Eingriff am Sonntag gemacht hat, wie lange war er dann überhaupt an diesem Tag bei Ihnen?«

»Eine Viertelstunde vielleicht. Er hat die Binden gewechselt, mir eine Salbe gegeben. Hat gesagt, dass die Blutungen aufgehört haben und dass ich außer Gefahr bin.«

Nur eine Viertelstunde ... Cresper meinte einen Augenblick, die groben Dielen unter seinen Füßen schwankten ein wenig. »Wann war das? Um welche Uhrzeit?«

»Die Frau Wack hat mir kurz danach was zu essen gebracht. Sie hat mir das Bett frisch gemacht und ist fort. Da hat die Apostelkirche vorher halb neun geläutet.«

Also war Singer ungefähr kurz vor acht Uhr bei ihr gewesen. »Warum um Himmels willen haben Sie das nicht früher gesagt?« Cresper schlug sich mit der flachen Hand auf die Schenkel.

Ihr verwirrter Blick suchte Hilfe bei der Freundin. »Aber mich hat doch keiner gefragt. Ich sage doch alles, was ich weiß, Herr

Schutzmann, bestimmt! Ich will in Ludwigshafen bleiben, ich will nicht zurück nach Elmstein. Die bringen mich dort um.«

Die andere setzte sich ans Ende des Bettes und strich ihr über die Füße. »Du musst nicht zurück. Ich erkläre es dir gern noch einmal. Wir haben das amtlich. Wir helfen dir. Ich und der Wacke Michel und seine Frau und viele andere auch.«

Cresper wunderte sich über den zärtlichen Ton, den diese strenge junge Frau anschlagen konnte. Johanna Didier lächelte schwach.

»War Doktor Singer noch da, als es acht Uhr läutete?«

»Da war er grad fort. Ich habe immer auf die Glocken aufgepasst. Solange ich die höre, hat der Doktor gesagt, bin ich nicht in Gefahr, dann werde ich nicht ohnmächtig und kann nicht verbluten.«

Acht Uhr war Singer vom Hemshof unterwegs in die Stadt. Damit war die Zeitlücke bis zu seinem Erscheinen im Gesellschaftshaus noch größer. Aber damit zerfiel auch seine Theorie des Geschehens in der Nacht. Seine Hände krallten sich in seinen Hosenstoff. Singer hatte also doch kein Alibi in dieser Nacht!

Er atmete tief ein, zog das Notizbuch aus der Innentasche. »Bitte wiederholen Sie das noch einmal.«

»Hören Sie doch auf, Johanna zu quälen!« Die Freundin wurde laut. »Sie hat doch alles gesagt.«

»Beruhigen Sie sich. Ich erspare Ihrer Freundin eine amtliche Vernehmung auf der Wache, wenn sie mir diese Aussage hier auf dem Blatt«, er tippte in sein Notizheft, »unterschreibt.« Das war zwar formal ungewöhnlich, aber vor Gericht haltbar. Das hatte er gelernt. »Stören Sie nicht die Polizei bei einer Amtshandlung.«

Die junge Frau stand auf. »Ich hole frisches Wasser.« Sie legte das Stück Seife vom Rand der Waschschüssel einfach auf den Boden, bevor sie sie hochnahm.

Das war also der Polizeibeamte, der ihr den Franz mürbe gemacht hatte. Was für ein Lackel, mit seinen rotbraunen Locken nach Mannheimer Chic! Die Fingernägel rund gefeilt wie eine Madame aus der Kanalstraße. Bloß, weil der bei der Stadt arbeitete, hielt er sich für was Besseres. Diese Bürgersöhnchen waren doch alle gleich.

Helma kippte die Seifenlauge einfach vor einen Busch am leeren Stall. Im Armenhaus hielt sich keiner Hühner, die wurden doch nur gestohlen – nicht nur die Eier, die Henne gleich mit. Je früher sie Johanna hier wieder herausholte, desto besser. Sie würde mit Marie vom Konsumverein sprechen, die kannte immer jemanden aus dem Lebensmittelhandel, der noch ein paar Frauenhände für die Verpackung von Erbsen oder anderem Zeug brauchte.

Johanna war schon nicht mehr so blass und aß auch mehr, Helma hatte sich richtig gefreut, dass von der Wurst von vorgestern nur noch ein Zipfel übrig war. Das Mädchen schwitzte auch nicht mehr so viel und trank schon wieder Milch statt nur Pfefferminztee. Vielleicht tat ihr der verordnete Umzug ins Armenhaus auch gut. Die winzige Stube war wenigstens nicht feucht.

Das war er ja wieder, der Rotschopf. Ja, bei den armen Leuten war es dreckig. Helma fand es affig, wie der sich den Anzug an den Ärmeln abklopfte. Das bisschen Staub, Herrgott. »Hast du jetzt alles, Cresper, was du wolltest?«, rief sie ihm zu.

»Sie kennen mich?« Er zog sich die Ärmel an den Aufschlägen gerade wie ein Festredner.

»Vor allem kenne ich den Franz Pfaff.« Sie stemmte die Hände in die Seiten. »Den hast du doch mit Geld bestochen, dass er die Arbeiter im Streik an dich verrät. Mit den Ermittlungen für den Toten im Brunnen hast du ihn doch nur geködert wie einen Hund mit einem Stück Fleisch.« Sie schlug sich mit der flachen Hand gegen die Stirn. »Und der Dummbeitel glaubt seinem Herrn Unteroffizier auch noch.«

»Sie sind die Helma von Franz!« Er verneigte sich überrascht vor ihr.

Was für eine Herablassung, als ob sie eine Dame im Gesellschaftshaus wäre, wo die Kerle alle katzbuckelten und doch nur auf die Brüste schielten. Bei ihr konnte er gucken, so lange er wollte, der Herr Polizist. »Was dagegen?«, sagte sie.

»Nein, nein. Franz wollte Sie mir immer mal vorstellen.«

»Ich gebe mich nicht mit Spitzeln ab, die ihre eigenen Leute verraten. Soll er doch mit seinen Ringern glücklich werden, wenn ihm das jetzt besser schmeckt.« Sie nahm die Schüssel hoch, sollte der Herr Polizist doch sehen, wo er blieb.

»Hat er Ihnen das erzählt?«

»Franz hat mir alles erzählt.« Helma sparte sich ein Lächeln. Tief in ihr spürte sie, dass sie das nur hoffte, was sie nur noch wütender machte. »Lassen Sie jetzt endlich die Johanna in Ruhe! Ich bin froh, dass sie überhaupt noch lebt. Ohne den Doktor Singer wäre sie verreckt wie ein Vieh beim Schlachten.«

»Sie hat ihre Aussage unterschrieben.« Der Cresper klopfte sich auf die Brusttasche. »Erst wenn es zu einem Prozess kommt, muss sie noch einmal aussagen. Vorher nicht.«

Sie musterte ihn so offen wie er sie. Dieser siegessichere Blick aus grünen Augen, sie hätte ihm am liebsten eine Ohrfeige gegeben. »Aha.« Hatte sie es sich doch gedacht, der Cresper hatte was gerichtlich vor gegen den Doktor Singer, wen sonst? Den hatte er doch schon mal am Wickel gehabt, falls es stimmte, was Franz erzählt hatte. Cresper angelte nach etwas in seinem Hosensack, hielt ihr zwei Mark hin.

Sie trat einen Schritt zurück. »Franz können Sie bestechen. Mich nicht.«

Er öffnete seine vollen Lippen, die ihr bei jedem anderen gefallen hätten, wiegte verneinend den Kopf. »Kaufen Sie der Johanna davon etwas, was sie braucht.«

Helma sah ihn nur an. Diese Bürgersleute dachten immer, sie könnten sich mit ein paar Münzen von der Misere der Arbeiter freikaufen, an der sie schuldig waren. Sie bewegte sich nicht. Der sollte das Geld ruhig wieder einstecken.

Cresper legte die Münzen vor ihre Fußspitzen und nickte. »Guten Tag.«

So ein Spitzeginges! Der wusste genau, dass sie das Geld nicht liegen lassen würde, damit es die Lumpen von der Bank dort vorn nicht nahmen und versoffen. Sie wartete, bis er an der Mutter dort vorn beim Waschbrett vorbei war. Cresper war raffiniert. Armer Franz.

Johanna konnte das Geld brauchen. Helma bückte sich halt nach den zwei Mark. Was für ein beschissenes Leben.

Aber diesmal würde der Doktor vorher Bescheid kriegen, dass dieser Lackel wieder hinter ihm her war, dafür sorgte sie. Die drehten dem kein Seil zum Aufhängen, bloß weil er Frauen wie der Johanna half.

Kapitel 29

CLARA HÄTTE DIE EINLADUNG in den neu eröffneten Saal der Städtischen Bibliothek am Samstagnachmittag nur zu gern ausgeschlagen, doch sie hatte Verpflichtungen. Seit der Rückfahrt von Dürkheim plagte sie eine Migraine. Weniger schlimm zwar als sonst, aber dennoch empfand sie die Welt um sich herum wie fremd, wie unwirklich weit entfernt. Clara hörte die Gespräche verzerrt, als dämpfte sie ein hartes Tuch. Auch fand sie sich seltsam gehindert, wenn sie antworten sollte. Als ob die Welt beschlossen hätte, wie ein Karussell auszulaufen und doch nicht stehen zu bleiben.

Leute drängten in den Saal. »Schon mein Vater hat regelmäßig Bücher gespendet«, sagte sie. »Der Kampf gegen Schmutz- und Schundliteratur hatte ihm wirklich am Herzen gelegen.« Clara presste unauffällig die Fingerspitzen an ihre Schläfe.

Doktor Westhoven, mit dem sie hier an der Maxschule von Volz' Chauffeur abgesetzt worden war, lachte aufgeräumt. Er war jünger, als der eisgraue Bart denken ließ. Er wies in den Saal, in dem sich die Gäste um die Tische mit den neu aus Spendengeldern angekauften Büchern drängten. »Der Lehrer Hans Lebender hat sich wahrlich um die Städtische Bibliothek verdient gemacht; der große Saal wird den wachsenden Bestand aufnehmen können. Sogar die Öffnungszeiten werden verlängert.«

Die schwüle Stadtluft legte nur noch mehr Druck auf Claras Kopf. »Ich und meine Schwester haben fünfzig Bücher gespendet. Der Bestand soll jetzt bei fünftausend liegen.«

»Möge Ihre Schwester in dem guten Werke Trost finden.« Doktor Westhovens Ton senkte sich ins vertrauliche Register.

Clara ersparte sich eine Antwort. Sie hätte kaum verraten können, dass sie Vera außer zu den Mahlzeiten, die sie gemeinsam einnahmen, so wenig sah wie vor dem tragischen Geschehen.

Leute drängten sie noch weiter an den Rand vor eine Glasvitrine, in der die Bildbände mit Zeichnungen griechischer Statuen aufbewahrt wurden.

»Die Ausfahrt mit Volz hat mich überzeugt: Es ist gewiss ein gutes Investissement, in Dürkheim Grund zu kaufen.« Westhoven wechselte taktvollerweise das Thema. »Die Luft dort und das Klima überhaupt sind der Gesundheit förderlich.«

»Das ist offensichtlich. Aber ob es so klug ist, nicht beim Werk zu wohnen? Ich bin noch nicht im Reinen mit mir.« Die Unruhe in der Fabrication, die Verhandlungen mit den Vorarbeitern, damit sie nicht doch noch einen Streik begännen, das alles absorbierte seit gestern ihre Kraft mehr denn je. Mit Vera jetzt über Geldanlagen zu sprechen, so lukrativ sie auch sein mochten, verbot sich von selbst.

»Meine Gattin hat sich dem Gedanken sofort geöffnet.« Westhovens Blick wanderte über die Männer und Frauen, die ihre Nasen in Bücher steckten, dem einen und anderen nickte er zu. »Sie wünscht sich einen Garten, der den Namen verdient. Am liebsten hätte sie einen Springbrunnen.«

Wie Frau Benckiser … Clara mochte Frau Doktor Westhoven nicht, deren zu grelles Lachen und rheinischer Tonfall immer ein wenig ordinär wirkten. Ihr Getue war ein wenig parvenu. Kein Wunder, dass sie sich nur an den ganz Reichen orientierte. »Mir würde wirkliche Ruhe genügen.« Ein Traum, gerade jetzt.

Westhoven bedeutete mit dem Kinn einen Gruß zum Eingang hin.

Zwischen den beflissen die Bücher begutachtenden Besuchern stand er ganz ruhig, groß gewachsen, seine schwarzen Haare glänzten edel. Clara konnte nicht anders, als seine Haltung, mit der er über die Rücken der anderen auf die Tische schaute, als vornehm zu empfinden. Was dachte sie da nur? Oh nein. David Singer wollte sie weder begegnen noch mit ihm sprechen müssen. Bevor er seinen Kollegen begrüßte … »Sie entschuldigen mich, ich sehe dort Frau von Hilberstein, die mir winkt«, sagte Clara rasch. Das stimmte zwar nicht, aber Westhoven verbeugte sich schon.

Clara mühte sich, dass sie nicht nach David Singer schaute, dessen Blick sie unverwandt suchte, einmal beinahe kreuzte. Ihre Kopfschmerzen verdunkelten ihre Gedanken, sie wusste nicht einmal, ob sie es schaffte, dass sie mit ihrer Miene Indifferenz heuchelte.

»Ach, Clara, wie schön, dich zu sehen.« Die sportliche Irmgard von Hilberstein war mit ihr zur Schule gegangen. Sie trug meist Weiß, wie auch jetzt das Sommerkleid, weil sie es an ihr Lieblingsspiel Tennis erinnerte. »Hoffentlich ist das bald vorbei hier. Der Lehrer, der das alles verantwortet, will noch eine Ansprache halten. Kommst du mit auf einen Kaffee zu mir nach Hause? Benno ist gerade zurück aus Budapest.« Irmgards Mann handelte für seine Schamottstein-Fabrik viel mit der österreichungarischen Monarchie. »Er hat wieder Sachen erlebt«, Irmgard rollte die Augen. Sie legte ihr die Hand auf die Finger. »Du bist ja ganz kalt!«

»Migraine«, sagte Clara leise.

»Ich verstehe. Ich hole dir ein Glas Wasser.« Irmgard sorgte sich immer um ihre Freunde, das schätzte Clara an ihr.

Sie wartete vor einem Globus, den ein Kind drehte. Afrika, Amerika sausten an ihr vorbei. Der Schwindel ergriff sie, schnell wandte sie den Kopf woandershin.

Vorn bei der Tür blieb ihr Blick an einer jungen Arbeiterin hängen, die mit einem strengen Gesichtsausdruck die Leute musterte, als ob sie jemanden suche. Sie ging von Tisch zu Tisch. Auch wenn es nicht die einzige einfache Frau hier in der Städtischen Bibliothek war – viele lasen gern, auch in den unteren Ständen –, so beeindruckte Clara der ruhige Stolz dieser Frau. Sie trug ihre billigen Kleider nicht wie eine Fürstin ihren Samt, sondern wie jemand, dem das Äußerliche unwichtig war, eher wie ein Priester.

»Hier hast du ein Glas Mineralwasser«, sagte Irmgard.

»Vielen Dank, du bist ein Engel.« Schon der erste Schluck erfrischte sie.

»Hast du schon gehört? Die BASF hat den streikenden Arbeitern angeboten, die Ausständigen wieder einzustellen, außer den Rädelsführern, versteht sich. Mehr Zugeständnisse werde die Direktion nicht machen, schon gar keine Lohnerhöhung. Hat mir auch die Frau Westhoven bestätigt, die weiß es von ihrem Mann.«

»Das macht mir die Sache in der Fabrication einfacher.« Wenn die Anilin nicht nachgab, brauchten es die kleineren Unternehmungen auch nicht. Es gab dann keinen Anreiz für die Arbeiter, abzuwandern.

»Nicht wahr? Die Hetzer haben natürlich noch …«

Sie sah die Wimpern an Davids Augen schlagen, obwohl es doch auf die Entfernung nicht möglich war. Ihr armer Kopf kämpfte mit dem Schmerz. Was machte die stolze junge Frau da, an seiner Seite? Clara umklammerte das Mineralwasserglas.

»… noch Versammlungen abgehalten und …«

Die Arbeiterin zog David am Arm. Ging die Haltlosigkeit dieser Weiber so weit, dass sie den Arzt öffentlich um Hilfe angingen … nein, das war niederträchtig von ihr, so zu denken. Die junge Frau sprach ganz konzentriert auf David ein, eine steile Falte stand zwischen den schön geschwungenen Brauen.

»Ach«, entfuhr es Clara.

David riss die Augen auf – schöne schwarze, grundtiefe Augen – wand der stolzen Arbeiterin ein Ohr zu.

»Genau«, sagte Irmgard. »Die Arbeiterführer spicken ihre Presseleute mit Lügen, die Pfälzische Post kann schreiben, was sie will …«

Die junge Frau dort hinter dem Büchertisch wurde von zwei Schülerinnen fast verstellt, sie schien etwas an Daumen und Zeigefinger aufzuzählen. Davids Blick suchte Antworten auf dem Saalparkett, er nickte immerzu.

Warum fasste er die Hände dieser Arbeiterin mit seinen und drückte sie wie zum Dank?

»… die Direktion wird alles abschmettern. Die Lager sind voll, die Arbeiter kehren bereits zurück.«

»Ich verstehe nicht«, murmelte Clara.

Der stolzen Arbeiterin huschte ein Lächeln über die Wangen. Sie wand sich schon um, achtete weder der Menschen noch des Buches, das sie von einem Tisch gestoßen hatte. David beugte sich statt ihrer zu Boden und hob es auf.

»Doch, doch. Wir haben nichts zu befürchten. In ein paar Tagen sind es so viele Arbeitswillige, dass der Streik für alle sichtbar einbrechen wird. Du wirst sehen.«

David Singer stand schon bei Westhoven, dessen zurückhaltendes Lachen wurde von dem grellen Gelächter seiner Ehefrau neben ihm übertönt.

Irmgard rollte die Augen. »Ist die nicht furchtbar ordinär? Aber sie soll wirklich aus gutem Hause sein. Ihr Vater hat eine Textilfabrik.«

»Schulhefte.« Clara wusste es von Vera.

»Tatsächlich?« Irmgard rieb sich das Ohrläppchen. »Dann

interessiert sie sich ja vielleicht wirklich für die Bücher.« Sie hakte sich bei Clara unter. »Du siehst viel zu blass aus für die schlechte Luft hier. Komm, wir fahren zu mir nach Hause. Benno hat Wiener Kaffee mitgebracht, der bringt dir die Lebensgeister zurück.«

Clara war froh, dass Irmgard den kürzesten Weg zum Saalende nahm. Aus ihrem Augenwinkel kreuzte sich ihr Blick mit dem Davids, der ihr ein taumelndes Gefühl ins Herz senkte: Es war, als hätte sie in einen Abgrund geschaut.

»Du schwankst ja in den Knien. Werde mir nicht ohnmächtig, Clara, sonst muss ich Doktor ...«

»Nein!« Clara hörte sich heftig protestieren.

Sorgenfalten standen auf Irmgards Stirn.

Claras schmerzdumpfer Kopf suchte ein liebes Wort für Irmgard. »Dein Wiener Kaffee wird es bestimmt schnell richten.«

»Na, sage ich doch.«

Clara hielt sich bis zur letzten Stufe am Geländer des Treppenhauses in der Maxschule fest. Erst auf der Straße, weit weg von den Leuten und von David, fand sie wieder festen Tritt.

Kapitel 30

HATZFELD LINSTE ÜBER die Lesebrille, die ihm dabei bis ganz vorn auf die Nasenspitze rutschte. »Das ist nicht Ihr Ernst.« Das Zeitungspapier, in dem er herumschnippelte, klemmte noch zwischen den Scherenklingen.

Cresper registrierte erst jetzt, dass der Polizei-Inspektor die Presseartikel persönlich archivierte, die zu seiner Jubiläumsfeier erschienen waren. »In meinen Augen hat Doktor Singer wieder gelogen. Auch wenn man es nicht auf die Goldwaage legt, ist es offensichtlich.«

Hatzfeld griff zu dem halb vollen Glas am Tischrand. Um diese Zeit am Samstagnachmittag war die Weinstube Clemens Koch noch leer. Es war das Stammlokal seines Chef, und am liebsten verkroch er sich hier in den hinteren Winkel des Schankraums. Es war nicht schwer gewesen, ihn dort zu finden.

Cresper konnte immer noch nicht einschätzen, wie Hatzfeld seinen Bericht aufnahm. Er brummte nur ab und zu unwägbar und sortierte dabei die Zeitungsausschnitte. Cresper versuchte es lieber anders. »Selbst wenn Singer nur nicht die volle Wahrheit gesagt hat, müssen wir uns doch dringlich fragen, warum.«

»Die Illegalität der Abtreibungen, das halte ich nicht für das Entscheidende, Sergeant.« Hatzfeld schaute über den Rand der Brille und griff sich die letzte ausgerissene Zeitungsseite, setzte mit der Schere an und schnitt einen glatten Rand. »Wichtig ist für uns nur die Frage, wie groß die Zeitspanne ist, die dadurch seinem Alibi fehlt.«

»Es sind mindestens fünfundsiebzig Minuten«, sagte Cresper.

»Das reicht für die Tat.« Hatzfeld legte die Schere aus der Hand. »Ich habe es befürchtet.«

»Er hat uns diese Zeitlücke zweimal verheimlicht. Gewiss nicht ohne Grund.«

»Was vermuten Sie?«

Cresper war nicht sicher, ob er Hatzfelds offenem Ohr nun trauen sollte. Sein Chef behandelte den Einbruch ins Laboratorium der BASF als eigenständigen Fall von Hehlerei. An die Existenz eines Unterwelt-Fürsten, des Dicken, glaubte er nicht so recht. Sie seien in Ludwigshafen weder in Berlin noch in Chicago. Cresper hob die Hände. »Was ich von Anfang an vermutet habe. Singer hat Modry auf dem Gewissen.«

Hatzfeld schob die ausgeschnittenen Artikel vorsichtig aufeinander. Er spitzte die Lippen zweimal, dass die weißen Schnurrbartenden wippten. »Ich würde Ihnen ja gern folgen, weil Sie gute Arbeit geleistet haben. Nur widersprechen Sie sich selbst, Sergeant.« Der Blick seines Chefs lag geradezu gefährlich milde auf ihm.

Cresper spürte einen Stoß im Magen. »Sie meinen?«

»Sie sind doch der Ansicht, der tote Tagelöhner sei ebenfalls keines zufälligen Unfalltodes gestorben, oder?«

Das war er. Cresper stierte die weißen und roten Karos der Tischdecke an. Es schien, als wären mal die einen oben, mal die anderen. »Man hat den Scherb das letzte Mal am Sonntag, dem 23. Juli, lebend gegen sechs Uhr abends gesehen«, sagte er langsam, »gefunden wurde er zwei Tage später am 25. Juli. Wissen wir, ob Doktor Singer ein Alibi für die Todesnacht des Tagelöhners hat?«

»Sergeant. Ihre Frage ist kein gutes Zeichen. Sie verrennen sich. In der Nacht stand Singer doch unter Hausarrest. Er hat das Haus nicht verlassen. Oder wollen Sie gar behaupten, der Doktor sei über sein Dachfenster hinausgekrabbelt, habe sich an einem Seil im Dunkeln herabgelassen und sei auf dem Bauch am Straßenposten vorbeigerobbt?«

Verdammt, ja, das hatte er völlig übersehen. Cresper war der nachsichtige Blick seines Chefs unerträglich. »Nein, sicher nicht.« Auch wenn Cresper Tätern, die um ihre Existenz kämpfen, alles zutraute.

»Sergeant, betrachten Sie einmal alles mit größerer Distanz. Welches Interesse kann Singer haben, diese Zeitlücke zu verschweigen?«

Crespers Füße schwitzten in den Schuhen, die Hose klebte am Stuhl. »Er will sich schützen.« Was sonst?

»Möglich.« Hatzfeld ließ die Schere am Finger kreiseln. »Möglich ist aber auch, dass er jemanden anderen beschützt. Was ist, wenn er das Verbrechen nicht allein ausgeführt hat?«

Cresper sah wieder die weißen und roten Karos um den optischen Vorrang streiten. »Sie meinen, einer lockt Modry zum Brunnen, ein anderer bringt ihn um?«

»Warum nicht?« Hatzfeld seufzte, legte die Schere weg zum halb vollen Glas. »Auch das Diebsvolk agiert oft gemeinsam. Einer steht Schmiere, der andere stiehlt, der Dritte schafft die Beute weg.«

»Die Beute wäre das Farbenpatent.«

Hatzfeld wiegte den Kopf. »Möglich.«

»Wenn Modry tot ist, kann seine Erfindung, die noch nicht angemeldet ist, von anderen als eigene ausgegeben werden.«

»So ist es. Die beiden Chemiker in der BASF …«

»Scholl und Müller.«

»… die beiden Herren waren außerordentlich glücklich, dass Sie Ihnen die gesamte Apparatur des Modry vor dem Diebstahl gerettet hatten. Inquirieren Sie in diese Richtung.«

Cresper beugte sich über den Tisch vor. »Aber offensichtlich hat doch jemand gerade den beiden die Patentanordnung stehlen wollen.«

»Sergeant, enttäuschen Sie mich jetzt nicht.« Hatzfeld holte tief Luft. »Meine ganze Berufserfahrung sagt mir, dass die Kriminellen aus den höheren Ständen nicht anders sind als die aus den niedrigen Schichten. Sie betrügen sich und stechen sich bei der ersten Gelegenheit gegenseitig aus. Was ist, wenn der eine Chemiker den anderen hat hintergehen wollen, indem er diesen Muskelprotz von Ringer engagiert hat? Aus dem Kerl bringen wir es leider nicht heraus, der wird schweigen. Selbst wenn wir ihn in Landau festsetzen.«

Cresper drückte die Brust vor. Wenigstens folgte ihm Hatzfeld dabei, dass Singer in irgendeiner Weise beteiligt war. »Das Verhör von Ralles und dem Handlanger war ja leider unergiebig, da haben Sie recht.«

»Selbst der Jungspund hält seinen Mund.« Hatzfeld beugte sich vor, verschränkte die Finger ineinander vor dem Häufchen Zeitungsartikel. »Das verwundert mich allerdings.«

Cresper hob die Braue.

Hatzfelds Augen wurden schmal. »Normalerweise glauben die jungen, unerfahrenen Diebe noch, sie bekämen mildere Urteile, wenn sie den anderen beschuldigen und sich aufs Handlangertum herausreden. Sie lügen das Blaue vom Himmel herunter, haben kranke, verwitwete Mütter zu versorgen und viele hungerleidende Geschwister.«

Ich sage nichts, war das Einzige, was sie aus dem Burschen herausgebracht hatten. »Er hat Angst«, sagte Cresper.

»Sicher. Vielleicht gerade, weil er weiß, dass die so glücklichen Chemiker die Auftraggeber waren.«

»Dann würde er sich doch verraten fühlen und sie uns gegenüber belasten.«

Hatzfeld nahm die Artikel hoch und packte sie in eine Aktenkladde, die darunter zum Vorschein kam. »Das eine tut er schon ...«

»Wann?« Cresper legte den ganzen Unterarm auf die Tischplatte.

»Heute früh. Gegenüber dem Zellennachbarn, den ich auf ihn angesetzt habe.« Hatzfeld lächelte fein. »Vorhin hat mir der Unfricht die Aussage des Spitzels hier in die Weinstube gebracht. Ich zitiere: ›*Man sieht ja am Scherb, was passiert, wenn man redet.*‹«

Was für ein alter Fuchs der Chef doch war. Cresper schlug mit der Hand auf den Tisch. »Da haben Sie den Zusammenhang!«

»Wirklich?« Hatzfeld kratzte sich hinterm Ohr. »Sie sind immer so vorschnell, das mag an Ihrer Jugend liegen, Cresper. Die lange Erfahrung lehrt mich anderes. Solange wir nicht genau wissen, worin ein Zusammenhang bestehen könnte, ist die Aussage kaum mehr als eine Befürchtung eines in flagranti ertappten Diebes. Kein Königliches Gericht in Bayern würde uns folgen.« Hatzfeld hatte ganz leise und bestimmt gesprochen. »Wir müssen herausfinden, was man mit dem Farbpatent wirklich vorhatte.«

Cresper wähnte plötzlich etwas in seinem Bewusstsein aufsteigen. Hatzfeld hatte doch mit dem Vorstand konferiert. »Sie meinen, die Direktion der BASF hat noch gar nichts davon gewusst?«

Hatzfeld wiegte den Kopf und spielte mit den Fingern in der Luft. »In dieser Stadt ist alles möglich, wenn es ums Geldverdienen geht. Schert sich jemand um den Dreck, den die Chemie macht? Wer weiß, ob sich jemand darum schert, wenn einer beseitigt wird, weil er zu viel fragt?«

»Was werden Sie mit Doktor Singer machen?«, fragte Cresper.

Hatzfeld rückte mit dem Stuhl vom Tisch ab. »Nicht verhaften«, sagte er leise.

»Aber wieso? Selbst wenn Singer zu Fuß von der Johanna Didier weglief, erreichte er das Gesellschaftshaus bei langsamem Schritt in spätestens zwanzig Minuten. Er muss aussagen, die Zeitlücke erklären!«

»Auch als Zeuge muss er dies.« Hatzfeld winkte dem Kellner. »Obwohl er das vorerst nicht tun wird.«

»Haben Sie ihn ohne mich vernommen?«, fragte Cresper halb gekränkt, halb voller Zorn. Hatzfeld war zuzutrauen, dass er ihn nicht hatte dabeihaben wollen.

»Nein. Sein Anwalt hat mich vorhin telefonisch verständigt, ihm sei zu Ohren gekommen, dass man seinen Mandanten verhaften wolle. Dagegen lege er vorsorglich Widerspruch ein, notfalls beim Gericht.«

Wie konnte Singer davon wissen? Die Frage zerfloss schon in einer Erinnerung. Die Frau … diese Helma, niemand sonst konnte es ihm gesteckt haben. Johanna Didier war dazu noch viel zu kränklich und jemanden anderes interessierte es nicht. »Aber auch als Zeuge muss er doch aussagen.«

»Richtig. Justitia waltet im Deutschen Reich. Wenn er nicht aussagt, stelle ich ihn unter Beugearrest.« Hatzfeld stand auf. »Wir müssen uns beeilen. Anwalt Lilienthal hat beste Verbindungen zur Bezirksregierung. Dort kann man uns die Ermittlungen auch entziehen, vergessen Sie das nicht. Ich werde wohl auf das Angebot des Anwalts eingehen müssen, Doktor Singer in Begleitung eines Ehrenwort-Bürgers aus dem Haus zu lassen.«

Cresper stand auf. Er griff die Schere, die Hatzfeld vergessen hatte. »Wen hat der Anwalt vorgeschlagen?«

»Doktor Carl Müller, den Chemiker aus Modrys Laboratorium in der BASF. Interessant, nicht wahr?«

Cresper schnitt mit der Schere in der Hand die Luft entzwei. »Allerdings.«

Hatzfeld lächelte. »Justitia ist zwar blind, aber nicht dumm.«

Kapitel 31

IMMER GANZ LANGSAM, Fuß vor Fuß. Immer mal wieder nach dem Vorderrad schauen, als ob es platt wäre, missmutig tun, das war das Beste. Franz blieb stehen und ging in die Knie, die linke Hand an der Querstange. Erst hatte er geglaubt, dass der Unternehmer in eines der besseren Restaurants gehen wollte. Warum sonst hätte er Samstag zur Mittagszeit zu Fuß sein Geschäftshaus in der Bismarckstraße verlassen sollen? Aber als Volz an jedem besseren Restaurant einfach vorbeigelaufen und in die Straßenbahn gestiegen war, wäre Franz ohne sein neues Fahrrad dumm dagestanden.

Er hätte nicht gedacht, dass Tarnung in den Straßen der Stadt viel schwerer als in Wald und Feld war. Franz hatte dem Mann im hellen Sommeranzug mal mehr, mal weniger Vorsprung gelassen, seit er ihn hatte an der Kurfürstenstraße aussteigen sehen. Einmal hatte Franz es sogar riskiert, an einem Häuserblock an der Pfalzgrafenstraße auf der Rückseite weiterzufahren.

Aber was zum Teufel wollte der Unternehmer um diese Zeit am Rhein? In der Mittagshitze stank die warme Brüh doch bloß nach totem Fisch.

Der Verfolgte hatte die feine Südstadt schon fast ganz durchquert. Franz tat weiter so, als hätte sein Fahrrad einen Platten und müsste deshalb geschoben werden. Das glaubte jeder, so viel Glasscherben, wie hier entlang dem Luitpold-Hafen auf dem Pflaster herumlagen, oder rostige Nägel und sonst ein Kram.

Lagerhäuser folgten auf vollgestellte Grundstücke, Wagen voller Ladung auf Lagerhäuser. Am Samstagnachmittag herrschte nur wenig Betrieb mit Fuhrwerken, an denen Waren auf- oder abgeladen wurden. Im Hafen verdiente man schlecht, weil die Arbeit nicht ganz so dreckig wie in der Fabrik war. Das Hafenbecken dahinter konnte Franz nur an den Schiffsaufbauten ahnen, die er in der einen oder anderen Lücke zwischen den vielen Tonnen, Güterwagons und Lieferwagen erspähte.

Der Mann ging stracks auf den Uhrturm an der Kammerschleuse zu. Franz tippte sich an die Stirn: Herrgott, war er blöd? Der

Unternehmer ging einfach auf der Parkinsel spazieren. Dort gab es fast so etwas wie Wald, schöne Wiesen, Büsche und sogar Blumen. Franz schob das Fahrrad mit schnellerem Schritt weiter.

Aber wenn der Unternehmer nur in die gute Luft wollte, warum war er vorhin nicht einfach über die mittlere Drehbrücke gegangen? Den Umweg hätte er sich sparen können.

Sollte er nun das Fahrrad auf die Insel mitnehmen oder nicht? Franz betrachtete die Schleusenanlage, die rostig braunen Holzwände, die Bleche und Gitter. Der Fußweg über die Schleuse war schmal, das Eisen würde unter seinem Tritt bestimmt wie bei einer Eisenbahnbrücke scheppern. Dieser Volz sollte ja nicht plötzlich hören, dass einer ihm heimlich folgte. Umgedreht hatte der sich bislang nicht.

Und selbst wenn, würde Franz wohl nicht sonderlich auffallen. Er trug das Fahrrad über den Steg der Schleuse. Auch Arbeiter vertraten sich mal die Beine auf der Parkinsel oder angelten am Ufer mit einem Bindfaden und einem alten Ast.

Die Torflanken waren aus Sandsteinquadern gemauert. Die Schleusen glichen den Wasserstand zwischen Rhein und Hafenbecken aus. Für Cresper war es bestimmt wichtig, um welche Uhrzeit genau dieser Volz hier herumgelaufen war. Franz sah hinauf zum Uhrturm. Ein einzelner Zeiger kreiste dort zwischen den goldenen Ziffern »Hä?«, entfuhr es Franz. »Bin ich debbisch?« Die Zahlen Null bis Neun waren dort oben auf dem runden Blatt angeordnet.

Franz lachte leise auf. Es war ihm noch nie aufgefallen, dass das gar keine Uhr war, sondern dass die Ziffern dort oben den Rheinpegelstand anzeigten. Hinter den Schleusen strömte ja schon der Fluss, träg und niedrig. Wie immer im Sommer lagen an den Ufern die von der Sonne ausgebleichten Steine und Sandbänke bloß.

Am Rhein zog ein bisschen Wind über das Wasser, auch war die Luft unter den Bäumen nicht mehr so stickig. Franz bog lieber nicht auf die Promenade ein wie der Mann gut fünfzig Schritt vor ihm. Hinter dem vierten Baum legte er das Fahrrad zwischen die Fliederbüsche ab und schlich über das Gras wie beim Militär.

Es machte nichts, dass die trockenen Ästchen unter seinen Schuhen knackten, denn das konnte der Verfolgte sicher nicht hören. Der Mann ging auf dem äußersten, mit hellem Kies bestreuten Weg zum Rhein hin. Franz war unentschlossen. Sollte er dem schmalen Pfad nun weiter folgen? Es war nicht genau zu erkennen, ob er ihn vor oder hinter den dichten Baumbestand führen würde. Er durfte den Mann nicht aus den Augen verlieren. Die Parkinsel war nicht so klein. Wenn der irgendwann kehrtmachte? Dann guckte er den Spatzen in die Nester.

Ganz vorn sah er einen dunklen Punkt, vom anderen Ende des Uferwegs kam Volz ein Mensch entgegen. Franz kniff die Augen zusammen, das dichte Laub über seinem Kopf warf genug Schatten, das Licht blendete ihn nicht: Der Mensch war eine Frau, die ihren Sonnenschirm drehte.

Der Mann ging schneller! Eindeutig, er nahm sogar den Hut ab, damit ihn der Wind nicht über den Rhein davonblies. Die Frau winkte verhalten mit dem Schirm.

Wenn er stehen blieb, half es gar nichts. Franz lief auf dem Pfad weiter, der sich aber immer mehr vom Rhein weg hin zu einer vertrockneten Wiese schlängelte.

Er schaute hinüber zu den grünen Baumgruppen nach einer Geländemarke, das half am besten, wenn man die Richtung nicht verlieren wollte. Die Buche dort vorn war erstaunlich gerade gewachsen, die sollte seine Landmarke sein.

Feine Ästchen schlugen ihm an die Beine. Franz verlangsamte seine Bewegungen, es durfte nur so klingen, als ob ein Vogel oder eine Katze übers trockene Laub huschte. Das hatte man ihm bei der Armee eingeschärft, und jetzt hier, im zivilen Leben, galt es erst recht.

Die beiden saßen unter der Buche, die ihnen wohl auch aufgefallen war, auf einer Parkbank. Ganz eng beieinander, wie er und Helma es getan hatten, wenn sie unterwegs waren, auf einem Weinfest vielleicht, wenn zu viele Leute zuguckten. Dann hatten sie sich nicht geküsst, aber Helma hatte ihre Hand auf seinen Schenkel weit nach oben gelegt und ihn frech angefunkelt mit ihren spöttischen Augen, weil das sein bestes Stück jedes Mal in Unruhe versetzt hatte. Franz hatte ihr dann die Hand in den Nacken geschoben und sie mit den Fingerspitzen gekrault, bis sie schnurrte wie eine Katze und ihre Hand auf seinem Schenkel noch ein bisschen höher rutschte.

Helma … Sie hatte ihn das letzte Mal so kalt abserviert, ihm so böse hinterhergerufen, dass sie es diesmal wirklich ernst gemeint hatte. Scheiße.

Franz verbarg sich hinter einem Stamm.

Der Mann im hellen Anzug unterhielt sich mit der Frau im schwarzen Kleid. Franz hörte zwar nicht, worüber, doch sie nickte unter ihrem Sonnenschirm. Der Mann setzte sich sogar so schräg auf die Bank, dass ihm der halbe Hintern in der Luft hing, aber nur so konnte der ihr genau ins Gesicht sehen. Hätte Franz auch gern, er bewunderte, wie fast weiß die blonden Haare in der Sonne leuchteten. Zweimal hob der Mann den Zeigefinger wie Helma, wenn sie ihm einen Vortrag über die Arbeitersolidarität hielt.

Helma … er wollte sie wiederhaben, Franz lehnte sich an eine Eiche und schloss einen Moment die Augen. Seine Helma. Keines der Weiber war so widerborstig gewesen, aber auch keines so scharf, wenn sie ihn rangelassen hatte. Mit einer wie Helma schaffte er es aus dem Dreck raus nach draußen vor die Stadt, wo sie ihr eigenes Dach über dem Kopf hätten. Helma würde noch sehen, dass er sich nicht hatte bestechen lassen. Nur das Fahrrad hatte er für sich gekauft. Was, wenn er von Crespers Extrageld einen Batzen der Partei spendete und Helma mit der Quittung überraschte? Oder es ihrem Solidarverein gab, wenn sie dort Sitzung hatte? Die anderen würden ihr bestimmt zureden, dass sie sich wieder mit ihm abgab. Dann hätte er gewonnen.

Die Frau dort auf der Bank schüttelte plötzlich heftig den Kopf, wandte den Kopf zum Rhein hin, blickte hinüber auf die Mannheimer Seite, wo sich grüner Wald rheinaufwärts erstreckte. Schon lachte sie wieder, jedenfalls schien es so, weil sie sich die Hand vor den Mund hielt, wie es die Mädchen immer taten, wenn man ihnen Zuckermandeln schenkte.

Der Mann zog aus der Seitentasche des hellen Anzugs einen Umschlag, Franz kniff die Augen zusammen. Der Mann bog das Papier auf und ließ die Frau hineinsehen, sie holte daraus ein Papier, das fast wie ein Telegramm aussah. Mehr konnte er nicht erkennen, weil der Mann alles schon wieder verschwinden ließ.

Die beiden standen auf, sie hakte sich bei ihm unter. Herrje, die liefen über den kleinen Weg direkt auf den Baum zu, hinter dem er stand. Verdammt.

Franz sah sich um. Sie würden ihn sehen, wenn er jetzt auf die Wiese auswich oder unter den Büschen wie ein Fuchs davonschnürte. Er blickte nach oben, der unterste Ast war nah genug. Franz sprang hoch, griff die raue Rinde, stellte den einen Fuß an den Stamm und zog sich hoch. Den Ast vor dem Bauch drückte er sich noch weiter hoch, bekam den anderen Fuß an den Stamm, stieß sich ab. Noch ein Ast weiter links, der sogar breiter war, ragte über seinen Kopf weg.

Verlernt hatte er das Klettern nicht, Franz erklomm den Baum wie früher als Knabe. Er war richtig stolz auf sich, dass es so schnell ging.

Schräg unter ihm, im Schatten der besonders schönen Ulme, auf der er saß, blieben die beiden stehen. Der Mann war ganz nahe an die Frau herangerückt.

Jetzt konnte Franz sie endlich richtig ansehen. Die blonden Haare waren kunstvoll aufgetürmt, wie es die Bürgersfrauen gern taten. Ein enges schwarzes Kleid glänzte in der Sonne. Sie hatte einen schmalen Leib, den er fast umfassen könnte, die Brüste gefielen ihm nicht so ganz, zu klein, auch wenn sie schön rund hochgebunden waren. Die Hüfte war schon weniger zu verachten, da war mehr dran, da würde sich keiner wund stoßen.

Franz begutachtete solche Frauen allenfalls in der Straßenbahn, wenn er sich mal eine Fahrkarte leistete. Cresper kannte sich ja bei den feinen Leuten aus, er würde schon wissen, wie sie hieß, wenn Franz sie genau beschrieb.

Der Mann zog den Sonnenschirm der Frau an sich, die sechseckige Stofffläche verbarg die beiden vor Franz' Blick.

Die nahmen sich ganz schön Zeit, hier unter dem Baum. Wie er und Helma. Wenn sie doch nur auch dabei reden würden, hätte Cresper vielleicht auch etwas davon. Franz hörte aber nichts, außer dem Windknistern der Blätter um seinen Kopf herum.

Dann schwebte der Schirm nach links davon. Der Mann ging nach rechts, zum Rheinpegel zurück.

Franz würde auf dem Ast hier oben so lange sitzen bleiben, bis er beide in sicherer Entfernung wusste.

Der Mann war schon fast an der Pegeluhr angelangt, als Franz endlich den schwarzen Umriss der Frau auf dem Weg hinter einer Wiese erspähte.

Runter ging es immer leichter. Vom letzten Ast sprang er einfach auf das Gras. Vielleicht war es besser, dem Mann gar nicht mehr zu folgen.

Jesses, unter welchen Busch hatte er sein Fahrrad abgelegt?

»Die Ludwigshafener klauen wie die Elstern!« Franz war vor Zorn nass geschwitzt, als er das dritte Mal durch die Büsche am Pegel preschte. Er drehte sich im Fliederbusch um, er stieß mit dem Fuß an ein Pedal und fiel vor Schreck vornüber, mit der linken Hand direkt in die Speichen.

»Dunnerkeil noch emol!«

Kapitel 32

»PAUL? WENN ER SEINE Akten abfasst, hört er nichts.« Vor der Tür des Sergeanten rollte die alte Frau Hartl die Augen. »Paul?«

»Was ist denn?«, hörte Clara ihn rufen.

»Eine Dame wünscht dich zu sprechen.« Die Tante des Sergeanten war ins Hochdeutsch gewechselt.

»Ich komme sofort.«

»Gehen wir in den Salon, Fräulein Balthasar. Er wird sich nur die Jacke überstreifen.« Die alte Frau Hartl hielt ihre Schürze zusammengefaltet hinter dem Rücken.

Es war Clara peinlich, dass sie die Frau des verstorbenen Richters unangemeldet aufgesucht hatte, sie störte offensichtlich bei der Hausarbeit. Wenn sie mit ihr nicht aus dem Verschönerungsverein vage bekannt gewesen wäre, Clara hätte den Sergeanten nicht mit ihren Seelennöten privat belästigt.

»Sie nehmen doch auch einen Kaffee, nicht wahr?«

Clara zögerte, sie hatte bei ihrer Freundin Irmgard bereits Wiener Kaffee gehabt, doch es würde ihrem Besuch am späten Nachmittag einen weniger offiziellen Anstrich geben. »Gern«, sagte sie betont freundlich.

Frau Hartl nahm schon Tassen aus einem Schrank heraus. Clara erkannte das Nymphenburger Porzellan. Ihre Mutter hatte das gleiche Geschirr angeschafft, allerdings mit Goldrand. Frau Hartl verteilte Tassen und Teller auf der weißen Spitzendecke, nahm die zusammengefaltete Zeitung weg. »Setzten Sie sich doch in den Erker, da haben Sie die beste Aussicht.« Sie ging aus der Wohnstube.

Clara war das Treiben unten auf den Trottoirs gleichgültig. Ihr Geist mühte sich unablässig an dem Gespinst an Fragen über Singers Verhalten.

»Fräulein Balthasar, was für eine Überraschung.« Der Sergeant reichte ihr die Hand.

Seine Worte waren nicht nur Floskel, sein Blick tastete ihr Gesicht ab, suchte ihre Abgespanntheit zu ergründen, die sie kaum verbergen konnte. »Entschuldigen Sie, dass ich Sie unangemeldet privat aufsuche, Sergeant.«

»Ich bitte Sie.« Er setzte sich zu ihr an den Tisch auf den samtbespannten grünen Stuhl.

Clara zog die Handschuhe aus und legte sie auf ihre Tasche neben sich auf der Chaiselongue. Sie war dem Sergeanten eine Erklärung schuldig, das wusste sie. »Sie halten es hoffentlich nicht für egoistisch. Ich wollte die Wahrheit aus erster Hand erfahren.« Irmgard von Hilbersteins Mann hatte von Hatzfelds Anordnung gehört. »Die Gerüchte lassen mir einfach keine Ruhe.«

»Welches meinen Sie?«

Der Sergeant klang beunruhigt, was Clara irritierte. Wusste die Polizei nicht, was man sich in der Stadt erzählte? Das konnte nicht sein. »Dass Doktor Singer erneut unter Hausarrest gesetzt worden ist.« Ihr Blick sank auf ihre Hände. Der Duft frisch gebrühten Kaffees zog in die Stube.

»Es ist kein Gerücht. Allerdings steht Doktor Singer nicht unter Verdacht der Täterschaft.« Der Sergeant sprach so betont amtlich, dass es den Hintergedanken kaum verhüllte, den er Clara damit tatsächlich aufdrängte: *Zumindest noch nicht offiziell.*

»Weshalb darf er sein Haus dann nicht verlassen?«

»Weil er eine Zeugenaussage verweigert.«

»Aber wieso?«, brach es aus ihr heraus.

»Das erschließt sich mir auch nicht.« Cresper beugte sich über das Geschirr vor. »Warum sind Sie wirklich hier, Fräulein Balthasar?«

Bevor sie sich hätte zu einer Antwort sammeln können, trug die Frau Amtsrichterwitwe die Kanne Kaffee herein und ein Tablett mit Kuchenstücken. »Bitte halten Sie mich nicht für unhöflich. Ich habe bei meiner Freundin Emilie Pechstein für heute Nachmittag zugesagt.«

»Ja, natürlich. Wir sehen uns nächste Woche im Cäcilienverein.« Clara war der alten Frau Hartl für die Diskretion dankbar. Es war ja offenkundig, dass sie nur wegen der Ermittlungen des Sergeanten gekommen war. »Grüßen Sie sie bitte von mir.«

»Paul, gießt du bitte ein?« Frau Hartl überflog noch mit einem Blick den gedeckten Tisch. »Warte nicht mit dem Abendessen auf mich, bei Emilie komme ich nicht vor neun wieder weg. Sie kennen sie ja, nicht wahr?« Sie nickte zum Abschied.

»Die Frau Sparkassendirektor ist immer sehr gastfreundlich. –

Auf Wiedersehen.« Clara misslang das verbindliche Lächeln, das sie ihr schenken wollte. Die Tante des Sergeanten zog schon die Tür hinter sich zu. Einen Moment war es still.

»Möchten Sie etwas Kuchen?«, überbrückte Cresper.

»Danke. Nein.« Sie mühte sich um ein tapferes Lächeln. »Wie Sie bereits bei unserem Treffen im Café König erraten haben«, Clara tupfte sich den Haaransatz mit ihrem Taschentuch, »stand Doktor Singer meiner Familie nicht fern. Ich möchte das Seelenleben dieses Mannes verstehen, dessen Verhalten so unvereinbar ist mit demjenigen, das wir bisher von ihm kannten.«

Der Sergeant goss Kaffee ein.

Sie rührte die Tasse nicht an, zu sehr fühlte sie die Unruhe in ihren Händen. »Wie kann er bei solch einer Tat schweigen, wenn er etwas zur Aufklärung der Untat beitragen könnte? Ich glaube nicht mehr an einen Unfall, wie Polizei-Inspektor Hatzfeld mir es hat weismachen wollen.« Je länger Clara über alles nachgrübelte, desto mehr drängte sich ihr als logischer Schluss auf: »Mein Schwager ist ermordet worden.«

Der Sergeant hob das Kinn. »Was macht Sie so sicher?«, fragte er irritierend direkt.

»Die Tatsache, dass Doktor Singer noch immer schweigt«, sagte Clara leise.

Der Sergeant nickte nur kurz, rührte in seinem Kaffee. »Das ist ein Indiz, das man kaum ableugnen kann, für eine Verwicklung in die Tat, da haben Sie recht. Es ist aber kein Beweis für eine Täterschaft. Es kann viele Gründe für ein Schweigen geben. Einen davon hat Doktor Singer uns beim letzten Mal präsentiert.«

Sie seufzte. »Wie kann jemand, der den Eid des Hippokrates geschworen hat, überhaupt Leben beenden?« Clara begriff es nicht, wie ein kultivierter Mann wie Singer, der Seelennuancen zu deuten wusste, wie er es im Literaturkreis so oft bewiesen hatte, wie ein solcher Mann sich für solche Eingriffe hergeben konnte. »Ich begreife solch einen Menschen nicht.« Sie nahm nun doch einen Schluck aus ihrer Tasse.

»Würde ich Ihnen die Akten der Criminalpolizei zeigen, fänden Sie sie voller unerklärlicher Niedrigkeiten und abscheulicher Taten. Leidenschaften übermannen selbst starken Willen.«

Cresper spielte auf ihr Treffen im Café an.

»Doktor Singer, den Sie immer nur als mitfühlenden Menschen kennengelernt haben, verbirgt uns möglicherweise eine davon«, setzte der Sergeant nach einer Pause hinzu.

»Aber was mag solch eine Leidenschaft entfacht haben, die ihn gegen meinen Schwager derart aufgebracht hat, dass …« Sie bemerkte, dass sie die Tasse auf den leeren Kuchenteller gestellt hatte. Oh Gott. Sie war ja schon ganz durcheinander, Clara nahm sie schnell auf den Untersetzer zurück.

Der Sergeant beschrieb mit seiner Hand einen Halbkreis über seinem Teller. »Die Erfahrung lehrt die Polizei, dass es nicht immer nur die niederen Triebe sind, die Männer zu solchen Taten verführen. Auch die kalte Berechnung vermag dies. Das Kalkül des Eigennutzes.«

»Sie meinen schlicht Geld?« Clara legte den Kopf schief. »Doktor Singer ist kein armer Mann, im Gegenteil, er ist vermögend. Ihm gehören Anteile einiger Actien-Gesellschaften. Er wird einmal Anteile am Frankfurter Bankhaus Singer erben.«

»Geld erzeugt oft Gier. Er war mit Ihrem Schwager Modry um eine Grundstücksspekulation zerstritten.«

»Die Gesellschaft, die in der Lisztstraße baut? Das kann es nicht sein.« Clara legte die Hände an die Wangen. Sie erinnerte sich, wie sie mit Joseph bei einem Glas Portwein im Salon ihrer Schwester gesessen waren. »Nein, mein Schwager jedenfalls sah die Auseinandersetzung ganz nüchtern, ganz geschäftlich. Es ging um die Zwischenfinanzierung. Ihm schien der Zinssatz, den die Bank Oppenheimer verlangte, zu hoch. Er war aber bereit, Singer nachzugeben, der wohl wegen der verwandtschaftlichen Beziehungen das Geschäft dort abwickeln wollte. Das Schreiben an Singer hat mein Schwager noch mit mir besprochen.«

»Tatsächlich?«

Sie konnte aus dem reglosen Gesicht des Sergeanten nichts herauslesen, nur ihr Verstand sagte ihr, dass er ihr offensichtlich nicht glaubte. Unterstellte er ihr etwa, dass sie log, weil sie Singer … einmal so geschätzt hatte, dass sie … »Den Brief hat er nicht mehr abgesandt. Meine Schwester hat ihn beim … im Bureau meines Schwagers gefunden.«

Der Sergeant blickte durch das Erkerfenster nach draußen in

den Himmel. Dort zogen Wolken über die rauchenden Schlote der Stadt, weiß, grau und schwefelgelb.

»Sergeant?«

Er wandte sich abrupt um. »Entschuldigen Sie. Immer wenn ich ein Motiv gefunden zu haben glaube, zerrinnt es mir unter den Fingern.« Er stellte den Teller vor sich weg. »Ich will ganz offen sein. Ich hatte gehofft, dass Bereicherung Singers Motiv sein könnte. Auch wenn er das als Engelmacher nicht getan hat, wo er es leicht hätte können, wenn er den Frauen die letzte Mark abgepresst hätte, so könnte er doch bei den Männern der gehobenen Gesellschaft ganz anders verfahren sein. Solche Fälle gibt es.«

»Sie sind grausam.« Wie verquer konnte man denken? Clara presste die Lippen aufeinander, sie wollte partout nicht in Tränen ausbrechen.

»Ich muss als Criminalpolizist gerade mit den Seelenabgründen rechnen.« Er beugte sich wieder vor. »Halten Sie es für möglich, dass sich jemand der Erfindung hat bemächtigen wollen, die Ihr Schwager in der BASF gemacht hat?«

Das war schon wieder völlig verdreht. »Mein Schwager hat mehrere gemacht.« Sie rieb sich die Stirn. Das Camphelit konnte der Sergeant nicht meinen, das war ein halbes Jahr her. »Sie meinen das Patent für das optimierte Indanthren-Verfahren?«

»Wenn es die Farbe ist, die den Brunnen gefärbt hat«, sagte Cresper. »Ein Patent ist allerdings noch gar nicht angemeldet worden, laut Auskunft der Patentbehörden.«

Das Gespräch über das Geschäft führte sie auf sicheres Terrain, Clara fühlte neue Kraft, die sie nicht der Wirkung des Kaffees verdankte. »Die Verträge für diese Erfindung waren trotzdem längst unterschrieben.«

»Ich verstehe nicht?« Auf die Stirn des Sergeanten trat eine steile Falte.

»Das ist doch absolut üblich. Hat man Ihnen das nicht in der Direktion der BASF gesagt?« Nun war es wohl an ihr, sich zu wundern. Ihr Mund war trocken, sie trank einen Schluck Kaffee. »Sobald das Patent für das Verfahren angemeldet wird, produzieren die Schweizer Fabriken in Basel es nach, weil sie die deutschen Patente nicht anerkennen.« Sie konnte es dem Sergeanten nicht verübeln, dass er es nicht sofort begriff. Sie wartete einen Moment, bevor sie weitersprach. »Es ist für die Fabricationen gewinnbringender, zunächst den optimierten Farbstoff quasi überraschend auf den Markt zu bringen und den Patentschutz erst zu beantragen, wenn man die Kunden mit Lieferverträgen bereits an sich gebunden hat.«

Der Sergeant atmete heftig aus, wie jemand, der einen Fluch unterdrückte. »Dieser verdammte Streik. Ich hätte längst mit der Direktion der BASF reden sollen, aber ich durfte ja nicht.«

Sie ahnte, wer ihm das untersagt hatte. »Das machen alle so in der Branche, nicht nur die BASF.« Clara legte die Hände auf die Spitzentischdecke. »Worauf wollten Sie eigentlich mit der Patentfrage hinaus?«

»Ich dachte, Joseph Modry habe entweder selber versucht, sein Patent an der BASF vorbei durch einen fingierten Diebstahl zu verkaufen.« Cresper drückte mit dem Finger Dellen in das weiße Leinen der Tischdecke. »Oder jemand habe genau das versucht, aber Joseph Modry ist diesem Dieb in die Quere gekommen.«

Aus der Sicht des in Wirtschaftsfragen unbewanderten Polizisten ergab das Konstrukt sogar Sinn. Clara winkte ab. »Nein, nein, nein. Das kann so nicht gewesen sein. Die Verträge für das bessere Indanthren sind sehr detailliert.«

»Klären Sie mich auf. Ich habe noch keine Erlaubnis erhalten, es nachzuprüfen.«

»Eigentlich hatte mein Schwager das neue Verfahren sogar bei uns im Laboratorium meiner Fabrication entdeckt. Er hat wohl ein Nebenergebnis seiner Arbeit an einer Arzneistoff-Synthese für uns einfach auf die Farbenwelt übertragen können.«

Cresper richtete sich abrupt im Sessel auf. »Heißt das, er hat die Entdeckung gar nicht zuerst in der BASF, sonder quasi zu Hause in Ihrer Fabrication gemacht?«

»Ja. In der BASF hat er den Versuch bloß für eine industriell günstige Produktionsweise angepasst.« Clara irritierten die weit aufgerissenen grünen Augen des Sergeanten. Wusste er wirklich so wenig von der Wirtschaftstätigkeit?

»Lassen Sie alles stehen. Ich muss Ihr Laboratorium in der Fabrication sofort sehen.« Cresper stand vor ihr an der Chaiselongue.

Clara griff zu ihren Handschuhen und der Tasche. »Wenn Sie meinen.«

»Verstehen Sie nicht? Das Wasser im Jubiläumsbrunnen war giftorange mit dem Farbstoff verfärbt. Das war der erste Versuch, Modry die Farbe zu stehlen, nur ging er schief.«

Clara fiel vor Schreck der Handschuh unter den Tisch. Der Sergeant wartete schon an der Tür.

Auf den Arbeitsflächen leuchteten allerlei Farben in Glaskugeln unterschiedlichster Größe, die alle mit Glasleitungen und Tuben verbunden waren. Im Laboratorium links die Wand entlang standen zwei der fünf Vorratsschränke mit den Chemikalien offen. Die Verbindungstür zweigte zum kleinen Windfang vor der Halle ab. »Hier war also das Reich Joseph Modrys. Hat Ihr Meister hier viel gemacht?« Cresper spürte eine Erregung im Bauch.

»Regensburger hat nur die gröbste Unordnung beseitigt«, sagte die Balthasar. »Wir wollten das dem Chemiker überlassen, den ich einzustellen gedenke.« Eng beschriebene Blätter waren in die Ecken gerutscht. Ein paar Bücher lagen auf dem fleckigen Steinboden. Ein Hut hing noch am Haken hinter der Tür vor dem Waschtisch. Je länger er sich umsah, desto unordentlicher schien Cresper das Laboratorium, wenn er es mit dem in der BASF verglich. Fast schien es ihm wie eigens für ihn hingestellt. Noch immer empfand er Misstrauen. »Hier hat Modry also die Indanthrenverbesserung erfunden?«

»Er experimentierte gern. ›Im Ausprobieren liegt mehr Chance als in der chemischen Theorie‹, sagte er oft.« Die Balthasar wies mit dem Arm vage über die Arbeitstische hin. »Die Ausgangsstoffe eines unserer Produkte sind chemisch wohl ähnlich dem neuen Indanthren-Katalysator, oder die Umwandlung, so genau wiedergeben kann ich die Einzelheiten natürlich nicht. Ich bin keine Chemikerin. Jedenfalls hat mich Joseph kurz nach der Hochzeit mit meiner Schwester informiert, dass er eine neue Entdeckung gemacht hat, die wir der BASF verkaufen können.« Sie ging am Ausguss vorbei zum Fenster vor. »Und auch müssten, weil nur diese die Erfindung rechtzeitig an die Kunden bringen kann. Er verhandelte also für unsere Fabrication mit Doktor Müller von der BASF, und darüber gab es eine Übereinkunft. Ansprüche, die sein Assistent dort, ein gewisser Scholl, zu seinem angeblichen Forschungsanteil geltend machte, konnten finanziell ausgeglichen werden.«

Scholl hatte davon kein Wort zugegeben. Cresper mühte sich, dass er ihre Erläuterungen aufnahm, diese ganze Unordnung, die verstreuten Pulver, die umgekippten Tiegel waren verräterisch. »Sprechen Sie weiter. Ich höre zu.«

»Die Einkünfte werden geteilt, die Hälfte bekommt die BASF für die Herstellung, ein Viertel die Chemiker Doktor Müller, mein Schwager und Scholl für die Entwicklung des Massenproduktionsverfahrens, ein Viertel mein Schwager allein für die Erfindung selbst. Der Vertrag liegt bei Notar Hemschiel, falls das wichtig ist. Niemandem der Beteiligten hätte der Tod meines Schwagers einen Vorteil gebracht.«

Aber jemand hatte seinen Vorteil gesucht, sonst wäre Modry noch am Leben. »So bleibt nur jemand Weiteres.« Die diebischen Ringer hatten also gegen Modry gearbeitet, nicht mit ihm. Der Dicke hatte also die Erfindung auf eigene Rechnung stehlen wollen, daran gab es für Cresper keinen Zweifel mehr. Große Chemiefirmen gab es im Reich mehr als eine und im Ausland sowieso.

»Jemand Weiteres? Meinen Sie die Erben?«, fragte die Balthasar.

»Ich verdächtige Sie nicht, keine Sorge«, sagte Cresper.

»Die Fabrication erbt ja auch nicht Modrys Anteil, sondern meine Schwester.«

»Aber die Erfindung wurde doch im Laboratorium der Fabrication getätigt.«

»Sicher, nur ist seit der Eheschließung das Vermögen meiner Schwester aus dem gemeinsamen Verbund gelöst, vorher war es zum Erhalt der Firma an meinen Anteil gebunden. Es war der Wille meines Vaters. Mein Schwager und ich hatten natürlich eine dauerhafte Kooperation geregelt. Das hieß, dass er in diesem kleinen Laboratorium hier für seinen Teil an der Farbchemie arbeitete und an der pharmacologischen Chemie für die Arzneien der Fabrication zum Profit meiner Schwester und des meinigen.«

Cresper würde die Bedeutung all dieser Vereinbarungen später sortieren. Erst musste er wissen, was hier geschehen war. Er wies auf den Abflussstein. »Warum liegt hier so viel zerbrochenes

Glas?« Zwei zerbrochene Reagenzgläser und vier Glaskugeln lagen zwischen Wattebäuschen. In einem kleinen Zylinder daneben schimmerte es kupferblau.

»Bei Chemikern knallt es gern. Manchmal explodieren auch die Glasbehälter. Sie ahnen nicht, wie oft ich das Material reklamieren muss.« Sie hatte die Fingerspitzen aneinandergelegt wie eine Lehrerin, die ungehalten eine Prüfung abnimmt und schlechte Noten vergibt.

Cresper lief von Tisch zu Tisch, maß das Laboratorium mit Schritten aus. So weit flogen doch keine Scherben bei einem Knall, zumindest streuten sie dann nicht in Pfeilform, sondern eher wie ein Kreis. Er kniete an den Tischbeinen. Auch hier stimmte etwas nicht. Er besah sich die Decke, die Ecken. Lauter Spuren, die Menschen verursacht hatten. Er drehte sich, sodass das Licht anders über den Boden fiel. Dort hatte jemand gewischt, ganz eindeutig, der Staub hatte das Wischbild konserviert. Hier war nicht etwas explodiert, hier hatte man etwas nach einem Kampf über den Boden geschleift.

»Was suchen Sie denn?«, fragte sie hinter ihm.

»Sie sagen, der Farbstoff ist hier entwickelt worden?«

Die Fabricantin winkte ihn zu einer Ecke. »Hier.« Über eine Stellage aus dünnen Hölzchen waren Stoffbänder gelegt. »Da hängen noch die genormten Färbeproben, mit denen er verschiedene Konzentrationen auf Baumwolle und Leinen ausprobiert hat.«

Cresper starrte auf die Lappen, die an den nummerierten Stangen herabhingen. Als sein Blick unter die Stellage auf ein gelochtes Brett in einem Halter fiel, durchzuckte ihn ein Impuls. In der Reihe der sieben Phiolen, die in das unterste Lochbrett gesteckt waren, fehlte eine. Das konnte nur eines heißen: Die Farbsubstanz, die das Brunnenwasser giftorange gemacht hatte, war von hier fortgenommen worden, nicht aus der BASF!

Die Aufregung schadete seiner Konzentration. Cresper gab sich einen Ruck, bog an der Fabricantin vorbei, halb gebückt suchte er in den Ecken. »Hier sind die Splitter nicht gleichmäßig verteilt, wie es bei einer Explosion der Fall gewesen wäre. Alles deutet auf einen Kampf hin.«

Die Balthasar schlug die Hand vor den Mund. »Mein Schwager hat hier gekämpft?«, flüsterte sie.

»Mit seinem Mörder.« Cresper war sich sicher.

»Aber er ist doch im Brunnen gefunden worden. Mein Gott!« Sie hielt sich die Hände an die Wangen. Ihr Blick irrlichterte durch das Labor.

»Was haben Sie?«, fragte Cresper.

»Eines der Handwägelchen aus der Fabrication in der kleinen Halle ist abgängig. Ich dachte schon, es sei gestohlen worden.«

Das Wägelchen, das Oberwachtmeister Gries gesehen haben wollte ... Cresper packte sie an der Hand. »Sind Sie ganz sicher?«

Die Balthasar nickte.

»Ich weiß zwar nicht, wie Singers Verhalten hierzu passt.« Cresper ließ die kühle Hand der Fabricantin los. »Eines ist sicher, Ihr Schwager ist hier erschlagen, von hier zum Brunnen auf dem Wägelchen geschafft worden.«

Cresper starrte in die glitzernden Splitter unter dem Arbeitstisch. »Ich muss alle Alibis um den Zeitraum verlängern, den man braucht, von Ihrer Fabrication mit einem Handwagen zum Jubiläumsbrunnen zu rollen.« Er richtete seinen Blick durchs Fenster hinaus. »Besonders eines.«

»Singers?«, hauchte die Fabricantin.

»Auch das.«

Die aus der Fabrication strömenden Arbeiter und das frühere Schichtende am Samstag hatten ihn darauf gebracht. Noch im Hof der Fabrication hatte Cresper sich umentschieden. Er hatte die Hausherrin gebeten, das Telephon benutzen zu dürfen, hatte den Oberwachtmeister Gries herbeizitiert.

»Wir stellen den möglichen Tathergang gemeinsam nach.«

Ganz gegen Crespers Erwartung hatte der ältere Polizist nicht einmal dagegen angestichelt, dass er ihn hatte aus dem Dienstfrei rufen lassen. Auch jetzt witzelte Gries nicht wie sonst.

»Sie würden den Bollerwagen wiedererkennen?«, fragte Cresper. Vielleicht nahm Gries sich zusammen, weil die Fabricantin und ihre Schwester in Trauerkleidern aufmerksam jeden Schritt, den sie in der Halle taten, beobachteten. Die junge Witwe bedeckte mit der schmalen Hand den Spitzenkragen, unter dem schwarzen Halbschleier schimmerte ihr Gesicht ganz kränklich.

»Natürlich, Sergeant.« Gries hielt die Hände hinter der Uniformjacke verschränkt. »Es stand leer am großen Rondell in der Querallee des Jubiläumsparks. Ich habe es mir kurz angesehen. Es war ziemlich neu.«

»Soll ich unsere holen lassen?«, fragte die Balthasar. Auf sein Nicken hin hob sie den Rock und ging zum Durchgang zur kleinen Halle. »Meister Regensburger? Schaffen Sie uns alle Wägelchen bei, die Sie hier in der Halle für die Vorprodukte verwenden«, rief sie hinein.

»Was ist mit dem Ding?«, fragte die junge Witwe leise. Sie war mit ihrer Schwester aus der Villa in die Fabrication gekommen, weil sie Cresper hatte telephonieren hören.

Der Meister blickte über eine dünnrandige Brille in die Runde, als er einen niedrigen Handwagen in den Vorraum aus der Halle zog. »Das ist der, den wir für die Blechtonnen benutzen.«

Die metallbeschlagene Ladefläche war von schimmernden Kratzern überzogen.

Gries trat heran. »Zu lang. Der am Jubiläumsbrunnen war so viel kürzer.« Er maß mit den Händen ein Stück des Ladegitters ab.

»War er auch nur so hoch?« Der Meister Regensburger ging ein wenig in die Knie und hielt die Handkante unter den Rand des Gitters an der Ladefläche.

»Kommt hin.« Der Oberwachtmeister nickte.

»Augenblick.«

»Ich verstehe nicht, wieso das so wichtig ist?«, fragte die Balthasar. Sie trat aus dem Licht, das von der Hofseite in den Vorraum fiel.

Der Meister rollte ein weiteres Wägelchen herein. Es rollte leicht auf Gummirollen. Er zog es in einem Halbkreis vor den Oberwachtmeister und kippte die Deichsel an den Rand des Ladegitters. »Das hier ist dunkelrot lackiert, wir haben auch ein marineblaues, das andere war …«

»… dunkelgrün!«, sagte der Wachtmeister. »Genau so sah es aus.«

Cresper fing dessen Blick auf. Gries stimmte mit einer knappen Kopfbewegung zu, bevor er ihn fragen konnte, ob er sicher sei.

»Das dunkelgrüne vermissen wir seit dem schrecklichen Tag«, sagte die Fabricantin.

»Kein Wunder. Es wurde vom Täter gestohlen«, sagte Cresper. Er ging um das Wägelchen herum. »Ist es baugleich?«

»Wir haben fünf Stück davon bestellt, nicht wahr, Regensburger, es waren doch fünf?«

»Ja, Fräulein Balthasar. Die Farben sind unterschiedlich, damit man weiß, welches in welche Fabricationshalle gehört. Das dunkelgrüne stand hier an der Seite in der kleinen Halle. Wir fahren damit die kleineren Materialmengen herum. Oder die Endprodukte aus den Reaktoren. Was halt gerade ansteht.«

»Wann haben Sie das dunkelgrüne Wägelchen zuletzt gesehen?«, fragte Cresper.

»Vor genau einer Woche habe ich die letzte Fuhre Somniferal zur Verpackung schaffen lassen. Der Lehrbub hat es an seinen Platz zurückgestellt.«

Einen Moment starrten alle das dunkelrote Gegenstück an, als ob das Gefährt ihnen verraten könnte, was das Schicksal des anderen gewesen war. Cresper überlegte, wie er den heiklen Punkt ansprechen könnte. »Frau Doktor Modry, es tut mir leid, wenn ich Sie bitten muss, sich in den Abend zurückzuversetzen.«

Die Witwe hielt noch immer die Hand am Kragen, tauschte einen Blick mit ihrer Schwester. »Ja?«, fragte sie leise.

»Man hat Ihren Mann im Straßenanzug aufgefunden. Warum trug er nicht schon Gesellschaftskleidung?«

Die schmalen Finger wanderten auf ihre Lippen, ihr Kopf senkte sich, sie starrte auf den gefliesten Boden des Vorraums zwischen Laboratorium und Halle. »Ich weiß nicht, warum er sich nicht mehr umgezogen hat. Unser Dienstmädchen hatte ihm die Kleider bereitgelegt.«

»Sie wollten nicht gemeinsam ins Gesellschaftshaus fahren?«, fragte Cresper.

»Nein. Ich war am Abend bei der Versammlung des Verschönerungsvereins. Ich bin direkt mit Frau Benckiser, die mich abgeholt hatte, dorthin gefahren. Wir wollten uns alle dort treffen und gemeinsam nach Hause zurückkehren, nicht wahr, Clara?« Sie rückte ein wenig auf ihre Schwester zu.

»So ist es. Mein Schwager zog sich immer erst um, wenn er beabsichtigte, sofort aus dem Haus zu gehen. In der Fabrication beschmutzt man sich schnell, sosehr wir auch auf Reinlichkeit achten.«

Cresper legte die Hände ineinander. »Bitte halten Sie mich nicht für taktlos. Ich muss Sie das fragen. Wie schwer war Ihr Gatte von Gewicht?«

»Ich weiß nicht genau. Was soll ich sagen?« Sie richtete ihren Schleier, einen Augenblick zuckte ihr Mund. »Er war nicht schwer, auch kein Leichtgewicht, sicher nicht, er war gut genährt ...«

»Verzeihung.« Der Meister Regensburger wies mit dem Arm im Blauzeug hinaus in die Halle. »Sechsundsiebzig Kilo mit Kleidern, jedenfalls das letzte Mal, als ich dabei war. Er hat sich manchmal auf die Waage beim Versand gestellt, wo wir das Gewicht für die Eisenbahntarife aufnehmen.«

Die Schwestern schauten ihren Meister überrascht an. »Das hat er gemacht?«, fragte die Witwe.

»Dann brauche ich jetzt sechsundsiebzig Kilo für diesen Wagen. Was könnten wir da nehmen?«, fragte Cresper.

»Die Säcke mit dem Sodasalz wiegen jeder zehn Pfund.« Der Meister richtete seine dünnrandige Brille. »Die müsste ich allerdings aus der großen Halle holen.«

»Tun Sie das«, sagte die Balthasar.

»Ich möchte das nicht sehen«, flüsterte die junge Witwe. Sie wandte sich ab, ihr Blick verlor sich einen Moment im Laboratorium, dessen Tür offen stand.

»Komm, Vera. Quäle dich nicht unnötig. Lassen wir den Sergeanten seine Arbeit tun.« Die Balthasar nahm ihre Schwester am Ellenbogen, sie gingen hinaus in den Hof.

Gries schaute den beiden Frauen hinterher. »Besser so. Die fällt uns nur um, wenn wir die Säcke wie einen toten Mann aufpacken.«

»Sie haben recht«, sagte Cresper. Auch die Verteilung des Gewichts konnte von Bedeutung sein. »Wie lange, schätzen Sie, braucht ein Mann, vom Laboratorium aus, um den Wagen aus der Halle zu holen und den Toten aufzuladen?« Er zog seine Taschenuhr heraus.

»Probieren wir's aus. Augenblick!« Gries ging ins Laboratorium. »Jetzt!«, rief er, rannte heraus, in die Halle, lief rückwärts, die Hände an eine imaginäre Wagendeichsel geheftet in die Mitte des Vorraums. Dann hob er ächzend eine imaginäre Leiche in ganz langsamen Bewegungen, wuchtete sie herum. »Halt!«

»Das macht Ihnen sichtlich Spaß.« Besser hätte man es nicht nachstellen können.

»Wenn das Kind im Brunnen liegt, hilft heulen nichts. Ein bissl Humor ist immer gut, dann ist man nicht so verkniffen bei der Sache.«

Regensburger rollte mit dem Handwägelchen herein, in dem ein großer Haufen gelber Säcke mit blauer Aufschrift *Sodasalz* ruhte. »Sind nur fünfundsiebzig Kilo. Aber das eine wird es nicht ausmachen, oder?«

»Nein. Stellen wir um, auch wenn die Leiche kaum mit den Säcken nachzuformen ist.« Sie hoben die Verpackungen herum, stellten einige aufeinander, ahmten mit dem länglichen Haufen die Figur eines Mannes nach.

»Und jetzt?«, fragte Gries, der sich die Uniformjacke zurechtzog.

Cresper griff zur Deichsel, das Wägelchen rollte an. »Nicht besonders schwer.«

»Schauen wir mal, wie wir um die Ecken und über die Trottoirkanten kommen.«

Cresper nahm wieder seine Taschenuhr. »Los!« Er zog die fünfundsiebzig Kilo Salz hinaus in den Hof. »Oberwachtmeister Gries bringt Ihnen alles wieder.«

»Wenn ein Sack Soda auf die Gasse kippt, ist es nicht schlimm. Teuer ist der Bollerwagen, den brauchen wir auf jeden Fall wieder.«

Cresper rumpelte über das Pflaster im Hof zum offenen Tor, blieb stehen. Mist! Er merkte sich den Zeigerstand, knapp eine Minute.

»Was ist?«, fragte Gries.

Cresper winkte den Meister noch einmal heran. »Sagen Sie, Regensburger, die Türen und Tore, waren die abgeschlossen?«

»Habe ich persönlich gemacht, wie immer Samstag zu Schichtende, wenn die Fabrication abgestellt wird. Ich schließe dann Montag früh wieder auf.«

Cresper schaute über den Hof zur Tür, die zum Vorraum führte, in die andere Richtung. »Aber wenn hier am Sonntag abgeschlossen war, wie konnte der Täter dann in das Laboratorium kommen?«

»Gar nicht. Die Mauern sind zu hoch und mit Glasscherben auf den Kanten gesichert. Sieht man von unten nicht, ist aber so.« Der Meister steckte die Hände in die Taschen des Blauzeugs. »Da hat sich schon manches Diebsgesindel die Pfoten aufgeschnitten.«

»Kann der Täter einfach geläutet haben?«, fragte Cresper.

»Im Laboratorium hört man das nicht.« Der Meister schüttelte den Kopf. »Der Klingelzug geht rüber zum Versand.« Er deutete auf die übernächste Tür im Hof. »Zwischen kleiner und großer Halle, dort, wo die gemauerte Rampe an der Mauer hochführt.«

»Machen wir eine Klingelprobe«, sagte Cresper. »Sagen Sie den Leuten im Versand Bescheid.« Er wartete, bis der Meister in der Fabrication verschwunden war.

Cresper winkte Wachtmeister Gries zum Laboratorium hin. »Aber bringen Sie drin nichts durcheinander.«

»Ich bin doch kein Elefant im Porzellanladen.« Gries spurtete davon.

Cresper ließ das Wägelchen stehen und zog auf der Straßenseite am Klingelzug unter dem Schild mit der Aufschrift *Fabrication Balthasar* fest dreimal.

Im Hof kam ihm schon Gries entgegen. »Nichts. Man hört nur die Reaktoren drüben in der kleinen Halle simmern.«

Cresper rieb sich über sein Ohrläppchen. »Wenn der Täter keinen Schlüssel mitgebracht hatte, dann muss ihn wohl das Opfer selbst hereingelassen haben. Modry muss gewusst haben, dass noch Besuch kommen würde.«

»Also wusste er auch, wann, nicht wahr?« Gries zwirbelte den Schnurrbart. »Vom Fenster des Laboratoriums kann man nicht auf die Straße sehen, schon gar nicht, wenn das Tor geschlossen ist.«

»Es spricht alles dafür, dass Modry seinen Mörder erwartet hat«, sagte Cresper.

»Dann hat er ihn auch gekannt.«

»Davon gehe ich aus«, sagte Cresper. Wenn er nur verstehen könnte, warum sich der Mörder die Mühe gemacht hatte, den Toten in den Brunnen zu schaffen. Das Risiko, draußen gesehen zu werden, war doch immens.

Cresper zeigte auf die Deichsel, er schaute wieder auf die Taschenuhr.

Gries stand noch steif da, dann zuckte er mit den Schultern. »Immer auf die Kleinen!«

»Nur durch den Schatten und die dunklen Winkel ziehen.«

»Klar, wir fahren ja auch eine Leiche spazieren.«

Cresper war sich nicht sicher, ob fünfundzwanzig Säcke Sodasalz, gezogen von einem Uniformierten, nicht mehr auffielen als ein dunkles Paket unter einer Plane, gezogen von einem Mann zu später Stunde, der mit gesenktem Kopf einherschlurfte – wie es der Täter wohl gemacht haben durfte.

Gries lenkte umsichtig durchs Tor hinaus aufs Trottoir. »Auf zum Jubiläumsbrunnen.«

Kapitel 33

DER BIERSCHAUM in Crespers Glas schimmerte im Gaslicht grünlich. Das Geräusch der stürzenden Kegel auf der Bahn drang in sein Hirn und riss alles mit.

»Sie haben ziemlich lang beisammen unter dem Sonnenschirm gestanden«, sagte Pfaff leise.

Cresper überspülte das Gefühl, dass ihm jeglicher Sinn entglitt, auch wenn er Franz' Stimme flüstern hörte. Es war wie im Französischunterricht, wenn er die Vokabeln nicht gelernt hatte. Halbe Sätze begriff man, doch reichte das nicht für eine sinnvolle Antwort. Es endete immer mit: *Setzen, Cresper, sechs.*

»Du kennst doch die reichen Leute. Hast du eine Ahnung, wer die Frau von der Parkinsel ist?«

Das war es ja eben. Cresper schluckte, so schwer hing seine Zunge am Gaumen, wiewohl er Bier getrunken hatte.

Wieder stürzten vorn an der Bahn die Kegel zusammen. »Sieben!«, johlte es vielstimmig. Cresper prallte geradezu in seinen eigenen Körper zurück, so plötzlich war sein Bewusstsein wieder ganz davon erfüllt, dass er sich hier clandestin mit Franz Pfaff traf. Er durfte nicht zu Boden starren wie ein halber Idiot. Weder er noch sein Kundschafter durften auffallen. Wer weiß, wo der Dicke seine Leute überall sitzen hatte?

»Na, sag schon. Wenn die mit dem Arsch wackelt, gucken doch alle hin. Wer ist sie?«

Cresper schloss die Augen beim Trinken. Er hatte sie vorhin sogar noch gesehen. Und sie hatte mitbekommen, was er nun wusste: Dass er die ganze Zeit von einem falschen Tatort ausgegangen war. Cresper wischte sich mit dem Handrücken den Schaum von der Oberlippe. »Die Frau, die du gesehen hast, ist die Gattin des Opfers. Vera Modry«, sagte er.

Franz pfiff leise, seine Augenbrauen hoben sich. »Dann hat die ja nicht lange getrauert.« Sie standen an der Seite unweit des Ausschanks, aber schon im Halbdunkel der Ecke.

»Überhaupt nicht.« Cresper tat so, als ob er verfolge, was auf der Kegelbahn vor sich ging. Zwei Mannschaften spielten gegeneinander, doch es war kein richtiges Turnier. Dazu mischten sich die beiden Lager zu häufig. Alles Arbeiter vom Giulini und aus den kleineren Werken in den angrenzenden Straßen. Franz hatte die Kegelbahn als Treffpunkt vorgeschlagen.

»Du meinst, sie ist schon vorher nebennausgegangen?« Franz schnaubte in sein Glas und trank es aus. »Die reichen Weiber können sich alles leisten.«

Ehebruch war strafbar. Ehebrecher wurden gesellschaftlich geächtet. Crespers Hirn brachte die Elemente zusammen, wie eins und eins. Er zweifelte keine Sekunde mehr. »Dieses Verhältnis mit dem Unternehmer Volz hatte sie sicher schon vor ihrer Ehe.« Aber an ihr Erbe wäre Vera Balthasar nicht gekommen, wenn sie nicht einen Mann geheiratet hätte, den ihre Schwester Clara für die Fabrication akzeptiert hätte.

»Wie kommst du darauf?«, fragte Franz.

»Sie kann ihn kaum jetzt erst kennengelernt haben. Sie war die ganze Zeit von ihrer Schwester abgeschirmt und davor erst kurz von der Hochzeitsreise zurückgekehrt.«

»Willst du sie verhaften?«

Cresper lachte gegen seinen Willen auf. Wie denn? »Ein Verhältnis einer Ehefrau ist in einem Scheidungsprozess strafbar. Für meine Ermittlungen nützt mir das nichts. Ich muss an den Mann ran, diesen Unternehmer.«

Franz kratzte sich am Ohr. »Also … Ich habe das nicht gelernt, hinter einem Mann herzuspionieren, ohne dass es auffällt.«

Das sollte Franz auch wegen seiner eigenen Sicherheit nicht mehr tun. »Du übernimmst ab morgen die Frau.«

Franz kippte den Rest Bieres. »Ich werde mich ganz verdrücken.«

»Geht jetzt nicht mehr, mein Freund. Wir sind mitten in der Schlacht. Du legst dich um acht Sonntag früh vor der Villa auf die Lauer.« Franz protestierte mit einem unwilligen Brummen, Cresper ging nicht darauf ein. »Du kriegst das Gleiche wie vorher und die Hälfte obendrauf.« Cresper bückte sich und nestelte an seinem Schnürsenkel, dabei klemmte er zwei Scheine unter Franz' Schuhsohle. Wenn der Sonderfonds der Criminalpolizei nicht reichte, legte Cresper das privat drauf. Wenn einer einen Fehler machte, dann Vera Modry und nicht ihr Liebhaber Richard Volz.

Den musste er anders kriegen ... Ein Krachen vibrierte in seinem Kopf. Diese verdammten Kegel.

»Gut.« Franz stellte, weil alle Gäste zur Bahn schauten, das Glas einfach neben seinen Schuh und nahm die Geldscheine auf. »Ich muss los. Die Ringer treffen sich im Alten Anker. Der Jakob Neser aus Friesenheim hat bei der inoffiziellen Weltmeisterschaft in Stuttgart den ersten Platz gemacht. Das wird groß gefeiert. Der Meister ist in der Stadt und leitet uns an. Wir üben Pyramiden.« Pfaff lächelte kurz. »Wenn man weiß, wie man auf die Schultern steigt, ist es gar nicht so schwer.«

»Montagabend wieder an der Radrennbahn«, sagte Cresper leise und drehte sich halb zur Kegelbahn.

»Zwei!«, grölte es von vorn. Die eine Hälfte der Männer machte dumme Gesichter, die andere feixte und hieb sich auf die Knie. »Das will ein Gelernter sein, ha!«, rief einer.

Der Kegeljunge flitzte schon und stellte die umgefallenen Kegel wieder auf.

Pfaff ging schon durch die Wirtschaft davon.

Cresper starrte wieder in den grünlichen Bierschaum in seinem Glas. Nur zweiundzwanzig Minuten hatte es mit dem Wägelchen vorhin von der Fabrication der Balthasar bis zum Brunnen gedauert. Ein paar Leute hatten sie angeglotzt, aber die meisten gar nicht weiter beachtet. Überall wurden Sachen herumtransportiert, Kisten, Körbe, die Leute aus den Straßenbahnen hievten. Ein Bollerwägelchen war so alltäglich wie ein Fußgänger mit Hut.

»Sechs«, riefen die Kegler.

In der Grünanlage um den Jubiläumsbrunnen herum war es noch leichter gewesen, sich mit dem Wagen ungesehen zwischen den Büschen zu bewegen. Auch ein Mann, der körperliche Arbeit wenig gewohnt war, hätte es in der gleichen Zeit geschafft. Die Erregung nach der Tat hätte ihm sicher die Kraft verliehen. Der Unternehmer Richard Volz besaß sie aber sowieso.

Die Kegel krachten. »Sieben!«, schrie es über die Bahn.

Aber warum hatte Modry sich zu später Stunde im Laboratorium mit dem Arzt getroffen, wenn der Streit um die Immobiliengeschäfte geklärt war? Zumal Singer ja im Hemshof unterwegs gewesen war? Wenn er immer noch schwieg, dann hatte er vielleicht einer weiteren schwangeren Frau, die er schützen wollte, einen Besuch abgestattet. Cresper seufzte leise.

Gezahlt hatte er schon, hier gab es nur Vorkasse. Er stellte das Glas ab und ging an den Keglern vorbei, fühlte einen Blick im Rücken. Aber es war nur der Kegeljunge, der an der Seitenwand im Halbdunkel ein Glas vom Boden hob, in der anderen Hand hielt er einen Schein.

Verdammt, hatte Franz das Geld gar nicht genommen und ließ ihn jetzt etwa doch im Stich?

»Acht!«, erscholl ein Chor von enttäuschten Männerstimmen.

Der Kegeljunge steckte den Schein in die Hosentasche und flitzte wieder nach vorn.

Cresper hätte liebend gern seine Vermutungen einzeln wie beim Zahlenkegeln abgeräumt. Es gab genug, was er über Modry noch nicht wusste.

Vielleicht hatte ein Problem mit der luxemburgischen Firma den Chemiker und Volz zusammengeführt? Cresper musste mit Hatzfeld reden, er brauchte Zutritt zu den Geschäftsräumen des Unternehmers Volz.

»Am deutschen Strom, am grünen Rheine ziehst du dich hin, o Pfälzerland! Wie lächelst du im Frühlingsschmucke, wie winkt des Stromes Silberband! …« Ein Lied wurde aus vielen Kehlen gegrölt. Cresper machte, dass er aus dem Wirtshaus kam.

Aber mit Hatzfeld konnte er nicht reden, der saß jetzt mit dem Bürgermeister privat beim Abendessen und besprach die Maßnahmen wegen der Streiks. Also morgen am Sonntag, da ging Hatzfeld beten.

Cresper stand auf der Straße. Weit über ihm blinkten blass ein paar Sterne im schwarzblauen Himmel. Was für ein seltener Anblick. Das würde Tante Ruth morgen früh sicher auch sagen, wenn er in seinem besten Anzug dastehen würde und sie in die Kirche begleitete.

Kapitel 34

»AM SCHLIMMSTEN finde ich, dass die Taufen nicht mehr im Gottesdienst stattfinden«, seufzte Tante Ruth auf den Treppen der Kirche in der Maxstraße. Sie warteten einen Moment im Gedränge. »Bei drei Viertel der Taufen verspricht die Hebamme, die Kinder im christlichen Glauben zu erziehen, weil es gar keine konfirmierten Paten mehr gibt.« Sie drückte ihren hellen Sonntagshut niedriger in die Stirn. »Wo soll das nur hinführen? Ludwigshafen ist ja jetzt schon so gottlos, dass hier dauernd gemeuchelt wird.«

Cresper hörte nicht richtig hin, wie schon den ganzen Gottesdienst über nicht. Wenn ihm Tante Ruth bei den Liedern nicht die Verse im Gesangbuch mit dem Finger bedeutet hätte, nicht einmal mitsingen hätte er können. Nur eins war ihm sofort aufgefallen: Der Kirchengesang klang hellstimmiger als früher, viele Männer waren nicht in der Gemeinde zu sehen, auch wenn die Sammlung von einem alten Herrn durchgeführt wurde. Sie hatte dem Haus der Stadtmission in der Pranckstraße gegolten, wo man sich vor allem um Bildung und Halt für junge Männer und Frauen kümmerte.

»Da hilft nur Gottvertrauen«, sagte Tante Ruth und ging mit den Gläubigen die Treppenstufen hinab.

»Bestimmt.« Aber half es wirklich? Cresper hatte halbherzig um eine Eingebung gebetet, war dabei aber ganz durcheinandergekommen, weil er gleichzeitig zweifelte, ob der Herrgott für Ermittlungen zuständig war. Cresper drehte sich gegen die Sonne und schaute hinauf zum quadratischen Mittelturm mit dem im Maßwerk aufgelösten Spitzhelm. Es war drei nach elf. Wenigstens waren die Evangelischen pünktlich. Ihm fiel ein, das er seine Tante das letzte Mal zu den Lutherfestspielen im März begleitet hatte, die im Gesellschaftshaus aufgeführt worden waren. »Ich gehe noch zum Frühschoppen.« Sein Blick glitt über die vier Evangelisten auf dem Portal.

»Ich koche dann für ein Uhr.« Sie drückte ihm den Arm. Sie winkte mit der anderen Hand einer Bekannten aus der Gemeinde.

»Ich glaube, da wartet einer auf dich.« Tante Ruth blickte kurz zur Seite der Kirche hin. Hatzfeld stand dort im Schatten. Sie hielt sich den Hut fest und ging hinüber zur Amtsstraße.

Cresper war froh, dass sein Chef ihm den Gefallen tat. So brauchte er ihm nicht hinterherlaufen. Hatzfeld verabschiedete sich eben noch von seiner Frau, die mit einem anderen Ehepaar in der Maxstraße weiterging. Die Damen spannten die Sonnenschirme auf. »Ich will Sie nicht lange vom Frühschoppen abhalten, Polizei-Inspektor«, sagte Cresper.

»Kommen Sie ein wenig in den Schatten.« Hatzfeld wischte sich mit dem Taschentuch die Stirn. Der Stoff seines Anzugs sah aus wie frisch vom Herrenausstatter gestärkt. Für die Kirche trug sein Chef nie Uniform, sonst sah man ihn selten in Zivil.

Cresper begriff jetzt, was ihn in der Kirche abgelenkt hatte. Er hatte den Bericht vorformuliert, den er nun in aller Form, klar und konzis, wie von den Vorschriften gewünscht, erstattete.

»Ihre Schlussfolgerungen hinsichtlich des Tatorts leuchten mir ein. Sehr gute Arbeit, Cresper, das muss ich sagen.« Hatzfeld brummelte mehr, als dass er sprach. Cresper wartete ab.

Hatzfeld kniff ein Auge zu und sah an der Außenwand des neugotischen Kirchenschiffs empor. »Was Ihre weiteren Schlüsse zur Täterschaft angeht, da gehe ich nicht d'accord.« Der Polizeichef hob den Zeigefinger. »Ihren Spürsinn in allen Ehre, aber zu spitz bricht ab. Das ist völlig aus der Luft gegriffen, was Sie dem Unternehmer Volz vorwerfen wollen. Geradezu absurd!«

Cresper hatte seinen Verdacht noch gar nicht ausgesprochen. »Aber …«

»Doch, doch. Darauf läuft es hinaus. Und ich sage Ihnen gleich: Eine Durchsuchung der Firma von Richard Volz ist jenseits allen Denkbaren.«

»Aber …« Cresper holte Luft. »Was ist mit seiner Beteiligung an der luxemburgischen Firma? Was ist mit dem Ringer Ralles, der im Schuppen dort am Kai herumgeräumt hat? Was ist mit seinem Verhältnis mit Vera Modry?«

»Vorsicht, Vorsicht, junger Mann! Nur nicht wieder so schnell.« Hatzfeld nahm ihn beim Arm und sah ihn mit bohrendem Blick an. »Ehebruch ist ein großer Vorwurf. Was hat Ihr Zeuge wirklich gesehen? Einen Sonnenschirm über zwei Menschen. Was, wenn die

Witwe Modry nur eine plötzliche Emotion in Tränen hat ausbrechen lassen? Was, wenn Richard Volz sich nur ritterlich gezeigt hat und ihr Halt gegeben hat? Auf eine moralisch fragwürdige Liaison zu schließen ist gewagt.«

»Sie haben sich gewiss nicht zufällig auf der Parkinsel getroffen.« Sein Chef war doch nicht so naiv, wie er tat. »So unerfahren in amourösen Dingen bin ich weiß Gott nicht.«

Hatzfeld huschte ein Lächeln über die Lippen. »Mag sein. Aber in geschäftlichen Dingen vielleicht. Denken Sie einmal konzis. Sie dürfen die Erbregelung nicht nur gegen Frau Modry auslegen.« Hatzfeld fuhr mit den Armen durch die Luft, als ob er ein Plumeau aufschüttelte. »Die arme Frau kann doch nichts dafür, dass sie nun das Vermögen ihres Mannes erbt und ihr eigenes nun frei zur Verfügung hat. Richard Volz und Modry waren geschäftlich in Immobilieninvestissements verbunden. Da kann es dringende Entscheidungen geben. Auch die Grundstücksgeschäfte in der Südstadt können Unterschriften erfordern, die besprochen werden müssen.«

Cresper leuchtete das nicht ganz ein. »Warum besucht Volz sie nicht einfach zu Hause in ihrer Villa?«

»Ja, mein Gott.« Hatzfeld hob die Arme wie der Pfarrer vorm Altar. »Damit ihre Schwester das nicht mitkriegt. Vermögensfragen sind heikel, da gibt es schnell einen Dissens.« Hatzfeld blickte über das Mäuerchen vorm Kirchengrund. »Außerdem war es der Witwe vielleicht peinlich, wenn die Nachbarschaft den Wagen von Volz Samstagnachmittag vor der Tür stehen sieht. Die gute Gesellschaft Ludwigshafens ist klein, das wissen Sie doch.«

Genauso wusste Cresper, dass in der Stadt feine Manieren wenig galten. »Klein genug, dass man die Erfindungen von Joseph Modry verheimlichen muss. Wir haben zwei Ringer festgenommen, die in der BASF ins Werk eingebrochen sind. Dieser Ralles hat einen Schuppen leer geräumt, der der Firma aus Luxemburg gehört, an der Richard Volz Anteil hat.«

»Cresper. Das weiß ich auch.« Hatzfeld schüttelte den Kopf. »Die Pferde gehen mit Ihnen durch. Diese Compagnie soundso gehörte auch Modry und Westhoven, vergessen Sie das nicht. Da hat es jemand darauf angelegt, den Verdacht in Volz' Richtung zu lenken.«

Des Dicken, verkniff sich Cresper zu sagen.

»Und was diesen Präsidenten dieses Ringervereins angeht«, Hatzfeld drehte sich vom Mäuerchen weg, »da spielt sich ein Hehler ein bisschen mit dem Geld auf, mit dem er die Männer bei Laune hält. Die Ganoven sehen sich doch alle gern als Fürsten der Unterwelt. Das ist nichts Neues. Ich kann Ihnen Akten zeigen.«

Cresper drückte sich die Fingernägel in den Daumen. »Der Einbruch bei der BASF war eindeutig professionell organisiert.«

»Das bestreite ich ja gar nicht. Nur von wem? Ein durchschnittlicher Hehler aus dem Hemshof verkloppt nicht gerade teuere Chemikalien irgendwo im Reich. Woher sollte er Kontakte in die Chemieindustrie haben?« Hatzfelds Zeigefinger tanzte durch die Luft. »Nein, nein. Sie nehmen sich am Montag in aller Frühe diesen Laborassistenten Scholl vor. Der hat mir ein bisschen zu schnell geholfen.«

»Scholl?«, fragte Cresper. Die Sonne wanderte über einen Häuserfirst, der Strahl traf ihn im Auge. Er trat sonnengeblendet zur Seite. »Er ist doch an den Gewinnen beteiligt worden.«

»Was er aber nicht zugegeben hat. Vergessen Sie das nicht.«

»Welches Motiv sollte er haben?«, fragte Cresper.

»Verletzte Eitelkeit.« Hatzfeld hieb seine Faust in die Linke. »Ich war gestern beim Bürgermeister zum Abendessen. Einige Direktoren aus der BASF waren anwesend.« Er hob die Nase höher. »Man wird den Arbeitern beim Streik in keiner Weise nachgeben, das steht fest. Die Streikfront bricht bereits ein, übernächste Woche erwartet man Normalbetrieb, aber das nur nebenbei.« Er nickte kurz. »Ich habe die Frage dieses verbesserten Indanthrenverfahrens angesprochen. Man hat mir das Gleiche erzählt, was Fräulein Balthasar Ihnen offenbart hat. Die Verträge sind seit Längerem abgefasst. Modry hat im Werk die Umsetzung des Patents in den großen Maßstab vorbereitet. Es hatte allerdings Streit mit dem Assistenten Scholl gegeben, der einen höheren Anteil für sich reklamiert hatte. Man hat sich zwar arrangiert, dennoch wird er bald das Werk verlassen.« Hatzfeld lächelte. »Verlassen müssen.«

Das waren alles triftige Darlegungen, auch wenn er es nicht gern zugab. Cresper fuhr sich mit der Hand über das Genick. »Wenn

Scholl eine fertige Apparatur bei einer neuen Stelle in Höchst oder Leverkusen einbringen kann, hat er nur Vorteile.«

Hatzfeld klopfte ihm auf die Schulter. »Jetzt werden Sie vernünftig. Montag nehmen wir den Scholl in die Zange. Der junge Chemiker hat allemal ein Motiv. Eitelkeit ist den Forschern eigen, glauben Sie es mir.« Er lachte kurz auf.

Cresper wusste nichts zu erwidern.

Hatzfeld nestelte einen Knopf seines Jacketts auf und zog einen schweren weißen Umschlag aus der Innentasche. Er hielt ihn Cresper mit der Absenderseite hin.

Cresper erkannte den Schriftzug der Königlichen Bezirksregierung auf dem amtlichen Papier, mit dem üblicherweise Anordnungen versandt wurden.

»Ich habe diese Post am Samstag einfach nicht mehr geöffnet. Der Schreiber Utz hat meinen Wink verstanden und den Posteingang auf Montag gesetzt. Ich habe den Brief also offiziell noch gar nicht. Ich kann mir denken, was drinsteht.« Hatzfeld steckte den Umschlag weg. »Heute früh vorm Kirchgang hat der Anwalt Singers, dieser Lilienthal, telephonisch von mir verlangt, dass ich entweder seinen Mandanten offiziell anklage, sofern ich überhaupt einen wie immer gearteten Gesetzesverstoß beweisen könne, oder die Maßnahmen gegen Singer sofort einstelle. Ansonsten müsse er die andauernde Rufschädigung höheren Orts unverzüglich zu Gehör bringen.« Hatzfeld schaute zu Boden. »Ich habe Singers Hausarrest mit sofortiger Wirkung aufgehoben. Es ging nicht anders.« Hatzfeld tippte sich auf die Brustseite, wo er den Brief eingesteckt hatte. »Lilienthal hat aber trotzdem seine Verbindungen genutzt. Da können Sie mal sehen, was Absprachen mit Anwälten wert sind.«

Der Fall würde der Verantwortung der Städtischen Criminalpolizei entzogen. Eine Schlappe, die der Polizei-Inspektor auf sich nicht sitzen lassen wollte. Für die Finte, den Brief nicht zu öffnen, zollte Cresper ihm Respekt. »Die verbleibende Zeit bis Montag werden wir nutzen.«

»Genau. Wir knöpfen uns den Werksarzt Doktor Singer trotzdem vor, verhören ihn als Zeugen so lange, bis wir erfahren, warum er uns immer noch nicht sagen will, wo er in der fraglichen Zeit gesteckt hat oder was er gesehen hat. Scholl oder Singer.

Einer von den beiden war's. Keine Frage. Oder beide zusammen.« Hatzfeld sah auf seine Taschenuhr. »Ich will meine Frau nicht zu lange warten lassen.«

Cresper gefielen diese Vorgaben nicht. »Aber welches Motiv sollte denn Singer haben, Scholl zu helfen?«

Hatzfeld steckte die Uhr weg. Er schüttelte das Haupt, die Schweißperlen glänzten auf der Stirn. »Der eine sorgt für seinen Ruhm, wenn er die Erfindung woanders rausbringt, der andere beseitigt einen Ehemann. Gerade Sie als junger Mann sollten das doch am besten verstehen.« Seine Stimme klang auf einmal jovial. »Sehen Sie sich Vera Modry genau an. *Quelle femme* – wie die Franzosen sagen. Um sie bekommen zu können, muss sie wieder frei sein.«

Cresper wiegte den Kopf. Das entsprach nicht dem, was er aus Clara Balthasars Verhalten hinsichtlich Singers Neigungen geschlossen hatte.

Hatzfeld zwinkerte aber schon.

Als er aus dem Schatten in die Sonne trat, wandte sich sein Chef noch einmal um. »Ich lasse den Scholl auf Montag, acht Uhr einbestellen«, rief er. »Schönen Sonntag!«

Cresper hob mechanisch die Hand zum Gruß. Seinen in der Kirche wieder so stark gewordenen Verdacht hinsichtlich des toten Tagelöhners hatte er nicht mehr zu äußern gewagt. Was hätte er auch seinem Chef sagen sollen? Außer dass er bei beiden Toten eine seltsame winzige Nasenverfärbung beobachtet hatte, von der er selbst nicht wusste, was sie bedeutete. Genauso wenig verfügte er über eine schlüssige Antwort, wie der Tote Scherb überhaupt in den Verbrechensplan passen könnte. Am Ende hatte Hatzfeld doch recht, und der alte Faulenzer war einfach in den Winterhafen getorkelt und ertrunken.

Die Uhr am Turm schlug halb zwölf. Er hatte jetzt keinen Kopf für das Gebabbel seiner Freunde beim Frühschoppen. Cresper ging einfach drauflos. Er brauchte Bewegung.

Clara trat auf trockenes Laub. Der Sommer war so heiß, dass viele Straßenbäume es schon früh abwarfen. Sie mochte dieses Geräusch, wenn die Blätter raschelten, als ob sie einander alte Geheimnisse zuzischelten.

Manchmal schien es ihr, dass die Sonntage die einzigen Tage waren, an denen sie frei atmen konnte. Mochte es nur daran liegen, dass sie sicher war, dass die Fabrication ruhte, kein Meister Regensburger, kein Lieferant noch Kunde etwas von ihr wollten, um das sie sich sofort kümmern sollte. Sie verdankte es sicher auch einfach der Luft in der Stadt. Am Sonntag standen fast überall die Maschinen still, waren die Feuer in den Essen niedergebrannt, rauchten die Schlote nicht mehr, sondern stießen nur noch ein paar Wölkchen über der Stadt aus. Wie ein Großvater im Sessel, der an seiner Pfeife zog und darüber eingeschlafen war.

Clara hatte ihren Großahn, der die Fabrication gegründet hatte, kaum gekannt. Doch hatte sich dieses Bild sonntäglichen Friedens nie verloren. Sie genoss den kleinen Spaziergang von der Stadtmission nach Hause. Die Andacht mit den vielen jungen Mädchen hatte sie nur darin bestätigt, wie wichtig es war, dass sie sich für die Erziehung der Frauen einsetzte. Wenn sie selbst eine Fabrication leiten konnte – das hatte sie ja wohl in den Jahren bewiesen –, warum sollten diese jungen Frauen nicht auch befähigt zur Berufstätigkeit sein?

Clara hörte Glocken läuten, auch wenn sie von hier keinen Kirchturm sah. Heute wurde in den evangelischen Kirchen für die Stadtmission gesammelt – und damit auch für das Heim für die durchreisenden Mädchen. Viele junge Frauen waren heutzutage unterwegs, zu Stellungen in Haushalten, zur Arbeit in Textilfabriken weitab vom elterlichen Dorf. Diese jungen Frauen, die von der Welt noch nicht viel gesehen und von den Fährnissen der Großstadt noch nichts ahnten, konnte man nicht einfach in einem Hinterzimmer im Hemshof übernachten lassen. Was dort vor sich ging, war der Moral eines Mädchens nicht zuträglich.

Clara bog in ihre Straße ein. Manchmal nahm sie gar nicht mehr wahr, wie eng gedrängt ihre Villa zwischen den Fabricationshallen und den Mauern der Nachbargrundstücke stand. Auch auf diesen waren die Wohnhäuser mit den Fabriken verwachsen.

Clara drehte ihren Sonnenschirm, den sie wie einen Stock benutzte, schaute zu, wie der Spitzenrand im Sommerlicht flatterte. War sie mit der Fabrication so verwachsen, dass sie sich nicht mehr vorstellen konnte, nicht jeden Abend, jeden Morgen, jede Nacht, wenn sie einmal aus dem Fenster schaute, die Hallen, die Lichter, den Rauch zu sehen? Je länger sie nachdachte, desto verführerischer, aber auch vernünftiger schien es ihr, weit außerhalb ein Grundstück für eine Villa zu erwerben. Warum eigentlich nicht in Dürkheim, wie es Volz erwog?

Vor dem Haus der Zinnobers saß ein junger Arbeiter am Straßenrand und reparierte das Rückrad seines Fahrrads. Hinter dem Hoftor bei den Pfannebeckers hörte Clara Hunde bellen. Die Nachbarn sicherten mit der Meute ihre Fenster- und Türenfabrik gegen Diebe ab. Es war zwar billig, aber Clara mochte keine Hunde, den Geruch von deren Kot schon gar nicht.

Der Arbeiter mit dem Fahrrad hatte gar kein Werkzeug neben sich liegen. Clara kniff die Augen zusammen, auf die Entfernung sah sie nicht mehr ganz so scharf wie noch vor zwei Jahren. Gab es das? Genau dieser junge Mann hatte doch am Morgen im Eingang der Nachbarn drei Häuser weiter gestanden und einen Weck gegessen. Sie erkannte ihn an dem schwarzen Haar, das so wunderbar seidig wie bei einem Kater glänzte.

Clara drückte den Rücken durch. Dieses Diebsvolk wurde immer dreister! Sie nahm ihren Schirm und schritt aus.

»Was wollen Sie hier?«, fragte sie und sah von oben auf zwei zerkratzte Knie in kurzen Arbeiterhosen.

»Sehen Sie doch. Ich habe einen Platten.« Der Mann hielt das Rückrad in der Hand.

»Sie waren doch heute Morgen schon hier!«

»Kann nicht sein, ich komm aus Mundenheim. Vorhin ist mir der Reifen geplatzt.« Der Mann seufzte und hielt ihr das Rad entgegen. Er grinste sie frech durch die Speichen hindurch mit sehr weißen Zähnen an.

»Lügen Sie mich nicht an! Ich erkenne Sie doch wieder. Heute Morgen haben Sie«, sie drehte sich um und zeigte mit dem Sonnenschirm zum Hauseingang der Pfannebeckers, »dort drüben Ihren Weck gegessen.«

Der Mann stützte den Unterarm aufs Rad. »Heute Morgen habe ich die Kaninchen hinten im Stall gefüttert, zu Hause in Mundenheim.«

»So?« Sie drohte ihm mit dem Schirm. »Erzählen Sie das dem Schutzmann.« Sie würde sofort telephonieren. »Landstreicherei ist verboten.«

»Sehe ich etwa wie ein Landstreicher aus?« Er breitete die Hände aus, sein recht sauberes Hemd leuchtete fast weiß.

Er stank auch nicht so. Schon lachte er, frech und frei. Charmeure aus dieser Gesellschaftsschicht waren erst recht gefährlich. »Ob Landstreicher oder nicht. Hier wird nicht nach Diebsgut spioniert«, sagte sie. Klare, harte Sprache war mit den Arbeitern das Beste, das lehrte sie die Fabrication. »Ich rufe jetzt die Polizei an.«

»Warten Sie!« Seine Stimme klang erschrocken. Er rappelte sich schnell auf.

»Fassen Sie mich nicht an!« Clara richtete sich hoch auf. »Oder ich schrei um Hilfe!«

Der Mann machte sofort einen Schritt zurück. »Oh Gott. Nein. Hören Sie doch!« Sein Blick wanderte über seine nackten Füße in den Sandalen. »Es ist bestimmt besser, wenn Sie –«

»Was kommt denn jetzt?« Clara legte so viel Hochmut als möglich in ihre Stimme.

»Ich drücke mich hier für die Polizei herum«, sagte er fast kleinlaut. Er schaute dabei über die Straße.

»Das ist absurd!«

»Glauben Sie mir. Es ist bestimmt besser, wenn Sie gleich den Sergeanten, der mich geschickt hat, fragen.«

Clara zuckte zurück. Natürlich, wie hatte sie so naiv sein können. »Cresper etwa?«

Er nickte nur, richtete sein Hemd im Hosensaum, das ein wenig links heraushing.

Das war doch die Höhe. Man spionierte ihr nach! »Was für einen Auftrag haben Sie von Cresper?«

»Ich soll auf Vera Modry aufpassen.«

Aufpassen? Clara fiel der Schirm gegen den Rock. Sie fing ihn geistesgegenwärtig auf. »Hat er etwa Angst, dass ihr etwas passiert?« Sie fühlte einen Stich im Magen. Clara hätte nie gedacht, dass sie und ihre Schwester in Gefahr sein könnten.

»Nein.« Der junge Mann steckte den Daumen in den Hosenbund. »Er will nur wissen, ob sie sich wieder mit jemandem trifft wie gestern auf der Parkinsel.«

Was sollte das denn nun heißen? War Vera gar nicht zur Modistin nach Mannheim gefahren? »Mit wem?«

Der Arbeiter blies kurz die Backen auf. »Ich weiß nicht, ob Cresper will, dass ich Ihnen das verrate.«

»Ich erfahre es sowieso von ihm.« Clara hob das Kinn. »Ich brauche nur bei ihm vorbeigehen und insistieren.«

Ein wenig zögerte der Kerl noch. »Mit dem Transportunternehmer Volz«, sagte er schließlich leise.

Claras Lippen öffneten sich, sie sog hörbar Luft ein, bevor sie wieder die Contenance wahren konnte. »Was will meine Schwester mit Volz auf der Parkinsel ...?«

»Das hat sich Cresper auch gefragt.« Der junge Arbeiter lächelte so impertinent wie ein rumänischer Graf, der Asta Nielsen ins Verderben riss.

Aber das war Cinematograph, nicht Wirklichkeit. Clara fasste sich an die Stirn. Den Sergeanten hatte sie als vernünftigen Menschen kennengelernt. Vernünftiger jedenfalls, als Vera es je gewesen war.

Clara stützte sich auf ihren Schirm. Sie mochte ihrer Schwester zugutehalten, so viel sie wollte, dass der plötzliche Tod ihres Schwagers ein Schock gewesen war, aber diese Liederlichkeiten waren nicht neu. Vera hatte immer mit den Männern gespielt, sich in deren Bewunderung gesonnt. Kokett veilchenduftende Briefchen versandt, die sie später ableugnete, wenn die düpierten Verehrer darauf zurückkamen. Clara musste es Cresper erklären, sofort. Es ging um den Ruf ihrer Familie. »Suchen Sie den Sergeanten für mich.«

»Ich soll hier nicht vor sechs Uhr weg.« Er wandte sich schon zu seinem Fahrrad zurück.

»Lassen Sie den Unsinn. Mit dem Fahrrad fallen Sie hier auf wie ein bunter Hund. Suchen Sie in der Stadt nach Cresper, ich muss ihn sofort sprechen.« Clara kannte diesen störrischen Blick von jungen Arbeitern. Aber auch das Allheilmittel dagegen.

Sie entnahm ihrer Handtasche das Portemonnaie. Der große Schein würde es richten. »Hier. Jetzt aber los. Ich übernehme dafür die Verantwortung.« Die Hand des Mannes zögerte noch. »Cresper wird Ihnen keine Vorwürfe machen, wenn Sie sagen, Sie kommen im Auftrag von Fräulein Clara Balthasar persönlich.«

Er griff zum Hinterrad.

Erstaunlich kräftige, aber feinfühlige Finger drehten an Schräubchen, bauten es so schnell wieder ein, dass Clara kaum Zeit für weitere Gedanken hatte. Er schwang das feste Knie schon über die Querstange. »Wo soll ich Cresper hinschicken, wenn ich ihn überhaupt finde?«

Clara deute die Straße hinunter zu ihrer Fabrication. »Zu mir. Er weiß, wo ich wohne. Fahren Sie!«

Der Arbeiter stemmte sich mit den Unterarmen auf den Lenker und trat an. Das Hinterrad drehte gar ein bisschen durch, ein paar Steinchen flogen unter den Straßenbaum ins Laub.

Sie sah ihm nach. Unverschämtheit, sie beschatten zu lassen. Cresper würde etwas zu hören bekommen. Und Vera auch. Was dachte sie sich nur bei solchen Escapaden?

Auf der Treppe zu ihrem Haus sickerte etwas durch ihren Verstand, das dort nicht hingehörte. Vera, die Blendende, Vera, die Bewunderte, Vera, der alle schöne Augen machten.

Die Tür fiel hinter Clara ins Schloss. Luzie hatte heute frei. Es war Sonntag. »Vera?«, rief sie nach oben und erschrak selbst über ihren strengen Ton.

Nichts. Sie zog an der Garderobe die Handschuhe von den Fingern. Das böse alte Gefühl, das sie sich so lange verboten hatte, nahm sie in Besitz. Öffnete ihr die Augen. *Du naives Kind, glaubst du wirklich, David Singer sei deinetwegen so gern ins Haus Balthasar gekommen?* Clara fuhr herum. Wer hatte das gesagt? Doch da war niemand, nur die Wanduhr in ihrem Salon schlug zwölf.

Dort hatte sie oft mit David Singer gesessen. Aber Vera war fast immer dabei gewesen.

Wie grauenhaft. So einfach war das.

Nun war ihre leichtfertige Schwester wieder frei. Schön und reich genug, dass der Makel der Witwenschaft nur zu gern übersehen wurde.

Von Leidenschaften hatte Cresper gesprochen, die selbst einen starken Willen übermannten. Natürlich würde David Singer nicht als Zeuge aussagen. Was sollte er sich auch selber denunzieren, als der, der sich an dem Abend Zugang zum Laboratorium verschafft hatte? Er hatte das wahrscheinlich einfach am Tage mit ihrem Schwager in der BASF vereinbart, beim Mittagessen. Was sonst als glühende Eifersucht konnte David Singer dazu gebracht haben, ihren Schwager zu ermorden? David Singer liebte ihre Schwester, nicht sie, wie Clara zu hoffen gewagt hatte. Singer hatte nur konsequent mit ihr gespielt, damit er Veras Nähe suchen konnte.

So wie Vera jetzt mit Volz spielte. Etwas anderes war doch gar nicht möglich … Clara tastete vor dem Salontisch nach der Stuhllehne, alles wurde so dunkel um sie herum, ihre Finger griffen ins Nichts …

Kapitel 35

DIE TOTEN AUGEN starrten auf ihn herab. Wenn die Figur der Bavaria nur sprechen könnte. Er wusste nicht einmal, wie lange er hier schon vor dem Jubiläumsbrunnen stand. Cresper war, als ob er noch die Minute zuvor mit Hatzfeld an der Kirche gestanden hätte.

Ein paar Sonntagsspaziergänger gingen durch die Parkanlage, achtlose Blicke streiften ihn, die Blumen zogen viel mehr Aufmerksamkeit auf sich. Sorgloses Geschnatter von den Bänken ... Cresper sehnte sich auf einmal nach dem heiteren Gefühl, wenn er ein paar Tage dienstfrei hatte und für eine Wanderung mit Freunden auf dem Bahnsteig wartete, wenn man über nichts sprach, was irgendeine Bedeutung über den Moment hinaus hatte, den Proviant verstaute, sich über Wanderkarten beugte ...

Vater Rhein goss sauberes Wasser aus seiner Urne, das nie versiegte. Cresper wippte auf den Absätzen, nickte der Steinfigur zu wie einem weisen Mann. Stoische Ruhe, das wär's. Cresper konnte nicht anders, er gab dem Drang nach, richtete die Schritte doch zum Winterhafen hin.

Die Hafenbahn fuhr sonntags nicht. Auch lagen weniger Schiffe im Hafenbecken als noch am dem Tag, an dem man den alten Scherb aus dem Wasser gezogen hatte.

Cresper setzte sich auf einen niedrigen Stein, die alte Straßenmarkierung mit den Entfernungen nach Mundenheim. Er legte die Hände auf die Knie und schaute hinüber zu den niedrigen Schuppen auf den Kais. Der Scherb hatte schwimmen können, war ein Großsprecher und Säufer, der sich als Handlanger durchschlug. So einer ging nicht freiwillig zum Winterhafen, wenn er dabei nichts verdienen konnte.

Cresper hob ein Kiessteinchen vom Boden, spielte damit in den Fingern.

Der Dicke, wie man den ominösen Präsidenten der Ringer im Hemshof nannte, verfügte über eine ganze Truppe kräftiger, verschwiegener Männer. Es war schwerlich denkbar, dass sich ein Krimineller dieses Kalibers mit einem schlecht gewaschenen

Tagelöhner abgeben sollte. Oder doch, weil den niemand vermissen würde?

»Verdammt!« Cresper warf die Steinchen weg, stand auf und wischte sich die Finger an der Hosennaht ab. Aber diese geweiteten Äderchen, wie ein winziges bläuliches Delta unter der Haut – sie ließen ihm keine Ruhe. Die Ausbilder in München waren immer wieder darauf zurückgekommen, dass man die Intuition ernst nehmen sollte. »Aber ein Gefühl taugt nicht zum Beweis …« Das war leider genauso wahr.

Cresper legte die Hand ans Kinn. Hatzfeld mochte recht haben: Vielleicht verrannte er sich wirklich.

Sein Fuß stand schon auf dem Hafengleis, da hielt Cresper inne. Was wollte er die zugekettete Tür des Schuppens der »Compagnie Luxembourgeoise des Charbons« anglotzen? Das brachte ihn nur noch mehr gegen diesen Unternehmer auf. Cresper wandte den Schritt. Hier in der lauen Luft am Rhein schien es ihm aberwitzig, dass er gestern noch eine Überrumplung des Unternehmers erwogen hatte. Auf den Kopf zusagen hatte er ihm wollen, dass er der Dicke sei. So gewiss war er sich einer verräterischen Reaktion des Unternehmers gewesen.

Er erreichte den Schatten, den die Rheinbrücke warf, über die oben eine Straßenbahn ratterte.

»Ich Idiot.« Was konnte er dem Schicksal dankbar sein, dass heute Sonntag war und er zur Kirche gegangen war.

Ausgelacht hätte ihn der Unternehmer. Cresper flüsterte sich zu, was der gesagt hätte. »Wegen der alten Feindschaft mit Ihrem Vater ruinieren Sie ihre Carrière? Beweisen Sie's einfach!« Er blieb im kühlen Schatten der Brückenverankerungen stehen, auch wenn es dort nach Pisse stank. Volz hatte seinen Vater ums Vermögen gebracht. Das machte ihn aber nicht zum Mörder. Leitete ihn der alte Hass auf diesen Mann, verblendete er ihn so, dass er Singers Schuld nicht sehen mochte?

Cresper lief weiter in den Sonnenschein hinter der Brücke. Über ihm querten hoch in der Luft eiserne Streben die Mühlstraße, die Lieferanlagen der Walzmühle ragten rechts von ihm hoch auf. Cresper betrachtete die neue Fassade, nach dem Großbrand vor sechs Jahren hatte man die Mühle wieder aufgebaut. Die Schauseiten waren aufwendig gestaltet, wie ein stolzer Gegenpart der arbeitenden Stadt zum Mannheimer Residenzschloss auf der anderen Rheinseite. Cresper hatte das Mehlmagazin noch nie richtig betrachtet: Sechs Geschoss hoch reichte es, zeigte symmetrische Blendziegel und eine stilisierte Pilastergliederung. Ein Schloss der arbeitenden Hand.

Cresper ging weiter. Aus dem neungeschossigen weißen Turm mit dem Schopfwalmdach ragte eine weitere Lieferbrücke über die Straße hinüber zu den niedrigen Verladeschuppen an der Rheinseite. Hier löschten Getreideschiffe gleich am Kai ihre Fracht.

Da war doch jemand hinter ihm. Unwillkürlich zog er den Nacken ein. Cresper sah sich um. Die lange Mühlstraße lag in sonntagmittäglicher Ruhe, die Luken an den Getreideschuppen waren geschlossen. Ob ihn in der Walzmühle jemand aus den Fenstern angaffte? Doch dort war sonntags kaum ein Mensch zu finden. Cresper brummte, ging weiter. Er war einfach zu nervös. Dass er hungrig war, machte es nicht besser. Tante Ruths Sonntagsbraten würde ihm guttun.

Da waren doch Schritte! Cresper wandte den Kopf, ein breitschultriger Mann mit grauem Haar kam ihm entgegen, nein rannte auf ihn zu! Das war einer der Ringer, kein Zweifel. Cresper lief schon los, immer an den niedrigen Schuppen entlang.

Sein Verfolger näherte sich schnell, er hörte ihn schon schnaufen. Cresper machte so große Schritte als möglich, fühlte die Anzugnähte spannen, rang um Luft im engen Sonntagskragen.

Eine Hand packte ihn an der Schulter, riss am Stoff, dass die Naht krachte, Cresper verlor den Tritt, sein Fuß knickte ein, der gebremste Schwung riss ihn auf die Knie, von links kam eine Faust und hieb ihm in die Rippen. Ein Schrei entfuhr ihm. Keine Luft … die Faust … oh Gott …

Arme packten ihn um den Leib, Cresper rang nach Atem, krallte seine Hände in das haarige Fleisch. Doch er wurde einfach hochgehoben wie eine Strohpuppe, sosehr er auch strampelte, mit den Hacken an die Knie des Mannes trat, der ihn zum Rheinufer hin zwischen die Lagerschuppen trug.

Wagons der Hafenbahn warfen Schatten, der Mann warf ihn zwischen die Schienen des Gleises, schmiss sich fest auf ihn. »So«, grunzte er nur.

Die Faust sauste durch die Luft. Cresper wand sich unter dem

Gewicht des Mannes nach links, seine Schulter prallte von der Wucht des Schlages an die Schiene. Ein heißer Schmerz durchzuckte ihn.

Cresper sah die Faust wieder hoch über ihm, schnellte mit dem Knie vor und traf doch nur den Schenkel.

»War's das?«, lachte der Mann dreckig, rammte ihm den Unterarm in den Magen unter den Rippenbogen, sodass Cresper alles vor den Augen verschwamm.

Ein haariger Arm fuhr ihm unter dem Genick entlang, klemmte seinen Nacken ein, die Brust des Mannes quetschte den letzten Atem aus ihm heraus. Nur ein breites Handgelenk sah er noch klar in einem milchig gelblichen Kreis, der Ringer holte aus. *Jetzt bricht er dir das Genick.*

Die Faust raste auf sein Kinn zu.

Verfehlte ihr Ziel. Ein dritter, vierter Arm rissen den Mann von ihm weg, legten sich um dessen Kehle, würgten, zogen ihn von den Knien in die Hocke zurück.

Cresper drehte sich halb um, rutschte näher, holte mit dem Knie Schwung und rammte es dem Mann in die Hoden, so fest er konnte.

Der Schmerzenslaut klang gequetscht, weil eine Hand dem Kerl den Mund verschloss und zwei Finger sich in dessen Augenhöhlen quetschten. »Hole was zum Zuschlagen, schnell!«

Die Stimme kannte er doch … Cresper rappelte sich auf, rutschte auf Knien und Hände über die Gleise, Schwellen, totes Laub, bekam einen Schotterstein zu fassen, zu klein, lieber den, der ist groß genug, der gehört zum Hafenkai … Cresper drehte herum, sah ein verzerrtes Gesicht, rot und nass vor Anstrengung. Schwarze Haare, Pfaff! Graue Haare, der Kerl …

Der Ringer stöhnte, bekam einen Arm frei, drückte sich aus den Hüften halb hoch, stellte einen Fuß auf, würde sich gleich ganz hochwuchten.

»Schnell!«, schrie Pfaff.

Grau, aufs Grau! Cresper holte aus, mit aller Kraft, sein Anzug riss in den Achseln, der Stein sauste auf den grauen Schädel herab. Der Ton klang dumpf, aber der Knochen barst nicht.

Die Spannung im Körper des Ringers verzuckte, er fiel aufs Gleisbett wie ein Sack.

»Deinen Gürtel. Mach, bevor er zu sich kommt!« Pfaff zog seine Beine unter dem Ringer weg, wälzte diesen auf den Bauch, riss schon dessen Arme auf den Rücken.

Cresper zog an seiner Gürtelschnalle, reichte Pfaff das Leder, kniete sich auf die Beine des Ringers.

Pfaff wand den Gürtel um die Arme. »Gott sei Dank hat einer mir schon beigebracht, wie man das richtig macht.« Er kicherte wie ein Mädchen. »Weißt du, wer das war?« Pfaff wischte sich den Schweiß aus der Stirn, tätschelte den Leib unter ihm auf die Schultern. »Genau der Alfons hier.« Er zog den verknoteten Gürtel fest. »Was machen wir bloß jetzt, Cresper?« Pfaffs Schultern fielen nach vorn. »Scheiße. Der hat mich bestimmt erkannt.«

Cresper keuchte. Er strich mit der Hand über Pfaffs Unterarm. »Erst mal schönen Dank.« Einen Moment ließ er den Kopf hängen, rang nach Atem. »Ohne dich wäre ich jetzt tot.«

Pfaff stand auf und streckte ihm einfach die Hand hin.

Cresper zog sich hoch. »Damit er sich nicht rächen kann, verhafte ich ihn jetzt und lass ihn gleich nach Zweibrücken in Festungshaft schaffen.«

Sie schauten auf den Ringer hinunter. Die Schultern des Mannes waren so breit und kräftig, der hätte einen Stier an den Hörnern zu Boden gebracht.

»Ist er tot?«, fragte Pfaff plötzlich leise.

Cresper fühlte nichts. »Selbst wenn, dafür gibt es keine Strafe. Das war Notwehr bei mir und Nothilfe bei dir.« Cresper kniete sich auf die Gleise neben den Körper. An der Halsschlagader des Mannes fühlte er ein schwaches Pochen. »Der Kerl hat Puls.«

»Wie schaffen wir ihn hier weg?« Pfaff ordnete seine kampfverdreckten Kleider.

Cresper spürte, wie bereits seine Haut auf Rücken, Brust und Rippen anschwoll.

»Stehen bleiben!«, schrie es von den Ladeschuppen her.

Pfaffs Augen weiteten sich.

»Keine Bewegung oder ich schieße!«, schrie eine raue Stimme.

Crespers Lippen verzogen sich zu einem Lächeln, immer weiter, er konnte das Lachen nicht mehr verhindern. Wenigstens einmal war die ganze Postenlauferei zu etwas nütze. »Behr!«, rief er. »Der Herrgott schickt Sie.«

»Sergeant ...« Seinen Namen verschluckte der Schutzmann ganz vor Schreck.

»Richten Sie Ihre Waffe lieber auf den Schurken da vor meinen Füßen. Er kann jeden Moment aufwachen. Du, Franz, läufst zum Brückenposten, der soll Alarm geben.« Cresper zeigte zu den Wagons, hinter denen man das Stahlgerüst der Rheinbrücke gerade noch erblickte. »Danach versteckst du dich bei deinen Leuten.«

Behr schaute groß, hielt aber den Dienstrevolver auf den Ringer gerichtet.

Pfaff schluckte, fasste Cresper an die Schulter. »Du musst den Dicken kriegen, sonst bin ich am Arsch.«

Cresper drückte ihm die Hand. »Verlass dich drauf.«

Es war eigentlich kein Lächeln, das über Pfaffs schlecht rasiertes Gesicht huschte, es war kaum verhohlene Furcht. Cresper fühlte plötzlich die drückende Hitze über der Stadt, hörte wieder die Bahnen auf der Brücke donnern. »Wie hast du mich eigentlich gefunden?« Er hatte doch selbst nicht gewusst, dass er hier spontan an der Walzmühle entlanglaufen würde.

Pfaff hielt sich die Hand auf die Rippen, seine Wangen zuckten. »Deine Tante hat mir gesagt, du wärst beim Frühschoppen im Lindauer Hof, aber dort warst du nicht.«

Gestern hatte Pfaff noch auf Heimlichkeiten bestanden, jetzt klingelte er am helllichten Sonntag an seiner Tür? »Warum hast du mich gesucht?«

»Die Balthasar, der die Fabrik gehört, hat mich erwischt, wie ich vor ihrem Haus herumgelungert bin. Ist halt passiert.« Franz hob die Schultern.

Crespers Blick fiel auf seine völlig verdreckten Schuhe. Wenn Pfaff nicht gekommen wäre, läge er selbst jetzt mit gebrochenem Genick dort zwischen den Gleisen, wo der gefesselte Ringer leise stöhnte.

»Die Balthasar hat mich persönlich geschickt, sie will dich sofort sprechen, Paul.«

»Die Verstärkung kommt schon!«, rief Schutzmann Behr.

»Persönlich?« Das konnte nur heißen ... »Benachrichtigen Sie Hatzfeld. Ich ziehe mich um und komme auf die Wache.« Allerdings erst nach einem Besuch bei der Fabricantin. Jetzt konnte er die Schwestern nicht mehr schonen, nicht nach dem Überfall. »Und jetzt, Franz, bring dich in Sicherheit!«

Kapitel 36

ALS ER KÜCHENDAMPF, Bier und Sonntagsbraten roch, in der halb leeren Wirtsstube beim Wacke Michel, und den alten Gustav auf seinem Stammplatz am ersten Tisch sitzen sah, überfiel Franz eine Müdigkeit, die so groß war, dass er sogar blinzeln musste. Seine Beine wurden schwer, die Frau vom Wacke Michel hinter dem Tresen schwankte vor seinen Augen, als ob er viel gesoffen hätte.

»Wer hat dich denn so zugerichtet?« Der alte Gustav hob die knochige Hand und winkte ihn an seinen Platz. »Trink einen mit mir.« Er machte schon Zeichen zur Wirtsfrau. Gustav ließ nichts aus, wenn es Neuigkeiten gab, die er zuerst erfuhr.

Franz sackte einfach auf den freien Stuhl neben dem alten Mann. »Schönen Sonntag«, sagte er leise und schloss die Augen. Er hatte nicht gewartet, bis die Schutzleute den Ringer mit einer Fußkette gesichert hatten. Einen Händedruck hatte er noch mit Cresper getauscht, der mit Befehlen an seine Leute nur so herumgebellt hatte. Nichts wie ab, heim in den Hemshof.

»Heute wird doch gar nicht geschafft in der Anilin«, nuschelte der alte Gustav. »Hast du dein Maul wieder nicht halten können?«

Franz griff erst einmal zum Aktienbräu, das ihm die Wirtin auf den Tisch stellte. »Das sieht aber gar nicht gut aus.« Sie ließ das Tablett sinken und beugte sich zu ihm. Ein besorgter Blick strich über sein Ohr und seinen Nacken. »Du hast ja geblutet.«

Unter der Decke hingen gelbe Lampenschalen. Franz wusste nicht, was er sagen sollte. Er schluckte einfach weiter Bier. Je weniger Leute jetzt schon mitbekamen, was passiert war, desto länger hatte er ein bisschen Ruhe, bevor er sich verstecken musste. »Kann schon sein.«

Der alte Gustav reckte den faltigen Hals und zog sogar eine Haarsträhne von Franz' Ohr weg. »Wo hast du dich so im Dreck gewälzt, dass die Supp ganz klebt?«

Die Wirtin stemmte die Hände in die Hüften. »Ist schon wieder Zores in der Stadt?«

Die paar Sonntagsgäste an den zehn Tischen im Schankraum

klirrten mit den Bestecken auf dem Porzellan, der friedliche Augenblick tat ihm gut. »Kann sein.«

»Dann haben dich die Roten verwamst. Hab ich es mir doch gedacht!« Gustav schob sein Bierglas von sich. »Der Oberhetzer von denen, der Haupt, rennt schon seit drei Tagen nur von einer Versammlung zur andern.«

Die Wirtin nahm das Tablett vom Tisch. »Die Ludwigshafener Bevölkerung haben sie zum achten August aufgerufen, und wer geht hin? Nur die, die sowieso so rot sind wie mein Rübensalat. Dabei würde es nicht schaden, wenn auch die anderen Leute sich mal interessieren täten, was in den Fabriken los ist.« Die Wirtin blickte durch den Saal, sah jemanden winken und ging die Bestellung aufnehmen.

Franz war es recht, dass sie ihn in einen Händel verwickelt glaubte. Vielen Streikposten saßen die Fäuste locker, und bei den Ordnern bei den großen Versammlungen war das nicht anders. Schon gar nicht, wenn kein Schutzmann in der Nähe war. »Ich höre mir halt nicht gern an, wenn mich einer verkohlt.«

»Die Roten schreiben in ihrem Hetzblatt, was ihnen gerade einfällt. Die Anilin schreibt dann wieder dagegen.« Gustav winkte ab. »Die eine sagen, das ganze Werk ist eine Giftküch, die anderen halten dagegen, dass auf tausend Arbeiter in der Anilin-Krankenkasse nur viereinhalb abkratzen, wo aber in der Ortskrankenkasse Ludwigshafen auf tausend über sechs Männer ins Gras beißen.«

Franz war der Streik wurscht, so schnell ging er sowieso nicht mehr ins Werk schaffen, wo gleich vier von den Ringern in seinem Betrieb schufteten. Wenn der Präsident Wind davon bekam, wer den Alfons erledigt hatte, dann gute Nacht, Käthchen. »So ist es«, sagte er langsam. »Die reden, was sie wollen, und wir sollen es glauben.« Um einen Spruch war er nie verlegen. Wenigstens dämpfte das Bier die Schmerzen in seinem Kreuz.

»Die Revolte im Oleum-Betrieb ist bestimmt auch nur ein Hirngespinst von denen Schreiberlingen. Das hätte ich doch gehört, wenn da was dran wäre. Hundert Leute rennen aus einem Werk von jetzt auf gleich, das hat es noch nie gegeben.« Gustav hob den dürren Zeigefinger. »Das wüsste ich.«

»Die übertreiben immer alles.« Sollte der Alte sich aussuchen, wer *die* waren.

»Der Hengsbach, der im Parteibureau kassiert, erzählt sogar, du hättest zehn Mark in die Streikkasse eingezahlt.«

Franz verschluckte sich am Bier. »Spinnt der?« Scheiße, damit hätte er rechnen müssen, dass das fette Schlappmaul damit angab und es nicht für sich behielt.

»Ich sag doch, die lügen alle wie gedruckt und drucken ihre Lügen auch noch.« Der alte Gustav wischte ein paar Biertropfen vom Tisch.

Franz schüttelte den Kopf. Die Wirtin schleppte ein Tablett mit Bier vorbei.

Das hieß aber, dass Helma bestimmt auch davon gehört hatte. Vielleicht schindete es doch Eindruck bei ihr, um die zehn Mark war es ihm nicht schade. Was er noch bei Cresper verdient hatte, lag jetzt sicher bei der Städtischen Sparkasse. Wenn Helma sich doch erweichen lassen würde, dann war es Zeit, dass sie Ernst machten. Eine andere wollte er sowieso nicht. Wenn sie Nein sagte, konnte er das Geld immer noch raushauen.

Die Wirtin blieb wieder am Tisch stehen. »Das gefällt mir gar nicht, der ganze Dreck in deinen Wunden. Eine Blutvergiftung am Kopf, das wird bös.« Sie winkte mit dem Daumen zum Tresen. »Ab in die Spülküche.«

Der alte Gustav legte ihm leicht die Hand an die Schulter. »Wenn dem Wacke Michel seine Frau was in ihrer Wirtschaft will, dann machst du das. Ab mit dir.«

Franz erhob sich. Irgendeinen Saukram wollte er sich nicht einhandeln. Die Wunde tat zwar nicht arg weh, aber hinter sein Ohr konnte er ja nicht gucken.

In der Spülküche stand in der Ecke eine Bank vor einem Tisch. Die Wirtin ließ Wasser in eine Schüssel laufen, ein Küchenjunge stapelte am Stein Teller für Teller auf.

»Halt mal still.« Sie rieb Franz mit einem Waschlappen über das Haar. »Man meint gerade, du hättest dich in einer Sandkaut gewälzt wie mein kleiner Bub.«

Die kloppten sich auch schnell, nur war es nie ernst. »Die Stadt ist halt dreckig.« Er hatte nicht einmal eine Vorstellung, wo heute die Versammlung der Streikenden abgehalten wurde.

Die Wirtin tupfte mit dem nassen Lappen über seine Kopfhaut. Es brannte richtig, er zog pfeifend die Luft ein.

»Da ist ein Stück Haut geplatzt.« Das Wasser in der Schüssel färbte sich rot. Die Wirtin wrang den Lappen wieder aus. »Da babben wir ein Pflaster drauf. Michel hat so Zeug drüben in der Schreibstube.« Sie trocknete sich die Hände an der Schürze ab.

»Danke«, sagte Franz. Sein Kopf tat schon weniger weh.

»Was gemacht werden muss, wird gemacht.« Die Wirtin strich ihm über das Haar. »So ist es im Hause Wack schon immer gewesen.« Sie ging hinaus.

Der Spüljunge linste herüber. Als er den nächsten Stapel Geschirr von der Durchreiche an den Spülstein trug, sah Franz erst, dass er ein lahmes Bein hatte.

Der feuchtwarme Dunst machte ihn schläfrig. Das Bier konnte es doch nicht sein, das dämpfte den Schmerz in den Gliedern …

»Gut, dass du kommst, Helma.« Die Wirtin blieb mit der Hand an der Türklinke im Gang stehen.

Sonst war die doch nicht um diese Zeit im Gang hinter der Wirtschaft zu finden. »Was ist denn los?« Helma stellte den Korb mit den gebügelten Küchentüchern vor der Schreibstube ab.

»Ich habe die Wirtschaft voll, der Michel steht in der Küche und flucht wie ein Lumpesammler, weil die Teller nicht rausgehen.« Sie reichte ihr ein Bastkörbchen mit Verbandszeug und lächelte plötzlich. »In der Spülküche wollte ich grad einen verarzten, den du kennst.«

Eigentlich hatte Helma keine Zeit, weil sie Hildegund versprochen hatte, für die Streikführung das Parteilokal zu richten. Aber der Wack konnte sie die Bitte nicht abschlagen. »Wer?«

»Schau selber.«

»Die Braten müssen raus! Herrgott noch emol!«, schrie der Wacke Michel aus der Küche. »Nichts wie babbeln könnt ihr Weiber.«

»Alter Zorniggel.« Die Wirtin verschwand schon in der Tür, aus der Bratenduft zog.

Helma nahm das Bastkörbchen, wandte sich um und ging zur Spülküche.

»Ach!« Da saß ja Franz, die Beine unter dem Tisch ausgestreckt, im Stuhl, der Kopf war schräg in den Nacken gefallen. Schlief er?

Herrje, der Lappen an der Schüssel war ja blutrot! Die Wack hatte nicht übertrieben mit dem Verbandszeug.

Aber nur der Spüljunge hörte sie. Er schaute sie mit braunen Augen an, die schon ein bisschen arg sehnsüchtig dreinblickten für einen Vierzehnjährigen. Er vergaß sogar den Teller in seinen Händen. Männer waren doch alle gleich, ob jung oder alt.

»Geh mal raus, ich muss mit dem da reden.« Helma ließ keinen Zweifel aufkommen, dass sie es ernst meinte. »Die Wirtin kann dich in der Küche brauchen.«

Der Spüljunge gehorchte und hinkte hinaus.

Sie ging zur Bank und lehnte sich mit der Hüfte an den Tisch. »Franz?«, fragte sie leise. Eine rote Kruste hatte sein schwarzes Haar verklebt. Die Wirtin hatte ihm wohl den Kopf abgewaschen, seine Jacke und die Hosen starrten vor Dreck und Flecken wie von Gras oder Erde. Wo war er bloß herumgerutscht? Sie setzte sich vorsichtig auf die Bank neben ihn. »Franz?«

Er brummte leise. Sie nahm ein Stück Mull aus dem Körbchen. Am besten wären ihre Haarnadeln, das würde halten. Einen großen Wickel würde Franz sowieso nur wieder abreißen.

Sie drückte das Mullstück vorsichtig auf die Wunde. Er schlug seine Augen auf, der Schmerz weckte ihn wohl.

»Helma!« Er fuhr hoch, packte ihre Hand, blinzelte, als ob sie ihn mitten in der Nacht aus dem Schlaf gerissen hätte.

Sie drückte ihn an die Lehne zurück und zog eine Haarnadel aus ihren aufgesteckten Haaren und stach damit das Mullstück fest. »Was machst du denn für Sachen?«

»Nie wieder.« Sein Blick suchte ihren.

Sie wich ihm aus. Das passte zu Franz, dass er, wenn er schon nicht streiken wollte, sich doch nicht raushielt und sich anlegte. Selber schuld, was schlug man sich mit den eigenen Leuten statt mit den andern? »Mit wem hast du dich gekloppt, mit den Ordnern?«

»Nein.«

»Nicht?« Helma fischte noch eine Nadel aus ihrem Haar. »Mit den Streikposten? Heute wird doch gar nicht im Werk geschafft.« Bewacht wurde es trotzdem, weil die Direktion neu angeworbene Leute schon am Sonntag reinschaffte. Bis in den Odenwald schickten sie ihre Werber inzwischen, weil in der Pfalz keiner mehr auf sie hereinfiel.

»Nein. Ich würde mich mit denen nicht schlagen.«

»Ausgerechnet du! Der Quasselkopp von Hengsbach erzählt, du habest der Streikkasse zehn Mark gespendet. Ich hab schallend gelacht.«

»Habe ich aber.« Franz zeigte seine Zähne, die so weiß waren wie die Mullbinde auf seinem Kopf.

»Du hast mir doch vorgerechnet, was dich der Streik kosten würde …« Sie kam nicht weiter.

Franz streckte das rechte Bein besonders lang aus und fischte in seiner Hosentasche. »Hier.« Er legte ihr ein zerknittertes Papier auf den Schoß.

Helma kannte die feinen blauen Linien auf der Quittung gut genug, sie war schon oft sammeln gegangen. Er hatte wirklich gespendet. Sie zögerte. »Warum?«, fragte sie dann.

»Deinetwegen.«

»Mir zulieb?«

»Damit du nicht denkst, ich bin dagegen, wenn …«

Helma steckte mit der nächsten Haarnadel das Mullstück fest. »Wenn was?«

Er wich ihrem Blick aus und drehte den Kopf von links nach rechts, als ob unter dem Tisch ein Knopf entsprungen sei, den er suchte. »Wenn die Arbeiter um ihre Rechte kämpfen«, murmelte er.

»So? Warum hast du dann Streikbrecher gespielt?«

»Wegen uns. Wir brauchen das Geld.«

Jetzt begriff sie. »Schieb mich nicht vor. Ist es das Spitzelgeld von Cresper?« Sie legte die flache Hand auf die Quittung. »Hast du dich doch geschämt.«

»Jetzt höre mal zu.« Er nahm sie mit beiden Händen bei den Schultern. »Glaubst du, dass ich mich freiwillig im Dreck wälze und Kopf und Kragen riskiere? Morgen kannst du es in der Zeitung lesen.« Er ließ sie wieder los. »Vielleicht glaubst du es mir dann.«

Seine Stimme klang seltsam. Müde, bittend, fast so wie ein Junge, der weiß, dass Mutter den Brotschrank schon abgeschlossen hat. Helma würde es so gern glauben. Sie sah ihn von der Seite an. »Du hast wirklich nicht gegen uns gespitzelt?«

»Nein«, sagte er gedehnt. »Wie oft soll ich es noch sagen?«

Zehn Mark waren viel Geld. Ein halber Wochenlohn. Es musste ihm arg schwergefallen sein, stolz war er, der Franz. Sie rückte an ihn heran. Es war ihr so viel lieber, dass sie nicht mehr böse auf ihn zu sein brauchte. »Tut es sehr weh?« Sie streichelte sein Gesicht.

»Jetzt nicht mehr.« Er legte den linken Arm um ihre Hüfte und zog sie von der Bank auf seinen Schoß. Seine braunen Augen verschlangen sie fast.

Sie hielt sich an seiner Schulter fest. Er zuckte ein bisschen. »Die haben dich richtig verdroschen?«

»Der hat gekriegt, was er verdient hat.« Franz strich ihr mit der flachen Hand über den Rücken, drückte sie an seine Brust.

Helma berührte seine Wange. Am liebsten hätte sie ihn jetzt ganz fest an sich gedrückt. Sie streifte mit ihren Lippen seine Stoppeln, fand den Mund und küsste ihn sanft.

»Helma.« Franz hatte die Augen geschlossen, ein bisschen schimmerte es feucht in den Winkeln. »Meine Helma«, brummte er.

So sah er nicht, dass sie sich genauso freute und zwei Tränen rollen ließ. Sie hatte ihn mehr vermisst, als sie es sich hatte eingestehen wollen. Der dumme Bursch. Er zog sie noch fester auf seinen Schoß, sie spürte, wie er unter ihren Oberschenkeln hart wurde. »Du bist ja schon wieder ziemlich gesund«, flüsterte sie.

»Erst wenn das nicht mehr geht, ist dein Franz richtig tot.« Seine dunkelbraunen Augen sogen sie ganz in sich auf, sein weißes Lächeln strahlte.

Helma stupste seine Nasenspitze mit ihrer. »Ich merk's mir.« Dann fanden ihre Lippen wieder zueinander, und die Zeit hörte auf zu sein.

Kapitel 37

SIE EXISTIERTE – sie war Clara. Und fühlte doch nichts; entgrenzte Ewigkeit.

Ein Atemzug rann durch sie, schrumpfte die Unendlichkeit auf ihren Körper zusammen. Ein zweiter brachte die Schmerzen in ihren Gliedern zurück, ein dritter verwandelte die Stille in Geräusch, in Worte gar.

»... der Herzschlag ...«

Stöße an ihrer Brust.

»... ist sie tot?«

»Oh Gott ... Clara, stirb mir nicht unter den Händen, bitte ...«

Stimmen, die sie einmal kannte ...

»Sie bewegt sich!«, schrie eine Frau auf.

»Ja, atme, Clara, atme!«, keuchte ein Mann, dessen heiße Hände sie auf ihren fühlte.

Etwas strömte in sie ein, ein Lebensimpuls, als ob es dieses Träge um sie herum gar nicht gäbe, das auf einmal von ihr abglitt, wie Wasser, aus dessen Tiefe sie emporschoss, benommen noch von diesem Elan ...

»Sie schlägt die Augen auf.«

Sie war Clara Balthasar und lag auf der Chaiselongue ihres Salons.

»Sieht sie uns?«

Ihre Schwester klang voller Beunruhigung ...

»Clara?«, fragte ein Mann.

Singer! Wie kam er an ihre Seite, hier in ihrem Haus? Ein Impuls durchfuhr ihren ganzen Körper, sie richtete sich auf, stützte sich ab, ein heißer Schauder überlief sie, als sie aufschrie: »Nein!«

Seine schwarzen Augen schimmerten unter einem feuchten Schleier, sein Mund formte das schönste Lächeln der Erleichterung. »Clara, Gott sei Dank!«, sagte er leise. »Ich fürchtete schon, ich verliere dich.«

Clara überließ sich dem rasenden Atem, der ihrem pochenden Herzen kaum zu folgen vermochte. Mit jedem Stoß Luft wuchs die Kraft in ihr, kehrte die Erinnerung zurück. Sie war ohnmächtig geworden.

»Du lebst …« Vera stand am Schreibtisch, die eine Hand auf die lederne Ablage gestützt, die andere vergraben in den blonden Locken. Angst, blanke Angst stand in ihren Augen.

»Fassen Sie mich nicht an!« Clara gewann mit jedem Wort Kraft und Stimme zurück. »Was wollen Sie überhaupt hier?«

Singers Hände zuckten von ihren zurück, er ballte Fäuste, die er an seiner Brust barg.

»Kein kaltes Wasser, kein Riechsalz, nichts half. Du hast wie tot im Wohnzimmer gelegen. Ich fand keinen Puls.« Vera trat einen Schritt näher. »Ich habe Doktor Singer angerufen.«

»Sie waren sehr lange ohnmächtig. Legen Sie sich bitte wieder in die Kissen.«

»Nein.« Clara drückte sich weiter hoch, zog die Knie an, drehte sich in die Kissen, sie saß schon halb. »Verlassen Sie mein Haus.«

Singer holte in einer Weise leise gurgelnd Atem, dass es wie ein Schmerzenslaut klang. Der wässrige Schleier in seinen Augen wurde dichter. »Clara, bitte …«

Diese todtraurigen Augen hätten einen Stein erweichen können und waren doch nur die Künste eines Dämons. Sie presste die Lippen aufeinander. »Gehen Sie!«

Er wandte rasch den Kopf zu ihrer Schwester. »Frau Modry, lassen Sie uns bitte einen Augenblick allein.«

Vera zögerte, ließ ihre Hand an der Ablage entlanggleiten. Ihr Blick sprang von Singer zu ihr, zum Bureautisch.

»Einen Moment nur, bitte.« Singer stand auf, breitete die Arme wie ein Todesengel aus. »Sie ist noch nicht ganz bei sich, glauben Sie mir.« Er schob Vera an der Schulter zur Tür.

»Nein, Vera, nicht …«, rief Clara trotz der seltsamen Schwere, die sie erfasste.

»Sie ist noch verstört, die tiefe Ohnmacht …«

Ihre Schwester warf einen Blick zu ihr herunter auf die Chaiselongue, doch Singers Schulter verbarg sie schon, die Tür klinkte ein. Vera war nicht standhaft, noch nie gewesen. Warum erhoffte Clara es jetzt von ihr? Sie fühlte sich verlassen und einsam wie niemals zuvor.

Singer drehte sich langsam an der Tür zu ihr hin, seine Dämonenschwingen sanken, die Arme fielen fast wie leblos an seinen schmalen Leib. Er sah auf seine Hände, die langen Finger.

Er stürzte auf sie zu, Clara riss die Arme schützend vor ihren Kopf. Nicht so sterben …

»Clara, hör mich an!« Doch er war nur auf die Knie gefallen, neben die Chaiselongue, seinen Kopf barg er auf den Händen am Polsterrand.

Sein Haupt drückte an ihre Taille. »Was soll ich mir von dir anhören, noch mehr Lügen?« Sie hörte sich ihn duzen, sie fand die Kraft nicht mehr für ein *Sie*. »Lügen, wie du sie dem Sergeanten aufgetischt hast?«

Der weiße Nacken unter dem ausrasierten Haaransatz bebte. »Die Wahrheit kann mir niemand glauben, weil sie wie eine hilflose Lüge klingt.«

Clara sah seinen ausgestellten Fuß, damit er nicht kippte wie in einer italienischen Oper der Held. Nur dass der Tenor diese Arie geschmettert hätte. »Was ist so schwer daran, Eifersucht zu verstehen?«

Sein Kopf hob sich, sein feiner Mund stand offen, er schüttelte nur den Kopf, eine Strähne war ihm in die Stirn gerutscht. Die dämonischen Augen spiegelten tiefe Verzweiflung vor. »Ich war eifersüchtig, ja, auf jeden, der mit dir sprechen durfte.«

Ein grelles Lachen, das gar nicht aus ihrer Seele allein, sondern aus den Tiefen der Zeit von allen Ahninnen gemeinsam gelacht wurde, warf ihren Kopf bis in den Nacken an die festen Polster. Was für ein Abgrund … »Mit mir? Niemand anderes als Vera hat dich je interessiert.«

»Nein, Clara.« Er richtete sich weiter auf den Knien auf.

»All die Besuche zum Tee, der Literaturzirkel«, flüsterte Clara heißer, »nichts als Versuche, meine Einladungen zu nutzen, um ihr nahe zu sein.«

»Nein, Clara.« Der Dämon schüttelte langsam das Haupt.

»Alle Männer, die je in diesem Hause verkehrt haben, alle haben Vera verehrt, sind ihr nachgelaufen, haben ihr Geschenke gemacht.«

»Nicht ich.« David Singer sank auf seine Fersen zurück.

»Warum solltest du eine Ausnahme sein?«

»Weil ich dich liebe, Clara. Dich.« Seine Stimme war klar und tief, frei jeden Untertons. Konnte ein Dämon solches bewerkstelligen?

»Ich habe dich von Anfang an geliebt. Du bist schöner, klüger, reifer, als es Vera je sein wird.« Er legte den Kopf etwas schräg.

Clara wusste nicht mehr, was sie denken sollte. Ihre Seele fühlte, dass eine andere sich vor ihr preisgab. David offenbarte seine ganz.

»Ich hatte gehofft, dass mein stilles Werben dich gewinnen könnte, dein Desinteresse an mir wenden …«

»Desinteresse, oh David, wie kannst du so etwas glauben?« Clara traten die Tränen in die Augen. »Ich hatte nie gewagt, das, was ich für meine erträumten Einbildungen gehalten habe, als ein wirkliches Zeichen von Zuneigung zu deuten.«

Er griff ihre Hand, sein Kinn bebte. »Clara, ich war so verzweifelt, weil jedes andere Handeln – wenn ich etwas anderes getan hätte, als über die schreckliche Nacht zu schweigen –, jedes andere Handeln hätte nur dazu geführt, dass ich dich auf immer verliere …« Er ließ den Kopf sinken, ein Schauder überlief seine Schulter. »Ich habe deinen Schwager nicht getötet. Die Wahrheit ist: Ich konnte ihm nicht mehr helfen«, sagte er leise.

Clara war es, als ob ihre Glieder mit glühendem Blei ausgegossen würden. Verband man deshalb Justitia die Augen, weil die Wahrheit zu schrecklich war, wenn man ihrer ansichtig wurde? Sie hatte nicht einmal die Kraft, ihre Hand unter seiner wegzuziehen. Aber wollte sie es überhaupt noch? »Soll das heißen, du hast ihn in jener Nacht gesehen?«

»Ja. Er lag vor dem Tisch in eurem Laboratorium ausgestreckt.«

Claras Verstand fügte Erinnerungen, als sie dort mit dem Sergeanten aufgeräumt hatte, die vielen zerbrochenen Glaskolben, die verstreuten Farbpulver, zu einem Bild. »Das gescheiterte Experiment etwa?«

David presste ihre Finger. »Davon weiß ich nichts. Er lag in dem Chaos. Ich sah eine Wunde an seinem Schädel. Er war bereits tot. Ich konnte nichts mehr für ihn tun. Und dann …« Er sah zur Tür und führte seine Zunge an seiner Lippe entlang. »Glaube mir, bitte.«

Clara beugte sich vor. »Was ist dann geschehen?«

»Jemand hat mich von hinten überwältigt, mir ein in Äther getränktes Tuch auf die Nase gepresst. Ich erschrak furchtbar und ließ mich hinsinken, halb benommen, ich habe versucht, nicht mehr zu atmen …« Seine Schultern senkten sich, er schloss wie erleichtert die Augen.

Claras Verstand fügte weitere Steine zusammen, rückte sie aufeinander zu. »Aber warum bist du überhaupt zu meinem Schwager in die Fabrication gekommen?«

»Was marterst du mich noch immer?« Sein Kinn bebte. »Du hast mich doch rufen lassen, Clara. Deinetwegen bin ich gekommen.«

»Meinetwegen?« Clara schlug die Hand vor den Mund.

Aus seinem rechten Auge lief eine Träne über seine Wange. »Und deshalb wollte ich dich schützen. Ich konnte nicht einfach wieder davonlaufen und so tun, als ob ich den armen Modry nie gefunden hätte, als …« Er wischte die Träne mit zitternden Händen weg. »Clara. Es macht mich wahnsinnig, dass ich bis heute nicht enträtseln kann, warum du der Polizei verschweigst oder verschweigen musst, dass du mich gerufen hast. Oder ist das am Ende gar nicht wahr?« Sein Blick flackerte.

»Ich habe dich nicht rufen lassen.« Sie näherte ihr Gesicht dem seinen. »Das ist völlig absurd, David. Selbst wenn ich von der Verletzung meines Schwagers etwas gemerkt hätte, Hilfe aus der Nachbarschaft wäre schneller zur Stelle gewesen.«

Singers schwarze Augen verschlangen sie. »Ich war mir einfach nicht sicher, ob du deine Mitwisserschaft verbergen musst.«

»Meine Mitwisser …?« Das Wort erstarb ihr auf den Lippen, so ungeheuerlich …

»Aber wer hat mir sonst den Tagelöhner geschickt? Diesen Mann, der mich im Hemshof aufgespürt und ganz aufgeregt in deinem Namen pressiert hat, ein delikates Unglück sei geschehen und ich müsse sofort zu dir in die Fabrication kommen.«

»In meinem Namen?«

»Ja. Sonst hätte ich niemals die arme Johanna halb versorgt liegen lassen, nur um zu dir zu eilen.«

Es gab ihr einen Stich, doch eine andere Wunde klaffte weiter und weiter auf. »Hilf mir aufstehen.« Sie zog sich an seinem Arm hoch. Die seltsame Ruhe, die sie ergriffen hatte, übertrug sich auf David.

Einen Augenblick stützte sie sich schwer auf ihn, fand an ihm Halt. Sie sahen sich lange an. »Nur *ein* Mensch kann erraten haben, dass du für mich alles tun würdest.«

Dann sprach Clara aus, was sie beide dachten.

»Vera!«

Mit jeder Treppenstufe hinunter vergaß sie die Mühe, die es ihr machte. David war dicht hinter ihr, seine Anwesenheit stärkte sie. »Vera.«

Schritt für Schritt sah sie die schlanke Gestalt ihrer Schwester deutlicher. Vera hielt sich aufrecht in ihrem schwarzen Kleide, die Hände hinter sich an den Salontisch gestützt. Die stolze Vera, die verwöhnte Vera, in deren blassem Witwengesicht der Trotz der Kindheit aufschien. Warum sagte sie nichts?

»Vera!« Clara lief in den Salon. Ihre Schwester drehte den Kopf zur Wand mit den Familienporträts. Darunter auf dem Sofa saß Richard Volz, die Beine breit ausgestellt, den rechten Arm auf der Sofalehne.

»Sie also«, sagte David hinter Clara. Er blieb mit ihr vor dem Salontisch stehen.

»Überrascht, Singer?« Der Unternehmer im dunkelgrauen Anzug schnippte etwas vom Samt.

Clara hatte nur Augen für das Portrait ihres Vaters an der Wand über dem Sofa. *Du hast deine Tochter gekannt, gewusst, dass sie leichtfertig ist. Du hast nur nicht geahnt, wie verdorben sie ist, sonst hättest du ihr im Testament nicht mehr als den Nießbrauch am Vermögen gelassen.* Clara ließ es zu, dass ihre Lippen wehmütig zuckten.

Dieser herausfordernde Blick ihrer Schwester, den sie David zuwarf, sie, die ihn fast vernichtet hätte. Clara fuhr herum, sie streckte den Arm von sich weg zu Volz. »Du hast Joseph Modry nie heiraten wollen, sondern ihn.«

»Mich hätten Sie doch als Mann Ihrer Schwester nie akzeptiert.« Volz sprang aus dem Polster, ging langsam durch den Salon. »Ein Fuhrunternehmer, schnell reich geworden zwar, von dem man in der Stadt aber nicht einmal genau zu sagen weiß, aus welchem Hause er eigentlich stammt. Jedenfalls aus keinem guten, nicht wahr?«

Clara hatte nie etwas auf Klatsch gegeben. Doch wie recht hatten die Leute damit. »Die Fabrication braucht einen Mann aus der Chemie für das weitere Fortkommen.«

»Tatsächlich? Sie sind doch selbst nur eine Frau und haben das Geschäft sogar gesteigert. Was soll da das Geschwätz von einem Chemiker?«

»Es war der Wille unseres Vaters.« Warum sagte Vera nichts, warum stand sie nur da, schön und blass wie die Statuen in jedem Schlosspark? »Das wisst ihr beide genau.«

»Du hast es Vater eingeflüstert«, sagte Vera kalt. »Er hätte mich von allein nie so benachteiligt.«

Clara stemmte die Hände in die Seiten. »Ich? Du hast die Rechtsanwälte hier ein und aus gehen sehen. Ich war nie dabei, wenn er mit ihnen verhandelt hat.«

Vera nahm die Hände hinter ihrem Rücken vor. »Du lügst. Du hast ihn beschwätzt, dass er alles in deine Hände legt.«

»Wenn hier jemand lügt, dann nicht Clara, sondern Sie.« David verschränkte seine Arme vor seiner Brust. Sein Blick war auf Vera gerichtet.

»Sie hätten einer Ehe Veras mit mir nie zugestimmt«, sagte Volz und schob seinen Arm um die Hüfte ihrer Schwester.

»Vor allem hätte mir Clara einen Mann wie dich nie gegönnt.« Veras Stimme stichelte fein, wie sie es schon immer hatte tun können. Wenn sie gegen die größeren Füße und das dunklere Haar, gegen die ungelenken Finger auf dem Klavier stichelte.

Clara schloss die Augen, zu viel an Erinnerung strömte auf sie ein. »Was hast du mir denn gegönnt, wo ich unser Vermögen zusammengehalten und vermehrt habe, dich großgezogen habe wie eine …«

Vera schrie schon. »Sei still! Bevormundet hast du mich, wie es dir gepasst hat!«

»Es reicht!« Doch es half nicht wie früher.

»Vera hier, Vera da; Vera, mach dies nicht, Vera darf das nicht. Werde erst einmal älter. Die Fabrication, die Fabrication …« Ihre Schwester funkelte sie an.

Clara sah diese verzogene Oberlippe nicht zum ersten Mal, kannte den Ekel Veras, wenn ihr ein Dienstmädchen nicht passte, dann machte sie dieses degoutierte Gesicht. Sie hätte sich Vera niemals anvertrauen dürfen, niemals verraten dürfen, dass sie David Singer, würde er einen Schritt machen, nicht abweisen würde. »Du hast es ihm gesteckt.« Sie wies mit dem Kinn zu Volz. »Dass David für mich alles stehen und liegen lassen würde.«

»Ach was. Ihre Schwäche für den Herrn Doktor war so offensichtlich, dass es das nicht gebraucht hat.« Volz zog die Mundwinkel nach unten. »Davon hörte man in jedem Zirkel.«

»Sie stecken also dahinter. Sie haben mir diesen Tagelöhner in Claras Namen auf den Hals geschickt«, flüsterte David an ihrer Seite.

»Habe ich das?« Volz lächelte Vera zu, als ob es um einen verlegten Gegenstand ginge.

Verlegte Dinge ... Der Schlüssel ... Clara wurde kalt, selbst David schien unendlich weit abgerückt zu sein. Sie war allein vor diesen Menschen, die sie vor sich sah, als wäre es das erste Mal. Vera, was ahnte sie schon von Vera, dieser Frau, die dort am Tisch stand. Sie wusste nur eines gewiss. »David konnte nur deshalb in Josephs Laboratorium hinauflaufen, weil du das Haupttor und die kleine Halle mit dem Generalschlüssel wieder aufgeschlossen hast, bevor du ins Gesellschaftshaus gegangen bist.«

»Habe ich das?« Vera schaute lächelnd zu Volz hin, kein bisschen weniger herablassend als dieser.

Clara fühlte Davids Hand an ihrer Hüfte.

»Der Tagelöhner hat sogar das Tor hinter mir geschlossen, ich bin allein ins Laboratorium geeilt. Alles war geplant, von Anfang an«, sagte David mit schleppender, brüchiger Stimme. »Die beiden hier hatten von Anfang an geplant, mir die Mordtat unterzuschieben.«

Volz stand ganz nahe bei Vera. »Sie sind sehr schlau, Singer. Gefährlich schlau, das haben Sie uns spüren lassen.«

Clara versuchte im Gesicht ihrer Schwester zu lesen, doch sah sie nur die glatte Haut, die von der Aufregung rosige Wangen zeigte, als ob sie gleich ins Theater fahren würde ... Nichts verriet, was in deren Seele vorging. Oder doch? Dieses Glitzern in den blaugrünen Augen, dieses Spiel der Lider, die nicht wirklich stillstanden. So hatte Vera immer geschaut, wenn sie ihren Willen doch noch bekommen hatte, von der Mutter das neue Kleid, vom Onkel das Eis, vom Vater die Fahrt auf dem Rhein.

Clara erkannte auf einmal die ganze Niedertracht ihrer Schwester. »Du hast mir David wegnehmen wollen, damit ich nicht glücklich werde, damit auch ich einen ungeliebten Mann nehmen muss wie du.« Clara kämpfte gegen einen Schwindel an, fing sich. »Deshalb musste es David sein, den ihr als Sündenbock benutzt habt.«

Volz lächelte nicht mehr, er trat vor Vera, die am Salontisch zurückwich, an eine Schublade.

»Die Falle, in die man mich gelockt hatte, schien mir so perfekt, als ich dort im Laboratorium wieder zu mir kam.« David streckte neben ihr den Arm aus. Zeigte mit dem Finger auf die beiden. »Sie müssen furchtbar erschrocken sein, als ich plötzlich im Gesellschaftshaus aufgetaucht bin.« Er lachte leise. »Denn bis dahin dachten die beiden, ich schliefe vom Äther betäubt im Labor neben dem Toten.«

Clara fror es wie von Fieber. »Sie wollten, dass man dich neben ihm findet. Alle sollten denken, dass dich mein sterbender Schwager im Kampf niedergestreckt habe.«

»Oh ja, sogar den Eisenbolzen hatte man mir in die Hand gelegt.« David wog in der Luft die imaginierte Waffe am ausgestreckten Arm. »Aber ihr habt nicht bedacht, dass ich Arzt bin. Ich habe den Äther in dem Tuch am Geruch erkannt, nicht tief geatmet, die Bewusstlosigkeit nur gespielt. Oh ja, der mich überfallen hat, hat auf die lange Aufwachzeit spekuliert. Der Montagmorgen war nicht mehr weit.« David zischte es zwischen den Zähnen hervor. »Hätte ich Sie als den Mann erkannt, der mich betäubt hatte, ich wäre sofort zur Polizei gegangen, Volz. Das schwöre ich Ihnen. Aber so wusste ich nur, dass ich in einer Falle saß.« Er schaute zu ihr her. »Verzeih mir, Clara, ich war völlig verwirrt von dem Gedanken, dass du irgendetwas mit diesem Komplott zu tun haben könntest.«

Je länger David sprach, desto tiefer schien Clara der Abgrund, in den sie blickte. Sie suchte Davids Nähe, machte einen Schritt auf ihn zu.

Er ließ Vera und Volz nicht aus den Augen. »Es war so grausam, neben dem toten Modry aufzustehen, hinabzustarren. Die Angst beschlich mich in jenem Moment, dass der Tagelöhner Teil des Komplotts sein könnte und womöglich falsch gegen mich aussagen würde. Die Falle des Unbekannten war so raffiniert gestellt worden. Ich fürchtete, dass der Mann, der mich betäubt hatte, eine Flucht meinerseits vom Tatort eingeplant haben könnte. Ich habe Sie überschätzt, Volz.«

Der lachte nur kalt.

»Meine einzige Chance war, dass ich das Gespinst gründlich zerriss, in dem ich gefangen saß. Alles veränderte, deshalb habe ich –«

»Vor allem haben Sie sich überschätzt.« Volz' Hand fuhr in seine Anzugjacke, ein Revolver blitzte auf.

Clara schrie auf. Vera wich weiter hinter ihren Galan zurück.

»Ich hätte dich besser gleich erschießen sollen, Singer.«

Clara sah Volz die Waffe heben, zielen, sie hörte ein metallisches Klacken. Sie warf sich, ehe sie auch nur denken konnte, mit aller Kraft mit kreiselnden Armen nach vorn auf diese Mündung zu, prallte gegen Volz' Brust und Arm, der Schuss löste sich, und eine Kugel durchschlug den Türrahmen. Holz splitterte über Davids Schulter, der zu Boden glitt. Aber lebte.

Der Revolver fiel aus Volz' Hand auf die Diele neben die Teppichfransen. Sie durften David nichts tun. Jetzt nicht mehr. Clara griff zu. Kalt und schwer lag der Revolver in ihrer Hand. Er roch stechend nach Pulverdampf. Volz bewegte sich ... Vera schrie etwas. Sie sollte nicht schreien, nicht nach dem, was sie auf dem Gewissen hatte ... Die Waffe war schwer, träge fast und schlug mit einem Mal so fest wie eine Peitsche gegen Claras Handballen. Sie entglitt ihr vor Schmerz.

Veras Schrei war verstummt. Rotes Blut quoll aus ihrem Mund, lief dunkel über ihr Trauerkleid. Ein schönes Rot. So wie das ihrer Lippen, wenn Vera in die Oper ging, allein, um aufzufallen. Die stolze Vera wankte, die Hand noch an der Tischkante; schon kraftlos, haltlos, wie ihre Seele war, knickte sie in den Knien ein, sank nieder, kippte zur Seite auf Volz hin, streckte sich aus wie im Liebeslager, den Arm kokett nach hinten, die blonde Locke schon gefärbt. Rot.

Ein Löwengebrüll zerriss das Bild.

David riss Clara zur Seite. Doch Volz' stürzte gar nicht auf sie zu.

Er sank neben ihrer Schwester auf den Teppich. Strich mit einer unendlich sanften Geste über die gebrochenen Augen ...

Sie hatte ihre Schwester erschossen. Sie, Clara Balthasar, die existierte – und nichts fühlte.

Nur etwas außerhalb ihrer selbst berührte sie. Davids Arme um ihren Leib, nicht fest und warm, sondern lose und leicht. Sah seine schwarzen Augen, die hinab zu ihrer Schwester starrten, als sei sie ein Objekt seiner Forschung unter Glas, sie sah seine Mundwinkel zucken.

War sie selbst eine Rachegöttin aus eigenem Recht, die den Bruch der ewigen Ordnung sühnte? Sie hatte es nicht tun wollen, etwas hatte von ihr Besitz ergriffen. Etwas, das von außerhalb ihrer Seele gekommen war, machtvoll und ohne Gnade. War sie Werkzeug göttlicher Gerechtigkeit geworden, damit die Strafe die wahre Missetäterin ereilte? Unter Clara wankte der Boden, sie klammerte sich an Singers Arme, der sie fester umschloss. Verraten von der Schwester, der sie so viel geopfert hatte. Sie, Clara Balthasar, war nichts weiter als eine schwache, verletzte Seele. Ein Werkzeug.

Wieder brüllte Volz wie ein Löwe. Tastete sich auf Knien zum Revolver vor, packte die Waffe. »Das büßt ihr mir.« Sein Gesicht war erstarrt, die Zähne fletschten.

Er richtete sich auf den Knien auf und zielte.

Kapitel 38

SCHON BEIM ERSTEN Schuss war Cresper losgespurtet, kaum dass er auf der Straße vor der Fabrication sein Fahrrad an einen Baum gestellt hatte. Er hatte noch immer das um seine Gesundheit kreisende Gezeter Tante Ruths im Ohr, die nicht eher von ihm abgelassen hatte, bis seine Schürfwunden ausgewaschen waren.

Beim zweiten Schuss hatte er schon das Hoftor hinter sich und die ersten Stufen der Balthasar'schen Villa erklommen. Cresper nahm zwei Stufen auf einmal.

Die Eingangstür war nicht verschlossen. Er stürmte in den Gang, hin zur offen stehenden Tür des Salons.

»Ihn erledige ich zuerst. Und du siehst zu!«, hörte er eine befehlsharte Männerstimme. Volz!

Cresper sah den Rücken des Unternehmers durch die Tür des Salons. Bei seinen Beinen lief Blut über den grünen Teppich, netzte blonde Strähnen. Oh Gott, die Modry …

»Lass sie los, Singer!«

»Nein.«

Sie waren alle versammelt. Keiner von ihnen hatte ihn bemerkt. Cresper schätzte den Abstand zu Volz auf vier Meter. Zu weit für einen einzigen Sprung. Wenn jetzt nur keine Diele knarrte. Er suchte die Reihe der Nägel, dort gab das Holz am wenigsten nach. Den rechten Fuß vor …

»Wird's bald?«

Den linken vor …

»Tritt hinter mich, Clara. Er ist von Sinnen.«

»Ihr wollt es nicht anders.«

Die Diele knarrte, Volz fuhr herum, erkannte ihn, Cresper sprang auf ihn zu, Volz riss den rechten Arm hoch, war nicht schnell genug, Crespers linkes Knie rammte ihn an der Brust zu Boden.

Volz wehrte sich sofort, während Cresper sich mit aller Kraft an den Unternehmer klammerte; sie wälzten sich auf dem Teppich. Er fühlte Nässe im Rücken, wollte nicht daran denken, dass es nur das Blut der Modry sein konnte. »Entwinden Sie ihm die Waffe, schnell, tun Sie etwas!«, brüllte er Singer zu.

Ein Bein, ein Fuß, Rockstoff über seinem Gesicht.

Die Balthasar schrie, Singer rief etwas. Cresper kam unter den Unternehmer, der ihm die Knie auf die Schenkel rammte.

»Liegen bleiben, Volz!« Der Befehl Singers war unmissverständlich. Er zielte direkt auf dessen Stirn.

Cresper bekam wieder Luft. Er rappelte sich auf. »Bleiben Sie ganz, wo Sie sind, Volz. Und schließen Sie die Augen.« Er nutzte den kurzen Moment, solange der Unternehmer seinem Befehl Folge leistete, und nahm dem Arzt schnell die Waffe aus der Hand. »Hersehen!« Volz begriff, dass er ihn nicht verpassen würde.

Die Balthasar sank mit einem seltsamen Klagelaut an die Schulter des Doktors. Der hielt ihr Gesicht mit der linken Hand wie das eines Kindes, das man wiegte und dem man den klagenden Mund mit der Hand verschloss. »Vera hat uns alles gestanden. Ihr Gewissen hat es nicht mehr ertragen können.« Singer sprach ganz leise und hielt dabei den Blick wie gebannt auf die Augen der Balthasar gerichtet. »Deshalb hat Volz seine Mitwisserin erschossen.«

Cresper ließ den Unternehmer, der am Boden saß und die blutigen Hände am Teppich abwischte, nicht aus den Augen. »Lassen Sie das. Ganz still sitzen bleiben.«

»Diese verdammte, vertrocknete ...« Volz spie jede Silbe aus. »Sie hat mir Vera weggenommen. Sie hat sie erschossen!«, brüllte er gegen die Waffe in Crespers Hand.

Singer wiegte die Balthasar in seinen Armen. »Verzweifelte Lügen eines Verbrechers.«

Cresper fixierte die entgleisten Gesichtszüge des Unternehmers, der sich immer noch Finger für Finger das Blut am Boden abrieb. »Sie haben überhaupt sehr viel gelogen, Volz.«

Ein rohes Lachen antworte ihm.

»Ihr Plan war fein gesponnen. Vera Balthasar und Sie waren längst ein Liebespaar, bevor sie heiratete. Sie haben die erste Gelegenheit genutzt, die sich nach der Hochzeit bot, um den ungeliebten Ehemann aus dem Weg zu räumen. Eine günstigere Gelegenheit konnten Sie nicht finden. Vera erzählt Ihnen von dem Streit, den Modry in der BASF mit Singer hatte. Es trifft sich, dass bald Sonntag ist. Der Abend im Gesellschaftshaus wird Vera ein Alibi verschaffen. Niemand ist zu der Zeit in der Fabrication, nicht einmal Clara, die ebenfalls ausgehen wird. Die Chance für Sie, Volz.«

Der Unternehmer knurrte.

»Knien Sie sich hin!« Cresper überlegte, als er der Bewegung zusah, dass er besser gleich Verstärkung anfordern sollte. Aber hier saß Volz, hier auf dem Boden vor ihm. Volz, der seinen Vater so gedemütigt hatte ... So würde er Volz nie wieder vor sich finden. »Sie haben Singer von diesem Tagelöhner aus dem Hemshof herlocken lassen, damit er den Sündenbock für Sie spielt.« Cresper sah alles genau vor sich. »Aber dann misslang Ihr Plan.« Es wurde immer deutlicher, als wäre die Waffe in der Hand ein Zauberstab, der den Schleier seiner Zweifel wegzöge.

»Du kapierst gar nichts, du Vollidiot«, sagte Volz.

»Singer kam nicht. Jedenfalls nicht ins Laboratorium, wo Sie ihn hatten überwältigen wollen, damit es so aussah, als wäre der Zweikampf zweier über Geldangelegenheiten zerstrittener Männer unglücklich ausgegangen.«

Die Balthasar hinter ihm seufzte.

Cresper sah, wie Volz' Blick abkühlte, wie der Furor in den Augen verrauchte und kalte Berechnung die Oberhand gewann.

»Warum haben Sie dann den ach so unschuldigen Doktor Singer zweimal unter Arrest gestellt?«, fragte Volz und verzog den Mund zu einem hämischen Grinsen.

»Weil er sich selber so schwer belastet hat.«

Der Doktor schob die Balthasar zu einem Stuhl vor dem Salontisch, setzte sie darauf ab. »Ich hätte der Polizei niemals sagen können, dass mich Scherb aus dem Hemshof zu Modry geholt hatte, angeblich auf Wunsch des Fräulein Balthasar.«

Die Fabricantin nestelte an ihrem Kleid nach einem Taschentuch. Volz hob den Hintern von den Fersen.

»Ganz ruhig, da unten«, sagte Cresper laut.

»Die Falle hatte der da mir gestellt.« Singer maß Volz. »Aber vor der Fabrication stand mir das Schicksal bei, denn ich sah am Ende der Straße Fräulein Balthasar davoneilen. War es nicht so?«

Die Hand der Fabricantin krampfte sich um das weiße Tüchlein. Ihr Blick hing auf der Spitzendecke des Tisches fest. »Ja, ich war tatsächlich etwas verspätet, wollte rasch zum Gesellschaftshaus, wo der Cäcilienverein tagte. Deshalb ging ich zu Fuß. Wir hatten ein Sängertreffen geplant ...« Ihre Stimme erstarb, ihr Blick suchte Singers Gesicht.

»Ich habe sofort begriffen, dass etwas an der Sache faul war. Ich … ich habe den Scherb weggeschickt und bin wieder in den Hemshof zurück, weil …« Doktor Singer holte Luft. »Nun, Sie wissen ja, weshalb.«

Volz' Kiefer mahlten. Eine Frage blitzte in Cresper auf. »Warum haben Sie immer noch geschwiegen, als ich längst wusste, dass Sie bei der Johanna Didier die Abtreibung durchgeführt hatten?«

Singers blasse Miene regte sich nicht. »Haben Sie eine Ahnung, wie viele Johannas es dort gibt?«, fragte er langsam. »Ich wollte nicht noch eine Frau in Schande stürzen.«

»Verstehe.« Crespers letzter Zweifel verglomm wie ein Funke, er würde Singer jetzt ans Telephon schicken. Die Balthasar am Tisch schluchzte leise. Cresper überwältigte ein überraschendes, neues Gefühl, das er auskostete: Er konnte Volz' Gedanken lesen, diese furchtsamen Gedanken, die ein winziges Schlupfloch suchten, einen Ausweg aus der Falle, in der er wie Mephisto in Fausts Drudenfuß saß.

»Als ich begriff, dass ich weder Ort noch Zeit der Tat richtig eingeschätzt hatte, war auch Ihr Alibi, Herr Volz, hinfällig«, sagte Cresper. Er genoss die Stille im Salon. »Denn als der Tagelöhner Scherb Ihnen meldete, dass Singer die Balthasar gar nicht treffen würde, mussten Sie handeln. Sie konnten Doktor Singer nicht mehr neben dem von Ihnen getöteten Modry niederstrecken und den Mord als Kampf zweier verfeindeter Männer darstellen.«

Volz lachte heiser. »Idiot.«

Cresper hielt die Waffe unbeirrt ruhig. »Scherb hat die Leiche für Sie mit dem Handwägelchen zum Brunnen geschafft. Sie haben in dem Laboratorium noch ein bisschen Explosion inszeniert, damit man die Spuren Ihres Kampfes mit Modry nicht so leicht erkennen konnte.«

Die Balthasar weinte immer noch.

Cresper konnte es ihr nicht ersparen. »Eine Probe des Farbstoffs haben Sie Modry noch entwendet, damit die Spur in die BASF weist. Scherb hat sie im Brunnen ausgeschüttet.«

Volz atmete schwer. »Alles Lüge.«

Das Gewerkschaftsabzeichen … Cresper konnte es sich nur als spontanen Akt erklären. Volz hatte es wahrscheinlich einfach in der Fabrication auf dem Boden gefunden und den Tagelöhner geheißen, es zwischen die Finger des Toten zu stecken. »Der Scherb war dumm genug, das alles für seinen Herrn zu tun. Dabei stand Ihr Entschluss, den Zeugen und willfährigen Handlanger zu beseitigen, sicher von Anfang an fest, nicht wahr, Herr Präsident?«

Die Balthasar wurde still, Singer hielt sich am Tischrand fest.

Cresper fielen die Zirkuskostüme, die falschen Bärte im Roten Sack ein. »Oder soll ich Sie wegen Ihres ganzen Verkleidungstheaters mit Ihrem Ehrentitel ansprechen: ›Der Dicke‹?«

Volz grunzte nur hasserfüllt. Er ließ sich vornüber auf die Hände fallen, sprang auf, stieg mit dem einen Fuß auf einen Stuhl vor dem Tisch, dann stand er schon auf der Platte. Die Tischdecke rutschte, mit dem nächsten Schritt sprang er dahinter zu Boden, kam hoch, hechtete in den Wintergarten.

»Er springt durchs Fenster nach draußen!«

Singer war schneller. Ehe Cresper zielen konnte, flog schon ein Stuhl vorbei. Die Kante des Sitzholzes traf Volz am Hinterkopf, drehte sich weiter, zerschlug die Scheiben und fiel mit den Glasscherben in den Hof hinaus. Volz stolperte, riss eine Etagere um. Geranientöpfe zerbrachen, er landete zwischen Blättern, Erde krümelte über seine Hosenbeine, eine weiße Blüte lag auf seinem Bauch.

Da war Cresper schon über ihm. »Keine Bewegung, oder ich schieße sofort.«

»Das überlebst du nicht, Cresper. Und wenn ihr mich in eine Festung steckt. Meine Ringer machen dich platt, so platt wie das Stück Papier, mit dem du dir den Arsch wischst«, flüsterte Volz mit rauer Stimme, sodass es nur Cresper hören konnte.

Mochte der Dicke träumen, was er wollte. Cresper rief mit gefasster Stimme: »Singer! Rufen Sie die Wache an. Große Escorte, bewaffnet. Befehl Sergeant Cresper.«

»Halten Sie endlich den Mund, oder ich lasse Sie knebeln!«

Cresper trat dem Schutzmann Behr aus dem Weg, der nur große Augen machte. Volz hatte ihn in einer Lautstärke mit Drohungen überhäuft, als ob er hoffte, dass einer seiner Ringer ihn hörte. Vielleicht waren seine Leute tatsächlich in der Nähe postiert, doch die Villa stand zu weit von der Straße ab.

Behr packte die Arme des Unternehmers, klackte die Handschellen ein, versetzte ihm einen Stoß mit der Faust. »Lauf!«

Sicherheitshalber hielt Cresper Abstand, dem Dicken traute er alles zu. »Abführen!«, sagte Cresper zu den drei anderen von der Escorte, die im Salon hinter dem Wintergarten warteten. »Behr und Hartmann, ihr fasst ihn unter. Kunz und Denger, ihr haltet drei Meter Abstand, sichern mit der Waffe. Bei Fluchtversuch schießen. Verstanden?«

»Draußen stehen noch vier Mann am Wagen. Der entkommt uns nicht.«

»Schickt einen Boten zu Hatzfeld.«

»Ist schon unterwegs.«

Volz bockte mit aller Kraft, die beiden Wachtmeister hatten Mühe, ihn zu bändigen. Sein Blick glühte. »Du bist schon tot.« Er spuckte – und traf Cresper nicht.

Singer stand mit der Balthasar in seinem Arm im Gang der Villa. Er hatte die Salontür aus Pietät geschlossen.

»Wir müssen den Tatort noch untersuchen, bitte lassen Sie alles unverändert, bis Polizei-Inspektor Hatzfeld hier eintrifft«, sagte Cresper.

»Ja, natürlich.«

»Volz hat keine Chance vor Gericht.« Vielleicht tröstete es die beiden. Gegen zwei Zeugen war seine Aussage machtlos, egal was er zu seiner Verteidigung von sich geben würde.

Clara Balthasar antworte ihm nicht. Sie sah nur zu Singer auf. »Es soll sich wohl alles so fügen.«

»Ja.« Singer schloss langsam die Augen. »Bringen wir den Sergeanten zur Tür.«

Cresper beeilte sich, dass die Escorte nicht ohne ihn abfuhr. Er lief aus der Villa hinaus, durch deren weit offene Tür die stickige Sommerluft hereinzog, lief die Stufen hinunter.

Der Geruch der Luft hier im Hof der Fabrication … Er hielt inne. Dieser seltsame Augenaufschlag von der Balthasar eben … *Es soll sich wohl alles so fügen …* Wieder wehte ein stechender Geruch von der Fabrication herüber. Es roch wie … Äther!

Die Reagenzglasscherben dort oben hinter dem Fenster, im Spülstein des Laboratoriums von Modry. Cresper drehte sich um, sah zurück zur Villa. Singer stand mit der Balthasar oben im Eingang, ruhig wie ein Standbild. Ja, war er denn mit Blindheit geschlagen?

Äther! Der Arzt hatte die Falle erkannt, die Volz ihm gestellt hatte. Er hatte nicht einfach gehen können. Scherb hätte gegen ihn ausgesagt, der Dicke hätte ihn schon zur Falschaussage gebracht. Aber Singer hatte einen Weg gefunden, der Falle zu entrinnen. Singer selbst, nicht Scherb, hatte die Leiche, die ihm Volz hatte unterschieben wollen, zum Brunnen geschafft. Singers Anzug war ja unauffindbar gewesen, wie hatte er das vergessen können. Singer musste beim Hineinwuchten der Leiche vor dem Brunnen das Gewerkschaftsabzeichen gefunden haben, als er die Farbprobe zur Verwirrung der Polizei ins Wasser gekippt hatte. Vielleicht hatten die Mannheimer Raufbolde es verloren, die der Zirkusprinz Winges durch den Park hatte ziehen sehen.

Cresper wischte sich über die Nase, der stechende Geruch in der Luft verschwand nicht. Deshalb hatten beide Toten geweitete Äderchen an den Nasenflügeln. Volz hatte sie beide mit Äther betäubt, bevor er die wehrlosen Opfer erschlagen hatte.

Oben an der Tür der Villa war das Paar verschwunden.

»Fahren Sie mit, Sergeant, oder nicht?«

Die beiden hatten genug erlitten. Zumal die Wahrheit kein Königlich Bayerischer Strafrichter in der Pfalz glauben würde.

»Komme sofort«, rief Cresper seinen Leuten zu.

Franz Pfaff würde von nun an wieder ruhig schlafen können, das war Cresper ihm schuldig. Der Präsident der Ringer würde büßen, der Dicke von Ludwigshafen hatte keine Macht mehr. Dem Mann, der seinen Vater zugrunde gerichtet hatte, war das Todesurteil sicher. Und es war Cresper gleichgültig, ob Volz nun für drei oder zwei Morde oder nur für den Todesschuss auf seine Geliebte Vera zum Tode unter der Guillotine verurteilt würde.

Cresper stieg ein. »Abfahren!«

Eine seltene Leichtigkeit erfasste ihn in dem Moment. Nichts in der Straße vor der Fabrication verwehrte den Blick auf den Sommerhimmel. Ein gnädiger Wettergott hatte den ewigen Dunst über der Stadt beinahe transparent gemacht und verhieß eine sternklare Nacht.

Nachwort

In diesem Buch vermischen sich Realität und Fiktion. Die Sorge um die historische Richtigkeit der dargestellten Fakten und der Lebensweise in der Kaiserzeit war beim Schreiben von »Der Tote im Winterhafen« immer gegeben. Leider lassen sich viele Fragen zu historischen Personen und zur Stadtgeschichte nicht vollständig aus den Quellen beantworten. Die Lücken habe ich mit dichterischer Freiheit behutsam geschlossen.

Mein ganz besonderer Dank gilt Frau Sigrid Karck, der Leiterin des Bereichs Öffentlichkeitsarbeit der Stadt Ludwigshafen, für den Impuls zu diesem Roman, der ohne sie in dieser Weise nicht dem Leser vorliegen könnte. Ihre Kontakte haben mir vielfältige Möglichkeiten zur notwendigen Recherche des historischen Hintergrundes eröffnet. Simone Müller, stellvertretende Leiterin der Öffentlichkeitsarbeit, begleitete engagiert das Projekt.

Herzlich bedanke ich mich bei Dr. Klaus J. Becker, dem stellvertretenden Leiter des Stadtarchivs, der mir mit seinem fundierten Wissen einen leichteren Zugang zur vielschichtigen Stadtgeschichte ermöglicht und mir eine große Zahl wertvoller Quellen, besonders auch das Bildarchiv, zugänglich gemacht hat. Ebenso verpflichtet bin ich Dr. Stefan Mörz, dem Leiter des Stadtarchivs Ludwigshafen, für wichtige korrigierende Hinweise.

Klaus Kufeld, Leiter des Ernst-Bloch-Zentrums, und Peter Ruf, Leiter des Archivs im Stadtmuseum, verdanke ich weitere Kenntnis über die Entwicklungslinien der Ludwigshafener Stadtgeschichte.

Bei Matthias Ehringer von der Denkmalpflege der Stadt Ludwigshafen bedanke ich mich für eine privilegierte Führung durch die Stadt zu Originalschauplätzen aus der Zeit um 1911, von denen eine ganze Anzahl in diesem Buch beschrieben werden.

Die freundliche, tatkräftige Beratung im Unternehmensarchiv der BASF hat mir die Entwicklung der Chemiefarben sowie die Gestaltung der sozialen Beziehungen im Werk zur Kaiserzeit nähergebracht. Gern danke ich herzlich Frau Dr. Kristina Winzen und Frau Dr. Susan Becker für die wohlwollende Unterstützung sowie der Spezialistin für diesen Zeitraum, Frau Jutta Kißener, für den Blick in Originaldokumente.

Mein herzlicher Dank gilt meiner Lektorin Lisa Kuppler für die kompetente Begleitung dieses Werks.

Ohne die liebevolle Geduld von D.K. hätte ich dieses Buch nicht vollenden können.

Nicht zuletzt möchte ich allen an den vergangenen Epochen in Ludwigshafen interessierten Leserinnen und Lesern die außerordentlich gut aufbereitete und reichlich bebilderte »Geschichte der Stadt Ludwigshafen« in zwei Bänden, die das Stadtarchiv herausgegeben hat, ans Herz legen.

Carlo Feber